Stefan von der Lahr

Dämonen im Vatikan

Stefan von der Lahr

Dämonen im Vatikan

Kriminalroman

C.H.Beck

Mit vier Zeichnungen von Lukas Wossagk und einem Plan des neronischen Circus, des Petersdoms und des Petersplatzes (Bildquelle: nach wikimapia, https://wikimapia.org/8201740/Former-Site-of-the-Circus-of-Nero#/photo/342278).

Ein Hinweis für Leserinnen und Leser: Im Anhang werden in Auswahl fremdsprachige Begriffe und Formulierungen sowie Fachbegriffe erläutert. Dort finden sich auch Hinweise auf einige Lektüren, Pläne und weitere Materialien, die für den Autor während der Entstehung dieses Kriminalromans hilfreich waren, sowie ein Verzeichnis der handelnden Personen und historischer Persönlichkeiten.

www.chbeck.de
Umschlaggestaltung: geviert.com, Michaela Kneißl
Umschlagabbildung: Petersdom © Lakov Kalinin, Shutterstock
Satz: Fotosatz Amann, Memmingen
Druck und Bindung: Druckerei C.H.Beck, Nördlingen
Printed in Germany
ISBN 978 3 406 80002 3

myclimate

klimaneutral produziert
www.chbeck.de/nachhaltig

Für Emmanuel
1972 – 2002
unvergessen

Wer im Schutz des Höchsten wohnt und ruht im Schatten des Allmächtigen, (der muss sich weder fürchten) vor dem Schrecken der Nacht noch vor dem Pfeil, der am Tag dahinfliegt, nicht vor der Pest, die im Finstern schleicht, vor der Seuche, die wütet am Mittag.

PSALM 91,1.5–6

Prolog
Das Paradies

Peking, Residenz des Prinzen Gong

Genosse Zhao Ling lehnte sich im Fond des Hongqi E zurück – der Staatskarosse, die man ihm ins Hotel geschickt hatte, um ihn durch Peking zur Verbotenen Stadt zu chauffieren. Das Büro von Zhao tongzhi aber lag zweitausend Kilometer entfernt, im südlichen Technologiezentrum des Riesenreiches in Shenzen, wo er in der zweiundvierzigsten Etage eines Geschäftsgebäudes residierte, das jedermann den Zhao-Tower nannte. So konnte er selbst an Tagen, an denen die meisten seiner Genossen zweihundertfünfzig Meter tiefer trotz Mundschutz im Smog zu ersticken drohten, auf die Dachterrasse treten, einigermaßen frei durchatmen und manchmal sogar die Sonne sehen.

Zhao Ling wusste sich am Ziel seiner Träume, als ihm am Tag zuvor dort oben ein schlichtes weißes Kuvert überreicht worden war. Trug es doch jenes Emblem, unter dem alle Macht Chinas vereint war: umrahmt von einem goldenen Ährenkranz, der in einem Zahnrad auslief, prangten in Gold auf rotem Grund fünf Sterne und darunter das Tor des Himmlischen Friedens. Der Überbringer war kein Geringerer als der Stellvertretende Minister für Wissenschaft und Technologie. Fast eine Stunde hatten sie bereits geplaudert, als der Gast den Brief aus einer Schreibmappe zog, die in rotes Saffianleder gebunden war. In gut unterrichteten Kreisen hatte es schon länger geheißen, dass Genosse Zhao ins Politbüro der Kommunistischen Partei Chinas aufrücken werde. Dem Zentralkomitee der KP gehörte er bereits seit einigen Jahren an. Nun wollte man auch im innersten Zirkel der

Macht nicht länger auf einen Mann mit seiner Kompetenz verzichten.
Begonnen hatte Zhao Ling seine Karriere als Bauingenieur. Heute leitete er einen global operierenden Mischkonzern. Die Baubranche, die Agroindustrie und ganz besonders die boomende IT-Sparte erwirtschafteten Gewinne, die andere Zukunftstechnologien querfinanzierten, solange deren Entwicklung noch auf Subventionen angewiesen war. Besonders interessant waren dabei jene Resultate, die während der letzten Jahre in Zhaos Gentechnik-Labors erzielt worden waren; was nun endlich Patentreife erreicht hatte, konnte zur Verheißung für sein Land werden. Die Zeit der Ernte schien gekommen, in der sich die Milliarden auszahlen würden, die er investiert hatte, um das Forschungskonglomerat Zhao Future Unlimited aufzubauen.
Zhao hatte erwartet, dass der Wagen ihn in den Regierungsbezirk bringen würde. Er war überrascht, als er sah, dass der Chauffeur im Viertel Shichahai hielt, unmittelbar bei der Residenz des Prinzen Gong, deren Anfänge ins 18. Jahrhundert in die Zeit der Qing-Dynastie zurückreichten. Der Gast fühlte sich geschmeichelt, denn diese Residenz galt in der Hauptstadt als das Paradies der menschlichen Welt. Ein Offizier der Volksarmee in Paradeuniform öffnete den Schlag und geleitete mit drei weiteren Militärs Zhao Ling die Stufen hinauf, wo er von einer anderen Ordonnanz in Empfang genommen und durch den Park geführt wurde, der aus Teichen und Pavillons bestand – und an diesem Tag menschenleer war. In einem alten Götterschrein mitten im Grünen saß ein Mann in dunklem Anzug. Als er die Schritte hörte, wandte er den Blick von den kleinen Fontänen jenseits des Bambusgeländers und nickte lächelnd seinem Besucher zu.
«Zhao tongzhi, seien Sie willkommen!»
Der Industrielle blieb stehen und verneigte sich – sein Gastgeber war Generalsekretär Chen persönlich, das Haupt der allmächtigen KP Chinas.
«Chen zongshuji, ich danke Ihnen für die Ehre, mich zu empfangen!»

«Lassen Sie uns ein paar Schritte gehen!»
Ihr Weg führte durch einen Laubengang, den blühende Clematis umrankte, vorbei an paarweise aufgestellten Löwen; die rechte Pranke des einen ruhte auf einem Ball, der andere führte ein Junges. Sie gingen über eine Holzbrücke, deren rote und schwarze Lackarbeiten mit einem grünen Phönix und einem goldenen Glücksdrachen verziert waren, und gelangten zu einem Teehaus, das inmitten einer Wasserfläche lag, auf der Teichrosen blühten. Das ferne Brausen des Verkehrs war kaum noch zu vernehmen, gelegentlich hörte man sogar den knisternden Flügelschlag der Libellen, die bunt schillernd über das Grün schossen. Der Generalsekretär griff in eine kleine Schale, die auf einer Bank stand, und warf ein paar Kügelchen Fischfutter ins Wasser. Bald darauf schoben sich Kois aus der dunklen Tiefe und schluckten die Leckereien mit weit offenen Mäulern.
«Man muss die Bäuche füllen und die Herzen leer machen. Diese Weisheit, Zhao tongzhi, gilt heute wie vor über zweitausend Jahren. Damals bestimmten die Legalisten die Staatsraison; sie brachten Ruhe in das unter Qin Shihuangdi geeinte China – Ruhe, die das Land nach den blutigen Jahrhunderten der Streitenden Reiche dringend brauchte. Heute würde so etwas niemand in der Partei laut sagen, obwohl wir alle danach handeln. Wir haben ein gesellschaftliches Gleichgewicht erreicht, dürfen uns aber nicht darüber hinwegtäuschen, wie labil es immer noch ist. Die elementare Versorgung unserer Landsleute und der Wohlstand für eine wachsende Mittelschicht helfen uns, alle Krisensymptome unter Kontrolle zu halten. Notfalls könnten wir sie eine Zeit lang unterdrücken. Aber irgendwann würde es zu Volksaufständen kommen, die uns gefährlich werden könnten. In dieser Lage ist es für uns essentiell, dass nichts unsere Stellung am Weltmarkt gefährdet, die uns allein die Mittel verschafft, die Menschen ruhig zu halten. Stimmen Sie mir zu, Zhao tongzhi?»
«Selbstverständlich, Chen zongshuji.»
«Dann lassen Sie uns offen miteinander sprechen. Was mir Sorgen

bereitet, ist, wie Sie sich vorstellen können, die Entwicklung in Afrika.»

Zhao nickte. Niedrige Löhne, niedrige Sicherheitsstandards und kaum durchsetzbare Umweltschutzrichtlinien hatten afrikanische Länder zu einer Goldgrube für chinesische Investoren gemacht. Dabei waren lokale afrikanische Industrien, etwa auf dem Textilsektor, untergegangen. Fast immer hatten die Firmen aus China ihre eigenen Arbeitskräfte mitgebracht, so dass auch keine neuen Arbeitsplätze für Afrikaner entstanden, sondern die Not vor Ort nur noch größer wurde. An einigen Förderstätten für Rohstoffe, die chinesische Unternehmer übernommen hatten, war der Arbeitsschutz in einem Maße vernachlässigt worden, dass es zu Katastrophen gekommen war, bei denen über fünfzig Menschen starben. Zudem hatte der Kauf von fruchtbaren Ackerflächen, auf denen inzwischen Getreide und Früchte für den Export nach China angebaut wurden, in manchen Regionen die ohnehin prekäre Lage für die einheimische Bevölkerung drastisch verschlechtert; dort waren Familien vom Land ihrer Väter vertrieben worden, was man offiziell als «Umsiedlung» bezeichnet hatte. Außerdem sorgten elende Löhne für Spannungen zwischen einheimischen Landarbeitern und den fremden Eigentümern.

So waren verschiedentlich Aufstände ausgebrochen, wobei chinesische Werksbetreiber sogar auf afrikanische Arbeiter hatten schießen lassen. Regierungen in Afrika sahen sich jedoch angesichts ihrer Verschuldung gegenüber China kaum in der Lage, wirksam die Interessen der eigenen Bevölkerung zu vertreten. Die Korruption trug das Ihrige dazu bei, dass lokale Verwaltungen Klagen ihrer Bürger gegen die wahren Machthaber zurückwiesen oder deren Bearbeitung verschleppten.

Generalsekretär Chen, der eine Weile schweigend die Fische im Teich betrachtet hatte, wandte sich um.

«Es ist unangenehmer geworden, als das Politbüro vorausgesehen hat. Die jüngsten Meldungen besagen, dass uns eine regelrechte Boykottwelle droht. An allen Börsen der Welt geben unsere Aktienkurse nach. Wir hatten gedacht, dass wir die Proteste überste-

hen könnten und der Sturm, der sich zusammenbraute, bald in sich zusammenfallen würde. Die Europäer würden sich eine Weile aufregen und dann – wie immer in Menschenrechtsfragen – aus Angst vor unserer Wirtschaftsmacht einknicken und wieder zur Tagesordnung übergehen.
Aber diesmal haben wir uns geirrt. Die Stimmung kehrt sich mehr und mehr gegen uns – angetrieben von diesem Papst aus Afrika! Laurentius ist der Mann, mit dem wir nicht gerechnet haben. Und erst recht nicht damit, welchen Einfluss er gewinnen würde. Sie wissen, wie seine Vorwürfe lauten – Neokolonialismus, Menschenrechtsverletzungen und Ausbeutung seines Heimatkontinents. Wir würden keine Entwicklungshilfe leisten, sondern seien mitverantwortlich für Hunger und Armut in den Ländern, in denen wir investieren. – Andere Länder, andere Instanzen könnten wir in die Knie zwingen. Aber den Vatikan ...»
«Was werden Sie tun?»
«Über eine Milliarde Katholiken weltweit sind nicht zu unterschätzen. Laurentius ist es nicht nur gelungen, mit anderen christlichen Konfessionen, sondern auch mit muslimischen, hinduistischen und jüdischen Religionsführern in dieser Frage eine Allianz zu schmieden. Jetzt werden von Algier bis Kapstadt unsere Botschafter einbestellt und mit Ultimaten konfrontiert. Wir sind völlig davon überrascht worden, dass dem Papst eine solche Mobilisierung gelungen ist. Wenn das so weitergeht, ist in Afrika unser ungehinderter Zugang zu Erdöl, Erdgas, Kupfer, Eisen, Uran und selbst zum Coltan bedroht. Aber auch der Nachschub an Getreide und Früchten von dort für unsere Bevölkerung ist in Frage gestellt. Das ist die rote Linie, Zhao tongzhi.
Unter dem Einfluss der Vatikanpropaganda schließen sich multinationale Konsortien mit staatlichen Beteiligungen gegen uns zusammen. Sie bieten afrikanischen Staaten die Möglichkeit, Kredite, die sie bei uns aufgenommen haben, auf einen Schlag abzulösen. Wir werden sogar aus dem afrikanischen Baugeschäft gedrängt – unser mächtigster Sektor.»
Aus dem Gesicht des Staatschefs war das Lächeln verschwunden.

Das war nicht mehr der unangefochtene Staatsmann, der ein Riesenreich führte, dessen Bevölkerung ihm zujubelte und seine Lehrsätze wie ein Glaubensbekenntnis nachbetete. Zhao war ihm im Laufe der vergangenen Jahre immer wieder bei offiziellen Anlässen begegnet - Treffen mit internationalen Wirtschaftsdelegationen, Neueröffnungen von Industriekomplexen, Jahrestagen der Revolution. Aber dies war das erste Mal, dass Chen alt und ratlos auf ihn wirkte.

«Jeder von uns ist ersetzbar - auch ich. Ich wäre nicht der erste ranghohe Politiker in diesem Land, der Selbstkritik üben muss, bevor er ins Lager geht. Unsere Neue Seidenstraße hat ein Investitionsvolumen von dreitausend Milliarden Dollar. China kann es sich nicht leisten, dass dieses größte Projekt seiner Geschichte in Gefahr gerät oder sich auch nur zeitlich verzögert. Sagen Sie mir, welchen Weg wir gehen sollen, um das zu verhindern! Diese Frage im Politbüro zu stellen, würde mein Ende bedeuten ... Das ist der Grund, weshalb ich Sie habe kommen lassen. Der Mann in Rom ist ein Stein in meinem Schuh, Zhao tongzhi.»

Ein warmer Windhauch kräuselte die Oberfläche des Wassers. Im Bambus hatte ein Sonnenvogel zu singen begonnen. Zwischen Schilfblättern streckte eine Schlange ihren Kopf hervor und glitt in sanften Bewegungen auf die Fische zu. Die Kois aber verschwanden träge unter Teichrosenblättern und Lotusblüten in der Tiefe. Zhao nickte bedächtig. Hinter dem Generalsekretär sah er den Glücksdrachen und den Phönix.

«Ein Sprichwort sagt: Wenn du einen Gegner nicht besiegen kannst - umarme ihn ...»

Drei Jahre später

Kapitel 1 – Der Anruf

Rom, 31. Juli/1. August, Mitternacht

Vincenzo Bariello klopfte an die Tür der Trattoria MANGIA E ZITTO!. Die Jalousien waren bereits heruntergelassen, aber dahinter schimmerte noch Licht. Als sich nichts tat, klopfte er noch einmal. Von drinnen hörte er eine energische Frauenstimme.

«Schon geschlossen!»

«Deshalb komme ich.»

«Verschwinden Sie!»

«Polizia!»

Er hörte Schritte. Jemand zog heftig das Rouleau auseinander. Ein verärgertes Frauengesicht erschien in dem Spalt – und hellte sich im nächsten Moment auf.

«Wenn ich dir noch was gebe, riskiere ich meine Lizenz. Komm rein!»

Eine dunkelhaarige Frau von Anfang vierzig öffnete ihm. Chiara Donato war schon vor Jahren aus dem Mezzogiorno nach Rom gezogen. Sie war es leid gewesen, ihre Kochkünste in einem Restaurant am Campolongo wie Perlen vor die Säue zu werfen. Dort hatte die Kundschaft meist aus mit Goldketten behängten Zuhältern und den betrunkenen Freiern jener Mädchen bestanden, die ohne Papiere aus Afrika gekommen waren und an dem nicht enden wollenden Strand zwischen Salerno und Paestum in ein paar elenden Hütten zur Prostitution gezwungen wurden.

So hatte Chiara zusammengekratzt, was sie besaß, und war in die

Metropole am Tiber gezogen. Alles würde besser sein, als länger in ihrer alten Heimat festzuhängen. Während ihrer ersten beiden Jahre in Rom hatte sie an der Piazza di San Egidio in der Hilfsgemeinschaft des gleichnamigen Heiligen für Arme und Obdachlose gekocht, die dort Zuflucht suchten. Ein paar ihrer Gäste aus dieser Zeit hatten ihr die Treue gehalten, als sie in der Via degli Scipioni unweit des Tiber eine neue Wirkungsstätte fand. Das Ehepaar, das dort die Trattoria jahrzehntelang selbst geführt hatte, war alt geworden und froh gewesen, das Lokal jemandem übergeben zu können, der wie sie selbst aus Kampanien kam und auf die gleichen Traditionen in der Küche hielt. Jetzt lebten sie im ersten Stock, während Chiara ihre Wohnung im zweiten hatte und dafür sorgte, dass es ihnen an nichts fehlte.

«Schon Feierabend?»

Während sie einen spöttischen Blick zur alten Standuhr schickte, die gerade zwölf schlug, deutete sie auf einen Tisch, an dem sie die Stühle noch nicht hochgestellt hatte.

«Nun setz dich schon, *sbirro*!»

Sie ging zur Bar und zog eine Flasche ohne Etikett aus dem Kühlschrank, in der eine blassgrüne Flüssigkeit träge hin- und herschwappte. Davon goss sie einen Fingerbreit in zwei Gläser und zog dann einen Prosecco aus der Kühlung, von dem sie die doppelte Menge einschenkte. Während sie aus dem Eisfach eine Schüssel Zitronengranita angelte und in jedes Glas davon einen Suppenlöffel schaufelte, schaute sie zu ihrem späten Gast hinüber.

«Gesprächig bist du heute nicht.»

«Ich habe bis vor einer halben Stunde einen vollgekoksten Touristen verhört, der seinen Mitbewohner im Hotel aus dem Fenster gestoßen hat. Der eine liegt jetzt mit gebrochenen Beinen im Krankenhaus, und unser Typ hat mich in einem fort zugequatscht … und das bei dieser Hitze. So was schlägt aufs Gemüt.»

Vom Tiber zog schwüle Luft in Schwaden durch die Stadt, und auch der Ventilator in der Trattoria, dessen Flügel sich langsam drehten, brachte keine große Erleichterung.

«Damit krieg ich dich munter. Den Limoncello hab ich selbst ge-

macht mit Zitronen von der Amalfiküste; und die Schalen hab ich in die Granita reingerieben. Wenn dir das nicht schmeckt, schmeiß ich dich raus.»
Sie ging in die Küche und kam mit zwei Strohhalmen und ein paar Blättern Zitronenmelisse zurück, die sie in die Gläser warf.
«Cin cin!»
«Salute! ... Aah! ... Das ist das Beste, was mir heute passiert ist.»
Chiara legte den Kopf in den Nacken und drehte ihn langsam hin und her.
«Erzähl mir nichts! Ich war schon um sechs Uhr heute Morgen im Großmarkt und wollte jetzt zusperren. Da kommst du und machst mir Arbeit. Hier, tu was dafür. Ich spüre meine Füße kaum noch.»
Sie streifte die Schuhe ab und legte ihre Beine auf seine Oberschenkel. Folgsam stellte Commissario capo Vincenzo Bariello sein Glas auf den Tisch und begann, die schlanken Füße seiner Gastgeberin zu massieren. Vor Jahren hatte seine Frau sich von ihm scheiden lassen, weil sie die Angst nicht mehr ausgehalten hatte, es könne ihm bei seiner Arbeit etwas zustoßen. Auf ihre Forderung, er solle sich zum Innendienst versetzen lassen, war er nicht eingegangen. Zunächst war es für beide die große Liebe gewesen, als er sie bei Ermittlungen zu einem Raubüberfall auf einen Juwelierladen kennengelernt hatte, bei dem sie angestellt war. Vielleicht wäre alles anders gekommen, wenn sie Kinder bekommen hätten; aber dieser Wunsch war nicht in Erfüllung gegangen. Als ihre Ängste übermächtig wurden und der Streit wegen seines Berufs nicht mehr enden wollte, war sie gegangen. Er war allein geblieben. So genoss er an Abenden wie heute die Besuche bei Chiara. Einer seiner Inspektoren, Salvatore Graziano, hatte ihn im vergangenen Jahr einmal hierhergeführt. Graziano liebte gutes und reichliches Essen – und in beiderlei Hinsicht kam man bei dieser Wirtin nicht zu kurz. Aber wehe dem Gast, der es wagte, irgendetwas zu kritisieren ... Die Trattoria trug ihren Namen nicht von ungefähr.
Bariello mochte Chiara, die immer unmissverständlich sagte, was

ihr passte und was nicht und was sie wollte. Sie hatte nie den Eindruck aufkommen lassen, als empfände sie vor den Polizisten größeren Respekt als vor ihren anderen Gästen – also gar keinen. Aber wer sie beobachtete, sah, dass sie die Liebenswürdigkeit in Person war, wenn es darum ging, dass sich die Leute in ihrer Trattoria wohlfühlten: Wenn es durch ein Fenster zog, stopfte sie eine Serviette in die Ritze, wenn jemandem die Hände zitterten, schnitt sie ihm das Fleisch und legte ihm einen Löffel zum Besteck, und wenn sie merkte, dass einer heimlich das Geld zählte, ob es für die Bestellung reichte, stand hinterher immer noch ein *caffè* vor ihm:

«Geht aufs Haus.»

Sie hatte ein Gespür für Menschen – und das war es, was ihr auch an Bariello gefiel, den Verbrechen und Gewalt nicht hatten abstumpfen lassen. So hatten sich seine Besuche im MANGIA E ZITTO! gehäuft, wobei er jene Stunden bevorzugte, in denen dort wenig los war. Das brachte ihm ein paar spitze Bemerkungen seiner Kollegen ein – ob er seine Essenszeiten nach dem Mondkalender wähle? Doch Graziano hatte bald sowohl Ispettore Gaspare Bertani als auch Sovrintendente Gennaro Di Lauro bedeutet, sie sollten ihren Chef nicht allzu sehr damit aufziehen. Er habe das Gefühl, dass Bariello wieder auf dem Weg sei, ein Privatleben zu entwickeln.

Heute aber musste sich Bariello deswegen sowieso keine Sorgen machen: Seine beiden Ispettori waren zu einer Interpol-Tagung nach Mailand gefahren. Immer mehr hochwertiges Kokain gelangte nach Mitteleuropa, ohne dass man die Wege kannte, auf denen der Stoff hereinkam und verbreitet wurde. In der Szene hatte man läuten hören, dass Rom die Drehscheibe für den Vertrieb sei. Jedenfalls würden Bertani und Graziano erst in ein paar Tagen wieder zurück sein, und allein riskierte der junge Di Lauro keine so kesse Lippe.

Der Commissario und der Sovrintendente hatten die letzten Tage ganz gut überstanden, denn abgesehen von dem Verrückten heute Abend hatten sich die Touristen freundlicherweise darauf beschränkt, in der Fontana di Trevi zu baden oder sich vor der besten römischen Eisdiele auf der Piazza Navona zu prügeln. Wenn es dabei etwas heftiger zuging, so war das die Art von Fällen, die Bariello exklusiv Ispettore Achille Rossi übertrug. Der war mit Sicherheit der schönste Polizist Roms, aber mit ebenso großer Sicherheit nicht die hellste Kerze auf der Torte. Lange hatte Bariello gerätselt, wie dieser Mann es hatte beruflich so weit bringen können; dann war er dahintergekommen: Die Frau des Innenministers Santini fand seit vielen Jahren Wohlgefallen an Rossi. Ihre über mütterliche Zuneigung hinausgehende Zärtlichkeit hatte Bariello beizeiten dokumentiert. Dabei beabsichtigte er gar nicht, den beiden damit Probleme zu bereiten. Sprach doch in seinen Augen dieses Steckenpferd sehr für Signora Santini: Ihr Ehemann war früher einer der Krakeeler einer faschistischen Splitterpartei gewesen, und auch in der Zeit seines politischen Aufstiegs war er seiner unappetitlichen Persönlichkeitsentwicklung treu geblieben. Die Ehe war für beide Seiten opportun - aber mehr auch nicht. Dennoch genoss Santini die seltenen Gelegenheiten, wenn seine Frau ihm ihre Gunst bewies; dabei nutzte sie die traute Zweisamkeit, um ihren jungen Freund zu protegieren. Und Bariello passte auf, dass Rossi im Übrigen entsprechend seinen überschaubaren Fähigkeiten eingesetzt wurde - während der Commissario sich selbst mit seinen gelegentlich unkonventionellen Ermittlungsmethoden dank der Dokumentation der Liaison ein wenig sicherer gegenüber dem Innenministerium wusste.

Chiara hatte die Augen geschlossen, während Bariello hingebungsvoll ihre Zehen bearbeitete, deren Nägel rot lackiert waren. In diesem Moment klingelte sein *cellulare*.

«Mach das aus!»

«Tut mir leid - die Questura!»

Bariello schaute auf das Display, und seine Stirn legte sich in tiefe Falten. Er drückte auf den grünen Knopf.

«Gennaro, wenn du jetzt keinen verdammt guten Grund hast, arbeitest du ab morgen für die Carabinieri!»

«Commissario, bitte entschuldigen Sie, aber wir haben einen

Toten an dem Viale Vaticano, kurz vor der Einmündung der Via Nicolò V.»
«Ja, und? Hast du in den letzten Jahren nichts bei mir gelernt? Polizeiarzt, Erkennungsdienst, Spurensicherung.»
«Doch, Commissario, natürlich. Aber als die Meldung eintraf, war der ranghöchste Beamte im Präsidium Ispettore Rossi ...»
«Merda! Cazzo!»
«Er will die Leiche freigeben, weil sie keine äußeren Verletzungen zeigt.»
«Ah – und warum machst du dann so einen Aufstand?»
«Der Mann ist erfroren, wenn Sie mich fragen!»
«Was ist der?! Was hast du denn geraucht heute Abend? Wir haben immer noch dreißig Grad!»
«Das ist genau der Grund, weshalb ich Sie anrufe! Hier stimmt überhaupt nichts!»
Bariello fluchte vor sich hin.
«Gib mir Rossi!»
Es dauerte ein paar Sekunden.
«Commissario capo Bariello? Hier Ispettore Rossi, die Sache ist ganz klar ...»
«Ispettore – klar ist nur eines: Sie warten mit allen Anordnungen, bis ich am Fundort der Leiche bin. Wehe, es wird in der Zwischenzeit auch nur ein Grashalm verbogen! Ich bin in einer Viertelstunde da. Rufen Sie sofort den Polizeiarzt und ...»
«... der hat Urlaub ...»
«Dann rufen Sie Dottor Gentile an. Er soll seine ganze Ausrüstung mitbringen.»
«Aber, Commissario capo, es ist nach Mitternacht, und Dottor Gentile ist über sechzig ...»
«Dann hilft ihm auch kein Schönheitsschlaf mehr. Rufen Sie ihn sofort an und sagen Sie ihm, dass ich ihn hinzugebeten habe! Nun machen Sie schon!»
Chiara schaute missmutig auf Bariello.
«Was ist?»
«Ich muss los. Man hat einen Toten gefunden.»

«Wirst du jedes Mal gerufen, wenn sie einen finden?»
«Nur wenn er im Juli erfroren ist. Tut mir leid, Chiara, aber ...»
«Ich ruf dir ein Taxi.»

*

Die Straßen waren frei, und zwanzig Minuten später traf Bariello am Fundort ein, den die Carabinieri mit Plastikplanen abgehängt hatten. Der Commissario schob sie zur Seite und sah den Toten. Er lag auf dem verdorrten Gras unter einer der Schirmakazien, die dort vor den Mauern der Vatikanstadt wuchsen. Die Fotografen hatten ihre Aufnahmen gemacht und waren dabei, ihre Ausrüstung zusammenzupacken, aber immer noch wurde die Szene von den Jupiterlampen grell ausgeleuchtet. Der Commissario trat an die Leiche heran; das Erste, was ihm auffiel, waren die verzerrten Gesichtszüge, die im Tod erstarrt waren.
«Habt ihr sein Gesicht in Nahaufnahme?»
«Sicher, Commissario – so was sieht man nicht alle Tage.»
Bariello kniete sich neben den Toten. Er trug Arbeitskleidung – doch zu der schienen seine Hände nicht zu passen. Der Polizist streifte sich Latexhandschuhe über. Durch die dünne Schicht spürte er die unheimliche Kälte, die von der Leiche ausging. Er betrachtete ihre Finger genauer – dieser Mann hatte nie körperlich hart gearbeitet. Bariello ließ seinen Blick über Gesicht und Haare wandern. Nichts davon entsprach der Montur, in der der Tote steckte und die an einen Bauarbeiter erinnerte. Als er dessen Hemdkragen zurückschlug, wurde eine Kette sichtbar. Er zog behutsam daran, und ein breites, flaches Kreuz aus Silber kam zum Vorschein, auf dem im Relief die Sterbeszene Jesu auf Golgatha eingearbeitet war: der Erlöser in der Mitte, rechts und links Maria und sein Lieblingsjünger Johannes. Es war ein Kunstwerk, ein Kreuz, wie es ... Geistliche trugen, aber nie und nimmer ein Handwerker.
In diesem Moment fuhr Dottor Massimo Gentile vor, der das Labor der Gerichtsmedizin leitete. Er hockte sich neben Bariello, untersuchte den Toten und schüttelte den Kopf.

«Dreißig Jahre mache ich das jetzt schon, aber das hier ... Die oberen Hautschichten geben zwar bereits wieder nach, aber der Mann ist steif gefroren. Sovrintendente! Wann kam der Anruf, dass man die Leiche gefunden hat?»

«Vor etwa einer Stunde, Dottore.»

Gentile kramte in seinem Koffer.

«Wir dürfen keine Zeit verlieren. Commissario, helfen Sie mir mal! Wir müssen ihm die Hose ausziehen.»

Bariello fasste mit an und sah, wie der andere eine Weile mit einer Sonde hantierte, bis er sie dort hatte, wo er sie brauchte. Nach zwei Minuten zog er sie aus dem Körper des Toten.

«Das gibt's nicht.»

«Was meinen Sie?»

Dottor Gentile stemmte sich mit einem kleinen Seufzer hoch, packte seine Instrumente weg und klopfte sich die Knie ab. Dann schaute er den Commissario an.

«Er hat eine Kerntemperatur von minus achtunddreißig Grad. Bringen wir ihn in mein Labor!»

Kapitel 2 – Das Geschenk

Neapel, 1. August, ein Uhr morgens

Sua Eccellenza Reverendissima war glücklich. Soweit der Weihbischof einer der schwierigsten Diözesen Italiens glücklich sein konnte, war der Vescovo ausiliare Gian Carlo Montebello heute glücklich. Während er die Nöte seiner Heimatstadt Neapel sonst nicht zu verdrängen vermochte, hatte sich der Hirte an diesem Tag – diesem einen Tag, der nun zu Ende ging – Urlaub zugestanden von den Sorgen seiner Herde.

In den letzten vierzig Jahren hatten fast dreihunderttausend Menschen der einstigen Millionenstadt den Rücken gekehrt, weil die Metropole Kampaniens kaum jemandem eine erfreuliche Lebensperspektive verhieß. Die angerauchte Schönheit der inneren Stadtbezirke Neapels – der Glanz der Bürgerpaläste, der Regierungsgebäude, Kathedralen und Klöster – verströmte den Charme des Verfalls und ließ die imperiale Grandezza besserer Zeiten noch erahnen. Mochten auch Jahrhunderte seit den großen Tagen der Staufer und Angeviner oder seit der napoleonischen Herrschaft vergangen sein, so konnte dieser Zauber immer noch einem empfänglichen Gemüt für ein paar Urlaubstage ein pittoreskes Bild liebenswerter Dekadenz vorgaukeln. Aber wer jahrein, jahraus hier lebte, der fühlte, wie seine Kraft aufgezehrt und wie er ausgemergelt wurde vom Verkehrslärm eines Molochs, vom Müll, an dessen Beseitigung die städtische Verwaltung scheiterte, von der Korruption und der wuchernden Kriminalität, welche die einen mit verzweifelter Hoffnung, die anderen mit hoffnungsloser Verzweiflung erfüllte – und die dennoch nicht nachließen in ihrem Ringen um ein Leben in Würde und Anstand im ersten Kreis des Infernos.

Heute aber hatte Montebello seinen fünfzigsten Geburtstag in vollen Zügen genossen. Sein Privatsekretär, der spanische Dominikanermönch Padre Luis, hatte ihm gesagt, dass er sich an diesem Tag nichts vornehmen dürfe, und daran hatte er sich auch brav gehalten. Doch als er dann aus der Frühmesse, die er wie stets in der Kapelle des Stadtheiligen San Gennaro gehalten hatte, zu seinen Amtsräumen am Largo Donna Regina gegangen war – gleich um die Ecke des Doms der Santa Maria Assunta –, hatte er nicht schlecht gestaunt, wer ihn dort alles erwartete: Die einzige Frau in dem Kreis der Gratulanten war Dr. Jacqueline Napoletano, seine Bistumsarchivarin. Er hatte sie vor Jahren noch in Rom kennengelernt, wo er als Kirchenhistoriker in der Vatikanischen Bibliothek gearbeitet hatte. Die ebenso kluge wie draufgängerische Dottoressa war damals auf der Suche nach einem Papyrus, der Aufschluss über das Grab der Heiligen Jungfrau* verhieß – eine Suche, die sie beinahe das Leben gekostet und die katholische Kirche um Haaresbreite in einen Skandal mit unabsehbaren Folgen hineingerissen hätte. Letzteres hatte er, Montebello, zu verhindern gewusst, doch dass Jackey damals überlebt hatte, verdankte sie einzig ihrem Mann, Savio Napoletano. Zu dieser Zeit hatte er noch für einen Mafiaclan in Rom gearbeitet, sich aber nicht damit abfinden wollen, dass die Amerikanerin ihre wissenschaftliche Neugier mit dem Leben bezahlen sollte. Als die Geschichte überstanden und Montebello zum neuen Weihbischof von Neapel erhoben worden war, hatte er die eine als Archivarin an seine neue Wirkungsstätte mitgenommen, den anderen als seinen Fahrer.

Der Dritte im Bunde war Padre Luis. Ihn persönlich traf damals zwar keine Schuld an dem Skandal um das Grab der Jungfrau,

* Nachzulesen in: *Das Grab der Jungfrau* (2020)

doch sein einstiger Vorgesetzter und Präfekt der Vatikanischen Bibliothek war so tief in die Affäre verstrickt, dass nur die Hilfe Montebellos es verhinderte, dass Padre Luis für den Rest seiner Tage isoliert im Vatikan zurückbleiben musste. Auf diese Weise hatte der neue Weihbischof von Neapel einen menschlich zwar nicht ganz einfachen, doch stets loyalen und, wie sich zeigen sollte, humorvollen und mutigen Privatsekretär gewonnen.

Während Montebello am Morgen seines *dies natalis* mit diesen dreien wohl gerechnet hatte, war es eine große Überraschung, dass aus Rom der Privatsekretär Seiner Heiligkeit Laurentius, des ersten Papstes aus Afrika seit eintausendfünfhundert Jahren, gekommen war: Monsignor Yoris Lisimba. Der hoch aufgeschossene dunkelhäutige Priester, der die Amtsgeschäfte des Heiligen Vaters koordinierte und mit diplomatischem Geschick dessen Entscheidungen der Weltöffentlichkeit erläuterte, war eine elegante Erscheinung; hinter der Brille mit Goldrand funkelten seine Augen vor Witz und Intellekt. Ihn kannte der Weihbischof ebenso lange wie den römischen Commissario capo Vincenzo Bariello – mehr als fünf Jahre. Bariello hatte als Einziger Montebello nur telefonisch zum Geburtstag gratulieren können, weil er als Chef vom Dienst in der Questura unabkömmlich war. Er hatte ihm damals bei der Aufklärung jener Verbrechen geholfen, die während der Suche nach dem Grab ans Tageslicht gekommen waren. Aber kaum ein Jahr später sollte der frischgebackene Weihbischof von Neapel Bariellos Hilfe neuerlich benötigen, als er und seine Leute an ihrer neuen Wirkungsstätte auf ein Umweltverbrechen größten Ausmaßes aufmerksam geworden waren.* Eigentlich waren Montebello, Jackey und Padre Luis damals einer archäologischen Sensation auf der Spur – der Wiederentdeckung der Gebeine Alexanders des Großen –, als sie der Mafia einen Strich durch die Rechnung machten und im Zuge dessen auch noch ein Waffenschmuggel ruchbar wurde, der den Nahen Osten an den Rand einer nuklearen Katastrophe geführt hatte. Die konnte nur durch

* Nachzulesen in: *Hochamt in Neapel* (2022)

das Zusammenwirken von Montebello, Bariello und Yoris Lisimba verhindert werden. Wie groß die Wertschätzung war, die Montebello seit diesen Tagen bei Papst Laurentius genoss, ließ heute der Geburtstagsbesuch seines Privatsekretärs erahnen.
Den Kreis der Gratulanten vervollständigten Monsignor Eugenio Silvestri, der kettenrauchende Generalvikar der Diözese Neapel, und der Archäologe Luca Berliner, der für diese Feier eigens aus Deutschland angereist war. Auch sie hatten bei der Suche nach den sterblichen Überresten Alexanders des Großen, die sich für alle Beteiligten lebensgefährlich gestalten sollte, und der Aufklärung des Umweltverbrechens geholfen.
Nun war der Jubeltag zu Ende gegangen, und es war Nacht geworden. In Montebello klangen noch das Lachen und die Glück- und Segenswünsche seiner Besucher nach. Sie hatten ihn heute an die nahe Amalfiküste entführt, deren landschaftliche Schönheit sie ebenso begeistert hatte wie ihr kultureller Reichtum. Die letzten Gäste waren vor ein paar Minuten gegangen; es war bald zwei Uhr morgens.
Während Montebello im Wohnzimmer die leeren Gläser auf ein Tablett stellte, fiel sein Blick auf das Geburtstagsgeschenk, das er bekommen hatte – eine wunderbar restaurierte lateinische Ausgabe der mittelalterlichen *Legenda Aurea* des Jacobus de Voragine. Padre Luis hatte über das ganze Gesicht gestrahlt, als Montebello ihm auf den Kopf zusagte, dass hinter diesem Geschenk nur er, sein eigener Privatsekretär, stecken könne – war doch der Verfasser des Werkes ebenso wie Padre Luis Dominikaner, auch wenn jener sein Opus bereits im dreizehnten Jahrhundert geschrieben hatte. Die Gäste des Weihbischofs, die sich alle an dem Donativ beteiligt hatten, stimmten mit Padre Luis darin überein, dass die in der *Legenda Aurea* zusammengetragenen Helden-, Lebens- und Leidensgeschichten der Heiligen ein würdiges Geschenk für einen Kirchenmann seien.
Wäre nicht schon die Gabe für sich genommen wertvoll genug gewesen, so wies sie darüber hinaus noch eine Besonderheit auf: Das Kapitel *De sancto Petro apostolo* enthielt vier Blätter, die offen-

bar deutlich älter waren als die gedruckte Ausgabe selbst. Ein unbekannter Buchbinder hatte der Lebensgeschichte des heiligen Apostels Petrus vier Zeichnungen beigebunden. Irgendwann musste einem späteren Besitzer des Bandes dieser Umstand aufgefallen sein, und er hatte auf dem Vorsatzpapier, das in den hinteren Buchdeckel eingeklebt war, mit spitzem Bleistift gut leserlich auf Deutsch notiert: *Der Vita des heiligen Petrus wurden in dieser Ausgabe vier Vorzeichnungen mittelalterlicher Buchmalereien von geringer Qualität beigefügt. Sie zeigen Tiere und Architekturelemente. Der Illustrator ist nicht bekannt. Ebenso unklar ist die Bedeutung der einzelnen Buchstaben an den Rändern der kuriosen Blätter – B / L / I / F. Die Reihung der Seiten folgt keiner erkennbaren Ordnung.*

Montebello trug die Gläser hinaus, wusch sich die Hände und nahm das Geschenk noch einmal zur Hand, um die seltsamen Seiten zu betrachten. Sie reizten den Bibliothekar in ihm. Hatte er sich doch während der zehn Jahre, die er in der Biblioteca Apostolica Vaticana gearbeitet hatte, oft mit Handschriftenfragen auseinandersetzen müssen. Aber bereits am Nachmittag war er im Gespräch mit Padre Luis zu dem Ergebnis gelangt, dass Sinn und Zweck dieser Zeichnungen wohl tatsächlich nicht mehr zu ergründen sein würden. Auch der Padre verstand viel von diesen Dingen, denn vor seiner Zeit in der Vaticana hatte er in dem spanischen Dominikanerkonvent San Pablo y San Gregorio in Valladolid ebenfalls einige Jahre in einer Bibliothek gearbeitet. Dennoch blätterte Montebello nun in der Stille der Nacht noch einmal mit Neugier und Wohlgefallen die ungewöhnlichen Seiten auf.

Alle Bilder waren als Strichzeichnungen ausgeführt. Auf einem war eine Mauer zu sehen, die mit einem Rötelstift schraffiert worden zu sein schien. Vor der Mauer befand sich etwas, das ein wenig an ein Tempelchen erinnerte – die Römer hatten so etwas «Aedicula» genannt. Links davon konnte Montebello einen Vogel, wohl eine Taube, erkennen; ihr Gesicht wirkte verschattet. Unterhalb von ihr, fast schon am Rand des Blattes, wies ein kleiner Pfeil nach unten ins Leere. An der Oberkante der Seite stand ein *B*.

Das zweite Blatt zierte ein Hahn im Profil, dessen Krallen sich um das stumpfe Ende eines Pfeils schlossen, der ebenfalls nach unten zeigte, während links davon wiederum eine Taube zu sehen war. Diesmal war die Seite mit dem Buchstaben *L* bekrönt.

Die nächste Zeichnung zeigte einen skizzenhaft angedeuteten Felsen. Auch auf diesem Bild war eine Taube zu sehen, doch diesmal befand sie sich nicht neben dem anderen Motiv, sondern darunter. Auch schien sie in einem Gewölbe zu stehen und hatte die Augen geschlossen. Auf diesem Blatt fehlte der Pfeil, aber wieder gab es am oberen Rand einen Buchstaben, und zwar ein *I*.

Die vierte und letzte Bildseite in dem Buch zeigte einen Fisch, links neben ihm auch diesmal eine Taube und darunter abermals ein kleiner Pfeil. Der Buchstabe am oberen Blattrand war ein *F*.

Montebello lehnte sich zurück und schloss die Augen. In einer Geschichte des heiligen Petrus war ein Hahn kein überraschendes Motiv. Den brachte man mit Petrus in Verbindung, weil alle vier Evangelisten überlieferten, dass jener geleugnet habe, zu Jesus zu gehören, als man den Erlöser festgenommen und zum Verhör vor den Hohepriester geführt hatte. Unmittelbar nach dieser Lüge hatte der Hahn gekräht, so wie Jesus es dem Petrus

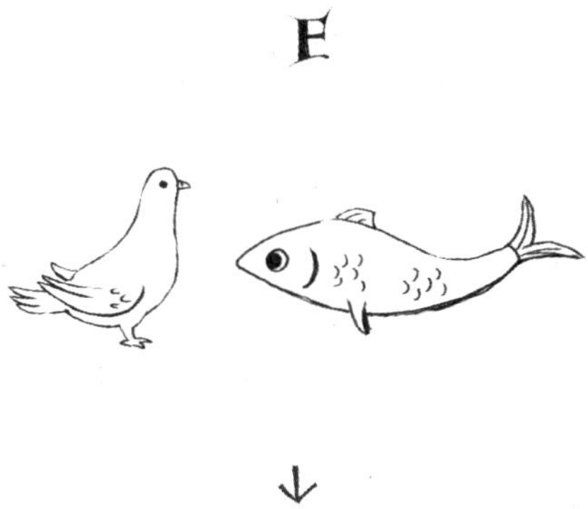

geweissagt hatte. Daher bildete der Hahn zu allen Zeiten einen festen Bestandteil der Bildsymbolik für Petrus. Doch was hatte der Zeichner wohl mit dem Tempelchen und der Taube gemeint? Ebenso eindeutig wie der Hahn war die Bedeutung des Felsens auf dem anderen Blatt, denn als solchen hatte Jesus, wie der Evangelist Matthäus überlieferte, Petrus bezeichnet: *Du bist Petrus, und auf diesen Felsen will ich meine Kirche bauen, und die Pforten der Unterwelt sollen sie nicht überwältigen.*

Der Fisch wiederum war ein bedeutendes Bildsymbol der frühen Christenheit. Es konnte für Jesus selbst stehen – war doch das griechische Wort für Fisch *Ichthys:* Als die Christen in den ersten Jahrhunderten nach Jesu Tod – einer Zeit immer wiederkehrender Verfolgungen – häufig gezwungen waren, sich zu verbergen, hatten sie kryptische Zeichen entwickelt, die nur Glaubensbrüder verstanden und an denen sie einander erkennen konnten. Der *Ichthys* eignete sich dafür besonders gut. Er war schon fast so etwas wie ein bildliches Glaubensbekenntnis, weil man seine einzelnen Buchstaben als Akronym lesen konnte – dann ergaben sie, als Abkürzungen betrachtet, einen ganz besonderen Sinn: I stand für *Iesus* / Ch (Chi) für *Christos* / TH (Theta) für *Theou* / das behauchte Y für *Hyios* / S für *Soter*. Was nacheinander gelesen so viel bedeutete wie: Jesus Christus Gottes Sohn Retter. Aber im Zusammenhang der Petrus-Geschichte, in die der Fisch hier eingebunden war, konnte er auch nur mit Blick auf den Apostel gedeutet werden – war doch Petrus, bevor er sich Jesus anschloss, Fischer in Galiläa gewesen. Damals hieß er noch Simon, und die Evangelisten Lukas und Johannes erzählten Geschichten von seinen Fischzügen. In Verbindung mit den anderen Bildern, die in Montebellos Geschenk erhalten geblieben waren, galt diese Fischzeichnung also ganz sicher Petrus, dem Jünger Jesu, und nicht dem HERRN selbst.

Die seltsame Taube, die auf allen vier Blättern zu sehen war, hätte Montebello gar zu gern als Symbol des Heiligen Geistes gedeutet, wie er sich bei der Taufe Jesu im Jordan gezeigt hatte. Aber dann hätte die Taube bestimmt nicht zusammen mit dem Hahn abgebildet werden dürfen, der für den Verrat des Petrus an Jesus stand – und damit ganz sicher keine Eingebung des Heiligen Geistes war. So blieb das Taubenmotiv ein Rätsel, und nicht anders verhielt es sich mit den Pfeilen, die auf dreien der vier Bilder zu sehen waren, und auch mit den Buchstaben an den Oberkanten aller vier Seiten.

Montebello gähnte. Er hatte ein wunderbares Geschenk erhalten, doch falls er jemals hinter die volle Bedeutung der mittelalterlichen Zeichnungen und ihres möglicherweise bestehenden Zusammenhangs kommen sollte, dann ganz sicher nicht mehr in dieser Nacht.

Als er wenig später die Nachttischlampe ausknipste, vermischten sich Bilder und Buchstaben in einem sanften Strudel, der ihn langsam auf die Seite des Schlafes hinüberzog: Tempelchen und Taube, Fisch und Pfeile, Hahn und Fels und F und L und B und I … oder F und I und B und L … oder? Wie war die Reihenfolge? Das konnte bis morgen warten … oder?! Irgendetwas rief in seinem Kopf ein Echo hervor, wenn er an diese Buchstaben am Rand der Bildseiten dachte. Die Sache ließ ihm keine Ruhe. Mit einem leisen Seufzer schwang er sich noch einmal aus dem Bett, tappte barfuß ins Wohnzimmer, trug das Buch zu seinem Schreibtisch und drehte die helle Arbeitsleuchte an, um die Buchstaben auf den alten Seiten genauer zu betrachten. B, L, I, F. Aber – war das da wirklich ein I? Er zog eine Lupe aus der Schublade und betrachtete den Buchstaben in der Vergrößerung. Nein! Der Eintrag auf dem Vorsatzpapier seiner Ausgabe war falsch! Jetzt – im hellen Licht der Lampe und mit der Lupe – erkannte er auf der Bildseite mit dem Felsen kein I mehr. Die untere waagerechte Haste war dafür viel zu lang! Das war ... Er blätterte noch einmal zurück zu dem Bild mit dem Hahn und dem Buchstaben L. Nun war er sich sicher: Auch auf dem Bild mit dem Felsen war der Buchstabe ein L, dessen aufsteigende rechte Haste im Laufe der Jahrhunderte ausgebrochen und bis zur Unkenntlichkeit verblasst war. Also L und L und F und B. Und wenn man die Reihenfolge vertauschte? ... Dann ging auch ... FLBL ... Irgendwoher kannte Montebello diese Buchstabenfolge ... er hatte sie schon mal gesehen ... sie war nicht trivial – da war er sich ganz sicher. Es war lange her – vielleicht in einem der alten Buchkataloge in der Vatikanischen Bibliothek? ... FLBL ... FLBL ... FLBL ...

«FLAVIUS BLONDUS!»

Er hatte diesen Namen so laut ausgerufen, dass er selbst zusammenfuhr. Das Fenster seines Arbeitszimmers stand in dieser warmen Julinacht offen; wahrscheinlich hatte die halbe Straße ihn gehört. Hoffentlich hatte er niemanden im Haus geweckt? Er lauschte in die Nacht, aber nichts rührte sich. Sicherheitshalber schloss er trotzdem das Fenster.

Nun war er hellwach. Wenn das stimmte! Dann waren diese mittelalterlichen Zeichnungen wirklich etwas ganz und gar Besonderes: Flavius Blondus war eine der herausragenden Gestalten der spätmittelalterlichen Kirchen- und Geistesgeschichte. Er hatte es in der ersten Hälfte des fünfzehnten Jahrhunderts unter Papst Eugen IV. bis zum Kanzleisekretär gebracht und in dieser Funktion bis zu seinem Tod 1463 auch noch dessen Nachfolgern gedient. Mit seinen Arbeiten auf dem Gebiet der archäologischen Erforschung Italiens und insbesondere Roms hatte er Maßstäbe gesetzt. Zwar wäre er als Mann des Wortes und der Schrift nie auf die Idee gekommen, selbst den Spaten anzusetzen, um etwas auszugraben. Aber sein profundes literarisches Wissen um die Monumente des Altertums und seine Kenntnisse, die er auf ausgiebigen Reisen durch die achtzehn Provinzen Italiens erworben hatte, hatten Eingang gefunden in seine großen Darstellungen *Roma instaurata* und *Italia illustrata.* Dabei handelt es sich um Werke, die für die damalige Zeit bahnbrechend waren. Flavius Blondus war unbestreitbar *die* Autorität seiner Epoche für archäologische Stätten des römischen Altertums.

Ein Mann wie Flavius Blondus hätte niemals solche Zeichnungen nur zum Zeitvertreib angefertigt und verrätselt. Sie mussten einen tieferen Sinn haben. Und auf jeden Fall standen diese vier Blätter in einem Zusammenhang, sonst hätte Flavius Blondus sie nicht durch seine Initialen gekennzeichnet, deren einzelne Buchstaben in ihrer Gesamtheit das kleine Konvolut wie ein geistiges Siegel zusammenhielten. Mit den Pfeilen dürften die Buchstaben die Reihenfolge ergeben, in denen die Blätter zu betrachten waren.

Es musste eine Ordnung geben ... Die einzige Zeichnung, die keinen Pfeil zeigte und somit auf kein weiteres Bild verwies, war jene mit dem Felsen und darunter der Taube im Gewölbe. Dieses Blatt trug den Buchstaben L. In der Abfolge der Initialen - FLBL - konnte diese Zeichnung daher nur als vierte und letzte stehen. Das F von Flavius musste hingegen ganz am Anfang stehen: Es fand sich auf dem Bild mit Fisch und Taube. Nun das andere L - es erschien in Verbindung mit Hahn und Taube. Der letzte Buchstabe, der jetzt noch fehlte, war der dritte ... das noch verbliebene B über der rötlich gezeichneten Mauer, der Aedicula und der Taube.

Fisch - Hahn - Aedicula - Felsen. Welche Geschichte verbarg sich dahinter? Auch wenn er ihren Sinn heute Nacht nicht mehr ergründen würde, war Montebello doch sehr zufrieden mit sich! Die anderen würden staunen, wenn er ihnen morgen beim Frühstück erzählen könnte, was er über ihr Geschenk herausgefunden hatte. Mit einem Lächeln strich Montebello sacht über die kleine Kostbarkeit - so wie früher manches Mal, als er noch als Bibliothekar der Vaticana einen ihrer zahllosen Bücherschätze in Händen gehalten hatte. Dann fielen ihm die Augen zu, und er schlief am Schreibtisch ein.

Neapel, 1. August, acht Uhr morgens

Die ganze Geburtstagsgesellschaft vom Vortag hatte sich zum Frühstück in der Caffetteria Cardinale in der Via Duomo gleich neben der Kathedrale verabredet. Der Inhaber war Sizilianer und servierte nicht nur einen exzellenten *caffè*, sondern auch wunderbare Cannoli – je nach Gusto mit Ricotta- oder Vanillefüllung, aber auch in einer herben Variante mit Kakao und Schokoladenstückchen, die Sua Eccellenza Reverendissima ganz besonders liebte. Montebello gestand sich normalerweise bei seinen Besuchen dort nur noch ein Röllchen zu; in Rom hatte er geradezu asketisch gelebt – umso deutlicher erkannte er beim Blick in den Spiegel, dass er nach der Rückkehr in seine alte Heimat selbst erste Züge des neapolitanischen Barock angenommen hatte. Aber heute Vormittag wollte er es sich ebenso wie alle seine Gäste noch einmal richtig gut gehen lassen.

Die anderen staunten nicht wenig, als der Weihbischof, nachdem er sich gründlich die Hände abgewischt hatte, auf einmal sein Geburtstagsgeschenk aus einer Aktentasche zog. Mit ein paar Sätzen erklärte er ihnen, was er noch spät in der vergangenen Nacht herausgefunden hatte. Er hatte sogar die Lupe mitgebracht, damit sich alle von der Richtigkeit seiner Beobachtung überzeugen konnten. Sie freuten sich, dass das Buch mit einem Mal zu einer kleinen kulturgeschichtlichen Kostbarkeit avanciert war und sie somit ihrem Weihbischof wirklich etwas ganz Außergewöhnliches verehrt hatten. Etwas, dessen Besonderheit allen seinen Vorbesitzern einschließlich des Antiquars entgangen war, bei dem Padre Luis es erstanden hatte.

Der Archäologe Luca Berliner hatte sich in die Bildseite mit dem Tempelchen vor der Mauer vertieft.

«Wissen Sie, woran mich das hier erinnert? Im Rahmen meines

Studiums habe ich mich ein paar Semester auch mit Christlicher Archäologie befasst, und ... irgendwie sieht diese Zeichnung aus wie die berühmte rote Mauer mit dem Grabmal des Petrus davor.»

«WAS?!»

Montebello zog das Buch zu sich herüber. Er war während seiner Jahre in Rom ein-, zweimal in die Nekropole unter dem Petersdom hinabgestiegen und hatte an dieser Stelle gestanden. In Gedanken verglich er die Strichzeichnung mit dem, was er einst gesehen hatte ... Konnte das tatsächlich sein ...?

«Vielleicht ... Die Pläne und Aufrisse müssten auf der betreffenden Website des Vatikans zu finden sein ... Hat jemand ...?»

Berliner zog sein Smartphone heraus, und eine Minute später starrten alle auf die Bilder, die er eines nach dem andern über das kleine Display zog. Montebellos Mund war trocken, als er wieder sprach.

«Ein bisschen sieht es tatsächlich so aus, aber ... natürlich ist die Zeichnung von Flavius Blondus nur eine ganz grobe Skizze ... Ich finde, das geht nun doch etwas zu weit ...»

«Bitte, Eccellenza, geben Sie mir noch einmal die Lupe!»

Jackey hatte sich über die Seite gebeugt, auf der die Taube mit dem verschatteten Gesicht neben der Aedicula zu sehen war.

«Sie weint.»

«Wie bitte?»

«Die Taube – sie weint! Jetzt mit der Lupe kann man erkennen, dass ihr Gesicht nicht einfach nur dunkler ist als auf den anderen Bildern. Wenn man genau hinschaut, erkennt man, dass sich das ganze Grau aus zahllosen winzig kleinen Tränentröpfchen zusammensetzt.»

Jackey reichte die Lupe an Padre Luis weiter, der eingehend das Bild studierte. Kurz darauf schob er Buch und Vergrößerungsglas zu Yoris Lisimba hinüber.

«Dottoressa Jackey hat recht. Die Taube weint. Ihr Gesicht ist sozusagen von Tränen überströmt.»

Der Privatsekretär Seiner Heiligkeit nickte.

«Weint also die Taube am Grab des Petrus?»

Savio Napoletano hatte dem Gesprächsgegenstand eher mäßiges Interesse entgegengebracht, sich das aber in diesem hochgestimmten Kreis nicht anmerken lassen.

«Also, wenn ich das richtig verstehe, dann stehen der Fisch, der Hahn und der Fels alle für den Apostel Petrus. Wofür steht denn dann die Taube, Jackey?»

Die Archivarin strahlte ihren Mann an. Das war die schönste Steilvorlage, die er ihr hatte geben können. Jackey war gleichfalls Altertumswissenschaftlerin und hatte, bevor sie nach Europa gekommen war, als Papyrologin in Berkeley gearbeitet.

«Eine gute Frage, Savio! Die ältesten Darstellungen von Tauben stammen aus dem Mittleren Osten, und zwar bereits aus der Zeit des vierten Jahrtausends vor Christus. Tauben wurden damals in Verbindung mit der altorientalischen Liebesgöttin Ischtar gebracht, später dann mit der griechischen Liebesgöttin Aphrodite. Im Alten Testament wiederum lässt Noah von der Arche aus eine Taube fliegen, die nach drei Tagen mit dem Ölzweig zurückkehrt, der bedeutet, dass es irgendwo wieder trockenes Land geben muss, nachdem Gott die Sintflut geschickt hatte, um die Menschheit zu vernichten; in dem Fall ist die Taube also eine Friedensbotin zwischen Gott und den Menschen. Bei der Taufe Jesu im Jordan kommt eine Taube aus dem Himmel herab, die wiederum die Nähe Gottes zu seinem Sohn und den Menschen zum Ausdruck bringt. Bei den Römern steht sie oft symbolisch für Liebe und Treue zwischen Eheleuten, aber auch für die Trauer.»

Savio hatte aufmerksam zugehört.

«Na, dann ist doch alles klar. Auf dem einen Bild weint also in Wirklichkeit nicht die Taube, sondern die Ehefrau um ihren toten Petrus an dessen Grab, und da auf dem anderen Bild, unter dem Felsen, wo sie die Augen zuhat und in dem Gewölbe steckt, ist sie selbst offenbar ebenfalls tot und begraben.»

Schweigen. Niemand sagte ein Wort.

«Hab ich was Dummes ...?»

Der Archäologe Luca Berliner schüttelte den Kopf.

«Nein, Savio. Du hast ganz konsequent und logisch deine Schlüsse gezogen. Aber die Konsequenzen deiner Schlüsse ... Wenn das Gewölbe mit der toten Taube unter dem Felsen dargestellt ist – und wenn das hier mehr ist als reine Kritzelei, und ganz so sieht es aus –, dann heißt das, dass mit Flavius Blondus einer der größten Gelehrten seiner Zeit angenommen hat, dass die Frau des Petrus unter dem Grab des Apostelfürsten beigesetzt wurde.»

In der nächsten Sekunde redeten alle wild durcheinander. Der Besitzer der Caffetteria kam an den Tisch und fragte besorgt, ob irgendetwas mit den Cannoli nicht in Ordnung gewesen sei.

«Bitte, Ruhe, bitte! BITTE!»

Dass der so distinguierte Monsignor Yoris Lisimba nicht nur die Hände, sondern sogar die Stimme erhoben hatte, verfehlte nicht seine Wirkung.

«Danke! Das sind bis jetzt alles nur Spekulationen. Wir sollten ... wir müssen über dies hier Stillschweigen bewahren! Wir haben ein paar seltsame Zeichnungen – mehr nicht! Und wir wissen nicht, was sie bedeuten ... noch nicht. Sind wir uns so weit einig? – Gut! Was wir gerade besprechen, bleibt in diesem Kreis! Kein Wort zu Außenstehenden!»

Alle nickten, nur auf Savios Gesicht malte sich Unverständnis.

«Warum so geheimnisvoll? Sie scheinen alle zu verstehen, was das zu bedeuten hat. Aber mir ist nicht klar, wo das Problem liegt.»

Montebello beugte sich vor und senkte die Stimme.

«Savio, wenn an dem, was Sie gefolgert haben, etwas dran ist, dann wäre die Folge ein Erdbeben im Vatikan. Wenn der Zeichner dieser Bilder die *Realität* skizziert hat, wenn er das, was er festgehalten, gar selbst *gesehen* hat, dann ... Es würde heißen, dass Simon Petrus – das erste Oberhaupt unserer Kirche – mit seiner Frau nach Rom gekommen ist und dass sie bis zum Tod an seiner Seite war. Und wenn sie tatsächlich dort unten bestattet worden ist, noch dazu unter seinem Grab, dann bilden eben nicht länger nur die Gebeine des Apostelfürsten die Fundamente des Petersdoms – und, wenn Sie so wollen: die Fundamente unserer ganzen Kirche –, sondern eben auch die seiner Frau. Wenn das aber stimmt, dann gerät die kirchliche Dogmatik im Hinblick auf die Stellung der Frauen in der Kirche vollends ins Wanken: Bis jetzt heißt es immer, das Priesteramt sei unvereinbar mit der Ehe. Aber was wir hier sehen, bedeutet, dass der erste Papst und oberste Priester der Christen als verheirateter Mann in Rom gelebt hat; er starb zugleich als Ehemann und als Stellvertreter Christi und hinterließ eine Witwe! Damit wäre der Zölibat *erwiesenermaßen* nur eine ... Bizarrheit der Kirchengeschichte bis in unsere Tage und würde sofort Makulatur.»

Yoris Lisimba nickte.

«Aber auch die fortgesetzte Weigerung, Frauen zum Priesteramt zuzulassen, die demnach in Gestalt der Frau des Petrus das tiefste Fundament unseres Doms bilden – und dementsprechend auch unserer Kirche –, würde mit diesem Befund einen schweren Schlag erhalten. Wenn das stimmen sollte und der Vatikan trotzdem weiterhin auf seiner Position beharrte, würde er wahrscheinlich auch noch die letzten Frauen aus der katholischen Kirche treiben. Sie verstehen: Allein schon die Symbolik dieses Grabes unter dem Petersdom würde unvorstellbare Zentrifugalkräfte in der Kirche freisetzen.»

Savio stieß einen leisen Pfiff aus. Padre Luis legte die Hände ineinander.

«Monsignore, Eccellenza – ich, äh ... ich denke, wir sollten Stillschweigen bewahren ... unbedingt ... aber, ja nun, ... wir sollten auch nachsehen.»

Lisimba massierte seine Stirn. Was würde Seine Heiligkeit zu alldem sagen? Der Papst hatte ihn nach Neapel entsandt, damit er dem Mann, der die Kirche zweimal aus schwersten Turbulenzen herausgehalten hatte, seinen brüderlichen Segen überbrachte. Sollte derselbe Mann schlimmste Gefahren nur deshalb überstanden und abgewendet haben, um in naher Zukunft die Kirche vielleicht in ihre schwerste Zerreißprobe zu stürzen? Was könnte dagegen helfen? Ein Schweigegebot? Montebello, Padre Luis und Eugenio Silvestri, den Generalvikar, könnte man wohl durch solch eine kirchenrechtliche Maßnahme dazu verpflichten, sich über dieses Thema nicht zu äußern. Er war sicher, sie würden sich da-

ran halten. Aber die anderen hier am Tisch ...? Und – war das Anliegen, das im Raum stand, nicht auch völlig berechtigt? Hatten nicht über zweitausend Jahre Machtinteressen, Unduldsamkeit und Engstirnigkeit die Entwicklung der Kirche behindert – und taten das reaktionäre Kreise der Kurie nicht bis auf den heutigen Tag? Lisimba spürte, dass alle auf ein Wort von ihm warteten. Er schaute Montebello an.
«Mein lieber Bruder, halten Sie im Moment unaufschiebbare Verpflichtungen in Neapel fest, oder könnten Sie sich für ein paar Tage hier freimachen?»
Generalvikar Eugenio Silvestri räusperte sich. Er hatte durchschaut, worauf die Frage des Privatsekretärs von Papst Laurentius zielte.
«Monsignore, wenn ich auf Ihre Frage antworten darf: Im Augenblick ist es ziemlich ruhig in der Verwaltung unserer Diözese. So könnte ich ohne weiteres für ein, zwei Wochen Sua Eccellenza vertreten, wenn Sie ihn in Rom brauchen sollten.»
Lisimba atmete tief durch.
«Wenn das so ist, schlage ich vor, dass Sie, Eccellenza, zusammen mit Padre Luis, Dottoressa Napoletano und Ihnen, Signor Napoletano, mit mir nach Rom kommen. Selbstverständlich sind auch Sie, Dottor Berliner, Gast des Vatikans. Sie alle können im Vatikanischen Gästehaus unterkommen – die Domus Sanctae Marthae ist seit Anfang des Jahres von Grund auf renoviert worden; ein seltener Zufall, dass da etwas frei ist. Es riecht noch nach Mörtel und frischer Wandfarbe; daher wurden die Räume bis jetzt noch nicht wieder vergeben. Sie sind Gäste Seiner Heiligkeit. Aber – das müssen Sie verstehen – nur Seine Heiligkeit kann in dieser Sache befinden, und Sie alle müssen mir versprechen, dass Sie sein Wort als letztverbindliche Entscheidung akzeptieren! Bis dahin gilt auf jeden Fall: absolutes Stillschweigen gegenüber Dritten! Kann ich mich darauf verlassen?»
Montebello war zu dem gemeinsamen Frühstück gekommen, um die anderen mit einer kleinen kulturgeschichtlichen Überraschung zu erfreuen. Jetzt fühlte er sich von den Konsequenzen

seiner Entdeckung überwältigt, die ihm bis heute Morgen doch nur als ein wundersamer Zufall der Überlieferung von Interesse erschienen war. Er schaute ein wenig eingeschüchtert von einem zum anderen.

«Ja, wenn Sie meinen, Monsignore ... dann ... natürlich.»

Lisimba hatte sich wieder gefangen.

«Gut! Signor Napoletano, Sie sind der Fahrer von Sua Eccellenza. Ich schlage vor, Sie besorgen ein entsprechendes Fahrzeug, und wir alle treffen uns um zwölf Uhr vor dem Generalvikariat.»

Kapitel 3 – Papageno

Rom, 1. August, vormittags

Die Ergebnisse der feingeweblichen Pathologie standen noch aus. Aber die Untersuchung des Toten im Labor von Dottor Gentile hatte, was die Todesursache betraf, keine neuen Erkenntnisse gebracht: Der Mann war erfroren und zeigte im Körperinnern eine Temperatur, die man eher bei einer Leiche aus der Permafrostzone erwartet hätte, aber ganz gewiss nicht an einem Hochsommertag in Rom. Da Bariello sicher war, dass der Tote nie und nimmer ein Arbeiter war, und weil man ihn gleich hinter den Mauern des Vatikans gefunden hatte, rief er beim Corpo della Gendarmeria dello Stato della Città del Vaticano an, der Vatikanischen Polizei, um zu erfahren, ob jemand auf dem Territorium des Vatikans vermisst gemeldet war. Tatsächlich hatte sich das Redaktionssekretariat des *Osservatore Romano*, des offiziellen Presseorgans des Vatikanstaats, gestern bei den Behörden gemeldet und angezeigt, dass der stellvertretende Chefredakteur Monsignor Paolo Veneziano seit zwei Tagen nicht zum Dienst erschienen und auch nicht zu Hause zu erreichen sei. Ob er wohl einen Unfall gehabt habe? Die Gendarmeria wusste nichts davon und teilte auch die Beunruhigung nicht; sie wollte vor dem heutigen Abend auch nicht an die Öffentlichkeit gehen, um keine Gerüchte aufkommen zu lassen. Nachdem man ergebnislos die Krankenhäuser Roms abtelefoniert hatte, entschied der Vice Ispettore Generale Giulio Santoro, es könne – auch wenn es ganz unwahrscheinlich sei, dass dabei etwas herauskäme – nichts schaden, wenn man mal einen Blick auf die Leiche werfen würde, die die Kollegen in der letzten Nacht gefunden hatten.

So erschien er um elf Uhr in Begleitung des Leiters der Druckerei des *Osservatore*, der den Toten identifizierte. Trotz der verzerrten Gesichtszüge, die vermuten ließen, der Mann habe entweder schreckliche Schmerzen gehabt oder im Moment des Todes etwas Furchtbares gesehen, hatte der Kollege ihn sofort erkannt. Allerdings waren ihre Kontakte ganz auf geschäftliche Angelegenheiten beschränkt geblieben. So konnte er im Übrigen keinerlei Angaben zu dessen Privatleben machen oder sonst irgendeine Information liefern, die Aufschluss über das Schicksal Monsignor Venezianos geboten hätte. Immerhin empfahl er, sich mit dem Chefredakteur der Zeitung Dottor Alessio Spaziani in Verbindung zu setzen.

Eine Stunde später saßen der Vice Ispettore der Gendarmerie und Bariello im Büro von Signor Spaziani, der sichtlich erschüttert war über das Schicksal seines engsten Mitarbeiters.

«Sie sehen mich fassungslos. Vor drei Tagen noch habe ich mit Paolo – mit Monsignor Veneziano – über die Weiterentwicklung des *Osservatore* gesprochen. Er war munter und optimistisch wie eh und je. Wir hatten uns überlegt, ob wir einzelne Artikel kommender Nummern über eine App im Voraus zugänglich machen sollten, um neue Leser für unsere Zeitung zu interessieren ... Aber bitte verzeihen Sie! Das ist völlig uninteressant für Sie. Ich weiß einfach nicht, wie ich Ihnen helfen kann ... ich verstehe das alles nicht.»

Bariello beugte sich vor.

«Dottor Spaziani, wir haben Ihren Mitarbeiter vor den Mauern des Vatikans gefunden. Er ist, nach allem, was wir wissen, erfroren.»

«ERFROREN?! IM JULI?»

«Ja. Wir können uns im Moment noch ebenso wenig einen Reim darauf machen wie Sie. Ist Ihnen aus dem Leben – genauer gesagt: aus den letzten Tagen oder Wochen von Monsignor Veneziano – irgendetwas bekannt, das Ihnen merkwürdig oder auffällig erschienen ist?»

«Nein – nicht im Geringsten. Er war wie immer – neugierig, lebensfroh, humorvoll. Wissen Sie, er war, wenn ich das so sagen darf, für einen Priester geradezu mit der Gnade der Heiterkeit gesegnet. Immer der Welt zugewandt, nie spießig oder philisterhaft. Bei manchen seiner Artikel musste ich ihn sogar ein wenig bremsen, damit er nicht einigen hochmögenden Herren im Vatikan allzu sehr auf die Füße stieg.»

«Sie selbst sind kein Geistlicher?»

«Nein – ich habe ein Doppelstudium in Politologie und Theologie, bin aber kein Priester. Mit Papst Laurentius hat sich auch in unserer Chefredaktion einiges geändert. Wir können freier arbeiten denn je – im Rahmen des christlichen Menschenbildes, versteht sich.»

Der Vice Ispettore der Gendarmerie wiegte den Kopf.

«Nun, Dottor Spaziani, ich will nicht respektlos klingen. Aber – was Commissario Bariello nicht weiß – der *Osservatore* und wir in der Gendarmeria sind ja Nachbarn in der Via del Pellegrino, und so kannte auch ich Monsignor Veneziano von einer ganzen Reihe von Gesprächen. Er war bei aller Professionalität und Weltoffenheit, die ich ihm gar nicht absprechen will, schon ein sehr, sehr frommer Mann.»

«Das will ich doch gar nicht bestreiten. Aber das ist auch kein Gegensatz. Sicher ... er hat ... also, Commissario, er kam aus Padua, und da sind die Leute schon etwas speziell.»

Bariello wurde hellhörig.

«Was meinen Sie damit?»

«Nun, Paolo glaubte beispielsweise, dass die Kräfte des Guten wie des Bösen sehr direkt in unsere Welt hineinwirken. Damit konnte ich ihn stets ein wenig aufziehen, auch in der letzten Zeit ... Aber das war nichts Fundamentalistisches oder so, völlig harmlos, und er nahm meine Frotzeleien immer mit gutem Humor.»

«Was war da in der letzten Zeit?»

«Ach, es ist zu albern ...»

«Bitte, Signor Spaziani!»

«Paolo glaubte ... na ja, er glaubte, es gebe Dämonen, die sich überall in der Welt und tatsächlich auch im Vatikan herumtrieben. Er meinte sogar, er habe nachts mal einen gesehen – wie ein sehr großer Hund, aber mit einem Kopf, ähnlich wie von einem Menschen. Aber das ist natürlich alles Unsinn! Wir haben auch zusammen darüber gelacht. Ich habe ihm gesagt: Paolo, du hast dir bei deinem letzten Besuch zu Hause zu lange das *Jüngste Gericht* von Giotto angeschaut! Außerdem werden wir den Frascati während unserer Redaktionssitzungen reduzieren – das hilft gegen Visionen!

Wissen Sie, er hat mich mal mitgenommen nach Padua, um mir dort alles zu zeigen, und wir waren auch in der Cappella degli Scrovegni. Dort sind diese wunderbaren Fresken vom Anfang des vierzehnten Jahrhunderts mit jeder Menge Dämonendarstellungen, die ein fantasievolles Gemüt schon ziemlich anregen können. Wahrscheinlich hat Paolo in seinem Leben in dieser Hinsicht wirklich zu viel Inspiration erfahren.»

Bariello lächelte. Er war mal als Jugendlicher bei einem Schulausflug seines Liceo dort gewesen und hatte die Arena-Kapelle gesehen, die der Kaufmann Scrovegni auf dem Areal des alten römischen Amphitheaters hatte errichten lassen. Ihre Ausmalung vergaß man tatsächlich nicht so leicht.

«Was hat Monsignor Veneziano auf Ihre Anspielung gesagt?»

«Hm ... das war seltsam. Er hat nämlich gesagt, dieser Vergleich mit den Dämonen von Giotto sei gar nicht so falsch ... Und ... er ist auch in den letzten Tagen wieder darauf zurückgekommen. Er hat gesagt, er habe den Dämon nochmals gesehen ... und er traue es sich ebenso zu wie der griechische Halbgott Herkules, den Höllenhund an seinen Ketten aus dem Hades ans Licht zu zerren. Mit Gottvertrauen sei einem Christenmenschen nichts unmöglich. Das Eigenartige war, dass er ... das ernst zu meinen schien. Aber das ist natürlich alles widersinnig und hat nichts mit seinem Tod zu tun.»

Santoro schaltete sich ein.

«Dottor Spaziani, ein Erfrierungstod im Hochsommer ist ebenfalls absurd. Hat Monsignor Veneziano in den vergangenen Tagen auch gesagt, wo er glaubte, den Höllenhund herausziehen zu können, oder hat er sonst noch etwas geäußert, das Ihnen absurd vorkam?»

«Nein. Aber es ist mir wichtig, dass sich der Commissario kein falsches Bild von unserer Arbeitssituation beim *Osservatore* macht! Es ist ein ungemein fordernder Beruf, auch wenn man mal am Feierabend bei einem Glas Wein miteinander über alles Mögliche schwadroniert.»

Bariello nickte.

«Machen Sie sich keine Sorgen! Ich glaube, ich verstehe Sie ganz gut. Wenn Ihnen noch etwas einfallen sollte, das für unsere Ermittlungen von Bedeutung sein könnte, rufen Sie bitte sofort entweder Ispettore Santoro oder mich an – egal um was es sich handelt und wie seltsam es Ihnen in der Erinnerung vorkommen mag!»

Commissario Bariello und Vice Ispettore Santoro verabredeten, getrennt voneinander weiter zu ermitteln, sich aber wechselseitig auf dem Laufenden zu halten. Da der Tote in der Vatikanstadt gelebt hatte, aber in den Straßen der Stadt Rom gefunden worden war, schien es ihnen am aussichtsreichsten, wenn jeder auf seinem vertrauten Terrain die Untersuchungen führen würde. So verabschiedeten sie sich am Largo del Colonnato, wo die Grenzen Italiens und des Vatikans verliefen. Dann machte sich Bariello auf zu einem langen Spaziergang.

Rom, 1. August, früher Nachmittag

Den Mann, den er suchte, fand er nahe dem Viale Vaticano bei der hohen Mauer, die den Vatikanstaat vom Rest der Welt trennte – unweit des Helikopterlandeplatzes auf der anderen Seite der Mauer, der so oft in der jüngeren Vergangenheit zum Ausgangspunkt der Reisen von Päpsten geworden war. Dort, in einem rechtwinkligen Mauerzwickel, stand hinter einem Baum das Zelt von Papageno. Bariello bewunderte den Obdachlosen, der seit vielen Jahren im Umfeld des Vatikans sein Leben führte und trotz aller

Nachstellungen und der Prügel durchhielt, die er gelegentlich von seinesgleichen, mitunter aber auch von rechtsradikalen, selbsternannten Ordnungshütern bezog, die die Stadt von den *barboni* «säubern» wollten. Der Commissario hatte ihm ein wenig Schutz verschafft, indem er in den Reihen der Polizei streute, dass Papageno einer seiner Informanten sei. So hatten die Carabinieri, die hier ab und zu vorbeikamen, ein Auge auf ihn.

Seine Tage brachte Papageno meist auf der Piazza Pio XII zu. Dort saß er in seinen verschlissenen Klamotten mit einer Flasche Rotwein im Schatten und hatte auf einer Decke vor sich einen kleinen Käfig, in dem ein Zeisig munter zwitscherte. Auf einem Pappschild stand, dass er für das Essen für sich und seinen kleinen Freund sammelte. Da der Käfig sauber und das Vögelchen offenbar gesund war, hatte kein Ordnungshüter etwas dagegen. Aber ab und zu äußerten Touristen Mitleid mit dem Tierchen und boten Papageno Geld, wenn er den Stieglitz frei ließe. Dann hatte er seinen großen Auftritt und beschrieb wortreich, dass es doch nur der Gesang des Vogels sei, der ihn sein Leben ertragen lasse und ihm zudem sein Auskommen sichere. Wie er denn weiterleben solle, wenn er ihn frei ließe? Manch ein Tourist ließ sich auf einen Handel ein. Spätestens bei zwanzig Euro stimmte Papageno zu, öffnete den Schlag des Käfigs, und sein kleiner Freund flog davon. Befriedigt und im Bewusstsein einer guten Tat zogen die Touristen von dannen. Es dauerte keine zehn Minuten, dann war der Vogel wieder da, denn Papageno hielt sich ein Pärchen Zeisige, und einer der beiden Vögel saß in einem zweiten kleinen Käfig, den er unter einer Decke hielt und hervorzog, wenn die Fremden gegangen waren. Der eine Zeisig mochte nicht lang ohne den anderen sein ... Nach solch einem Manöver durften dann beide den Rest des Tages gemeinsam im selben Käfig verbringen, und Papageno gönnte sich in einem Schnellimbiss in der Nähe etwas zu essen; manchmal ging er aber auch ins MANGIA E ZITTO!, dessen Wirtin er noch von früher kannte. Dann machte er sich wieder zu seinem Stammquartier nahe dem Helikopterlandeplatz auf. Seine Vögel aber pflegte und hütete er wie seinen Augapfel.

An diesem Vormittag war Papageno bereits erfolgreich gewesen, denn er saß schon wieder vor seinem kleinen Zelt im Schatten des Baumes und döste vor sich hin, als Bariello ihn ansprach.
«Was machen Macchiato und Macchiata?»
Papageno blinzelte, dann zeigte er ein ziemlich lückenhaftes Lächeln.
«Ah, Commissario! Mit den vielen Touristen diesen Sommer ... benissimo.»
«Lässt man dich in Ruhe?»
«Geht so - solang nur den Vögeln nichts passiert ...»
«Im *dormitorio* wärst du nachts sicher.»
Papageno verzog das Gesicht.
«Vor der Prügel - nich vor den Dieben. Da geh ich nich hin.»
«Musst du selbst wissen. Sag mal, hast du die letzten Nächte immer hier geschlafen?»
«Ja, schon lang. Im Sommer is es leicht. Wegen Wetter ...»
«Wir haben heute Nacht gar nicht weit entfernt von hier einen Toten gefunden. Hast du was mitbekommen?»
«Was mitbekommen?»
«Irgendwas: Lärm, Schreie ... Hat man hier was vorbeigeschleppt? Etwas, das eben nicht so war wie sonst.»
«Heute nich.»
«Und in den Tagen vorher?»
Papageno setzte die Flasche wieder an und trank.
«Nun sag schon! Was hast du gesehen?»
«Gesehn hab ich gar nichts.»
«Und gehört?»
«Weiß nich.»
«Was hast du heute verdient?»
«Zwanzig.»
Bariello zog seinen Geldbeutel und angelte einen Zehner heraus, den er in der Hand behielt.
«Und jetzt sag mir, was du gehört hast!»
Papageno fixierte den Schein.
«Vorgestern Nacht. Da hat jemand geschrien.»

«Wo? Hier?»
«Nein – hinter der Mauer. Gesehn hab ich nichts … aber da hatte jemand Scheißangst. So hab ich noch keinen schreien hören: Aiuto! Il diavolo! Aiuto! Dann war's wieder still.»
«Wie lange ging das?»
«Nich lang … paarmal hat der geschrien. Hat keine Minute gedauert.»
«Und du bist sicher, dass er irgendwas vom Teufel geschrien hat?»
«Ja. Die Gegend is komisch geworden. Manchmal sind hier nachts Geräusche. So 'n Fauchen, so was. Keine Ahnung, was das is. Klingt wie Tiere hinter der Mauer – aber dann auch wieder nich wie Tiere. Aber sehen tu ich nie was.»
«Seit wann geht das schon so?»
«Weiß nich. Schon länger. Is aber nur ab und zu.»
Bariello steckte dem Obdachlosen den Geldschein zu.
«Halt weiter die Ohren offen, Papageno! Ich komm wieder.»
«Ciao, Commissario!»

Kapitel 4 – Die Audienz

Vatikanstadt, Gästehaus des Vatikans,
1. August, später Nachmittag

Am Nachmittag war der Weihbischof von Neapel mit seiner Entourage im Vatikan eingetroffen. Yoris Lisimba hatte noch von Neapel aus telefonisch alles arrangiert, so dass sie sogleich in die Domus Sanctae Marthae und auf ihre Zimmer gebracht wurden. Montebello hatte gerade seine Habseligkeiten verstaut, als es klopfte. Vor der Tür stand der Privatsekretär des Papstes. Er sah erschöpft aus, als er sich an einem kleinen weißen Tisch nahe dem Fenster niederließ.

«Mein Bruder, ich habe mit dem Heiligen Vater gesprochen. Sie werden noch heute Abend gemeinsam mit dem Chef der Pontificia Commissione di Archeologia Sacra im Apostolischen Palast zu einer Privataudienz empfangen. Kennen Sie den Mann? Monsignor Oberto Leone? Er steht seit rund zehn Jahren der Päpstlichen Kommission für Christliche Archäologie vor. Er ist Theologe, genießt aber international vor allem einen herausragenden Ruf als Archäologe. Was an ihm nicht herausragend ist, ist sein Sinn für Humor; der muss erst noch ausgegraben werden. Üblicherweise steht er archäologischen Forschungen auf dem Gelände des Vatikans ziemlich reserviert gegenüber – es sei denn, er leitet sie selbst. Ich kann also nicht einschätzen, wie er auf Ihre Entdeckung reagieren wird, aber ich werde bei der Audienz zugegen sein.»

Montebello wurde blass.

«Welche Kompetenz könnte Monsignor Leone in dieser Sache geltend machen?»
«Seine Kommission kümmert sich um alles, was mit dem Erhalt und der Erforschung der ältesten Denkmäler der Christenheit zu tun hat – hier, aber auch sonst wo in der Welt; im Ausland immer in Abstimmung mit den jeweiligen Ordinariaten vor Ort, im Vatikan aber ist Monsignor Leone gewissermaßen sein eigener Chef. Die einzige Instanz über ihm ist Seine Heiligkeit.»
«Die anderen ...?»
«... werden heute Abend nicht empfangen. Es geht um eine Grundsatzentscheidung des Papstes. Der Kreis, der gehört wird, soll klein bleiben.»
«Wie hat der Heilige Vater reagiert, als Sie ihm unsere ... Beobachtung mitgeteilt haben?»
«Er hat gesagt: *Yoris, gestern Abend war ich unruhig und habe noch weit nach Mitternacht zum Himmel geschaut. Jetzt kommen bald die Tage der Perseiden. Sie erscheinen stets um den zehnten August, wenn ich des Martyriums meines Namenspatrons gedenke. In unserer afrikanischen Heimat war es nachts viel dunkler als hier, und ich habe mich gern diesem Schauspiel zahlloser Sternschnuppen hingegeben. Wussten Sie, dass man diese Erscheinung früher* Laurentiustränen *genannt hat? Als ich gestern hinausschaute, habe ich um den Beistand des Märtyrers gebetet für das, was ich nicht fassen kann, aber herannahen fühle. Wir werden sehen, ob seine Tränen nun meine Tränen werden.*
Als ich ihn aufmuntern wollte und gesagt habe, dass mir die Zeichnungen in Ihrem Buch zum gegenwärtigen Zeitpunkt so beunruhigend auch wieder nicht erscheinen, ging er zu seinem Schreibtisch und reichte mir eine Notiz: *Die Entdeckung von Sua Eccellenza Montebello ist nicht meine einzige Sorge. Man hat den stellvertretenden Chefredakteur des* Osservatore, *Monsignor Veneziano, vor den Mauern des Vatikans tot aufgefunden.*»
«Um Gottes willen! Was ...?»
«Zwar finden sich keine Spuren von Gewalteinwirkung, aber die Umstände seines Todes sind mysteriös. Die römische Polizei und die Gendarmerie des Vatikans ermitteln. Noch wissen wir nicht,

was das zu bedeuten hat. Wie ernst aber Seine Heiligkeit Ihre Entdeckung nimmt, können Sie daraus ersehen, dass er mich trotz dieser Tragödie gebeten hat, Monsignor Leone über Ihren Fund zu informieren und Sie beide gemeinsam heute Abend um neun Uhr in seine Privatbibliothek zu bringen, wo er Sie erwarten wird. Ich werde nun alles vorbereiten und hole Sie dann ab.»

Als Yoris Lisimba bereits im Begriff war zu gehen, wandte er sich noch einmal um.

«Er hat mir übrigens aufgetragen, Ihnen zu sagen, wie sehr er sich darauf freut, Sie wiederzusehen. Es ist einige Zeit vergangen, seit er Sie zum Weihbischof von Neapel erhoben hat, aber er hat nie vergessen, welch schwere Gefahren Sie von unserer Kirche abgewendet haben.»

Als sich sein Besucher verabschiedete, lächelte Montebello ihm traurig zu.

Vatikanstadt, Apostolischer Palast, 1. August, neun Uhr abends

Yoris Lisimba hatte vor der Tür zur Privatbibliothek des Papstes Sua Eccellenza Montebello und Monsignor Leone miteinander bekannt gemacht – ein großer, hagerer Mann, der ebenso wie Montebello im einfachen schwarzen Habit erschienen war. Der Archäologe war Anfang sechzig, aber sein Haar war bereits eisgrau. Er musste früher einmal sehr gut ausgesehen haben, aber die Jahre hatten in seine Wangen und um seinen Mund tiefe Falten gegraben. Es war nicht einmal der Anflug eines Lächelns darauf erschienen, als Montebello ihm die Hand reichte. Lisimba hatte sie kurz allein gelassen, um Papst Laurentius zu melden, dass seine Gäste eingetroffen seien. Als er wieder zurückkam, entging ihm nicht die verkrampfte Stimmung zwischen den beiden Besuchern. Lisimba nickte ihnen zu und machte eine einladende Handbewegung.

«Seine Heiligkeit ist nun bereit, Sie zu empfangen.»

Sie traten durch die Tür und erkannten sogleich die zarte Gestalt jenes Mannes, dessen Bild zu ihrem Alltag gehörte und der doch so entrückt von ihnen lebte. Er stand neben einer barocken Konsole mit einer kleinen Kreuzigungsgruppe, die sich aus einer blauen Amethystdruse erhob. Sie gingen auf ihn zu, und als Erster beugte Montebello vor dem Papst in seiner weißen Soutane das Knie, um den Ring des Fischers zu küssen, der leuchtend von seiner dunklen Hand abstach.

«Laudetur Jesus Christus.»

Seine Heiligkeit antwortete mit einem freundlichen Lächeln:

«In aeternum! Amen!»

Leone tat es dem Weihbischof gleich. Dann deutete Laurentius auf zwei hell bespannte Armsessel, die man an seinen langen Schreibtisch aus dunklem Eichenholz gerückt hatte. Er selbst ging um seinen Arbeitsplatz herum, um sich auf einem Sessel niederzulassen, der sich nur durch eine etwas höhere Rückenlehne von denen seiner Gäste unterschied. Eine Nonne trat ein. Sie stellte eine Wasserkaraffe mit vier Gläsern auf den Tisch und zog sich wieder zurück.

«Yoris, bitte, die Schreibgarnitur stört ein wenig – ich denke, wir werden den Platz brauchen, um gemeinsam das Buch zu studieren, das unser Bruder mitgebracht hat.»

«Gewiss, Eure Heiligkeit!»

Lisimba stellte den aus Ebenholz gefertigten Untersatz, der zwei mit Gold belegte Schreibgefäße und in der Mitte eine kleine vergoldete Tischuhr trug, auf einen Sekretär. Dann nahm er selbst in einem Sessel Platz, der ein wenig abgerückt stand.

«Während Monsignor Leone mich bereits gelegentlich hier besucht hat, sind Sie, mein lieber Bruder Gian Carlo, heute zum ersten Mal in diesen Räumen. Lassen Sie sich nicht von dem einschüchtern, was Sie sehen! Wissen Sie, diese Wandbespannung um uns herum mit der dreifachen Tiara und den gekreuzten Petrusschlüsseln überall soll die Leute daran erinnern, mit wem sie sprechen, wenn sie hier sind. Manchmal wäre ich froh, sie würden sich vielmehr daran erinnern, was sie eigentlich hergeführt hat. Dann hätten wir wenigstens die Möglichkeit, einander wirklich kennenzulernen; vielleicht könnte ich ihnen dann etwas sagen, was ihnen in ihrem Leben hilft. Aber ich spüre, dass nicht wenige weggehen, als hätten sie ein lebendes Fossil besucht und ein sinnentleertes Spektakel erlebt. Dann bleibe ich hier mit einem schalen Gefühl zurück. So wollen wir es heute Abend nicht halten! Also erzählen Sie mir, was Sie entdeckt haben!»

Montebello verneigte sich.

«Gern, Eure Heiligkeit, ich will es versuchen ...»

Eine halbe Stunde später war das Gesicht von Monsignor Leone undurchdringlicher denn je, während auf der Stirn von Papst Laurentius tiefe Falten standen. Vor ihm lag eine Lupe. Bald nach Beginn der Ausführungen Montebellos hatte er eine Klingel auf seinem Schreibtisch gedrückt und sich von der Nonne im Vorzimmer ein Vergrößerungsglas bringen lassen, um jedes Detail der Zeichnungen, auf das der Weihbischof einging, genau betrachten zu können.

«... so stellt sich die Frage, ob man den archäologischen Sachverhalt prüfen sollte, der in diesen Bildern angedeutet wird – auf die Gefahr hin, dass sich daraus theologische Weiterungen ergeben könnten. Um diese Frage Euch vorzulegen, Eure Heiligkeit, bin ich zu Euch gekommen und erbitte Euren Rat und Eure Entscheidung!»

Montebello war, während er die Zeichnungen erläutert hatte, unwillkürlich immer weiter nach vorn gerückt, so dass er erst jetzt spürte, dass er nur noch so eben auf der Sesselkante saß und im Begriff war herunterzufallen. Seine Rückenmuskulatur war steif wie ein Brett, und er konnte sich nur mit Mühe wieder in eine etwas bequemere Stellung bringen.

Laurentius schaute den Archäologen an.

«Wie denken Sie über diese Bilder und über das, was unser Bruder dargelegt hat? Welche Bedeutung kann es für unsere Kirche haben?»

Monsignor Leone begann stockend.

«Eure Heiligkeit, für viele in unseren Reihen ist schon allein die Tatsache, dass bei den Evangelisten Markus, Matthäus und Lukas von der Schwiegermutter des Petrus die Rede ist, ein Ärgernis ... Und dass im ersten Korintherbrief des Paulus gar die Frau des

Petrus erwähnt wird, die mit ihm auf Missionsreise ging, können die Konservativen im Vatikan nur deshalb ertragen, weil in den jüngeren Schriften von dieser Frau nichts mehr zu finden ist, nachdem Petrus in Rom eingetroffen war. Diesen Mitbrüdern wird die Überlegung von Sua Eccellenza, die auf ein paar mittelalterlichen Skizzen fußt – ob die Frau des Petrus unter dem Petersdom bestattet wurde –, als verdammungswürdige Ketzerei erscheinen. Das sind meine ersten Überlegungen als Theologe.

Aber wenn Sie den Altertumswissenschaftler in mir ansprechen, dann ... Jeder, der sich ernsthaft mit Quellenkritik beschäftigt, muss einräumen, dass es keinen Beleg in der schriftlichen Überlieferung gibt, aus dem auch nur zweifelsfrei auf die Anwesenheit des Petrus in Rom geschlossen werden kann. Warum erwähnt beispielsweise der Apostel Paulus, der sicher in Rom war, Petrus hier niemals, obwohl dieser doch gleichzeitig mit ihm in der Stadt gewesen sein muss und das Oberhaupt der römischen Gemeinde gewesen sein soll? Was wir über Petrus in dieser Hinsicht haben, stammt erst aus dem zweiten Jahrhundert nach Christus.»

Die Falten auf der Stirn des Papstes wurden tiefer.

«Die von mir geäußerten Gedanken, Eure Heiligkeit, die wie eine Blasphemie klingen, haben tatsächlich wohl bereits ganz andere im Vatikan umgetrieben. Ich sehe darin den Grund für jenen glühenden Eifer, mit dem zu Zeiten Eures früheren Vorgängers Pius XII. die archäologische Suche nach dem Grab des Apostelfürsten unter dem Petersdom betrieben wurde. Der Welt das Grab Petri zu zeigen, sollte der unwiderlegliche Beweis für dessen Wirken in Rom sein.

Die Suche danach lag damals in den Händen des Prälaten Ludwig Kaas und der Ausgräbergruppe der sogenannten *Sanpietrini.* Die päpstlichen Verlautbarungen in den fünfziger und sechziger Jahren des letzten Jahrhunderts über die Forschungsergebnisse haben dann die Überzeugungen in der katholischen Welt genährt, dass man damals tatsächlich die Gebeine des heiligen Petrus geborgen hat. Einem frommen Christen unserer Tage mag das Erzeigte für seine Erkenntnisinteressen allemal reichen.

Doch – und nun spricht wieder der Altertumswissenschaftler aus mir – was für die Schriftquellen gilt, gilt auch für die archäologischen Quellen: Die Kritik an diesen Schlussfolgerungen ist nie mehr verstummt, seit der Vatikan in den fünfziger Jahren den ehemaligen Direktor des Deutschen Archäologischen Instituts Armin von Gerkan als Advocatus Diaboli eingesetzt hat, um die Zuweisung des aufgefundenen Grabes an Petrus fachwissenschaftlich zu erhärten. Ja, es heißt sogar, der Nachweis des Petrusgrabes unter der Peterskirche könne überhaupt nicht erbracht werden.
Eure Heiligkeit, ich gestehe, dass mich als Theologen dieser Zweifel bis heute schmerzt. Vielleicht bin ich zu sehr ein Kind unserer Welt und unserer Zeit, vielleicht bin ich als Wissenschaftler auch zu sehr seelenverwandt mit dem ungläubigen Thomas. Aber ich bitte, mir zu glauben: Es ist eine zutiefst *christliche* Neugier, die mich drängt, mit Sua Eccellenza Montebello in die Fundamente unseres wunderbaren Doms hinabzusteigen, um zu sehen, ob sich unter dem Petrusgrab tatsächlich das Grab der Taube befindet, von dem Flavius Blondus zu wissen scheint!»
Montebello ließ einen verstohlenen Blick zu Yoris Lisimba wandern, in dessen Zügen sich ein verstecktes, jedoch unübersehbar freudiges Staunen abzeichnete. Aber der Archäologe war noch nicht fertig.
«Es mag sein, dass wir nach dieser Untersuchung mehr noch als heute Anlass haben werden, einige Fragen unserer Kirchenordnung zu überdenken. Aber wenn Flavius Blondus wirklich gesehen hat, was er in diesen Zeichnungen andeutet, und wir der Spur folgen, die er gelegt hat, dann können wir damit im Hinblick auf die Anwesenheit Petri in Rom und die Grundlagen unserer römischen Kirche eine Gewissheit gewinnen, die von unschätzbarem Wert wäre. Ich denke, es bietet sich uns dank der Entdeckung von Sua Eccellenza die seltene Chance, eine Brücke zu schlagen zwischen Wissenschaft und Religion – eine Brücke, die zugleich auf den Pfeilern der Aufklärung wie des Glaubens ruht.»
Yoris Lisimba sprach leise – fast wie der Papst –, als er die Sorgen des Oberhirten in Worte fasste, noch bevor dieser sie selbst geäußert hatte.

«So weit die Chancen aus der Perspektive des Wissenschaftlers. Wie ist es um die Risiken bestellt, Eccellenza Montebello?»
«Eure Heiligkeit, Monsignori: Soweit ich mich als Kirchenhistoriker in den Werken des Flavius Blondus auskenne, bin ich überzeugt, dass er nicht der Mann war, sich mit Nichtigkeiten abzugeben. Ich bin sicher, was er im Bild festgehalten hat, hat er auch gesehen. Aber er hat es nicht gewagt, seine Überlegungen in seinen Werken auszubuchstabieren. Weshalb? Er hat um die Gefahren gewusst, die es mit sich brachte, wenn man in seinen Tagen mit solchen Gedanken an die Öffentlichkeit trat. Schon die Jahrhunderte zuvor hatten schwere Verfolgungen von sogenannten Ketzern durch die Inquisition gesehen. Aber auch das fünfzehnte Jahrhundert war nicht frei davon: In Deutschland etwa verfolgte man Waldenser, der böhmische Reformator Jan Hus wurde während des Konzils in Konstanz verbrannt, die Hussitenkriege brachen aus. Und selbst wenn die *Hexenbulle* Innozenz' VIII. und der *Hexenhammer* des furchtbaren Dominikaners Heinrich Institoris erst in den Jahren nach dem Tod des Flavius Blondus veröffentlicht wurden, so legen sie doch beredtes Zeugnis für den Zeitgeist dieser Epoche ab. Nein, das war keine Ära, in der man ermutigt wurde, die Welt über theologisch interessante Entdeckungen und Beobachtungen zu informieren, wenn man nicht sein Leben riskieren wollte.»
«Gewiss, lieber Bruder, ich meinte allerdings weniger die Risiken vergangener Tage als jene, die wir heute eingehen, wenn wir diesen Bildern folgen und – vielleicht – bestätigt finden, was sie zu zeigen scheinen.»
«Monsignore, ich will mich nicht um diese Risiken herumdrücken. Aber die Chance, endgültig Gewissheit im Hinblick auf zwei Fragen zu finden, wenn sich bestätigt, was hier angedeutet wird, ist enorm. Ich greife die Gedanken von Monsignor Leone auf: Niemand mehr könnte die Präsenz Petri in Rom in Zweifel ziehen, niemand mehr könnte die Präsenz des Apostelfürsten unter dem Petersdom mit hochgezogenen Augenbrauen kommentieren, wenn wir aufgrund dieser Zeichnungen das Grab seiner Frau finden! Bitte bedenken Sie auch das! Wo sie ist, ist auch er.

Die Risiken? Nun, erst einmal müssten wir – und dürften wir auch – den Christen in aller Welt die erfreuliche Botschaft verkünden, dass Petrus eine Ehe führte, die offenbar sein ganzes Leben lang gehalten hat. Denn dass die Taube auf dem ersten Bild an der Seite des *Fisches* und damit im übertragenen Sinne eben auch an der Seite des *Fischers* erscheint, heißt nichts anderes, als dass sie Petrus von seinen frühen Tagen am See Genezareth in Treue bis zu seinem Tod und bis an sein Grab gefolgt ist. Der erste Papst war verheiratet – ja, und er ist es bis an sein Ende geblieben. Die beiden sind miteinander durch dick und dünn gegangen. Das scheint mir angesichts heutiger Scheidungsraten ein ganz guter Gegenentwurf zu der zunehmenden Beliebigkeit der Ehe. Andererseits ...»
Als Montebello stockte, nickte ihm Seine Heiligkeit ermutigend zu.
«Weiter, mein Bruder, weiter!»
«Andererseits würde natürlich die Debatte um den Zölibat neu und verstärkt aufflammen. Aber wer als Oberhaupt der Kirche auf solch einer archäologischen Grundlage, auf der Grundlage erhärteter wissenschaftlicher Erkenntnisse, zu anderen Entscheidungen käme als seine Vorgänger und die Ehe von Priestern erlaubte, könnte sich mit der lebenslangen Ehe des Petrus auf ein Argument stützen, das ihn gegen alle innerkirchlichen Vorwürfe immunisieren würde. Solch ein Papst würde eben keine verbindlichen Positionen früherer Päpste aufgeben! Nein, er nähme vielmehr die ureigene Haltung des ersten Papstes und Stellvertreters Christi wieder ein!
Es kommt aber noch eines hinzu: Dass unsere Peterskirche – wenn das stimmt, was sich hier andeutet – auch auf den Schultern einer Frau ruht, könnte uns sehr helfen, wenn wir uns dazu bekennen. So könnten wir der katholischen Kirche diese große Gruppe von Gläubigen erhalten. Und mehr als das: Vielleicht könnten wir so auch manche Christin wieder zurückgewinnen, die sich abgewandt hat, weil sich unsere Kirche mit Frauen immer schwerer tut, je konsequenter sie die Hälfte des Himmels beanspruchen, die ihnen zweifellos zusteht. Vielleicht gewährt uns ein Blick in das Grab der Taube sogar tiefere Erkenntnisse, was die Stellung der Frauen in der frühen Kirche betrifft.»

Papst Laurentius hob ein wenig seine Rechte, womit er die Runde zu schweigen bat.
«Meine lieben Brüder, es gibt kaum eine schwatzhaftere Gesellschaft als die Menschen hier im Vatikan. Glauben Sie wirklich, dass in diesen Mauern über Jahrhunderte hinweg ein solches Geheimnis hätte verborgen bleiben können? Dass die Frau des Petrus unter dem Grab des Apostelfürsten beigesetzt wurde? Meine Erfahrung ist, wenn hier jemand etwas weiß, wofür sich ein anderer interessieren könnte, dann finden die Betreffenden auch zusammen, und jedes Geheimnis wird im Handumdrehen öffentlich.»
Montebello nickte.
«Eure Heiligkeit, das Geheimnis des Flavius Blondus musste nur so lange gewahrt bleiben, bis es in Vergessenheit geriet.»
«Wie darf ich das verstehen?»
«Ich denke, dass Flavius Blondus durchaus Menschen in seinem Umfeld hatte, die er eingeweiht hat – solch eine Nachricht kann man einfach nicht völlig für sich allein behalten! Dafür ist sie zu gewaltig. Aber es werden unter den gefährlichen Umständen damals sicher nur sehr wenige gewesen sein, denen er sich anzuvertrauen wagte. Immerhin! Einem seiner Zeitgenossen würde ich zutrauen, dass er über genügend Wissen, Weisheit und Weltläufigkeit verfügte, selbst die Nachricht vom Grab der Frau des Petrus zu ertragen, ohne gleich nach dem Inquisitor zu rufen.»
«An wen denken Sie?»
«Papst Pius II.»
«Aeneas Silvius Piccolomini? Der Papst, mit dem die Renaissance begann?»
«Ja, Eure Heiligkeit. Er war einer der bedeutendsten Humanisten seiner Zeit, aber auch ein Mann, der nie seine pralle Sinnenfreude verleugnete, die er ausgelebt hat, bevor er 1458 Papst wurde. Jeder – und sicher auch Flavius Blondus – wusste, wen er vor sich hatte. Außerdem gab der neue Papst seine sinnenfrohe Lebensweise wohl niemals gänzlich auf; so klagte er später, weder könne er noch einer Frau zur Lust dienen noch eine Frau ihm selbst. Des-

halb diene er fortan lieber dem Weingott Bacchus statt der Liebesgöttin Venus, doch fliehe die Venus mehr ihn als er sie.»

Papst Laurentius beschattete seine Augen mit der Linken.

«Es ist ebenso herausfordernd wie unterhaltsam, sich mit einem Historiker zu unterhalten. Fahren Sie fort, mein lieber Bruder!»

«Ich halte es für sehr gut möglich, Eure Heiligkeit, dass mit einem selbstkritischen Intellektuellen wie diesem Papst auch sein Sekretär Flavius Blondus das Gespräch über die Frau des Petrus führen konnte. Vielleicht konnte er ihm sogar sein geheimes Wissen um ihr Grab unter der Peterskirche anvertrauen, das er möglicherweise damals schon selbst gesehen hatte. Bei Pius II. musste er jedenfalls nicht gleich den Scheiterhaufen fürchten, wenn er die Rede darauf brachte. Ich frage mich sogar, ob nicht genau diese Information des Flavius Blondus Pius II. veranlasst hat, seinen ebenso berühmten wie bis heute rätselhaften Satz zu formulieren: *Es scheine, als ob den Priestern mit gutem Grund das Heiraten untersagt worden sei, mit noch besserem Grund ihnen aber wieder erlaubt werden müsse.*»

«Was hat Pius damit gemeint?»

«Es war Bartolomeo Sacchi, genannt Platina, der erste Bibliothekar der Vatikanischen Bibliothek, der in seiner Papstgeschichte Pius nur wenige Jahre nach dessen Tod mit diesem Satz zitiert hat. In der Forschung wurde diese Aussage aber nie ernst genommen. Man hat die ablehnende Haltung Pius' II. gegenüber einer Aufweichung des Zölibats einfach als unumstößliches Faktum angesehen. Doch warum wurde dann später Platinas Chronik der Päpste auf den Index gesetzt?»

«Angeblich wegen seiner Sätze über die Legende von der Päpstin Johanna!»

«Eine banale Geschichte in der an Skandalen so reichen Papstgeschichte! Ein Histörchen, das man sich damals schon seit zweihundert Jahren erzählte und dessen angeblicher Kern bereits fünfhundert Jahre zurückgelegen hätte. Nein, das glaube ich nicht! Was, wenn es bei dem Verbot von Platinas Papstgeschichte um etwas viel Ernsteres ging – etwas, das viel aktueller war und das dramatische Folgen für die Zukunft der Kirche zu haben drohte, wenn es bekannt geworden wäre? Was, wenn es in Wahrheit um den Zölibat und um die Einstellung Papst Pius' II. ging, der in dieser Frage schwankend geworden war? Wusste Platina von einem Geheimnis zwischen Flavius Blondus und seinem Oberherrn Pius II.? Hatte er es vielleicht – selbst gesehen?»

Lisimba beugte sich vor.

«Und wenn Platina geredet hätte?»

«Sein Weg als Wissenschaftler im Dienste der Kirche wäre sofort zu Ende gewesen. Aber er hätte seinen Mut wohl auch mit einem Ende auf dem Scheiterhaufen bezahlt. So hat er geschwiegen – eingeschüchtert wie später auch Galilei durch die Angst vor dem Tod in den Flammen.»

Der Sekretär des Papstes nickte.

«Vielleicht, Eccellenza ... vielleicht haben Sie wirklich recht. Was also erwarten Sie nun von Seiner Heiligkeit?»

Montebello verneigte sich in Richtung des Papstes.

«Ich bitte demütig um die Erlaubnis, mich mit meinem Sekretär Padre Luis und mit meiner Archivarin Dottoressa Napoletano frei in den Archiven der Vatikanischen Bibliothek zu bewegen und uneingeschränkt nach weiteren Aufzeichnungen des Flavius Blondus und Papst Pius' II. suchen zu dürfen! Aber auch die Hinterlassenschaft von Bartolomeo Platina scheint mir in diesem Zusammenhang interessant. Vielleicht stoßen wir in den Tiefen der Vatikanischen Bibliothek auf weitere Zeugnisse, die uns Aufschluss über das Grab der Taube gewähren. Währenddessen könnte unser Bruder Monsignor Leone mit Dottor Berliner in den Katakomben unter dem Petersdom schon einmal die archäologische Situation in Augenschein nehmen. Auf diese Weise sollten wir am schnellsten bei unserer Suche vorankommen ... vorausgesetzt, Eure Heiligkeit wünschen, dass wir nach dem Grab suchen.»

Papst Laurentius hatte die Stirn immer noch in seine Linke gestützt. Minuten vergingen.

«Allein, wir haben noch eine Welt unter unseren Füßen, mit der wir zurzeit nur sehr wenig bekannt sind.»

«Wie meinen, Eure Heiligkeit?»
Sie hörten, wie der Heilige Vater leise lachte.
«Nein, meine Brüder, nicht ich ... Kant hat diesen Gedanken in seiner Schrift *Von der Beschaffenheit des Erdbodens in seinem Inwendigen* formuliert. Er dachte dabei zwar nicht an die Gräber der Heiligen zu unseren Füßen, sondern an Vulkane. Aber auch ich habe, nachdem ich Sie angehört habe, das Gefühl, als säße ich nicht nur auf den Gräbern der Heiligen, sondern auf einem Vulkan.
Doch es ist spät geworden. Ich ziehe mich zurück, um in der Stille und im Gebet den Ratschluss des Heiligen Geistes zu erbitten. Morgen früh wird Monsignor Lisimba Sie meine Entscheidung wissen lassen. Ihnen danke ich, dass Sie mich haben an Ihren wissenschaftlichen Überlegungen und Ihren Glaubenserwägungen teilhaben lassen.»
Der Heilige Vater erhob sich, sprach ein kurzes Gebet und erteilte ihnen den Segen. Eine Tür öffnete sich, und die Nonne geleitete den Papst in seine Gemächer.

Kapitel 5 – Die Beichte

Vatikanstadt, Petersdom, 2. August, morgens

Seine Hochwürdigste Eminenz Ludovico Panettiere betrat wie an jedem Morgen um sieben Uhr den Petersdom durch das Hauptportal. Sein Weg führte über die rote Porphyrplatte, auf der der Überlieferung nach vor über zwölfhundert Jahren Karl der Große in der alten Peterskirche zum Kaiser gekrönt worden war. Der Kardinal schenkte ihr allerdings ebenso wenig Beachtung wie der Pietà des Michelangelo oder dem Grab des heiligen Johannes XXIII. zu seiner Rechten – jenes *Papa buono*, der einst das Zweite Vatikanische Konzil einberufen hatte.

Vielleicht hätte Panettiere der ihn umgebenden Kunst und Glaubensgeschichte größeren Respekt entgegengebracht, hätte ihm nicht Papst Laurentius bald nach seinem Amtsantritt den Vorsitz der Glaubenskongregation entzogen. Diese Position, die einen Kardinal zum mächtigsten Mann nach dem Papst machte, hatte er unter dessen Vorgänger Clemens XV. erlangt. Sua Santità Clemens hatte allerdings bei der Aufarbeitung der Missbrauchsskandale in der katholischen Kirche so hoffnungslos versagt, dass er schon vor Jahren zurückgetreten war; inzwischen war er dement und brachte seine gleichförmigen Tage fern des Vatikans in einem Kloster außerhalb von Rom zu.

Da Panettiere stets mehr auf Seiten der Täter als der Opfer gestanden hatte, war seine Degradierung unabwendbar gewesen. Dennoch hatte sie ihn mit tiefer Verbitterung gegen den neuen Pontifex und dessen Weg einer behutsamen, aber konsequenten Kirchenreform erfüllt. Das galt umso mehr, als für Panettiere immer noch kein Amtsnachfolger bestellt worden und es dem neuen Papst demnach vor allem um die Entmachtung des Kardinals und um ein Exempel in der Kurie zu tun war – hatte sie sich unter Panettiere doch zu einem Hort des Widerstands gegen jeden fortschrittlichen Gedanken in der katholischen Kirche entwickelt.

Sua Eminenza Panettiere betrat einen der klassizistischen, aus dunklem Holz geschnitzten Beichtstühle, an dem auf einem vergilbten weißen Schild sein Name stand. Er öffnete den *confessionale* und ließ sich seufzend auf der unbequemen Holzbank nieder, deren geringen Komfort er vergeblich mit einem Kissen zu heben suchte. Dort würde er in der nächsten Stunde das Bußsakrament spenden – mit der gleichen inneren Anteilnahme, die der Versand von Bußgeldbescheiden für Falschparker erfordert hätte. Er zog eine kleine Akkuleuchte und den *Corriere della Sera* aus seiner Soutane, überflog die Überschriften und wartete. Es dauerte nicht lange, bis er hörte, wie das Holz der Kniebank zu seiner Linken knarrte. Er stützte seinen Ellbogen auf die Armlehne und legte die Fingerspitzen an die Schläfe. In dieser Haltung dünkte es die Hilfesuchende draußen durch das nur matt durchscheinende Gitterfensterchen, der Geistliche nehme sie nicht mit den Augen als leibliche Person, sondern nur spirituell als leidende Seele wahr.

«Der Herr sei in deinem Herzen und auf deinen Lippen, damit du alle deine Sünden recht beichtest!»

«Gelobt sei Jesus Christus! Ich bekenne Gott dem Allmächtigen und dir, Vater, meine Sünden. Meine letzte Beichte war gestern ...»

Dann begann die flüsternde Stimme, die der Kardinal schon so oft vernommen hatte, mit ihrer Selbstanklage. Er lieh ihr nur für ein paar Sekunden seine Aufmerksamkeit, bis er sich davon überzeugt hatte, dass es um das gleiche Bekenntnis wie immer ging. Während er im Schein der kleinen Leuchte die Seite mit den Wirtschaftsnachrichten studierte, ließ er ab und zu ein «tztztz» oder «hmhmhm» vernehmen.

Die Sünderin war eine Nonne, die seit einigen Jahren im Dienste

des Vatikans stand. Sie stammte aus einem Dorf in den Albaner Bergen. Damals hörte sie noch auf den Namen Giovanna. Mit dreizehn hatte sie beobachtet, wie ihr großer Bruder sich hinter einer Scheune mit einem Mädchen aus dem Nachbarort vergnügte. Sie hatte zwar ihre Blicke nicht von dem abwechslungsreichen Vorgang wenden können, empfand aber doch die Notwendigkeit, ihre Neugier bei nächster Gelegenheit dem Dorfgeistlichen zu beichten. Mit ihrer naturalistischen Schilderung setzte sie den alten Prelato in schnaufende Empörung, und er ließ es sich nicht nehmen, ihr alle Höllenstrafen der Unkeuschheit auszumalen. Zugleich befahl er dem Mädchen, in der kommenden Woche abermals die Beichte zu besuchen und von den Fortschritten ihrer Bußfertigkeit Zeugnis abzulegen. So ging es Woche für Woche, in der er sich stöhnend immer aufs Neue ihre Beobachtungen schildern ließ und ihr stets weitere und immer grausamere Qualen der Verdammnis in Aussicht stellte, wenn sie ihren Geist nicht reinigte und vollends von dem Gesehenen befreite. Auf diese Weise verwüstete er über Jahre hinweg die Seele des Mädchens, das schließlich als Heranwachsende in größter Verzweiflung den Entschluss fasste, allen Versuchungen der Leiblichkeit zu widersagen und ins Kloster zu gehen. Ihr Leidensweg führte sie letztlich in den Orden der Klarissen, die im Konvent Mater Ecclesiae im Vatikan eine Heimstatt hatten.
Die Ordensschwestern, die nach einer strengen Regel lebten, unterstützten den Heiligen Vater im Gebet, warteten ihm aber auch als Dienerinnen auf. So wäre für Giovanna, die als Klarisse den Namen Gabriella angenommen hatte, der Weg zum Seelenheil frei gewesen, wenn ihr nicht trotz aller Selbstkasteiung ihre allnächtlichen fleischlichen Visionen geblieben wären, die sich bei ihr durch die unablässigen Bußpredigten ihrer Beichtväter als fixe Idee eingenistet hatten. Die Oberin ihres Konvents hatte gar die dauernde Gegenwart des Versuchers in ihrer Nähe diagnostiziert und erwogen, ob man nicht die Hilfe eines Exorzisten in Anspruch nehmen sollte. Der Gedanke an eine Teufelsaustreibung hatte die Nonne vollends in Abgründe seelischer Not gestürzt, und sie hätte

ihrem Leben ein Ende gesetzt, wenn nicht der Selbstmord unweigerlich die ewige Verdammnis nach sich gezogen hätte. So hatte sie vor einigen Jahren begonnen, täglich zur Beichte zu gehen – und in Eminenza Panettiere einen geduldigen Beichtvater gefunden. Er hatte schnell erkannt, dass ihm diese Sünderin gute Dienste würde leisten können. Während er bei den Aktienkursen angelangt war, hörte er, dass die Stimme vor dem kleinen Fenster wie jeden Morgen brach und in Schluchzen überging.

«Meine Tochter, der Versucher hat nicht von dir abgelassen, aber ich erkenne deine gute Seele, die mit ihm ringt in ihrem Bemühen, sich von ihren Sünden zu reinigen. Ich habe dir versprochen, dich in deinem Kampf zu unterstützen, und so werde ich dich wiederum lossprechen von allen deinen Sünden. Doch berichte mir, was du Neues im Dienste unseres Heiligen Vaters erfahren hast!»

Das Weinen verebbte.

«Vater, ich ... ich kämpfe mit mir, ob es ... wirklich recht ist, wenn ich Euch stets das berichte, worüber ich eigentlich zu schweigen angehalten bin.»

Suor Gabriella hörte ein leises Lachen hinter dem Holzgeflecht.

«Meine Tochter, findest du nicht, dass unser himmlischer Vater die Welt gut eingerichtet hat? Lässt er nicht jeden Morgen die Sonne über dir aufgehen? Gibt er dir nicht jeden Tag alles, was du zum Leben brauchst? Lässt er dich nicht täglich durch deinen Besuch bei mir die Gnade seiner Barmherzigkeit und seiner Vergebung erfahren?»

«Gewiss, Vater, aber ...»

«Nun, wenn Gott die Welt so vollkommen geschaffen hat, was glaubst du: Hätte er nicht, wenn er gewollt hätte, dass du dir meinen Kopf zerbrichst, dich an meine Stelle gesetzt und mich an die deine? Unser Heiliger Vater ist in seinem schweren Amt vielerlei Gefahren ausgesetzt, und wir, seine Getreuen, sind in steter Sorge um ihn. Wir müssen alles wissen, um ihn vor Bedrängnissen zu bewahren, von denen du dir nicht einmal träumen lässt. Du bist in deinen Nöten Teil des göttlichen Heilsplans geworden, der dich durch mich an die Stelle geführt hat, die du im Dienste unseres

Papstes Laurentius einnimmst. Dass du von fleischlichen Versuchungen gepackt wirst, ist das eine – das sind Sünden, die ein guter Hirte dir in Liebe vergeben kann, so wie sich einst unser Herr Jesus der Sünderin Maria Magdalena erbarmt hat, als sie in Tränen zu seinen Füßen lag. Doch nun, mein Kind, bist du im Begriff, eine geistliche Sünde zu begehen, indem du aus Hoffart die Verfehlung der *contumacia* auf dich lädst. Die Sünde der Halsstarrigkeit wiegt aber viel schwerer als alles andere; sie zeigt mir, dass der Versucher mehr und mehr Herrschaft über dich gewinnt, so dass deine gute Oberin vielleicht doch mit dem Gedanken an einen Exorzismus ...»

«NEIN!»

Es war ein verzweifelter Schrei, der zu dieser frühen Stunde durch den Petersdom gellte und die wenigen Besucher sich bestürzt umsehen ließ. In der nächsten Sekunde hatte sich die Nonne gefasst.

«Nein, Vater, so ist es nicht!»

Und ihr Flüstern klang gehetzt, als sie zu berichten begann.

«Gestern Abend gegen neun sind zwei Herren von Seiner Heiligkeit zu einer Privataudienz empfangen worden. Der eine war Monsignor Leone, der Archäologe, der andere Sua Eccellenza Montebello, der Vescovo ausiliare aus Neapel. Er hatte ein Buch dabei, in dem sich alte Zeichnungen befinden, deretwegen alle Teilnehmer der Audienz sehr aufgeregt waren. Ich war kurz in der Arbeitsbibliothek, um Seiner Heiligkeit eine Lupe zu bringen; aber da ich die ganze Zeit vor der Tür saß und auf seine Befehle wartete, konnte ich dem Gespräch gut folgen. Es ging um das Grab der Frau des Petrus, das sich hier unter dem Petersdom befinden soll ...»

So erzählte Gabriella alles, was sie gehört hatte, ihrem Beichtvater, der ihr so konzentriert wie noch nie zuhörte.

«... und heute Morgen sagte dann Seine Heiligkeit beim Frühstück zu Monsignor Lisimba, er solle den Herren sagen, dass sie die Erlaubnis erhalten, in der Bibliothek und in der Nekropole des heiligen Petrus nach dem Grab zu forschen. Das ist alles! Wirklich alles! So erflehe ich, Vater, nun die Lossprechung um meines Seelenheils willen!»

Es verging fast eine Minute in völliger Stille, bis sie die tonlose Stimme von Sua Eminenza Panettiere vernahm.

«Ego te absolvo a peccatis tuis in nomine Patris et Filii et Spiritus Sancti! Amen!»

«Amen!»

«Ich erwarte dich morgen früh wieder hier, meine Tochter, zur gewohnten Stunde. Und vergiss nicht: Die Versuchung lauert überall!»

Panettiere wartete nur kurz, bis die Nonne den Beichtstuhl verlassen hatte, dann trat er selbst durch die kleine Holztür hinaus. Ein Mann kam auf ihn zu.

«Eminenza, ich möchte beichten.»

«Vergib mir mein Sohn, aber ich muss mich um einen Sterbenden kümmern!»

Rom, 2. August, vormittags

«Im Religionsunterricht habe ich gelernt, dass der Teufel die armen Seelen über offenem Feuer röstet. Vielleicht hat ihn der Klimawandel veranlasst, sich ihrer zu erbarmen und sie wegen der Temperaturen in Rom neuerdings in den Gefriertrockner zu stecken – wäre doch ein ganz sympathischer Zug.»

Sovrintendente Di Lauro saß mit Bariello im Büro der Questura in der Via di San Vitale. Auch wenn die Klimaanlage lief, so zeichneten sich doch auf dem hellblauen Uniformhemd des jungen Polizisten dunkle Schweißflecken ab.

«Dann hat Satan jedenfalls einen verdammt leistungsfähigen Kühlschrank. Wie schafft man es, einen Menschen auf unter minus dreißig Grad durchzufrieren?»

«Im Kühlhaus oder in einem Kühllaster.»

Bariello schüttelte den Kopf.

«Hab ich nachgeprüft – minus achtzehn, minus zwanzig Grad ist normal, und wenn es ganz extrem ist, auch mal minus dreißig. Das ist das handelsübliche Maximum, und das genügt auch, um jedes verderbliche Lebensmittel wie Fleisch oder Fisch haltbar zu machen. Aber die Temperaturen im Körper des Toten waren tiefer. Wusstest du, dass man, um ein frisch geschlachtetes Rind so durchzufrieren, wie wir Monsignor Veneziano gefunden haben, etwa zwei Tage braucht? So viel Zeit ist aber nicht vergangen: Was Papageno gesagt hat, bedeutet, dass es von den Schreien, die er gehört hat, bis zu der Zeit, als du mich zu dem Toten gerufen hast, kaum vierundzwanzig Stunden gewesen sind. Nein, der Mann ist woanders erfroren. Das müssen schon fast ... Laborbedingungen gewesen sein. Aber wo wird mitten in Rom mit so tiefen Temperaturen gearbeitet?»

«Ich denke nicht, dass es im Zentrum mehr als die handelsüblichen Kühlaggregate gibt. Wir müssen im Industriegebiet suchen.»

«Unwahrscheinlich, dass er weit weg vom Fundort umgebracht wurde. Weshalb sollte man einen Redakteur, dessen Arbeitsplatz im Vatikan ist, erst irgendwo am Stadtrand einfrieren und ihn dann wieder vor den Mauern des Vatikans ablegen? Warum so ein Risiko eingehen? Und überhaupt: Wenn da eine Rechnung offen war, warum nicht einfach ein Messer, eine Kugel oder ein Totschläger? Warum diese absurde Todesart?»

«Vielleicht wollte man gerade damit ein Exempel statuieren.»

Bariello zuckte mit den Schultern.

«Rache sollte man zwar immer kalt genießen – aber minus achtunddreißig Grad? Das klingt doch weithergeholt. Nein, bei den Themen, die der *Osservatore Romano* behandelt, kann ich mir nicht vorstellen, dass Monsignor Veneziano etwas geschrieben hat, womit er ausgerechnet diese Form der Vergeltung heraufbeschworen haben sollte ...»

«Und was halten Sie von der Dämonengeschichte?»

«Tja – schon seltsam, dass er geglaubt hat, Teufel gesehen zu haben. Nach allem, was wir wissen, war der Mann kein Spinner – seine Arbeit absolut seriös. Er war vielleicht religiös ein bisschen verschattet ...»

«... nette Differenzierung im Verhältnis zum Spinner ...»

«Ich denke, der hat wirklich irgendwas gesehen, das nicht hierhergehört. Es ist bestimmt kein Zufall, dass Papageno seit Monaten in seiner Ecke an der Vatikanmauer ebenfalls merkwürdige Geräusche gehört hat. Der lebt seit Jahrzehnten tagein, tagaus im Freien und kann auf jeden Fall unterscheiden, was in seine Welt gehört und was nicht.»

«Wenn er nicht auch gerade ein bisschen verschattet ist – allerdings vom Rotwein.»

«Also, *saputello*, wenn du die Dämonen für Fantasieprodukte hältst, dann suchst du eben den Kühlschrank des Teufels, und ich kümmere mich um die bösen Geister hinter den Mauern des Vatikans. Aber komm nicht ohne ein handfestes Ergebnis zurück. Sonst erzähle ich Gaspare und Salvatore nach ihrer Rückkehr, dass du auch ein bisschen verschattet bist!»

Rom, 2. August, mittags

Jackey, Padre Luis und Montebello waren unterwegs von der Domus Sanctae Marthae zur Vatikanischen Bibliothek. In seiner Jacke trug der Weihbischof ein *Breve*, das der Heilige Vater unterzeichnet hatte. Darin erklärte Papst Laurentius einem jeden, dem diese kleine Urkunde der päpstlichen Kanzlei vorgewiesen würde, dass den dreien sofortiger und uneingeschränkter Zugang zu allen Räumen der Vatikanischen Bibliothek sowie zu allen ihren Werken und Handschriften zu gewähren sei.

«Wie fühlen Sie sich, Padre Luis? Freuen Sie sich, wenn Sie jetzt an Ihre alte Wirkungsstätte zurückkehren?»

Der Dominikaner, der sich noch genau an die strikte Hierarchie erinnerte, die hier waltete und die ihn sein früherer Chef auch nie hatte vergessen lassen, zog die Schultern hoch. Seit er mit Montebello nach Neapel gegangen war, um dort mit ihm zusammenzuarbeiten, war es, als sei eine Last von ihm abgefallen – nie hatte er freier geatmet.

«Und Sie, Eccellenza?»

Der Weihbischof errötete ein wenig; er wusste nur zu gut, wie berechtigt die Gegenfrage war. Nein, er freute sich nicht. Die Erinnerung an seine Zeit als Bibliothekar an der Vaticana war verdunkelt von den Erfahrungen mit katholischen Fundamentalisten unter seinen Vorgesetzten und Kollegen, gegen die er nach zehn Jahren dankbar die harten Realitäten der Diözese Neapel eingetauscht hatte. Die Schätze des Wissens und des Glaubens aus mehr als zweitausend Jahren, die hinter diesen Mauern warteten, wurden bis heute allzu oft der Welt draußen vorenthalten – von Kirchenfürsten, die vor allem am eigenen Machterhalt interessiert waren; in welche Glaubwürdigkeitskrisen sie damit die Kirche führten, war ihnen gleichgültig. Und auch der einzigartige Freibrief, den Montebello in der Innentasche seines Habits ertastete, würde an dem Tag seine Gültigkeit verlieren, da sie Papst Laurentius die Ergebnisse ihrer Forschungen vorlegten.

«Na ja, ich dachte, Sie würden ... heute vielleicht Freunde von früher treffen.»

Padre Luis drehte sich ein wenig zur Seite und fing ein Lächeln von Jackey Napoletano auf, während sie die Treppen zur Vaticana hinaufstiegen.

«Nach Ihnen, Dottoressa!»

Und als die drei durch das Portal der Vatikanischen Bibliothek schritten, war die Frage des Weihbischofs bereits vergessen. Den Weg, den sie nahmen, hätte Sua Eccellenza selbst noch im Schlaf gefunden, auch wenn inzwischen Jahre vergangen waren, seit er hier als Bibliothekar gearbeitet hatte. So begaben sie sich selbdritt zum Archivio Apostolico, dem Vatikanischen Geheimarchiv. Zu ihrer Überraschung nahm der Aufsichtsbeamte das päpstliche Dokument nicht näher in Augenschein; als er Siegel und Unterschrift erkannte, winkte er sie auch schon durch. So ging es ihnen noch einige Male, bis sie in jenem Arbeitsraum eintrafen, in dem einem Besucher, dessen Antrag bewilligt worden war, die erbetenen Schriftstücke zur Einsichtnahme ausgehändigt wurden.

«Eccellenza Montebello! Welche Freude – herzlich willkommen! Wie geht es in Neapel?»

Der Weihbischof staunte nicht schlecht, als er Monsignor Lorenzo Angelosanto wiedererkannte. Er war grau geworden und noch dicker als früher, und als er sich hinter seinem Pult heraus-

schob und ihnen lächelnd entgegenkam, merkte man ihm die Kurzatmigkeit an.
«Gut, danke! Aber, Monsignore – waren Sie nicht früher für die Papyri zuständig …?»
«… und bin es noch! Mein Aufgabenfeld hat sich vergrößert. Die Personalsituation … doch wem erzähle ich das. Heute komme ich so zu dem unverhofften Vergnügen, einen – Sie gestatten den Ausdruck, Eccellenza – lieben alten Kollegen begrüßen zu dürfen. Und wie ich sehe, sind Sie nicht allein gekommen. Padre Luis, willkommen! Und … äh …?»
«Das ist Dottoressa Napoletano, unsere Bistumsarchivarin in Neapel. Jackey – Monsignor Angelosanto!»
«Hoher Besuch! Womit kann ich Ihnen dienen?»
«Wir möchten den Nachlass von Bartolomeo Platina einsehen.»
Montebello erwartete eine umfängliche Erläuterung des Bibliothekars, dass es dafür eines Antrags bedürfe, dessen Prüfung und Bewilligung einige Zeit in Anspruch nehmen könne – und erlebte die nächste Überraschung: Der Monsignore zeigte sich kein bisschen verwundert, als ihm der päpstliche Passierschein vorgewiesen wurde, ja, er schaute kaum darauf. Vielmehr trug er ohne Umstände die Besucher und ihr Forschungsinteresse in ein Verzeichnis ein und öffnete die Tür zum Magazin. Sie standen in einer Halle, deren Abmessungen so gewaltig waren, dass man sie von keinem Punkt aus gänzlich überblicken konnte. Den Raum gliederten Regalreihen, die mehr als mannshoch waren und zwischen denen lange Arbeitstische standen. Auch wenn die Gänge mit hellen Lampen gut ausgeleuchtet waren, wirkte dennoch die ganze Anlage dunkel, weil Buchrücken und Aktenbündel viel Licht schluckten. Angelosanto ging ihnen zielstrebig voran.
«Kommen Sie – dahinten ist es. Sehen Sie! Hier fängt es an. Eccellenza, die nächsten fünfzig Meter Akten gehören Ihnen.»
Der Bibliothekar sah, wie Jackey die Stirn krauszog, als sie den Blick an den Regalen entlangwandern ließ.
«Tja, Dottoressa, Platina war ganz schön produktiv. Ein echter wissenschaftlicher Gründervater – ein Bücherwurm mit Organi-

sationstalent! Kein Wunder, dass man gerade ihn zum ersten Bibliothekar unserer Vaticana gemacht hat. Leider liegt die systematische Erschließung dieser Archivalien wie der allermeisten im Vatikanischen Geheimarchiv nach wie vor im Argen; so viel Personal können wir gar nicht bezahlen, wie dafür nötig wäre. Und da dieser Teil der Kirchengeschichte überhaupt nicht mein Fachgebiet ist, kann ich selbst Ihnen nicht bei Ihrer Recherche helfen. Dafür will ich Sie nun aber auch nicht länger von der Arbeit abhalten. Ihre Zeit ist gewiss kostbar. In den Schreibtischen finden Sie Baumwollhandschuhe; damit kennen Sie sich ja aus. Viel Erfolg!»

Sprach's und eilte davon. Die Besucher schauten ihm verblüfft nach, bis die Tür hinter dem Bibliothekar schwer ins Schloss fiel. Montebello fasste sich als Erster.

«Das war die freundlichste Verweigerung von Hilfe, die mir je untergekommen ist.»

«Eccellenza, kann es sein, dass wir hier unten erwartet wurden?»

«Nicht erst hier unten, Jackey! Padre Luis, was meinen Sie? Die Bibliotheksaufsicht, die uns den Durchgang zu den Magazinen hat passieren lassen, hätte früher mindestens Rücksprache mit einem der Abteilungsleiter nehmen müssen.»

«Gewiss, Eccellenza! Auch war Monsignor Angelosanto weit leutseliger, als ich ihn in Erinnerung habe. Aber vor allem schien er mir dafür, dass wir uns seit mehr als sechs Jahren nicht mehr gesehen haben, kaum überrascht, dass wir beide mit einem Mal wieder vor ihm standen. Ob Monsignor Lisimba die Bibliotheksleitung angewiesen hat ...?»

«Niemals – das hätte er erwähnt, als er uns heute Morgen das Breve übergeben hat. Wir sollen die Recherche so schnell und so unauffällig wie möglich durchführen. Die Verwaltung soll uns am besten gar nicht wahrnehmen. Merkwürdig ... Monsignor Angelosanto leitet als Spezialist für frühchristliche Papyri die Abteilung der Manoscritti der Vaticana – wieso findet er dann in diesen riesigen Räumen auf Anhieb den Gang mit den Akten von Platina? Und was hat der Monsignore überhaupt hier unten als Aufsicht verloren? Selbst wenn sein Arbeitsfeld auf das Geheimarchiv ausgeweitet worden ist, ist diese Tätigkeit weit unter seiner Qualifikation.»

«Interessant! Mit seinen verstaubten Ärmeln habe ich ihm jedenfalls den Abteilungsleiter nicht angesehen. Ist Ihnen das nicht aufgefallen, als er unsere Namen in das Benutzerverzeichnis eingetragen hat? Meinen Savio würde ich so nicht herumlaufen lassen.»

Jackey schaute ihre Begleiter an.

«Nein, aber jetzt, da Sie es erwähnen ... Sie haben recht. So hätte man ihn früher nie angetroffen. Er war immer in allem sehr akkurat.»

«Verzeihen Sie, Eccellenza, ich will nicht drängeln, aber in einem Punkt möchte ich Monsignor Angelosanto beipflichten: Es liegt viel Arbeit vor uns, und wir sollten unsere Zeit nutzen.»

Montebello nickte seinem Privatsekretär zu.

«Sie haben völlig recht! – Also, wie wollen wir vorgehen? Wenn die Bestände nicht systematisch erschlossen sind, lagern sie wahrscheinlich so, wie man sie eben zeitlich nacheinander abgelegt hat. Ich schlage vor, wir teilen uns die Arbeit: Ich beginne hier vorn mit den Akten des Jahres 1475, als Bartolomeo Platina von Papst Sixtus IV. zum Bibliothekar ernannt wurde. Sie, Padre Luis, beginnen mit dem Jahr 1479, als er die Papstgeschichte mit dem berühmten Satz Pius' II. über den Zölibat abgeliefert hat. Und Sie, Jackey, nehmen sich die letzte Zeit vor Platinas Tod im September 1481 vor – wenn der Bibliothekar wirklich von dem Grab der Frau des Petrus unter der Peterskirche wusste, dann hat er vielleicht, als er sein Ende kommen fühlte, einmal das Bedürfnis empfunden, etwas darüber aufzuschreiben.»

Tatsächlich folgten die Bestände Tagen und Jahren. Bald hielt Sua Eccellenza auch schon die Gründungsbulle *Ad decorem militantis Ecclesiae* der Vatikanischen Bibliothek aus dem Jahr 1475 samt der Erhebung Platinas zu ihrem ersten Präfekten in Händen, während die beiden anderen ein paar Meter von ihm entfernt begannen, die Schriftstücke aus den Regalen zu ziehen. So arbeiteten sie sich voran.

Darüber war es Nachmittag geworden. Ihre weißen Baumwollhandschuhe, die die alten Pergamente schützen sollten, hatten ihre Farbe zu Grau gewechselt. Mit einem Mal hörten sie, wie Jackey ihren Stuhl zurückschob.

«Das ist interessant. Schauen Sie mal!»

Montebello und Padre Luis traten an ihren Arbeitstisch. Jackey hielt etwas in der Hand, das von weitem aussah wie ein Blatt durchscheinendes Papier.

«Was haben Sie da?»

«Das ist ganz neues Vliesgewebe, das man an dieser Stelle eingelegt hat. Es ist genau das gleiche Material, das ich selbst erst vor ein paar Monaten in Neapel zum Schutz für gesiegelte Pergamente unseres Bistumsarchivs angeschafft habe.»

«Weshalb scheint Ihnen das wichtig?»

«Die Firma, die das produziert, gibt es erst seit Anfang des Jahres. Schauen Sie – hier ist ihr Stempel im Gewebe. Das heißt, dass erst vor kurzem jemand diese Akten durchgesehen haben muss. Hier gibt es aber gar keine gesiegelten Dokumente. Man hat es offenbar als Platzhalter verwendet, um später schnell die Stelle wiederzufinden, wo ein Schriftstück entnommen wurde.»

«Was macht Sie so sicher, dass hier ein Dokument fehlt.»

«Das hier sind Platinas Aufzeichnungen vom Juli 1481, zwei Monate vor seinem Tod. Schauen Sie auf die Regesten – sie sind fortlaufend, Tag für Tag. Nur hier, am 14. Juli, fehlt ein Schriftstück, offenbar ein Sonntag.»

«Vielleicht hatte er am Tag des HERRN nichts zu notieren?»

«Vielleicht – aber warum hat man dann ausgerechnet hier das Vlies eingelegt? Ich denke, wir sollten in dem Verzeichnis am Eingang des Magazins nachschauen, wer sich kürzlich für Platinas Nachlass interessiert hat.»

Als sie vor die Türe traten, saß statt Monsignor Angelosanto nun ein junger Bibliotheksangestellter an dessen Pult. Auf die Frage, wann zuletzt mit den Akten von Platina gearbeitet worden sei, musste er mehr als drei Jahre zurückblättern. Als sie ihn ungläubig anschauten, drehte er die Registratur zu ihnen herum, so dass sie sich selbst davon überzeugen konnten. Jackey trat ein paar Schritte zurück und winkte ihre Begleiter zu sich.

«Hier stimmt was nicht – jemand ist uns zuvorgekommen. Der Betreffende hat irgendetwas aus den Unterlagen herausgezogen und die Stelle mit dem Vlies markiert. Und er wollte anonym bleiben. Niemand kann in einer Bibliothek einfach mal die Akten durchstöbern, ohne sich mit seinem Forschungsanliegen einzutragen, es sei denn …»

Montebello vollendete den Satz:

«… es sei denn, er steht so weit oben in der Hierarchie, dass es niemand wagen würde, ihm das zu verweigern.»

Dann wandte er sich noch einmal an den Aufseher.

«Gibt es überhaupt einen Eintrag für gestern und heute – außer uns?»

Der Mann blätterte in dem Besucherverzeichnis wieder nach vorn.

«Nur einen: Monsignor Adelmo Mariani.»

Montebello und Padre Luis schauten sich verdutzt an und begannen gleichzeitig zu lachen.

«Ist der immer noch nicht fertig?»

Jackey sah fragend von einem zum anderen, bis Sua Eccellenza es ihr erklärte.

«Adelmo ist ein paar Jahre älter als ich. Aber er war schon lange hier, als ich vor bald zwanzig Jahren in der Vaticana angefangen habe. Er forscht über langobardische Namen in Papsturkunden des Frühmittelalters. Eigentlich war sein Projekt auf drei Jahre angelegt, aber sein Problem ist, dass er alles interessant findet, worauf er stößt. Ein lieber Mann, aber ein allzu vielseitiger Wissenschaftler … Jedenfalls konnte er nie ein Ende finden. Man hatte ihm deshalb schon zu meiner Zeit dieses Projekt entziehen wollen. Aber da kein Bibliothekar ihn in der eigenen Abteilung haben mochte, hätte Adelmo irgendeinen trostlosen Posten in der Verwaltung übernehmen müssen, wo er mit Sicherheit todunglücklich geworden wäre. Er kam zu mir und hat mir sein Leid geklagt. Dann habe ich mich für ihn eingesetzt und dem damaligen Leiter der Bibliothek, Kardinal Ambroso, erklärt, es sollte doch auch noch ein paar Leute geben dürfen, die längerfristig Einzelforschung betrieben, ohne dass das gleich unter Kosten-Nutzen-Gesichtspunkten bewertet würde. Adelmo hatte Glück, und man ließ ihn fortan in Frieden. Aber dass man ihm offenbar bis heute Artenschutz gewährt hat, überrascht mich dann doch. Er ist völlig aus der Zeit gefallen.»

Padre Luis nickte.

«Wir sollten ihn besuchen. Wenn er im Magazin war, als jemand die Akten durchsucht hat, hat er vielleicht etwas davon mitbekommen.»

Vatikanstadt, 2. August, nachmittags

Commissario Bariello hatte sich mit Vice Ispettore Generale Santoro auf dem Platz zwischen dem Petersdom und dem Campo Santo Teutonico verabredet, der zu Ehren der ersten Märtyrer Roms Piazza dei Protomartiri Romani benannt war. Von dort aus wollten sie zu der Stelle gehen, wo Papageno von seiner Seite der Mauer etwas Seltsames gehört hatte. In Begleitung des Gendarmerieoffiziers wurde Bariello nicht von den Wachhabenden kontrolliert, die in größerer Zahl als früher auf dem Gelände des Vatikans für die Sicherheit zuständig waren. So gelangten sie rasch – vorbei an der Domus Sanctae Marthae und dem Palazzo San Carlo – über eine Treppe zu dem Gerichtsgebäude der Vatikanstadt, von wo aus sie das Bahnhofsgelände des päpstlichen Reiches überblickten.

Kein sehr erhebender Anblick! Ein mächtiger Bauzaun, hier und da von eisernem Estrichgitter unterbrochen, und der Lärm von gewaltigen Baumaschinen und Lastwagen beherrschten die Szene. Obwohl sich Santoro zu Bariello hinüberbeugte, musste er schreien, um sich verständlich zu machen.

«Waren Sie in den letzten eineinhalb Jahren mal in der Vatikanstadt, seit das hier angefangen hat? Das wird die Liebesgabe der Chinesen an den Heiligen Vater.»

Bariello nickte nur, wollte aber keine Antwort in den Lärm hineinbrüllen. Als die Chinesen im Afrikakonflikt mit dem Vatikan zurückgerudert waren, hatten sie nicht nur erklärt, dass sie die Sorgen des Papstes um die Menschen in seiner Heimat verstünden und sich zu eigen machten, sondern auch verkündet, dass sie ihm als Zeichen der Freundschaft zwischen ihren beiden Staaten die ersehnte Metrostation unter dem alten Bahnhof zum Geschenk machen wollten. Tatsächlich war es ein einst lang gehegter Wunsch des Vatikans, dort, wo die päpstliche Eisenbahnstation lag, in einem Tiefgeschoss auch eine U-Bahn-Haltestelle anzulegen. Damit wollte man es besonders den älteren Gläubigen aus aller Welt, die die Heilige Stadt besuchten, leichter machen, geradewegs in das Zentrum der katholischen Welt zu gelangen; doch Planung und Finanzierung erwiesen sich lange Zeit als zu aufwendig. Der Commissario erinnerte sich sehr genau, wie China vor drei Jahren diesen, auch im globalen Maßstab, einzigartigen diplomatischen Coup gelandet und damit zugleich Papst Laurentius schachmatt gesetzt hatte. Es war ihm als Staatsoberhaupt nicht möglich, dieses unübersehbare Zeichen der Einsicht, des guten Willens und der Völkerverständigung zurückzuweisen. Es wäre ein diplomatischer Affront ohnegleichen gewesen, durch den unweigerlich die Verantwortung für alle weiteren bedenklichen Entwicklungen im chinesisch-afrikanischen Verhältnis, aber auch für die Lage der Christen in China auf den Papst übergegangen wäre. Ja, sosehr die Welt Laurentius bewunderte, dass er China in dessen radikaler Wirtschaftspolitik zum Einlenken in Afrika gebracht hatte, hätte man ihm im Falle seiner Weigerung vorgeworfen, die Chance, das Reich der Mitte stärker in die Staatengemeinschaft einzubinden, aus religiöser Borniertheit und letztlich aus politischem Unverstand versäumt zu haben. Und so schritten, kaum dass der erste Spatenstich getan war, der U-Bahn-Bau und der Anschluss der Station an das stadtrömische U-Bahn-Netz in atemberaubender Geschwindigkeit voran. Der Konzern des chinesischen Großindustriellen Zhao Ling, dem man Planung und Ausführung des Vorhabens übertragen hatte, arbeitete mit allen personellen Mit-

teln und unter Einsatz modernster Technik, um mit diesem Prestigeprojekt der Weltöffentlichkeit die Leistungsfähigkeit chinesischen Knowhows zu demonstrieren.
Als Bariello die Blicke über die Szene wandern ließ, war ihm klar, dass von dort auch nachts, wenn die Bautätigkeit ruhte, jederzeit ungewöhnliche Geräusche ausgehen mochten. Papageno konnte also alles Mögliche gehört haben. Unter diesem Eindruck winkte der Commissario ab.
«Ich glaube, wir brauchen uns gar nicht weiter zu bemühen, Ispettore Santoro. Das hier erklärt alles.»
Doch da sich der Kollege eigens für Bariello Zeit genommen hatte, wollte der Commissario nicht unhöflich sein. So setzten sie gemeinsam ihren Weg fort, der sie um die westliche Spitze der Gleisanlagen herum - dort, wo die Schienen in einem Tunnel verschwanden - an den Muschelbrunnen führte, der von liebevoll geschnittenen Buchsbaumhecken umgeben war. Der Baulärm war hier, abgeschirmt durch das Bahnhofsgebäude, merklich geringer. Sie schlenderten über die mit Steinplatten ausgelegten Pfade zwischen den Rasenflächen, und Bariello bemerkte, dass diese trotz aller Pflege durch die vatikanischen Gärtner in der Sommerhitze kaum weniger gelitten hatten als die stadtrömischen Parks. Ihr Weg führte vorbei an der Sendezentrale von Radio Vatikan, und sie waren im Begriff, die Leoninische Mauer bei der Lourdes-Grotte zu durchqueren, um von dort aus weiter zum päpstlichen Hubschrauberlandeplatz zu gehen, als der Commissario stehen blieb.
«Schauen Sie mal da!»
Er wies auf eine Stelle im Rasen, wo zwar kein Grün mehr wuchs, aber die Sonne nach der letzten Bewässerung den gelbbraunen Lehm hart gebacken hatte. Zuvor jedoch musste ein Tier über die feuchte Fläche gelaufen sein und hatte dort zwei große, klar umrissene Abdrücke hinterlassen.
«Haben Sie so was schon mal gesehen?»
Bariello und der Vice Ispettore knieten sich hin und betrachteten die Stelle genauer. Santoro legte seine Hand in die Fährte und

stellte fest, dass der Abdruck noch etwas größer war als diese. Was auch immer die Spur hinterlassen hatte, musste zudem scharfe Krallen haben, die sich tief ins feuchte Erdreich gegraben hatten.
«Verrückt – wenn ich nicht wüsste, dass nichts dergleichen gemeldet worden ist, würde ich sagen, dass hier ein ... Raubtier unterwegs gewesen sein muss. Warten Sie!»
Santoro erhob sich, zog sein Smartphone heraus und rief seine Kollegen von der Gendarmeria Vaticana. Als sie kurz darauf erschienen, zeigten sie sich ebenso ratlos wie ihr Vorgesetzter. Sie fotografierten die Spuren und fertigten mit Silikon einen Abguss an; dann hoben sie die Fläche selbst aus und brachten sie in das Labor der römischen Kollegen.
«Was meinen Sie, Commissario, auf einer Baustelle, wo viel Sand herumliegt, könnten sich doch weitere Spuren finden? Da gibt es sicher Verstecke, wo sich so ein Tier tagsüber verbergen könnte. Wir sollten mit jemandem von der Bauleitung sprechen, um die Leute zu warnen.»
So standen sie eine Viertelstunde später auf dem Gelände der künftigen Metrostation. Es dauerte eine ganze Weile, bis sie sich in dem Lärm einem der chinesischen Bauarbeiter halbwegs verständlich machen konnten und der einen Ingenieur aufgetrieben hatte, der Italienisch sprach. Der Mann kam in Begleitung von drei martialisch aussehenden Kleiderschränken und war offenkundig wenig erbaut, Polizei auf der Baustelle zu haben.
«Wang Bao. Ich bin der leitende Ingenieur. Sie haben Probleme wegen irgendeinem Tier? Klar – Sie müssen sich um so etwas kümmern, aber ich kann hier nicht den Betrieb aufhalten, wenn jemandem der Hund davongelaufen ist. Wir arbeiten unter enormem Zeitdruck. Ich kann jetzt nicht sechzig Mann einen Pudel suchen lassen. Aber wenn wir was sehen, melden wir uns bei Ihnen, wenn Sie uns Ihre Telefonnummer dalassen.»
«Signor Wang, ich bin Vice Ispettore Generale Santoro von der Gendarmeria Vaticana, und das ist Commissario capo Bariello von der römischen Polizia di Stato. Das ist nicht der richtige Ton, in dem Sie mit uns sprechen. Wir wissen nicht, um was für ein Tier

es sich handelt, aber es könnte auch für Ihre Leute eine Gefahr darstellen.»
«Ist ein Löwe aus Ihrem Zoo abgehauen, oder was ist los? Und was hat diese Suche auf dem Vatikangelände mit der römischen Kriminalpolizei zu tun?»
«Sie sind offenbar bestens vertraut mit unseren Zuständigkeiten. Ich sagte schon: Wir wissen nicht, was es für ein Tier ist – wir wissen auch von keinem Ausbruch. Aber das ändert nichts daran, dass die Situation gefährlich werden könnte.»
«Da machen Sie sich mal keine Sorgen! Wenn es nicht gerade ein Tiger ist – und das scheint ja nicht der Fall zu sein –, dann werden die Jungs mit so einem Vieh ganz bestimmt schnell fertig. So, und nun bitte ich Sie, das Baugelände wieder zu verlassen. *Das* ist nämlich tatsächlich gefährlich, wenn man sich unbefugt zwischen der Baugrube und den Baufahrzeugen bewegt.»
«Wir würden uns hier gern ein bisschen umsehen, wenn Sie gestatten.»
«Haben Sie einen Durchsuchungsbefehl?»
«Nein.»
«Dann gestatte ich es nicht – und zwar zu Ihrer eigenen Sicherheit! Ich kann keinen Mann entbehren, der auf Sie aufpasst. Wenn etwas passiert, habe ich hinterher die Probleme. Es tut mir leid – aber Sie gehen jetzt bitte!»
Santoro schaute Bariello an und zuckte mit den Achseln.
«Wenn das so ist, Signor Wang, dann ... Ich denke, wir sehen uns wieder. Hier meine Karte.»
Der Ingenieur steckte sie in seine Hemdtasche, ohne auch nur einen Blick darauf zu werfen, drehte sich um und ging. Als Bariello und Santoro sich verabschiedeten, versprach der Commissario seinem Kollegen, sich sofort zu melden, sobald der Laborbefund der Abdrücke vorlag. Sollte bei der DNA-Analyse herauskommen, dass ein Raubtier diese Spuren hinterlassen hatte, würden sie mit einem Großaufgebot zurückkommen – egal, was der Bauleiter dazu sagen würde.
Bariello hatte den Rückweg über den Petersplatz gewählt, weil er

überlegte, ob er auf eine *cenetta* bei Chiara Donato vorbeischauen sollte, als er hörte, dass jemand seinen Namen rief. Er schaute sich um. Diese Stimmen kannte er doch ...

«Commissario Bariello! Ciao, Commissario! Hier – hier sind wir!»

Und im nächsten Moment sah Bariello drei winkende Gestalten, die ihm aus der Richtung des großen Obelisken entgegenkamen.

Kapitel 6 – Das Grab des Apostels

Vatikanstadt, 2. August, früher Abend

Der Petersdom hatte um sieben Uhr seine Pforten geschlossen. Monsignor Oberto Leone und Luca Berliner hatten sich für kurz vor sieben in der Sakristei verabredet – dem unmittelbar südlich an die Kathedrale angrenzenden Barockbau. Die beiden Sagrestani blickten missmutig auf den Archäologen, der in Begleitung von Savio Napoletano erschienen war. Auf wen sie denn noch warteten? Wenn sie nicht den Chefarchäologen genannt hätten, wären sie höchstwahrscheinlich hinauskomplimentiert worden. So aber warteten die Wächter in erzwungener Höflichkeit mit ihnen, nicht ohne alle zwei Minuten kopfschüttelnd auf die Uhr zu schauen. Umso größer war die Überraschung, als der Monsignore gar nicht durch die Eingangstür kam, sondern aus der Sagrestia dei Beneficiati. Er zog sogleich die Tür hinter sich zu und stieg über eine dicke rote Kordel, die an zwei goldglänzenden Messingpylonen befestigt war und in deren Mitte unübersehbar das Verbotsschild baumelte: *Vietato l'ingresso ai visitatori e alle persone non autorizzate!*
Der Archäologe trat auf ihn zu.
«Buonasera, Monsignor Leone!»
«Buonasera, Dottor Berliner!»
«Sie kommen aus der Schatzkammer des heiligen Petrus – immer noch geschlossen? Ich wollte sie schon lange mal wieder besuchen.»
Dem Geistlichen schien die Frage unangenehm.

«Ja, leider - wird alles zu eng da drin. Wir haben einiges aus den Vatikanischen Museen dort einlagern müssen und überarbeiten das ganze Konzept der Ausstellung. Das braucht seine Zeit.»

Während er mit einer herrischen Geste die Sagrestani in ihren Feierabend entließ, rüttelte er zugleich noch einmal an der Tür des Museums, um sich zu versichern, dass sie ins Schloss gefallen war. Dabei fiel sein Blick auf Savio.

«Ich sehe, Sie sind nicht allein gekommen, Dottore?»

«Das ist Signor Napoletano. Er ist der Fahrer von Sua Eccellenza Montebello und Ehemann von Dottoressa Jackey, die Sua Eccellenza hilft - und er ist ein Freund von mir. Er war es, der uns mit seiner Frage dazu gebracht hat, auf die Suche nach dem Grab der Taube zu gehen.»

Die Miene des Monsignore blieb unbewegt, als er Savio die Hand gab.

«Es sind oft Laien, die Historikern und Archäologen die wichtigen Fragen stellen. Willkommen, Signor Napoletano!»

«Monsignore, ich bin kein gebildeter Mann. Aber meine Frau ist eine echte Dottoressa, und ich freue mich immer, wenn sie mir erzählt, womit sie es bei ihrer Arbeit zu tun hat. Es wäre sehr liebenswürdig, wenn Sie mir erklären würden, was ich heute Abend zu sehen bekomme.»

Savio hatte ein gutes Gespür für den Charakter von Menschen und einen feinen Sinn dafür, wie er sie ansprechen musste. Leone nickte.

«Wenn es Sie so sehr interessiert - bitte.»

Damit deutete er voraus in die mit buntem Marmor ausgestaltete Sakristei. Entsprechend ihrem achteckigen Grundriss befanden sich an den Wänden Altäre, von denen vier aus dunklem Holz gefertigt waren und zugleich als Schränke für liturgisches Gerät dienten. Savio fielen die Kleiderständer mit den vielen Gewändern für Priester und Seminaristen auf, so dass ihn das Ganze eher an eine luxuriöse Garderobe erinnerte. Er wollte darüber schon eine Bemerkung machen, als sein Blick auf Caravaggios Darstellung der Kreuzesabnahme Jesu fiel. Monsignor Leone bemerkte, dass sich seine Besucher der Wirkung des Bildes nicht entziehen konnten, über dem in großen goldenen Lettern das Wort SILENTIUM Ruhe gebot. Er machte eine Kniebeuge, während sich seine Begleiter verneigten. Dann trat er in die Mitte des Raumes unter die Kuppel, wo sich am Boden das Wappen des Bauherrn der Sakristei, Papst Pius' VI., befand, und winkte Savio heran.

«Ungefähr hier, Signor Napoletano, wo wir jetzt stehen, verlief vor zweitausend Jahren die südliche Mauer des Circus, den Kaiser Caligula begonnen und Kaiser Nero ein paar Jahrzehnte später vollendet hat. Die Anlage hatte ungefähr die Ausrichtung der heutigen Kathedrale, war aber noch länger als der Petersdom und der Petersplatz zusammen. In diesem Circus beginnt mit der Hinrichtung des Apostels Petrus – unseres ersten Papstes – die Geschichte der römischen Kirche und die Geschichte der katholischen Christenheit. Im Petersdom waren Sie natürlich schon einmal. Aber was sich unter dieser größten Kirche der Welt befindet, haben Sie vermutlich noch nicht gesehen.»

«Kommen Sie gerade von dort?»

Für einen Moment schien Monsignor Leone verwirrt und seine Antwort klang ziemlich barsch.

«Nein, durch das Museum gelangt man nicht nach unten. Wie gesagt: Dort ist derzeit ein kleines Außenlager für Nachbildungen aus den Vatikanischen Museen, für die wir drüben keinen Platz mehr haben. Deswegen war ich da drin. Kommen Sie, wir gehen jetzt von hier aus hinüber in den Dom, wo wir in die Grotten hinabsteigen werden. Bis wir dort sind, erzähle ich Ihnen, was Sie da unten erwartet ...»

... und so begann der Chef der Vatikanischen Archäologie damit, wie im Jahr 64 Kaiser Nero im Circus am Vatikanhügel viele Christen hatte ermorden lassen. Er hatte den Volkszorn wegen der Brandstiftung, die Rom schwer zerstört hatte, auf diese neue Sekte gelenkt. Damit hatte er von sich ablenken wollen, nachdem er selbst in Verdacht geraten war, Urheber der Katastrophe zu sein, um seine größenwahnsinnigen Pläne eines Neubaus der Stadt zu verwirklichen. In den antiken Petrus-Akten und den Werken der

Kirchenväter konnte man nachlesen, dass eines der Opfer dieser Verfolgung Petrus war, der, wie es hieß, von den Henkersknechten im Circus mit dem Kopf nach unten gekreuzigt worden war.

Was damals geschehen war und wo sich das Grab des Stellvertreters Christi befand, hatte die junge Kirche überliefert. So hielt Eusebius von Caesarea in seiner Kirchengeschichte fest, dass Gaius, ein gebildeter Priester, im zweiten Jahrhundert gesagt habe: *Ich kann die Tropaia der Apostel zeigen. Denn wenn du zum Vatikan gehen willst oder auf die Straße nach Ostia, wirst du die Tropaia derer finden, die diese Kirche gegründet haben.* Was er damit meinte, war, dass man über dem Grab Petri vor einer roten Mauer ein Siegesmal in Gestalt einer kleinen, kaum mannshohen Tempelfassade auf einem Säulenpaar errichtet hatte. Dort war ein Kultplatz entstanden. Und während ringsherum alles mit Grabmälern zugebaut wurde, die sich entlang der Via Cornelia zu einer wahren Totenstadt, einer Nekropole, verbanden, war dieser kleine Platz vor dem Petrusgrab offenbar aus besonderer Ehrfurcht immer frei geblieben.

Als die Zeit der Christenverfolgungen im frühen vierten Jahrhundert zu Ende ging, hatte Kaiser Konstantin – der das Christentum förderte und sich am Ende seines Lebens selbst taufen ließ – an diesem Ort die größte Kirche der antiken Welt bauen lassen. Es war eine Anlage, die wegen ihrer Dimensionen bei den Zeitgenossen Bewunderung, aber wegen der Art ihrer Entstehung auch Empörung hervorrief. Hatte doch der Kaiser zu ihrer Errichtung mit einem Tabu der römischen Gesellschaft gebrochen, indem er Hand an alte Grabanlagen legte und so die Totenruhe störte. Aber das war unumgänglich, wenn er das Areal des Vatikanhügels und der Nekropole für sein Vorhaben auf ein einheitliches Bodenniveau bringen wollte. Das Zentrum der Kirche aber, die damals entstand, bildete das Petrusgrab: genau jene kleine Tempelfront – jene Aedicula – vor der roten Mauer und die Nische in einer Wand, die im rechten Winkel unmittelbar an diese rote Mauer anstieß und über und über mit christlichen Graffiti bedeckt war.

Die sterblichen Überreste des heiligen Petrus, die das Grab vor der Aedicula einst geborgen hatte, waren zu diesem Zeitpunkt schon lange gehoben und in der Nische dieser Inschriftenwand beigesetzt worden. Eine der Inschriften, die fast zweitausend Jahre später wieder ans Licht kommen sollte, lautete *Petros Eni* – was man ergänzen und übersetzen konnte mit den Worten «Petrus ist hier». Die Gebeine selbst, die bei den Ausgrabungen um die Mitte des zwanzigsten Jahrhunderts dort gehoben worden waren, gehörten einem Mann zwischen sechzig und siebzig. Als er starb, waren seine Kniescheiben abgenutzt, wie es bei einem Fischer, der viele Jahre in seinem Kahn gekniet und die Netze ausgeworfen hatte, nicht verwunderlich war. Seine Knochen hatten die frühen Christen in purpurfarbenen, golddurchwirkten Stoff gehüllt. Sie wurden dann im Petersdom – der seit dem sechzehnten Jahrhundert den altersschwachen Kirchenbau Kaiser Konstantins ablöste – neuerlich dort beigesetzt, wo sie bereits in der Antike in die Inschriftenmauer gebettet worden waren.

Monsignor Leone hatte die Zeit gut abgeschätzt, die er benötigen würde, um Savio die Geschichte des Petrus und seiner Reliquien zu erzählen. Bei seinen letzten Worten waren sie hinter dem Andreas-Pfeiler im Halbdunkel des Petersdoms herausgekommen und vor dem Papstaltar zum sakralen Mittelpunkt der katholischen Welt hinabgestiegen. Dort unten in den Vatikanischen Grotten standen die Sarkophage eines Kaisers und zahlloser Päpste aus mehr als eintausend Jahren. Sie schliefen in ihren Gräbern in der Nähe ihres größten Heiligen dem Jüngsten Tag entgegen. Der Geistliche und seine Begleiter sprachen kein Wort, um die völlige Stille, die hier unten herrschte, nicht zu stören. So gelangten sie zur sogenannten Confessio Petri und vor die Flügeltüren, die diesen heiligsten Ort der katholischen Christenheit verschlossen. Die Luft war erfüllt von Weihrauch und dem Duft jenes Öls, das beständig in zweiundneunzig Lampen brannte, die die Confessio und den Weg hinab zum Heiligtum säumten. Als er die reich verzierten Türflügel aufschwingen ließ, machte Leone eine Kniebeuge und verneigte sich tief. Nach einer Weile erhob er sich wieder.

«Wir sind hier auf dem Bodenniveau der alten Peterskirche, die einst Kaiser Konstantin hat errichten lassen. Direkt über uns befindet sich der gewaltige bronzene Papstaltar von Bernini, und unter dieser Front, unterhalb von diesem Christusmosaik vor uns, das Jesus als Weltenherrscher zeigt, ruhen die Reliquien des heiligen Petrus. Wenn das, was wir versuchen, indem wir nach dem Grab seiner Frau forschen, gottgefällig sein soll, sollten wir ihn jetzt um Beistand bitten. Viel näher, als wir hier Petrus sind, können Menschen in dieser Welt ihm nicht mehr kommen.»

So verharrten sie vor dem Mosaik des segnenden Christus und unter den Augen der Apostel Petrus und Paulus, deren Bronzebüsten seit Beginn des siebzehnten Jahrhunderts zu Häupten des Erlösers die Nische flankierten. Dann bekreuzigte sich Leone und schaute zu seinen Begleitern hinüber, die ebenfalls das Kreuzzeichen machten. Er nickte ihnen zu, schloss wieder die Flügeltür und bedeutete ihnen zu folgen. Leone durchquerte den Südkorridor der Confessio, an dessen Ende er sich nach rechts wandte, als ob er den Umgang zur Kapelle von Papst Clemens VII. wählen wollte.

«Wenn wir hier weitergehen würden, kämen wir in die Cappella Clementina, die gewissermaßen die Rückseite der Confessio bildet – ein ebenso heiliger Ort wie der, von dem wir gerade kommen. Als man dort in der Mitte des letzten Jahrhunderts nach den sterblichen Überresten des Petrus suchte, stieß man auf Bauschichten aus den Tagen Kaiser Konstantins und das Baumaterial Porphyr. Das Wertvollste überhaupt, was eigentlich nur für die Grabstätten der Angehörigen allerhöchster römischer Kreise in der Antike verwendet werden durfte. Dass Kaiser Konstantin gerade diesen Stein für das Grabmal verwendete, bedeutet, dass er völlig sicher war, an dieser Stelle wirklich den ersten Stellvertreter Christi mit einem würdigen Heiligtum zu ehren. Die rote Mauer und die uralte Aedicula hat er dabei nicht zerstört, sondern in das Heiligtum einbezogen. So blieb dieser Platz bis heute zu erkennen. Und nun wird es Zeit, dass Sie diesen Ort selbst sehen. Kommen Sie – wir steigen nun in die alte Totenstadt unter dem Petersdom hinab!»

Er winkte seine Begleiter nach rechts in einen kurzen Seitengang, der vor einem kleinen Gitter endete. Dahinter führte eine Treppe

in die Tiefe. Während Leone die Beleuchtung einschaltete, nutzte Berliner die Gelegenheit zu der Frage, die ihm auf den Nägeln brannte.
«Monsignore – wenn wir unten sind … glauben Sie wirklich, dass wir dort einen Weg finden, der uns noch *unter* das alte Petrusgrab bringen kann? Es wurde doch schon alles abgesucht, und die Ausgrabungen sind nicht weitergeführt worden. Wie können wir dort jemals einen Zugang zum Grab der Taube finden?»
Leone antwortete nicht, sondern stieg vor ihnen die Treppen hinunter. Kurz darauf standen sie auf dem Clivus, einem schmalen Durchgang, durch den der Geistliche schritt und nach vorn deutete. Dann bemerkte er, dass der Archäologe stehen geblieben war.
«Stimmt etwas nicht, Signor Berliner?»
Der schaute noch eine Weile in die Richtung, aus der sie gekommen waren.
«Merkwürdig – mir war, als hätte ich Schritte hinter uns gehört.»
«Das passiert einem leicht, wenn man hier in der Stille unterwegs ist. Es wird unser eigenes Echo gewesen sein. Kommen Sie weiter!»
Rechts und links von ihnen war Mauerwerk aus flachen, roten römischen Ziegeln, zum Teil noch beworfen mit graubraunem Mörtel. Manche der Ruinen ließen Fresken mit Pflanzen- und Tiermotiven erkennen. Auch fanden sich hier unten Urnen, die einst den Leichenbrand der Verstorbenen enthalten hatten, aber auch Sarkophage, die römische Steinmetze sorgfältig mit wellenförmigen Ornamenten verziert hatten. Sie sahen Skulpturen, Marmorbüsten von Frauen und Männern, Genien des Todes, denen Fledermausflügel aus dem Rücken wuchsen – und schließlich die Totenmaske eines kleinen Jungen mit Schmollmund und runden Bäckchen; selbst die Wimpern seiner für immer geschlossenen Augen waren noch zu erkennen, die sich nur kurze Zeit des Sonnenlichts hatten erfreuen dürfen.
«Ich werde Ihnen gleich die Stelle zeigen, auf die ich meine Hoffnung setze, Signor Berliner. Aber erst soll Signor Napoletano das Wichtigste hier unten sehen. Hier zur Linken: die rote Mauer! Sie ist zu beiden Seiten vor zweitausend Jahren mit dieser besonderen

Farbe bemalt worden, um den Heiligtumsbezirk um das Petrusgrab hervorzuheben. Dieser Bereich misst gerade mal so viel wie ein geräumiges Zimmer. Aber er wurde selbst dann nicht überbaut, als es hier eng wurde und sich seit dem zweiten Jahrhundert entlang der Straße eine Begräbnisstätte an die nächste reihte. Der Platz für die Toten war extrem knapp. Wir gehen davon aus, dass in den zweiundzwanzig Mausoleen, die hier ausgegraben wurden, mehr als eintausend Menschen bestattet worden sind. Trotzdem blieb dieser Platz vor dem Petrusgrab immer frei.»

Monsignor Leone war mit seinen Begleitern in das Grab gegangen, das unmittelbar südlich vor dem Heiligtum des Petrus lag.

«Schauen Sie! Von hier aus sehen Sie durch diese Öffnung in der Mauer genau auf jene Stelle, wo Petrus einst begraben wurde. Sternförmig darum herum hat man elf weitere alte Gräber gefunden – eines davon wahrscheinlich von dem direkten Nachfolger des Petrus im Amt des Papstes, einem Mann namens Linus. Die Grabherren dieser elf Begräbnisstätten haben sich vermutlich einen ganz besonderen Beistand für ihren Weg ins Jenseits davon versprochen, wenn sie sich so nah bei dem ersten Oberhaupt ihrer Kirche zur letzten Ruhe betten ließen.

Als die Archäologen im vergangenen Jahrhundert das einstige Petrusgrab öffneten, fanden sie jedoch darin nicht seine Knochen, sondern die von zwei Männern und einer Frau. Offenbar hatten die frühen Christen die Gebeine des Petrus zuvor bereits retten müssen – wahrscheinlich während der Christenverfolgungen im dritten Jahrhundert. Sie fürchteten, dass ihre Feinde das Grab schänden würden. Zu dieser Zeit entstand die Graffitimauer mit der Inschrift *Petrus ist hier*, von der ich Ihnen erzählt habe.»

Luca Berliner schaute sich um. Das Grab, in dem sie standen, gewährte zwar einen guten Blick auf das einstige Petrusgrab, konnte aber niemals einen Zugang zu den Schichten darunter bieten. Savio wischte sich den Schweiß von der Stirn.

«Ich hätte nicht gedacht, dass es hier unten so warm und so feucht ist.»

Leone nickte.

«Wir haben hier unten kontinuierlich eine Luftfeuchtigkeit von knapp einhundert Prozent. Wenn wir die Steine austrocknen ließen, würde alles in kurzer Zeit zerbröseln – kein schöner Gedanke bei dem Gewicht, das hier über uns lastet.»

Luca Berliner schaute sich um.

«Wenn ich mich nicht irre, Monsignore, sind wir genau unter dem Baldachin Berninis über dem Altar im Petersdom. Um das zig Tonnen schwere Bronzebauwerk zu stabilisieren, hat man hier unten so viel Steinmaterial eingefüllt, dass dieser Raum sicher keinen Ausgangspunkt für unsere Untersuchung bilden kann. Es sei denn, wir wollten den Baldachin zum Einsturz bringen.»

Leone schüttelte den Kopf.

«Bereits Kaiser Konstantin war sich der Problematik bewusst. Er hat die Dächer der Totenhäuser dieser alten Nekropole abtragen und ihre Hohlräume damit und mit anderem Material auffüllen lassen, das hier vom Vatikanhügel abgetragen worden war. So erhielt diese Kirche ein stabiles und ebenes Fundament, und dieser Notwendigkeit ist man auch gefolgt, als man zu Beginn des sechzehnten Jahrhunderts mit dem Neubau begann. Seien Sie also unbesorgt! Aber – sicher, wenn man wollte, könnte man hier mit Grabungen an der falschen Stelle ziemliches Unheil anrichten. Doch kommen Sie! Ich denke für unsere Suche an einen anderen Platz weiter hinten an der roten Mauer.»

Berliner schaute auf die Stelle, zu der Leone sie geführt hatte.

«Offenbar graben Sie noch weiter! Ich dachte, die Ausgrabungen seien eingestellt worden?»

Leone nickte.

«Waren sie auch! Jetzt aber wurden sie wieder aufgenommen – und das sollte uns weiterhelfen. Das Deutsche Archäologische Institut hat einen Forschungsantrag gestellt. Die Probegrabung soll weit in die Schichten aus *vor*christlicher Zeit hineinreichen, um die ältesten Entwicklungsphasen der Stadt – lange vor dem Tod Petri – zu erforschen. Dafür müssen die Archäologen ganz schön tief runtergraben. Diese Stichprobe habe ich genehmigt, weil die Christliche Archäologie des Vatikans hier ihre Arbeiten abgeschlossen hat und keine Beeinträchtigung der Würde des Ortes zu befürchten war. Wie Sie sehen, ist man hier schon ganz schön in die Tiefe vorgedrungen.»

Am Rand der Grube häufte sich auf einem mehrere Meter großen Wellblech eine gewaltige Menge Erdaushub. Wenn die Sondierungen abgeschlossen waren, musste man nur die Stützen unter dem Blech wegziehen und die Erde würde wieder hinunterrauschen.

«Wissen Sie, wer den Antrag für die Sondierung gestellt hat?»

Leone wandte sich zu Berliner um.

«Natürlich – der Chef des römischen DAI, Achim Zangenberg.»

«Achim! Ich kenne ihn seit einigen Jahren. Er könnte uns vielleicht helfen.»

«Ich wüsste nicht, wie. Aber diese Grube kommt uns gerade recht für unsere Untersuchung. Ich denke, es spricht nichts dagegen, einmal hinabzusteigen und die Wände zu untersuchen. Vielleicht finden wir etwas, das Hinweise auf den Zugang zur letzten Ruhestätte der Taube bietet. Da – eine Leiter.»

Sie kletterten die Sprossen hinab, und gleich darauf standen sie einige Meter unterhalb des alten Straßenniveaus auf dem Boden der Grabung. Berliner brauchte als Archäologe nur kurz, um an den Wänden sogleich die verschiedenen Schichten zu erkennen, die die Ausgräber sorgfältig herausgearbeitet hatten und die jede eine neue Zeitebene anzeigten.

«Hier sind wir noch unter dem Bodenniveau des alten Circus. An dieser Wand ist ...»

Weiter kam er nicht. In diesem Moment ging das Licht aus.

«Was ist denn jetzt passiert?»

Gleich darauf hörten sie ein Geräusch, als ob etwas über den Boden geschleift würde. Savio schaltete am schnellsten.

«Die Leiter!»

Er machte einen Schritt nach vorn, bremste aber sofort wieder ab, als er etwas anderes vernahm – einen dumpfen Schlag, dann Knirschen und schließlich Rauschen, das zu einem Prasseln wurde. Und während die von dem Wellblech abrutschenden Erdmassen niedergingen, hörten sie von oben eine Stimme.

«Ihr habt ein Grab gesucht – jetzt habt ihr euer Grab gefunden!»
Savio sprang zurück und bekam im Dunkel seine Begleiter zu fassen, die er mit sich an die gegenüberliegende Wand riss. Für einen Augenblick sahen sie durch den herabstürzenden Schutt das Licht einer Lampe, das im nächsten Moment verschwand. Dann spürten sie in dem anschwellenden Tosen, wie lockere Erde und Geröll ihre Schuhe bedeckte, rasch an ihren Waden emporstieg und bald bis an ihre Hüften reichte. Während er hörte, wie Berliner in diesem Inferno aus Staub und Steinen um Hilfe rief, tastete Savio nach seiner Hemdtasche und hatte gleich darauf gefunden, was er suchte. Im nächsten Moment flammte die Taschenlampe in seinem Smartphone auf. Ihr Schein reichte nicht weit, aber man konnte die Umrisse der Grube erahnen. Immer noch rutschte der Erdaushub auf der gegenüberliegenden Seite ab, aber der Strom hatte sich verlangsamt.
«Helfen Sie mir! Ich versuche, mich hochzuziehen.»
Leone und Berliner begriffen, was er meinte. Sie packten einander bei den Händen. Savio stützte sich auf die Arme der anderen und arbeitete sich langsam aus der Erde heraus.
«Hier, leuchte mir!»
Er drückte die Lampe Berliner in die Hand. So konnten die beiden anderen sehen, wie sich Savio auf der Schräge, die immer steiler wurde und immer wieder unter ihm nachgab, nach oben mühte. Nun verebbte das nachrutschende Erdreich allmählich. Er hockte auf dem Hügel, aber immer noch gut zwei Meter unter dem Grubenrand, und schaute nach oben. Im nächsten Moment schnellte er hoch und bekam die Kante zu fassen, an der er sich hinaufzog, bis seine Ellbogen auf festem Grund lagen und er sich hochstemmen konnte. Er drehte sich um und sah, dass seine beiden Gefährten bis zum Bauch in Erde steckten. Der Geistliche hustete und krächzte:
«Rechts hinter Ihnen am Boden muss irgendwo ein kleiner Kasten sein. Da drin ist ein Notschalter. Können Sie ihn erkennen?»
Es war zu dunkel. Savio ging auf die Knie und tastete den Boden ab, bis er an einen kantigen Gegenstand stieß. Er fühlte eine

Klappe, die sich öffnen ließ, und im nächsten Moment flammte die Beleuchtung wieder auf. Savio sah sich um, aber wer auch immer versucht hatte, sie umzubringen, war nicht mehr zu sehen. Die Leiter lag ein Stück weit entfernt. Er trug sie zur anderen Seite der Grube, wo Berliner und Leone feststeckten, und schob sie zu ihnen hinunter. Einer nach dem anderen konnte sich befreien, und ein paar Minuten später standen sie verdreckt und schwer atmend wieder auf dem Straßenniveau der alten Nekropole.

«Wer war das?»

Leone schüttelte den Kopf.

«Ich habe ihn nicht erkannt. Kommen Sie, ich muss hier aus!»

Es dauerte nicht lange, bis sie über die Grotten wieder in den Kirchenraum gelangten. An einigen Seitenaltären brannten Kerzen; aber weder in ihrem Licht noch im Schein der Öllampen, die hinab zur Confessio Petri führten, konnten sie jemanden sehen.

«Er hat sich davongemacht. Wer immer das war, besitzt einen Schlüssel zum Dom. Wir müssen zur Polizei, aber vorher ... Signor Napoletano, ich war nicht begeistert, als Signor Berliner Sie heute Abend mitgebracht hat. Nun haben Sie mir in meinem Hochmut das Leben gerettet. Bitte vergeben Sie mir!»

«Aber, Monsignore, bitte ...!»

«Nein, es tut mir leid! Ich habe eine Bitte – an Sie beide: Ich möchte morgen früh mit Ihnen die Messe feiern. Sie würden mir eine Freude machen, wenn Sie um sieben im Petersdom in der Capella Gregoriana sein könnten. Ich zelebriere dort jeden Morgen unter dem Gnadenbild der Madonna del Soccorso, aber diesmal habe ich einen besonderen Grund, der Mutter von der immerwährenden Hilfe zu danken.»

Die beiden anderen nickten. Leone machte eine Kniebeuge vor dem Altar und verließ dann mit seinen Begleitern die Kirche durch die Sakristei. Ihr Ziel war die Via del Pellegrino, wo die Kaserne der Gendarmeria Vaticana lag.

Rom, Via Luigi Bellotti Bon, 2. August, spätabends

Es war nicht ungewöhnlich, dass Sua Eminenza Ludovico Panettiere in seinem Stadtpalast Gäste empfing. Der klassizistische Bau im eleganten Viertel Parioli, nördlich des historischen Zentrums gelegen, bot allen erdenklichen Komfort und verfügte zudem über einen großzügig angelegten, mit Palmen bestandenen Garten, in dem man es auch an heißen Sommertagen gut aushalten konnte. An sich hätte der Kardinal regelmäßig in der kleinen Kirche San Luigi Gonzaga, die gleich um die Ecke von seinem Palazzo lag, die Messe lesen müssen. Das aber überließ er seinem eifrigen Cappellano Davide Brambilla, der ihm als eine Art Faktotum bei der Erledigung aller Angelegenheiten half – das letzte Privileg, das Papst Laurentius dem einst so mächtigen Kardinal zugestanden hatte. Brambilla hatte eine Einliegerwohnung im Hause des Kirchenfürsten, von dem er bereits als mäßig begabter Seminarist am Päpstlichen Seminario Romano Maggiore Protektion erfahren und nur durch die Fürsprache seines Gönners einen exzellenten Abschluss erworben hatte. Entsprechend einfach war das Weltbild des Cappellano: Die Feinde des Kardinals waren seine Feinde, dessen Freunde auch seine Freunde. Eines Tages, so hoffte er, würde sein Mentor wieder zu alter Macht und Größe gelangen, und dann würde er, Davide Brambilla, in seiner nächsten Nähe Karriere machen und seine Familie in Mailand beeindrucken, die nichts anderes von ihm erwartete.

Das theologische Engagement Panettieres beschränkte sich darauf, abends in seinem Arbeitszimmer das Brevier zu lesen, was ihm als spirituelles Rüstzeug völlig ausreichend schien – besonders wenn der Geist dabei mit einem schweren Barolo und Zigarren unterstützt wurde. Das hieß jedoch nicht, dass Sua Eminenza es mit Dingen des Glaubens nicht sehr genau genommen hätte. Allerdings mussten sie dafür in einem konkreten Verhältnis zu seinen eigenen Interessen stehen. In solch einem Fall konnte er zu einem feurigen Glaubensstreiter werden. Ein derartiger Umstand war ihm heute früh bekannt geworden, als ihm Suor Gabriella über das Treffen beim Heiligen Vater berichtet hatte.

Auch wenn Seine Heiligkeit den Kardinal aus dem Zentrum der Macht im Vatikan entfernt hatte, bedeutete das noch lange nicht, dass er ihn tatsächlich seiner Macht hätte berauben können. Wer einmal zum Präfekten der Glaubenskongregation aufgestiegen war und damit an der Spitze der römischen Kurie gestanden hatte, unterhielt Verbindungen in die ganze Welt. Er verfügte über so viel Herrschaftswissen, dass kein Papst ihn jemals ganz ausschalten konnte. Im Gegenteil, er schuf sich in solch einem Mann einen furchtbaren Feind. Dies galt umso mehr, als der Kardinal gerade keine wichtigen Amtspflichten mehr zu versehen und darüber Rechenschaft abzulegen hatte – so konnte er vierundzwanzig Stunden am Tag damit zubringen, gegen den Oberherrn der Kirche zu intrigieren. Panettieres Einfluss durchdrang den Vatikan wie die zahllosen Fäden im Mycel eines Pilzes, der überall mal in kleinen, mal in größeren Dosen sein Gift absonderte – je nachdem, wie empfänglich der Organismus war, mit dem er in Kontakt kam. Dass sich diesem Gift kaum einer zu entziehen vermochte, hing mit Panettieres umfangreichen Kenntnissen über die sehr irdischen Freuden und Vorlieben des himmlischen Bodenpersonals zusammen. Oft genug hatte er Amtsbrüder in aller Welt geschützt und ihre mitunter kriminellen Laster in der Öffentlichkeit heruntergespielt oder sie selbst dann noch geleugnet, wenn sie offen zutage lagen. Er hatte für diese Männer rhetorisch gekämpft und ihre Opfer in ein schiefes Licht gerückt. Und wenn es darauf ankam, hatte er auch für finanzielle Unterstützung seiner Gefolgschaft gesorgt. So hatte er es zeit seiner Karriere in der kirchlichen Hierarchie verstanden, sich Menschen zu verpflichten – er war geradezu ein Meister der Freundschaft. Allerdings stellte jeder irgendwann fest, dass diese Freundschaft ihren Preis hatte. Alle, die mit ihm aufstiegen – und es waren ihrer viele –, mussten fürchten, mit ihm zu fallen, wenn er von dem, was er wusste, Gebrauch machen würde.

Papst Laurentius hatte den Basilisken hinter der Maske des so jovialen Kirchenfürsten erkannt. Als Afrikaner stammte er nicht aus dem Gravitationsfeld der Kurie. Er war als Außenseiter der

letzten Wahl nur ein Kompromisskandidat gewesen, auf den sich die Mächtigen im Vatikan geeinigt hatten – ein Fremder ohne Hausmacht, den man durch die Kurienverwaltung leicht würde steuern können. So war Laurentius zum Oberhaupt einer von Krisen gemarterten Kirche geworden. Auf ihn jedoch hatte der Zauber des Kardinals nie gewirkt, der ihn sogleich zu umgarnen begann und sich unentbehrlich machen wollte – die Zurückweisung war eine tiefe Kränkung für den erfolgsverwöhnten Panettiere.
Als Seine Heiligkeit ihn entmachtet hatte, wusste er sein eigentliches Ziel für immer verloren – selbst einmal auf dem Thron des Fischers zu sitzen. Aber er hatte die Hoffnung nicht aufgegeben, noch einmal in seine alte Stellung zurückzukehren, wenn ein Amtsbruder, der die gleichen Interessen vertrat wie er selbst, auf den jetzigen Papst folgen würde. Heute witterte er eine unverhoffte Chance: Der Mann aus Afrika war im Begriff, seinen ersten schweren Fehler zu begehen, den ihm keiner der mächtigen alten Männer im Vatikan verzeihen würde. Panettiere hatte heute Morgen im Beichtstuhl sofort die Möglichkeiten erfasst, die sich ihm mit einem Mal boten; und er hatte keine Sekunde gezögert. Als er das arme Geschöpf von seinen fantasierten Verfehlungen absolviert hatte, waren seine seelsorgerlichen Bemühungen für diesen Tag bereits an ihr Ende gelangt. Er hatte den Petersdom verlassen, eine Reihe von Anordnungen getroffen und noch für denselben Abend einen ausgesuchten Kreis zu einem kleinen Konsilium in seine Privatgemächer geladen.
Wie er nun in seiner Bibliothek saß, in die empörten Gesichter seiner Besucher blickte und Gesprächsfetzen ihrer erregten Unterhaltung aufschnappte, spürte er den Geist der Revolte, der das ersehnte Ziel seiner ganz und gar christlichen Bemühungen in greifbare Nähe rücken konnte. Der Kardinal hatte sie reichlich bewirtet. Immer wieder hatte Cappellano Brambilla auf seinen Wink hin Wein nachgeschenkt. Nun ließ er seine Gäste zürnen, damit sie sich ihrer Rage bewusst werden und sich ihr hingeben konnten. Dann ergriff er das Wort, um ein paar besonders empfängliche Gemüter weiter zu inspirieren.

«Liebe Mitbrüder, ich danke jedem Einzelnen von euch für seinen Zuspruch. Als ich davon erfuhr, in welche Verwirrung unser Heiliger Vater geführt werden soll und in welche Abgründe er dabei unsere Heilige Mutter Kirche führen könnte, glaubte ich, das triumphierende Lachen des Antichrist zu hören. Ihr wisst, dass ich es mit der gebührenden Demut hingenommen habe, dass unser Papst sich lieber einen anderen obersten Berater suchen will, als auf meine Erfahrung in jenem Amt zu vertrauen, in das mich einst sein Vorgänger berufen hat, der sich nun durch den Ratschluss des Heiligen Geistes von seinem unvergleichlich hohen Dienst an der Kirche zurückgezogen hat und sein Leben im Gebet im Kloster verbringt.
Die Ratschlüsse des HERRN, so sagte ich mir in der Stunde meiner Entlassung, sind unerfindlich, und so wollte ich auch künftig jene Aufgaben übernehmen, die er für mich bestimmt hat – worin auch immer sie bestehen mögen. Wenn Seine Heiligkeit für mich damals eine Landpfarre in Kalabrien ausgewählt hätte, so wäre ich ebenso freudigen Herzens dorthin gezogen, wie ich mich nun um den Chor der Sixtinischen Kapelle kümmere, den Laurentius für mich als neuen Wirkungskreis bestimmt hat. Dort soll ich mich, wie er sagte, nach meinem schweren Amt fortan an jener Kunst erbauen, die er mir als Vorgeschmack auf die himmlischen Freuden in Aussicht stellte. Darin, dass er mich nicht aus Rom entfernt hat, erkenne ich nun den Wink des Heiligen Geistes, der mich hierbehalten wollte, um jener Gefahr entgegenzuwirken, die, so fürchte ich, das jahrtausendealte Bauwerk unserer Kirche zum Einsturz bringen könnte.»
«Gelobt sei der HERR!»
«So ist es, meine lieben Brüder! Doch versteht mich recht! Ist es wirklich der Papst, der für diese Bedrohung verantwortlich zu machen ist, oder sind es kranke Gemüter in seinem Umfeld? Was sie antreibt, nennen sie Wissenschaft und Aufklärung. Ich nenne es lüsternen Voyeurismus! Es ist der unreine Geist selbst, der sie heißt, unter dem Petersdom nach einem Grab zu forschen, das man dann der Welt als letzte Ruhestätte der Frau des Petrus zei-

gen will. Sind denn die Anfeindungen, denen unsere Kirche ausgesetzt ist, noch nicht groß genug? Sagt mir, müssen wir noch mehr Krisen auf den Tempel des Herrn herabrufen in einer zunehmend gottesfeindlichen Welt?»

Der polnische Kurienkardinal Szymon Kowalczyk, der dem päpstlichen Rat zur Förderung des Interreligiösen Dialogs vorstand, hatte einen roten Kopf.

«Ludovico, du bist ein Ehrenmann. Aber wir alle wissen, worauf das hinausläuft – und ich teile deine Einschätzung vollkommen: Es geht darum, den Zölibat zu Fall zu bringen und das Priesteramt für Frauen zugänglich zu machen. Was mein Landsmann Johannes Paul II. kraft seiner Lehrautorität für alle Ewigkeit hat verhindern wollen, soll mit der vermeintlich normativen Kraft archäologisch-wissenschaftlicher Evidenz ausgehebelt werden. Der Nachfolger Christi in Gestalt des heiligen Petrus – so wird die Propaganda lauten – war trotz seines hohen Amtes bis zu seinem Märtyrertod verheiratet, und seine Kirche ruhte nicht nur auf seinen Schultern, sondern ruht bis heute auch auf denen seines Weibes. So wird die Botschaft um die Welt gehen. Ich sage euch, es wird auch in unseren Reihen genug Wankelmütige geben – schwache Charaktere, die von unkeuschen Motiven und unsauberen Trieben geleitet werden –, die den falschen Propheten hinterherlaufen werden. Es ist eine Schande, dass Seine Heiligkeit diesem neapolitanischen Gesindel Gehör schenkt! Satan persönlich hat sich im Vatikan eingenistet.»

Panettiere bedeckte seine Augen.

«Ja, Szymon, ich fürchte, du könntest recht haben – vielleicht noch sehr viel mehr, als du ahnst! Wenn es stimmt, was ich heute außerdem noch aus zuverlässigen Quellen erfahren habe, so ist der stellvertretende Chefredakteur des *Osservatore Romano* unter höchst mysteriösen Umständen ums Leben gekommen. Und kurz vor seinem Tod hat er einem Kollegen gesagt, er habe einen Dämon in den Gärten des Vatikans gesehen!»

Der Pole bekreuzigte sich. Und einige andere unter den anwesenden Geistlichen taten es ihm gleich. Der Jesuit Santiago de la

Costa, der als Professor an der Päpstlichen Universität Gregoriana Dogmatik lehrte, klopfte mit den Fingerknöcheln auf den Tisch. «Umso mehr müssen wir dies hier beenden, und zwar sofort! Bereits die Führer der alten Kirche mussten Ketzereien aller Art entgegentreten. Nur ihrer Kompromisslosigkeit ist es zu verdanken, dass das Schiff der christlichen Gemeinde durch alle Stürme und Fährnisse der Zeiten hindurchgesegelt ist, ohne an den Riffen der Unterwelt zu zerschellen. Wir alle wissen, was Paulus geschrieben hat: *Denn Gott ist nicht ein Gott der Unordnung, sondern des Friedens. Wie in allen Gemeinden der Heiligen lasset eure Weiber schweigen in der Gemeinde; denn es soll ihnen nicht zugelassen werden, dass sie reden, sondern sie sollen untertan sein, wie auch das Gesetz sagt. Wollen sie etwas lernen, so lasset sie daheim ihre Männer fragen. Es steht den Weibern übel an, in der Gemeinde zu reden.*»

Allenthalben wurde Zustimmung in der Gesellschaft laut.

«Wenn es also dem Heiligen Geist gefallen hätte, meine Brüder», so fuhr de la Costa fort, «dass die Frauen eine andere Stellung in der Kirche einnehmen als jene, die sie tatsächlich innehaben, dann wäre es ihm in seiner göttlichen Allmacht ein Leichtes gewesen, seine Kirche von allem Anfang so zu ordnen. Und hätte er gewollt, dass die Kunde davon durch die Jahrtausende nie verloren geht, dann hätte er das Grab von Petrus' Frau als ein prachtvolles Monument dauerhafter als Erz errichten lassen. Aber all das hat er nicht getan, weil er es in seinem Heilsplan anders vorgesehen hat. Stattdessen hat er Paulus so eingegeben zu sprechen, wie es im ersten Korintherbrief steht! Seine Botschaft – und damit die Autorität Gottes – muss für uns und die Kirche das Maß der Dinge bleiben. Wenn nun aber Laurentius dieses heilige Erbe der Kirche Ketzern preisgibt, so wird er selbst zum Ketzerpapst – das müssen wir verhindern. Ludovico, ich danke dir für deine Umsicht und danke Gott für deine Tatkraft, die dich keine Sekunde hat zögern lassen, die erforderlichen Maßnahmen zu ergreifen!»

Bei diesen Worten deutete er auf den Tisch, auf dem immer noch die Dokumente aus dem Archivio Apostolico lagen, die Monsignor Angelosanto Sua Eminenza übergeben hatte. Der Bibliothekar war heute zum ersten Mal in diesen Kreis eingeladen worden und hatte während des ganzen Abends in tiefer Andacht die Macht bewundert, die in diesem Raum versammelt war. Er hatte einen glanzlosen Weg in der Vatikanischen Bibliothek genommen, wo er seit Jahrzehnten die Papyri mehr verwaltet hatte, als dass er sie der wissenschaftlichen Gemeinschaft zugänglich gemacht hätte. In zwei Jahren würde er in Pension gehen – unbeachtet und ohne irgendeine Spur zu hinterlassen. Aber wer bei diesen Männern Wohlgefallen erweckte, dessen Karriere konnte selbst noch im Alter eine wahrhaft wunderbare Wendung nehmen – auch über das Ende der Dienstzeit hinaus. In diesem Moment fiel der Blick Panettieres auf ihn.

«Santiago, mein treuer Freund, du ehrst mich zu sehr. Ich will nichts sein als ein Diener der Diener Gottes und im Weinberg unseres Herrn meine Arbeit so gut verrichten, wie es mir eben gegeben ist. Was wäre ich in meinem Bemühen ohne euch alle? Was wäre ich heute Morgen gewesen ohne die Hilfe unseres lieben Monsignor Angelosanto, der sofort alles stehen und liegen gelassen und in Windeseile ein geradezu seraphisches Heer von Helfern aufgestellt hat. Sie waren zwar nicht mit sechs Flügeln, dafür aber mit Klugheit und fleißigen Händen ausgestattet und haben die entscheidenden Bestände durchforscht, bevor diese Dokumente hier dem bösen Feind hätten in die Hände fallen können.»

Als am Anfang der Versammlung die Blätter von Hand zu Hand gegangen waren, hatte atemlose Stille geherrscht. Das meiste war ungefährlich, weil daraus nur in Andeutungen hervorging, was Platina gewusst und was Pius II. und Flavius Blondus gesehen hatten. Doch ein Text des Flavius war brisant, weil er als Wegweiser hätte dienen können, selbst wenn keiner wusste, ob der Weg, von dem darin die Rede war, überhaupt noch existierte:

Oh, Nacht, du schweigsame Schwester aller Geheimnisse, du wirst, da ich dies im Schein der Kerze schreibe, auch das Geheimnis des vergangenen Tages hüten. Doch am Ende dieser Nacht wartet nicht die Sonne, die alle Wahrheit ans Licht bringt. Diese Finsternis darf nimmer enden, dieses Geheimnis muss auf immer gewahrt bleiben. Denn jener, der die Schlüs-

sel des Himmels trägt, hat mir mit einem Eid die Lippen versiegelt für alle Zeit und Ewigkeit. So bleibt das Geheimnis verborgen im tiefen Dunkel zu unseren Füßen, wo kein Sonnenstrahl es je erreicht. Ich aber kann es nur in stummer Zwiesprache dem Pergament anvertrauen, dem ich während so vieler Tage meines Lebens bereits so viele Geheimnisse anvertraut habe. Mein Herr, dem ich von meiner Entdeckung einer Taube in alten Texten erzählt hatte, trug mir auf, den Ort zu suchen, wo sie ruht. So fand ich die Taube bei den Tauben noch unter einer roten Wand und unter der Straße der Toten, tiefer noch, als je der Fels geruht.

Mit dem Wissen aus dem mitgehörten Gespräch zwischen dem Papst und seinen Besuchern, über das Suor Gabriella ihm widerstrebend berichtet hatte, hatte sich Panettiere zusammengereimt, wie die Zeilen zu deuten waren.

«Dieses Schriftstück, liebe Mitbrüder, das Monsignor Angelosanto in Sicherheit gebracht hat, besagt, dass Flavius Blondus sich als Privatsekretär Pius' II. seinem Dienstherrn anvertraut hatte. Er war offenbar, während er alles Wissenswerte über das Stadtbild Roms zusammentrug, auf viele Informationen zu römischen Altertümern gestoßen, die er in sein Werk *Roma instaurata* aufgenommen hat. Die Straße der Toten, von der er spricht, ist jene, die unter der Peterskirche verläuft, beim alten Circus der Kaiser Caligula und Nero. Dort hat man Petrus unweit seiner Hinrichtungsstätte beigesetzt, wo bis heute noch seine Gebeine ruhen. Die Wand, die Flavius erwähnt, kann nur die rote Mauer sein, die den Heiligtumsbezirk des Petrus markierte. Die Taube ist ein antikes Sprachbild und meint im vorliegenden Zusammenhang niemand anderen als die Frau des Petrus, die man noch unter Petrus, dem Fels, beigesetzt hat. Was es mit den übrigen Tauben auf sich hat, ist nicht mehr zu sagen. Es ist gut möglich, dass es zur Zeit des Flavius Blondus dort unten weitere Tauben-Fresken gab, die dann im Laufe der Jahrhunderte verschwunden sind. Wie auch immer: Offenbar wollte die Frau des Apostelfürsten in dessen Nähe ruhen, und der Gemeinde war es – vielleicht durch Bestechung der Circusdiener – gelungen, einen solchen Raum für sie als Grablege in den Gängen des Circusgeländes zu erwerben. Meine lieben Brüder, wenn einem der Besucher des Papstes von gestern Abend dieses Dokument in die Hände fiele, dann würde er nicht mehr von Vermutungen auf der Grundlage von ein paar hingekrakelten Skizzen sprechen. Dann würde er vielmehr über gesichertes Wissen verfügen und seine Suche mit noch größerem Eifer betreiben. Das könnte unabsehbare Folgen haben; wir können es einfach nicht zulassen. – Zwar ist der August an sich warm genug, doch unter diesen Umständen erlaube ich mir, kurz einzuheizen.»

Mit diesen Worten erhob sich Panettiere, griff die Papiere und ging zu einem offenen Kamin. Er legte die jahrhundertealten Dokumente auf den eisernen Feuerbock, entzündete mit einem Streichholz seine Zigarre, und während das Herz in der Brust Monsignor Angelosantos krampfte und ihm der Schweiß auf die Stirn trat, weil sich alles in ihm gegen das sträubte, was nun geschah, beugte sich der Kardinal hinab und hielt die kleine Flamme an die Seiten. Sie fingen in Sekundenschnelle Feuer, und keine Minute später waren sie zu Asche zerfallen. Der Kardinal aber griff nach einem Schürhaken und schlug damit auch noch in die grauschwarzen Reste, die in winzigen Teilchen aufwirbelten, so dass wirklich niemand mehr auf die Idee kommen konnte, darin ein unendlich kostbares historisches Zeugnis zu vermuten.

«Bravo! Sehr gut! Richtig so!»

Sua Eminenza verneigte sich ein wenig und nahm bescheiden lächelnd die Zustimmung der Runde entgegen.

«So! Damit haben wir dem Versucher schon mal die Arbeit etwas schwerer gemacht. Aber ihr wisst, dass unser Kampf erst begonnen hat. Ihr alle habt gutgeheißen, was ich gerade getan habe. Ein paar verräterische Dokumente aus der Bibliothek zu verbrennen, kann angesichts dieser Bedrohung nur ein erster Schritt sein. Wir werden weiter gehen müssen – viel weiter –, um unsere Kirche zu verteidigen und zu retten. Was immer dort unter dem Petrusgrab war und auch vielleicht immer noch ist, darf nie zu einer Gefahr für die kirchliche Ordnung werden – so wenig wie jene, die es suchen ... oder diese Suche fördern. Stimmt ihr mir zu?»

Der Kreis klopfte beifällig auf den Tisch.
«Gut - ich verspreche: Wer immer bereit ist, Häresien zu verbreiten und Häretikern zu helfen, gegen den werden wir uns gemeinsam zu wehren wissen!»
«Und wenn es das Oberhaupt der Kirche selbst ist?» Der amerikanische Kardinal Raymond Bannon beugte sich über den Tisch und deutete auf Panettiere. Er hatte sich in den USA seinen Ruf als Verfechter kreationistischer Positionen, fundamentalistischer Feind aller Liberalisierungsansätze in der Genderdebatte und als scharfer Kritiker jeglicher Ökumene erworben.
«Worauf willst du hinaus?»
«Wir müssen es wagen, unsere Gedanken zu Ende zu denken!»
«Ein neuer Mann auf dem Thron des Fischers?»
«Was sonst.»
Kardinal Kowalczyk seufzte: «Raymond, sei vernünftig. Wir sind alle zu alt, wenn der nächste Papst zu wählen sein wird.»
Panettiere hatte sie nun da, wo er sie haben wollte.
«Es gibt einen in der Kurie, der nicht zu alt wäre. Ihr wisst, er ist der Gönner, der unsere Interessen in aller Welt fördert wie kein Zweiter.»
«Aber er zeigt sich nie! So wichtig seine materielle Unterstützung unserer Pläne ist. Wir erhalten seine Zuwendungen immer nur anonym unter der Chiffre SEMPER, wissen aber nicht, wer er ist. Wie sollen wir ...?»
Die Worte de la Costas lösten beifälliges Murmeln aus. Panettiere legte die Handflächen wie zum Gebet aneinander und führte sie vor die Brust.
«Das, liebe Brüder, ist seine Klugheit! Seine Stunde ist noch nicht gekommen. Aber er wird sich zu erkennen geben, wenn es so weit ist. Ein Mann, der dann völlig unverbraucht sein wird - unangekränkelt von allen Zwistigkeiten in der Kurie, von allen Koalitionsstreitigkeiten. Ein glaubwürdiger Anführer der guten Sache. Vertraut mir! Wollt ihr alles Weitere in meine Hände legen?»
«Dein Wort in Gottes Ohr!»

Die Geistlichen erhoben ihre Gläser, und Panettiere nickte seinen Gästen dankbar zu.
«So geschehe SEIN Wille!»
Als sich nicht allzu lange später der Kreis aufgelöst hatte, wählte der Kardinal eine altvertraute Nummer.
«Wie erwartet, sind sie alle empört. Sie hoffen auf einen neuen Anführer – Laurentius halten sie für einen Ketzer auf dem Stuhl Petri. Die Zeit der Reife rückt näher.»
«Wir wollen nichts übereilen, aber wenn sich die Gelegenheit bietet, werden wir sie nutzen. Und Sie denken, sie würden mich wählen?»
«Sie sind der ideale Kandidat, mein Bruder! Sie sind nicht beschädigt durch frühere Intrigen der Kurienkardinäle; Sie stehen für die altgewohnte Sicherheit und für alle Werte unseres Kreises. Heute Abend haben sie sich bekannt – sie werden mir folgen, und wenn es so weit ist, werden sie Sie wählen.»
«Dann dürfen Sie sicher sein, wieder Ihr früheres Amt zurückzuerlangen. Aber bis dahin liegt noch harte Arbeit vor uns.»
«Überlassen Sie die harte Arbeit mir! Sorgen Sie einfach weiter dafür, dass Ihre Segnungen zuverlässig all unsere Freunde und all jene erreichen, die noch unentschieden sind, in welches Lager sie gehören! Sie stehen für Treue und Geradlinigkeit, für Güte und Mildtätigkeit. Damit sichern wir uns nicht nur die Unseren, sondern ziehen, wenn die Stunde da ist und Sie sich zu erkennen geben, auch Verunsicherte und Schwankende unter den Kardinälen auf unsere Seite.»
«Wie aber wollen Sie die Widerstände überwinden, die uns Laurentius, Lisimba und die Reformer bereiten?»
«Die Nacht wird uns Rat geben.»

Kapitel 7 – Das Abendmahl

Vatikanstadt, 3. August, morgens

Monsignor Leone hatte mit Savio und Luca die halbe Nacht bei der Vatikanischen Polizei zugebracht. Der diensthabende Polizeioffizier hatte das gesamte Gelände des Vatikans ausleuchten lassen und seine Bereitschaftskräfte auf Patrouille geschickt. Er selbst war mit den dreien in den Dom zurückgegangen. Aber die Suche blieb ergebnislos. Wer immer hinter dem Anschlag steckte, musste sich in der Kirche ebenso wie auf dem Gelände des Vatikans gut auskennen. Der Beamte hatte ausgesprochen, was keiner sonst auszusprechen gewagt hatte: Wenn der Täter einen Schlüssel zur Sakristei besaß, hatte er womöglich auch Zugang zur an den Dom angrenzenden Sixtinischen Kapelle. Von dort aus konnte er überallhin verschwunden sein. Jemand, der über solche Möglichkeiten verfügte, war mit Sicherheit so vertraut mit dem Territorium des Kirchenstaates, dass die Suche keine Aussicht auf Erfolg haben würde.

«Als Sie in die Lampe geschaut haben, konnten Sie da erkennen, ob es ein Priester war, der oben an der Grube stand?»

«Um Gottes willen – das halte ich für völlig undenkbar!»

«Haben Sie irgendein Detail an seiner Kleidung erkannt? Ist Ihnen irgendetwas aufgefallen?»

«Nein, das Licht war zu grell ... es dauerte nur ein paar Sekunden, und dann war er auch schon wieder weg.»

«Aber es war ein Mann?»

«Ja, die Stimme gehörte einem Mann.»
Noch in der Nacht hatte man die Spurensicherung der römischen Polizei informiert, die in den frühen Morgenstunden ihre Arbeit in der Nekropole aufnahm. Leone hatte den Spezialisten gezeigt, wo sie unterwegs gewesen waren, und sie dann allein gelassen, nachdem die Beamten ihnen versichert hatten, sie könnten in dieser Phase der Untersuchung weiter nicht helfen. Man verabredete sich für den nächsten Tag in der Gendarmeria, um über erste Ergebnisse zu sprechen.
Dementsprechend kurz war die Nacht für die drei. Savio und Luca hätten lieber ausgeschlafen. Aber sie standen, wie sie es versprochen hatten, morgens um sieben Uhr in der Cappella Gregoriana, der ältesten Kapelle des Petersdoms. Während sie auf Monsignor Leone warteten, blickten sie auf zur Gottesmutter, die dem Heiligtum zu seinem Namen verholfen und sich in der vorangegangenen Nacht auch als ihre Helferin bewährt hatte. Hier erfuhr sie im Zentrum eines prächtig bunten Marmoraufbaus über dem Altar gemeinsam mit ihrem Sohn gebührende Verehrung, bekrönt unter einem Sternenkreis und geschmückt noch mit Elementen aus dem uralten Romulus-Tempel.
Fast hätten sie den Geistlichen nicht erkannt, den sie gestern im einfachen schwarzen Habit gesehen hatten, als er in grünem Messgewand durch das Mittelschiff auf sie zuschritt. Er hielt den gleichfalls mit grünem Velum verhüllten Kelch und eine Hostienschale in Händen. Luca Berliner wurde es ein wenig blümerant bei dem Gedanken, dass Leone womöglich erwartete, er würde zur Kommunion gehen. Der Priester betrat das Presbyterium, das mit kleinen Marmorsäulen vom übrigen Kirchenraum abgeteilt war. Er stellte Kelch und Patene auf das mit Stickereien verzierte Altartuch und machte eine Kniebeuge vor dem Gekreuzigten, den rechts und links drei hohe Bronzeleuchter flankierten. Als er sich umwandte, um die Gläubigen zu segnen, sah er, dass sich noch zwei alte Frauen eingefunden hatten.
Eine Viertelstunde später hatte die schlichte Zeremonie der Stillmesse ihren üblichen Verlauf genommen; die Gebete waren ge-

sprochen, die Weihehandlungen vollzogen und der Wein mit einem Tropfen Wasser gemischt, als Monsignor Leone den Kelch erhob. Er führte ihn an die Lippen. In der nächsten Sekunde erstarrte er in der Bewegung. Die Szene dauerte zu lange. Die beiden Frauen schauten einander verwundert an. Auch Savio und Luca begriffen, dass irgendetwas nicht stimmte. Mit einem Mal ergriff der Geistliche das grüne Tuch, das zuvor den Kelch bedeckt hatte, und presste es an den Mund. Dann wandte sich ein kreidebleicher Leone zu ihnen um, legte das durchtränkte Velum mit einer fahrigen Bewegung auf den Altar und eilte im nächsten Moment mit langen Schritten an ihnen vorüber; als er auf ihrer Höhe war, raunte er Savio zu:

«Rufen Sie einen Arzt und die Polizei! Schnell! Und bringen Sie den Kelch mit!»

Dann stürzte er in Richtung Sakristei davon. Notarzt und Gendarmeria Vaticana trafen fünf Minuten später fast gleichzeitig ein. Der Mediziner protestierte, als Monsignor Leone sich wehrte, sofort abtransportiert zu werden, und erst noch mit dem Polizisten sprechen wollte.

«Der Messwein war widerlich bitter. Ich habe es sofort gemerkt, kaum dass er meine Zunge berührte. Trotzdem habe ich gezögert, ihn auszuspucken. Dann habe ich mich an die Ereignisse der letzten Nacht erinnert, mir das Kelchtuch gegriffen und ihn hineingespuckt. Ich habe zwar nichts geschluckt, aber meine Zungenspitze und meine Lippen fühlen sich taub an. Sie müssen den Kelch untersuchen – ich glaube, man hat versucht, mich zu vergiften!»

Als er das hörte, duldete der Arzt keinen weiteren Widerspruch, und Leone wurde mit Blaulicht in die nahe gelegene Gemelli-Universitätsklinik gebracht. Inzwischen war Santoro eingetroffen, der gerade den Bericht über die Vorkommnisse der letzten Nacht gelesen hatte, als der Notruf aus dem Petersdom hereinkam. Er ließ sich von Napoletano und Berliner schildern, was vorgefallen war. Üblicherweise kam es auf dem Gebiet des Vatikans nur zu Taschendiebstählen und kleinen Betrügereien unter den jährlich mehr als elf Millionen Besuchern. Und nun drei Verbrechen in achtundvierzig Stunden. Santoro war klar, dass unter diesen Umständen Commissario Bariello zu den Ermittlungen hinzugezogen werden musste. Doch er war verblüfft, als er feststellte, dass seine Zeugen und der römische Kommissar sich schon lange kannten. – Am Abend zuvor war es niemand anders als Sua Eminenza Montebello in Begleitung von Jackey und Padre Luis gewesen, die ihm auf dem Petersplatz begegnet waren. So wusste Bariello bereits, dass auch Savio und Luca in Rom waren – nur, dass er sie so bald zu Gesicht bekommen würde, damit hatte er nicht gerechnet.

«Signor Berliner, Signor Napoletano – weshalb?! Zwei Mordanschläge in einer Nacht! Ein Priester als Opfer. Sie waren beide Male dabei. Was war los in dieser Grube? Was haben Sie überhaupt dort um diese Uhrzeit zu suchen gehabt?»

Die beiden Männer schilderten den Polizisten, was unter dem Petersdom geschehen war.

«Was hat der Täter gemeint, als er sagte: Ihr habt ein Grab gesucht – jetzt habt ihr euer Grab gefunden?»

Savio schüttelte den Kopf, und Berliner wand sich, als er darauf antworten sollte.

«Commissario, Vice Ispettore – bitte, wir würden Ihnen gern helfen. Aber wir dürfen darüber nicht sprechen. Sie müssen … Sua Eccellenza fragen, vielleicht besser noch Monsignor Lisimba. Wir haben uns verpflichtet, darüber zu schweigen.»

Auch als die Polizisten nachfassten, war keiner der beiden bereit, darüber Auskunft zu geben.

Bariello seufzte.

«So kommen wir nicht weiter. Gut, reden wir mit den anderen.»

Bariello und Santoro verständigten sich, dass der Inhalt des Kelchs und das Kelchtuch im Labor der Polizia di Stato untersucht werden sollten; auf dem Gebiet des Vatikans fehlten entsprechende Analysemöglichkeiten. Es war das erste Mal seit Jahren, dass der Petersdom einen Tag für Touristen gesperrt werden musste. Auch wenn sich der Erzpriester der Kirche um eine unverfängliche Erklärung für diese Maßnahme bemühte, machten auf dem Petersplatz allerlei wilde Gerüchte die Runde, die angesichts der wachsenden Zahl an Polizisten auch nicht abflauen wollten.

Rom, Questura, Via di San Vitale, 3. August, mittags

Bariello saß in seinem Büro und hörte im Radio die Berichte über die Vorkommnisse im Vatikan, als es klopfte.

«Ah, Dottor Gentile, haben Sie schon was für mich?»

«Haben Sie einen Garten, Commissario?»

«Wie bitte?!»

«Ich habe gerade die Gemelli-Klinik angerufen, wo man Monsignor Leone behandelt, damit sie wissen, womit er sich vergiftet hat. Es ist ein aus der Mode gekommenes Gift, aber sehr wirksam. Die Pharmazie kennt es unter dem Namen Aconitum napellus; bei Gärtnern heißt die Pflanze, aus der man es gewinnt, Eisenhut oder Blauer Sturmhut. Die Dosis in dem Kelch war stark genug, um einen Menschen umzubringen. Hätte Leone es nicht sofort gemerkt, sondern das Zeug geschluckt, wäre er schon tot. Sie beobachten ihn, aber sein Kreislauf ist stabil, und es besteht keine Lebensgefahr. Er hat unglaubliches Glück gehabt; gegen Aconit gibt es kein Gegenmittel. Da hat sich jemand ausgekannt.»

«Und so was wächst bei uns?»

Gentile zog eine Schachtel MS aus der Tasche seines Laborkittels, zündete sich eine Zigarette an und nahm einen tiefen Zug.

«Ahhh! Da weiß man doch, woran man stirbt … Der Eisenhut bei uns? Nein, eigentlich nicht die richtige Gegend dafür. Die Pflanze finden Sie in freier Natur meist in den Bergen. Aber weil es so eine dekorative Staude ist, die gut eineinhalb Meter hoch werden kann, tief dunkelblau oder auch weiß blüht und gern von Insekten besucht wird, findet man sie heute auch immer wieder mal in unseren Gärten. Gerade jetzt im Hochsommer ist sie besonders hübsch anzuschauen. Sie bekommen sie in fast jedem Baumarkt. Viele Leute hantieren völlig sorglos damit. Aber man muss höllisch aufpassen. Alle Pflanzenteile sind giftig, und der Wirkstoff dringt sogar durch die unverletzte Haut in den Körper ein. Erst beginnt es zu kribbeln, wenn Sie sich damit vergiftet haben, dann kommen Schweißausbrüche, Übelkeit, Kälte, Blutdruckabfall, Herzrhythmusstörungen, und nach einer halben Stunde sind Sie tot. Um es kurz zu machen: Das war ein Mordanschlag im Petersdom.»

«Mord mit Messwein?»

Der alte Chemiker war ans Fenster getreten und blies den Rauch in den Sommertag hinaus.

«Perfide bis zur Perfektion. Wenn man in diesen Kreisen Ernst machen will, weiß jeder, dass ein Geistlicher davor zurückschrecken wird, den Wein auszuspucken, nachdem er in der Wandlung zu Christi Blut geworden ist. In dieser Situation werden die Skrupel eines Priesters gewaltig sein, selbst wenn der Betroffene merkt, dass irgendwas mit dem Wein nicht stimmt. Die meisten werden ihn schlucken ...»

Gentile brummte die ersten Töne aus Chopins Trauermarsch, während er rauchte und in die Sonne blinzelte. Bariello nickte.

«Das hätte Monsignor Leone wahrscheinlich auch gemacht, wenn er nicht durch den Mordversuch in der vorangegangenen Nacht gewarnt gewesen wäre.»

«Ach, es gab noch einen Anschlag?»

«Ja – das können Sie nicht wissen. Man hat versucht, ihn und zwei Begleiter in der Ausgrabung unter dem Petersdom unter einer Art Erdrutsch zu begraben. Ich habe mir die Stelle heute Morgen angeschaut. Die eine Tat so brutal wie die andere. Aber das Verrückte ist, dass auch die beiden Männer, die beinahe ebenfalls verschüttet worden wären, sich weigern auszusagen, was sie dort unten gesucht haben. – Aber das soll uns jetzt egal sein! Wer kommt auf die Idee, mit solch einem Gift zu hantieren?»

«Wenn man sich mit Pflanzen auskennt, ist es an sich eine naheliegende Idee. Ich kannte mal so jemanden.»

Bariello schaute seinen Besucher überrascht an.

«Ja, tatsächlich! Als ich vor vierzig Jahren an der Universität in Bari studiert habe, gab es ein Eifersuchtsdrama. Einer meiner

Kommilitonen wollte ein Studentenpärchen vergiften, weil er hoffnungslos in das Mädchen verliebt war. Hochbegabt, extrem ehrgeizig und in allem erfolgreich, konnte er die Niederlage nicht wegstecken, als seine Angebetete sich für einen anderen entschied. Er lud die beiden zu einem *caffè* in die Cafeteria ein und warf Aconit in ihre Tassen ... Na, hoffen wir mal, dass es diesmal kein Mordversuch aus Leidenschaft unter Priestern war.» Ein Grinsen huschte über das Gesicht von Dottor Gentile. «Gibt es jemanden im Vatikan, den Sie fragen könnten?»
«Ja, den gibt es. Aber ich möchte erst einmal in den Vatikanischen Gärten schauen, ob Ihr Höllenkraut dort wächst. Wie wär's? Hätten Sie Lust mitzukommen?»
«Gern – ein wenig Abwechslung im Laboralltag! *Höllenkraut* ist übrigens gar nicht schlecht, Commissario! Als Herakles bei einer seiner mythischen Heldentaten den Höllenhund Kerberos aus dem Hades ans Sonnenlicht zerrte, soll dessen Geifer zur Erde getropft sein, und wo er aufkam, wuchs fortan – ? – genau: der Eisenhut! So wird sein Gift seit der Antike für Mordanschläge verwendet. Juvenal hat sogar darüber gedichtet: *Aconita trinkt man nicht aus irdnen Krügen. Der nur fürchte sie, wer einen edelsteinbesetzten Becher zum Munde führt.* Die Araber kannten es ebenfalls, und auch in Kirchenkreisen, scheint's, hat man es eingesetzt: Papst Hadrian VI. zelebrierte 1523 eine Messe; danach fühlte er sich unwohl, die Krankheit verschlimmerte sich, und nach zwölf Tagen war er tot. Die Ursache wurde nie geklärt; vielleicht hat man bei ihm mit einer ganz kleinen Menge Aconit gearbeitet, die ebenfalls dem Messwein beigemischt war – er hatte ohnehin ein Nierenleiden, so dass es wahrscheinlich nicht viel gebraucht hat, ihn zu vergiften. Anders war es bei dem Arzt und Botaniker Petrus Andreas Matthiolus; er hat auf Geheiß Papst Clemens' VII. 1524 mit Aconit in römischen Kerkern an Verbrechern experimentiert. Damit hat er die Popularität dieses Giftes in höchsten Kreisen gefördert. Sie sehen also, früher war das fast ein Allerweltsgift.»
Bariello schüttelte den Kopf.
«Und wieso kennen gerade Sie seine Geschichte so gut?»

«Das ist meine Form der Naturverbundenheit: Ich liebe Pflanzengifte.»
Und als Bariello ihn kopfschüttelnd anschaute, zwinkerte ihm Gentile zu.
«Auch Chemiker haben Steckenpferde, Commissario. – Gehen wir?»

Rom, 3. August, früher Nachmittag

Di Lauro hatte sich mit Hilfe eines Branchenverzeichnisses durch ein halbes Dutzend Adressen von Firmen für Kühlaggregate durchgearbeitet, bis er auf Ingegner Emilio Mazza gestoßen war, dessen Firma Eisdielen und Fleischereien mit Kältemaschinen belieferte.
«Was Sie suchen, werden Sie in Rom nicht finden.»
Mazza hatte sich Zeit genommen für den Sovrintendente, der an diesem feuchtheißen Tag einen ziemlich bedauernswerten Eindruck auf den Geschäftsmann machte. Sie saßen in dessen wunderbar gekühltem Büro. Unter dem Einfluss eines *affogato al caffè* kehrten langsam wieder die Lebensgeister in den Polizisten zurück.
«Aber es muss im Umkreis von höchstens zehn, zwanzig Kilometern so eine Maschine geben, die diese Frostgrade schafft. Andernfalls hätte der Tote nicht in dem Zustand sein können, in dem wir ihn aufgefunden haben.»
«Bevor ich hier eingestiegen bin, habe ich als Tieftemperaturspezialist für eine Firma gearbeitet, die Materialtests durchführte. Da hatte ich immer wieder mit solchen Extrembedingungen zu tun. Aber, wissen Sie, außerhalb von Forschungseinrichtungen braucht kaum jemand Maschinen, die solche Temperaturen schaffen ...»
Di Lauro merkte, dass sein Gegenüber einem Gedanken nachsann.
«... es sei denn ...?»
Mazza lachte.
«Ach, das wird Ihnen auch nicht weiterhelfen: In den letzten Jah-

ren meiner früheren Tätigkeit habe ich in irgendeinem Fachmagazin von der Entwicklung einer neuen Premiumtechnik im Bergbau gelesen. Die sah anfangs ganz vielversprechend aus. Man glaubte, damit insbesondere Tunnelbohrungen preiswerter, schneller und risikoärmer durchführen zu können als üblich. Sie verstehen? Und das alles quasi erschütterungsfrei. Das wäre eine echte Revolution gewesen. Das Prinzip denkbar einfach: Man bringt parallel drei Bohrlöcher nebeneinander an. In die beiden äußeren mit kleinem Durchmesser presst man ein Kühlmittel mit Tiefsttemperaturen, in das mittlere mit einem größeren Radius leitet man Wasser. Die schockartige Abkühlung in der unmittelbaren Nachbarschaft führt sofort zur Vereisung des Wassers, und durch die spontane Ausdehnung des Eises wird der umgebende Stein zerstört. Also setzt man einfach entsprechend viele Bohrlöcher um den Umriss herum, den man ausbohren will, und hat in kürzester Zeit den Stein gesprengt. So reduziert sich die Zahl der großen Maschinen, die man untertage bringen muss, die Ausschartungen gehen schneller und so weiter und so weiter. Sie könnten diese Technik überall einsetzen, sogar in ganz schwierigem Gelände mit speziellen Bodenverhältnissen. Bei großer Feuchtigkeit etwa würde die Umgebung so lange vereist, bis Sie den Betonmantel für die Röhre aufgebaut hätten. Und dann geht es einfach weiter mit dem nächsten Bauabschnitt. Also, an sich eine tolle Idee - hatte aber dann doch einen Haken.»

«Nämlich?»

«Wenn Sie ein Mittel wie etwa Pentanol mit einem Schmelzpunkt von minus 78 Grad samt allen Konservierungsstoffen, die man braucht, in großen Mengen einsetzen, bekommen Sie eine verdammt giftige Brühe. Sie können gar nicht verhindern, dass das Zeug untertage in den Boden gelangt. Die Gefahren für das Grundwasser sind so groß, dass das selbst den hartgesottenen Fracking-Vertretern in den USA zu heikel war. In Europa wäre es heute völlig undenkbar, so etwas einzusetzen.»

«Es war also keine europäische Firma, die das Patent angemeldet hatte.»

«Nein – bestimmt nicht.»
«Der Name der Firma?»
«Tut mir leid – dafür ist es einfach schon zu lange her. Aber ich bin mir trotzdem sicher, dass dieses Verfahren nie Industriereife erlangt hat oder irgendwo zugelassen worden wäre. Andernfalls wüsste ich es.»
«Danke, Signor Mazza. Wenn Ihnen noch etwas einfallen sollte …»

In den Gärten des Vatikans, 3. August, nachmittags

Bariello und Gentile standen im Stau auf ihrem Weg zum Vatikan. Der Commissario hatte Vice Ispettore Santoro über die Laborergebnisse informiert und ihm ihren Besuch angekündigt.
«Was ist aus Ihrem Kommilitonen geworden?»
«Welchem Kommilitonen?»
«Dem Eifersüchtigen.»
«Ach, der! Keine Ahnung. Von der Bildfläche verschwunden. Er kam aus einer reichen Familie im Süden. Sein Vater war ein großer Bauunternehmer – Alberto Buoninsegna, ein Mann mit besten Verbindungen. Er hat für die feine Gesellschaft ebenso gebaut wie für 'Ndrangheta-Größen. Er war kein Mann, mit dem man sich gern anlegte. Es hieß, er habe seinen ganzen Einfluss spielen lassen, um seinen Sohn aus dieser Geschichte rauszuhauen. Den beiden Opfern war zum Glück nichts passiert. Sie hatten mitbekommen, dass der andere irgendwas in ihre Tassen warf – und dann schwamm darin der aufgebrochene Samen des Aconit. Nicht gerade professionell für einen angehenden Biochemiker; das hätte ich besser gekonnt. Jedenfalls hat der Vater eine hohe Wiedergutmachung an die Betroffenen gezahlt. Das Thema ist auch schnell aus der Öffentlichkeit verschwunden, so dass ich vermute, dass die richtigen Leute in den Medien geschmiert wurden und dass auch die Konten von ein paar Richtern am Ende ordentlich zugelegt hatten. Das Ganze wurde als die Tat eines unreifen Jünglings in einem seelischen Ausnahmezustand heruntergespielt. Ich weiß nicht mal, ob er ins Gefängnis musste oder ob die Strafe nicht zur

Bewährung ausgesetzt wurde. Das Letzte, was ich von ihm gehört habe, war, dass er zum Studium ins Ausland gegangen sein soll.»

Als Bariello dem Beamten der Vatikanischen Gendarmerie vor dem Petersplatz seinen Dienstausweis zeigte, durfte er bis zum Gästehaus des Vatikans durchfahren. Dort stiegen sie um in ein kleines Elektroauto, mit dem Santoro sie erwartete.

«Wo wollen Sie die Suche beginnen?»

Bariello schaute einigermaßen ratlos.

«Fahren Sie uns in die nordwestliche Ecke der Vatikanstadt.»

Gentile schien genau zu wissen, wohin sie mussten.

«Weshalb ausgerechnet dorthin?»

«Commissario, wo würden Sie ungewöhnliche Pflanzen suchen, wenn nicht in einer Gärtnerei? Dort hinten, direkt beim Gallinaro-Turm liegen die Gewächshäuser, in denen alle Pracht dieses wunderschönen Fleckchens Erde gedeiht.»

Ein paar Minuten später standen sie am Eingang, wo sie von einem groß gewachsenen Mann in grüner Lederschürze aufgehalten wurden.

«Wohin wollen Sie, Signori? Ich glaube, Sie haben sich verlaufen.»

Santoro wies seine Marke vor.

«Nein, wir wollen uns hier ein wenig umsehen, Signor ...?»

«... Frater Marcellinus.»

«Oh, Sie sind ...»

«Ich bin Dominikaner und leite die päpstliche Gärtnerei. Kann ich Ihnen helfen?»

Der Chemiker machte eine ausladende Handbewegung.

«Dann ist das alles hier Ihr Reich? Besser hätten wir es nicht treffen können. Ja, Frater Marcellinus, Sie können uns sogar sehr helfen: Wo haben Sie hier die Ranunculaceae untergebracht?»

Der Mann zog die Stirn kraus und zögerte einen Augenblick.

«Welche Unterfamilie?»

«Ranunculoideae.»

«Tribus?»

«Delphinieae.»

Ein Leuchten ging über das Gesicht des Geistlichen.

«Wie schön – ein Bruder im Geiste! Kommen Sie! Sind Sie Botaniker?»
«Leider nein, Chemiker, aber wissen Sie ...»
Santoro und Bariello schauten sich einigermaßen verblüfft an, als die beiden anderen sie einfach stehen ließen und sich, bereits in eine angeregte Unterhaltung vertieft, zwischen den Pflanztischen durchschlängelten und durch die Gänge des Gewächshauses davonzogen. Sie beeilten sich, hinter ihnen herzukommen, ohne Töpfe umzustoßen, was gar nicht so einfach war. Kurz bevor Gentile und der Dominikaner in die nächste Pflanzstation wechselten, hatten sie sie wieder eingeholt.
«Ah, Delphinium cardinale – ein Traum in Rot. Kaum eine Pflanze passt besser in den Vatikan. Frater Marcellinus, ich beneide selten jemanden um seinen Arbeitsplatz, aber Sie schon! Für den Tag, da ich in Rente gehe, melde ich mich schon heute als Praktikant bei Ihnen an. Das hier ist wunderbar. Ein Rittersporn schöner als der andere! Commissario, Ispettore Santoro – schauen Sie nur ...»
Der Dominikaner strahlte über das ganze Gesicht, als Gentile so unverhohlene Begeisterung für seine Arbeit zeigte.
Seine Begleiter nickten eifrig, auch wenn sie nicht ganz denselben Enthusiasmus heucheln konnten.
«Sagen Sie, Frater Marcellinus, haben Sie auch Aconit unter Ihren Schätzen?»
«Was für eine Frage – kaum eine Sommerstaude gibt einen so herrlichen Kontrast, wenn man ihre Blütenstände unter helle Schnittblumen mischt und damit die Altäre schmückt. Gleich da vorn hinter dem ... WAS IST DENN HIER PASSIERT?!»
Der Dominikaner war wie angewurzelt stehen geblieben und starrte auf ein paar große Töpfe mit blauem Eisenhut. Jemand hatte mehrere Stängel aus den mächtigen Stauden herausgebrochen und andere dabei abgeknickt. Der Geistliche lief puterrot an.
«So eine ... dieser verkommene ... den schmeiß ich raus!»
Im nächsten Moment stürmte der Geistliche davon, während er mit dröhnender Stimme rief:

«Hospitius! Du Hornochse! Wo steckst du? HOSPITIUS!»
Und während der Leiter der Vatikanischen Gärtnerei davonstob, wandte sich Gentile an seine Begleiter.
«Ich denke, wir haben die Quelle der Vergiftung von Monsignor Leone gefunden, und wenn ich den Obergärtner richtig verstanden habe, hat er auch eine Vorstellung davon, wer das hier angerichtet haben könnte.»
Die drei folgten Frater Marcellinus, der vor den Gewächshäusern ein Fahrrad bestiegen hatte und vor ihnen den Viale del Giardino quadrato hinaufstrampelte, während sie in ihrem Elektroauto hinterherfuhren. Am Ausläufer der Wiese neben dem Petrus-Denkmal warf der Dominikaner sein Fahrrad auf den Rasen und stürmte in das sogenannte Gärtnerhaus. Ihn in dem Gebäude zu finden bereitete keine Schwierigkeiten, weil seine dröhnende Stimme bis zum Eingang zu hören war. Eine Minute später standen sie vor einem Zimmer, in dem der aufgebrachte Frater Marcellinus offenbar sein Opfer gefunden hatte.
«Was fällt dir ein? Warst du wieder betrunken? Weißt du, was du angerichtet hast? Das war dein letzter Tag in der Gärtnerei! Niemand kann von mir verlangen, dass ich einen Säufer beschäftige, der unsere Arbeit ruiniert.»
Er schüttelte einen kleinen Mann, der ebenfalls eine Gärtnerschürze trug und irgendetwas vor sich hin stammelte. Vermutlich hatte er noch ein paar Sekunden vorher auf dem Stuhl gesessen, der nun hinter ihm umgefallen war, und den Wein getrunken, der auf dem Tisch stand. Santoro trat hinzu.
«Frater Marcellinus, ist das …?»
«Das ist Frater Hospitius, der bis heute in der Vatikanischen Gärtnerei angestellt war und den ich jetzt rauswerfe. Wo hast du die Schlüssel zu den Gewächshäusern? Her damit, auf der Stelle!»
Der kleine Mann, unter dessen dicker Hornbrille Tränen hervorquollen und in seinem Stoppelbart versickerten, brachte vor lauter Schluchzen kein klares Wort heraus und kramte in den Tiefen seiner Gärtnerschürze; schließlich zog er einen mächtigen Schlüs-

selbund hervor. Doch zwischen den verschiedenen Schlüsseln und Schlüsselringen hing auch noch eine kleine grüne Ranke, an der ein paar zerquetschte blaue Blüten zu erkennen waren. Frater Marcellinus riss das Corpus delicti an sich und wandte sich an Gentile und die beiden anderen.

«Hier, sehen Sie, Dottore! Dieser Trunkenbold hat sogar noch einen Stängel Aconit in seiner Tasche. Es tut mir leid, dass Sie diesen Anblick ertragen müssen. Ein Geistlicher in so würdelosem Zustand und offenbar nicht mehr Herr seiner Sinne! Aber wie käme auch sonst jemand auf die Idee, so mutwillig wunderschöne Pflanzen zu zerstören.»

Santoro machte einen Schritt nach vorn.

«Verzeihen Sie, Frater Marcellinus, aber die Sache ist ernster, als Sie ahnen. Heute Morgen hat im Petersdom ein Mordanschlag stattgefunden, und zwar mit Messwein, der mit Aconit vergiftet war. Wenn ich Sie richtig verstehe, dann ist das genau die Pflanze, die Frater Hospitius gerade aus seiner Tasche gezogen hat.»

Der Leiter der Gärtnerei wurde bleich – im nächsten Moment fuhr er herum.

«Hospitius – ist das wahr? HOSPITIUS! Warst du das? Was hast du getan?»

Er fasste seinen Mitbruder grob an dessen Gärtnerschürze.

«Hör auf zu heulen und sieh mich an! Hast du jemanden vergiftet? Sag mir die Wahrheit! SOFORT!»

Santoro trat neben den aufgebrachten Frater Marcellinus.

«Ich glaube, wir müssen Frater Hospitius in die Via del Pellegrino mitnehmen. Noch eine Frage an Sie, Frater Marcellinus: Wissen Sie zufällig, ob man mit einem der Schlüssel an diesem Bund auch in den Petersdom und in die Sixtina gelangt?»

«Mit dem, was hier dranhängt, kommen Sie auf dem Gelände des Vatikans überallhin, wo man Blumen und Wein braucht. Frater Hospitius muss dafür sorgen, dass der Blumenschmuck frisch ist und Wein für die Wandlung vorhanden ist, wo eine Messe zelebriert werden soll. Das gilt natürlich auch für den Dom und für die Sixtina – und noch für viele andere Plätze.»

Santoro nickte und legte seine Hand auf die Schulter von Frater Hospitius und sagte sanft.
«Kommen Sie bitte, begleiten Sie uns!»

In den Gärten des Vatikans, 3. August, abends

Savio hatte Montebello gleich nach den Anschlägen auf Monsignor Leone unterrichtet, und so hatte Sua Eccellenza den Anruf von Bariello bereits erwartet, als am späten Nachmittag sein *cellulare* läutete. Der Commissario informierte den Weihbischof über die ersten Ermittlungsergebnisse.
«Eccellenza, nun habe ich Ihnen gesagt, was ich weiß. Aber jetzt brauche ich Ihre Hilfe. Was im Vatikan geschehen ist, ist unvorstellbar. Aber Vice Ispettore Santoro und ich haben das Gefühl, mit einer Stange im Nebel zu stochern. Da passt nichts zusammen. Niemand kann mir erzählen, dass dieser Bruder Hospitius der Mann ist, der zwei Mordversuche innerhalb von zwölf Stunden unternimmt – ich traue ihm nicht einmal einen zu. Umso mehr muss ich darauf bestehen, dass Sie mir erklären, was da wirklich gespielt wird! Weder Signor Berliner noch Signor Napoletano waren bereit, mir zu sagen, weshalb sie mit Monsignor Leone in der Ausgrabung waren – dass sie sich um diese Uhrzeit nicht als Touristen da unten aufgehalten haben, ist offensichtlich. Und selbst das Opfer beider Anschläge, Monsignor Leone, schweigt. So etwas habe ich noch nicht erlebt – außer wenn die Mafia im Spiel war und ich vor einer Mauer des Schweigens stand. Also frage ich Sie: Was ist hier los?!»
«Commissario, bitte – wir kennen uns so lange! Sie wissen, dass ich keine Sekunde zögern würde, Ihnen zu helfen. Was immer ich Ihnen sagen kann, werde ich Ihnen sagen. Aber bei dieser Frage geht es um innerkirchliche Dinge von allerhöchster Sensibilität. Wir haben uns gegenüber dem Heiligen Vater selbst verpflichtet, Stillschweigen zu wahren. Ich kann Ihnen, ja, ich darf Ihnen nichts sagen. Sie müssen mit Monsignor Lisimba sprechen.»
Bariello seufzte resigniert.

«Ich hoffe nicht, dass nach zwei missglückten Anschlägen doch noch jemand mit dem Leben für dieses Schweigen bezahlen muss.»
Damit beendete er das Gespräch. Montebello seufzte und blieb in seinem Dilemma mit einem schlechten Gewissen zurück. Er beschloss, den Archäologen am nächsten Morgen im Krankenhaus zu besuchen. Für heute Abend hatte er sich mit Padre Luis zu einer Visite bei jenem alten Kollegen aus der Vaticana verabredet, der ihnen im Benutzerverzeichnis des Geheimarchivs aufgefallen war.
Die Nonne hinter der Rezeption der Casa Emilia bat Montebello und Padre Luis, sich ein paar Minuten zu gedulden. Monsignor Mariani sitze noch beim Abendessen. So warteten die beiden Besucher im Foyer der Ordensgemeinschaft St. Joseph von der Erscheinung, eines Klosters in der Nähe des Petersdoms. Die Kongregation, die sich im neunzehnten Jahrhundert der Kranken- und Armenpflege verschrieben hatte, betrieb seit langem in Rom ein Haus, in dem Pilger und Touristen gleichermaßen gern Quartier nahmen. Adelmo Mariani bewohnte ein großzügiges Zimmer in der Anlage; er las in der Hauskapelle jeden Morgen die Messe und war Beichtvater der Schwestern, die dort lebten und arbeiteten. Alle mochten den stillen und bescheidenen Gelehrten, der stets nach dem Gottesdienst sein Frühstück einnahm und dann für den Rest des Tages in der Vatikanischen Bibliothek verschwand. Nur seine Neigung, abends von seinen Entdeckungen in der Vaticana zu berichten, ließ die Nonnen gelegentlich ein Stoßgebet zum Himmel richten, weil sie eigentlich nur ihre Ruhe nach einem arbeitsreichen Tag haben wollten. Diese Gefahr war für heute Abend gebannt, weil er, der nie Besuch erhielt, nun ganz sicher seine Gäste beglücken würde.
Als am Ende des Flurs die kleine Gestalt eines Geistlichen erschien, erhoben sich Montebello und Padre Luis. Der andere hatte sie im selben Moment gesehen; er verlangsamte kurz seinen Schritt, doch mit einem Mal ging ein Leuchten über sein Gesicht. Fast wäre er die letzten Meter gelaufen.

«Gianni? Padre Luis? Wieso ..., woher ...?»
Montebello umarmte seinen ehemaligen Kollegen.
«Adelmo, wie schön, dich wiederzusehen!»
«Und dich erst! Aber du bist doch seit Jahren in Neapel und außerdem ... Eccellenza ...»
«Fang gar nicht erst an mit ‹Eccellenza›! Padre Luis hast du auch gleich wiedererkannt – dein Gedächtnis hat jedenfalls nicht nachgelassen, seit wir zwei nicht mehr in der Vaticana arbeiten. Padre Luis ist seit damals mein Privatsekretär.»
Die nächste halbe Stunde brachten sie im Klostergarten damit zu, Erinnerungen aufzufrischen und, nachdem Monsignor Mariani einen Frascati hatte bringen lassen, allerlei über langobardische Namensformen zu erfahren ...
«... aber jetzt habe ich euch so lange mit meiner Arbeit gelangweilt. Bitte entschuldigt; ich habe selten jemanden, mit dem ich darüber sprechen kann. Die Schwestern sind sehr liebenswürdig; manchmal hören sie mir sogar zu ... Aber ich vermute, ihr seid nicht wegen meiner Quellenstudien gekommen?»
Montebello schüttelte den Kopf. Er schaute seinen Amtsbruder an. Dessen Züge waren noch genauso weich wie vor Jahren, und unter den inzwischen grauen Locken hatten seine Augen noch immer etwas Kindliches. Es war gut, dass er mit seinen entlegenen Forschungen in der Bibliothek eine Zufluchtsstätte für sein ganzes Leben gefunden hatte; nirgendwo sonst hätte er eine Chance gehabt.
«So kann man das nicht sagen, Adelmo. Unser Anliegen hat schon etwas mit deiner Arbeit zu tun. Wir waren gestern im Archivio Apostolico und fanden einen Eintrag mit deinem Namen in der Registratur. Wann fängst du dort morgens an?»
«Oh, ich bin täglich um halb acht an meinem Platz. Das Gute ist, dass alle mich seit über zwanzig Jahren kennen; ich brauche mich an keine Öffnungszeiten mehr zu halten. Die Wächter lassen mich rein, wenn ich komme; es gibt keine Formalitäten mehr.»
«Es gab Zeiten in der Vaticana, da hätte das ganz schön Ärger gegeben ... Ist dir in letzter Zeit irgendetwas aufgefallen im Archiv? War irgendetwas anders als sonst?»

«Warum fragst du das?»
«Kann ich mich auf deine Verschwiegenheit verlassen?»
«Gianni, ich habe nicht vergessen, wie mich alle ausgelacht haben, weil ich nie Fortschritte gemacht habe. Ein paar hätten es mir gegönnt, dass ich irgendwo in der Verwaltung verschwunden wäre. Du hast als Einziger zu mir gestanden. Die anderen waren voller Neid - und außerdem ... Ich weiß, dass ich kein großer Gelehrter bin.»
Padre Luis hob abwehrend die Hand.
«Nein, Padre Luis, lassen Sie's gut sein - es ist schon so. Ich verzettele mich jedes Mal, wenn ich etwas finde. Und wer liest schon meine kleinen Aufsätze, die ich dann und wann über meine Trouvaillen veröffentliche? Die anderen hätten mich gern in die Wüste geschickt. Aber du, Gianni, warst immer gut zu mir; ich weiß, was du für mich getan hast. Natürlich kannst du dich auf mich verlassen. Was gibt es denn so Geheimnisvolles?»
«Wir suchen in der Bibliothek nach etwas aus der Hinterlassenschaft von Bartolomeo Platina, und es könnte sein, dass auch sonst jemand danach sucht. Wenn das stimmt, dann war er sicher vor kurzem da unten und müsste zumindest ein paar Stunden intensiv recherchiert haben. Es könnte sein, dass du gesehen hast, wer es war.»
Monsignor Marianis Augen funkelten.
«Das ist interessant! Sehr interessant sogar! Seid ihr sicher, dass er nur bei Platina gesucht hat? Nicht vielleicht auch bei Pius II. und Flavius Blondus?»
Montebello und Padre Luis klappte der Unterkiefer herunter.
«Und seid ihr sicher, dass es nur einer ist?»
«Adelmo! Was weißt du darüber?»
«Gestern Morgen war ganz schön Betrieb im Archivio Apostolico. Mehr, als ich dort unten je erlebt habe, und viel mehr, als mir lieb war. Ich hatte mich kaum niedergelassen, als ich hörte, wie mehrere Leute den Raum betraten, die alle ziemlich laut sprachen.»
Mariani lächelte, als er sah, wie gebannt ihm seine Besucher zuhörten. Padre Luis konnte es nicht mehr erwarten.

«Und woher wissen Sie, wonach sie gesucht haben? Die Halle dort unten mit Hunderten von Regalen ist alles andere als übersichtlich.»
«Offen gestanden hat mich zuerst ein ganz unchristliches Gefühl des Ärgers angewandelt, dass jemand den weihevollen Frieden der Bibliothek in dieser Weise stört. Wissen Sie, ich habe mir meinen Arbeitsplatz in einer stillen Ecke eingerichtet, ganz in der Nähe der Akten, die mich interessieren, und wo ich einen WLAN-Anschluss und gute Beleuchtung habe. Die Eindringlinge konnten mich dort nicht sehen. Also beschloss ich, sie zu bitten, sich an die Bibliotheksordnung zu halten. Dann aber, gerade als ich um eine Regalwand bog, erkannte ich Monsignor Angelosanto, den Bibliothekar. Er gehört nicht direkt zu meinen Freunden. Er stand mit dem Rücken zu mir, und so trat ich erst mal in den Schatten zurück und überlegte mir, wie ich ihn ansprechen sollte. Doch als ich zwischen den Einlegeböden der Regale durchlinste, konnte ich sehen, dass neben ihm offenbar auch ein Kardinal stand.»
«Wer war es?»
«Zwar konnte ich das scharlachrote Zingulum erkennen, mit dem er seine Taille gegürtet hatte, aber nicht, wer es war. Die Stimme aber habe ich schon mal gehört. Ich habe sie erkannt – denn es war eine der beiden, die dann Anweisungen gaben. Aber ich komme nicht darauf, wer ... Vielleicht fällt es mir noch ein. Die andere gehörte Angelosanto. Ich konnte nicht alles hören, was gesprochen wurde, aber auf jeden Fall ging es beständig um Platina, Pius II. und Flavius Blondus. Mit einem Mal war es völlig still. Nach ein paar Sekunden begann der, dessen Stimme ich erkannt habe, ein Vaterunser zu sprechen, und dann ...»
«Was dann?»
«Das war ganz merkwürdig: Er ließ alle im Raum geloben, dass sie über die bevorstehende Suche zeit ihres Lebens Stillschweigen bewahren müssten. Dann folgte nochmals ein Vaterunser, und jemand verließ den Raum. Ich vermute, es war der Kardinal – jedenfalls habe ich ihn später nicht mehr gesehen.»

«Die anderen ...?»
«Was folgte, hat mich weniger an eine Recherche erinnert als an eine wissenschaftliche Razzia. Ich habe mich zurückgezogen; aber im Schutz der Regale habe ich mich immer wieder auf ein paar Meter an die verschiedenen Gruppen herangeschlichen, um herauszufinden, was die eigentlich suchten. Das war mindestens ein Dutzend Leute. Die, die ich erkannt habe, stammten alle aus der Vaticana, wenn auch aus verschiedenen Abteilungen. Als ich sah, wie professionell sie die Akten sichteten, war mir klar, dass sie genau wussten, wonach sie Ausschau halten sollten. Ab und zu zog jemand ein Blatt heraus und legte dafür etwas ein. Das ging über Stunden so weiter. Es war fast Mittag, als sie aufhörten und sich wieder sammelten. Monsignor Angelosanto ließ sich alle Dokumente übergeben und legte sie in einen Aktendeckel. Dann schickte er die anderen hinaus. Danach zog er sein *cellulare* hervor. Ich war ein ziemliches Stück von ihm entfernt und wagte auch nicht, mich weiter zu nähern. Aber was ich verstanden habe, war seltsam genug. Er sprach möglicherweise mit demselben Kardinal, mit dem er gekommen war, denn er sagte immer wieder ‹Eminenza›. Er war sehr aufgeregt und sprach von Flavius Blondus. Und dann hat er mehrmals gesagt, das Grab müsse so tief unter der roten Wand liegen, dass es wohl nur durch die Versorgungsgänge im Areal des Circus zu erreichen gewesen sei; dort müsse man suchen. Dann war das Gespräch beendet, und er verließ das Archiv mit den Dokumenten.»
«Und du?»
«Erst als er weg war, merkte ich, dass ich vor Anspannung nassgeschwitzt war. Ich musste mich ein paar Minuten hinsetzen, um mich zu beruhigen. Als ich schließlich die Tür zum Vorraum des Archivs öffnete, sah ich, dass überhaupt keine Bibliotheksaufsicht an der Registratur saß – was ganz und gar gegen die Vorschriften ist. Für den Rest des Tages bin ich in die Vatikanischen Gärten gegangen, um mich zu beruhigen, und habe mich gefragt, was ich da eigentlich beobachtet hatte und was ich tun sollte. Immerhin hat Angelosanto Schriftstücke aus dem Geheimarchiv mitgenom-

men. Ein Skandal! Ich bin noch genauso durcheinander wie gestern, und deshalb habe ich auch noch mit niemandem gesprochen – und außerdem: Wer würde mir schon zuhören? Könnt ihr euch einen Reim darauf machen?»

Seine Gäste schauten sich kurz an, bevor Montebello antwortete.

«Ich denke ja, aber wir dürfen nicht darüber sprechen.»

Mariani lächelte.

«Auch wenn ich kein großer Gelehrter bin, kann ich doch zwei und zwei zusammenzählen, Gianni: Es gibt nur ein bedeutendes Grab unter einer roten Mauer – das des Petrus. Das kann Angelosanto aber nicht gemeint haben. Denn wie dieses Grab zu erreichen ist, wissen wir alle, und dahin führt kein Gang vom alten neronischen Circus; den hätte man im letzten Jahrhundert bei den Ausgrabungen entdeckt. Also muss es noch ein Grab darunter geben. Und zwar eines, das so bedeutend ist, dass ein Kardinal einen ganzen Hilfstrupp von Bibliothekaren zu ewigem Stillschweigen verpflichtet. Stimmt's?»

«Eccellenza, ich müsste Sie kurz unter vier Augen sprechen.»

Padre Luis entfernte sich mit Montebello ein paar Schritte von Mariani.

«Der gestrige Tag hat gezeigt, dass wir noch sehr gut Hilfe bei der Erschließung von Forschungsliteratur und Quellen brauchen könnten. Und Monsignor Mariani kennt sich in den Beständen der Bibliothek aus wie kein anderer. An seiner Zuverlässigkeit und Verschwiegenheit habe ich keinen Zweifel. Halten Sie es nicht doch für möglich, ihn einzuweihen?»

«Ich denke, Sie haben recht, Padre Luis. Einen fähigeren und loyaleren Helfer könnten wir gar nicht bekommen. Monsignor Lisimba wird das ebenso sehen.»

Sie gingen zu Mariani zurück.

«Adelmo, Adelmo! Du bist ein ausgezeichneter Wissenschaftler und kannst aus wenigen Hinweisen genau die richtigen Schlüsse ziehen. Du könntest uns wirklich weiterhelfen. Wir haben beschlossen, dich einzuweihen, aber du darfst wirklich keinem Menschen von dem erzählen, was wir dir jetzt anvertrauen – und auch nicht, was du gesehen und gehört hast. Es wäre viel zu gefährlich! Heute haben sich furchtbare Dinge ereignet ...»

So berichtete Montebello seinem alten Kollegen von den Ereignissen der letzten Tage, aber auch von den Hinweisen auf das Grab der Taube. Mariani hörte ihm aufmerksam zu, und je länger Sua Eccellenza sprach, desto ernster wurde die Miene des Forschers. Doch mit einem Mal ging ein Leuchten über sein Gesicht. Montebello schaute ihn fragend an.

«Ist was, Adelmo?»

«Des Fischers Spur die Taube folgt getreu,
und Land und Meer sie überwindet.
Und ewig wird die wahre Liebe neu,
die Cinthias Buhle nimmer findet.»

«Cinthias Buhle? Was sind das für Verse?»

«Als Pius II. noch Aeneas Silvius Piccolomini war und seinen Lastern noch nicht abgeschworen hatte, um Papst werden zu können, hat er pralle Liebesgedichte an seine Geliebte geschrieben – die berühmten Cinthia-Gedichte. Die meisten kennt man, weil sie schon herausgegeben worden sind, aber nicht alle ... Lass gut sein, Gianni! Ich freue mich darauf, euch helfen zu dürfen. Aber dafür muss ich noch ein paar Sachen nachschauen.»

Kapitel 8 – Der Weinhändler

Rom, Gemelli-Klinik, 4. August, morgens

Montebello klopfte anderntags gegen halb neun an die Tür des Einzelzimmers und war überrascht, als er sofort eine kräftige Stimme hörte.

«Avanti!»

Montebello hatte erwartet, Oberto Leone im Bett zu finden, doch der Patient saß bereits angekleidet an einem kleinen Tisch, auf dem noch das Frühstückstablett stand, und las Zeitung.

«Eccellenza, was für eine Überraschung!»

«Eine freudige Überraschung für mich, Sie so munter anzutreffen! Wie geht es Ihnen, Monsignore? Wir waren völlig entsetzt, als wir gehört haben, was im Petersdom passiert ist.»

«Es geht nichts über einen guten Schutzengel. Weder konnte man mich und Ihre Freunde lebendig begraben noch mich vergiften. Es gibt keinerlei Anzeichen für eine echte Intoxikation. Selbst das pelzige Gefühl auf der Zunge und an den Lippen ist schon wieder verschwunden. Dafür hat man mir gestern bei Laboruntersuchungen so viel Blut abgezapft, dass es mich nicht gewundert hätte, wenn ich heute wegen Blutarmut hierbleiben müsste … Aber alle Tests sind ohne kritischen Befund. Ich bin glimpflich davongekommen und werde noch heute Vormittag entlassen.»

Montebello schüttelte den Kopf.

«Gepriesen sei der HERR!»

Leone lächelte, als er antwortete:
«SEMPER Deo gratias. Amen!»
«Wissen Sie, wie es zu der Vergiftung gekommen ist?»
«Oh ja! Noch gestern Abend erhielt ich Besuch von einem Commissario ... Bariello, der gemeinsam mit einem Kollegen der Vatikanischen Polizei die Ermittlungen leitet. Er hat mir mitgeteilt, dass man einen Tatverdächtigen verhaftet hat. Aber ich glaube nicht, dass der Mann etwas damit zu tun hatte. Frater Hospitius – ich kenne ihn seit Jahren, wenn auch nicht besonders intensiv. Er hat seine kleinen Fehler, ist aber ein harmloser Mensch, der sein halbes Leben im Vatikan verbracht hat. Auch hätte er überhaupt kein Motiv, mir etwas anzutun. Das habe ich auch dem Commissario gesagt.»
«Über den Grund Ihres Besuchs in der Grabung haben Sie aber offenbar nichts gesagt – der Commissario war sehr ungehalten darüber, weder von Ihnen noch von uns etwas zu erfahren.»
«Ich halte mein Wort – daher habe ich geschwiegen. Es geht um rein innerkirchliche Angelegenheiten.»
«Jedenfalls haben sich seit unserem Gespräch mit dem Heiligen Vater Dinge ereignet, die ebenso brutal wie mysteriös sind. Aber ich fürchte, Sie sind noch zu angegriffen, um sich mit diesem Thema zu belasten.»
«Nein, Eccellenza, bitte sprechen Sie!»
«Padre Luis und ich waren gestern Abend bei einem Mitbruder, den wir noch aus unserer Zeit in der Vaticana kennen, und er hat uns erzählt ...»
Und in der nächsten Viertelstunde informierte Montebello Monsignor Leone über das Gespräch mit Adelmo Mariani und was sie auf diese Weise über die Durchsuchung des Geheimarchivs unter Führung eines Kardinals und Monsignor Angelosantos erfahren hatten. Der Archäologe verzog keine Miene, bis Montebello geendet hatte.
«Sehr interessant! Und welche Schlüsse ziehen Sie daraus, Eccellenza?»
«Nun, dieser Hinweis auf einen anderen Zugang zum Grab der

Frau des Petrus, der tief durch die alte Circusanlage unter dem Petersdom gehen könnte – vielleicht existiert dieser Weg dort bis heute. Jedenfalls sind die schriftlichen Zeugnisse verloren. Monsignor Angelosanto hat sie, aus Gründen, die nur er kennt, verschwinden lassen. Es dürfte schwer sein herauszubekommen, wer hinter ihm steht und wohin die Dokumente gebracht wurden. Aber offenbar gibt es ein Komplott, und zu den Hintermännern gehört immerhin ein Kardinal. Jemand hat also von unserer Suche erfahren und versucht zu verhindern, dass wir das Grab finden. Wenn wir einen anderen Weg suchen, könnten wir vielleicht durch die Fundamente ...»

«Nein!»

Montebello schaute überrascht Monsignor Leone an, dessen Stimme scharf geworden war.

«Eccellenza, der Suche nach dem Grab konnte ich im Gespräch mit Seiner Heiligkeit guten Gewissens zustimmen. Es war ein glückliches Zusammentreffen, dass es unter den Grotten des Petersdoms gerade diese Grube des Deutschen Archäologischen Instituts gab, die für Ihre Suche brauchbar schien. Nun ist die Grube zum Teil verschüttet; der Erdrutsch hat auf jeden Fall Beschädigungen hervorgerufen, die erst wieder beseitigt werden müssen. Das alles dürfte ein paar Monate dauern. Ich gebe zu, das ist nicht erfreulich, aber solche Rückschläge können bei Grabungen vorkommen. Wenn das erledigt ist, können wir gern versuchen, unter dem Petrusgrab den Hohlraum zu orten, der, wenn Sie mit Ihrer Vermutung recht haben sollten, vorhanden sein müsste. Vielleicht können wir dann sogar eine Sonde einbringen.»

«Sehr schön, aber bis dahin ...»

«All das, Eccellenza, war ich bereit zu unterstützen. Wie es scheint, habe ich mir damit in kürzester Zeit ein paar sehr entschlossene Feinde gemacht. Dennoch halte ich an meiner Bereitschaft fest, Ihnen zu helfen. Aber als Vorsitzender der Päpstlichen Kommission für sakrale Archäologie werde ich unter keinen Umständen erlauben, darüber hinaus unter dem Petersdom zu graben. Dort liegt nach allem, was wir wissen, mit dem Circus des Caligula und des Nero eine bedeutende Stätte frühchristlicher Märtyrer. Eine Untersuchung in diesen durch das Blut der frühen Christen geheiligten Schichten müsste mit allem gebotenen wissenschaftlichen und allem theologischen Ernst langfristig vorbereitet und dann mit der nötigen Sensibilität durchgeführt werden. Was Sie jetzt vorschlagen, wird diesem Anspruch nicht gerecht.»

Die Stimme Monsignor Leones klang rau – er hatte unmissverständlich gesprochen. Dieses Veto ließ keinen Widerspruch zu. Montebello nickte zögernd.

«Ich verstehe Ihre Bedenken. Nun – die Dokumente sind weg, der mögliche Zugang ist verschüttet; ein anderer Weg steht uns nicht offen. Dann werden wir ... warten müssen.»

Das Gesicht von Monsignor Leone blieb unergründlich.

«*Ein jegliches hat seine Zeit, und alles Vorhaben unter dem Himmel hat seine Stunde,* Eccellenza, auch das Suchen.»

Vatikanstadt, Kurienverwaltung, 4. August, vormittags

Sua Eminenza Panettiere geleitete mit freundlichem Lächeln den Leiter des Chores der Sixtina zur doppelflügeligen Tür seines Büros.

«Gewiss, Monsignore, seien Sie sicher, dass die Anschaffung der neuen Ausgabe von Monteverdis *Marienvesper* für den gesamten Chor noch in den Haushalt für dieses Jahr aufgenommen wird. Sie können sich auf mich verlassen.»

Mit diesen Worten reichte er dem grauhaarigen Geistlichen die Hand und versuchte, jeden Anflug von Ungeduld in seiner Stimme zu unterdrücken. Doch kaum hatte er die Tür hinter ihm geschlossen, schüttelte er den Kopf und atmete tief durch. Das also war ihm geblieben von seiner Machtvollkommenheit früherer Jahre – die Anschaffung von Noten und die Bewilligung von Reiseplänen eines Chores. Es war Zeit, sich Wichtigerem zuzuwenden.

Noch in der Nacht nach dem Treffen mit seinen Gleichgesinnten war ihm ein Gedanke gekommen, der ihn in seiner Kühnheit faszinierte. Er freute sich darauf, alte Verbindungen spielen zu lassen, die ihm jetzt wieder von Nutzen sein konnten. Noch zu Zeiten seiner vollen Amtsgewalt war die Kommission für die katholische Kirche in China gegründet worden. Er selbst hatte sich mit den kommunistischen Führern stets gut verstanden, weil er ihre Machtinteressen nur zu gut begriff und sie mit seinen eigenen pragmatisch zum Ausgleich zu bringen suchte. So hatte er sich auch im Kardinalskollegium mit Nachdruck dafür ausgesprochen, als die Chinesen anboten, die U-Bahn-Station für den Vatikanstaat zu bauen. Er hatte dafür geworben, ihnen die Möglichkeit nicht zu verweigern, ihr Gesicht zu wahren, weil die Regierung in Peking eine Zurückweisung nur als weitere Brüskierung vor der Weltöffentlichkeit hätte interpretieren können. Also war Panettiere in den letzten Monaten seiner Tätigkeit als Präfekt der Glaubenskongregation als ranghöchster Unterhändler des Vatikans mehrfach in das Reich der Mitte geflogen und hatte die letzten Hindernisse aus dem Weg geräumt. Die U-Bahn zu realisieren war nicht irgendein Projekt, sie war SEIN diplomatisches Meisterstück. Und auch wenn in ein paar Monaten bei der Eröffnung andere den Lorbeer ernten würden, so sollte ihm dieses Vorhaben nun doch noch nützlich sein. Er würde dieser Laienspielschar im Vatikan zeigen, wozu er immer noch imstande war.

Er suchte die Nummer Zhao Lings heraus, der Generalunternehmer des Bauvorhabens war. Zhao war damals auf ihn zugekommen, als es darum ging, China aus der Sackgasse herauszulotsen, was nur mit Hilfe seines größten Kritikers, Papst Laurentius, geschehen konnte. Panettiere hatte Zhao wiederholt getroffen und sich für seine Anliegen offen gezeigt. Er teilte ohnehin nicht den Eifer des Papstes im Hinblick auf Menschenrechte und Sicherung demokratischer Strukturen. Die Kirche selbst war nie demokratisch gewesen und hatte sich in ihrem Verhältnis zu den Menschenrechten mitunter recht flexibel gezeigt, wenn es um ihre Interessen ging. Warum also auf einmal diese Leidenschaft für Werte, die der Kirche zwar nicht wesensfremd, wohl aber wesensfern geblieben waren? Panettiere hingegen verfuhr stets nach dem

Gedanken des wechselseitigen Nutzens. Die Nöte der chinesischen Regierung und die Risiken für ihre Investitionen waren groß; also würde es sich für ihn lohnen, ihr in dieser Situation beizustehen. So hatte es der Kardinal dank seiner Vermittlungskünste verstanden, sich den Großindustriellen Zhao zu verpflichten. Zwischen ihnen war *guanxi*, ein Geflecht aus Verbindlichkeiten und Gefälligkeiten, entstanden – und immer noch fühlte sich der chinesische Großindustrielle tief in seiner Schuld.

Es dauerte nicht lange, dann hatte Panettiere ihn am Apparat.

«Hochverehrter Zhao Jingli, wir haben so lange nicht mehr miteinander gesprochen ...»

Bei den Gesprächen, die sie einst geführt hatten, waren immer wieder Regierungsvertreter zugegen, daher hatten sich die beiden Unterhändler darauf verständigt, dass Zhao Ling einfach als Manager Zhao zu titulieren sei, um keine Missverständnisse über seine Rolle bei den politischen Beamten aufkommen zu lassen. Weil davon auszugehen war, dass sämtliche Telefonate abgehört wurden, blieb Panettiere auch heute bei der gewohnten Anrede. Der Industrielle hatte zwar verstanden, dass der Kardinal in der Zwischenzeit viel von seiner Macht eingebüßt hatte, aber er wusste um seinen ungebrochen großen Einfluss. Außerdem bestand zwischen ihnen weiterhin *guanxi* – denn wenn er nach dem erfolgreichen Abschluss des U-Bahn-Baus ins Politbüro aufsteigen sollte, hätte er das nicht zuletzt dem Kardinal und seiner Vermittlungsarbeit im Vatikan zu verdanken. Als Panettiere den Wunsch äußerte, ihn so rasch wie möglich zu sprechen, sah Zhao die Gelegenheit gekommen, sein *renqing*-Konto zu verbessern; er sagte ihm daher zu, übermorgen mit seinem Privatjet nach Rom zu kommen.

Vatikanstadt, Gendarmeriekaserne, 4. August, früher Nachmittag

«Sie können Frater Hospitius nicht sprechen, Monsignore! Er ist ein Verdächtiger. Bitte verstehen Sie doch! Ich darf Sie nicht zu ihm lassen.»

Brigadiere Lugosi, der diensthabende Beamte, war völlig überrumpelt, als Monsignor Oberto Leone in der Gendarmerie der Vatikanstadt erschienen war, um den Inhaftierten zu besuchen. Der Archäologe hatte sich mit einem Taxi gleich vom Krankenhaus zur Polizeistation der Vatikanstadt fahren lassen.

«Mein Sohn, gerade Menschen, die schrecklich gefehlt haben, bedürfen des priesterlichen Beistands. Ich bin hier, um Frater Hospitius meiner brüderlichen Liebe, vor allem aber meiner Vergebung zu versichern.»

«Sicher, sicher, Monsignor Leone, das ist ... bewundernswert. Aber dennoch ... ich habe meine Vorschriften, und die sehen vor, dass niemand außer Justizbeamten und Anwälten mit einem Untersuchungshäftling sprechen darf. Bitte ...»

Dem jungen Mann stand der Schweiß auf der Stirn. Aber er blieb unnachgiebig. Der Geistliche nickte.

«Wie wäre es, wenn wir Signor Santoro hinzubitten würden? Lassen das Ihre Vorschriften zu?»

Lugosi griff zum Telefon. Kurz darauf hatte er den Vice Ispettore am Apparat und erklärte ihm die Situation.

«Gut ... verstanden, Vice Ispettore ... Wir warten, bis Sie hier sind. – Monsignore, wir ...»

«Danke, ich habe es gehört. Warten wir also auf Ihren Vorgesetzten!»

Es dauerte keine zehn Minuten, bis Santoro eintraf.

«Agente, Sie haben richtig gehandelt. Ich bin sicher, das versteht Monsignor Leone. Nun dürfen wir aber nicht übersehen, dass Frater Hospitius emotional in schlechter Verfassung ist. Er leidet sichtlich und weint seit gestern Nachmittag. Der Täter wird zum Opfer seiner Tat. Da halte ich es für gerechtfertigt, die Vorschriften einmal zurückzustellen. Ich bin überzeugt, es wird dem Inhaftierten Erleichterung verschaffen, wenn sein Opfer ihm vergibt. Vergessen Sie nicht unseren heiligen Papst Giovanni Paolo II., der seinen Attentäter Mehmet Ali Ağca im Gefängnis besucht hat, um ihm zu vergeben. Als ich so alt war wie Sie, Agente, haben wir während der Ausbildung für die Vatikanische Gendarmerie oft über dieses Bild gesprochen, das damals um die Welt ging. Wir sollten uns auch nicht für klüger halten als unser Heiliger, der Jesus beim Wort genommen hat, weil der HERR selbst uns als Werk der Nächstenliebe aufgesetzt hat, Menschen im Gefängnis zu besuchen. Also, Monsignor Leone, ich werde Sie zu Frater Hospitius bringen. Eine halbe Stunde Besuchszeit kann ich Ihnen zubilligen. Agente, bitte geben Sie mir den Schlüssel zur Arrestzelle!»

Der junge Beamte öffnete widerstrebend den Schreibtisch, wagte aber keinen Widerspruch mehr. – Nach dreißig Minuten holte der Vice Ispettore den Besucher wieder ab und brachte ihn in die Wachstube zurück, wo Brigadiere Lugosi mit ihm gewartet hatte.

«Nun, hat er Ihnen gestanden, weshalb er versucht hat, Sie zu töten, Monsignore?»

Oberto Leone schüttelte den Kopf.

«Nein, ich habe ihm gesagt, dass ich ihm vergebe. Wenn er wolle, könne er sein Gewissen erleichtern und mir erzählen, weshalb er diesen Mordversuch begangen hat. Aber er hat fast die ganze Zeit nur geweint – unterbrochen nur, um mir zu danken. Kein Hinweis auf ein Motiv, kein Hinweis, ob ihn vielleicht jemand angestiftet haben könnte. Er macht immer noch einen ganz verzweifelten Eindruck. Was haben Sie nun mit ihm vor?»

«Ich will später noch einmal mit ihm sprechen. Vielleicht löst Ihr Besuch noch etwas bei ihm aus: Knapp dem Tod entronnen, kommen Sie nur einen Tag später, um ihm zu vergeben, der sicher für einen, vielleicht sogar für beide Mordanschläge verantwortlich ist. Mich bewegt das – ihn möglicherweise auch.»

Leone neigte ein wenig den Kopf.

«Das ist meine Christenpflicht, mehr nicht. Brigadiere, vielleicht haben Sie noch eine Frage an mich?»

Der junge Mann wurde rot und schüttelte den Kopf. Santoro wandte sich wieder an den Geistlichen.

«Morgen muss ich Frater Hospitius den römischen Kollegen überstellen. Wir brauchen ein psychiatrisches Gutachten – vielleicht ist er gar nicht schuldfähig; immerhin dürfte er alkoholabhängig sein. Auf die Unterbringung eines Alkoholkranken sind wir hier

nicht eingestellt. Möglicherweise ist er sogar suizidgefährdet – ich werde dafür sorgen, dass heute Nacht alle halbe Stunde jemand nach ihm sieht. Commissario Bariello wird ihn morgen früh um acht Uhr abholen und sich um seine Unterbringung in einem Gefängniskrankenhaus kümmern.
Haben denn Sie selbst irgendeine Idee, was für ein Motiv er haben könnte, Sie zu töten? Haben Sie sich jemals länger mit ihm unterhalten?»
«Nein – das heißt: doch, einmal. Da saß er in der Mittagspause mit seinem kleinen Handkarren, auf dem er frische Blumen transportierte, in den Gärten, als ich vorbeikam. Er war guter Laune und winkte mir zu. Als ich ihn fragte, worüber er sich so freue, zog er ein Kuvert aus seiner Soutane. Er wischte sich sorgfältig die Hände ab, bevor er es öffnete, und zog dann eine eingeschweißte Briefmarke hervor. Damals erzählte er mir, dass er seit seiner Kindheit Briefmarken sammelt. Ich verstehe nichts davon, aber er hat mit großer Begeisterung darüber gesprochen.»
«Brigadiere Lugosi und ich haben seine Mönchszelle durchsucht. Abgesehen von Tisch, Stuhl und Bett gab es einen Schrank. Es war nur ein bisschen Wäsche darin und eine zweite Kutte. Ansonsten war er von oben bis unten voll mit Briefmarkenalben. Wir haben uns erkundigt: Niemand hatte etwas gegen dieses Hobby; man dachte, dass es Frater Hospitius helfen würde, sein seelisches Gleichgewicht zu bewahren. Der Agente war früher ebenfalls Briefmarkensammler; er hat in den Alben geblättert und war überrascht von der Qualität der Sammlung. War es nicht so, Brigadiere?»
«Ganz richtig, Vice Ispettore! Die Marken, die Frater Hospitius zusammengetragen hat, waren nicht billig.»
Leone zuckte die Schultern.
«Aber sehen Sie, Signori – auch dieses Hobby spricht doch ganz und gar für seine Harmlosigkeit. Vielleicht hat er doch nichts mit dem Anschlag zu tun!»
Santoro schüttelte den Kopf.
«War gestern Morgen außer Ihnen noch jemand in der Sakristei,

als Sie den Kelch für die heilige Messe vorbereitet haben, Monsignore?»
«Nein.»
«War die Flasche noch fest verkorkt, als Sie sie öffneten, um den Wein in den Kelch zu gießen?»
«Ja, ich habe sie selbst aufgezogen.»
«Das dachte ich mir. Es gab nichts, was Argwohn in Ihnen hätte wecken können?»
«Nein.»
«Wir haben den Korken gefunden; zwar hat sich das Material wieder geschlossen, aber wir konnten trotzdem feststellen, dass er mit einer Nadel durchbohrt worden ist. Wir gehen davon aus, dass der Täter das Gift mit einer Spritze durch den Korken in die Flasche injiziert hat. Solche Spritzen haben wir auch in der Gärtnerei gefunden. Frater Marcellinus hat mir gesagt, dass man sie immer wieder mal in den Vatikanischen Gärten braucht, wenn Bäume von bestimmten Krankheiten befallen sind. Man spritzt dann eine entsprechende Lösung durch die Rinde – je nach Baum sind die Kanülen zwischen zwei und vier Millimeter stark. Das ist die ideale Stärke, um sie auch problemlos durch den Korken einer Weinflasche zu schieben. Ich denke, Frater Hospitius hat einige Stängel und Blüten des Aconit ausgepresst, den Pflanzensaft mit etwas Wein gemischt und die Lösung dann in die Flasche gespritzt.»
«Aber kann nicht ein ganz anderer mir die Flasche hingestellt haben?»
«Waren außer denen von Frater Hospitius noch andere Fingerabdrücke auf der Flasche, Brigadiere?»
«Nein, Vice Ispettore – außer natürlich denen von Monsignore selbst.»
«Sehen Sie, Monsignore! Für den zweiten Mordanschlag auf Sie war mit Sicherheit er verantwortlich.»
«Kaum vorstellbar!»
«Möglicherweise war sein Alkoholmissbrauch schwerwiegender, als seine Umwelt mitbekommen hat. Am Ende hat er ihn um den Verstand gebracht.»

Gästehaus des Vatikans, 4. August, nachmittags

Montebello hatte seine Vertrauten in sein Zimmer gebeten, wo er ihnen das unmissverständliche NEIN von Monsignor Leone mitteilte.

«Er sagt, es sei die Entweihung einer Stätte, wo Märtyrer der frühen Kirche ihr Blut vergossen haben, wenn wir dort unten graben würden. Dazu könne er keinesfalls die Hand reichen. Unter diesen Umständen, fürchte ich, müssen wir unsere Suche abbrechen, ehe sie richtig begonnen hat.»

Padre Luis wollte so schnell nicht aufgeben.

«Und wenn Monsignor Lisimba noch einen Versuch unternehmen würde, ihn zu überzeugen?»

«Ich habe bei meinem Gespräch nicht den Eindruck gehabt, dass es Verhandlungsspielraum gibt. Und gegen den Chef der eigenen Altertumsbehörde wird sich auch Seine Heiligkeit nicht stellen – umso weniger nach allem, was passiert ist und was Monsignor Leone auf sich genommen hat. Es geht ja auch nicht um einen völligen Verzicht auf weitere Nachforschungen, Padre Luis, sondern nur um eine Verzögerung von ein paar Monaten. Man wird zu Recht sagen, dass die Suche nach einem *vielleicht* vorhandenen Grab, das zweitausend Jahre im Verborgenen lag, kein Sakrileg wie die Entweihung einer heiligen Stätte durch unziemliche Neugier rechtfertigt.»

«Wo steht denn geschrieben, dass wir eine heilige Stätte schänden müssen? Davon kann doch gar keine Rede sein!»

Montebello schaute seine Archivarin verständnislos an, die ziemlich heftig geworden war.

«Verzeihung, Jackey, wie wollen Sie denn sonst …?»

«Wenn dort unten die Circusanlage aus den Tagen der Kaiser Caligula und Nero liegt, dann gibt es mit Sicherheit noch Gänge, die von dieser großen Anlage erhalten geblieben sind. Wenn wir in die hineingelangen können, wird überhaupt nichts entweiht. Sie wissen schon: die hochgemauerten, unterirdischen Gewölbe, durch die die Zuschauer der Wagenrennen zu ihren Plätzen gelangten. Außerdem müsste es Versorgungsschächte geben, Reste

von Aufzugsanlagen im langgestreckten Herzen des Circus, der Spina, wo der Obelisk des Caligula, Altäre und die Wendemarken für die Pferderennen standen. Mit anderen Worten: So ein antiker Circus hatte eine unglaublich aufwendige Infrastruktur, damit er reibungslos funktionieren konnte. Solche Anlagen finden sich, gerade weil sie als Repräsentationsbauten so stabil errichtet wurden, noch heute überall in der antiken Welt. Oberirdisch hat man diese Gebäude in späteren Jahrhunderten als willkommene Steinbrüche genutzt; aber die Anlagen in den Fundamenten waren davon viel weniger betroffen. Also spricht auch in unserem Fall erst mal alles dafür, dass unterirdische Strukturen im Bereich des Circus überdauert haben.»
Luca Berliner nickte.
«Jackey hat wahrscheinlich recht. Das waren auch andere Verantwortlichkeiten als beim Flughafen Willy Brandt bei mir zu Hause; wer damals versagte, wurde nicht mit dem goldenen Handschlag abgefunden, sondern landete vor den Löwen. So stehen wir immer wieder staunend vor der Präzision jahrtausendealter Steinsetzungen. Überall finden sich in den Fundamenten Roms Zeugnisse des technischen Knowhows antiker Baumeister, die mit ihrer Kunst dafür gesorgt haben, dass so vieles bis heute erhalten geblieben ist. Das mag durchaus auch für diesen Circus gelten.»
Jackeys Augen funkelten.
«Dann müssen wir eben nachsehen, wie die archäologische Situation hier ist. Wir können doch jetzt nicht aufgeben!»
Montebello runzelte die Stirn.
«Wenn ich Sie richtig verstehe, Signor Berliner, halten Sie es also nicht für ausgeschlossen, dass diese Gewölbe und all das, wovon Jackey gesprochen hat, wirklich noch unter unseren Füßen existieren?»
«Wer in Rom zwanzig Stufen in einen Keller hinabsteigt, steigt gleichzeitig zweitausend Jahre in die Vergangenheit hinab. Niemand weiß, welche Überraschungen ihn erwarten, wenn er auch nur den Fußboden aufstemmt ... Na ja, einer könnte es vielleicht wissen ...»

«An wen denken Sie?»
«Achim Zangenberg – den Chef des Deutschen Archäologischen Instituts in Rom. Er forscht seit Jahrzehnten über die Baukunst der Römer. Einen größeren Spezialisten werden Sie nicht so leicht finden. Ich kenne ihn seit vielen Jahren. Er würde uns sicher seine Hilfe nicht verweigern – und das umso weniger, als er ja schon die Probegrabung unter dem Petersdom organisiert hat, wie ich von Monsignor Leone erfahren habe.»
«Was schlagen Sie vor?»
«Ich denke, Eccellenza, ich sollte uns beide für morgen Vormittag auf einen *caffè* im DAI anmelden.»

Rom, Trattoria MANGIA E ZITTO!, 4. August, spätabends

Bariello hatte erkannt, dass er an diesem Abend nicht mehr weiterkommen würde. Auch das letzte Verhör von Frater Hospitius, das er gemeinsam mit Vice Ispettore Santoro geführt hatte, war ergebnislos geblieben. Es war unübersehbar, dass der Geistliche Seelenqualen litt. Er rang die Hände und stöhnte, schüttelte den Kopf und weinte. Doch das Einzige, was sie von ihm zu hören bekamen, war, dass er nicht erklären könne, was geschehen war. Schließlich hatte Santoro ihn in seine Zelle zurückbringen lassen.
Hatten sie nun *einen* Fall vor sich? Oder zwei oder drei? Nichts ergab einen Sinn. Ein tiefgefrorener Redakteur des vatikanischen Leitmediums, zwei Mordanschläge auf einen katholischen Archäologen – einer bizarrer als der andere. Der einzige Tatverdächtige ein Gärtner, der Briefmarken sammelt. Der Commissario musste sich eingestehen, wie sehr er darauf gehofft hatte, dass Sovrintendente Di Lauro auf der Suche nach dem «Kühlschrank des Teufels» irgendetwas herausfinden würde, das Licht in die Angelegenheit hätte bringen können. Aber nachdem auch dessen Recherchen ins Leere gelaufen waren und die Ergebnisse der Laboruntersuchungen jener seltsamen Tierspur in den Gärten des Vatikans noch nicht vorlagen, konnte Bariello ebenso gut nach

Hause gehen. Morgen würde er Hospitius in die Gefängnispsychiatrie bringen, und dann würden sie nachmittags endlich mit dem Privatsekretär Seiner Heiligkeit, Yoris Lisimba, sprechen. Er musste ihnen sagen, worüber sich Montebello und seine Leute ausschwiegen.

Um den Abend nicht völlig trostlos ausklingen zu lassen, beschloss er, noch im MANGIA E ZITTO! vorbeizuschauen. Der plötzliche Aufbruch vor drei Tagen war ziemlich uncharmant gewesen – und er mochte die Vorstellung nicht, dass Chiara ihn für uncharmant halten könnte. Als er in die Via degli Scipioni einbog, sah er, wie die Wirtin die letzten Stühle hineintrug.

«Kann ich helfen?»

«Ach, du schon wieder, *sbirro*! Willst du wieder einen *aperitivo*, den du dann doch nicht austrinkst?»

«Nicht so was Aufwendiges – aber einen Bianco ...»

«Na, setz dich, wenn du schon mal da bist.»

Chiara verschwand im Lokal und kam zwei Minuten später mit einem Tablett heraus, auf dem sie eine Flasche ohne Etikett, einen Teller Oliven, ein paar Brocken Parmigiano und eine einfache Focaccia balancierte, die noch dampfte.

«Oh, das ist aber ...!»

«Bild dir bloß nichts ein! Die hatte ich gerade für mich in den Ofen geschoben. Ich habe seit heute Mittag nichts mehr gegessen. Brich sie auseinander!»

Eine Minute lang sagte keiner ein Wort, und sie gaben sich der reinen Freude ihres späten Abendessens hin. Dann hob Chiara ihr Glas.

«Cin cin!»

Er lächelte ihr dankbar zu und trank. Er hatte mit einem einfachen Weißwein gerechnet, aber dieser hier war ein Gedicht an Aromen und Bouquet.

«Hm – der ist wunderbar!»

«Was glaubst du, was ich abends nach der Arbeit trinke? Irgendeinen Fusel?»

«Nein, aber ...»

«Wenigstens schmeckst du's, wenn man dir einen ordentlichen Wein vorsetzt. Immerhin etwas! Willst du wissen, was du trinkst?»
«Ja!»
«Das ist ein Cuvée der besten Trauben Tocai, Verduzzo, Chardonnay, Pinot Bianco und Sauvignon.»
«Und woher beziehst du den?»
Chiara kicherte.
«Geschäftsgeheimnis.»
«Ich verspreche dir, ich mache dir keine Konkurrenz. Komm! Erzähl's mir!»
«Ich hab keine Angst, dass du mir Konkurrenz machst, sondern dass du mich verhaftest.»
Sie schob sich eine Olive in den Mund und zwinkerte ihm zu. Jetzt lachte Bariello. Er schaute theatralisch die Straße hinauf und hinunter.
«Signora Donato, es gibt keine Zeugen für das, was Sie mir gestehen werden. Außerdem haben Sie mich schon längst korrumpiert, und das wissen Sie. Für Sie würde ich ...»
«Was würdest du, *sbirro*? Hm?»
Chiara funkelte ihn an. Bariello lächelte, dann beugte er sich vor und schaute ihr verschwörerisch in die Augen.
«... dichthalten! Vor jedem Gericht dieser Welt.»
Sie zog schmollend die Mundwinkel ein wenig nach unten.
«Na, da hat man mir schon anderes versprochen ... Aber dann mache ich mal die Probe aufs Exempel: Das hier ist Messwein aus dem Vatikan.»
Sie musste lachen, als Bariello ungläubig der Mund offen stehen blieb.
«Dichthalten, *sbirro*! Vergiss nicht, was du versprochen hast!»
«Wie kommst du ...»
«Die Frage ist nicht nur, wie, sondern zu welchem Preis – und der hier ist unschlagbar günstig. Bei der Qualität kann ich ihn aber mit einem ordentlichen Aufschlag servieren. Das lohnt sich. Von irgendwas muss ich schließlich leben, wenn alle naselang ein bestimmter Polizist mein Lieblingsgast ist.»

Bariello grinste wie ein Schuljunge.
«Natürlich bleibt es unter uns, aber sag's mir trotzdem: Wie kommst du an Messwein aus dem Vatikan!»
Chiara ließ noch einen Schluck über die Zunge rollen.
«Es gibt da … jemanden, der an der Quelle sitzt. Ich kenne ihn noch aus meiner Zeit, als ich in der Bruderschaft San Egidio gekocht habe. Ein Alter, der auch selbst gern mal einen trinkt. Er versorgt den ganzen Vatikan mit Wein für den Gottesdienst. Na, und du glaubst doch nicht, dass da einer die Flaschen zählt. So bringt er mir alle paar Wochen abends in seinem Rucksack zwölf davon vorbei – alle schön ohne Etikett. Dafür bekommt er sechzig Euro von mir, über die Bar aber geht schon ein Glas für vier Euro.»
«Das ist interessant!» Bariellos Blick hatte sich verändert.
«Was heißt: interessant? Was schaust du mich so an? Weißt du, was ich interessant finde? Hier um die Ecke ist eine Trattoria; der Wirt lässt alle halbe Stunde seine fette Nonna mit mehlbestäubten Händen und Schürze durchs Lokal laufen und die Gäste küssen, damit die glauben, die Alte macht die Nudeln noch von Hand, und das Doppelte zahlen wie bei mir. Und wenn du in die Küche gehst, stehen da ein paar Jungs aus Afrika, die ohne Papiere für ihn arbeiten. Die reißen Plastiktüten auf, aus denen sie Billigpasta ins Wasser kippen. Die Leute vom Amt wissen das, lassen sich schmieren, und keiner unternimmt was dagegen. Das nenne ich interessant! Komm, Vincenzo, erzähl du mir nichts vom Geschäft!»
In ihrer Stimme schwang Ärger mit, und die Tatsache, dass sie ihn Vincenzo genannt hatte, zeigte, dass es ihr ernst war.
«Nein, Chiara, das meine ich gar nicht. Was du von diesem Geistlichen erzählt hast, ist interessant. Ist das ein grauhaariger, kleiner, ein bisschen dicker und ungepflegter Mann mit Brille. Heißt der Hospitius?»
«Woher weißt du das? Wieso kennst du den?»
«Halt dich fest: Der sitzt wegen zweifachen Mordversuchs in der Päpstlichen Gendarmerie – einer davon mit vergiftetem Messwein.»

Bariello erkannte selbst im Licht der Straßenlaternen, wie sie blass wurde. Sie bekreuzigte sich, und im nächsten Moment griff Chiara die Flasche, drehte sie um und goss ihren Inhalt auf die Straße.
«So ein perverser ...»
«Beruhig dich wieder! Der Mann ist nicht der Typ, der Giftmorde begeht. Und mit Sicherheit hat der dir keinen vergifteten Wein verkauft. Wenn er's getan und deine Gäste oder wir welchen getrunken hätten, dann wären die schon tot, und von uns beiden würde sich jetzt auch keiner mehr auf dem Stuhl halten können.»
Bariello griff zu seinem Glas und prostete ihr zu.
«Du hast Nerven, *sbirro*!»
«Das nehme ich jetzt mal als Kompliment. Seit wann geht das so mit diesen Weinlieferungen?»
«Zwei Jahre vielleicht. Er kam mal hier vorbei und hat mich wiedererkannt. Kam rein, bekam ein Glas Wein von mir und meinte, der sei nicht schlecht. Ob er mir mal mit einer besonderen Flasche eine Freude machen könnte – so aus alter Verbundenheit. So hat das angefangen. Er hat einen total harmlosen Eindruck auf mich gemacht. Als ich ihn mal gefragt habe, wofür er denn das Geld braucht, hat er gesagt, für seine Briefmarkensammlung. Himmel, Vincenzo, der Vatikan ist so reich – ob da ein Geistlicher ein paar Dutzend Flaschen Wein im Jahr verschiebt, das merkt doch kein Mensch, und das schadet auch niemandem. Und wenn der Alte an Briefmarken Freude hat, dann ist das immer noch besser als vieles andere, was im Vatikan läuft und wovon die Welt sicher besser nie was erfahren sollte.»
«Da magst du recht haben. Aber gut, dass du mir das erzählt hast. Morgen nehme ich den Alten in Empfang und lasse ihn erst mal psychiatrisch begutachten. Wenn er nicht nur dir gegenüber so leutselig war – und da er ganz gern getrunken hat, halte ich das nicht für ausgeschlossen –, sondern noch jemandem von seinem Hobby erzählt hat und wie er es finanziert, dann konnte der Betreffende ihn leicht unter Druck setzen. Chiara, das könnte mich

weiterbringen! Schade, dass der Wein alle ist; darauf hätte ich jetzt gern noch einen Schluck getrunken.»
«Dann hole ich aber lieber zwei frische Gläser. Nicht dass doch ein bisschen Gift ...»
Und wie sie über den Tisch nach seinem Glas angelte, strich sie zufällig über seine Hand, und er spürte, wie sich seine Haare am ganzen Körper aufrichteten.

Kapitel 9 – Die Besucher

Vatikanstadt, Gendarmeriekaserne, 5. August, morgens

Am anderen Morgen holte Bariello gemeinsam mit Sovrintendente Di Lauro Frater Hospitius bei Santoro ab. Als der Commissario gegen neun Uhr eintraf, folgte der Geistliche widerspruchslos allen Anweisungen. Bariello verzichtete darauf, ihm Handschellen anzulegen. Di Lauro legte ihm seine Hand unter den rechten Arm - doch mehr, um ihn zu stützen, als dass er Sorge gehabt hätte, der andere könnte fliehen. Sie stiegen mit dem Gefangenen die Treppen hinunter. Ihr Wagen wartete auf dem kleinen Parkplatz zwischen der Chiesa di San Pellegrino und der Elemosineria Apostolica, der Almosenverwaltung des Vatikans. Die drei Männer traten durch die Tür der Gendarmerie; zwei Stufen trennten sie von der Freifläche, wo das Auto mit laufendem Motor wartete. Frater Hospitius blieb stehen und atmete tief durch. Hinter der Mauer, die den Vatikan von Rom trennte, hörte man den morgendlichen Verkehr auf der Via di Porta Angelica. Bariello drehte sich um und nickte dem anderen freundlich zu.

«Kommen Sie, Frater!»

In dem Moment spürte er einen scharfen Luftzug vor seinem Gesicht - als ob ein großes Insekt an seiner Nase vorbeigezischt wäre. Er zuckte zurück und versuchte, die Ursache zu erkennen. Da merkte er, dass etwas mit dem Mann neben ihm nicht mehr stimmte; dessen Arm entglitt ihm, und Bariello versuchte, ihn fester zu fassen. Aber der andere sackte einfach zu Boden.

«Was ...?»
Als der Commissario ungehalten in das Gesicht seines Gefangenen blickte, sah er, dass Blut aus dessen Schläfe sickerte. Di Lauro auf der anderen Seite von Frater Hospitius erfasste im selben Moment, was geschehen war. Er hatte etwas gehört und schaute über die Mauer zu dem Gebäude hinauf auf der anderen Seite der Via di Porta Angelica.
«Dort, Commissario!» Bariello riss den Kopf herum und sah noch, wie in der Fensterreihe im obersten Stockwerk der Lauf eines Gewehrs verschwand.»
«Los, Gennaro!»
Der junge Polizist warf nur einen kurzen Blick auf die Mauerkrone – darauf erhob sich ein drei Meter hoher, in Spitzen auslaufender Gitterzaun. Es half nichts. Er rannte vor bis zur Porta Sant'Anna. Kurz darauf hörte der Commissario, wie draußen Bremsen quietschten, Autos hupten und Leute fluchten. Er versuchte, am Hals von Frater Hospitius einen Herzschlag zu fühlen. Aber da war nichts mehr. Inzwischen kamen Polizisten aus der Päpstlichen Gendarmerie gelaufen, unter ihnen Santoro und Brigadiere Lugosi. Bariello kniete neben dem Opfer.
«Man hat ihn erschossen. Der Schütze stand da oben in dem Gebäude, oberste Etage. Gennaro ist hinter ihm her. Schicken Sie Ihre Leute rüber!»
Es vergingen keine zwei Minuten, bis ein Notarzt eintraf. Spritzen, Infusionen, Trage – im nächsten Moment lag der Geistliche im Rettungswagen, und das Letzte, was Bariello von ihm sah, war, wie die Rettungssanitäter ihn intubierten. Dann schlossen sich die Türen, und der Wagen raste über den kleinen Hof.
Bariello hatte sofort Verstärkung für Di Lauro angefordert und veranlasst, dass das ganze Viertel zwischen Vatikan und Engelsburg abgeriegelt wurde. Jedes Auto, das hinauswollte, jeder Fußgänger sollte kontrolliert werden. Der Gebäudekomplex, in dem der Täter verschwunden war, wurde von oben bis unten durchsucht – jede Wohnung, jeder Raum. Aber den Polizisten wurde schnell klar, dass sie schlechte Karten hatten. Der Mordanschlag

war aus den Waschräumen im Obergeschoss einer vatikanischen Stiftung erfolgt, die sich um den Priesternachwuchs kümmerte. Der Sovrintendente hatte eine Sekretärin gefunden, die den Mann gegen acht Uhr morgens gesehen hatte – einen Installateur in blauem Servicedress mit Baseballkappe, dicker Brille und Bart; er hatte einen großen Handwerkskasten getragen und ihr gesagt, dass man ihn wegen eines Defekts auf der Herrentoilette gerufen habe. Er hatte ein Schild *Fuori servizio* vor die Tür gestellt und war darin verschwunden. Die Frau hatte sich nicht weiter darum gekümmert. Dass ihre Beschreibung ziemlich nichtssagend war, regte Bariello nicht weiter auf. Der Täter war offenbar ein Profikiller – mit Sicherheit eine Minute nach dem Schuss nicht mehr wiederzuerkennen und zwei Minuten später verschwunden. Das Gebäude selbst war ein Quadratbau mit großem Innenhof; die vier Flügel boten Fluchtmöglichkeiten in alle Richtungen und über alle Stockwerke. So blieb die Suche nach dem Schützen ergebnislos.

Bariello stand am Fenster von Santoros Büro, wo laufend Telefone klingelten und Polizisten Ermittlungsergebnisse hereinreichten, die Brigadiere Lugosi ordnete.

«Wer außer uns beiden hat gewusst, dass ich ihn abholen würde, Santoro?»

Er hatte sich zu seinem Kollegen umgedreht; der schaute zu Lugosi hinüber.

«Monsignor Leone, Commissario.»

Bariello runzelte die Stirn.

«Woher wusste er ...?»

Santoro nickte.

«Brigadiere Lugosi hat recht. Gestern Vormittag war der Monsignore hier, um Frater Hospitius zu besuchen und ihm zu sagen, dass er ihm vergeben habe. Wir saßen hinterher noch kurz zusammen, und ich habe ihm gesagt, dass wir den Inhaftierten den römischen Behörden überstellen und Sie heute früh deswegen kommen. Aber, wie gesagt, Monsignor Leone war hier, um ihm zu vergeben – der hat keinen Profikiller für ihn bestellt.»

Zwei Stunden später, als Bariello schon wieder in seinem Büro saß, erhielt er von Santoro die Nachricht, dass die Ärzte der Gemelli-Klinik Frater Hospitius nicht hatten retten können. Er war seiner Verletzung erlegen, ohne noch einmal das Bewusstsein wiedererlangt zu haben. Was immer der Mann sich hatte zuschulden kommen lassen, er hatte das Geheimnis mit in die Ewigkeit genommen. Es wurde Zeit, dass sie mit Monsignor Lisimba sprachen.

Rom, Deutsches Archäologisches Institut, Via Sicilia,
5. August, vormittags

Der Leiter des DAI hatte sie genauso herzlich willkommen geheißen, wie es Luca Berliner vorhergesagt hatte. Auch wenn Sua Eccellenza Montebello Achim Zangenberg noch nie persönlich begegnet war, so hatte er doch in den letzten Jahren wiederholt von ihm gehört, als er sich, ohne es recht zu wollen, auf die Suche nach dem Grab Mariens und den sterblichen Überresten Alexanders des Großen hatte begeben müssen.* So blieb es nicht bei einem *caffè* und einer Schale *cantuccini*, bis diese Erinnerungen ausgetauscht waren – doch umso schneller war eine vertrauensvolle Stimmung zwischen den drei Männern entstanden.

«Was immer Sie über Baubefunde im Umfeld des Vatikans von mir wissen möchten, Eccellenza – da gibt es doch in Ihren eigenen Reihen viel größere Koryphäen als mich.»

«Ihnen eilt ein Ruf als Spezialist für römische Baukunst voraus, Professore. Der hat selbst mich erreicht, obwohl ich nicht vom Fach bin. Ich denke daher, Sie und Ihr Haus sind eine sehr gute Adresse für mein Anliegen. Dies gilt umso mehr, als unser Chefarchäologe im Vatikan, Monsignor Oberto Leone, sich aus sehr ehrenwerten Gründen außerstande sieht, mir zu helfen. Durch Märtyrerblut geheiligter Boden – Sie verstehen!»

* Nachzulesen in: *Das Grab der Jungfrau* (2020) und *Hochamt in Neapel* (2022).

Achim Zangenberg schwieg; dann forderte er Montebello mit einem Nicken auf weiterzusprechen.
«Es würde mir sehr helfen, wenn Sie mir sagen könnten, ob die Circusbauten der Kaiser Caligula und Nero so angelegt waren, dass wir hoffen dürfen, unter dem Petersdom noch heute Gänge und Keller zu finden, die es uns vielleicht erlauben, unter das Grab des Petrus zu gelangen! Wir sind nämlich durch einen Zufall darauf aufmerksam geworden, dass sich dort möglicherweise noch ein ganz anderes Grab befindet. Ich kann Ihnen zum gegenwärtigen Zeitpunkt nicht mehr sagen – wir haben uns gegenüber dem Heiligen Stuhl zu Stillschweigen verpflichten müssen. Aber ich verspreche Ihnen, dass Sie so früh wie möglich informiert werden, wenn wir ... Einstweilen muss ich Sie bitten, uns zu vertrauen und sich noch zu gedulden.»
«Sie müssen wichtige Gründe haben für Ihr Schweigen. Ich werde Ihnen helfen, und Sie können sich auch auf meine Verschwiegenheit verlassen. Helfen Sie mir aber bitte auch in meiner Neugier: Meine Leute, die neben dem Petersgrab graben, haben mir berichtet, dass wieder Erdreich in die Grube zurückgerutscht ist. Wissen Sie, was da los war?»
Luca Berliner schüttelte sich.
«Ich habe eine halbe Stunde geduscht, um den ganzen Dreck wieder vom Körper zu bekommen, weil ich das zweifelhafte Vergnügen hatte, da unten beinahe verschüttet zu werden.»
Nachdem der Archäologe alles erzählt und dabei die dramatischen Ereignisse auch des folgenden Morgens nicht ausgespart hatte, war Achim Zangenberg fassungslos.
«Mordanschläge im Petersdom? Immerhin verstehe ich jetzt, warum die Polizisten uns nicht an unsere Grabung lassen. Aber wer immer euch das in der Grube angetan hat – es hätte nicht allzu viel passieren können. Wir hatten schon etwa zwei Drittel des Erdaushubs vom Rand der Grube weiter hinten in die Nekropole geschafft, weil oberhalb unserer Prospektion nicht genügend Platz dafür gewesen wäre. Mit dem Rest einen Erwachsenen zu verschütten, wäre kaum möglich. Hat Monsignor Leone euch das

nicht gesagt? Wir mussten doch seine Genehmigung einholen, weil wir seine Zustimmung brauchten für die Stelle, wo wir den restlichen Aushub zwischengelagert haben.»

«Nein, hat er nicht! Er war genauso entsetzt wie wir; der Einzige, der wirklich kühlen Kopf bewahrt hat, war der Fahrer von Sua Eccellenza Montebello.»

«Na ja, vielleicht hat es Monsignor Leone einfach in seiner Panik vergessen ... nicht so wichtig. – Also, was ich über die Circusanlage und ihren Unterbau sagen kann, Eccellenza, ist Folgendes ...»

Und er erzählte ihnen, dass Kaiser Caligula im Jahr 40 am östlichen Abhang des Vatikanhügels hatte den Circus anlegen lassen. Er hatte sich für Wagenrennen begeistert und deshalb das Bauwerk so großzügig dimensioniert, dass er darin diesem Sport wahrhaft huldigen konnte. Auf der Spina der Rennstrecke – ihrer Mittelachse, um die die Viergespanne herumkurvten – erhob sich ein gewaltiger Obelisk, den der Kaiser hatte aus Alexandria herbeischaffen lassen. Es war derselbe, den 1585 Papst Sixtus V. auf den Petersplatz versetzen ließ. Doch schon im Circus des Caligula musste die Fundamentierung massiv gewesen sein, um einen solchen Koloss aufzustellen. Die Baumeister durften sich also einiges für den Untergrund der gesamten Anlage ausdenken. Da dort auch Hetzjagden auf wilde Tiere stattfanden, mochte es unter dem Boden der Arena Keller und unter den aufsteigenden Zuschauerrängen Räume gegeben haben, in denen Raubtiere untergebracht und mit Lastenfahrstühlen in die Arena gehievt werden konnten. All das sprach für eine entwickelte Architektur und für unterirdische Strukturen, die tief unter das Bodenniveau reichten.

«... und wenn man den Tyrannen nicht schon 41 nach Christus umgebracht hätte, wäre dieser Circus wer weiß wie spektakulär ausgebaut geworden.»

«Und wie lag der Circus im Verhältnis zum heutigen Petersdom? Das sollten wir wissen, wenn wir nach Gängen suchen wollen, die unterirdisch vielleicht noch erhalten geblieben sind.»

«Warten Sie, Eccellenza! Ich zeige Ihnen eine Skizze.»

Zangenberg verschwand in der Bibliothek und kam zwei Minuten später mit einem Werk zurück, in dem man das Verhältnis der beiden Bauwerke zueinander gut erkennen konnte. Der Archäologe tippte auf den Plan.

«Der Grundriss des Circus halbiert gewissermaßen den heutigen Kirchenraum der Länge nach. Könnten wir ihn noch sehen, würde er sich über die Front des Hauptportals des Petersdoms hinaus und über den ganzen Petersplatz erstrecken, und zwar bis an die heute angrenzende Piazza Pio XII. Das sind dann aber bereits die Dimensionen, die der Circus unter Kaiser Nero nach dessen Regierungsantritt im Jahr 54 erhalten hat. Unmittelbar an die nördlichen Zuschauerränge seines Circus grenzt die vatikanische Nekropole – das jahrtausendealte unterirdische Gräberfeld, in dem auch das Grab des Petrus gefunden wurde, das gewissermaßen das Herz tief in der Brust dieser Kirche bildet.»

Montebello hatte aufmerksam zugehört – aber noch nicht das erfahren, was er erhofft hatte.

«Das alles ist sehr interessant, und es macht mir Hoffnung, vielleicht doch noch an unser Ziel zu gelangen, ohne gegen das Verbot von Monsignor Leone zu verstoßen, aber ...»

«Wie man unter den Petersdom gelangt, ist die eine Frage: Wenn es durch unterirdische Einrichtungen der alten Circusanlage gehen soll, dann wird es vermutlich am ehesten durch die Baustrukturen südlich der Kirche möglich sein. Aber ... haben Sie sich eigentlich einmal gefragt, Eccellenza, weshalb der Archäologe so rigoros gegen Ihre Suche ist?»

«Oh, er hat alles auf sich genommen, um uns die Suche zu ermöglichen – bis hin zur Gefahr für Leib und Leben. Aber nun sorgt er sich eben um die Würde des Platzes, an dem Blutzeugen des Christentums für den Glauben gestorben sind. Das scheint mir ...»

Der Gesichtsausdruck Zangenbergs versteinerte.

«Seine Haltung in diesen Fragen ist nicht immer von der gleichen Konsequenz.»

«Wie meinen Sie das?»

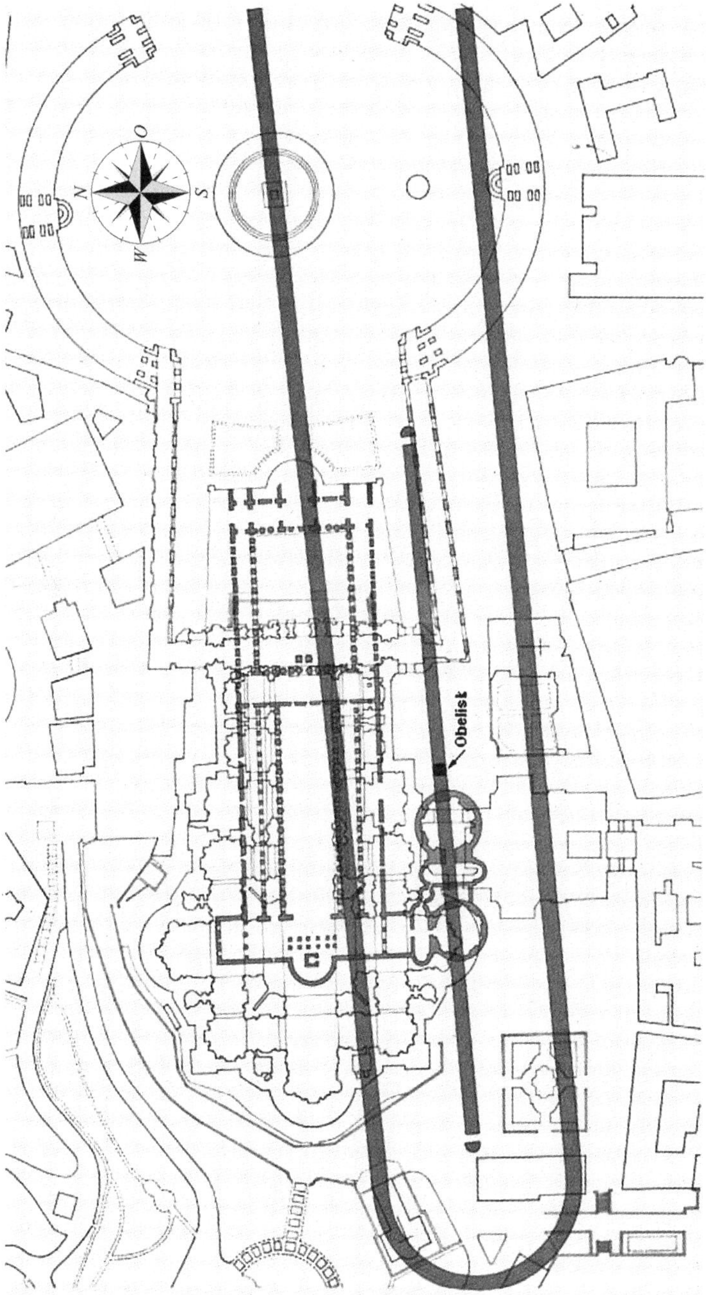
Obelisk
N
O
S
W

Der Chef des DAI knetete seine Hände.
«Die fachliche Kompetenz des vatikanischen Chefarchäologen ist über jeden Zweifel erhaben. Aber ich weiß aus Wissenschaftlerkreisen, dass er durchaus Grabungslizenzen für andere christliche Ausgrabungsstätten vergeben hat, bei denen sich die gleichen Fragen stellten – allerdings erfolgten die Genehmigungen nur, wenn vorher finanzielle Zuwendungen auf sein privates Konto erfolgten.»
Ein paar Sekunden herrschte völlige Stille. Der Chef des Instituts gab sich einen Ruck.
«Eccellenza, ich arbeite immer gern mit Kolleginnen und Kollegen aus der Christlichen Archäologie zusammen, weil ich viel von ihnen lerne. Aber es gibt niemanden in dieser Disziplin, vor dem ich mich so in Acht nehme wie vor Oberto Leone. Das Privatleben anderer Leute interessiert mich generell nicht, aber ich glaube nicht, dass jemand im Vatikan eine Vorstellung davon hat, was für einen Stil Monsignor Leone auf Fachkongressen in aller Welt pflegt. Und da er großen Einfluss auf die Karriere zahlloser Wissenschaftler und bei der Vergabe von Forschungsaufträgen auf Liegenschaften in Kirchenbesitz hat, kann er weit über die Grenzen Roms hinaus ein gewichtiges Wort mitreden. Mit ihm will es sich niemand verderben.»
«Wenn Sie von dem Stil von Monsignor Leone sprechen, dann meinen Sie …?»
«… vor allem seinen Umgang, wie er für einen geistlichen Würdenträger ungewöhnlich ist – um es vorsichtig auszudrücken. Nochmals: Das ist seine Privatsache. Aber ich weiß von Kollegen im Vatikan, dass er auch ihnen die Arbeit und das Leben schwermacht. Kennen Sie die Reverenda Fabbrica di San Pietro?»
«Dem Namen nach; ich hatte als Bibliothekar der Vaticana nie direkt mit dieser Kommission zu tun – gewissermaßen unserer Dombauhütte.»
«Diese einst mächtige Einrichtung wurde seit ihrer Gründung im sechzehnten Jahrhundert mehr und mehr in ihren Rechten und Kompetenzen beschnitten. Was immer ihre Mitglieder heute beschließen, müssen sie mit dem Kapitel der Peterskirche abstim-

men – und in diesem Gremium führt Oberto Leone als Chefarchäologe Regie. Seit Jahren beklagen sich die Kollegen der Fabbrica di San Pietro bei mir über die immer rätselhaftere Blockadepolitik des Monsignore, sobald es um Bau- und Forschungsarbeiten in den Untergeschossen und Fundamenten der Peterskirche geht. Es führt in diesen Fragen kein Weg an ihm vorbei. Und da es niemand auf einen Konflikt mit ihm ankommen lässt und er bis zum Heiligen Stuhl hinauf größtes Vertrauen genießt, sind seine Entscheidungen faktisch unantastbar. Wenn Sie so wollen: Solange nicht wegen seiner Fehler der Dom einstürzt, wird auch Oberto Leone nicht stürzen.»
«Es fällt mir schwer, das alles zu glauben. Monsignor Leone hätte die Möglichkeit gehabt, unsere ganze Suche sofort zu blockieren – um ehrlich zu sein, hatte ich fast damit gerechnet. Dann aber hat er sich sehr souverän auf die Seite der Wissenschaft gestellt. Und immerhin, Professore, hat er Ihnen die Möglichkeit eingeräumt, eine Sondierung für das DAI vorzunehmen – gleich neben dem Grab des heiligen Petrus, wie ich von Signor Berliner weiß.»
«Die Betonung in diesem Fall muss allerdings auf *eine* Sondierung liegen. Wir hatten für völlig unverfängliche Stellen entlang des Vatikanhügels *fünf* Sondierungen beantragt, um etwas über die Bebauung aus der Frühzeit Roms herauszufinden. Keiner dieser Plätze war im Hinblick auf die frühchristliche Zeit in irgendeiner Weise bedenklich oder wichtig. Dennoch wurden alle Anträge bis auf den einen zurückgewiesen. Dass ausgerechnet dieser Platz freigegeben wurde, die anderen aber nicht, geschah nach meinem Dafürhalten völlig willkürlich. Die Ablehnungsbescheide trugen alle die Unterschrift von Oberto Leone. Daher überrascht es mich auch nicht, dass er sich gegenüber Ihrem Ansinnen, in die Untergrundstrukturen um Sankt Peter zu gehen, ebenso unnachgiebig zeigt. Die Frage lautet in diesem wie in allen anderen Fällen: Warum?»
Luca Berliner hatte mit wachsendem Staunen dem Gespräch zugehört.
«Und glaubst du, dass ein Gespräch mit Wissenschaftlern aus der Dombauhütte in unserer Sache weiterhelfen könnte?»

«Unbedingt! Ich könnte noch für heute Abend ein Treffen mit Monsignor Dottor Alessandro Mattei hier arrangieren. Ein Freund von mir und außerdem Bauforscher der Fabbrica. Er kennt jeden Gang, den jemals eine Wühlmaus unter dem Petersdom gegraben hat. Wenn einer eure Fragen beantworten kann, dann er.»

Berliner und Montebello dankten ihm und verabredeten sich für denselben Abend erneut in seinem Büro. Als sie wieder auf der Via Sicilia standen, verabschiedete sich Montebello von seinem Begleiter und setzte sich an einen Tisch vor einer kleinen Bar. Nach einem Cappuccino wählte er die Nummer von Bariello.

«Eccellenza, was kann ich für Sie tun?»

«Diesmal hoffe ich, etwas für Sie tun zu können, Commissario. Sie wissen, wie leid es mir tut, Ihnen nichts über das Grab sagen zu dürfen. Aber nun habe ich gerade im Gespräch mit dem Leiter des Deutschen Archäologischen Instituts in Rom, Professor Zangenberg, etwas erfahren, das mir seltsam vorkommt und das Sie interessieren könnte. Es geht um den Zwischenfall in der Ausgrabung unter dem Petersdom und um Monsignor Leone ...»

Als Montebello geendet hatte, verging eine Weile, bis Bariello antwortete.

«Sie halten es also für möglich, dass der Chef der Archäologischen Kommission des Vatikans bestechlich sein könnte und eventuell gewusst hat, dass die Situation in der Grube gar nicht so gefährlich war.»

«Was, wenn alles nur arrangiert war, Commissario?»

Als Bariello schwieg, wurde Montebello unsicher.

«Hallo? Commissario, sind Sie noch da? Hallo?»

«Ja, Eccellenza – ich bin noch da. Danke, dass Sie mich angerufen haben! Der Fall hat inzwischen eine Wendung genommen, die Ihre Überlegungen in einem anderen Licht erscheinen lassen: Ich muss Ihnen mitteilen, dass heute Morgen vor der Päpstlichen Gendarmerie der für den Giftanschlag tatverdächtige Frater Hospitius erschossen worden ist. Bitte, Eccellenza, seien Sie vorsichtig bei allem, was Sie tun – Sie und Ihre Leute!»

Vatikanstadt, Gendarmeriekaserne, 5. August, früher Nachmittag

Bariello saß mit Vice Ispettore Generale Santoro in der Päpstlichen Gendarmerie. Sie hatten Frater Marcellinus kommen lassen, den Vorgesetzten des Toten. Er war über das gewaltsame Ende seines Mitarbeiters völlig entsetzt und machte sich Vorwürfe, nicht mehr auf ihn eingegangen zu sein; vielleicht hätte er dann erfahren, worin jener verwickelt war. Bariello wartete, bis Marcellinus in seiner Selbstanklage innehielt.

«Wer außer Frater Hospitius verfügt über einen Schlüssel zum Weinkeller des Vatikans?»

Marcellinus zögerte einen Moment.

«Das kann man so nicht sagen; es gibt Keller an verschiedenen Orten. Aber es gibt schon ein paar Würdenträger, die Generalschlüssel besitzen. Andere, wie etwa die Küchenchefs des Gästehauses oder der päpstlichen Küche, haben natürlich ebenfalls einen Schlüssel für sämtliche Weinvorräte.»

Bariello ließ seinen Blick zur Decke wandern.

«Wie groß sind diese Vorräte?»

Marcellinus druckste herum.

«Nun, es gibt unter anderem ein sehr großes zentrales Lager ...»

Santoro schaltete sich ein.

«Commissario – Sie werden es ohnehin erfahren, und dann soll wenigstens Ihre Quelle seriös sein. Der Weinkonsum ist nirgendwo auf der Welt so gewaltig wie hier im Vatikan. Es gibt eine Untersuchung dazu, die einigermaßen verlässliche Zahlen bietet: Es wohnen rund achthundert Menschen dauerhaft in der Vatikanstadt, und ihr Weinverbrauch liegt pro Kopf und Jahr bei 74 Litern – also etwa 100 Flaschen Wein pro Kopf; andere Alkoholika nicht gerechnet. Doch allein was den Wein betrifft, verschafft uns das einen Spitzenplatz – noch vor Italien und Frankreich; nicht mal die Portugiesen können mithalten. Man braucht nicht darum herumzureden: In der Vatikanstadt leben nicht wenige Menschen, die alt, allein und manche von ihnen wohl auch einsam sind und Probleme mit ihrer Situation haben. Das sind Bedingungen, die immer und überall auf der Welt Alkoholkonsum fördern.»

Bariello nickte.
«Ist das zentrale Lager so groß, dass es vielleicht niemandem auffallen würde, wenn regelmäßig Flaschen daraus verschwänden?»
Frater Marcellinus schüttelte den Kopf.
«Ich habe die Bestände ein paar Mal gesehen, wenn ich mit Hospitius dort unten war. Ehrlich gesagt, glaube ich nicht, dass sich jemand für die Vorräte interessiert, wenn nicht der ganze Wein auf einmal ausgehen sollte. Und das ist bei diesen Mengen zu unseren Lebzeiten sicher nicht mehr zu befürchten.»
«Wussten Sie, dass Frater Hospitius außerhalb des Vatikans flaschenweise Messwein an Lokale verkauft hat?»
Der Vice Ispettore zog die Augenbrauen hoch, und Marcellinus konnte nicht glauben, was er hörte.
«Das halte ich für absolut ausgeschlossen! Dass er für sich selbst mal die eine oder andere Flasche abgezweigt hat ... das schon, aber Stehlen und Verkaufen? Gibt es dafür Beweise?»
«Was hätte es für Konsequenzen, wenn jemand eines solchen Diebstahls überführt würde?»
Santoro wiegte den Kopf.
«Damit würde eine Grenze überschritten. So jemand müsste den Vatikan auf jeden Fall verlassen. Die Verwaltung könnte schon aus Gründen des Selbstschutzes gar nicht anders, als rigoros durchzugreifen.»
«Wenn man von jemandem wüsste, der so etwas macht, wäre er damit zu erpressen?»
«Jedenfalls wäre er hier nicht mehr zu halten.»
«Ich denke, es gab Leute, die gewusst haben, dass Frater Hospitius Wein nach draußen verkauft, um damit seine Briefmarkensammlung zu subventionieren. Er war ein einfältiger Mann, und wenn er getrunken hatte, war er wohl auch gesprächiger als sonst. Wenn er in so einer Situation an den Falschen geraten ist ... War der andere skrupellos genug, hatte er Hospitius damit in der Hand. Dessen Lebenszentrum war der Vatikan, und er konnte sich jenseits dieser Mauern ganz sicher keine andere Existenz mehr vorstellen. Also: Wem hat er sich in einer schwachen Stunde offenbart, und

womit wurde er dann für seinen Herrn so gefährlich, dass er ihn beseitigen musste? Und da dieser sich dafür eines Profikillers bedient hat, dürften dessen Verbindungen ebenso wie seine Interessen weit über die Grenzen des Vatikans hinausreichen.»

Er wandte sich an Frater Marcellinus.

«Wie gut kannten Sie Frater Hospitius? Ist er Ihnen in letzter Zeit verändert vorgekommen? Hat er vielleicht mal eine Andeutung gemacht, dass er sich vor jemandem fürchtet?»

«Es sind jetzt etwa fünf Jahre, seit er mir in der Gärtnerei hilft. Sein Alkoholproblem hatte er schon, als er kam. Aber er kannte sich seit seiner Kindheit mit Pflanzen aus – er war auf dem Land aufgewachsen. So war ich bald recht zufrieden mit ihm, zumal er pünktlich kam und auch ganz zuverlässig bei der Arbeit war! Insgesamt hatte ich den Eindruck, dass er ganz stabil war – auch wenn er ab und zu mal einen über den Durst getrunken hat.»

«Wie kam er zu der Arbeit in der Gärtnerei?»

«Er wurde mir empfohlen.»

«Von wem?»

«Oh, von allerhöchster Stelle! Eines Tages bekam ich einen Anruf von Sua Eminenza Ludovico Panettiere. Damals war er noch Vorsitzender der Glaubenskongregation. Sie können sich vorstellen, wie überrascht ich war, als er mir eröffnete, dass er persönlich Anteil nimmt am Schicksal von Frater Hospitius. Er wusste von seinen Alkoholproblemen, und umso mehr wünschte er, dass er einen geordneten Lebensrahmen finden möge. Ich war beeindruckt, dass so ein hochrangiger Geistlicher sich für einen einfachen Mann wie ihn einsetzte. Als ich nachgefragt habe, erinnerte er mich an die Stelle bei Jesaja: *Das geknickte Rohr zerbricht er nicht / und den glimmenden Docht löscht er nicht aus.* Ich war ein wenig beschämt. Was sollte ich da noch sagen? Und im Übrigen habe ich in der Gärtnerei immer lieber einen Mann mehr als einen weniger. Ein paar Tage später kam Sua Eminenza persönlich bei mir vorbei und stellte mir Hospitius vor. Seit dieser Zeit hat er bei mir gearbeitet.»

«Ist diese Form der Stellenbesetzung hier üblich?»

«Protektion ist der Normalfall im Vatikan.»
«Wie ging es weiter mit Frater Hospitius?»
«Vor etwa zwei Jahren veränderte sich sein Verhalten. Nicht dass er schlechter gearbeitet hätte; vielleicht hat er sogar weniger getrunken als vorher. Aber er wirkte irgendwie mürrisch. Das war früher nie seine Art; da hatte er manchmal einen Kater und jammerte, aber er blieb zugänglich. Dann aber hatte ich das Gefühl, dass er verschlossener war als früher. Seine Arbeit machte er weiterhin gar nicht schlecht. Deswegen war ich auch so enttäuscht und empört, dass er die Aconit-Kultur im Gewächshaus derart grob beschädigt hat. Und dann haben wir ihn auch noch in diesem elenden Zustand im Gärtnerhaus angetroffen! Dass er nochmals so herunterkommen würde, habe ich mir nicht mehr vorstellen können.»
Bariello dankte dem Leiter der Gärtnerei.
«Wenn Ihnen noch etwas einfallen sollte, dann haben Sie es ja nicht weit zu Vice Ispettore Santoro.»
Als Frater Marcellinus das Büro verließ, gab er die Klinke Dottor Gentile in die Hand, der draußen gewartet hatte.
«Commissario, als ich in der Questura angerufen habe, hat man mir gesagt, dass Sie hier sind. Ich denke, es interessiert Sie beide, was wir herausgefunden haben.»
Santoro machte eine einladende Geste und deutete auf den Stuhl, der gerade frei geworden war. Gentile zog eine Schachtel MS hervor, hielt dann aber in der Bewegung inne.
«Darf ich rauchen, Vice Ispettore Generale? Es würde meine Nerven beruhigen.»
Santoro lächelte und stellte dem Chemiker eine Untertasse als Aschenbecher auf den Schreibtisch.
«Sagen Sie's nicht weiter – aber wir teilen nicht nur das Laster, sondern sogar die Marke!»
Er öffnete seine Schreibtischschublade, kramte eine weißblaue Schachtel hervor und zündete sich gleichfalls eine Zigarette an. Dann wandte er sich wieder dem Chemiker zu.
«So schlimm, Dottore?»

«Sagen wir – so unvorstellbar.»
Bariello kannte Gentile, seit er bei der Questura angefangen hatte: Er war klug und schlagfertig, aber kein Mann großer Worte.
«Spannen Sie uns nicht auf die Folter, Dottore! Was haben Sie für uns?»
«Wir haben in dem Abdruck, den Sie uns gebracht haben, ein paar Haare und Hautschuppen gefunden. Nicht gerade viel, aber genug für unsere Tests – und für ihre Absicherung. Es gibt darin Gensequenzen, die eindeutig von einer hundeartigen Spezies stammen. Doch ... es gibt auch humanoides Genmaterial darin.»
Der Commissario zog die Stirn kraus.
«Was heißt das? Das verstehe ich nicht!»
«Sehen Sie – deswegen bin ich hergekommen. Aber um auf Ihre Frage zu antworten: Ich verstehe das so wenig wie Sie. Wir haben die Tests mehrfach durchgeführt. Jedes Mal mit demselben Ergebnis. Auch wenn sich unser Verstand dagegen sträubt: Es ist eine Mischform aus Mensch und Tier, die diesen Abdruck hinterlassen hat.»
Santoro hob abwehrend die Hände.
«Bitte, Dottor Gentile, ich muss ein Geständnis machen. Als Commissario Bariello und ich die Spur fanden, war ich so verblüfft, dass ich wissen wollte, wie groß sie war. Dabei habe ich meine eigene Hand hineingelegt. Ich fürchte, damit habe ich nun für ein Durcheinander in Ihrem Labor gesorgt.»
«Ach, Sie waren das, Ispettore! Ja, wir haben auch rein menschliche DNA gefunden. Aber von Ihrer Genspur spreche ich nicht. Ich meine genau das, was ich sage – eine DNA, die eindeutig genetisches Material einer, wie soll ich sagen, *gemischten* Spezies enthält.»
Santoro wandte sich an Bariello.
«Erinnern Sie sich an unser Gespräch mit dem Chefredakteur des *Osservatore Romano*, Dottor Alessio Minotti? Wissen Sie noch, was er uns von seinem erfrorenen Stellvertreter Paolo Veneziano erzählt hat? Er soll behauptet haben, einen Dämon in den Vatikanischen Gärten gesehen zu haben – eine hundeartige

Gestalt, deren Kopf aber entfernt auch an einen Menschen erinnert habe.»

Gentile klopfte eine neue MS aus seiner Schachtel.

«Ach, es gab bereits eine Sichtung? Das ist interessant. Erzählen Sie!»

Bariello schüttelte den Kopf.

«Nein – der Einzige, den wir dazu befragen könnten, liegt tiefgefroren in der Gerichtsmedizin; Sie haben ihn vor ein paar Tagen selbst untersucht. Dottore, noch einmal: Ist diese Genanalyse hieb- und stichfest?»

«Sie wurde nach allen Regeln der Kunst durchgeführt. An diesem Ergebnis besteht unter dem Gesichtspunkt der Versuchsanordnung, der wissenschaftlichen Genauigkeit und der Reproduzierbarkeit kein Zweifel. Um es ganz klar zu sagen: Da draußen läuft ein Monster rum.»

Vice Ispettore Santoro schaute von einem zum anderen.

«Dann sollten wir mal in Padua anrufen, ob auf Giottos *Jüngstem Gericht* ein Teufel fehlt.»

Vatikanische Bibliothek, Handschriftenabteilung,
5. August, nachmittags

Es klopfte an der Tür des Büros von Monsignor Angelosanto.

«Avanti! – Padre Luis!? Äh – wie nett, dass Sie mich besuchen. Kaum dass wir uns gestern nach so vielen Jahren wiedersehen ... Aber – aber was machen Sie denn da? Padre – also ich ... ich muss schon sagen!»

Während Montebello sich ins Deutsche Archäologische Institut begeben hatte, war seinem Sekretär der Gedanke gekommen, dass es vielleicht noch andere Wege gab, herauszubekommen, was im Vatikan gespielt wurde. Sua Eccellenza neigte zu Zurückhaltung und Höflichkeit – schätzenswerte Verhaltensweisen, die sein Privatsekretär nicht in allen Lebenslagen mit ihm teilte. So war er an diesem Nachmittag in das Büro von Monsignor Angelosanto gekommen, nahm, ohne ihn auch nur zu grüßen, ein paar Handschriftenbände von einem Stuhl und beförderte sie unsanft auf den Boden; dann setzte er sich vor den Schreibtisch des anderen und schaute seinem Gegenüber direkt in die Augen.

«Also Padre, so geht das doch nicht!»

«Halten Sie den Mund!»

Angelosantos Gesicht lief rot an.

«Was fällt Ihnen ein?!»

«Wo sind die Handschriften, die Sie vor drei Tagen aus dem Archivio Apostolico mitgenommen haben?»

Angelosanto wurde blass und griff sich an die Brust.

«Sind Sie verrückt geworden? Wovon reden Sie?»

Padre Luis langte über den Schreibtisch hinweg, griff nach dem Telefon von Angelosanto und begann, eine Nummer zu wählen.

«Wen rufen Sie an?»

«Monsignor Yoris Lisimba, den Privatsekretär Seiner Heiligkeit.»

Angelosanto war völlig verwirrt.

«Wieso kennen Sie seine Telefonnummer?»

«Wir feiern gelegentlich sogar Geburtstag miteinander. Aber das muss Sie nicht interessieren. Ich werde ihm sagen, dass die Vatikanische Bibliothek einen neuen Leiter der Handschriftenabteilung braucht.»

Der Bibliothekar war überrumpelt.

«Wie? Was? Nein! Legen Sie auf! Was wollen Sie von mir?»

«Das habe ich Ihnen bereits gesagt: Ich will sofort wissen, wo die Handschriften sind, die Sie aus dem Archivio Apostolico mitgenommen haben.»

«Wie kommen Sie darauf, dass ...?»

«Sie sind beobachtet worden. Ich zähle jetzt bis drei, danach weiß ich entweder, wo die Stücke sind, oder ich rufe den Monsignore an. Eins, zwei ...»

Padre Luis machte eine Geste, als wolle er beginnen, eine Nummer zu wählen. Angelosanto trat der Schweiß auf die Stirn.

«Sie existieren nicht mehr! Bitte ... ich ...!»

«Was heißt das? Was ist passiert? Wenn sie nicht mehr existieren, haben Sie sie zerstört. Dann ist das allerdings tatsächlich keine

Angelegenheit für Monsignor Lisimba, sondern für das Corpo della Gendarmeria. Das spart uns Zeit, wenn wir gleich die Richtigen hierherrufen.»
Wieder wandte sich Padre Luis der Tastatur zu.
«Nein, so hören Sie doch – Padre Luis! Padre Luis, bitte!»
«Ich höre! Reden Sie – sofort! Was geht hier vor? Was wissen Sie?»
«Ich weiß … ich weiß, dass Sie und Eccellenza Montebello und noch andere auf der Suche nach dem Grab der Frau des Petrus sind.»
«Woher wissen Sie das?»
«Das kann ich nicht …»
Weiter kam Angelosanto nicht; Padre Luis begann eine Nummer einzugeben.
«So warten Sie doch!»
«VON WEM?!»
Padre Luis hatte den Bibliothekar mit einer Lautstärke angebrüllt, dass es den anderen in seinem Stuhl nach hinten warf. Angelosanto japste nach Luft und fuhr sich mit beiden Händen durch die Haare.
«Von Sua Eminenza …»
«VON WEM?!»
«Um Himmels willen: von Sua Eminenza Panettiere. Bitte, hören Sie auf zu schreien! Sua Eminenza hat herausgefunden, dass es eine Besprechung beim Heiligen Vater gab und …»
«Wie hat er das herausgefunden?»
«Eine Nonne im Vorzimmer Seiner Heiligkeit.»
«Seine Heiligkeit wird bespitzelt?»
«So kann man das nicht sagen …»
«DANN SAGEN SIE ES RICHTIG!»
Der Monsignore zitterte am ganzen Leib.
«Ja, ja doch! Nur hören Sie um Himmels willen auf zu schreien. Es könnte doch jemand mitbekommen, dass …»
«Monsignore, wenn Sie nicht wollen, dass ich das ganze Haus zusammenbrülle und jedermann hier in den nächsten fünf Minuten erfährt, dass Sie ein ehrloser Mensch sind und Objekte der Biblio-

thek, die Ihnen anvertraut waren, skrupellos zerstört haben, dann sagen Sie jetzt sofort alles, was Sie wissen. MEINE GEDULD IST ZU ENDE.»

Die Methode von Padre Luis war rustikal, brachte aber den gewünschten Erfolg. Der Widerstand des Bibliothekars war gebrochen.

«Gut, gut – ich werde Ihnen alles erzählen. Wirklich alles! Also, Sua Eminenza ist der Beichtvater einer Nonne, die Dienst tut beim Heiligen Vater. Er hat sie dazu gebracht, ihm alles zu sagen, was sie dort erfährt, und so ...»

... und so beichtete ein gänzlich eingeschüchterter Monsignor Angelosanto einem furchteinflößenden Padre Luis alles, was er in den letzten Tagen erfahren und wozu er sich hergegeben hatte.

«Was werden Sie jetzt mit mir tun?»

Padre Luis' Gesichtsausdruck war unergründlich.

«Ist Ihnen klar, dass Sie in einer regelrechten Verschwörung gegen Seine Heiligkeit stecken?»

«Aber ich wollte doch nur verhindern, dass geheiligte Glaubensgrundsätze über die Stellung der Frau ...»

«Menschen wie Sie haben keine geheiligten Glaubensgrundsätze. Es geht Ihnen nur um Ihren persönlichen Vorteil – aber damit sind Sie im Vatikan auch nicht allein. Ich werde Ihnen jetzt erklären, worin im Moment einzig Ihr Vorteil für Sie liegen kann: Sie werden niemandem ein Sterbenswörtchen über unser Gespräch erzählen. Stattdessen werden Sie mir berichten, sobald Sie etwas Neues erfahren, was Panettiere und seine Clique vorhaben. Auf diese Weise tragen Sie Ihre Schuld ab und können etwas Nützliches im Dienste unseres Papstes und seiner wirklich treuen Diener leisten. Wenn Sie von jetzt ab für uns arbeiten, wird das gebührend berücksichtigt, wenn wir dieses Komplott aufdecken. Aber wenn nicht, dann finden wir das heraus, und dann gnade Ihnen Gott, Monsignore! Haben Sie mich verstanden?»

«Sicher, Padre Luis. Sie können sich auf mich verlassen! Ich ... danke Ihnen, dass Sie mich vor Verwirrung und Sünde bewahrt ... und auf den rechten Weg ...»

Padre Luis erhob sich und verließ ohne ein weiteres Wort das Büro, in dem er einen völlig verängstigten Monsignor Angelosanto zurückließ. Der Bibliothekar war grau im Gesicht; er spürte, wie ihm kalter Schweiß am ganzen Körper herunterlief, und ihm war übel. Er goss sich ein Glas Wasser ein. Er musste es mit beiden Händen halten, um zu trinken. So versuchte er, sich zu beruhigen und seine Gedanken zu ordnen. Wie sollte er heil aus dieser Geschichte herauskommen? Welche Seite würde als Sieger hervorgehen? Er war durchschaut, auch wenn er nicht wusste, wie das passiert war. Aber vielleicht ... wenn er sich klug verhielt, dann konnte er hier wie dort ein wichtiger Verbündeter sein, und dann musste die Sache gar nicht schlecht für ihn enden.

Der Druck in seiner Brust ließ ein wenig nach. Er hatte sich gerade etwas gefangen, als es wieder an seine Tür klopfte. Hatte Padre Luis noch etwas vergessen?

«A... avanti!»

Monsignor Oberto Leone betrat das Büro, und Angelosanto sah ihn erstaunt an.

«Monsignore! ... Sind Sie sicher, dass Sie im richtigen Stockwerk ...?»

«Reden Sie keinen Unsinn! Ich komme nicht wegen Ihrer Papyri, sondern wegen der Handschriften, die Sie vor drei Tagen aus dem Archivio Apostolico haben mitgehen lassen.»

Angelosanto hatte das Gefühl, dass sich die Erde zu seinen Füßen auftat. Das Blut hinter seinen Schläfen hämmerte.

«Aber ... aber ...»

«Hören Sie auf, herumzustammeln! Sagen Sie mir, wo Sie die Handschriften haben. Haben Sie sie hier? Wenn ja, geben Sie sie mir auf der Stelle. Dann gehe ich, und niemand erfährt von meinem Besuch.»

In diesem Moment spürte Angelosanto, wie sein Herz sich in rasendem Schmerz zusammenkrampfte. Er stöhnte auf, griff sich an die Brust und riss das weiße Kollar aus seinem Kragen.

«Ich bekomme keine Luft mehr!»

Monsignor Leone schaute ungerührt auf sein Gegenüber. Dann

erhob er sich, ging um den Schreibtisch herum, nahm das Wasserglas und führte es an die Lippen Angelosantos, die blau angelaufen waren.

«O Gott, ich sterbe. Bitte ...»

«So schnell stirbt man nicht. Sagen Sie mir, was aus den Papieren geworden ist! Dann rufe ich einen Arzt und erteile Ihnen die Absolution.»

Angelosanto rang nach Atem.

«Panettiere ... er hat sie verbrannt ...»

«War er mit Ihnen und den anderen im Archivio Apostolico? Haben Sie für ihn die Aktenstücke herausgesucht?»

«Ja! ... Ja! ... Bitte ... helfen Sie mir ...»

Und während sein Herz begann, ohne jeden Rhythmus zu zucken, wurde ihm schwarz vor Augen, und unter dem kalten Blick Oberto Leones schied er aus dieser Welt. Als Angelosanto aufgehört hatte, nach Luft zu schnappen, und hinter seinem Schreibtisch zusammengesackt war, wartete der Archäologe noch ein paar Minuten. Dann ging er zur Tür, warf einen Blick auf den Gang, und als er niemanden sah, verließ er das Büro. Ohne zu zögern, begab er sich zur Verwaltung des Chors der Sixtinischen Kapelle.

Vatikanstadt, Päpstlicher Palast, 5. August, später Nachmittag

Santoro und Bariello wurden von einem Schweizergardisten in schlichter blauer Uniform mit weißem Kragen, Handschuhen und schwarzem Barrett zum Apostolischen Palast geführt. Der Gebäudekomplex, dessen Anfänge in das sechzehnte Jahrhundert zurückreichten, lag nur wenige hundert Meter von der Kaserne der Vatikanischen Gendarmerie entfernt und grenzte nordwestlich hinter den Bernini-Kolonnaden an den Petersplatz. Er barg über 1400 Räume – darunter neben zahllosen Büros der Kurienverwaltung auch die Wohnung des Papstes. Die Privatgemächer des Heiligen Vaters befanden sich, wie schon bei seinen Vorgängern, im dritten Stock. Laurentius hatte nach seiner Wahl darauf bestanden, dass die Wohnung seines Privatsekretärs und dessen Arbeitsräume in unmittelbarer Nähe seines eigenen Bereichs lagen. Er zog es vor, mit seinem engsten Vertrauten nicht telefonisch, sondern möglichst jederzeit von Angesicht zu Angesicht zu sprechen und dabei weder große Wartezeiten noch das Risiko in Kauf nehmen zu müssen, von seinen Gegnern in der Kurie abgehört zu werden.

Nachdem sie den weitläufigen Damasus-Hof überquert hatten, dessen riesige Fensterflächen das gleißende Sonnenlicht so stark reflektierten, dass sie die Augen zu Boden gerichtet hielten, waren sie froh, als sie durch das Hauptportal unter einer mächtigen Uhr den schattigen Palast betraten. Der Schweizer wies ihnen den Weg zum Lift, blieb bei ihnen, bis sie in der Stille der dritten Etage ausstiegen, und ging über den mit buntem Marmor ausgelegten Boden voraus, bis sie zu den Arbeitsräumen von Monsignor Lisimba gelangten. Auf sein Klopfen hin öffnete der Privatsekretär Seiner Heiligkeit persönlich die Tür, und der Gardist verabschiedete sich mit einem knappen Nicken von den Polizisten.

Als seine Gäste Platz genommen hatten, begann Lisimba ohne Umschweife.

«Der Vatikan erlebt seine schwerste innere Krise seit Jahrzehnten. Zwei Tote und zwei Mordanschläge innerhalb weniger Tage. Ich versuche, Papst Laurentius, so gut es geht, von den Aufregungen und der Neugier der Medien abzuschirmen. Aber, wenn ich Sie, Vice Ispettore, am Telefon richtig verstanden habe, droht uns jetzt noch ganz anderes Unheil.»

Santoro räusperte sich.

«Was Commissario Bariello und ich heute Mittag erfahren haben, wird Ihre Sorgen jedenfalls nicht kleiner werden lassen. Es scheint, als ob eine Art Tier auf dem Gelände des Vatikans ist oder zumindest zeitweilig war.»

«Was heißt das? Eine *Art* Tier?»

«Ein Tier, das genetische Besonderheiten aufweist. Als mein Kollege und ich uns nach dem Tod des stellvertretenden Chefredakteurs in der Nähe des Helikopterlandeplatzes umgesehen haben, sind wir auf eine außergewöhnlich große Spur gestoßen. Wir haben das Stück Erde herausheben und untersuchen lassen. Heute Mittag hat uns der Leiter des Labors Bericht erstattet. Um das Unglaubliche zusammenzufassen: Es besteht kein Zweifel, dass es sich dabei um eine Mischform von Hund und Mensch handelt – eine Lebensform, die es nicht geben dürfte. Ein Lebewesen, das nicht natürlichen Ursprungs sein kann.»

Lisimba legte die Stirn in Falten.

«Aha – jetzt also auch noch ein ... Monstrum im Vatikan? Das zu glauben fällt mir nun wirklich schwer. Was immer das ist – Sie vermuten, es könnte mit dem Tod von Paolo Veneziano zu tun haben?»

Bariello schaltete sich ein.

«Wussten Sie, dass Monsignor Veneziano einige Tage vor seinem Tod geäußert hat, er habe einen Dämon im Vatikan gesehen – hundegestaltig, aber mit einem irgendwie auch menschenähnlichen Kopf?»

«Nein, Commissario, aber ...»

«Es gibt einen glaubwürdigen Zeugen für seltsame Phänomene hinter den Mauern des Vatikans in den Tagen, da Signor Veneziano verschwand und später tot aufgefunden wurde. Ein Zusammenhang lässt sich jedenfalls nicht ausschließen – und da wir sonst nichts haben, gehen wir auch dieser Spur nach.»

«Der Vatikanstaat ist nicht mal einen halben Quadratkilometer groß. Viele Menschen sind hier unterwegs – gerade jetzt im Sommer mit all den Touristen und Pilgern. Wenn es bei uns ein ... ein auffälliges Lebewesen geben würde, wäre es dann nicht seltsam, wenn es von niemandem gesehen worden wäre? Oder wären nicht Unfälle zu erwarten oder irgendetwas in dieser Art? Wo soll sich denn solch ein Monstrum hier verstecken?»

Bariello hob abwehrend die Hände.

«Das weiß ich nicht, aber ...»

«Commissario, bitte – ich nehme selbstverständlich Ihre Sorgen ernst, aber es fällt mir doch sehr schwer, an diese Geschichte zu glauben. Auch in Laboren geschehen Fehler. Die Proben können verunreinigt gewesen sein. Sie wissen das ebenso gut wie ich. Mir scheint, Sie jagen einem Phantom hinterher. Und - wenn Sie mir die Frage gestatten - wäre es nicht doch besser, sich auf die konkreten Verbrechen, die begangen wurden, zu konzentrieren? So grauenvoll der Mord an Frater Hospitius ist - er war, wenn ich die Ermittlungsergebnisse richtig verstehe, selbst für mindestens einen Mordanschlag verantwortlich. Dass ein unglücklicher Mensch, der solche Taten begeht, seinerseits Gefahr läuft, eines gewaltsamen Todes zu sterben, scheint naheliegend. Wäre es nicht zielführender, in diese Richtung zu ermitteln?»

Santoro rutschte auf seinem Sessel nach vorn.

«Seien Sie unbesorgt, Monsignore! Gegenwärtig führen die römischen Behörden umfangreiche Fahndungsmaßnahmen durch, und wir versuchen, in enger Abstimmung mit den Kollegen in der Stadt die Hintergründe des Mordes von heute Morgen aufzuklären. Aber wir dürfen auch den ersten Toten nicht vergessen. Da Signor Veneziano im Juli erfroren ist, ist auch er mit Sicherheit Opfer eines Gewaltverbrechens geworden. Wenn Sie uns also fragen, wo sich auf dem Gelände des Vatikans ein großes Tier verbergen könnte, denke ich zum Beispiel an die riesige U-Bahn-Baustelle. Bedauerlicherweise hat uns der leitende Ingenieur keinen Zutritt zu dem Platz gewährt, sonst hätten wir ihn bereits untersucht.»

«Ach Gott, diese U-Bahn!»

Monsignor Lisimba nahm seine goldgefasste Brille ab und legte sie vor sich auf den Tisch. Er beugte sich nach vorn und massierte sich die Stirn.

«Die U-Bahn ist ein beständiger Quell der Sorge des Heiligen Vaters - ein im Vatikan schon lange vor der Wahl Seiner Heiligkeit beschlossenes Projekt. Seine Realisierbarkeit wurde immer wieder ventiliert, aber die Kosten erwiesen sich als astronomisch. Es gab keine Firma, die die Risiken wirtschaftlich hätte abfedern können. Die Bodenverhältnisse im Untergrund sind problematisch, so dass es Unsummen verschlingt, die Bohrungen zu stabilisieren, bis die Röhren für die U-Bahn gegossen und eingepasst sind. Die Gefahren für die Arbeiter beim Transport des Abraums aus den

Tunnelschächten wurden als hoch eingeschätzt. Nun, ehrlich gesagt, Papst Laurentius war ganz froh darüber. Er hatte nie Interesse an diesem Vorhaben, weil er andere Probleme hier auf Erden für wichtiger hält. Und er hätte erst recht die U-Bahn-Verbindung um nichts in der Welt als Geschenk der chinesischen Regierung haben wollen.»

«Warum hat er sich dann darauf eingelassen?»

«Vor drei Jahren überschlugen sich die Ereignisse. Diplomaten aller Herren Länder gaben sich hier die Klinke in die Hand. Es gab kaum eine Regierung, die Seine Heiligkeit nicht geradezu beschworen hätte, diese Geste des guten Willens des immer stärker isolierten Chinas nicht zurückzuweisen. Wenn sich China zu sehr in die Enge gedrängt sähe, befürchtete man am Ende gar eine militärische Eskalation – eine Invasion in Taiwan oder einen Konflikt im Südchinesischen Meer um umstrittene Hoheitszonen in internationalen Gewässern. Nachdem der Papst kraft seiner moralischen Autorität eine weltweite Boykottbewegung in Gang gebracht und gerade auf seinem Heimatkontinent die Verhältnisse in chinesisch geführten Unternehmen für Afrikaner verbessert hatte, sollte er es nun der chinesischen Führung ermöglichen, ohne Gesichtsverlust aus dieser Krise herauszukommen. Auch hier in der Kurie gab es eine mächtige Fraktion, angeführt von Sua Eminenza Panettiere, die Seine Heiligkeit in diesem Sinne bearbeitete. Es war am Ende einzig seine Sorge um die chinesischen Christen, die Papst Laurentius einlenken ließ – er fürchtete, sie könnten das Schicksal der Uiguren teilen.

Und dann übernahm die Durchführung des U-Bahn-Baus ausgerechnet der Mischkonzern des Großindustriellen Zhao Ling. Es gab kein Unternehmen, das Seiner Heiligkeit unsympathischer hätte sein können. Das galt für die dort herrschenden Sozialstandards, die Laxheit in Fragen des Umweltschutzes und die Verantwortungslosigkeit in der Gentechniksparte ...»

Mit einem Mal saß Lisimba aufrecht in seinem Sessel und klopfte sich mit dem Zeigefinger gegen die Lippen.

«Warten Sie mal! – Zhao Future Unlimited! So hieß dieser Teil des

Konzerns! Jetzt erinnere ich mich wieder. Dort waren Experimente mit Stammzellen vorgenommen worden. Man hatte genetisch veränderte Babys geschaffen. Es war ein Tabubruch, dem ein weltweiter Aufschrei folgte.»

Bariello schaute ihn fragend an.

«Ich verstehe nicht ...»

«Die Aufsicht über diese Forschungen war ganz offensichtlich unzureichend. Das Ansehen der gesamten chinesischen Biotechnologie war in Gefahr. Seine Heiligkeit und ich haben viel über diesen Skandal und seine ethischen Implikationen diskutiert. Der chinesische Staat reagierte damals schnell. Es wurde ein neuer Gesetzeskatalog zur Genforschung verabschiedet. Außerdem wurden Geld- und Haftstrafen verhängt – natürlich nicht gegen die Konzernspitze. Es hieß vielmehr, die Wissenschaftler, die mit einer Art Genschere menschliche DNA verändert hatten, hätten bewusst die geltenden Bestimmungen umgangen. Forscher wurden damals aus ihren Instituten ausgeschlossen.»

Santoro nickte.

«Ich erinnere mich daran. Fortan galt auch in China als illegal, was in anderen Ländern bereits verboten war – die Genbearbeitung menschlicher Embryonen. Die Kontrollen wurden landesweit verschärft.»

Lisimba macht eine abwehrende Geste.

«Die Bestimmungen, in deren Windschatten die Experimente vorgenommen worden waren, sahen allerdings vor, dass genetische Versuche an Embryonen erlaubt seien, soweit diese nicht länger als vierzehn Tage angezüchtet wurden. Nun frage ich mich ... was, wenn *nicht* alle Forschungen damals eingestellt wurden? Wenn die Fristen der Embryonenzucht insgeheim verlängert wurden? Was, wenn der Zhao-Konzern, der Unsummen in diese Technologie investiert hatte, ohne Wissen staatlicher Stellen einfach im Verborgenen weitergemacht hat? Vielleicht hat man darauf gesetzt, dass sich mit der Zeit die Einstellung zu den Forschungsergebnissen ändern würde und für die Wesen, die unter dem Einsatz dieser Technik entstehen konnten, doch einmal Bedarf vorhanden sein würde?»

Bariello lehnte sich zurück.
«Etwas in dieser Art könnte zumindest die Laborbefunde von Dottor Gentile in ein schärferes Licht rücken. Doch wenn es so sein sollte, frage ich mich, weshalb man solche Kreaturen aus China hierher auf diese Baustelle gebracht hat. Ich denke, Vice Ispettore, wir müssen diesem Ingenieur Wang noch einmal einen Besuch abstatten.»
Santoro verdrehte die Augen, und Bariello wandte sich wieder an den Geistlichen.
«Damit kommen wir vielleicht im Fall Veneziano einen Schritt voran. Aber was den Mord von heute Morgen und die Anschläge auf Monsignor Leone betrifft, so haben wir keine Chance, wenn uns der Vatikan nicht alle Informationen zur Verfügung stellt.»
«Was meinen Sie?»
«Wir müssen wissen, was Monsignor Leone und seine Begleiter unter dem Petersdom gesucht haben. Wir haben die Zeugenaussage, dass der Mann, der offenbar die drei in der Grube mit dem Erdaushub lebendig begraben wollte, gerufen hat: *Ihr habt ein Grab gesucht, jetzt habt ihr euer Grab gefunden.* Was für ein Grab? Was für ein Interesse könnte jemand haben, deswegen drei Menschen zu töten? Keiner der Betroffenen war bereit, dazu eine Aussage zu machen. Und selbst Sua Eccellenza Montebello, den ich seit Jahren kenne, hat mir nur gesagt, ich müsse mich in dieser Sache an Sie wenden. Alle Beteiligten hätten sich gegenüber dem Heiligen Vater zu Stillschweigen verpflichtet.»
Lisimba zögerte, so dass Bariello nachfasste.
«Monsignore, bitte verstehen Sie uns: Wenn wir nicht das Motiv für die Tat kennen, werden wir kaum jemanden überführen können. Im konkreten Fall ist der Mann, der als Täter in Frage kam, ermordet worden. Wir wissen kaum mehr von ihm, als dass er einen etwas unsoliden Lebenswandel geführt hat. Im Übrigen war er die Harmlosigkeit in Person. Ispettore Santoro und ich trauen ihm kein Verbrechen zu, auch wenn er sicher irgendwie in die Vorgänge verstrickt war. Aber die entscheidende Frage ist, was ihn dazu gebracht hat, so etwas zu tun. Und wieso setzt man auf so

jemanden einen Profikiller an? Wenn Sie uns nicht helfen, besteht die Gefahr, dass der Mord an Frater Hospitius unaufgeklärt bleibt.»

Der Privatsekretär des Papstes seufzte.

«Immerhin ist es schön, dass es noch ein paar Leute gibt, die sich an ein Schweigegelübde halten ... Aber ich denke, Sie haben recht. Also muss ich auch Sie beide bitten, mit der Information, die ich Ihnen jetzt gebe, so zurückhaltend wie möglich zu sein ...»

Und dann erzählte Lisimba von den Zeichnungen, der Beratung mit dem Papst und dem Beschluss, die Suche nach dem Grab der Frau des Petrus aufzunehmen.

«Demnach hat Monsignor Leone an dem Gespräch mit Seiner Heiligkeit und Sua Eccellenza teilgenommen. Wie hat er auf den Gedanken reagiert, nach dem Grab zu suchen? War es schwierig, ihn zu überzeugen?»

Lisimba schaute Bariello überrascht an.

«Weshalb fragen Sie das?»

«Bitte, Monsignore, beantworten Sie meine Frage!»

«Ehrlich gesagt, hat mich seine Reaktion gewundert. Ich weiß, dass er praktisch alle Grabungsanträge auf dem Gelände des Vatikans in den letzten Jahren abgelehnt hat. Es hat einige Beschwerden wegen seiner restriktiven Haltung gegeben. Aber der Heilige Vater wollte seinen eigenen Chefarchäologen nicht desavouieren und hat deswegen keine seiner Entscheidungen korrigiert, auch wenn er im Gespräch mit mir gelegentlich sein Bedauern über die kompromisslose Haltung Monsignor Leones zum Ausdruck gebracht hat. Daher hatte ich an dem Abend damit gerechnet, dass es Probleme geben würde, und wurde angenehm überrascht, als der Monsignore sich kooperativ zeigte.»

«Was für einen Eindruck haben Sie von ihm im Laufe der Jahre gewonnen?»

«Wir haben nur dann miteinander zu tun, wenn es um Entscheidungen verschiedener vatikanischer Kommissionen und Institutionen geht, die die Archäologie im Vatikanstaat oder auch Belange der Vatikanischen Museen betreffen.»

«Sie weichen meiner Frage aus.»
«Obwohl Monsignor Leone fachlich hohe Wertschätzung genießt, spüre ich bei diesen Sitzungen immer eine große Distanz zwischen ihm und allen anderen Gesprächsteilnehmern. Es fehlt jede Verbindlichkeit, jede Freundlichkeit, und auch der Grad der Kollegialität scheint mir gering. Ich habe den Eindruck, dass er unzufrieden ist und die anderen ihn mehr fürchten als respektieren.»
«Wie kommt so jemand in eine solche Position? Die Persönlichkeit ist sicher nicht das überragende Kriterium bei der Besetzung einer Spezialistenstellung, aber man weiß doch, dass man mit einem Menschen vielleicht über Jahre hinweg zusammenarbeiten muss.»
«Monsignor Leone war schon hier, bevor unser Heiliger Vater gewählt und ich sein Privatsekretär wurde. Aber was ich gehört habe, ist, dass neben der fachlichen Expertise unter anderem seine weitreichenden internationalen Kontakte und seine Mehrsprachigkeit eine große Rolle gespielt haben. Er hat viele Jahre im Ausland zugebracht, ist in seiner Studienzeit wohl ein weltläufiger Mann geworden und hat mit herausragendem Erfolg internationale Abschlüsse erworben und renommierte Stipendien erlangt. Zudem hat er sich als überaus geschäftstüchtig erwiesen. Wissen Sie, diese Kombination von Exzellenz, Weltgewandtheit und wirtschaftlichem Verstand ist im Vatikan nicht so weit verbreitet. Mit anderen Worten: Oberto Leone war bestens geeignet für diese exponierte Stellung in der Christlichen Archäologie und hat sich seit damals beruflich sehr bewährt. Vor ein paar Jahren hat er es beispielsweise verstanden, extrem günstige Verträge für besonders hochwertige Rohmaterialien auszuhandeln, die wir für die Replikate der Vatikanischen Museen verwenden.»
Als Bariello ihn verständnislos anschaute, ergänzte Lisimba:
«Sie wissen doch: Von den antiken Portraits und Plastiken wie etwa der Laokoon-Gruppe, die in unseren Museen stehen, werden Abgüsse angefertigt, die wir verkaufen. Seit Monsignor Leone begonnen hat, sich um diese Sparte zu kümmern, sind mit der Qualität der Nachbildungen aus Marmor und gepresstem Marmor-

staub auch die Absätze erheblich gestiegen – wir exportieren enorme Stückzahlen buchstäblich in die ganze Welt. Diese zertifizierten Kopien stellen inzwischen eine bedeutende Einnahmequelle für den Vatikan dar. Jemandem, der über solche kaufmännischen Fähigkeiten verfügt, überträgt man gern mehr und mehr Verantwortung – und man bremst ihn auch nicht so leicht in seinen Entscheidungen aus.»

«Ist der Vatikan so knapp bei Kasse, dass das für ihn eine Rolle spielt?»

«Oh, Commissario, wenn Sie wüssten! Der Vatikan könnte sich nicht aus eigener Kraft finanzieren. Wir sind trotz eines Gesamtvermögens von vielleicht zwölf Milliarden Euro bei unserer Kostenstruktur immer auf die Spenden der Weltkirche angewiesen. Lassen Sie sich nicht von der Pracht von Gold und Marmor täuschen; betriebswirtschaftlich sind wir ein Jahrmarktstand, aber mit größerer Kreditwürdigkeit. Der Vatikan hat rund viereinhalbtausend Mitarbeiter und damit gewaltige Ausgaben. Da leisten die Vatikanischen Museen tatsächlich den größten Beitrag zu unserer internen Finanzierung. Mit ihren in normalen Jahren mehr als sechs Millionen Besuchern kommt durch die Eintritte schon was herein, aber wir sind auf jede Zusatzeinnahme wie den Verkauf der kleinen Kunstobjekte angewiesen. Deshalb sind Fähigkeiten wie die von Monsignor Leone schon allerhöchst willkommen.»

«Halten Sie es für möglich, dass der Monsignore seine Stellung, seine Bedeutung für den Vatikan, seinen Einfluss und seine Arbeit nutzt, um sich persönliche Vorteile zu verschaffen?»

Lisimba schluckte.

«Das habe ich mich nie gefragt. Gibt es Anhaltspunkte dafür?»

«Es gibt noch unbestätigte Hinweise, denen wir nachgehen. Ich will meine Frage anders stellen: Würden Sie es ihm zutrauen, so wie Sie ihn kennengelernt haben?»

Bariello und Santoro merkten, wie der Privatsekretär mit seiner Antwort rang. Als er sprach, war seine Stimme belegt.

«In allen Sitzungen habe ich ihn als einen absolut machtbewussten und gänzlich unempathischen Mann kennengelernt. Sein

Rang geht ihm über alles, und wenn er Zugeständnisse macht, dann nur gegenüber Amtsträgern, von denen er sich eine Förderung seiner Interessen zusichern lässt. – Ja, ich würde es ihm zutrauen.»

Er hatte kaum den Satz beendet, als das Telefon auf seinem Schreibtisch klingelte. Die Miene des Geistlichen verdüsterte sich, als er das Gespräch entgegengenommen hatte. Dann legte er auf.

«Commissario, Vice Ispettore – ich muss leider unser Gespräch beenden. Man hat mich gerade informiert, dass Monsignor Lorenzo Angelosanto, einer unserer Bibliothekare, in seinem Büro tot aufgefunden wurde.»

Und als er die fragenden Blicke seiner Besucher sah, schüttelte er den Kopf.

«Nein – keine Gewalttat. Offenbar eine Herzattacke. Er hat wohl bereits seit einiger Zeit gegenüber Kollegen über Unwohlsein geklagt. Ich werde in der Vaticana gebraucht.»

Vatikanstadt, Päpstliche Kurienverwaltung, 5. August, zur selben Zeit

Der Sekretär von Sua Eminenza Panettiere führte Oberto Leone in das Büro seines Vorgesetzten, der erstaunt von seiner Zeitungslektüre aufblickte.

«Laudetur Jesus Christus!»

«In aeternum! Amen! Was führt Sie zu mir, Monsignore?»

Leone wartete, bis sich die Tür hinter ihm wieder geschlossen hatte.

«Ihr Aufgabenfeld hat sich verändert, Eminenza, seit wir uns zuletzt getroffen haben. Aber... nett haben Sie es! Kein so nüchternes Ambiente wie zu der Zeit, als Sie noch Vorsitzender der Glaubenskongregation waren. Hier ist es klein, aber fein.»

Leone ließ interessiert seinen Blick über die Bilder an den Wänden schweifen, auf denen die Bedeutung der Musik als Gotteslob zu verschiedenen Zeiten verherrlicht wurde – von den Darstellungen der Engelschöre im Mittelalter über Allegorien der Musik in der Renaissance bis zu Fotografien des Chors der Sixtina und sei-

ner musikalischen Leiter während der letzten einhundert Jahre. Panettiere überging die Spitze mit einem kühlen Lächeln.
«Jeder Platz im Weinberg unseres HERRN hat seine Reize. So obliegt mir nun die Aufsicht über alle liturgischen, pastoralen, geistlichen, künstlerischen und erzieherischen Tätigkeiten des Chores der Sixtina. Aber ich bin darüber hinaus auch für seine wirtschaftlichen Angelegenheiten verantwortlich, um Entwicklung und Ansehen der Sixtinischen Kapelle zu fördern und zu mehren, wie es Seine Heiligkeit ausgedrückt hat. Papst Laurentius ehrt mich durch sein großes Vertrauen – zumindest in dieser Hinsicht. Aber diese meine Tätigkeit ist wohl nicht der eigentliche Grund für Ihren Besuch.»
Leone hatte sich in die Betrachtung einer Darstellung der heiligen Caecilia vertieft, der ungekrönten Königin aller Kirchenmusik.
«Hübsch, sehr hübsch – ein Gentileschi?»
«Ein Saraceni!»
«Natürlich – jetzt, da Sie es sagen ... hätte ich auch selbst darauf kommen können ... Aber es stimmt, was Sie vermuten. Der Chor der Sixtina ist weder mein noch Ihr vordringliches Interesse.»
«Und was *ist mein* vordringliches Interesse?»
«Abgesehen von Ihrer Degradierung, die beständig an Ihnen nagt, derzeit wohl das Grab der Frau des Apostels Petrus.»
Panettiere zuckte nicht mit der Wimper.
«Wenn es so wäre – ist es denn auch *Ihr* vordringliches Interesse?»
«Sagen wir, es ist ein Teil meiner Interessen. Aber Ihr Interesse scheint mir dringender. Immerhin haben Sie Dokumente aus dem Geheimarchiv der Vaticana zerstört, um anderen die Suche danach zu erschweren.»
«Wer behauptet das?»
«Jemand, der dabei war, als Sie sie verbrannt haben.»
Panettiere trat ans Fenster, das eine wenig attraktive Aussicht auf die Kaserne der Schweizergarde bot.
«Da Sie nicht in Begleitung von ein paar Schweizern zu mir ins

Büro kommen, um mich festzusetzen, ahne ich, dass es Ihnen nicht um die disziplinarische Seite dieser Angelegenheit geht. Also, was wollen Sie, Monsignore?»

Leone trat von dem Saraceni zurück und ließ sich in dem Sessel vor dem Schreibtisch Panettieres nieder.

«Sie waren der mächtigste Mann im Vatikan, Eminenza, und noch immer überragt Ihr Einfluss den der meisten anderen Kurienkardinäle. Ich selbst habe, bei Lichte betrachtet, das Ende meiner beruflichen Möglichkeiten erreicht. Nachdem ich mein Amt nun schon seit fast zehn Jahren versehe, langweilt mich diese Position - eine Stellung, für die andere auf Knien nach Santiago de Compostela rutschen würden. So habe ich mir neue Felder erschlossen, die in mancherlei Hinsicht - sagen wir - bereichernder sind als mein beruflicher Alltag. Aber dennoch bedauere ich, dass ich auf meinem Weg gewissermaßen an eine gläserne Decke stoße. *Ihre* beruflichen Möglichkeiten sind von Papst Laurentius zurückgebunden worden, und *meine* sind limitiert.»

Panettiere hörte mit unbewegter Miene zu.

«Als Chefarchäologe des Vatikans der Weltöffentlichkeit das Grab der Frau des Petrus zu präsentieren, hätte mich reizen können - aber natürlich ohne diesen lästigen Anhang aus Neapel. Es war eine überraschende Option, die sich mir in dem Gespräch bei Seiner Heiligkeit da auftat. Ich wollte sie mir offenhalten für den Zeitpunkt, nachdem ich die anderen abgeschüttelt hätte. Die Konsequenzen einer solchen Entdeckung im Hinblick auf den Zölibat oder das Verbot des Priesteramts für Frauen interessieren mich nicht. Mit einem kleinen Erdrutsch hatte ich gehofft, die Ambitionen von Sua Eccellenza und seinen Leuten zu bremsen. Aber der Schrecken war wohl nicht groß genug. Montebello eröffnete mir, dass er die Suche fortsetzen wolle - und zwar auf Wegen, die mit anderen meiner Interessen kollidierten. Das kam nicht in Frage. So musste ich mit einem klaren Veto reagieren, was ich gern vermieden hätte, wozu mir jedoch mein Amt die Möglichkeit gibt. Tja, und dann habe ich erfahren, dass Sie, Eminenza, persönlich starken Anteil an dieser Sache nehmen. Da habe ich mich gefragt, was es Ihnen wert wäre, wenn die Suche komplett aufgegeben oder scheitern würde.»

Panettiere nickte. Er ging zum Schreibtisch und wählte die Nummer seines Vorzimmers.

«Ich möchte in der nächsten halben Stunde nicht gestört werden.»

Nachdem er aufgelegt hatte, zog er ein Kistchen Kaneda Murano aus einer Schublade und schaute seinen Gast fragend an. Leone schüttelte den Kopf.

«Ich rauche nicht. Aber lassen Sie sich nicht abhalten.»

Es dauerte ein paar Sekunden, bis die Zigarre so brannte, wie es Sua Eminenza schätzte, und den Raum mit ihrem Aroma erfüllte.

«Ich habe immer Männer geachtet, die ihre geschäftlichen Interessen klar formuliert haben. Deswegen hatte ich auch nie Schwierigkeiten im Gespräch mit Vertretern anderer Religionen oder Weltanschauungen. Lästig sind mir nur Menschen, die Ethik und Geschäft vermischen.»

Er versuchte, durch den Rauch zu erkennen, wie sein Besucher reagierte. Aber Leones Gesicht zeigte keine Regung, und so fuhr er fort:

«Papst Laurentius hat mich entmachtet. Damit hat er mir unrecht getan. Ich habe geradlinig die Interessen des Vatikans vertreten. Nur haben nicht alle so klare Vorstellungen davon wie ich, was unsere Interessen in einer Welt sind, in der die katholische Kirche an allen Fronten in Bedrängnis ist. Laurentius hat mir in einem Gespräch unter vier Augen gesagt, dass er mich für einen *empire builder* hält – aber das Reich, das ich errichten wolle, sei nicht das Reich Gottes. Es sei ein Reich, in dem es weder die Weisheit der Gnade noch der Barmherzigkeit gebe. Er hat mir Gier, Egoismus und Eitelkeit vorgeworfen; ich würde Heiligkeit und Hochmut verwechseln.»

Panettiere nahm einen tiefen Zug. Draußen hörte man die Sirene eines Rettungswagens.

«Wenn er mir also Gnade und Barmherzigkeit abspricht, sehe ich auch keinen Grund, weshalb ich ihm gegenüber Gnade und Barmherzigkeit walten lassen sollte. Er hat sich weit von den seit zweitausend Jahren gebahnten Pfaden der Kirche entfernt. Wissen Sie, auch der Mächtige braucht Barmherzigkeit, um angeleitet zu werden. Aber mit den Mächtigen unserer Welt ist der Papst nicht barmherzig. Er verfolgt sozialrevolutionäre Ziele; und in spiritueller Hinsicht ist er offensichtlich unberechenbar: Dass er die Suche nach dem Grab der Frau des Petrus erlaubt, zeigt seine völlige Unfähigkeit und Verantwortungslosigkeit. Er würde damit am Ende die Kirche in Abgründe der Unsicherheit stürzen und sie vor schwerste Zerreißproben stellen. Wenn Sie mich also nach meinen Zielen fragen, dann sage ich Ihnen: Dieser Papst muss weg, und zwar so schnell wie möglich.»

Der Kardinal wartete auf eine Reaktion seines Gastes, aber dessen Gesichtsausdruck blieb unergründlich.

«Wie auch immer! Als Laurentius die Suche nach dem Grab der Frau des Apostels genehmigt hat, hat er endgültig überzogen! Das steht auch einigen aus den Reihen der Kardinäle nun endlich mit Flammenschrift vor Augen. Ein einflussreicher Kreis mit klaren Vorstellungen vom richtigen Weg für unsere Kirche. Sie hat in ihrer langen Geschichte immer wieder die nötigen Selbstreinigungskräfte hervorgebracht, wenn sie den falschen Anführer hatte. Wenn dieser Papst nicht mehr auf dem Thron des Fischers sitzt, wird man einen Mann mit Erfahrung brauchen, der unser schwankendes Schifflein wieder in ruhiges Fahrwasser lenkt. Dieser Kreis von Kurienkardinälen, von dem ich spreche, traut mir dafür gleichermaßen die nötige Erfahrung wie auch die sichere Hand des Steuermanns zu; sie würden mir helfen, in einem Konklave eine Mehrheit für jemanden zu organisieren, der unverbraucht ist und die Kirche mit mir als Vorsitzendem der Glaubenskongregation auf den rechten Weg zurückführen würde. Wer wie ich dazu bereit ist, die erforderlichen Konsequenzen zu ziehen, und mich auf diesem Weg unterstützt, Monsignor Leone, der wird mit mir aufsteigen. Ich werde in mein Amt zurückkehren, und wer mir dabei hilft, für den wird es nie mehr eine gläserne Decke geben.»

«Und was meine privaten Interessen und meine verschiedenen Arbeitsbereiche betrifft ...»
«Auch Priester brauchen ein Privatleben. Das habe ich immer respektiert und gegen Kritiker verteidigt. Auch unseren guten alten Papst Clemens XV. konnte ich in dieser Hinsicht ruhigstellen. Was heißt das schon, dass die Öffentlichkeit an Einzelfällen Anstoß genommen hat und wir ein paar hunderttausend Kirchensteuerzahler verloren haben? Was verstehen diese Laien schon von unserem Geschäft? Also: Was immer Sie *privat* machen, war, ist und bleibt weiterhin allein Ihre Sache. Es berührt nicht die Grundlagen unserer Arbeit. Das garantiere ich Ihnen. Das Grab der Frau des Petrus, Monsignor Leone, sollten Sie allerdings opfern. Damit wären zu viele Gefahren für die Kirche verbunden. Und was man so hört: wohl auch für Sie persönlich.»
Panettieres Augen bohrten sich in die seines Gegenübers.
«Glauben Sie, Eminenza, dass ich, wenn ich die Suche aufgebe und Ihre Interessen unterstütze, künftig von solchen Misshelligkeiten wie Giftanschlägen verschont bleiben würde?»
«Im Pulverdampf einer Schlacht ist es nicht immer leicht, Freund und Feind auseinanderzuhalten. Nun ist klar, auf welcher Seite Sie stehen. Ihnen drohen keine Gefahren mehr.»
«Hm – keine gläserne Decke mehr, eine Garantie meiner privaten Interessen, der Gestaltungsfreiheit meiner Arbeitsbereiche und nicht zuletzt meiner persönlichen Sicherheit. So könnte ich mir die Grundlagen einer Zusammenarbeit vorstellen.»
«Dann soll es so sein! Aber was machen wir mit dem Mann, der Ihnen von den Schriftstücken aus dem Archivio Apostolico erzählt hat?»
«Das war Monsignor Angelosanto.»
«Schade – nützlich, aber eine schwache Natur. Man muss sich um ihn kümmern.»
«Er wird kaum noch jemandem Schwierigkeiten bereiten, da er inzwischen seinem Herzleiden erlegen sein dürfte. Als ich ihn zuletzt gesehen habe, hat er jedenfalls nicht mehr geatmet und hatte bereits eine sehr ungesunde Gesichtsfarbe. Haben Sie eben den

Rettungswagen gehört? Der kann eigentlich nur seinetwegen gerufen worden sein – aber da jetzt eine halbe Stunde vergangen ist, seit ich den Bibliothekar in so angegriffenem Zustand verlassen habe, glaube ich nicht, dass es da noch etwas zu retten gibt.»

«Requiem aeternam dona ei, Domine!»

«Et lux perpetua luceat ei!»

«Amen!»

«Amen!»

Panettiere sog genießerisch den Rauch seiner Zigarre ein und streifte behutsam die Asche in einem marmornen Aschenbecher ab. «Aber Sie sollten außer auf die Neapolitaner auch noch ein Auge auf Monsignor Adelmo Mariani haben, Eminenza. Er war gleichfalls im Archivio Apostolico zugegen, als Sie dort alles durchsuchen ließen. Wenn ich Montebello richtig verstanden habe, hat Mariani durch die Regale zwar gesehen, dass ein Kardinal die Anweisungen gegeben hat, aber ohne zu erkennen, dass Sie es waren. Doch hat er Ihre Stimme gehört – könnte sein, dass er sich noch erinnert, wem sie gehört. Übrigens ist er wohl mit Sua Eccellenza Montebello befreundet.»

Die Stimme des Kardinals war voller Verachtung, als er antwortete.

«Der Bücherwurm! Lächerlich! Aber gut zu wissen. Er wird unsere Interessen nicht gefährden. Danke, Monsignore! Ich denke, sobald der neue Mann den Ring des Fischers trägt, sollten Sie wegen Ihrer zahllosen Verdienste um die Christliche Archäologie in den Kardinalsrang erhoben werden. Das scheint mir schon lange überfällig. Verlassen Sie sich auf mich!»

«Der Name des Betreffenden würde mich interessieren.»

«Noch ist es zu früh, ihn zu nennen. Doch wo immer in der Kurie von den wahren Interessen der Kirche die Rede ist und Sie auf den Begriff SEMPER stoßen, wissen Sie, dass Sie es mit unserem Freund und Förderer zu tun haben.»

«SEMPER? Diese Chiffre ist mir bereits durch meine persönlichen Belange vertraut – ich war mir nur nie sicher, ob sie wirklich einen Menschen bezeichnet.»

Panettiere lächelte.
«Sehen Sie! Und ich vermute, niemand hat Sie je gestört, als Sie Ihren ‹privaten Belangen› nachgegangen sind. Richtig?»
«So ist es. Auch wenn die Ungestörtheit nicht für Gotteslohn zu haben war ... Es war ein Geben und Nehmen.»
«Das hat seine Ordnung so. Diese Einnahmen fließen alle der guten Sache zu. Daher bin ich auch sicher, dass Ihre Kreation zum Kardinal umso rascher erfolgen wird, je schneller dieses leidige Grab ein für alle Mal verschwindet. Dabei könnten Sie als Spezialist zweifellos unschätzbare Hilfe leisten.»
Leone neigte ein wenig den Kopf.
«Lassen Sie mich wissen, wann immer Sie meinen fachlichen Rat benötigen.»
«Ich brauche Sie jetzt, Monsignore! Meine Amtskollegen und unser Favorit vertrauen mir und erwarten, dass dieses Problem umgehend aus der Welt geschafft wird. Umso schneller erreichen wir beide unser Ziel. Also: Wir müssen ein Grab loswerden, das der Kirche schaden könnte, und einen Papst, für den das Gleiche gilt.»
«Am besten beides zugleich?»
«Wie meinen Sie das?»
«Wenn der Papst bei der Suche nach dem Grab – sagen wir – untergehen würde?»
«Woran denken Sie?»
Leone erhob sich und ging wieder zu der Wand, an der die Fotos des Chors der Sixtina hingen. Lange betrachtete er ein Bild, das die Sänger zeigte, wie sie hinter dem Bernini-Altar im Petersdom aufgereiht standen, während der Papst ihnen unter dem Bronzebaldachin den Segen erteilte.
«Es ist wie im richtigen Leben, Eminenza: Irgendwann kommt der Moment, da wird eine Last zu groß. Tragisch, wenn man dann am falschen Platz steht – oder ein Zeichen des Himmels.»

Rom, Deutsches Archäologisches Institut,
Via Sicilia, 5. August, abends

Achim Zangenberg hatte seinen Besuchern Monsignor Mattei vorgestellt. Montebello war in Begleitung von Jackey und Luca Berliner erschienen. Der Theologe und Archäologe Mattei war bald in seinem Element.

«Niemand ist näher am alten Circus dran als Sie selbst, Eccellenza, und Ihre Freunde!»

Als er die verdutzten Gesichter der anderen sah, lachte der Bauforscher.

«Sie alle wohnen in der Domus Sanctae Marthae, die in diesem Jahr von Grund auf renoviert worden ist. Ich selbst war wiederholt auf der Baustelle, weil die Arbeiten auch die Fundamente des Gebäudes betrafen. Es war absolut faszinierend. Als wir die Fußböden der Waschküche im Keller aufstemmten, guckten wir plötzlich in einen der Versorgungsgänge des alten Circus. Er maß etwa zwanzig Meter und war nicht gerade komfortabel. Aber da unten taten ja auch nur Sklaven Dienst und mussten durch diese Gänge bis zur Spina oder auch darunter hindurch, um in die Keller zu gelangen, wo Tiere gehalten wurden oder Material gelagert wurde – etwa die Sonnensegel für die Zuschauerränge –, oder um zertrümmerte Wagen und die verletzten Fahrer zu bergen, wenn es zu Unfällen auf der Rennstrecke gekommen war.»

«Sie meinen, es gibt noch unterirdische Gänge aus der römischen Antike vom Gästehaus zum Petersdom?»

«Selbstverständlich! Es wäre hochinteressant, das alles zu untersuchen. Aber das erlaubt Monsignor Oberto Leone nicht. Doch sein Argument, da unten sei gewissermaßen durch das Blut der Märtyrer geweihter Grund, überzeugt niemanden. Da unten wurde kein Blut vergossen – das geschah an der Oberfläche, wenn etwa Nero seine Hinrichtungen durchführen ließ. Vielleicht wurden zeitweilig mal Gefangene in den Kellern gehalten. Aber selbst wenn! Es will doch niemand respektlos gegenüber der Geschichte dieses Ortes vorgehen. Im Gegenteil! Es geht doch darum, die vorhandenen Baustrukturen dieses für die frühe Kirchengeschichte so wichtigen Platzes zu erschließen und sie dann auch den Gläubigen zugänglich zu machen. So ist es doch auch mit den römischen Katakomben geschehen, die eine ungleich sensiblere Situation bieten. Die Gefahren, von denen der Chefarchäologe spricht, existieren einfach nicht.»

Luca Berliner schaute seinen Kollegen an.

«Weshalb hat Monsignor Leone nicht sein Veto gegen den U-Bahn-Bau eingelegt, der ebenfalls dieses Gelände schneidet?»

«Die U-Bahn-Linie kommt von Westen von der Haltestelle Baldo degli Ubaldi. Sie kreuzt das Territorium des Vatikanstaats an der bisherigen Bahnstation des Papstes, der Stazione Città del Vaticano, und verläuft dann zwar praktisch genau unter dem Petersdom hindurch nach Osten, um an der U-Bahn-Station Spagna wieder herauszukommen. Aber das heißt auch, dass sie unter dem Tiber durchgeführt werden muss. Sie liegt daher viel tiefer als selbst die alleruntersten archäologisch interessanten Schichten. Ich denke, das ist der Grund, weshalb Monsignor Leone daran keinen Anstoß nimmt. Ihren Bau macht das allerdings nicht einfacher. Die Bodenbeschaffenheit ist teils vulkanischen Ursprungs, teils auch noch durch das Tiberwasser sumpfig. Man muss über Kilometer hinweg den Boden vereisen, um ihn zu stabilisieren, bis man einen Betonmantel für die Röhren hineinsetzen kann.»

«Man hätte die U-Bahn ja nicht unbedingt unter der Peterskirche durch führen müssen.»

«Wieso nicht? Die Anlage ist klug geplant! Sie wird schnurgerade zwei touristische Zentren verbinden – die Spanische Treppe und den Vatikan. Folglich hat diese U-Bahn-Linie hohe Attraktivität. Sie wird sehr gut ausgelastet sein und ordentlich Geld in die Kassen der Betreibergesellschaft des römischen Nahverkehrs, der ATAC, spülen. China hat dem Vatikan – und letztlich auch der römischen Kommune – gewissermaßen das Rundum-sorglos-Paket geschenkt und kommt für alles auf. Es gibt mächtige Fürsprecher in der italienischen Regierung und auch in Rom selbst, die massiv für dieses Projekt eingetreten sind. Ich will gar nicht wissen, wer da alles die Hand aufgehalten hat. Jedenfalls redet den Chinesen

keiner rein. Aber Sie haben mit Ihrer Frage insofern recht, als natürlich ein U-Bahn-Bau immer auch eine Erschütterung der oberen Schichten mit sich bringen kann. Ist aber nicht der Fall! Keine Ahnung, wie die Chinesen das schaffen, aber bis jetzt gibt es keinerlei tektonische Probleme. Meines Wissens war die Angst davor genau der Grund, weshalb sich kein anderes Konsortium um das Vorhaben beworben hat.
Im Übrigen sind mir die Kriterien, weshalb sich unser Chefarchäologe meist querlegt, seit Jahren ein Rätsel. Unsere Dombauhütte wird praktisch überall blockiert, wo wir etwas in den Fundamenten der Peterskirche oder auch mal darunter nachschauen wollen. Selbst jetzt bei dem U-Bahn-Bau, wo das doch aus Sicherheitsgründen sehr sinnvoll wäre, legt uns das Domkapitel – und das heißt bei dieser Thematik konkret der Wortführer: Oberto Leone – laufend Steine in den Weg.»
Jackey schaltete sich ein.
«Gibt es denn Ihrer Meinung nach von den alten Circusstrukturen unter der Domus Sanctae Marthae einen heute immer noch gangbaren Weg unter den Petersdom?»
«Ich weiß seit der Renovierung des Gästehauses, dass es da unten Gänge gibt. Man würde garantiert auf zugemauerte Durchgänge stoßen; aber die wären kein Problem. Das war früher nicht anders, als wenn Sie heute bei sich zu Hause eine Tür zumauern – eine einzelne Steinlage, eine Ziegelpackung, die man leicht aufstemmen kann, und schon ist man wieder durch. Das waren längst nicht alles tragende Wände, die hochgezogen wurden und bei denen man wegen der Statik Sorgen haben müsste. Manchmal hat man nur mit ein bisschen Mörtel gearbeitet, und der ist im Laufe der Jahrtausende zerbröselt, so dass die Steine heute oft locker sitzen.»
Montebello war unsicher.
«Und Sie meinen, man würde bei solch einer …»
«Sondierung!»
«… Sondierung nichts zerstören, was den Besorgnissen von Monsignor Leone entspräche?»
«Ganz bestimmt nicht. Ich sehe da weder bautechnische Risiken

noch Gefahren für die Würde des Ortes. Sie werden ja, wenn wir wirklich dort hinuntersteigen, zugegen sein.»

Sua Eccellenza blickte in die Runde. Achim Zangenberg lächelte ihm ermutigend zu.

«Ich halte den Vorschlag von Dottor Mattei für ebenso seriös wie unproblematisch.»

Und als Jackey und Luca Berliner nickten, gab Montebello seine Zurückhaltung auf.

«Gut, wir versuchen es. Allerdings muss ich Monsignor Yoris Lisimba einbeziehen. Vorausgesetzt, wir erhalten seine Zustimmung, Monsignor Mattei, wann könnten wir dann beginnen?»

Der Bauforscher strahlte.

«Bis morgen Abend hätte ich das Wenige zusammen, was wir brauchen – Stemmeisen, Hammer, Lampen, Seil, eine Schubkarre.»

«Und wie würden wir in die Gewölbe einsteigen?»

«Es gibt eine einfache Metalltür im Keller der Domus Sanctae Marthae, die den Einstieg zum ersten Gang abschließt. Und da ich bei der Renovierung wegen der Fundamente des Gästehauses hinzugezogen wurde, besitze ich dafür sogar einen Schlüssel.»

Montebello atmete tief durch.

«Gut – ich werde Sie informieren, was bei dem Gespräch mit Monsignor Lisimba herauskommt.»

Kapitel 10 – Der Circus

Gästehaus des Vatikans, 6. August, morgens

Was Monsignor Angelosanto am Tag zuvor Padre Luis gestanden und worüber dieser noch in der Nacht Montebello informiert hatte, gab dem Gespräch zwischen Sua Eccellenza und Yoris Lisimba einen anderen Verlauf als ursprünglich geplant. Um keine Aufmerksamkeit zu erregen, trafen sich alle in der Domus Sanctae Marthae. Ungläubig hörten sie, was Montebellos Privatsekretär in Erfahrung gebracht hatte. Als er ihnen berichtete, dass Panettiere durch eine Nonne im Vorzimmer des Papstes von der Beratung mit Monsignor Leone und Eccellenza Montebello Kenntnis erhalten und offenbar bereits über Jahre hinweg aus dieser Quelle erfahren hatte, was dort gesprochen wurde, schüttelte der Privatsekretär Seiner Heiligkeit den Kopf.

«Suor Gabriella! Wenn ich es nicht von Ihnen hören würde, Padre Luis, würde ich es nicht glauben.»

Jackey schaltete sich ein.

«Was haben Sie vor?»

«Noch heute mit ihr zu sprechen! Sie ist nicht der Charakter, der einen solchen Vertrauensbruch aus freien Stücken begeht. Da steckt mehr dahinter.»

«Wenn andere sie unter Druck gesetzt haben, dann werden Sie ...»

«Seien Sie unbesorgt, Dottoressa. Ihr geschieht nichts. Aber wir müssen wissen, was gespielt wird. – Zwar werde ich allein das

Gespräch mit ihr führen, aber sicher wäre es gut, wenn Sie in der Nähe wären. Heute Mittag um zwei in meinem Büro?»

«Ich werde dort sein.»

«Lieber würde ich zuerst mit Monsignor Angelosanto sprechen. Doch diese Möglichkeit ist mir genommen. Der Monsignore ist gestern Nachmittag einem Herzinfarkt erlegen.»

Padre Luis wurde blass und bekreuzigte sich.

«Um Gottes willen! Der HERR sei seiner Seele gnädig! Ich habe ihn ...»

Lisimba schüttelte entschieden den Kopf.

«Nein, Padre Luis! Das haben Sie nicht! Ich wurde gerufen, als man ihn gefunden hatte. Die Leute, die in derselben Abteilung arbeiten, haben mir gesagt, dass Monsignor Angelosanto seit Monaten über Beschwerden geklagt habe – Übelkeit, Schmerzen in der Brust, Atemnot. Man hat ihm immer wieder geraten, zu einem Arzt zu gehen. Aber das hat er stets von sich gewiesen. Was geschehen ist, ist furchtbar genug – unser Mitbruder ist ohne priesterlichen Beistand gestorben. Aber es wird nicht besser, wenn Sie sich jetzt Vorwürfe machen, die nicht angebracht sind. Und ohne Ihr energisches Eingreifen würden wir noch immer im Dunkeln tappen. Was Sie herausgefunden haben, ist eine veritable Verschwörung der alten Gegner Seiner Heiligkeit. Lassen Sie uns also überlegen, wie wir vorgehen wollen.»

Montebello erläuterte, was sie am Vorabend mit Monsignor Mattei besprochen hatten.

«... aber wenn wir die Untersuchung der Gewölbe vornehmen dürften, würden wir dennoch nichts unternehmen, was die Würde des Ortes beeinträchtigen könnte. Dafür verbürge ich mich – ich würde die ganze Zeit während der Prospektion zugegen sein.»

«Die ungeheuerliche Einmischung von Sua Eminenza Panettiere verändert die Sichtweise auf Ihre Suche, Eccellenza. Papst Laurentius hat bei unserem Treffen seine grundsätzliche Zustimmung gegeben; ich werde mit ihm sprechen, dass Sie Ihre Forschungen ausweiten können. Wir benötigen dank der Genehmigung Seiner Heiligkeit auch nicht das Placet von Monsignor Leone.»

«Was sollen wir ihm sagen, wenn er uns fragt, ob wir …?»
«Es scheint mir nicht länger opportun, ihn in dieses Vorhaben einzubeziehen. Sie sollten ihm das natürlich nicht auf die Nase binden. Sagen Sie ihm wahrheitsgemäß, dass Sie noch einige Zeit als Gäste des Papstes hierbleiben und versuchen, weitere Schriftquellen zum Grab der Frau des Petrus zu finden. Ein paar Recherchen in der Vaticana und auch in der Bibliothek der Fabbrica Petri sollten helfen, den Schein zu wahren – nicht wahr Dottoressa Napoletano, Padre Luis? Im Übrigen sollten Sie für Ihre Forschungen die Abendstunden nutzen. Es wäre nicht wünschenswert, wenn tagsüber mal jemand bei Ihnen vorbeikommen möchte und Sie in den Gewölben des alten Circus suchen müsste.»
Luca Berliner schaute von Montebello zu Lisimba.
«Wir müssen Dottor Mattei sagen, dass wir unter das Petrusgrab wollen. Sonst kann er in den Untergeschossen des Circus nicht wissen, in welche Richtung er sich orientieren soll. Müssten wir ihn dann nicht auch über unser eigentliches Ziel aufklären?»
«Einverstanden! Aber verpflichten Sie ihn in meinem Namen zu Stillschweigen! Ich selbst musste Commissario Bariello und Vice Ispettore Santoro über alles informieren. Ohne die Hintergründe zu kennen, wäre es ihnen nicht möglich, den Mörder von Frater Hospitius zu suchen. Nach allem, was wir nun über Eminenza Panettiere wissen, könnte es sein, dass wir sowieso die Hilfe der Polizei benötigen.»

Rom, Questura, Via di San Vitale, 6. August, vormittags

«Blamieren Sie sich, womit Sie wollen, aber nicht mit meiner Unterstützung! Was glauben Sie, was das Justizministerium mit mir machen würde?»
Giudice Simone Columbo hatte Bariello mit jener Mischung aus Wohlwollen und Resignation zugehört, die Lehrer gelegentlich angesichts eines hoffnungslos unbegabten Schülers befällt.
«Commissario, Sie wissen, dass ich Ihnen so keinen Durchsuchungsbefehl ausstellen kann. Es gibt keinen auch nur halbwegs

überzeugenden Zusammenhang zwischen dem Tod des *Osservatore*-Redakteurs und dem U-Bahn-Projekt. Der Mann ist noch nicht einmal in der Nähe einer Baugrube des Unternehmens gefunden worden, sondern lag vor der Mauer des Vatikans.»

«Hinter der Mauer gibt es eine große Baugrube.»

«Hinter der Mauer ist der Vatikanstaat, Bariello! Das ist fremdes Hoheitsgebiet; dort gelten nicht einmal unsere Gesetze.»

«Der Vatikanjurist argumentiert gegenüber meinem Kollegen Santoro genauso – nur sagt er, dass der Tote eben in Rom gefunden worden ist, aber nicht auf dem Territorium des Vatikans, und deswegen könne er keinen Durchsuchungsbefehl ausstellen.»

«Und damit hat er recht. Aber auch abgesehen davon! Sie wissen doch noch nicht einmal, was genau Sie da unten suchen wollen. Dann erzählen Sie mir, der Tote hatte Visionen, und als Zeugen für Gott weiß was bieten Sie mir einen Stadtstreicher an, der nachts ab und zu etwas fauchen gehört hat.»

«Aber …!»

«Nein! Unterbrechen Sie mich nicht! Ich habe nicht vergessen, dass man auf dem Gelände des Vatikans eine außergewöhnliche genetische Spur gefunden hat, aber man weiß noch nicht einmal, wie das Wesen aussieht, von dem sie stammen soll. Und mit diesem Gebräu aus NICHTS soll ich die Durchsuchung des diplomatisch brisantesten Bauprojekts der Welt anordnen? Sie wollen die Arbeiten im gesamten Bauabschnitt von der Haltestelle Baldo degli Ubaldi bis an die Grenze der Città del Vaticano stilllegen – einem Abschnitt, von dem Sie selbst sagen, dass der vielleicht noch gar nicht interessant für Sie ist.»

«Wenn ich erst einmal im Schacht drin bin, werde ich untertage gewiss nicht an der Grenze haltmachen. Und wenn ich etwas gefunden habe, wird es dem Juristen des Vatikanstaats egal sein, ob meine Befugnisse ein paar Meter vorher geendet haben; er wird dann auf der Grundlage meiner Untersuchungsergebnisse von sich aus gegen diese Leute vorgehen. Im Übrigen denke ich, es muss da unten eine Art riesiges Kühlaggregat geben.»

«Das ist blanker Unsinn. Zwar gibt es Kühlaggregate beim U-Bahn-

Bau, aber die reichen vielleicht bis minus fünfundzwanzig Grad – doch niemals für Temperaturen, wie man sie sonst nur in Laboratorien erzeugen kann! Sie sehen, ich nehme Sie ernst und habe mich erkundigt. Aber so funktioniert das nicht. Bringen Sie mir irgendetwas Handfestes, mit dem Sie eine Verbindung zwischen dem Toten und dem Bauprojekt glaubhaft machen können, oder eine Straftat, eine konkrete Bedrohung für die stadtrömische Bevölkerung durch das Bauunternehmen – was auch immer! Dann werde ich Ihnen helfen. Sie kennen mich, Bariello.»

«Versprochen?»

«Ja, ja, ja!» Und der Jurist brachte das Kunststück fertig, so zu nicken, dass es wie ein Kopfschütteln aussah.

Bariello ging auf dem Rückweg zu seinem Büro bei Di Lauro vorbei.

«Und?»

«Es gibt keinen Durchsuchungsbefehl, solange wir keine stichhaltigen Beweise vorlegen, dass es einen Zusammenhang mit dem Tod von Paolo Veneziano gibt.»

«So ein Blödsinn – die wollen wir doch da unten finden!»

«Was ist bei deinem Treffen mit den Kollegen vom Zoll rausgekommen?»

«Ich habe dort Ihren alten Bekannten Fontana getroffen, der jetzt das Hauptzollamt leitet.* Er lässt Sie grüßen und hat mir gesagt, dass alles, was der Zhao-Konzern für dieses Bauprojekt aus China eingeführt hat, entweder über den Containerhafen La Spezia kam oder mit Frachtmaschinen geliefert wurde, die in Ciampino gelandet sind. Das war wohl ein Zugeständnis an die Chinesen, weil der Flughafen näher zum Stadtzentrum liegt als Fiumicino. Aber weil die Einfuhr über den militärischen Teil des Flughafens erfolgte, hätte der Zoll praktisch überhaupt keine Kontrollmöglichkeiten gehabt. Sie hätten die Kisten nur von außen angucken dürfen, während sie verladen wurden. Es gibt eine ministerielle Weisung, dass der gesamte Industriegütertransport für den U-Bahn-Bau

* Nachzulesen in: *Hochamt in Neapel* (2022)

überall und jederzeit absolut reibungslos zu verlaufen habe. Die Interessen des Zhao-Konzerns genießen höchste Priorität. Mit anderen Worten: Der Zoll hat keine Ahnung, was da ins Land geschafft wurde – weder an Menschen noch an Maschinen oder an Material.»

«Merda! Also weiß niemand, was die da unten treiben.»

«Warten Sie, Commissario! Es kommt noch besser: Zumindest bei einigen der Transporter, mit denen das Material abtransportiert wurde, saßen Mitglieder der Triaden hinterm Steuer. Als Fontana das erkannte, hat er angenommen, dass auch auf der Baustelle die Chinesenmafia mitmischt, Schwarzarbeiter unterbringt und abkassiert. Da er als Chef der Zollbehörde auch für Schwarzarbeit zuständig ist, wollte er deshalb schon vor Monaten die römischen Baustellen inspizieren lassen. Er war mit zwei Mannschaftswagen da und hatte kaum der Baustellenleitung erklärt, dass sie das Gelände durchsuchen würden und sie die Papiere der Arbeiter vorlegen müssten, als ein Anruf aus dem Innenministerium kam. Sie mussten die Durchsuchung sofort abbrechen. Er hat gewaltigen Ärger mit dem Staatssekretär bekommen, der ihm eröffnet hat, der Innenminister persönlich habe alle weiteren Kontrollmaßnahmen untersagt, um den Fortgang der Bauarbeiten nicht zu behindern. Jedenfalls mussten sie unverrichteter Dinge abziehen.»

Bariello fluchte vor sich hin.

«So ungefähr habe ich mir das vorgestellt. Ich werde das Gefühl nicht los, dass Monsignor Lisimba mit seinem Misstrauen gegenüber diesem Zhao-Konzern recht hat. Die haben alles eingeführt, was sie für diesen Bau brauchen – darunter auch Zeug, das illegal ist und das sie anderswo nie einsetzen dürften. Abgesichert haben sie das alles mit Kriminellen und sich gleich noch den Segen unseres Innenministers gekauft. So kann Genosse Zhao machen, was er will.»

«Commissario! Warten Sie mal! *Zeug, das man woanders nie einsetzen dürfte!* Genau das hat vor ein paar Tagen schon mal jemand zu mir gesagt.»

Di Lauro zog sein iPhone hervor, scrollte die Adressliste durch und tippte auf eine Verbindung.

«Ingegner Mazza! Hier Sovrintendente Di Lauro ... Wir haben doch vor drei Tagen über diese Tieftemperaturtechnik für Tunnelbohrungen gesprochen ... genau, nie zum Einsatz ... wegen der Chemikalien ... Richtig! Nur der Name der Firma, die sie entwickelt hatte, fiel Ihnen nicht mehr ein. Könnte es sein, dass es eine chinesische Firma war? ... das Konsortium eines Industriellen namens Zhao? ... Ach! Und da sind Sie sicher? ... Das ist wirklich interessant ... Vielen Dank! ... Ja, Sie haben mir sogar sehr geholfen! Alles Gute!»

Der Polizist beendete das Gespräch und schaute mit breitem Grinsen seinen Vorgesetzten an.

«Centro! Das war der Fachmann, den ich wegen unserem Kühlschrank des Teufels aufgesucht habe. Es war der Zhao-Konzern, der vor einigen Jahren eine hocheffiziente und noch dazu billige Technik entwickelt hat, die man beim Tunnelbau einsetzen kann, um Gestein zu brechen. Sie funktioniert mit extrem tiefen Temperaturen, mit denen man zweifellos auch einen Menschen so frosten könnte wie den armen Paolo Veneziano. Aber das Verfahren funktioniert nur mit giftigen Stoffen, die die Umwelt stark belasten und das Grundwasser gefährden würden; deswegen durfte es nirgendwo auf der Welt eingesetzt werden. Falls das verbotenerweise bei diesem U-Bahn-Projekt doch geschehen ist, würde es mich nicht wundern, wenn sich die Bauleitung nicht gern über die Schultern gucken ließe.»

Bariello machte eine kleine Verbeugung.

«Respekt, Gennaro! Ich wette, du hast recht. Umso mehr müssen wir wissen, was da unten los ist.»

«Vielleicht könnten wir jemanden fragen, der sich auch dafür interessiert.»

«Aber mit Fontana hast du doch schon gesprochen.»

«Commissario, wenn die Triaden die Finger in dieser Sache haben, dann kann das die römische Baumafia nicht freuen. Denen muss doch ein ganz schöner Verdienst durch die Lappen gehen, weil sie

raus aus dem Geschäft sind: Sie bringen dort keine Leute ohne Papiere unter. Sie können die Bauleitung nicht erpressen, indem sie Baumaschinen zerstören oder Arbeitsniederlegungen veranlassen und damit Druck machen. Sie können kein überteuertes Material liefern. Sie können keine überzogenen Versicherungsbeiträge kassieren, können ihre eigenen Subunternehmer nicht in Stellung bringen und am Ertrag profitieren und so weiter und so weiter. Wenn also die Triaden über Jahre hinweg dieses Unternehmen absichern – und zwar mit Deckung staatlicher Stellen –, dann bedeutet das Millionenverluste für unsere heimische Schattenwirtschaft. Und dieses ganze Geld fließt in die Kriegskasse der Chinesenmafia. Da müssen sich ein paar Leute in Rom doch gewaltig ärgern. Die sollten wir fragen.»
«Du läufst heute zur Hochform auf, Gennaro. Nicht schlecht! Und ich hab auch eine Idee, wer für uns die Fühler ausstrecken könnte.»
Bariello zog sein Handy aus der Hosentasche.

Rom, Ristorante Oliva verde, 6. August, mittags

Es war eines dieser teuren Lokale zwischen Trevibrunnen und Engelsburg, in die im Laufe der letzten Jahre Cosa Nostra, Camorra und 'Ndrangheta kräftig investiert hatten, um ihr Schwarzgeld zu waschen. Savio betrat das Oliva verde, das er noch gut aus der Zeit kannte, als er für den Mafiaclan dei Maranesi gearbeitet hatte. Commissario Bariello hatte ihm vertraut, nachdem er den Clan verraten hatte, um Jackey zu retten, und er hatte ihm geholfen, mit heiler Haut aus der Geschichte rauszukommen; schließlich war er sein Freund und Trauzeuge geworden.* Und da seinerzeit niemand aus der Maranesi-Familie überlebt hatte, als ihr Hauptsitz in die Luft geflogen war, waren die Umstände, wieso Savio damals als Einziger überlebt hatte, auch nie durchgesickert. So wusste man weder in der Unterwelt von Rom noch von Neapel,

* Nachzulesen in: *Das Grab der Jungfrau* (²2020)

wie sich sein Wechsel in ein neues Leben als Fahrer von Sua Eccellenza Montebello vollzogen hatte. Sein Besuch im Oliva verde, einem der Lokale des Paten Don Basilio Arcuri, rief daher zwar Erstaunen hervor – aber keinen Verdacht.
Don Basilio hatte sich durch eine umsichtige Korruptionsstrategie Aufgabenfelder erschlossen, die gesellschaftlich nicht so anrüchig waren wie Drogen, Prostitution und Gewalt im öffentlichen Raum – aber viel gewinnbringender. Er verschaffte sich durch satte Zahlungen an staatliche Entscheidungsträger und städtische Beamte in Schlüsselpositionen attraktive Aufträge bei staatlichen Bauvorhaben, der Entsorgungswirtschaft, Stadtreinigung, sogar im Pflegebereich und in der Verwaltung von Flüchtlingslagern. Di Lauro hatte richtig vermutet – es kränkte den mächtigsten Mann der römischen Schattenwirtschaft, dass er und seine Firmen völlig ausgeschlossen worden waren, als es mit dem Ausbau der U-Bahn um das bedeutendste städtische Infrastrukturprojekt seit Jahrzehnten ging.
Es war, als sei die Zeit stehengeblieben: Hinter der Bar stand immer noch Daniele, genannt Il Bello. Seinen Spitznamen verdankte er einem Autounfall als junger Mann, von dem ihm eine Narbe geblieben war, die von der Stirn über das rechte Auge bis zum Kinn lief. Ein paar Tische im hinteren Teil des Lokals waren besetzt, aber die Hocker vor Danieles Tresen alle frei. Savio zog einen zu sich heran.
«Ciao, Bello!»
Daniele trocknete ein Glas ab. Er schaute auf, und nur ein kurzes Innehalten in der Bewegung ließ seine Überraschung erkennen.
«Ciao, Savio! Lange nicht mehr hier gewesen.»
«Gib mir einen Amaro!»
Der Barista drehte sich um und angelte eine Flasche vom Bord.
«Eis und Zitrone?»
«Seh ich aus wie ein Tourist?»
Daniele füllte die braune Flüssigkeit in das Glas.
«Weiß man's? So lange, wie du weg warst ... Man sagt, du seist ehrbar geworden.»

«Als alle tot waren, bin ich nach Neapel zurückgegangen und habe geheiratet. Fahrer bin ich immer noch ... muss jetzt aber nicht mehr so schnell fahren wie früher.»

Daniele lachte.

«Hab davon gehört. Fährst jetzt 'ne Eccellenza.»

«Genau – hab ihn gerade nach Rom gebracht; er bleibt ein paar Tage. Dachte mir, ich schau mal vorbei. Weniger verraucht hier als damals.»

«Gar nicht so schlecht, das Rauchverbot. Früher bin ich jeden Abend hinter der Bar raus mit Kopfschmerzen und entzündeten Augen. Aber jetzt ...»

«Hat sich viel verändert seit damals.»

«Findest du?»

«Schon – ich bin über die Via Baldo degli Ubaldi von Westen reingefahren. Managgia! Wegen dieser riesigen U-Bahn-Baustelle wäre ich fast nicht mal zum Vatikan durchgekommen.»

«China-Scheiße!»

«Versteh ich nicht.»

«Nur Chinesen! Die ganze Baustelle da – nicht ein Italiener. Die Schlitzaugen sahnen ab. Alles.»

«Komm, Bello, erzähl mir nichts vom Absahnen! Wenn auf Großbaustellen Kasse gemacht wird, dann seid ihr immer fett dabei.»

Daniele schaute einmal kurz durchs Lokal und beugte sich dann zu Savio vor.

«Keinen Cent!»

Savio zog die Stirn kraus.

«Seid aus der Übung.»

«Was weißt du schon! Dieses ganze Projekt haben die Chinesen im Sack. Wir haben keine Chance. Wo die auch nur eine Schaufel auspacken, ist die Baustelle abgesichert von Triaden und, noch schöner, von Carabinieri.»

«Davon habt ihr euch früher nicht abschrecken lassen. Da wärt ihr rein und hättet denen in ihrer Baugrube mit einem Feuerchen so eingeheizt, dass die noch monatelang Spaß daran gehabt hätten.»

Daniele polierte weiter seine Gläser.
«Eingeheizt! Von wegen. Ein paar von unseren Leuten haben es reingeschafft und waren unten ... Zwei sind draufgegangen, zwei haben sie halb totgeschlagen. Sie haben die vier von einem fahrenden Laster Don Basilio vor die Haustür geworfen. Das war die Botschaft der Triaden, wenn wir sie nicht in Ruhe lassen.»
«Was geht da ab?»
Der Barista richtete seine Gläser im Regal aus.
«Was da abgeht?» Er drehte sich wieder zu Savio: «Da unten ist die Hölle. Das geht ab. – Weißt du, was die gemacht haben? Die haben einen von unseren Leuten an einen Tank gebunden. In dem muss irgendein Kältemittel gewesen sein – den haben sie bei lebendigem Leib durchfrieren lassen, bis er steinhart war. Die anderen mussten zusehen, wie er verreckt ist. Dauerte vielleicht 'ne Viertelstunde, haben sie gesagt. Er muss geschrien haben zum Wahnsinnigwerden. Na ja, den haben wir wenigstens noch erkennen können, als er wieder aufgetaut war. Aber den anderen ... den haben sie zerfleischen lassen. Aus den zweien, die überlebt haben, ist kein vernünftiges Wort herauszubringen. Völlig durchgedreht ... die fantasieren nur noch. Sagen, da seien Teufel gewesen, Gestalten, wie sie noch nie welche gesehen hätten. Die würden den Chinesen helfen, Gestein aus dem Tunnel zu schaffen. An den Maschinen stehen Chinesen in Schutzanzügen, und vorn in der Röhre, wo sie die Steine brechen, werden die Förderbänder von diesem Viehzeug mit Schutt beladen. Die Männer tragen Elektroschocker, mit denen sie dieses Viehzeug kontrollieren und antreiben. Es muss überall bestialisch stinken. Wie in der Hölle eben. Das war's, was sie noch mitbekommen haben ...»
«Porca miseria! Tun sich jetzt die Familien zusammen gegen die Triaden?»
«Die Zeiten sind vorbei. Zu unterschiedliche Interessen. Die Familien arrangieren sich, bevor die Kosten zu hoch werden. Niemand will ein Blutvergießen, das die Geschäfte stört.»
Daniele schlug mit dem Handtuch nach einer Fliege, ohne sie zu erwischen, und schaute ihr hinterher.

«Aber Don Basilio ist immer noch der mächtigste Mann der Ehrenwerten Gesellschaft in Rom. Er wird das doch nicht hinnehmen.»

«Er ist ein weiser Mann, und er hat in Avvocato Lombardi einen klugen, aber auch sehr vorsichtigen Consigliere. Ich bin ein einfacher Soldat; früher hätten wir das ausgekämpft. Aber heute … Wenn du mich fragst, dann haben wir gegen die Chinesen schon verloren, bevor wir den Krieg auch nur begonnen haben. Hast schon recht – hat sich viel verändert hier in den letzten Jahren … Fahr du besser deine Eccellenza!»

«Was bekommst du?»

«Geht aufs Haus.»

«Grazie! Ciao, Bello, mach's gut!»

«Ciao, Savio!»

Vatikanstadt, Päpstlicher Palast, 6. August, früher Nachmittag

Yoris Lisimba hatte Suor Gabriella in sein Büro gerufen. Jackey wartete in einem Nebenraum, während ein Schweizer vor der Tür postiert war mit der Weisung, niemanden vorzulassen. Das Gespräch hatte keine fünf Minuten gedauert, bis die Nonne unter Tränen gestand, dass sie seit langem Panettiere alles weitergetragen hatte, was ihr in den Räumen des Papstes zu Ohren gekommen war. Doch was sie dann als ihr persönliches Martyrium seit ihrer frühen Jugend schilderte, dauerte sehr viel länger. Schließlich saßen sich der Privatsekretär und die weinende Frau schweigend gegenüber, bis Lisimba sich räusperte.

«Was Ihnen von Kirchenmännern angetan wurde, Suora, ist ein himmelschreiendes Unrecht – von allem Anfang an. Was Sie von dem Pfarrer Ihrer Dorfgemeinde berichten, bedeutet nichts anderes, als dass er Sie als Jugendliche missbraucht hat, um sich selbst zu erregen. Dann hat er Ihnen die Schuldgefühle übertragen für seine Fantasien. Sie haben nichts Unrechtes getan. Dass Ihre Oberin Ihnen mit einem Exorzismus gedroht hat und dass Sua Eminenza Panettiere Sie als unschuldiges Werkzeug seiner Machenschaften gegen den Papst eingesetzt hat, ist ungeheuerlich. Aber auch daran, Suora, trifft Sie keine Schuld. Sie sind ein guter Mensch und eine gute Tochter unseres HERRN. Was immer Sie bedrückt hat an vermeintlichen Verfehlungen, die Sie begangen haben sollen, ist null und nichtig. Eine Sünde kann nur willentlich begangen werden. Aber Ihnen hat man seit Ihrer Kindheit jeden freien Willen genommen und gegen Schuldgefühle ausgetauscht. Sie haben nicht gesündigt; andere haben sich an Ihnen und durch Sie an Gott versündigt.»

Das Weinen der Nonne wurde noch heftiger. Doch nach einiger Zeit blickte Suor Gabriella auf und schaute Lisimba an.

«Danke, Monsignore, für Ihre Anteilnahme! ... Aber ... was soll denn jetzt aus mir werden?»

«Was immer Sie möchten, Suora! Heute kann ich mich nur bei Ihnen entschuldigen für alles, was Ihnen im Namen der Kirche angetan wurde. Aber künftig werde ich Sie unterstützen, wie auch immer Sie über Ihre Zukunft entscheiden! Doch wenn Sie wollen – aber nur, wenn Sie sich stark genug dafür fühlen –, dann können Sie mir und dem Heiligen Vater helfen gegen jene, die Ihnen Unrecht angetan und sich gegen unseren Papst verschworen haben. Es kommt der Tag, da Sie Ihren Peinigern öffentlich gegenübertreten und der Welt sagen können, was sie an Ihnen verbrochen haben. Dann werde ich an Ihrer Seite stehen.»

Zum ersten Mal in ihrem Leben fühlte Suor Gabriella ein anderes Gefühl als Schuld in sich aufsteigen. Eine Welle des Zorns lief durch ihren Körper, wärmte sie und rötete ihr Gesicht.

«Ja, Monsignore! Ja, ich will Ihnen helfen, denen das Handwerk zu legen!»

«Danke, Suora! Dann will ich Ihnen jetzt jemanden vorstellen, mit dem wir gemeinsam überlegen wollen, was zu tun ist. Warten Sie einen Augenblick ...»

Rom, Questura, Via di San Vitale, 6. August, nachmittags

Gemeinsam mit Sovrintendente Di Lauro saß Bariello in seinem Büro und hörte sich an, was Savio herausgefunden hatte.

«Kreaturen, Gestalten, Monster, Teufel - wo leben wir denn!»

Bariello griff zum Telefon und bat Dottor Gentile zu der Besprechung hinzu.

«Was meinst du, Gennaro: Was Savio über den Gestank da unten erfahren hat und über dieses Tieftemperaturzeug, das spricht doch dafür, dass der Zhao-Konzern genau mit dem Dreck arbeitet, den dein Ingegner Mazza erwähnt hat?»

«Sehe ich auch so, und wenn ich das richtig verstehe, dann haben sie diese Kreaturen gezüchtet, die ihnen in einer verseuchten Umgebung die grobe Arbeit abnehmen.»

«Damit wissen wir auch, woran Monsignor Veneziano gestorben ist. Bin gespannt, was Giudice Columbo dazu sagt.»

Es klopfte, und Dottor Gentile in weißem Laborkittel trat ein.

«Danke, dass Sie kommen. Wir haben etwas erfahren, das uns heute ganz konkret - anders noch als gestern im Gespräch mit Monsignor Lisimba - vor die Frage stellt, ob es bereits möglich ist, gentechnisch veränderte Lebewesen zu schaffen, um sie gewissermaßen als Arbeitssklaven in besonders gefahrenträchtigen Bereichen einzusetzen. Etwa in chemisch verseuchten Regionen.»

«Ich bin Chemiker, Commissario. Die Frage müssten Sie eher einem Molekulargenetiker stellen. Aber Sie wissen ebenso gut wie ich, dass alles, was möglich ist, irgendwann auch gemacht wird. Die Frage ist nur, ob der Anreiz groß genug ist - sei es, dass damit viel Geld zu verdienen ist oder dass man anders einer Notlage nicht mehr Herr wird.»

«An welche Art von Notlage denken Sie, Dottore?»

Gentile zog seine Zigaretten heraus und trat ans Fenster.

«Sovrintendente, Sie lesen doch auch Zeitung: Jedes Jahr ereignen sich Umweltkatastrophen, die auf Jahre oder noch länger riesige Flächen verseuchen. Menschen in solchen Gebieten einzusetzen, um den Dreck zu beseitigen, ist seit Tschernobyl selbst in totalitären Systemen kaum noch durchsetzbar. Dort konnte man 1986 noch Hundertschaften von Soldaten, Feuerwehrmännern und Hubschrauberpiloten als sogenannte Liquidatoren in die glühende Reaktorruine schicken. Man hat sie damit sehenden Auges dem baldigen Strahlentod ausgesetzt oder zumindest einem langen, qualvollen Siechtum. Doch auch abgesehen von nuklearer Verseuchung in havarierten Reaktoren oder in maroden End- und Zwischenlagern, die Kernkraftlobbyisten als sicher angepriesen haben, bis sie ihr Schäfchen im Trockenen hatten, wird weltweit mit verheerenden Giften gearbeitet. Davon verstehe ich nun auch als Chemiker genug, um Ihnen zu sagen, dass die Verantwortlichen sie auf jeden Fall zumindest aus dem Blickfeld der Öffentlichkeit schaffen müssen, bevor sie ihre unheilvolle Wirkung entfalten und Aufstände provozieren. Wie, glauben Sie, würde heute die Bevölkerung reagieren, wenn sie sich noch einmal einer Bedrohung durch das Seveso-Gift Dioxin ausgesetzt sähe? Oder dem verheerenden Bhopal-Gift Methylisocyanat, den krebsauslösenden polychlorierten Biphenylen oder jenen tödlichen Schlämmen, die regelmäßig bei der Gewinnung von Schwermetallen anfallen, wodurch Tausende an Koordinationsstörungen, Lähmungen und Psychosen leiden oder ins Koma fallen und sterben?»

«Und zu diesem Zweck ...?»

«Ich bin fest davon überzeugt, dass in allen Staaten, die dazu in der Lage sind, Genetiker daran arbeiten, Kreaturen zu schaffen, die genügend Intelligenz besitzen, dass man sie konditionieren kann, Stoffe zu beseitigen, die kein Mensch mehr anfassen will und kann, ohne draufzugehen. Derartige Wesen könnte man überall dort einsetzen, wo sich Roboter als zu teuer, zu ungenau und auch zu störanfällig für die Beseitigung von Sondermüll erwiesen haben. Sie werden unsere Totengräber in einer von Umweltzerstörung verwüsteten Erde sein.»

«Science-Fiction!»

Der Chemiker drückte seine Kippe auf der Fensterbank aus und drehte sich zu Bariello um. «Commissario, ich habe Sie nie für naiv gehalten – vielleicht habe ich mich geirrt. Nennen Sie mir

eine technische Innovation in der Menschheitsgeschichte, die nicht für Verbrechen missbraucht wurde!»
«Sie meinen ...?»
«Vom Faustkeil aus Stein über Waffen aus Bronze und Eisen weiter zum Schwarzpulver bis hin zur Kernspaltung! Für sich genommen hätte das alles segensreich sein können. Aber Machtgier und Geldgier haben immer auch noch einen anderen Weg gewiesen.»
«Und im konkreten Fall ...?»
«Man muss sich das Genmaterial von Lebewesen aussuchen, die über eine Basisintelligenz verfügen, lernfähig oder besser: *konditionierbar* sind, wie beispielsweise Hunde. Ein gewisses Maß an Kraft und Feinmotorik wäre nötig; und dann sollten sie eben möglichst resistent und anpassungsfähig an verschiedene Umweltbedingungen sein. Wer diesen Schritt zu gehen bereit ist, braucht weder an Invalidenversicherungen noch an Hinterbliebenenrenten, noch an Krankenversorgung für seine Geschöpfe zu denken – für ihn werden diese *Mitarbeiter* nicht mehr sein als jene Minenhunde, die man im Zweiten Weltkrieg mit Sprengstoff ausgestattet und trainiert hat, unter feindliche Panzer zu kriechen, wo sie dann samt ihrer Ladung explodierten. Sicher, in einigen Staaten sind die Kontrollen der Genforschung in dieser Hinsicht schärfer als in anderen. Aber je größer die Umweltlasten und je unterdrückerischer das Regime, umso sicherer laufen diese Experimente bereits – wenn es sich denn überhaupt noch um Experimente handelt und die betreffenden Wissenschaftler nicht längst in der Erprobung und dem Einsatz ihrer Wundertiere sind.»
«Und Sie meinen, das wäre profitabel?»
«Pah! Profitabel! Es ist für mich nur eine Frage der Zeit, bis entsprechende Genpatente angemeldet werden. Damit kann man astronomische Gewinne erzielen in einer Welt, die von einer Umweltkatastrophe in die nächste taumelt. Die Aktien der betreffenden Unternehmen werden die Börsen zu einem neuen Eldorado machen.»
Bariello fasste Savios Bericht für den Dottore zusammen.
«Das bestätigt genau meine Erwartungen, Commissario. Ich habe

keine Zweifel, dass das, was die Augenzeugen in dem Stollen gesehen haben, exakt dem entspricht, worüber wir uns gerade unterhalten. Aber ...»

Gentile unterbrach sich. Sein Blick war auf eine Pinwand hinter Bariellos Schreibtisch gefallen, an der Fotos aller Beteiligten der Vorgänge um den Vatikan aufgehängt waren.

«Wer ist der Mann auf dieser Tafel?»

Er trat näher und tippte auf das Bild eines Geistlichen im schwarzen Habit.

«Wer ist das?»

Bariello schwang in seinem Bürostuhl herum.

«Der da? Das ist Monsignor Leone – der Geistliche, auf den zwei Anschläge in einer Nacht verübt wurden. Darunter auch der, bei dem Sie selbst das Gift analysiert und ...»

«Wie, sagen Sie, heißt er?»

«Leone – Monsignor Oberto Leone.»

«Nein, Commissario! Das da ist Vito Buoninsegna – mein eifersüchtiger Kommilitone, der vor vierzig Jahren versucht hat, das Studentenpärchen mit Aconit umzubringen.»

Di Lauro und Savio schauten fragend von Gentile zu Bariello; der trat neben den Chemiker.

«Sind Sie sicher?!»

«Ohne jeden Zweifel – abgesehen davon, dass er jetzt graue Haare und ein paar Falten hat, ist das immer noch genau dasselbe hochmütige Gesicht wie damals.»

«Dottore! Wenn das stimmt ... Ein Mann, der selbst mit diesem Gift einen Mordanschlag verübt hat ... Seine Erfahrung als angehender Biochemiker würde jedenfalls dazu passen, dass er in der Kapelle gegen alle Wahrscheinlichkeit in Sekundenschnelle die einzige Möglichkeit gewählt hat, die ihn retten konnte. Und Sie sind sicher ...?»

«Es gibt Gesichter, die man nicht vergisst. Absolut!»

Bariello schrieb den Namen Vito Buoninsegna neben den von Oberto Leone.

«Was Sie und was Montebello und Lisimba über Leone gesagt

haben, verändert das Bild dieses Archäologen so ziemlich. Wenn das da wirklich derselbe Mann ist, an den Sie denken, dann hat er sich nach seinem Giftskandal an der Universität in Bari eine komplett neue Identität zugelegt. Das Geld seines Vaters dürfte das erleichtert haben. Sich wirkungsvoller neu zu erfinden und für den Tag der Rückkehr nach Italien besser zu tarnen denn als Priester und Archäologe, dürfte kaum möglich sein. Aber wie wir inzwischen wissen, hat er wohl auch als geistlicher Würdenträger nicht alle zweifelhaften Neigungen abgelegt. – Gennaro, du kümmerst dich sofort um die Biografie von Oberto Leone! In diesem Fall stimmt überhaupt nichts.»

Rom, Catacombe di San Sebastiano,
6. August, später Nachmittag

Adelmo Mariani war mit dem Bus gekommen. Was Sua Eccellenza Montebello ihm anvertraut hatte, war ihm nicht mehr aus dem Kopf gegangen. Nach gründlichen Recherchen in der Bibliothek hatte er wiederentdeckt, woran er sich nur noch verschwommen hatte erinnern können, und die Spur aufgenommen.
Als er an der Haltestelle Fosse Ardeatine ausstieg, strebte er sogleich der Basilica di San Sebastiano zu. Dort fiel sein Blick auf das Ristorante L'Archeologia. Der Monsignore lächelte in sich hinein: «Das passt doch.» Er hatte seit dem Frühstück nichts gegessen, und für die kleine Suche, die ihm bevorstand, fühlte er sich besser gewappnet, wenn er sich noch stärkte – und schon im Voraus ein wenig belohnte. Wenn man es genau nahm, war es schon eine richtige Entdeckung, die ihm da gelungen war. Nun wollte er sie erst einmal allein in Augenschein nehmen, bevor er Sua Eccellenza davon berichtete. Dann würde er Gelegenheit haben, dem Mann, der ihm als Kollege so oft beigestanden hatte, etwas von seiner Freundlichkeit zu vergelten.
Das Lokal war um diese Uhrzeit fast leer. Er setzte sich an einen Tisch am offenen Fenster und studierte die Speisekarte. Der Pesce San Pietro schien ihm ganz angemessen, und weil es noch ziem-

lich warm war, gönnte er sich dazu einen kühlen Malvasia del Lazio. Während er auf sein Essen wartete, warf ein Priester einen Blick durchs Fenster und lächelte ihm zu, als er in ihm einen Amtsbruder erkannte. Doch er kam nicht herein, sondern setzte sich an einen der Tische draußen auf der Terrasse. Eine Dreiviertelstunde später zahlte Monsignor Mariani und ging zunächst in die Basilika. Er betrat den Barockbau, machte eine Kniebeuge vor dem Hauptaltar und setzte sich eine Weile in eine Kirchenbank. Im Gebet gedachte er der Leiden der frühen Christen und Bekenner wie Petrus und Paulus, aber auch des römischen Legionärs Sebastianus zweihundertfünfzig Jahre später. Dann trat er wieder vor die Kirche, denn der Eingang der Katakombe des heiligen Sebastian, die ihn hierhergeführt hatte, lag außerhalb. Man konnte sie nur mit einer Eintrittskarte besichtigen. Am Kassenhäuschen gab er seine Aktentasche ab, damit sie ihn nicht auf dem Weg durch die heilige Stätte behindern sollte. Schließlich stieg er die Stufen hinunter und sah, dass an diesem Werktag zu so fortgeschrittener Stunde sonst keine Besucher mehr unterwegs waren. Umso mehr erschrak er, als er am ersten Treppenabsatz hinter sich eine Stimme hörte.

«Verzeihen Sie, lieber Bruder, kennen Sie diese Anlage?»

Mariani drehte sich um. Hinter ihm stand ein Geistlicher, vielleicht Anfang dreißig, der ihn freundlich anlächelte. Sein Dialekt verriet den Norditaliener.

«Ja, aber es ist schon viele Jahre her, dass ich das letzte Mal hier war.»

«Mein Name ist Bergomi, Alessandro Bergomi. Ich habe Sie in dem Lokal auf der anderen Straßenseite sitzen sehen. Eigentlich bin ich mit einer Reisegruppe unterwegs, aber bei dieser Hitze hatte ich Probleme mit dem Kreislauf. Deshalb habe ich die anderen auf der Via Appia allein weitergehen lassen und mir einen *caffè* gegönnt. Jetzt geht es schon wieder. Nun wollte ich die nächste Stunde nicht völlig ungenutzt lassen. In diesen Katakomben, dachte ich mir, wird es auch kühler sein als draußen. Allerdings ... ich habe überhaupt keine Ahnung, was mich hier erwartet, und

Führungen werden jetzt keine mehr angeboten. Da dachte ich … Aber ich möchte nicht aufdringlich erscheinen.»

Mariani schüttelte den Kopf.

«Mariani, Monsignor Adelmo Mariani. Ich bitte Sie, da ist doch nichts dabei. Wenn Sie mich begleiten möchten, erzähle ich Ihnen gern das Wenige, das ich weiß. Kommen Sie nur.»

So stiegen sie hintereinander auf die erste Ebene der Grablegen hinab.

«Wann sind diese Katakomben entstanden?»

«Ihre frühesten Anfänge reichen noch in vorchristliche Zeit zurück. In Rom selbst durften in der Antike wegen der Seuchengefahr keine Beisetzungen innerhalb der Stadtmauern erfolgen. Also trug man die Toten aus der Stadt hinaus. Deshalb heißt diese Kirche, die später bei der Begräbnisstätte errichtet wurde, auch Basilica Sancti Sebastiani extra muros – also außerhalb der Stadtmauern. Hier befindet sich eine der ältesten und größten unterirdischen Grablegen Roms; die Gänge, in denen man sich ohne Führer leicht verlaufen kann, erstrecken sich rund acht Kilometer unter der Erde. Über uns, entlang der Via Appia, gab es zwar schon damals prächtige Grabmäler reicher römischer Familien, aber so ein großes Monument wäre für die einfachen Leute unerschwinglich gewesen. Man bettete deshalb die Toten hier unten zur letzten Ruhe – in heidnischer Zeit als Leichenbrand in Urnen und in christlicher Zeit in Körpergräbern. Der Boden war weich und daher gut zu bearbeiten. Man baute Puzzolanerde ab – und nach den Mulden und Gruben, die dabei entstanden, nannte man dieses Beerdigungsareal *ad catacumbas*. Daraus hat sich dann die Bezeichnung für alle Grabanlagen dieser Art entwickelt: Katakomben.»

«Ich sehe, einen besseren Führer hätte ich mir nicht wünschen können. Wann kamen die christlichen Gräber hinzu?»

Mariani schmunzelte, während sie zu den tieferen Schichten der Begräbnisstätten hinabstiegen.

«Sie ahnen gar nicht, weshalb gerade *das* hier unten eine besonders interessante Frage ist … Seit dem Ende des zweiten Jahrhunderts wurden jedenfalls vermehrt christliche Gräber eingebracht –

aber das waren beileibe nicht die ersten. Da vorn können Sie schon christliche Bildsymbole an den Wänden erkennen. Doch ihren Namen erhielt diese Katakombe erst, als 298 die sterblichen Überreste des heiligen Sebastian beigesetzt wurden. Er hatte sich in der Zeit des Christenverfolgers Diokletian mutig zu seinem Glauben bekannt und war deshalb auf Befehl des Kaisers hingerichtet worden. Mich interessieren allerdings die untersten Schichten dieser Anlage besonders. Die sind aber für Sie sehr wahrscheinlich gar nicht so reizvoll wie die Umgebung hier, die viel schöner ausgestaltet ist.»

Der andere Geistliche blieb stehen und betrachtete die aus dem Stein geschnittenen Grabkammern, die von Fresken mit Heiligenbildern oder dem Erlöser selbst umrahmt und mit christlichen Symbolen verziert waren.

«Ja, gehen Sie nur voran, Monsignor Mariani. Ich schaue mich gern noch ein wenig um und lasse das alles erst einmal auf mich wirken. Wenn ich Fragen habe ...?»

«Kommen sie nur! Hier unten laufe ich Ihnen ja nicht davon.»

«Gewiss nicht.»

Mariani nickte dem anderen freundlich zu und stieg tiefer in die Katakomben hinab. Nach zahllosen Grabnischen entlang seines Weges stand er vor einer weiteren Treppe. Er war drei Stufen hinabgestiegen, als er innehielt und in einen ausgemalten Raum blickte, der sich vor ihm öffnete.

«Ich wusste es!»

«Ein schöner Ort für die ewige Ruhe.»

Mariani fuhr herum. Der andere stand direkt hinter ihm, nur eine Schwelle höher. Aber diesmal lächelte der Fremde nicht.

«Sicher, aber ...»

Im nächsten Augenblick erhielt Monsignor Mariani einen harten Stoß vor die Brust und stürzte rücklings die Treppe hinunter. Er überschlug sich zweimal und blieb in verdrehter Haltung reglos am Boden liegen. Langsam stieg der andere die Stufen zu ihm hinab und beugte sich über sein Opfer. Aus der Innentasche seines Habits war ein Notizblatt hervorgerutscht; der Geistliche zog es

heraus und warf einen Blick darauf: *Wichtig für Gian Carlo und Padre Luis! P. Styger, Das erste Grab der Apostelfürsten Petrus und Paulus.* Er nickte und steckte es ein. Als er sah, dass aus dem Ohr des Monsignore ein dünner Blutfaden sickerte, griff er nach dessen Handgelenk – kein Puls mehr. Er wartete noch eine Minute. Dann rannte er zurück, so schnell er nur konnte. Schließlich langte er außer Atem am Kassenhäuschen an, wo er dem Kartenverkäufer zurief.
«Ambulanza, presto! Un incidente!»

Gästehaus des Vatikans, 6. August, früher Abend

Montebello schloss die Tür der Domus Sanctae Marthae von innen ab. Dann stiegen er und seine Leute zusammen mit Monsignor Mattei in den Keller hinunter. Vor einer Metalltür zog der Archäologe der Fabbrica Petri einen Schlüssel hervor.
«Ich hätte nicht gedacht, dass ich schon so bald wieder hier hinabsteigen würde – und dann auch noch mit so einem Ziel.»
Sie hatten den Bauforscher eingeweiht. Er konnte kaum glauben, was er hörte. Doch als ihm die Tragweite des Vorhabens klar wurde, war er sofort für die Suche nach dem Grab der Taube gewonnen. Ein wenig zitterte ihm vor Aufregung die Hand mit dem Schlüssel, so dass er nicht gleich das Schloss traf. Als die Tür aufschwang, kam ihnen ein Schwall kühler Luft entgegen.
«Warten Sie, ich mache Licht! Als wir bei den Renovierungsarbeiten in den Fundamenten waren, haben wir eine provisorische Leitung verlegt. Ein bisschen funzelig, aber besser als nichts.»
Sie folgten Monsignor Mattei in den engen Gang, der ein wenig nach feuchter Erde roch. Der Boden bestand aus gestampftem Lehm, aber das aufgehende Mauerwerk war beste römische Ziegelarbeit, die in etwa zwei Metern Höhe in einem Rundbogen auslief.
«Der Gang läuft nach Westen, ziemlich genau unterhalb der Zuschauerränge des Circus entlang seiner Mauern.»
Sie waren vielleicht zwanzig Meter gegangen, als der Archäologe stehen blieb. Er knipste seine Taschenlampe an, leuchtete nach rechts in einen dunklen Raum.

«Hier, dieser Keller weist nach Norden, also in die Richtung, in die wir eigentlich wollen – ziemlich geräumig, nicht wahr? Wenn ich die Fundamentstruktur richtig verstehe, dann stand hier früher eine Hebebühne, mit der man Tiere nach oben in die Arena hob. Schauen Sie – an der Decke! Man kann noch gut erkennen, dass dort mal eine Öffnung war, die erst später zugemauert wurde.»
Während alle ihre Blicke nach oben richteten, wohin der Lichtstrahl wies, räusperte sich Montebello.
«Sehr interessant, Monsignore – aber bringt uns dieser Raum bei unserer Untersuchung weiter?»
Der Archäologe überhörte die leise Kritik in der Frage.
«Das will ich mit Ihnen herausfinden. Sehen Sie, so wie man da oben im Laufe der Jahrhunderte mal etwas vermauert hat, hat man es an der Seitenwand vielleicht auch getan. Denn in diesem Raum wurden keine Tiere gehalten – dafür ist er viel zu geräumig. Also müssen sie von woanders hergebracht worden sein.»
Er zog einen kleinen Hammer aus seinem Gürtel und begann, systematisch die Ostwand abzuklopfen. Die anderen schwiegen und versuchten zu hören, ob der Klang der Schläge sich veränderte. Es dauerte ein paar Minuten, bis Dottor Mattei etwa zwei Drittel der Fläche geprüft hatte, als ein Schlag deutlich dunkler tönte als der vorangegangene. Auch ohne dass jemand ein Wort sagte, hatten alle es bemerkt. Die Stille, in der die weiteren Schläge ertönten, war nun vollkommen. Die Fläche, hinter der sich offenbar ein Hohlraum befand, war vom Boden aus nicht mehr als hüfthoch und keinen ganzen Meter breit.
«Was meinen Sie?»
Mattei hatte sich an Luca Berliner gewandt.
«Ich würde sagen, dass hinter dieser Mauer entweder ein Versorgungsgang ist oder wirklich ein Gang, durch den man die Tiere in diesen Raum getrieben hat. Vermutlich stand dann hier vor dem Ausgang in der Wand ein Käfig, dessen Fallgitter sich hinter ihnen schloss, wenn sie aus diesem Tunnel kamen. Selbst wenn sie merkten, was sie erwartete, konnten sie nicht zurück, weil dort Tierbändiger mit Stangen und Spießen sie wieder nach vorn trieben.»

Mattei nickte und schaute Montebello an.
«Eccellenza – das wäre eine Mauer, die wir öffnen könnten, wenn Sie einverstanden sind.»
Der Weihbischof von Neapel zögerte. Dann straffte er sich.
«Bitte leuchten Sie noch einmal die Wände gründlich ab!»
Der Archäologe tat, worum man ihn gebeten hatte. Als der Lichtkegel zu seinem Ausgangspunkt zurückgekehrt war, nickte Montebello.
«Gut, ich habe nichts gesehen, keine Graffiti und auch sonst keine Spuren, die darauf hindeuten würden, dass in diesem Raum Christen eingekerkert gewesen wären. Hier werden wir nichts entweihen. Also, machen wir weiter. Wie wollen Sie durch die Wand kommen?»
Statt einer Antwort verschwand Dottor Mattei und war zwei Minuten später mit einem Stemmeisen und zwei größeren Hämmern zurück. Er schaute sich noch einmal die Wand an, machte ein paar Fotos mit seinem iPhone und kratzte dann mit der Spitze des Eisens in einer Steinfuge, bis er eine Stelle gefunden hatte, in die er das Werkzeug versenkte.
«Hier! Ich glaube nicht, dass das besonders schwierig wird. Ich halte das Stemmeisen, und Sie beide schlagen nacheinander.»
Er deutete mit dem Kopf auf Savio und Luca Berliner, die schon nach den Hämmern griffen. Sie brauchten fünf Schläge, bis der untere Ziegel nachgab.
«Stopp!»
Mattei griff nach dem Stein, ruckelte ein wenig an ihm herum und stieß ihn nach hinten in den Hohlraum. Er leuchtete in die Dunkelheit.
«Nicht schlecht! Also weiter!»
Es war so, wie der Mann von der Fabbrica Petri es erwartet hatte: Die Mauer war nur mit einer Lage geschichtet und mit etwas Mörtel verbunden. Es dauerte keine zwanzig Minuten, bis eine Öffnung entstanden war, durch die jemand auf Knien hineinkriechen konnte. Jackey schaute in den Gang, richtete sich wieder auf und grinste:

«Höher und breiter wird's dahinten nicht. Meine Herren, ich bin die Schlankste von uns allen; ich gehe vor!»
Als allgemein zustimmendes Gemurmel zu hören war, verschwand Dottor Mattei noch einmal und kam mit einem Kunststoffseil, einer weißen Atemmaske und einer Stablampe zurück.
«Wozu die Maske?»
«Wenn ein Raum so lange verschlossen war, könnte es sein, dass sich Schimmel gebildet hat. Kommt öfter vor in solchen Anlagen – schlecht für die Lunge. Die Maske schützt beim Atmen. In Ägypten sind schon Ausgräber an solchen Pilzinfektionen gestorben, und ihre Zeitgenossen glaubten dann, es sei der Fluch des Pharao.»
Er band Jackey das Tau um und achtete darauf, dass die Maske richtig saß. Kurz darauf verschwanden auch schon ihre Turnschuhe in der Maueröffnung. Savio ging auf die Knie und schaute ihr hinterher.
«Kannst du was erkennen?»
«Mauerwerk ... und es stinkt ziemlich.»
Luca Berliner nickte.
«Wenn das wirklich ein Raubtiergang gewesen ist, kann sich so ein Geruch in dem Gemisch aus Erde und Exkrementen lange halten. Ich kenne das aus Opfergruben, die wir in alten Heiligtümern entdeckt haben. Die riechen immer noch widerlich, wenn wir sie öffnen, weil da im Laufe der Jahre so viel Blut, Fleisch und weiß Gott noch was eingebracht worden ist. Unter Luftabschluss dauert die Zersetzung bis heute an. Hoffentlich wird ihr nicht schlecht.»
Als Savio besorgt in den Tunnel hineinrief, antwortete Jackey, dass alles in Ordnung sei. Die orange Seilschlange rollte sich mehr und mehr ab. Sie musste schon an die dreißig Meter zurückgelegt haben, als die Bewegung aufhörte. Savio zog leicht an dem Seil und merkte, dass er es ohne Widerstand aufrollen konnte; er leuchtete in den Gang hinein.
«Sie kommt zurück.»
Zwei Minuten später stand sie vor ihnen und zog die Maske ab.
«Hier – für Sie! Das lag auf dem Boden.»

Aus der Tasche ihrer Bluse zog sie eine verrostete Schnalle und drückte sie Monsignor Mattei in die Hand. Der Archäologe drehte sie im Licht seiner Lampe.

«Das ist vom Zaumzeug eines Tiers. Kann sein, dass so etwas vielleicht einer Raubkatze umgelegt worden ist. Den Gang muss ich mir auf jeden Fall selbst anschauen, aber ... ist irgendetwas?»

Jeder konnte sehen, dass die junge Frau, die sonst eher zum Draufgängertum neigte, verstört wirkte.

«Ich weiß nicht. Vielleicht liegt es an der Luft da drin. Aber dahinten, wo der Gang wieder in einen Raum mündet, da ... ach, es ist zu blöd.»

Montebello schaute seine Archivarin an, die er kaum einmal so verwirrt gesehen hatte.

«Bitte, Jackey, was war da hinten?»

«Stimmen. Ganz dumpf. Es war ... unheimlich.»

Rom, Via Luigi Bellotti Bon, 6. August, später Abend

«Zhao Jingli, wie schön, mit Ihnen in alten Erinnerungen zu schwelgen! Es war eine gute Zeit, als es uns gelungen ist, Seine Heiligkeit von dem U-Bahn-Projekt zu überzeugen. Ein großzügiges Geschenk des chinesischen Volkes, das Ihren Ruhm als weitblickender Unternehmer und auch als Staatsmann mehren wird!»

Das Abendessen war vorüber, und Panettiere hatte sich mit Zhao Ling und Oberto Leone in seiner Bibliothek niedergelassen. Davide Brambilla hatte den Gästen des Kardinals noch einen alten Glengoyne kredenzt und sich dann zurückgezogen. Das Aroma der Lieblingszigarren von Sua Eminenza füllte allmählich den Raum.

«Seien Sie versichert, wir werden nie vergessen, was Sie für uns getan haben – ohne Ihren Einsatz wäre das Projekt an den Vorbehalten des Papstes gescheitert.»

Panettiere nickte.

«Wie Sie wissen, ist mir mein Einsatz für die gute Sache schlecht gelohnt worden. Laurentius war mir danach feindlicher gesinnt

denn je. Dieser Mann war, ist und bleibt ein Gegner Ihrer Regierung. In dieser Hinsicht sollten Sie sich nichts vormachen. Er wird die erste sich bietende Gelegenheit nutzen, um der Welt zu zeigen, dass der große Freundschaftsbeweis Ihres Volkes ihn nicht davon abhält, sich wieder mit aller Propagandamacht den politischen Zielen Chinas in der Welt entgegenzustellen. Und weil er weiß, dass Ihre Regierung, Ihr Volk und auch Sie selbst in mir einen treuen Freund haben, hat er mich aus meinem früheren Amt gejagt. Aber es gibt viele Kardinäle und andere einflussreiche Männer im Vatikan, die diesen Schritt durchschaut haben und verurteilen. Sie erkennen in Laurentius inzwischen einen Feind der eigenen Kirche. Fragen Sie meinen Freund Monsignor Leone, der ebenso wie ich, ja, wie alle Gutgesinnten im Vatikan, an diesem Mann verzweifelt.»
Monsignor Leone verneigte sich knapp vor Eminenza Panettiere.
«Es stimmt, Zhao Ling! Der Kardinal hat recht – so traurig das ist. Sie als Vertreter einer so geschichtsbewussten Nation wissen, was es bedeutet, archäologische Schätze einzusetzen, um das Bewusstsein des Volkes zu stärken. Denken Sie nur an die unvergleichliche Armee der Tonkrieger aus der Zeit des Qin Shihuangdi!»
«Sie ist für unser Volk das Sinnbild einer in seiner Einheit starken Nation.»
«Wir verstehen uns! Die Wirkmacht der Vergangenheit ist groß. Geschichte – auch wenn sie Jahrtausende zurückliegt – kann ein starkes Argument sein. Jetzt aber will der Führer unserer Kirche ein uraltes Grab im Petersdom, von dem niemand weiß, wer dort wirklich liegt und wann es entstanden ist, instrumentalisieren, um sein eigenes Kirchenvolk zu spalten. Er will eine Bewegung von Dissidenten stärken, die seit langem daran arbeitet, unsere traditionellen Werte zu zersetzen. Er ist eine Gefahr für die Kirche und eine Gefahr für die Ziele Ihrer Regierung.»
Zhao Ling nahm einen Zug aus seiner Zigarre und legte den Kopf zur Seite.
«Ich verstehe Ihre Nöte gut. Auch unser Generalsekretär hat den Papst einmal als einen Stein in seinem Schuh bezeichnet ... Aber ich weiß nicht, wie ich Ihnen helfen könnte.»

Oberto Leone übernahm es zu antworten.
«Wäre es Ihnen nicht lieber, wenn ein Freund an der Spitze unserer Kirche stünde?»
«Zweifellos, aber ...»
«Eine kleine tektonische Anomalie unter dem Petersdom wäre in der Lage, eine belastete Verbindung ...»
«... in eine dauerhafte Freundschaft zu verwandeln», vollendete Panettiere den Satz. «Keine Einmischung mehr, keine öffentliche Kritik, keine Feindpropaganda – stattdessen allenthalben Verständnis, Einvernehmen, Unterstützung. Das wäre die neue Perspektive. Wir haben einen Mann in unseren Reihen, der diese Vision Wirklichkeit werden ließe. Und wenn Ihr Unternehmen das U-Bahn-Projekt abgeschlossen hat, wären Sie bei allen Großbauvorhaben, die vom Vatikan gefördert würden, unser Partner der Wahl. Durch solch eine Partnerschaft mit der katholischen Kirche würden sich Ihnen in aller Welt Türen öffnen, die bis jetzt verschlossen waren.»
Der Gast blies den Rauch seiner Zigarre mit einem dünnen Luftstrom über die Glut, die hell aufzuleuchten begann.
«Wo befindet sich dieses Grab?»

Kapitel 11 – Ehrenmänner

Rom, Questura, Via di San Vitale,
7. August, morgens

Gaspare Bertani und Salvatore Graziano waren von ihrer Tagung in Mailand zurückgekehrt. Sie berichteten Bariello und Di Lauro über die Ergebnisse der von Interpol organisierten Zusammenkunft von Kriminalbeamten aus ganz Europa. Man hatte Erfahrungen ausgetauscht über die während der letzten beiden Jahre sprunghaft gestiegene Menge von hochwertigem Kokain und über dessen rätselhafte Verbreitung in allen europäischen Metropolen beraten. So ernst das Thema war, so gab es doch auch bei internationalen Treffen von Kriminalbeamten eine Neigung zur Geselligkeit, der insbesondere auch der Römer Graziano huldigte. So waren seine Nächte besonders kurz gewesen. Das merkte man seinem sehr entspannten Referat an diesem Morgen an.

«Alles hat sich verändert. Wir können sicher sagen, dass der Stoff, von dem wir sprechen, nicht der ist, der typischerweise aus Kolumbien über Antwerpen, Venedig oder Gioia Tauro nach Europa kommt. Den gibt es auch noch. Aber das, was jetzt kursiert, ist von viel besserer Qualität und trotzdem deutlich günstiger im Handel. Die Ausfuhr von Koks aus Kolumbien ist auch nicht gestiegen, und die Mengen, die davon hier beschlagnahmt wurden, sind im Rahmen des Üblichen. Interpol geht davon aus, dass es eine andere Quelle gibt – und einen anderen Weg, über den der Stoff hereinkommt.»

«Weiß man was über den Zwischenhandel?»
«Wie gesagt: Hast du in den letzten Jahren zwischen siebzig bis hundert Euro für ein Gramm bezahlt, bekommst du es jetzt für fünfzig bis sechzig. V-Leute sagen, dass es en gros sogar noch preiswerter ist – da bist du für ein Kilo mit dreißig- bis fünfunddreißigtausend dabei. Der Straßenhandel spielt für diese Ware aber kaum eine Rolle. Das ist auch nicht das Kokain, das du üblicherweise in Bars, Clubs, Discos oder Puffs bekommst – eher in Galerien, coolen Design-Hotels, hippen Edelrestaurants. Am ehesten scheint es auf exklusiven Partys vertickt zu werden. Damit ist es praktisch weg aus der Szene, in der die Kollegen unterwegs sind. Geschlossene Gesellschaft, wenn man so will. Wenn in diesen Kreisen mal ein Zugriff geglückt ist, dann sind die Mengen in der Regel so klein, die Verbindungen der Konsumenten so gut und die Anwälte so ausgebufft, dass die Ermittlungen schnell im Sande verlaufen. In diesen Kreisen würde es den sozialen Tod bedeuten, jemanden hinzuhängen. Verfahren gibt es kaum, meist erledigt sich so etwas per Strafbefehl und Auflagen. Hintermänner fliegen nie auf, niemand hat es nötig, sich als Kronzeuge anzudienen; wir sind also im Blindflug unterwegs.»
Bariello war nicht zufrieden.
«Ihr wart jetzt eine Woche zusammen, und das ist das ganze Resultat? Es hat doch geheißen, Rom sei ein Geheimtipp unter den Ermittlern – hier soll sich was etabliert haben. Was ist damit?»
Ispettore Graziano zog die Augenbrauen hoch.
«Vincenzo, sei nicht so ungeduldig! Es gab vor ein paar Monaten einen ’Ndrangheta-Aussteiger in Deutschland, der einen Tipp gegeben hat. Man solle sich wegen des Stoffs mal um einen Antiquitätenhändler in München kümmern. Also sind die Kollegen mit Drogenhunden rein in dessen Laden. Der Typ hatte nicht nur echte Antiquitäten, sondern auch nachgemachte antike Statuen – solchen Kram, wie du ihn in allen großen Museumsshops findest. Die Stücke waren aber nicht gefälscht, sondern hochwertige Replikate. Alles ganz legal. Davon hat er ’ne ganze Menge auch aus Rom bezogen.»

«Haben die Hunde was aufgespürt?»
«Tatsächlich haben sie in seinem Geschäft angeschlagen. Es waren Partikel von Kokain in seinen Auslagen nachzuweisen. Aber die waren so winzig, dass der Anwalt argumentiert hat, dass sie ebenso gut durch die Flugzeugwannen und stoßdämpfende Packmaterialien in den Containern des Airports an die Skulpturen des Händlers gelangt sein könnten - sozusagen eine Kokskontamination. Bei einer gründlichen Durchsuchung des ganzen Hauses und seiner Privatvilla ist absolut nichts herausgekommen. Die Referenzen des Antiquitätenhändlers und seine Geschäftskontakte waren einwandfrei. Also ist die sogenannte römische Spur im Sande verlaufen.»
«Wer waren seine Geschäftspartner in Rom?»
«Das Museo Nazionale, die Musei Capitolini und die Musei Vaticani, darüber hinaus in Neapel ...»
«Neapel interessiert mich nicht.»
«Sag mal, weshalb bist du eigentlich so schlecht gelaunt?»
«Als ihr weg wart, hatten Genaro und ich zwei Mordfälle und zwei Mordanschläge. Wir haben den Verdacht auf einen Umweltskandal, und wir haben eine ungeklärte Probe mit Genmaterial, die möglicherweise noch auf eine ganz andere Form von Verbrechen hindeutet. Und überall, wo ich hinschaue, kommt an irgendeiner Ecke eine Verbindung zum Vatikan heraus. Jetzt frage ich dich nach deinem ehrenwerten Antiquitätenhändler in München, und welchen Namen nennst du mir als letzten: die Vatikanischen Museen.»
«Das ist doch ein völliger Zufall. Der Mann arbeitet auch mit dem Louvre in Paris zusammen, mit dem Akropolismuseum in Athen und dem British Museum in London. Wer auf dem Niveau in dieser Branche unterwegs ist, unterhält mit allen großen Museen der Welt Geschäftskontakte.»
«Aber nicht alle Museen der Welt verschicken Antiken, an denen Koks klebt.»
«Du weißt doch gar nicht, ob der Koks an den Stücken aus Rom geklebt hat.»

«Wieso weißt du es nicht?»
Jetzt war Graziano eingeschnappt.
«Ich werde nachfragen.»
Bariello fuhr sich durch die Haare.
«Es nervt mich, dass wir seit Tagen mit unseren Mordfällen komplett im Nebel stochern – einer sinnloser als der andere. Ein Priester beim *Osservatore Romano* wird tiefgefroren, und ein Briefmarken sammelnder Pater, der in einer Gärtnerei arbeitet und gern mal zu tief ins Glas geguckt hat, ist plötzlich verdächtig, einen Giftanschlag begangen zu haben! Ehe wir ihn richtig verhören können, wird er von einem Scharfschützen umgelegt. Völlig absurd! Und wir haben nicht die kleinste Spur, mit der wir weitergekommen wären. Unserem Kollegen von der Vatikanischen Polizei, mit dem wir gemeinsam ermitteln, geht es genauso. Es macht mich nervös, wenn sich bei Kapitalverbrechen tagelang keine handfeste Spur findet. Ich brauche endlich irgendeinen losen Faden, an dem ich ziehen und die Fälle aufrollen kann. Bei Kokainhandel gehört Mord zu den Geschäftsbedingungen. Das könnte passen, da könnte man einhaken.»
Graziano war stets der ausgleichende Teil der Truppe, und wenn sich eine Möglichkeit bot, einen Streit abzubiegen, ließ er sie selten ungenutzt.
«Deine Idee finde ich an sich auch gar nicht abwegig. In den letzten zehn Jahren ist der Vatikan mit Stoff ganz schön in die Schlagzeilen geraten. In das Auto eines Kardinals hatte man vier Kilo Koks und ein paar hundert Gramm Gras eingeschmuggelt. Ein paar französische Zöllner haben das Zeug entdeckt. Und am Flughafen in Leipzig hatte man aparterweise mehr als ein Dutzend Kondome gefunden, die an den Vatikan adressiert waren und flüssiges Kokain enthielten. Schließlich haben die Kollegen vom Vatikanischen Corpo della Gendarmeria vor nicht allzu langer Zeit bei einer Schwulenparty im Vatikan gestört und dort Drogen gefunden. Die Wohnung gehörte dem Mitarbeiter eines Kardinals, von dem es geheißen hat, er solle demnächst Bischof werden. Das gab dann einen kleinen Karriereknick. Also, es schadet sicher nichts,

Vincenzo, wenn wir da gründlich hinsehen. Vielleicht kann uns dein Kollege weiterhelfen.»
«Versuchen wir's! Salvatore, du sprichst mit Ispettore Santoro, ob er Neuigkeiten aus jüngster Zeit zum Thema Koks im Vatikan hat – ich sag ihm, dass du vorbeikommst. Gaspare, ich möchte, dass du ins Hauptzollamt zu Fontana gehst und ihn fragst, ob er Hinweise hat, dass einer der römischen Seehäfen als Einfallstor für den neuen Stoff dienen könnte, und wie die Kontrollen der Güter ablaufen, die für den Vatikan bestimmt sind. Ich kümmere mich weiter um unsere Tiefkühlleiche und werde mal diesen Consigliere Lombardi aufsuchen, von dem Savio erzählt hat; vielleicht findet sich doch noch ein Weg in die U-Bahn-Baustelle ... Jedenfalls bin ich froh, dass ihr wieder hier seid. Was wir nicht im Kopf haben, werden wir mit den Füßen abarbeiten müssen.»
Bariello wandte sich an Di Lauro.
«Wie sieht es bei dir aus mit dem Lebenslauf von diesem Monsignor Leone?»
«Wenn Dottor Gentile recht haben sollte, dass der Monsignore gar nicht Oberto Leone heißt, sondern in Wirklichkeit Vito Buoninsegna ist, mit dem er vor vierzig Jahren zusammen studiert hat, dann kann ich zumindest sagen, dass es diesen Mann in Italien nicht mehr gibt. Ein Vito Buoninsegna hat sich vor achtunddreißig Jahren in Bari abgemeldet. Es gibt keine neue Anschrift, nur den Vermerk von damals bei der Meldebehörde, dass er zum Studium nach Madrid gegangen ist. Ich habe über Nacht eine Recherche über die zentralen Melderegister laufen lassen – ein Vito Buoninsegna ist in Italien nie mehr aufgetaucht; zumindest hat er sich nirgendwo mehr angemeldet. Ich habe mich zwar schon mit den spanischen Kollegen in Verbindung gesetzt, aber noch keine Ergebnisse. Doch noch etwas anderes ist interessant: Bei derselben Recherche kam heraus, dass bis vor fünfundzwanzig Jahren auch kein katholischer Priester namens Oberto Leone in Italien gemeldet war. Dann auf einmal gibt es einen. Sie dürfen dreimal raten, von wo aus der damals eingereist ist.»
«Spanien?»

«Centro!»
«Schau mal einer an ... Gennaro, du bleibst an diesem seltsamen Monsignore dran! Wir treffen uns heute Nachmittag wieder.»

Gästehaus des Vatikans, 7. August, vormittags

Montebello, Jackey und Padre Luis saßen im großen Speisesaal der Domus Sanctae Marthae. Wo üblicherweise die Genossenschaft der Töchter der christlichen Liebe vom heiligen Vinzenz von Paul das Regiment führte und für das leibliche Wohl der Gäste sorgte, verloren sich heute die drei Besucher, die in gedrückter Stimmung vor ihren *caffè*-Tassen saßen. Montebello hatte seine Archivarin gebeten, ihnen noch einmal von den Stimmen zu berichten, die sie in dem alten Gang unter dem Circus gehört zu haben glaubte.
«Ich weiß selbst, dass es verrückt klingt. Aber da *waren* Stimmen, menschliche Stimmen. Das habe ich mir nicht eingebildet!»
«Was haben sie denn gesagt?»
«Es war dumpf und verschwommen – ich konnte nichts verstehen.»
Montebello machte eine hilflose Geste.
«Jackey, verstehen Sie mich bitte nicht falsch! Aber die Luft da unten ist vollkommen abgestanden, ein Wunder, dass Sie überhaupt atmen konnten. Wer weiß, ob Ihnen nicht noch der Geruch von zig Jahrhunderten zusätzlich die Sinne benebelt hat. Ich glaube Ihnen absolut, dass Sie Stimmen gehört haben! Aber ob sie wirklich um Sie herum oder nicht doch in dieser belasteten Atmosphäre in Ihrem Kopf gewesen sind, da bin ich mir unsicher. Wir waren da acht oder zehn Meter unter der Erde – wo sollen denn da Stimmen herkommen?»
«Wenn nicht ...»
Der Weihbischof schaute seinen Privatsekretär an und zog die Augenbrauen hoch.
«Wenn nicht was, Padre Luis?»
«Sie haben selbst gesagt, Eccellenza, dass dort vielleicht durch das Blut der Märtyrer ein heiliger Ort sein könnte.»

«Lieber Padre Luis, Heilige sind keine Gespenster! Sie gehen nicht um wie Schlossgeister und verwirren uns mit unverständlichen Stimmen. Wenn Jackey eine Privatoffenbarung gehabt hätte, dann hätte die Erscheinung ihr etwas Wichtiges zu sagen gehabt – etwas, das im Zusammenhang mit der Heilsbotschaft des HERRN steht. Gottgesandte Erscheinungen vermitteln uns etwas, das bedeutend ist für den Menschen. Gerade frühchristliche Märtyrer hätten sicher etwas Besseres zu tun, als uns im Dunkeln zu erschrecken.»

«Und wenn es keine von *Gott* gesandte Erscheinung gewesen wäre? Selbst der Ketzer Luther glaubte an dunkle Kräfte, die in der Finsternis ihr Unwesen treiben. Angesichts der Untaten von Caligula und Nero würde es mich nicht wundern, wenn sie für alle Ewigkeit dort unten ...»

Padre Luis bekreuzigte sich. Montebello atmete tief durch und fuhr sich über die Stirn.

«In der Zeit des Reformators glaubte alle Welt an schwarze Magie, Hexen und Dämonen – weil man sich vieles nicht anders erklären konnte. Wir haben schon oft darüber diskutiert – also, bitte ...»

Er wusste, dass sein spanischer Privatsekretär bei aller Klugheit und allem Mut seinen tiefverwurzelten Glauben an Teufel und Dämonen nie hatte ablegen können. Damit strapazierte er bisweilen die Geduld seines Chefs. Also wappnete der sich für eine längere Debatte, die ihm diesmal aber erspart blieb, als es klingelte. Da nach der Renovierung die Schwestern noch nicht wieder ihren Dienst im Gästehaus des Papstes aufgenommen hatten, ging Padre Luis zur Tür. Es dauerte nur ein paar Sekunden, dann stand der Sekretär Montebellos schreckensbleich wieder im Speisesaal.

«Eccellenza, es ist etwas Furchtbares passiert. Monsignor Mariani hatte einen Unfall. Er ist gestern Abend in der Catacombe di San Sebastiano eine Treppe hinuntergestürzt und liegt schwerverletzt in der Gemelli-Klinik. Es steht schlecht um ihn – Sie sollen sofort kommen.»

Montebello sprang auf und rannte zur Tür.

«Signor Napoletano! Signor Napoletano!»

Zwei Minuten später stand Savio mit dem Wagen draußen, und kurz darauf eilte Montebello bereits die Treppe zur Klinik hinauf. Er wurde sofort zur Intensivstation gebracht. Ein Arzt führte ihn in einen Besprechungsraum.

«Eccellenza, der Zustand von Monsignor Mariani ist äußerst kritisch. Er hat eine Schädelfraktur und eine Gehirnblutung. Das Gehirn ist geschwollen, und wir haben im Rahmen der Notoperation den Druck verringert. Jetzt liegt er in einem künstlichen Koma, und wir versorgen ihn mit Schmerzmitteln. Sonst können wir kaum etwas tun, außer seinen Kreislauf zu stabilisieren. Sie müssen mit dem Schlimmsten rechnen – ich weiß nicht, ob er auch nur den heutigen Tag überlebt.»

«Wissen Sie, wie ...?»

«Ich weiß nur, dass er in der Katakombe San Sebastiano gestürzt ist. Ein anderer Besucher, ebenfalls ein Geistlicher, hat ihn gefunden. Er hat veranlasst, dass der Notarzt gerufen wurde. Es war ein glücklicher Zufall, dass ein paar Minuten vorher die Besatzung eines Rettungswagens im Schatten der Kirche vorgefahren war, um dort Pause zu machen. Sie waren sofort da, als der Notruf einging, und haben gleich mit der Reanimation begonnen. Andernfalls wäre er noch an Ort und Stelle gestorben.»

«Wie sind Sie darauf gekommen, mich zu informieren?»

«In seiner kleinen Aktentasche steckte ein Geldbeutel. Da drin hatte er unter anderem einen Ausleihschein mit dem Datum von vorgestern aus der Vaticana. Auf dem Zettel steht eine Signatur einer Zeitschrift ... irgendwas mit *katholische Theologie* ... und darunter: Vorbestellung für Sua Eccellenza Gian Carlo Montebello, Domus Sanctae Marthae. Wir haben einem Ausweis entnehmen können, dass er auf dem Gelände des Vatikans arbeitet. Aber da wir keinen weiteren konkreten Ansprechpartner in diesem Fall hatten, habe ich veranlasst, dass man Sie ruft. Sie kennen doch Monsignor Mariani – oder?»

«Wir waren Kollegen, als ich noch an der Vaticana gearbeitet habe. Vor ein paar Tagen haben wir uns zum ersten Mal seit langem wiedergesehen. Was es mit dieser Ausleihe auf sich hat, weiß ich nicht. Aber Gott sei Dank, dass Sie mich haben rufen lassen. Darf ich zu ihm?»

Der Arzt zögerte kurz.

«Sicher, aber nur für eine Minute. Sie müssen sich einen sterilen Anzug überziehen. Kommen Sie bitte!»

Bald stand Montebello am Bett Adelmo Marianis. Soweit dessen Kopf nicht bandagiert war, sah man überall schwere Blutergüsse. Um ihn herum surrten und klickten die Lebenserhaltungssysteme. Ein Schlauch der Beatmungsmaschine führte durch einen Luftröhrenschnitt in den Körper des Verletzten. Montebello strich sanft über dessen Hand, während er ein Gebet sprach.

Als er die Intensivstation verließ, bat er, man möge ihn zu jeder Tages- und Nachtzeit verständigen, sobald sich der Zustand des Kranken verschlechtern sollte. Er wollte schon gehen, als er sich noch einmal umwandte.

«Bitte, Suora, ich möchte dem Geistlichen danken, der den Notruf veranlasst hat. Haben Sie seinen Namen?»

Die Schwester schaute in ihren Computer.

«Ein Monsignor Alessandro Bergomi. Er ist nicht aus Rom und hat für die Dauer seines Aufenthalts als Adresse ein Hotel angegeben – das Colosseo, nahe Stazione Roma Termini.»

«Danke, Suora!»

«Ach, Eccellenza! Monsignor Mariani hatte eine kleine Aktentasche bei sich, als er gestürzt ist. Der Fahrer des Rettungswagens hat sie bei uns abgegeben, als man ihn eingeliefert hat. Darf ich sie Ihnen mitgeben?»

Es dauerte eine Weile, bis Savio Montebello durch den dichten Mittagsverkehr zum Hauptbahnhof gebracht und in der Nähe des Hotels einen Parkplatz gefunden hatte. Es gehörte zu einer der großen Ketten, die in allen Hauptstädten Europas ihre gesichtslosen Kästen für Reisegruppen hinstellten. Montebello musste einige Minuten warten, bis er in der Schlange an die Rezeption vorgerückt war. Als er seinen Wunsch äußerte, Monsignor Bergomi zu sprechen, teilte ihm der Portier mit, dass es keinen Gast dieses Namens gebe. – Nein, es sei auch keiner seit gestern abgereist.

Montebello setzte sich vor dem Hotel auf eine Bank und rief noch einmal auf der Intensivstation an, ob er den Namen des Geistlichen oder des Hotels falsch verstanden habe. Der Name war der richtige. – Montebello wusste nicht, wie lange er taub und blicklos in die Blechlawine gestarrt hatte, die in einem endlosen Strom an ihm vorüberzog, bis er realisierte, dass jemand schon ein paar Mal seinen Namen sprach.

«Eccellenza Montebello! Eccellenza, bitte, was ist mit Ihnen?»

Er blickte auf und sah Savio vor sich stehen.

«Ich bin völlig durcheinander. – Bitte, Signor Napoletano, warten Sie beim Wagen. Ich brauche jetzt etwas Zeit für mich.»

Als Savio fort war, erhob sich Montebello und ging zu der nahe gelegenen Basilika Santa Maria Maggiore, um für seinen Kollegen zu beten. In dem gewaltigen Kirchenraum, dessen Anfänge bis ins fünfte Jahrhundert zurückreichen, verloren sich nur ein paar Besucher. Nachdem er die Finger in das Weihwasserbecken neben dem Portal getaucht hatte, bekreuzigte er sich und ging durch den Mittelgang nach vorn; er beugte das Knie und setzte sich auf einen der roten Plastikstühle, die das Hauptschiff füllten. Der Unfall Marianis wühlte ihn auf – ein Mensch, der sich in unschuldiger Neugier für jede Frage der Kirchengeschichte begeistern und sich in seinen Forschungen verlieren konnte wie ein Kind im Spiel. Und dann sollte von einem Moment auf den anderen ein schrecklicher Sturz das Leben dieses so liebenswerten Gelehrten beenden? Montebello spürte, wie sich seine Augen mit Tränen füllten, und richtete den Blick nach oben. In der Apsis erstrahlte er ein Mosaik, das Jesus zeigte, der hinter dem Sterbebett der Gottesmutter stand und ihre in weiße Gewänder gehüllte Seele in seinen Händen barg, während Apostel, Heilige, Kirchenväter und Kleriker ihren Heimgang beweinten. Montebello betete inbrünstig, dass alle Heiligen, die dort oben versammelt waren, seinem alten Kollegen beistehen sollten. Dabei wanderte sein Blick über den mit spätantiken Mosaiken überzogenen Triumphbogen, der sich hoch über dem Baldachin des Altars erhob, dessen goldumrankte Säulen violett schimmerten. Irgendetwas in dieser Fülle der Bilder aus dem Leben Jesu und Mariens zog seine Aufmerksamkeit auf sich. Und dann, noch bevor er richtig begriffen hatte, was seinen Blick bannte, erhob er sich – es war direkt vor ihm: der Kindermord von Bethlehem. König Herodes machte eine befehlende Geste; schon griff ein Soldat nach dem Kind der ersten Frau, die vor ihm stand, um es zu töten. Ein unschuldiges Kind, in dem der Herrscher in seinem Wahn eine Gefahr für sich und seine Macht sah! Der Tod des Kindes war beschlossene und befohlene Sache! Montebello fühlte, wie sich sein Puls beschleunigte, je länger er das Bild betrachtete. Er strich sich über die Stirn: Marianis Sturz war so wenig ein Unfall wie der Tod dieses Kindes. Der Geistliche, der verschwunden und dessen Name im Hotel unbekannt war! Das alles war kein zufälliges Zusammentreffen!

Montebello bekreuzigte sich, machte eine Kniebeuge und eilte mit großen Schritten aus der Kirche. Draußen zog er sein Smartphone heraus und wählte die Nummer von Yoris Lisimba.

«Pronto!»

«Monsignor Lisimba – Montebello hier! Ich muss Ihnen eine furchtbare Nachricht überbringen: Unser Mitbruder Monsignor Adelmo Mariani, mein ehemaliger Kollege in der Vaticana, ist in den Katakomben des heiligen Sebastian gestürzt und liegt mit lebensgefährlichen Verletzungen in der Gemelli-Klinik. Ich habe ihn noch vor einer Stunde besucht, aber er hat nach einer Notoperation gestern noch nicht das Bewusstsein wiedererlangt.»

«Um Gottes willen!»

«Aber, Monsignor Lisimba, so schrecklich all das ist, ich fürchte, es ist noch nicht das Schlimmste. – Ich bin sicher, dass Adelmo ermordet werden sollte.»

«ECCELLENZA!» Die Heftigkeit des sonst so ruhigen und besonnenen Sekretärs ließ Montebello zusammenzucken. «Machen Sie die Dinge nicht grauenvoller, als sie ohnehin schon sind.»

«Wenn wir die Augen vor den Fakten verschließen, werden die letzten Dinge schlimmer sein als die ersten, Monsignore: Adelmo war Zeuge der Vorgänge im Archivio Apostolico. Er hatte Monsignor Angelosanto erkannt, und wer immer der Kardinal war – es bestand die Möglichkeit, dass er auch ihn noch identifizieren würde. Außerdem hatte er sich bereiterklärt, uns bei der Suche nach dem Grab zu helfen.»

«Wie hätten andere davon erfahren können?»

«Ich weiß es nicht, aber als ich jetzt in der Kirche Santa Maria Maggiore für Adelmo gebetet habe, überkam mich die Gewissheit, dass dieser Sturz nicht einfach nur ein schrecklicher Unfall war. Weshalb sollte ein Priester, der ihn – wie man mir in der Klinik gesagt hat – gefunden hat, dort eine falsche Adresse angeben?»

«Vielleicht ... ist er nur missverstanden worden.»

«Vielleicht – aber wollen Sie auf diese Vermutung hin möglicherweise einen Mörder entkommen lassen? Jemanden, der vielleicht aus unseren eigenen Reihen stammt und der noch weiter zu gehen bereit ist, wenn er jetzt nicht aufgehalten wird? Wir wissen beide, dass das, was Padre Luis von Monsignor Angelosanto erfahren hat, Anlass zu allergrößter Besorgnis gibt.»

Montebello merkte, dass Lisimba tief getroffen war. Seine Stimme war unsicher, als er nach ein paar Sekunden antwortete.

«Was könnten wir Ihrer Meinung nach tun, um uns Gewissheit zu verschaffen? Wenn wir in dieser Lage einen Fehler machen, könnte ein Skandal den Vatikan erschüttern und noch mehr Kardinäle in das Lager der Gegner Seiner Heiligkeit treiben.»

«Wenn ich mich irre, Monsignore, geschieht im schlimmsten Fall gar nichts. Aber wenn ich recht habe, bekommen wir eine Chance herauszufinden, was die Gegner des Papstes planen. Doch dafür brauche ich Ihre Hilfe und die Zustimmung des Heiligen Vaters ...»

Zur selben Zeit im Gästehaus des Vatikans

Als Montebello aus der Domus Sanctae Marthae davongestürzt war, blieben Jackey und Padre Luis verwirrt zurück.

«Haben Sie eine Vorstellung, weshalb Monsignor Mariani die Katakomben des heiligen Sebastian besucht haben könnte?»

«Nicht die geringste. Gestern war ein normaler Werktag – er verbringt seine Tage üblicherweise von morgens bis abends in der

Bibliothek. So wie ich ihn kenne, passt eine Exkursion gar nicht zu ihm. Aber vielleicht hat er sich in den letzten Jahren auch verändert.»

Sie beschlossen, auf alle Spekulationen zu verzichten, bis Sua Eccellenza zurück war. Vielleicht würde er ihnen mehr sagen können.

«Glauben Sie mir eigentlich, Padre Luis?»

«Was meinen Sie?»

«Die Stimmen im Gang.»

«Jedes Wort!»

Jackey lächelte ihm dankbar zu. Dann richtete sie sich auf.

«Wissen Sie, ehe wir uns jetzt den Kopf zermartern, was dem armen Monsignore geschehen ist, könnten wir auch nachsehen, was da unten los ist.»

«Wir beide? Allein? Jetzt gleich?»

Es war unübersehbar, dass ihm der Gedanke nicht sonderlich behagte.

«Wir müssen natürlich nicht, wenn Sie Angst haben.»

Statt einer Antwort erhob sich Padre Luis und durchquerte mit energischen Schritten den Speisesaal.

«Wo bleiben Sie denn, Dottoressa? Ich dachte, Sie wollten in den Gang hinuntersteigen?»

Und während der Privatsekretär bereits auf dem Weg zur Kellertreppe war, folgte ihm eine grinsende Jackey.

Die Metalltür zu den unterirdischen Gängen hatten sie am Vorabend nicht mehr abgeschlossen. Das Werkzeug des Archäologen stand davor, so wie sie es zurückgelassen hatten. Beide griffen sich eine Stablampe, Jackey noch ein Stemmeisen und ein Seil, während sich Padre Luis mit einem Hammer bewaffnete. Sie knipsten das Licht in dem unterirdischen Gang an und zogen dann die Tür hinter sich zu, für den Fall, dass zufällig ein Außenstehender hier herunterkommen sollte. Kurz darauf knieten sie auch schon an der Stelle, von wo aus Jackey allein weitergekrochen war. Sie vergrößerten mühelos die Passage, so dass diesmal auch Padre Luis hindurchpasste.

«Es geht doch nichts über schlanke Männer!»
Auch wenn der Geistliche nichts erwiderte, glaubte Jackey im fahlen Schein der Lampen einen stolzen Zug im Gesicht des Spaniers erkennen zu können. Der Gang, in dem sie jetzt unterwegs waren, maß vom Boden bis zur Decke etwas mehr als einen Meter; er mündete wieder in jenen größeren Keller, wo sie stehen konnten und wo Jackey die Stimmen gehört hatte. Da sie beide Lampen hatten, fiel es ihnen leicht, die Abmessungen zu schätzen.
«Was meinen Sie, Padre – vielleicht zwanzig Quadratmeter?»
«Kann gut sein. Aber mir fällt was anderes auf. Merken Sie es nicht?»
Jackey schüttelte den Kopf.
«Ich spüre einen Luftzug. Also, wenn Sie Stimmen gehört haben, dann jedenfalls nicht, weil Ihnen hier irgendwelche uralten Dämpfe die Sinne vernebelt haben.»
«Stimmt – jetzt, da Sie es sagen …! Aber im Moment ist es auch ganz still. Ich höre nichts.»
«Schauen wir, wo die Brise herkommt. Halten Sie mal die Lampe waagrecht.»
Padre Luis griff sich eine Handvoll Staub und ließ sie langsam im Lichtkegel zu Boden rieseln. Der Staub beschrieb einen leichten Bogen von der Wand weg, die dem Zugang gegenüberlag, durch den sie gekommen waren. Während Jackey ihm leuchtete, klopfte der Privatsekretär Montebellos bereits sacht gegen die Mauer. Er brauchte nicht lang zu suchen, bis es hohl klang.
«Wir wollen nichts kaputt machen.»
Er ruckelte an einem Ziegel, der kaum noch von Mörtel umgeben war. Kurz darauf hielt er ihn in der Hand. Nun war der Lufthauch deutlich zu spüren. Das Loch ließ sich mühelos erweitern, und ein paar Minuten später war es so groß, dass der Padre den Kopf hindurchstecken konnte.
«HILFE! HILFE! ES FRISST MICH AUF!»
«Um Gottes willen, Padre Luis!»
Jackey fasste den Spanier an den Schultern und zog ihn mit aller Kraft zurück. Als er wieder auf ihrer Seite war, drehte sie ihn

herum, und es grauste ihr bei dem Gedanken, wie sein Gesicht aussehen würde. Padre Luis war kopfüber bis zu den Schultern mit grauem Staub bepudert – aber er grinste bis über beide Ohren.
«Und wer hat jetzt Angst gehabt, Dottoressa?»
In Jackeys Gesicht zeigte sich eine Mischung aus Entsetzen, Empörung und Erleichterung. Im nächsten Moment saßen sie beide auf dem Boden und lachten, bis ihnen die Tränen über die Wangen liefen. Schließlich kamen sie wieder zu Atem.
«Keine Geister?»
«Keine Geister.»
«Haben Sie überhaupt was gesehen?»
«Als ich den Kopf durchgeschoben habe, kam dermaßen viel Staub von oben runter, dass ich meine Augen schließen musste; ich konnte überhaupt nichts erkennen.»
«Dann lassen Sie mich mal ...»
Gleich darauf kniete Jackey vor der Öffnung. Sie war zierlicher als der Padre und konnte die Arme und den Oberkörper bis zur Brust hindurchschieben. Es blieb eine Weile still.
«Und – können Sie was sehen?»
«Das ist völlig verrückt.»
Kurz darauf stand sie wieder neben dem Privatsekretär.
«Versuchen Sie's nochmal, aber diesmal mit offenen Augen! Und leuchten Sie den Gang rauf und runter!»
Sie drückte ihm die Lampe in die Hand, und Padre Luis tat, wie ihm geheißen. Er ließ den Lichtstrahl den Gang entlangwandern und fuhr jedes Mal zusammen, wenn er ein neues Objekt erkannte – die Statue der Göttin Diana, die Skulptur eines Jugendlichen in Toga, den Kopf der Julia Domna, eine römische Kopie der Artemis von Ephesos, ein Portraitkopf des Diktators Sulla, die Büste des Marcus Antonius, eine Statue der Isis, eine Portraitbüste Julius Caesars. Dahinter im Halbschatten verloren sich noch weitere Standbilder, ohne dass er sie identifizieren konnte. Als der Privatsekretär Montebellos sich wieder aus der Maueröffnung herauswand, war das Lachen aus seinem Gesicht verschwunden.
«Wie kann das sein? – Diese Kunstwerke stehen alle in den Vati-

kanischen Museen. Sie stammen aus verschiedenen Epochen. Sie können nicht schon zu der Zeit hierhergekommen sein, als der Circus und diese Gänge errichtet wurden.»

«Das sind keine Originale – sie haben auch längst nicht alle die Originalgröße. Das sind ... Nachbildungen. Moderne Kopien.»

«Aber das würde bedeuten, dass hier unten Leute aus dem Museum arbeiten und eine Art Lager haben. Davon müsste doch etwas bekannt sein. Zumindest Oberto Leone hätte es wissen müssen. Wenn diese Gänge instand gehalten werden, dann würde das doch die Suche nach dem Grab der Frau des Petrus enorm erleichtern. Dann sind wir ganz nah dran!»

«Ich wette, Padre Luis, davon weiß niemand etwas, sonst wäre das hier in aller Munde. Es wäre eine wissenschaftliche Sensation. Zumindest Dottor Mattei wüsste ganz bestimmt davon und hätte es erwähnt, als wir mit ihm über den Unterbau des Circus gesprochen haben. Jede Wette: Was wir gerade gesehen haben, gibt es offiziell nicht. Ich denke, wir sollten das Loch wieder zumachen, so gut wir können. Dann informieren wir die anderen.»

Rom, Via Luigi Bellotti Bon, 7. August, mittags

Sua Eminenza Panettiere war, nachdem er wie allmorgendlich die Beichte im Petersdom gehört hatte, nach Hause zurückgekehrt. Der Tag war zu schön, um ihn in seinem Büro im Vatikan zu verbringen, und so hatte er sich in einem Korbstuhl im Garten seiner Villa niedergelassen und überlegte, wie sich in wenigen Tagen sein Leben ändern sollte. Der Einfluss seiner, Ludovico Panettieres, Gefolgsleute und das Wissen, das er über so viele Kirchenmänner – auch in den Reihen der Kardinäle – gesammelt hatte, würde ein sehr nützlicher Beitrag sein, wenn es darum ging, die Wahl eines neuen Pontifex maximus zu sichern, der allen zeitgeistigen Strömungen abhold war. Der Mann, den er auf dem Thron des Fischers sehen wollte, würde ihm seine Hilfe damit vergelten, ihn wieder in sein altes Amt zu führen. Dort würde er sich von neuem in einer Machtstellung sonnen, die in der Welt der Kirche ohne

Vergleich war. In Gedanken war er bei jenen Projekten angelangt, die er in Angriff nehmen wollte, als Cappellano Brambilla herantrat.

«Was gibt es?»

«Monsignor Mariani hatte gestern einen Unfall. Er ist eine Treppe hinuntergestürzt, als er die Catacombe di San Sebastiano besucht hat.»

«Einen schweren Unfall?»

«Lebensgefährlich. Er musste wiederbelebt werden, bevor er in einem Rettungswagen abtransportiert wurde. Aber ich denke nicht, dass er diesen Sturz überlebt.»

Panettiere nickte.

«Ich danke Ihnen, Cappellano; Sie sind mir seit langem zu einer unverzichtbaren Stütze geworden. Seien Sie versichert, ich habe nie die Menschen vergessen, die Gutes für die gute Sache getan haben. Wir beide gehen großen Zeiten entgegen.»

«Danke, Eminenza, ich wüsste kein edleres Ziel in meinem Amt, als Sie auf Ihrem Weg zu unterstützen! Übrigens ...», er nestelte in der Innentasche seines Habits, «... dies hier trug der Verunglückte bei sich.»

Er zog das Blatt heraus, das er bei Adelmo Mariani gefunden hatte. Panettiere warf einen Blick auf die Notiz und reichte sie dann Brambilla zurück.

«Dieser neapolitanische Abschaum hat also die Suche nicht aufgegeben. Da hat doch heute Morgen jemand in der Beichte etwas verschwiegen. Ein Frevel am heiligen Bußsakrament. Ich denke, es wird Zeit, Konsequenzen zu ziehen, nachdem wir uns lange in väterlicher Liebe und Geduld geübt haben. Aus einer trüben Quelle soll keiner Wasser schöpfen, der sich nicht vergiften will. Versuchen Sie, Professor Santiago de la Costa zu erreichen, Cappellano Brambilla! Sagen Sie ihm, wir brauchen noch heute seine Fähigkeiten, um eine arme Seele aus den Fängen des Versuchers zu retten. Und rufen Sie im Klarissenkonvent Mater Ecclesiae an; ich möchte umgehend mit der Oberin sprechen.»

Rom, Ristorante Oliva verde, 7. August, früher Nachmittag

Ein Kellner führte Bariello an einen Tisch, wo ein distinguierter grauhaariger Herr im blauen Anzug mit weißem Hemd und – trotz der Hitze – mit Weste und Krawatte saß und die Wirtschaftszeitung *Il Sole 24 Ore* las. Als Bariello an den Tisch trat, blickte er auf.

«Ich nehme an – Commissario capo Vincenzo Bariello?»

«Ich danke Ihnen, Avvocato Lombardi, dass Sie sich so kurzfristig Zeit für mich genommen haben.»

«Für unsere Polizei immer gern! Haben Sie schon gegessen?»

«Danke, nein – einen *caffè*!»

«Nun, womit kann ich helfen? Sie sagten am Telefon, die neue U-Bahn-Verbindung unter dem Vatikan mache Ihnen Sorgen. Ich weiß nicht, was ich in dieser Sache für Sie tun könnte. Meine Kanzlei ist nicht in dieses Projekt involviert.»

«Umso mehr weiß ich zu schätzen, dass Sie sich dennoch so rasch zu diesem Gespräch entschlossen haben, obwohl Sie gar nicht mit dem Thema befasst sind.»

«Allgemeines Interesse. Es ist eine sensible Angelegenheit für römische Wirtschaftskreise. Aber ich verstehe immer noch nicht …»

«Würde es Ihnen etwas ausmachen, Avvocato, wenn wir den *caffè* an einem der Tische vor dem Lokal nehmen könnten? Ich genieße stets die frische Luft, wenn ich mal aus meinem Büro herauskomme.»

Signor Lombardi zog die Augenbrauen hoch.

«Nein, durchaus nicht. Mir geht es wie Ihnen.»

Als sie am Tisch vor dem Lokal Platz genommen hatten und der *caffè* vor ihnen stand, beugte sich Bariello vor.

«Es spricht sich hier entspannter – es hören nicht so viele Leute zu.»

«Aber das Lokal ist leer, Commissario.»

«Ich weiß – aber die Technik heutzutage vollbringt wahre Wunder. Avvocato, Ihr Mandant Don Basilio Arcuri …»

«Ich spreche nicht über meine Mandanten.»

«Das müssen Sie nicht, zumal Sie nur den einen haben. Lassen Sie mich über ihn sprechen! Trotz seiner exzellenten Verbindungen ist er komplett raus aus dem U-Bahn-Geschäft – oder besser gesagt: Er ist gar nicht erst einbezogen worden. Das ist sicher hart für einen großen Geschäftsmann wie ihn. Möglicherweise kenne ich aber einen Weg, der ihm unfehlbar Gehör beim Innenminister verschaffen würde, der seinerseits besonderen Anteil an diesem Projekt nimmt.»

«Nehmen wir einmal an, das wäre für meinen Mandanten von Interesse, was wären Ihre Erwartungen?»

«Ein so mächtiger und einflussreicher Mann wie Ihr Mandant hat viele Kontakte in alle Teile der römischen Gesellschaft. È un uomo d'onore! Und als solcher war er sicher ebenso betroffen wie ich, dass vor einigen Tagen ein Geistlicher auf dem Gelände des Vatikans erschossen worden ist.»

«Ich verstehe immer noch nicht ...?»

«Der Schütze muss ein Meister seines Fachs gewesen sein, denn er hat aus gut und gern sechzig Metern mit einem Präzisionsgewehr den Padre in die Schläfe getroffen, während der von zwei Polizisten abgeführt wurde. Einer davon war ich. Wer mir sagen würde, warum das geschehen ist und wer dahintersteckt, für den würde ich versuchen, die verstopften Kanäle ins Innenministerium zu reinigen. Dann würde mit Sicherheit auch dort die Einseitigkeit der Auftragsvergabe durch die Baubehörde beim U-Bahn-Bau ausschließlich an den Zhao-Konzern als korrekturbedürftig empfunden, und auch der Werkschutz durch die Triaden bekäme erhebliche Probleme.»

«Ich habe von dem Mord an dem Geistlichen gelesen. Schrecklich, ganz schrecklich – ausgerechnet im Vatikan. Ein furchtbares Verbrechen! Aber wie kommen Sie darauf, dass Signor Arcuri Sportschützen kennt?»

«Denken Sie darüber nach, was ich gesagt habe, Avvocato! Ich weiß, dass Don Basilio mit dieser Angelegenheit nichts zu tun hat. Das ist schon lange nicht mehr sein Geschäftsfeld. Aber so etwas kann hier nicht geschehen, ohne dass der mächtigste Pate der Stadt nicht in Erfahrung bringen könnte, was da gespielt wird. Ich will den Grund für den Mord, den Namen des Schützen, und ich will wissen, wer die Hintermänner sind. Sie sind ein friedliebender Mann, Dottor Lombardi. Aber keinen Schuss abzugeben und dennoch den Krieg zu gewinnen, das ist das Meisterstück eines jeden Consigliere. – Sie wissen, wie Sie mich erreichen.»

Als Bariello nach seinem Geldbeutel griff, hob Avvocato Lombardi abwehrend die Hand.

«Ich bitte Sie, Commissario!»

Aber mit einem freundlichen Lächeln legte Bariello zwei Euro auf den Tisch.

«Danke, Avvocato, doch wenn Sie mich einladen, müsste ich über unsere Plauderei eine Notiz für die Compliance-Abteilung der Questura anlegen.»

Rom, Questura, Via di San Vitale, 7. August, nachmittags

«Fang du an, Salvatore! Hat Ispettore Santoro irgendwelche aktuellen Erkenntnisse über Drogen im Vatikan?»

«Seit dieser Party bei dem Kardinalsmitarbeiter, von der ich heute Morgen schon erzählt habe, ist niemand mehr von den Leuten, die in der Vatikanstadt leben oder zumindest arbeiten, wegen Drogenbesitz auffällig geworden. Ab und zu erwischt die Gendarmeria Vaticana ein paar Touristen, die in den Gärten hinterm Petersdom kiffen, und übergibt sie dann den römischen Kollegen. Ansonsten Fehlanzeige. Santoro hat mir alle Berichte über Drogenvorkommnisse aus den letzten Jahren vorgelegt – da war nichts außer dem, was wir schon wissen. Allerdings ...»

«Allerdings was?»

«Ich habe noch einmal mit den Kollegen bei Interpol telefoniert: Die Kokainspuren an den Plastiken des Münchner Antiquitätenhändlers waren nicht mehr verlässlich einzelnen Objekten zuzuordnen. Das könnte, wie gesagt, an den Packmaterialien gelegen haben, wenn es denn eine *zufällige* Kontamination war ... Aber – es klebten tatsächlich auch Partikel an Replikaten aus den Vatikanischen Museen.»

Bariello atmete vernehmlich aus.
«Danke, Salvatore! Wie war's bei dir, Gaspare? Was weiß Fontana über die römischen Häfen und das Kokain?»
Ispettore Bertani zog für seinen Report einen Notizblock aus dem Uniformhemd.
«Die Kollegen vom Zoll haben im Zusammenhang mit der Zunahme des neuen Stoffs im Laufe des letzten halben Jahres an allen drei römischen Häfen ihre Kontrollen verschärft: Das Finanzministerium hat ihnen sogar neue Stellen zugestanden, damit sie mehr Stichproben machen können – also nicht nur die Hinweise der V-Männer abarbeiten müssen. Aber abgesehen von ein paar kleineren Funden kam dabei nichts heraus. Wenn Koks entdeckt wurde, war es das Übliche aus Kolumbien. Fontana meint, dass der Stoff – falls er tatsächlich über Rom reinkommen sollte – dann am ehesten über den großen Containerhafen Civitavecchia; Fiumicino und Gaeta sind kleiner und leichter zu kontrollieren. Alle Lieferungen von Massengütern werden systematisch geprüft. Das gilt auch für Lieferungen an den Vatikan.»
«Wer kontrolliert die?»
«Der römische Zoll – in Zusammenarbeit mit der kleinen vatikanischen Zollbehörde, dem Ufficio Merci.»
«Hm – also werden die Kontrollen von den Leuten von Fontana durchgeführt; dann läuft das professionell ab. Und was hast du über Monsignor Leone herausgefunden, Gennaro?»
«Der hat einen interessanten Lebenslauf.»
«So genau wollte ich es gar nicht wissen.»
«Verzeihung, Commissario! Da der Monsignore Karriere im Vatikan gemacht hat, habe ich mir gedacht, ich klappere mal die päpstlichen Universitäten in Spanien ab. Ich habe Glück gehabt. Die Universidad Pontificia de Comillas in Madrid war die erste, bei der ich es versucht habe, weil es eine der berühmtesten in ganz Spanien ist. Als ich dort im Sekretariat angerufen habe, hat man mich mit dem Dekan verbunden. Der wusste sofort, von wem ich spreche. Man ist stolz, dass ein international renommierter Wissenschaftler vom Rang Oberto Leones sich einst seine ersten Spo-

ren als Theologe in dieser Einrichtung erworben hat. Leone hat dort übrigens sein Studium ein Jahr später aufgenommen, nachdem Vito Buoninsegna sich in Bari abgemeldet hat. Wenn es derselbe Mann ist – und ich denke, davon können wir ausgehen –, dann hat er wahrscheinlich dieses Jahr genutzt, um sein Spanisch entweder aufzupolieren oder es von Grund auf zu lernen. Dottor Gentile sagt ja, er sei hochbegabt gewesen. Da könnte ihm ein Jahr gereicht haben, das er sicher auf Papas Kosten an einer erstklassigen Sprachschule irgendwo in Spanien verbracht hat.»

«Aber er ist doch ein renommierter Archäologe ...»

«Als ich gemerkt habe, wie stolz der Dekan auf diesen Absolventen der Universität ist, habe ich gesagt, ich würde an einem Artikel über Monsignor Leone für den *Osservatore Romano* arbeiten.»

«Gennaro! Du weißt genau, was ich dir über die Verwertbarkeit von Beweismitteln ...»

«Sicher, Commissario, aber es gibt höhere Formen der Wahrheit, wenn es mal schnell gehen muss. Jedenfalls, als ich das gesagt habe, brachen auf der anderen Seite alle Dämme. Der Mann hat mir erzählt, dass der heutige Leiter der Vatikanischen Archäologie seinerzeit mit Erlaubnis der Universitätsleitung, die in den Händen der Jesuiten liegt, noch während seines Theologiestudiums wegen seiner exzellenten Leistungen zusätzlich ein Studium der Archäologie und Kunstgeschichte an der Nachbaruniversität Universidad Complutense Madrid aufnehmen durfte. Er hat dabei den Schwerpunkt auf Christliche Archäologie gelegt. Ein Jahr nach der Priesterweihe wurde er mit einer Arbeit über frühchristliche Grabstelen in Spanien promoviert. Mit seinen herausragenden Noten bekam Leone danach ein Forschungsstipendium am Ashmolean Museum in Oxford. Er war drei Jahre dort, hat den Grad eines PhD erworben, und jeder erwartete damals wohl, dass er mit diesem Abschluss als Christlicher Archäologe akademisch durchstarten würde. Aber dann muss dort irgendetwas gewesen sein.»

«Was heißt das?»

«Ich weiß es nicht – das konnte der Dekan mir auch nicht sagen.

Aber sein Stolz über diesen Absolventen seiner Universität ist offenbar durch die weitere Entwicklung noch größer geworden. Jedenfalls kam Leone überraschend zurück nach Madrid und bat die Leitung der päpstlichen Universität, ihm zu ermöglichen, noch einmal ganz andere Erfahrungen zu sammeln. Er wollte nach Südamerika gehen, um sich als Priester zu bewähren. Die Jesuiten haben das nachdrücklich begrüßt. Es passt in ihr Konzept, dass ein Theologe sich in der Welt umschaut und noch andere Erfahrungen macht, die ihn spirituell und in seinem Priestertum weiterbringen. Auf seinen eigenen Wunsch hin ist er nach Peru gegangen. Er ist vier Jahre dort geblieben. Wissen Sie, wo er als Priester gearbeitet hat?»
«Mach's nicht so spannend.»
«Im Valle Alto Huallaga, und zwar im Distrikt Monzón.»
«Ja, und?»
«Monzón ist eines der wichtigsten Zentren für den Koka-Anbau in Peru.»

Gästehaus des Vatikans, 7. August, früher Abend

Die Stimmung der Anwesenden war gedrückt. Sua Eccellenza Montebello hatte jenen, die noch nichts von dem Sturz Monsignor Marianis wussten, gesagt, dass dieser schwer verletzt in der Klinik liege und es sehr schlecht um ihn stehe. Von seinem Verdacht aber hatte er nichts gesagt. Eine Weile herrschte Schweigen, ehe Monsignor Mattei sich an den Weihbischof wandte.
«Wäre es Ihnen lieber, wenn wir unter diesen Umständen heute Abend nicht in die Gänge unter dem Circus hinabstiegen? Wir können das ebenso gut ...»
«Ich glaube, ich bin heute Abend nicht fähig, mich an der Suche zu beteiligen, aber natürlich können Sie mit den anderen weitermachen.»
«Wir werden bei der weiteren Suche vorsichtiger sein müssen.»
Die Augen der anderen richteten sich auf Padre Luis.
«Wie meinen Sie das?»

«Nachdem Sua Eccellenza heute Morgen aufgebrochen ist, wollten Dottoressa Jackey und ich uns davon überzeugen, was es mit ihrem Erlebnis auf sich hatte, als sie allein in den Gang vorgedrungen war und Stimmen zu hören meinte.»

Montebello schüttelte den Kopf, und wenn er besser beieinander gewesen wäre, hätte er den beiden wahrscheinlich eine Standpauke gehalten.

«Wie konnten Sie das tun? Wir wissen viel zu wenig über die Beschaffenheit der Gänge. Sie könnten baufällig sein. Habe ich nicht recht, Monsignor Mattei, Dottor Berliner?»

Die beiden Archäologen konnten ihm nicht widersprechen.

«Wenn Sie allein dort unten sind und verschüttet werden, wird niemand Ihnen helfen können. Ich habe so etwas einmal erlebt – das reicht mir für mein ganzes Leben.* Sie müssen mir versprechen, dass sich so etwas niemals wiederholt. Der ... Sturz von Adelmo Mariani trifft mich grausam genug. – Also, nun sagen Sie schon, was Sie damit meinen, dass wir bei der weiteren Suche vorsichtiger sein müssen! Was ist da unten passiert?»

Jackey zuckte mit den Schultern.

«Genau wissen wir es auch nicht. Aber wir haben den Durchgang zu einem weiteren Gang geöffnet.»

Als Dottor Mattei scharf die Luft einsog, kam Padre Luis ihr zu Hilfe.

«Natürlich absolut behutsam. Ein paar Steinlagen nur auf ganz kleiner Fläche, gerade so, dass man den Kopf hindurchstecken konnte. Es konnte überhaupt nichts passieren; der Mörtel war komplett zerbröselt.»

Montebello wurde immer ungehaltener.

«Raus damit – was haben Sie entdeckt?»

«Wenn ich das wüsste, Eccellenza. In dem Gang, in den wir hineinschauen konnten, standen antike Statuen und Statuetten. Wir konnten sie natürlich nicht genauer in Augenschein nehmen, weil wir ja nicht in den Gang hineingehen konnten. Aber es waren alles

* Siehe: *Das Grab der Jungfrau* (2020)

Stücke, die in den Vatikanischen Museen stehen. Nicht wahr, Dottoressa?»
«So ist es, und sie stammen aus unterschiedlichen Epochen, und sie haben auch längst nicht alle Originalgröße, soweit wir das aus der Entfernung erkennen konnten. Sie sehen aus, als wären es ... Abgüsse oder Replikate oder was auch immer.»
Dottor Mattei zog die Stirn kraus.
«Was heißt das? Sie meinen, dass da unten so eine Art Lager für Kopien antiker Stücke besteht? Wie soll das dahin kommen? Ich weiß aus meiner Arbeit für die Fabbrica di San Pietro, dass seit der Antike niemand mehr vor uns die Gänge unter dem Vatikan aufgemacht haben kann. Wer also soll Kopien dort hineingeschafft haben? Sie müssen uns das ...»
Das *cellulare* von Jackey surrte vernehmlich. Sie zog es aus der Hemdtasche ihrer Bluse und schaute darauf.
«Jackey, bitte schalten Sie das Gerät aus. Wir ...»
«Das geht nicht, Ecclenza. Das ist Suor Gabriella.»
Montebellos Gesicht lief rosa an, als seine Archivarin das Gespräch entgegennahm. Er wäre nun vielleicht doch heftig geworden, wenn er nicht an Jackeys Stimme gemerkt hätte, dass irgendetwas nicht stimmte.
«WAS? Wo sind Sie? Welche Zelle ist das? Ich verstehe Sie schlecht, wenn Sie ... gut. Wir finden das. Haben Sie keine Angst!»
Sie steckte das Gerät weg und packte im selben Moment den überrumpelten Padre Luis und zog ihn hinter sich her.
«Wo wollen Sie hin, Jackey?»
Statt auf seine Frage zu antworten, rief Sie Montebello zu:
«Rufen Sie Monsignor Lisimba an. Er soll ins Kloster Mater Ecclesiae kommen.»

Vatikanstadt, Kloster Mater Ecclesiae,
7. August, eine halbe Stunde später

Das Kloster war erst vor wenigen Jahrzehnten errichtet worden. Es lag hinter dem Petersdom inmitten von liebevoll angelegten Nutzgärten, in denen von Küchenkräutern bis zu Orangen und Zitronen alles gedieh, was der eigene und der päpstliche Haushalt brauchen konnte. Die Anlage bestand neben einer Kapelle aus einem ockerbraunen schmucklosen Bau, in dem sich in mehrjährigem Turnus Nonnen verschiedener Ordensgemeinschaften ablösten. Die Aufgabe der zwölf Klarissenschwestern, die nun dort seit Jahren lebten, war vor allem das Gebet für Papst, Kirche und Kurie. Aber sie halfen auch im päpstlichen Haushalt und versahen Handarbeiten für den Oberhirten der katholischen Kirche.

Es war bereits still geworden im Haus, als die Oberin aus der Kapelle kam und energisch auf die Tür einer ihrer Schwestern zuschritt. Zwei Mönche standen rechts und links davon in dunkelbraunen Gewändern, den Kopf mit einer Kapuze bedeckt. Der eine hielt in seiner Rechten ein Rauchfass, aus dem Schwaden von Weihrauch aufstiegen, der andere ein bronzenes Prozessionskreuz, das die Spitze eines schwarzen Ebenholzstabes bekrönte, während er in der Linken einen kleinen Weihwasserkessel mit einem Wedel darin hielt. Die Nonne trat auf die beiden zu.

«Schickt Sie Eminenza de la Costa?»

Die beiden Mönche nickten. Daraufhin hob die Oberin den Schlüsselbund, der an ihrem Zingulum hing. Sie ließ den Blick darübergleiten und schloss einen Moment später die Zelle auf. In einer Ecke kniete auf einem Betstuhl Suor Gabriella vor einem Crucifixus und rang verängstigt die Hände, als sie hinter sich die Tür aufgehen hörte. Sie bekreuzigte sich und erhob sich. Mit verweinten Augen ging sie auf ihre Oberin zu.

«Gnädige Mutter, ich bitte Sie demütig …»

Weiter kam sie nicht. Die Oberin ohrfeigte sie rechts und links, so dass die Frau schluchzend auf ihr Bettgestell fiel.

«Weiche von mir, unreiner Geist! Der HERR bewahre mich davor, deinen Lügenreden zu glauben, die du durch den Mund dieser

Besessenen an mich richtest. Noch heute Abend wirst du, Satan, ausgetrieben aus diesem Leib, von dem du seit langem Besitz ergriffen und diesen Tempel Gottes entweiht hast!»
Noch einmal richtete sich Gabriella auf.
«Bitte, gütige Mutter, ich ...»
In dem Moment erblickte sie unter der Tür einen Geistlichen in schwarzer Soutane. Der erfasste sogleich die Situation, sah die beiden Mönche und griff zu dem Weihwasserwedel, mit dem er in weit ausladender Geste das Kreuzzeichen in der Luft schlug.
«In nomine Patris et Filii et Spiritus Sancti!»
Entsetzen zeichnete sich auf dem Gesicht Gabriellas ab, als Kardinal della Costa mit dröhnender Stimme den Raum betrat. Die Oberin hingegen verneigte und bekreuzigte sich.
«Eminenza, endlich!»
Ohne auf sie zu achten, begann er seine Litanei.
«Ich gebiete dir, Satan, Feind des menschlichen Heils, erkenne an die Allmacht, Gerechtigkeit und Güte Gottes, des Vaters, der deinen Hochmut und deinen Neid durch sein gerechtes Urteil verdammt hat: Apage, Satanas! Weiche von dieser Dienerin Gottes! Weiche von Suor Gabriella, die der HERR nach seinem Bild geschaffen, mit seinen Gaben ausgestattet und als Tochter seiner Barmherzigkeit angenommen hat. Ich beschwöre dich, Satan ...»
In diesem Moment brach aus Suor Gabriella jene Empörung heraus, die sich durch jahrelange Knechtung und Entwürdigung in ihr aufgestaut hatte. Sie bäumte sich auf ihrem Bett auf und stieß mit einem Schrei ihre Oberin weg, um sich auf den Kardinal zu stürzen. Aber sie war ihm körperlich nicht gewachsen, und während er unbeirrt in seiner Litanei fortfuhr, schlug er ihr mit der Faust so hart vor die Brust, dass sie zu Boden ging und nach Luft japste.
«... Betrüger des Menschengeschlechtes, erkenne an den Geist der Wahrheit und der Gnade, der deine Nachstellungen abwehrt und deine Lügen zuschanden macht: Fahr aus von Suor Gabriella, die Gott gebildet und selber mit dem himmlischem Siegel bezeichnet hat; weiche von ...»

Da machte der Mönch, der das Weihrauchfass trug, eine elegante Bewegung aus dem Handgelenk, wie man sie nur durch tausendfache Übung erwirbt. Daraufhin beschrieb der Glutbehälter eine perfekte Kreisbahn, die ihn über den Kopf des Kardinals führte. Dort schlug er im nächsten Moment auf. Die schwelende Kohle, auf der der Weihrauch brannte, fiel heraus und verteilte sich auf der Glatze des Kardinals, wo in Sekundenbruchteilen Brandblasen entstanden. Ein Teil der glühenden Weihrauchkörner aber rutschte in seinen Kragen. Durch diese unerwartete Wendung der Ereignisse wurde das heilbringende Ritual jäh unterbrochen. Der Geistliche jaulte auf, schlug sich mit den Händen auf den Kopf und versuchte, die Quelle des Schmerzes zu beseitigen. Dann begann er, laut schreiend seine Soutane aufzureißen, um die Glutkörner loszuwerden, die sich unter dem Gewand in seine Haut fraßen. So war er vom weiteren Gang der Ereignisse zu sehr abgelenkt, um selbst noch eingreifen zu können. Denn als die Oberin erkannte, was der Mönch angerichtet hatte, wollte sie auf ihn losgehen und stürmte aus ihrer Ecke.
«Du leibhaftiger Satan! Was wagst du ...»
Weiter kam sie nicht, denn wie sie sich auf ihn werfen wollte, senkte der andere Mönch die Stange mit dem Crucifix, so dass der oberste Flügel des Kreuzes den offenen Mund der Nonne traf und ihr durch die Härte des Aufpralls in beiden Zahnreihen die Schneidezähne ausbrach. Die Oberin ging mit blutendem Mund und einem gurgelnden Aufschrei zu Boden. Diese Gelegenheit nutzten die beiden Mönche. Sie zogen Suor Gabriella auf die Beine und flüchteten mit ihr die Treppen hinunter, erreichten die Pforte und entkamen durch den blühenden Klostergarten, in dem eine Amsel ihr abendliches Gotteslob anstimmte.

Kapitel 12 – Geschäftsleute

Vatikanstadt, Petersdom, 8. August, morgens

Wie jeden Morgen nahm Sua Eminenza Panettiere seinen Platz im Beichtstuhl der Peterskirche ein. Noch wusste er nichts über den Verlauf des Exorzismus, und so erwartete er eine geläuterte Sünderin. Links von ihm knarrte das Brett, auf dem stets die unter der Last ihrer Verfehlungen Gebeugten niederknieten, um im Bußsakrament die Vergebung ihrer Schuld und Erleichterung für ihre Seelen zu erfahren.

«Der Herr sei in deinem Herzen und auf deinen Lippen, damit du alle deine Sünden recht beichtest!»

«Gelobt sei Jesus Christus! Ich bekenne Gott dem Allmächtigen und dir, Vater, meine Sünden. Meine letzte Beichte …»

Der Kardinal kannte die Stimme – aber es war nicht die, die er erwartet hatte.

«Cappellano Brambilla?!»

«Ja, Vater – ich komme zu Euch in meiner Seelennot, denn ich habe schwer gesündigt. Ihr wisst es. Ich habe Bruder Hospitius dazu gebracht, den Messwein für Monsignor Leone zu vergiften, und nun ist er tot. Und ich habe Monsignor Mariani von der Treppe gestoßen. Ich habe immer getan, was man mir aufgetragen hat, aber meine Taten lasten schwer auf meiner Seele. Heute Nacht habe ich keinen Schlaf gefunden.»

«Mein Sohn, sei unbesorgt über das, was du getan hast. Es war Gottes Wille. So sterben die Hochmütigen, die unsere Kirche, die

Braut des HERRN, entehren wollen. Doch wer sich wie du in unseren Reihen gegen ihre Feinde stellt, um ihre Ehre zu verteidigen, um ihr Schutz, Einheit und Frieden zu sichern, dessen Schwert führt der HERR selbst. Die Hand des Gerechten wird nicht müde, wenn er unsere Gegner züchtigt! Wie sagt der Prophet Hosea: *Ich lehre sie und stärke ihren Arm.* Selbst wenn solch ein Mann seine Waffen im Blut der Feinde wäscht, gelten für ihn doch die Worte Jesu: *Selig, die Frieden stiften; denn sie werden Kinder Gottes genannt werden.*»

«Ihr meint, selbst ich kann mit meinen Taten die Absolution erlangen?»

«Ich persönlich werde sie dir erteilen. Sei ganz ruhig! Du bist ein tapferer Streiter Gottes. Und schau nur, wie sich mit Monsignor Leone alles so wohl gefügt hat. Der HERR hat ihn auf den rechten Weg geführt, nachdem er durch dich und Bruder Hospitius – Gott sei seiner Seele gnädig – sein Gewissen angerührt hat. Er kämpft nun auf unserer Seite gegen die Gottlosen. Und am Tod von Bruder Hospitius trifft dich gar keine Schuld. Er ist ganz plötzlich abberufen worden. Wer dafür verantwortlich ist – wer mag es wissen außer dem HERRN? Ich frage nicht danach. Wie spricht der Apostel Paulus im Römerbrief über den Allmächtigen: *Wie unergründlich sind seine Gerichte, und wie unausforschlich seine Wege! Denn wer hat den Sinn des HERRN erkannt, oder wer ist sein Ratgeber gewesen? Oder wer hat ihm etwas zuvor gegeben, dass es ihm wieder vergolten werde?* Wer also bist du, mein lieber Sohn, dass du mit Gott dem Vater rechten willst, wie er die Geschicke der Menschen lenkt? Erinnere dich der Worte des Propheten Jesaia: *So viel der Himmel höher ist als die Erde, so sind auch meine Wege höher als eure Wege und meine Gedanken als eure Gedanken.*»

Panettiere hörte, wie Cappellano Brambilla aufatmete.

«Es tut mir gut, mit einem so weisen Mann wie Euch zu sprechen, Eminenza! Und wer weiß, vielleicht wendet sich ja auch das Schicksal von Monsignor Mariani noch zum Guten wie bei Monsignor Leone.»

«Wie meinst du das, mein Sohn?»

«Heute Morgen auf dem Weg zur Beichte bin ich an einem Zeitungsstand vorbeigekommen, in dessen Auslage die aktuelle Nummer des *Osservatore Romano* lag. Der Aufmacher war: *Wunder in der Gemelli-Klinik!* Und dann folgte der Bericht über einen Geistlichen, der sich bei einem Sturz in der Catacombe di San Sebastiano vorgestern lebensgefährlich verletzt hat, sich aber überraschend gut erholt. Noch liegt er zwar auf der Intensivstation, aber die Ärzte sind optimistisch. Damit kann nur Monsignor Mariani gemeint sein.»
Der Kardinal schwieg eine Weile; dann sprach er hart und bestimmt.
«Mein Sohn, du musst zu Ende bringen, was du begonnen hast! Es wäre gefährlich, wenn Monsignor Mariani mit den falschen Leuten spricht und Dinge verbreitet, die die Sache der Rechtdenkenden in falschem Licht erscheinen lässt und unsere Heilige Mutter Kirche gefährdet. Wir haben in diesem Fall keine Wahl, wenn wir verhindern wollen, dass Ketzer die Oberhand im Vatikan gewinnen. Es stehen unsere heiligsten Werte auf dem Spiel. Können sich die wahren Gläubigen – kann *ich* mich auf dich verlassen?»
Der Atem Brambillas ging schneller.
«Eminenza, ich weiß nicht, ob ich ...»
«Davide!» Noch nie hatte Panettiere seinen Sekretär beim Vornamen genannt. «Es sind große Dinge im Gange. Ich werde wieder in mein altes Amt zurückkehren. Du wirst dann an meiner Seite stehen – falls du dich heute, in der Stunde der Bewährung, dieser Verantwortung würdig erweist. Stell dir vor: Wir beide hinter dem künftigen Papst – einem der Unseren – auf der Loggia über dem Portal des Petersdoms, während er den Segen *Urbi et Orbi* spendet!»
Und Brambilla sah vor seinem geistigen Auge, wie die Kameras aller Fernsehstationen der Welt auf die Szene gerichtet sein würden – und in Mailand würden seine Eltern stolz und gerührt auf ihren Sohn schauen, der ab und zu hinter dem Heiligen Vater zu sehen sein würde.

«Ich werde ein braver *miles Christi* sein und tun, was nötig ist! Also erflehe ich, Vater, nun die Lossprechung um meines Seelenheils willen!»
Und als der Kardinal dem reuigen Sünder die Absolution erteilte, schwang in seiner Stimme eine ungewohnte Wärme mit.

Vatikanstadt, Päpstlicher Palast, 8. August, vormittags

Yoris Lisimba war am vorangegangenen Abend im Kloster Mater Ecclesiae eingetroffen, unmittelbar nachdem Suor Gabriella geflohen war. Er hatte das Chaos gesehen und einen Arzt kommen lassen, der die Verletzten versorgte. Dann wurde allen unter Berufung auf die Autorität des Heiligen Vaters striktes Stillschweigen über die Angelegenheit auferlegt. Da die Nonne geflohen war, versuchte es der Privatsekretär des Papstes als Erstes bei Montebello, der ihn nach Jackeys und Padre Luis' hektischem Aufbruch angerufen hatte. Lisimba lag richtig: Suor Gabriella war tatsächlich mit Jackey und Padre Luis im Gästehaus erschienen, wo sie auch die Nacht verbracht hatte. Er bestellte daraufhin Montebello, Jackey und Padre Luis für den nächsten Tag zu einem Gespräch in sein Büro.
«Dottoressa Napoletano, ich habe den Schauplatz – vielleicht besser: den Kampfplatz – gesehen. Bitte erklären Sie mir, was um Himmels willen gestern Abend im Kloster Mater Ecclesiae geschehen ist!»
Jackey hatte vor zwei Tagen im Laufe des Gesprächs bei Yoris Lisimba Suor Gabriella ihr altes *cellulare* gegeben, damit diese sie jederzeit sollte erreichen können. Als Gabriella am Vorabend erkannte, was ihr drohte, hatte sie genau das getan – und Jackey hatte Padre Luis informiert, als sie aus dem Gästehaus gestürmt waren. Er war daraufhin in die Sakristei des Petersdoms abgebogen, wo er als Dominikaner ihnen problemlos hatte zwei Kutten und das liturgische Gerät besorgen können, mit dem sie ins Kloster weitergeeilt waren. Offenbar hatte die Oberin geglaubt, der Kardinal habe die beiden vorgeschickt – und dieser war davon aus-

gegangen, dass die beiden Mönche von der Oberin gerufen worden waren. So hatten sie rechtzeitig eingreifen können.
Lisimba rang sichtlich um Fassung.
«Eminenza della Costa gehört zu den Erzreaktionären im Vatikan. Er ist noch von Clemens XV., dem Vorgänger des Heiligen Vaters, zum Kardinal erhoben worden und ein enger Verbündeter von Kardinal Panettiere. Die beiden bilden den Kristallisationskern von Kurienkardinälen, die Papst Laurentius in kaum verhüllter Feindschaft gegenüberstehen. Nachdem der letzte Papst zurücktreten musste, als allen klar war, dass er wegen seiner Rolle im Missbrauchsskandal untragbar werden würde, war diese Fraktion bornierter Kardinäle geschwächt, die in dem altersschwachen Pontifex ihren Schutzpatron hatten. So fand sich im Konklave eine Mehrheit für die Wahl von Papst Laurentius. Wir beide haben uns aber nie darüber etwas vorgemacht, dass er in dieser immer noch andauernden Zerreißprobe für die ganze katholische Christenheit nur ein Kompromisskandidat war.»
Montebello widersprach.
«Wir hatten schon lange keinen Papst mehr, der auf der ganzen Welt bei den einfachen Leuten so beliebt war wie Sua Santità Laurentius. – Der Heilige Geist hat das Konklave gut zu lenken verstanden.»
«Sicher – verzeihen Sie mir meinen Kleinmut! Aber dennoch haben wir unterschätzt, wie stark und gefährlich seine alten Gegner bleiben würden, die ihr halbes Leben in der Kurie verbracht und immensen Einfluss haben. Gleichgültig, um welche Kongregation, welche Kommission, um welchen Gerichtshof oder Päpstlichen Rat es geht – sie haben überall ihre Leute sitzen. Deren vorrangiges Interesse ist es, ihre eigene und die Macht ihrer Hintermänner zu sichern und auszubauen.»
Jackey wunderte sich.
«Wie können sie gegen den Papst ihre Macht ausbauen?»
«Diese Fundamentalisten verfügen über enorme Finanzmittel.»
«Wo kommen die her?»
«Ach, Dottoressa – wer das weiß ... Im Petersdom steht das Denk-

mal Papst Benedicts XIV. aus der Mitte des achtzehnten Jahrhunderts. Zu seinen Füßen gibt es eine Figur, die man auf Anhieb für einen niedlichen kleinen Engel halten könnte. Doch wenn Sie genau hinschauen, erkennen Sie ihre Fledermausflügel; außerdem hält sie ein Füllhorn voller Geldstücke in Händen, das sie dem Heiligen Vater andient – tja, und dann sehen Sie auf einmal an ihrem Hinterteil einen kleinen Teufelsschwanz. Dieser weise Papst hatte die verderbliche Verbindung von großer Kirchenmacht und großem Geld durchschaut und in seinem Monument für alle Gläubigen, die es wissen wollen, sichtbar gemacht. Trotzdem hat sich bis heute nichts daran geändert. Aus welchen Quellen auch immer die Widersacher unseres heutigen Papstes schöpfen, sie werden womöglich ebenfalls sehr spezielle Gönner haben. Damit schaffen sie sich allenthalben Verbündete – nicht nur im Vatikan, nicht nur in Rom, sondern überall, wo Reaktionäre im Episkopat auf der Welt sitzen. Sie verpflichten sich diese Leute durch die Unterstützung ihrer Vorhaben, und als Gegenleistung machen diese ebenso wie sie selbst dem Heiligen Vater die Arbeit bei allen Reformprojekten so schwer, wie sie nur können. Egal, ob es um die Stellung der Frauen in der Kirche geht, um die Stärkung der Laien in der Kirche, um Fragen der sexuellen Orientierung, des sexuellen Missbrauchs, der Empfängnisverhütung, des Zölibats oder was auch immer. Diese Kurienkardinäle der Gegenseite können nur sehr langsam ersetzt werden. Ich fürchte, bei der nächsten Papstwahl wird der neue Pontifex aus ihrem Kreis kommen.»

Padre Luis, der bis jetzt nicht sicher war, wie der Sekretär Seiner Heiligkeit auf ihre dreiste Aktion zur Befreiung von Suor Gabriella reagieren würde, nutzte die Gelegenheit.

«Möge Papst Laurentius mit großer Kraft und noch vielen guten Jahren gesegnet sein!»

Yoris Lisimba hielt in seiner Jeremiade inne und schaute den Sekretär Montebellos an.

«Danke, Padre Luis! Dass della Costa einen Exorzismus im Vatikan vornimmt, und noch dazu in einem Kloster, das unmittelbar zum Haushalt Seiner Heiligkeit gehört, ist eine ungeheuerliche Provokation. Das wird für ihn Konsequenzen haben. Und die werden die Widersacher des Papstes zu noch erbitterterem Widerstand anstacheln. Ich muss den Heiligen Vater über den Vorgang informieren. Einstweilen bitte kein Wort Dritten gegenüber! Das gilt für Sie alle!»

«Was geschieht nun mit Suor Gabriella?»

Lisimba wandte sich zu Jackey um.

«Was schlagen Sie vor?»

«Sie kann keinesfalls wieder in das Kloster zurück. Und nach allem, was geschehen ist, sollte sie jetzt in überhaupt keine kirchliche Einrichtung gehen. Was sie später macht, muss sie selbst entscheiden, aber fürs Erste sollte sie nicht im Vatikan bleiben.»

«Sie haben recht. Bitte, würden Sie sich darum kümmern? Wenn Suor Gabriella finanzielle Unterstützung braucht, kann sie sich jederzeit an mich wenden.»

Montebello schaltete sich ein.

«Sie kennen ja Commissario capo Bariello. Er weiß bestimmt in dieser Sache Rat. Wir sorgen jedenfalls dafür, daß Suor Gabriella gut und sicher untergebracht wird. Aber ... da ist noch etwas.»

Lisimba legte die Stirn in Falten und ahnte nichts Gutes.

«Gütiger Gott – was denn noch?»

Padre Luis räusperte sich.

«Dottoressa Napoletano und ich haben gestern Vormittag in den Gängen des alten Circus einen Gang entdeckt, in dem Objekte stehen – Skulpturen und Büsten –, die wir aus den Vatikanischen Museen kennen. Manche scheinen Originalgröße zu haben, andere sind deutlich kleiner. Wir konnten uns das alles nicht erklären. Und Monsignor Mattei von der Fabbrica di San Pietro hat gesagt, bislang habe niemand auch nur gewusst, dass es dort unten überhaupt noch erhaltene Gänge gibt. Zwar habe man bei der Sanierung den Gang unter dem Gästehaus gefunden. Aber Monsignor Leone habe jede weitere Untersuchung des Untergrunds der Vatikanstadt verhindert. Daher sei es völlig unmöglich, dass die Mitarbeiter der Vatikanischen Museen diesen Bereich gekannt, geschweige denn als eine Art Magazin genutzt hätten.»

«Ein Magazin unserer Museen? In unterirdischen Gängen aus der Antike? Auch wenn ich kein Archäologe bin, hätte ich Kenntnis von solch einem Depot, weil ich jede Sitzung Seiner Heiligkeit mit der Kommission für Christliche Archäologie vorbereite. Über so etwas hätte zwingend berichtet werden müssen. Aber könnte es nicht sein, dass Sie einfach Glück hatten und einen Jahrhundertfund gemacht haben? Echte antike Kunstwerke in unbekannten Gewölben? Das wären zur Abwechslung mal erfreuliche Schlagzeilen für den Vatikan.»

«Nein!» Jackey schaltete sich ein. «Man kannte zwar bereits in der Antike Kopien – darunter auch Verkleinerungen – schon damals bedeutender Kunstwerke. Denken Sie nur an die Skulptur des Diskuswerfers, die Myron im fünften Jahrhundert vor Christus geschaffen hat! Von dem sind bis heute ein halbes Dutzend antike Kopien erhalten geblieben. Aber dass vor bald zweitausend Jahren zufällig eine so komplexe Aufstellung von Kopien so vieler Meisterwerke hier erfolgt sein könnte, die jetzt alle auch noch in den Vatikanischen Museen stehen, ist völlig ausgeschlossen.»

Lisimba sah auch diesen letzten Hoffnungsschimmer schwinden. «Ich verstehe. Also – wir waren ohnehin bereits so verblieben, dass alles, was mit der Suche nach dem Grab der Frau des Petrus zu tun hat, streng vertraulich behandelt werden muss. Das gilt hiermit ebenso für Ihre neue Entdeckung. Aber ich würde Sie dennoch bitten, darüber Vice Ispettore Santoro von der Gendarmeria Vaticana und Commissario Bariello in Kenntnis zu setzen. Zwar kann ich es mir nicht vorstellen, aber ich möchte auch durch die Polizei ausgeschlossen wissen, dass da unten irgendwelche illegal angefertigten Kopien unserer Exponate gelagert werden. Die beiden haben sich ohnehin für heute Vormittag angemeldet, weil sie mit mir über irgendwelche Zollfragen sprechen wollten.» Er schaute auf seine Uhr. «Sie müssten eigentlich schon im Haus sein.»

Lisimba telefonierte mit der Loge, und ein paar Minuten später öffnete sich die Tür zu seinem Besprechungszimmer. Ein Korpo-

ral der Schweizergarde in seiner traditionellen blau-orange-roten Renaissanceuniform führte die beiden Polizisten herein.
Die Schilderungen von Jackey und Padre Luis verfehlten nicht ihre Wirkung auf Ispettore Santoro.
«Was auch immer da unten los ist – Sie sind in Gängen unterwegs gewesen, deren Statik völlig unklar ist. Bei allem Respekt – Dottoressa, Padre –, aber manchmal sind die Grenzen zwischen Mut und Tollkühnheit fließend. Wir haben in den letzten Tagen genug Tote und Verletzte in der Vatikanstadt gehabt. Als Stellvertretender Leiter der Vatikanischen Gendarmerie bestehe ich darauf, dass zuerst festgestellt wird, ob das Betreten dieser Gänge sicher ist, ehe in dieser Sache auch nur ein weiterer Schritt unternommen wird.»
Jackey und Padre Luis wollten etwas erwidern, wurden aber von Montebello so angeblitzt, dass sie ihre Antwort runterschluckten. So äußerte sich der Weihbischof als Erster.
«Vice Ispettore, ich stimme Ihnen völlig zu. So viel Zeit muss sein! In diesem Falle liegt sicher weniger Gefahr im Verzug als in einer voreiligen Begehung der Gänge.»
«So ohne weiteres kann man das nicht sagen.» Alle schauten auf Bariello. «Es gibt Hinweise auf kriminelle Aktivitäten im internationalen Maßstab, in denen Replikate von Museumsobjekten eine Rolle zu spielen scheinen. Es ist nicht ausgeschlossen, dass auch die Vatikanischen Museen davon betroffen sind. Natürlich sollen keine Menschenleben leichtfertig gefährdet werden. Aber auch wenn die Vatikanstadt nicht mein Zuständigkeitsbereich ist, wäre mir sehr daran gelegen, spätestens morgen einen Blick auf die Entdeckung von Dottoressa Napoletano und Padre Luis werfen zu dürfen.»
Jackey zwinkerte Padre Luis verstohlen zu. Aber Yoris Lisimba trat der Schweiß auf die Stirn.
«Könnten Sie konkreter werden, Commissario?»
«Zum gegenwärtigen Zeitpunkt noch nicht. Aber es ist keinesfalls so, dass wir diese Untersuchung beliebig hinausschieben sollten. Auch meine Fragen wegen der Zollsituation stelle ich vor dem

Hintergrund konkreter Ermittlungen meiner Behörde und von Interpol.»
Santoro machte eine verbindliche Geste.
«Bis morgen um diese Zeit sollte den Fachleuten reichen, sicherzustellen, dass uns nicht alles auf den Kopf fällt, wenn wir da unten reingehen. Aber ich muss darauf bestehen, dass vorher niemand mehr in die Gänge steigt. Ich komme noch heute im Gästehaus vorbei.»
Bariello signalisierte Zustimmung.
«Gut, dann wäre das geklärt. Monsignor Lisimba, gab es in den letzten zwei, drei Jahren irgendwelche Besonderheiten, was die Ausfuhr von Gütern aus dem Vatikanstaat betraf? Ein höheres Warenaufkommen? Vielleicht nur bei bestimmten Warengruppen?»
«Durch die große Sympathie, die Papst Laurentius in der Welt genießt, haben wir auf allen Geschäftsfeldern unseres kleinen Landes mehr Aktivitäten denn je. Es wird auch tatsächlich mehr ausgeführt und – jetzt, da Sie es sagen – ja, die Ausfuhr von Kopien antiker Kunstwerke aus den Vatikanischen Museen hat zugenommen. Ich führe das aber darauf zurück, dass wir einfach immer mehr Touristen hier haben; sie sehen die Objekte, begeistern sich dafür und bestellen dann kleinere oder größere Replikate nach Hause, weil sie die Sachen verständlicherweise nicht während ihres Urlaubs mit sich herumtragen oder im Auto spazieren fahren wollen.»
«Gab es im Zusammenhang mit diesen gestiegenen Ausfuhren jemals Probleme? Zollvergehen, von denen Sie gehört haben?»
Santoro schaltete sich ein.
«In dieser Hinsicht kann ich Sie beruhigen, Commissario. Die Zusammenarbeit unseres Ufficio Merci mit den römischen Behörden und den römischen Kollegen klappt ausgezeichnet. Wenn es dort zu Verstößen oder überhaupt zu irgendwelchen Schwierigkeiten gekommen wäre, müsste ich davon wissen.»
«Ich bin Ihnen sehr dankbar, dass Sie mich von dieser Sorge befreien, Vice Ispettore!» Lisimba wirkte sichtlich erleichtert. «Auch

soweit ich weiß, gab es noch nie von dieser Seite Probleme. Und gerade jetzt, da wir andere Sorgen haben, brauchen wir auch sicher keine neuen.»
«Verzeihen Sie bitte, aber wir haben noch immer nicht geklärt, wie Suor Gabriella geholfen werden soll! Wir hatten gehofft, dass Sie vielleicht Rat wüssten, Commissario.»
Jackey hielt es nicht länger aus – sie fühlte sich mehr denn je verantwortlich für das Schicksal der Nonne. Bariello sah, dass er sein Unbehagen wegen Kopien antiker Kunstwerke jetzt weder erhärten noch würde ausräumen können. Immerhin mochte die Entdeckung der Dottoressa und Padre Luis' Licht in die Sache bringen; also würde er sich noch einen Tag gedulden.
«Wer ist diese Suor Gabriella?»
Jackey schilderte kurz, was vorgefallen war, und was Bariello über das Schicksal der Nonne hörte, brachte ihn innerlich so auf, dass er nicht lange zu überlegen brauchte.
«Ich werde Ihnen helfen, Dottoressa, sie umzuquartieren; ich habe eine Idee, wohin wir sie bringen können. Zuerst muss ich noch etwas anderes erledigen. Aber heute Nachmittag komme ich im Gästehaus vorbei; halten Sie sich dort mit ihr bereit.»
Beim Hinausgehen hielt Yoris Lisimba Montebello zurück und wartete, bis die anderen außer Hörweite waren.
«Gibt es etwas Neues wegen der Umstände des Unfalls von Monsignor Mariani? Der Heilige Vater war entsetzt, als er von Ihrem Verdacht hörte. Auch wenn er Ihren Vorschlag gebilligt hat, im *Osservatore* eine fingierte Meldung erscheinen zu lassen, so hofft er inständig, dass Sie unrecht haben.»
«Glauben Sie mir, Monsignore, dass ich ebenso froh wäre wie Seine Heiligkeit, wenn sich mein Verdacht als Irrtum herausstellen sollte. Aber wenn ich alles im Zusammenhang mit den Ereignissen der letzten Tage sehe, rechtfertigt es jedenfalls diesen Versuch, uns Gewissheit zu verschaffen. In längstens vierundzwanzig Stunden sehen wir klarer. Zurzeit ist mein Fahrer Savio Napoletano in der Klinik und wacht gegenüber Adelmos Zimmer, ob und wer sich zeigt. Er hat oft genug bewiesen, dass er mit schwie-

rigen Situationen zurechtkommt – egal, wie sie sich entwickeln. Ich gehe am frühen Abend hin, und dann werden wir uns die Nacht über ablösen.»

«Haben Sie eine Vorstellung, was unser Bruder in den Katakomben des heiligen Sebastian gesucht hat?»

«Nicht die geringste. Er hat schon vor ein paar Tagen ein Buch auf meinen Namen in der Vatikanischen Bibliothek bestellt. Vielleicht steht es ja in einem Zusammenhang mit seinem Besuch in den Katakomben. Aber man kann es derzeit nicht in der Bibliothek finden – ich habe angerufen. Sobald es auftaucht, wird man es mir von einem Boten bringen lassen.»

Rom, Ristorante Oliva verde, 8. August, mittags

Bariello hatte am Morgen kaum die Questura betreten, als er einen Anruf aus dem Büro Avvocato Lombardis erhielt, der ihn so bald wie möglich wieder zu treffen wünschte. Diesmal hatten sie sich zum Essen verabredet. Als er eintraf, saß der Consigliere von Don Basilio Arcuri unter einem Sonnenschirm vor dem Lokal.

«Ist Ihnen dieser Tisch recht, Commissario?»

Hinter der dunklen Sonnenbrille konnte man den spöttischen Blick des Rechtsanwalts nicht sehen.

«Tutto bene! Wie schön, dass wir uns so bald wiedersehen. Hat sich Don Basilio meinen Vorschlag überlegt?»

«Signor Arcuri ist ein rechtschaffener Bürger, und wie jeder rechtschaffene Bürger ist er daran interessiert, dass Verbrechen aufgeklärt und Täter ihrer gerechten Strafe zugeführt werden.»

«Nichts anderes habe ich von ihm erwartet.»

«Ecco! Dann wäre das geklärt. Was nehmen Sie als Vorspeise?»

«Bei den Temperaturen Insalata caprese – und Sie?»

«Bruschetta alla diavola.»

«Das passt.»

«Wie meinen?»

«Zum Wetter.»

«Ah, bene! Cameriere!»
Als die Vorspeisen und für jeden ein kleiner Custoza aus dem Veneto auf dem Tisch standen, beugte sich Avvocato Lombardi ein wenig vor.
«Was macht Sie so zuversichtlich, das Ohr des Innenministers für das Anliegen meines Klienten zu gewinnen?»
«Sie wissen, Avvocato, wie unser Ministro dell'Interno aussieht?»
«Ma certo.»
Bariello legte zwei einfache Schwarz-Weiß-Abzüge von Fotos auf den Tisch, die die Gemahlin des Innenministers in erkennbarer Begeisterung über jemanden zeigten, von dem allerdings nur die muskulöse Rückenpartie zu sehen war.
«Nun, dann werden Sie mir zustimmen, dass dieser gutgebaute junge Mann, auch wenn man ihn nur von hinten sieht, nicht der Innenminister ist.»
«Verstehe! Kann ich diese Abzüge behalten?»
«Nein. Aber Sie werden zugeben, dass dies gute Argumente sind gegenüber einem Mann, der sich in seiner Karriere so ziemlich alles leisten kann, außer dass man ihn in der Öffentlichkeit *cornuto* nennt.»
«Sicher.»
«Übrigens – nur, weil in letzter Zeit die Zahl der Einbrüche in Rom zugenommen hat –, ich würde so etwas nie bei mir zu Hause oder im Büro aufbewahren.»
«Sie sind ein vorausschauender Mann, Commissario.»
«Eine Berufskrankheit.»
«Was nehmen wir als Hauptspeise?»
«Etwas Leichtes – die Zucchini all'uovo.»
«Für mich die Saltimbocca vom Kabeljau. Dann bleiben wir beim Weißwein.»
«Avvocato, womit könnten Sie mich überzeugen, dass es sich für mich lohnt, den Innenminister für die Sache von Don Basilio zu gewinnen?»
«Erlauben Sie mir eine Gegenfrage: Warum tun Sie das?»
«Was tun?»

«Sie überlegen sich, die Interessen meines Klienten zu fördern – eines Mannes, dessen Geschäftsmodell Sie nicht gutheißen.»

«Geschäftsmodell ... so kann man es auch nennen. Also reden wir vom Geschäft: *Heute* versuche ich, Mörder und Drogenhändler zu überführen. Wer mir *heute* dabei hilft, den Opfern Gerechtigkeit zu verschaffen und Verbrecher vor Gericht zu bringen, dem helfe ich *heute* gleichfalls – *morgen* werde ich vielleicht gegen ihn ermitteln. Das ist die Ökonomie der Welt des Verbrechens, in der ich lebe. Ich habe ihre Währung nicht erfunden, aber ich bin bereit, in dieser Währung zu zahlen. In so einer Welt rein bleiben zu können, erwarte ich nicht mehr von mir. Sonst müsste ich in den Vatikan übersiedeln.»

Avvocato Lombardi schüttelte lächelnd den Kopf.

«Dort würden Sie sicher nicht rein bleiben, Commissario.»

«Was meinen Sie damit?»

«Ihre Vorgehensweise ist ehrenwert, aber sie hat einen Nachteil: Wer so arbeitet wie Sie, sieht nie das große Ganze.»

«Was heißt das?»

«Ein Deutscher hat es mal so ausgedrückt: ‹Jeder hält die Grenzen des eigenen Gesichtsfelds für die Grenzen der Welt.› Das Unangenehme an dem Kerl war, dass er meistens recht hatte.»

«Sagen Sie mir, wie das Ganze aussieht!»

«Wann, glauben Sie, können Sie mit dem Innenminister sprechen?»

«Wenn mir Ihr Angebot gefällt, könnte das zügig geschehen.»

«Was geschieht dann?»

«Wenn es so abläuft, wie ich es erwarte, werden wir sehr rasch die Möglichkeit bekommen, in den U-Bahn-Tunnel zu schauen und dem Zhao-Konzern und den Triaden aufs Dach zu steigen. Schritt für Schritt. Das käme Don Basilio sicher entgegen.»

«Gut, dann werden wir auch Schritt für Schritt unser Geschäft abwickeln, wie es die Gesetze der Ökonomie erfordern. Bis wir mehr von Ihnen bekommen, sage ich Ihnen: Der Killer, der Padre Hospitius erschossen hat, arbeitet für den 'Ndrangetha-Clan der Attori in Bari.»

«Avvocato! Der Mann hat Briefmarken gesammelt, in einer Gärtnerei gearbeitet, verbotenerweise Wein an ein paar Trattorien verkauft, und er selbst hat zu viel getrunken. Wie sollte so jemand die 'Ndrangheta stören?»
«Wenn Sie das wissen, werden Sie anfangen, das große Ganze zu begreifen.»
«Sagen Sie mir wenigstens, was die Welt des Vatikans mit dem großen Ganzen verbindet!»
«Es sind immer die Übergänge, die unsere Welt spannend machen.»
«Der Übergang des Vatikans zur Welt wird kontrolliert von der römischen und der vatikanischen Zollstelle.»
«Klingt einfach, ist aber komplex.»
«Was heißt das?»
«Es gibt ein Statut zwischen den römischen Behörden und dem Vatikan, weil die Vatikanstadt nicht zur EU gehört und damit auch nicht zum Zollgebiet der Gemeinschaft. Da der Vatikan mit dem Ufficio Merci keine wirkliche Zollbehörde unterhält, gibt es eine Vereinbarung zwischen dem Gouverneur der Vatikanstadt und dem römischen Zolldistrikt Nummer 1: Deswegen kontrollieren römische Zollbeamte und die Guardia di Finanza die Einhaltung der Bestimmungen. Es gibt sogar eine eigene Dienststelle beim römischen Zoll, die sich um nichts anderes kümmert und mit dem Ufficio Merci des Vatikans kooperiert, ja, sie ist aparterweise sogar bei diesem angesiedelt. Die Römer schauen, dass alles, was für den Vatikan bestimmt ist, dort auch ankommt. Das, was den Vatikanstaat *verlässt*, wird ebenfalls von ihnen kontrolliert. Diese Kontrollen sind sehr entspannt, denn im Rahmen einer Präferenzregel sind alle Waren, die aus der Vatikanstadt nach Italien gehen, zollfrei, es fällt nur die Mehrwertsteuer an. Für alles, was in die anderen EU-Staaten geht, muss der reguläre Zoll entrichtet werden. Es wird Sie nicht überraschen, dass es in dieser Hinsicht noch nie Auffälligkeiten gegeben hat, denn so viel führt der Vatikanstaat nicht aus. Außerdem ist es immerhin der Vatikan.»
«Was führt er denn aus?»

«Abgesehen von dem, was dort Touristen in ein paar Läden kaufen, im Wesentlichen nur den Nippes und die Replikate aus den Vatikanischen Museen. Alles sorgfältig verpackt, gestempelt und mit dem päpstlichen Siegel versehen. Das kann man gut erkennen, wirkt entspannend auf den Betrachter und ist zollrechtlich entsprechend leicht zu bearbeiten.»
Bariello legte die Stirn in Falten.
«In dieser Dienststelle beim römischen Zoll sitzt doch sicher ein erfahrener Profi als Behördenleiter - oder?»
Avvocato Lombardi beugte sich vor.
«Diese Stelle, Commissario, ist der *Traumjob* einer Karriere beim Zoll. Die Römer lassen das nur jemanden machen, der mit viel Fingerspitzengefühl mit dem Vatikan umgeht. Niemand soll verärgert werden, niemand will einen Konkordatsstreit zwischen dem Vatikan und Italien. Zudem wird diese Stelle möglichst langfristig besetzt im Sinne einer stabilen Vertrauensbasis. Vielleicht sollten Sie sich dafür interessieren, wer zuletzt dieses große Los gezogen hat.»
«Ich beginne zu begreifen, was Sie mit dem großen Ganzen meinen.»
«Das glaube ich nicht. Aber wie steht es jetzt mit Ihrem Familienfoto für den Innenminister?»
«Wie lange würden Sie jemanden warten lassen, der Ihnen so ein lebhaftes Foto Ihrer Frau vorlegt?»
«Verstehe.»
«Avvocato, wenn Sie mir sagen, wo ich den Mörder von Frater Hospitius finde, wird der Innenminister es sich noch in dieser Woche rahmen lassen und auf den Schreibtisch stellen können.»
«Er heißt Antonio Quarta und befindet sich in Frascati, im Monastero dei Pii Fratelli della Fede.»
«Das kann nicht sein! In diesem Kloster verbringt der altersschwache Papst Clemens XV. in zunehmender Umnachtung seine letzten Jahre.»
Avvocato Lombardi setzte seine Sonnenbrille ab und betrachtete Bariello mitleidig.

Gästehaus des Vatikans, 8. August, nachmittags

Als Bariello in der Domus Sanctae Marthae eintraf, war die Stimmung angespannt. Er war gekommen, um gemeinsam mit Jackey Napoletano Suor Gabriella aus dem Vatikan zu bringen. Doch traf er zunächst auf Montebello, der mit Monsignor Mattei und Luca Berliner diskutierte. Die beiden waren außer sich über das Verhalten der Gendarmeria Vaticana. Mattei schnaubte vor Zorn.

«Im Vergleich zu dem, was sich jetzt hier abspielt, waren die Anordnungen von Monsignor Leone von leuchtender Vernunft geprägt. Er hat immerhin argumentiert, dass der Untergrund des Circusgeländes von besonderer Heiligkeit sei, weil vielleicht auch dort das Blut von Märtyrern geflossen ist. Aber was man uns jetzt andient, um uns aus den Gängen rauszuhalten, ist bizarr.»

Luca Berliner stieß in dasselbe Horn wie sein Kollege aus der Fabbrica di San Pietro.

«Heute Mittag kamen Beamte der Gendarmeria mit einem Ingenieur aus der vatikanischen Bauverwaltung. Dieser Mann hat offenbar nicht die geringste Ahnung von antiker Architektur: Um festzustellen, ob die Statik der Gänge tragfähig ist, bringt er sogenannte Gipsspione an. Das können Sie machen, wenn Sie bei sich zu Hause einen Riss in der Wand haben. Sie kleben an einer Stelle einen Flecken Gips auf den Riss und beobachten die Stelle ein paar Wochen oder Monate. Wenn der Gips platzt, wissen Sie, dass die Mauer immer noch arbeitet. Aber das in einem antiken Gang zu machen, der zweitausend Jahre gehalten hat und den Sie in längstens vierundzwanzig Stunden zur Begehung freigeben wollen, ist völlig absurd. Doch selbst dieser Unsinn wird noch dadurch übertroffen, dass der Ingenieur mit einem Lasermessgerät die Abstände der Wände gemessen hat und die Werte, die er heute feststellt, mit denen von morgen vergleichen will, um zu sehen, ob sich eine Verschiebung ergeben hat. Der winzige Beobachtungszeitraum gemessen am Alter des Bauwerks lässt überhaupt keinen Aufschluss zu! Solch einen Unsinn habe ich zeit meines Berufslebens noch nicht gehört. Aber die Krönung des Ganzen ist, dass unten im Keller vor der Eingangstür zum ersten

Gang unter den Circus vier Mann von der Gendarmeria stehen und uns den Zugang verwehren. Mit Verlaub – das ist alles kompletter Unfug.»

Bariello tat sich schwer, darauf etwas zu erwidern, rief aber Vice Ispettore Santoro an, um dessen Sichtweise zu erfahren.

«Commissario, ich verstehe den Unmut der Archäologen, aber Sie müssen auch meine Situation begreifen. Wenn dort unten – was Gott verhüten möge – etwas einstürzt und Menschen verletzt werden oder gar sterben, muss ich wenigstens im Rahmen meiner Möglichkeiten etwas getan haben, um die Belastbarkeit der Statik zu überprüfen. Morgen Nachmittag kann die Begehung fortgesetzt werden, aber bis dahin bitte ich um Geduld. Bitte versuchen Sie, für mich ein gutes Wort einzulegen – ich habe keine Wahl in dieser Angelegenheit. Und Sie? Was tun Sie jetzt? Wohin werden Sie denn Suor Gabriella nun bringen?»

«Ich habe mit einer guten Freundin gesprochen, die die Trattoria MANGIA E ZITTO! betreibt. Dort kann sie für ein paar Tage bleiben, bis sich eine dauerhafte Lösung findet.»

Als sie das Gespräch beendet hatten, konnte Bariello nur um Verständnis werben für seinen Kollegen von der Vatikanischen Polizei.

«Ich selbst habe auf dem Gelände der Vatikanstadt keinerlei Amtsbefugnisse. Die Anordnungen des Vice Ispettore sollten Sie unbedingt befolgen. Die Situation einer solchen Entdeckung ist außergewöhnlich genug. Ihm sind die Hände gebunden, wenn er sich kein Dienstvergehen nachsagen lassen will. Morgen Nachmittag werden wir gemeinsam schauen, was es mit diesem Gang und den Skulpturen darin auf sich hat.»

Die Archäologen waren weiter ungehalten, doch blieb ihnen keine Wahl, als sich zu fügen.

Jackey kam mit Suor Gabriella in den Tagesraum, wo der Commissario mit den anderen saß. Die beiden hatten nach den Ereignissen des Vorabends kein Auge zugetan. Nachdem klar war, dass die Nonne erst einmal den Vatikan verlassen würde, um Abstand zu gewinnen, hatten sie beschlossen, ihr Zivilkleidung und ein paar Habseligkeiten für das Leben draußen zu besorgen. Das Hilfsangebot von Chiara Donato nahm Suor Gabriella dankbar an. So übernahm es Bariello, die Nonne und ihre Begleitung in eine neue Welt zu chauffieren.

Frascati, Monastero dei Pii Fratelli della Fede,
8. August, später Nachmittag

«Mi scusi, Frater venerabile!»

Als der Carabiniere an der Klosterpforte läutete, öffnete ihm ein Bruder im Habit.

«In einer Nebenstraße gibt es einen Kabelbrand in einem hellgrünen Mitsubishi Space Star mit dem Kennzeichen DV 670 DB. Wir klingeln jetzt in der ganzen Nachbarschaft, ob jemand weiß, wem der gehört.»

Der Mönch reagierte sofort.

«Warten Sie, mein Sohn!»

Es dauerte kaum eine Minute, bis der Pförtner mit einem anderen Bruder zurückkehrte, der einen Autoschlüssel in der Hand hielt und ohne Umschweife erklärte:

«Der Wagen gehört einem Gast des Klosters. Ich komme mit Ihnen.»

Der Polizist ließ dem Mönch den Vortritt, der ohne jedes Zögern zielsicher durch zwei Nebenstraßen lief, bis er vor dem Auto stand und sich mit gehetztem Blick zu dem Carabiniere umdrehte.

«Mein Mitbruder hat mir gesagt, der Wagen würde brennen. Ich sehe nichts. Was ist hier los?»

In dem Moment traten Gaspare Bertani und Salvatore Graziano mit entsicherten Pistolen aus dem Nachbarhaus, während vor und hinter dem Mönch sich Autotüren öffneten, aus denen weitere Beamte der Polizia di Stato sprangen, alle mit Waffen im Anschlag. Der Bruder machte zwei rasche Schritte und wollte flüchten, aber der Carabiniere, der ihn hergebracht hatte, warf sich auf ihn, und im nächsten Moment lag er auf dem Boden, wo man ihm Handschellen anlegte.

«Was wollen Sie von mir? Sind Sie verrückt geworden. Ich bin ...»
«Wer du bist, wissen wir – Antonio Quarta. Und jetzt bist du verhaftet wegen Mordes an Frater Hospitius.»
Bertani wandte sich an die anderen Polizisten.
«Schafft den Typen in die Questura. Wir kommen nach.»
Graziano sah zu, wie die Kollegen den schreienden Mönch in einen Polizeiwagen schoben. Dann rief er Bariello an, der gerade wieder in der Questura eingetroffen war und sich von Di Lauro Bericht erstatten ließ über seine weiteren Ermittlungen zu Oberto Leone.
«Vincenzo? Alles glattgegangen, wir haben ihn. Er ist unterwegs in die Questura.»
«Keine Gewalt?»
«Kein Schuss. Nichts!»
«Aus dem Kloster hättet ihr ihn nicht gegen seinen Willen rausholen können. Wie habt ihr das Kirchenasyl ausgetrickst?»
«Ein Glück, dass wir Italiener ein so autoverrücktes Volk sind. Selbst das Herz eines Killers wird weich, wenn er fürchtet, seiner *macchina* könnte was passiert sein. Wir haben was von einem Kabelbrand erzählt und dass wir den Halter des Fahrzeugs suchen, und dann kam Quarta in Mönchskutte und lief schnurstracks zu seinem Wagen.»
«Deine Idee?»
«Ja!»
«Du bist der Beste, Salvatore! Falls euch die Brüder reinlassen, durchsucht die Zelle, wo er gewohnt hat. Vielleicht findet ihr noch die Mordwaffe. Bringt ihn her und sperrt ihn im Keller ein. Du und Gaspare bleibt die ganze Zeit vor seiner Tür und kontrolliert alle zehn Minuten, dass ihm nichts fehlt. Im Übrigen: keinen Kontakt – zu niemandem! Kein Anwalt, nichts zu essen, nichts zu trinken! Lasst ihn rasen, toben, randalieren – völlig egal. Dann ist er schon mal müde, wenn ich komme. Ihr tut nichts, sprecht nicht mit ihm, sondern beobachtet ihn nur, bis ich da bin. Egal, wie lang es bei mir dauert.»
«Alles klar.»

«Noch was: Ruft Ispettore Santoro an. Der will sicher beim Verhör dabei sein.»
«Wird gemacht – bis später, Vincenzo!»
Bariello legte sein Smartphone zur Seite und schaute sehr zufrieden zu Di Lauro.
«Sie haben ihn! Uns steht ein langer Abend bevor. Wenn Quarta Gelegenheit bekommt, mit einem Anwalt zu sprechen, bevor er gestanden hat, werden sich alle Spuren auflösen, die wir gerade anfangen zu sehen. Wir werden ihn in die Mangel nehmen. – Also! Bist du noch weitergekommen mit Monsignor Leone?»
«Ich denke, Dottor Gentile hat recht, Commissario. Die Kollegen aus Bari haben mir ein Foto von Vito Buoninsegna von vor vierzig Jahren geschickt. Das ist entstanden, gleich nachdem man ihn wegen des Giftanschlags verhaftet hat. Schauen Sie mal hier!» Er hielt ihm ein aktuelles Foto von Oberto Leone und die alte Aufnahme von Vito Buoninsegna hin. «Natürlich hat die Zeit sein Aussehen verändert, aber ich wette, das ist ein und derselbe Mann.»
Bariello nickte
«Denk ich auch! Ich behalte die beiden Fotos; ich will sie Santoro zeigen. – Und du bringst mich mit Dottor Gentile auf eine Idee.»
Bariello wählte die Nummer des Chemikers.
«Buonasera, Dottore! Bariello hier. Haben Sie heute Abend noch was vor? – Nicht? – Bravo! Ich werde Ihre Hilfe brauchen; ich will versuchen, noch heute Nacht einen Killer zum Reden zu bringen. – Sie brauchen nicht mehr viel Schlaf? Bestens! – Danke, Dottore! Ich komme nachher zu Ihnen. – Aber es wird noch ein paar Stunden dauern. Könnte also spät werden. – Bene! A più tardi!»
«Was haben Sie vor, Commissario?»
«Ich weiß es noch nicht. Aber ich habe weder Zeit noch Lust, wieder endlos gegen die Mauer des Schweigens anzurennen wie in hundert anderen Mafiafällen. Diesmal nehme ich einen Weg unter der Omertà hindurch.»

Rom, Gemelli-Klinik, 8. August, früher Abend

Montebello traf mit einem Taxi an der Gemelli-Klinik ein und stieg die Treppen hinauf zur Intensivstation. Wenn er mit seinem Verdacht recht haben sollte, würde vielleicht jemand versuchen, zu Ende zu bringen, was ihm in den Katakomben des heiligen Sebastian nicht gelungen war – falls er den *Osservatore Romano* las. Montebello war froh, dass Savio ihm beistehen würde. Er hatte sich überlegt, ob er Bariello einschalten sollte. Aber die Gefahr, dass solch ein Polizeieinsatz im Krankenhaus in die Öffentlichkeit durchsickern und das Ansehen des Vatikans in einem heillosen Skandal beschädigen konnte, war ihm und Yoris Lisimba zu groß erschienen. Mit Savio an seiner Seite fühlte er sich sicher; sein Fahrer hatte sich, seit er ihn vor Jahren noch als Mitglied eines Camorra-Clans kennengelernt hatte, als absolut zuverlässig erwiesen und sich in schwierigen Situationen als handfester Begleiter bewährt. Er fand ihn am Ende des Ganges in einer Putzkammer, durch deren runde Glasscheibe er die Schwingtür des Zimmers von Adelmo Mariani im Blick hatte. Die Klinikleitung hatte sich, wenn auch widerstrebend, dem Wunsch Monsignor Lisimbas gefügt, der durch die Autorität des Papstes bekräftigt wurde.

Während Savio auf einem umgedrehten Putzeimer saß und eine Pastrami aß, lehnte sich Montebello an die gekachelte Wand.

«Hat in der Katakombe noch alles geklappt?»

Savio nickte kauend.

«Wir sind vorbereitet.»

«Gut, wenn ...»

In dem Moment klingelte Savios Smartphone.

«Pronto? – Ah, verstehe. Lassen Sie ihn allein raufkommen!»

Er drückte das Gespräch weg.

«Ein Geistlicher hat sich am Empfang nach dem Zimmer von Monsignor Mariani erkundigt; er ist unterwegs hierher. Warten Sie, Eccellenza – bin gleich zurück!»

Eine Minute später war Savio wieder da und schaltete das Licht aus in dem Kabuff, wo sie sich rechts und links der kleinen runden

Glasscheibe postierten, so dass sie den Flur nach beiden Seiten überblicken konnten.
«Ich habe im Schwesternzimmer Bescheid gesagt, dass das vielleicht unser Mann ist. Niemand soll ihm Fragen stellen oder ihn aufhalten. Sie schalten jetzt die Geräte und die Videoüberwachung an.»
Montebello atmete flach. Als Antwort konnte er nur noch nicken. Es dauerte nicht lange, bis sie das Zischen der Aufzugtüren hörten, die am Kopf des langen Flurs wie von Geisterhand weit aufschwangen. Üblicherweise ließen sie Rollbetten der Schwerstkranken hindurch, flankiert von Infusionsständern und Ärzten. Diesmal aber waren nicht die geschäftigen Stimmen von Menschen zu hören, die sich mühten, ein Leben zu retten. Es war das klare Geräusch, wie es harte Absätze auf Steinfliesen verursachen. Im nächsten Moment wurde das kleine Glasfenster vor ihnen dunkel – der schwarze Umriss eines Mannes erschien vor der Tür. Er zögerte nur kurz, dann betrat er den gegenüberliegenden Raum. Montebello drehte sich nach vorn und sah, wie sich die Tür auf der anderen Seite langsam wieder schloss. Mit einem Kopfnicken bedeutete er Savio, ihm zu folgen. Im nächsten Moment standen sie auf der anderen Seite des Flurs und schauten durch dessen Glasscheibe in Marianis Zimmer.
Mit dem Rücken zu ihnen stand ein Geistlicher im schwarzen Habit. Er schaute nicht auf das Intensivbett, in dem der Patient lag, den Oberkörper auf der Schräge leicht hochgelagert, den Kopf mit Verbänden umwickelt, Schläuche in der Nase. Der Priester tastete nicht nach dessen Hand, sprach keine wohlmeinenden Worte, murmelte kein Gebet, machte keine Segensgeste und schlug auch kein Kreuzzeichen. Vielmehr blickte er auf die tickenden Instrumente, verfolgte die regelmäßigen Kurven des Gerätes, das Gehirnströme maß, und betrachtete die gleichmäßigen Ausschläge des Herzens im EKG. Dann hörten sie ihn sprechen.
«Wieso stirbst du nicht? Weshalb machst du es mir so schwer? Kannst du nicht einfach aufhören zu atmen? Warum steckt so viel nutzloses Leben in dir, alter Mann?»

Im nächsten Moment zog er eine Spritze aus der Innentasche seiner schwarzen Jacke. Er zog Luft auf und schob die Kanüle in jenen Schlauch, der eine rote Flüssigkeit führte. Alle paar Sekunden fiel ein Tropfen aus einer Infusionsflasche und hielt die rote Säule auf dem stets gleichen Niveau. Die Leitung verschwand unter einem Verband in der Armbeuge des Patienten, aus der wiederum Schläuche in anderer Farbe hinausführten. Der Priester zögerte nicht, sondern drückte den Kolben der Spritze langsam durch, so dass sich in dem roten Strom bald eine lange Luftblase ausdehnte. Dann verwahrte er die Spritze wieder in seinem Habit. Noch ehe er sich zum Gehen umwandte, betrat hinter ihm Montebello den Raum.

«Laudetur Jesus Christus!»

Der Geistliche fuhr herum. In einem Sekundenbruchteil wich alle Farbe aus dem jugendlichen Gesicht.

«Wollten Sie unseren Amtsbruder besuchen?»

«Ja ... ja, genau ... Ich hatte von seinem Unfall gehört.»

«Sie sind befreundet mit Monsignor Mariani?»

«Bekannt ... gut bekannt.»

«Dann muss ich Ihnen die traurige Mitteilung machen, dass der Mann in dem Bett vor Ihnen tot ist.»

«Was sagen Sie da? In der Zeitung ... im *Osservatore* und ...»

«Dort haben Sie es also gelesen, dass Ihr Opfer überlebt hat und auf dem Weg der Besserung ist. Dann haben Sie sich aufgemacht, um Ihr Verbrechen zu vollenden.»

«Nein! NEIN! Was reden Sie denn da? Ich verstehe überhaupt nicht, was Sie von mir wollen. Ich mache einen Krankenbesuch.»

«Nein, mein Bruder, Sie haben die Totenruhe gestört. Aber das wäre nicht so schlimm. Schwerer wiegt, dass Sie gerade einen Mordversuch begangen haben.»

«Das ist ... unerhört! Mit Ihnen rede ich doch nicht. Was wollen Sie überhaupt von mir? Lassen Sie mich gehen!»

«Sie werden nicht gehen, Monsignore. Ich bin Eccellenza Gian Carlo Montebello, Vescovo ausiliare in Neapel, und das ist Signor Napoletano – mein Freund und Helfer. Wir beide haben Sie beobachtet, wie Sie mit der Spritze in Ihrer Jacke Luft in den Schlauch gepumpt haben, von dem Sie glaubten, er führe eine Blutinfusion in die Vene des unglücklichen Monsignor Mariani. Aber das alles hier ist – Finto! EEG, EKG, die Infusionen, alles, was hier tickt und klickt, sind Aufzeichnungen, nichts davon ist echt. Das alles hatte nur einen Sinn. Genauso wie die Meldungen im *Osservatore*, dass es Adelmo Mariani deutlich besser geht. Er lebt immerhin noch – anders als dieses Opfer eines Verkehrsunfalls, das uns geholfen hat, Sie zu überführen. Möge Gott der HERR es dieser armen Seele mit der ewigen Freude vergelten! Das alles sollte nur Sie herlocken und Sie veranlassen, Ihre Mordtat vor Zeugen zu wiederholen. Und jetzt sagen Sie mir, wer Sie sind!»

Der Geistliche straffte sich.

«Ich bin kein Mörder. Ich bin ein Streiter Gottes! Sie beide gehören zu den Legionen der Finsternis. Sie arbeiten für die Ketzer, genauso wie dieser Monsignor Mariani. Mit Kreaturen wie Ihnen rede ich überhaupt nicht. Sie sind Handlanger des bösen Feindes selbst!»

Savio machte einen Schritt auf den Priester zu und hob die Hand. Der andere machte mit beiden Armen eine abwehrende Geste.

«Sie werden es nicht wagen, einen Diener Gottes zu schlagen!»

Montebello wandte sich ab.

«Dass jemand wie Sie es noch wagt, den Namen des HERRN im Mund zu führen! Aber an Ihnen machen wir uns die Hände nicht schmutzig. Sie kommen jetzt mit!»

«Ich gehe nirgendwohin mit Ihnen. Sie lassen mich jetzt sofort gehen. Hinter mir stehen mächtige Männer der Heiligen Mutter Kirche.»

«Das ist das erste wahre Wort, das Sie gesprochen haben, seit wir hereingekommen sind. Über diese Männer werden wir uns noch unterhalten. Aber nicht hier und nicht jetzt! Signor Napoletano, Sie wissen, wohin wir ihn jetzt bringen müssen.»

«Sicher, Eccellenza!»

«Sie bringen mich nirgendwohin! Sie können mir nichts beweisen! Dieser Mann ist tot, und ich ...»

«Wie dumm sind Sie eigentlich, Monsignore? Abgesehen von dem, was wir beide durch das Fenster beobachtet haben, ist jede Sekunde mit Kameras aufgezeichnet worden, seit Sie diesen Raum betreten haben. Aber selbst wenn Sie hier keinen Mord mehr begehen konnten, weil Ihr Opfer schon tot war, gibt es noch jemanden, der Sie gesehen hat. Er wird gleich hier sein.»
Kurz darauf schwang die Tür auf und ein alter Mann in beigefarbener Hose und kariertem Hemd betrat in Begleitung eines Pförtners den Raum. Savio ging auf ihn zu.
«Danke, Signor Mancini, dass Sie gekommen sind! Haben Sie diesen Mann schon einmal gesehen?»
«Sicher, Signor Napoletano.»
«Wo haben Sie ihn gesehen?»
«In den Catacombe di San Sebastiano, wo ich Eintrittskarten verkaufe.»
«Und wann haben Sie ihn gesehen?»
«An dem Tag, an dem der andere Priester auf der Treppe in der Katakombe gestürzt ist. Dann kam dieser Geistliche gelaufen und hat mir gesagt, ich solle die Ambulanz rufen.»
«Und Sie sind ganz sicher, dass es dieser Mann war?»
«Absolut! Den Tag werde ich nie vergessen.»
«Vielen Dank, Signor Mancini!»
Montebello wartete, bis der Kartenverkäufer gegangen war. Dann wandte er sich an den Priester.
«Sagen Sie uns jetzt, wer Sie sind? Oder ich rufe sofort die Polizei.»
Die Stimme des anderen war kaum zu hören, als er antwortete.
«Cappellano Davide Brambilla. Ich bin der Privatsekretär von Sua Eminenza Ludovico Panettiere.»
«Sind Sie bereit, freiwillig mit uns zu kommen, oder soll ich einen Commissario von der Polizia di Stato rufen, für den es ein Hochgenuss wäre, Sie hier im Polizeigriff aus der Klinik zu schleifen?»
«Bitte nicht! Ich verspreche, ich gehe mit Ihnen und laufe nicht davon, aber bitte keine Polizei!»
Angewidert verzog Montebello das Gesicht.

«Wir gehen jetzt nebeneinander zu unserem Wagen. Sie zwischen uns beiden. Seien Sie sicher, dass Signor Napoletano in der Lage ist, jeden Fluchtversuch zu vereiteln.»
Savio schaute sich noch einmal um.
«Warten Sie, Eccellenza!»
Er zog eine Schachtel mit Einweghandschuhen von einem Bord. Er spreizte einen Handschuh auf und deutete auf die Jacke von Capellano Brambilla.
«Die Spritze in Ihrer Jacke, bitte!»
Brambilla zog sie hervor und ließ sie in den Handschuh fallen. Dann streifte sich Savio selbst ein paar Handschuhe über, montierte den Schlauch des Infusionsgerätes ab, steckte ihn in die Schachtel und klappte sie zu. Er schaute sich noch einmal um, dann zwinkerte er Montebello zu.
«Gelernt ist gelernt, Eccellenza. Gehen wir!»

Rom, Questura, Via di San Vitale, 8. August, abends

Die Dämmerung war schon angebrochen, als Bariello hinauf in das Labor von Dottor Gentile ging. Der Chemiker hatte sich auf einer Liege ausgestreckt und schaute aus dem großen Fenster, wie die heraufziehende Dunkelheit das Ende eines heißen Sommertags ankündigte. Zu den kalten Resopaltischen mit all den Instrumenten, Analysegeräten, Bunsenbrennern und Reagenzgläsern und zu den Wärmeschränken, Gefriertruhen und Glasvitrinen, in denen Gentile seine Chemikalien hortete, stand die sanfte Lautenmusik, die den Raum durchzog, in seltsamem Kontrast.
«Sie haben es sich gemütlich gemacht, Dottore.»
«Guten Abend, Commissario! So gemütlich, wie es eben geht.»
«Was ist das?»
«Francesco Canova, frühes sechzehntes Jahrhundert.»
«Klingt beruhigend.»
«Die Leute damals nannten ihn *Il Divino*, seine Musik macht die Seele heiter - selbst in unserer Welt. Sollten Sie mal ausprobieren!»

«Später, Dottore! Wir haben gerade jemanden im Haus, der ein Instrument beherrscht, das leider nur einen einzigen Ton hervorbringt. Er sitzt im Untergeschoss in einer Zelle. Er hat einen Ordensbruder im Vatikan erschossen – ein 'Ndrangheta-Killer aus Bari. Ich will wissen, warum; außerdem, glaube ich, kann er uns sagen, ob Ihr Studienkollege Buoninsegna und Monsignor Leone wirklich ein und dieselbe Person sind.»
«Dann haben Sie noch ein interessantes Gespräch vor sich.»
«Wenn Sie mir nicht helfen, wird die Unterhaltung ziemlich einseitig. Sie kennen das Gesetz der Omertà.»
«Was erwarten Sie von mir?»
«Die meisten Killer sind feige bis ins Mark, wenn es um ihre eigene Existenz geht. Er wird reden, wenn er das Gefühl hat, dass er stirbt. Aber es darf ihm natürlich nichts passieren.»
«Verstehe, Commissario – lassen Sie mich nachdenken ...»
Eine Viertelstunde später stiegen die beiden in den Keller hinunter, wo Graziano und Bertani gemeinsam mit Santoro vor einer Zellentür auf Bariello warteten.
«Wie geht's ihm?»
«Er flucht. Ob wir ihn verhungern und verdursten lassen wollen.»
«Dem Manne kann geholfen werden. Schließ auf, Gaspare!»
Als Bariello den Raum betrat, schaute der Häftling in Mönchskutte missmutig von seiner Pritsche zu ihm hoch.
«Buonasera, Antonio! Ich bin Commissario Bariello.»
«Vaffanculo! Ich rede nicht mit einem *sbirro*.» Er hob die Rechte und formte mit Daumen, Zeigefinger und Mittelfinger eine Pistole, die er sich in den Mund schob. «Das machen wir mit euch – sonst nichts!»
«Schade, ich dachte, ich lasse uns was kommen und dann plaudern wir. Dann eben nicht.»
«Vier Stunden sitze ich hier. Es ist heiß. Kein Fenster. Ich kenne meine Rechte. Ich will einen Anwalt, und ich will was zu trinken.»
«Ehe wir beide miteinander gesprochen haben, gibt es keinen Anwalt.»

«Die suchen nach mir – und die machen dich fertig wegen Gefangenenmisshandlung.»
«Wer sucht nach dir? Deine Mama? Kein Aas sucht nach einem 'Ndrangheta-Killer. Die Mönche, bei denen du untergeschlüpft bist, sagen, sie kennen dich gar nicht. Man habe ihnen gesagt, sie sollten einen Mitbruder für ein paar Tage aufnehmen. Die machen nicht den Eindruck, als ob sie etwas von dir wissen wollten. Nein, du kannst ganz sicher sein, dich vermisst niemand. Und dein Auftraggeber wird sich auch nicht hier melden.»
«Ich habe seit heute Mittag nichts mehr getrunken. Das könnt ihr nicht mit mir machen!»
«Was willst du?»
«Egal, Cola!»
«Tramezzini?»
«Ja.»
Bariello klopfte an die Tür. Graziano öffnete. Neben ihm stand Dottor Gentile und betrachtete den Gefangenen, während Bariello mit dem Ispettore sprach.
«Hol ihm eine große Cola und ein paar Tramezzini aus der Cafeteria.»
Es dauerte nicht lange, bis der Ispettore mit der Bestellung zurück war. Quarta stürzte die Cola hinunter und verschlang drei Tramezzini mit Schinken, Käse und Thunfisch. Bariello schaute ihm zu.
«Können wir jetzt reden?»
Der andere grinste.
«Cu è surdu, orbu e taci, campa cent'anni 'mpaci!»
«Ich warte vor der Tür, falls du's dir anders überlegst.»
«Da kannst du die ganze Nacht warten, *sbirro*.»
«Genau das habe ich vor.»
Bariello ging hinaus und setzte sich mit Dottor Gentile und den anderen an einen Tisch, um gleichfalls zu essen. Es dauerte zwanzig Minuten, bis sie hörten, dass sich in der Zelle etwas rührte. Graziano stand auf und zog den Schieber des Sichtfensters zur Seite. Quarta stand vor dem Urinal an seiner Zellenwand und erleichterte sich.

«Willst du mal wieder 'nen richtigen Schwanz sehen, du Schwuchtel, oder warum kannst du mich nicht in Ruhe pissen lassen?»
Der Ispettore kam an den Tisch zurück.
«Ich denke, es geht los.»
Dottor Gentile schaute auf seine Uhr und nickte.
«Jetzt brauchen wir nur noch ein wenig Geduld.»
Ein paar Minuten später wiederholte sich das Geräusch – und nicht lange danach ein drittes Mal. So ging es eine halbe Stunde weiter, ehe Antonio Quarta an die Tür schlug.
«Ich brauche einen Arzt! Irgendwas stimmt nicht.»
Diesmal zog Bariello den Schieber zur Seite.
«Was ist los?»
«Ich bin krank – irgendwas mit den Nieren, ich muss dauernd pinkeln.»
«Ist gesund – weniger Wasser im Körper ist gut fürs Herz.»
«Ihr ruft jetzt sofort einen Arzt!»
«Weshalb, es ist alles in Ordnung.»
Quarta ging mit schnellen Schritten zurück ans Urinal und schob die Kutte hoch, und wieder dauerte es eine ganze Weile, bis der Strom abebbte.
«Hör zu, *sbirro*! Ich mach keine Witze. Irgendwas stimmt nicht. Ruft einen Arzt! ... Bitte!»
«Du bist nicht krank, Antonio. Wir haben dir was in die Cola geschüttet und lassen dich jetzt verrecken. Hättest du mal mit mir geredet.»
«WAS HABT IHR GEMACHT?»
«Du wirst die ganze Nacht pissen, bis du morgen früh ausgetrocknet bist. Kennst du diese Nacktschnecken, die auf heißen Steinen vertrocknen, wenn sie zu lange durch die Sonne kriechen? Am Ende sehen sie aus wie Rattenscheiße. Ich finde, dieser Tod passt zu dir. Es fängt an mit Pinkeln, dann kommen die Kreislaufprobleme, dann die Herzrhythmusstörungen, und in ein paar Stunden ist es vorbei und du bist Rattenscheiße.»
«Das könnt ihr nicht machen!»
«Wir haben's schon gemacht.»

«Das wird man euch nachweisen! Wenn einer in der Untersuchungshaft stirbt, wird er untersucht. Das kommt raus!»
«Nicht bei diesem Mittel. Das ist in ein paar Stunden aus dem Körper. Du hilfst uns dabei, weil du dauernd pinkelst. Du kannst gar nichts dagegen tun. Tolles Zeug. Meine Männer werden morgen sagen, sie haben alle halbe Stunde nach dir geschaut, und du hast ganz ruhig auf deiner Pritsche gelegen. Dass du dauernd ins Bett gemacht hast, konnten sie nicht sehen. Herzversagen infolge von Nierenversagen wird der Obduktionsbefund sein. Pech – so was kommt vor.»
«DAS DÜRFT IHR NICHT! ICH WILL EINEN ARZT!»
«Piss dir nicht in die Kutte, fratello! Du bist doch ein harter Hund, wenn es darum geht, Leute umzulegen. Wenn einer was vom Sterben versteht, dann du.»
«IHR SCHWEINE!»
«Brüll ruhig noch ein bisschen lauter. Hier unten hört dich keiner.»
Bariello schloss den Schieber, ließ den anderen toben und ging zu dem Tisch zurück.
«Sie sind sicher Dottor Gentile, dass ihm nichts passiert?»
«Der hat eine Konstitution wie ein Stier; der verträgt locker so eine Dosis Furosemid. Aber diese Nacht wird er sein Leben lang nicht vergessen. Wir sollten genügend isotonische Getränke zur Hand haben, um ihn nachher wieder aufzupäppeln. Ich setze dann noch Kochsalz zu; da passiert nichts.»
Bertani ging noch einmal in die Cafeteria, um die Energizer zu holen. Eine Weile herrschte Ruhe, dann klopfte es wieder an der Tür. Diesmal war die Stimme anders.
«Commissario! Commissario! BITTE! COMMISSARIO!»
Bariello stand auf und zog das Sichtfenster auf.
«Was gibt's?»
«Bitte, Commissario, rufen Sie einen Arzt!»
Bariello zog den Schieber wieder vor.
«COMMISSARIO! BITTE! ICH WILL MIT IHNEN REDEN!»
Sichtfenster wieder auf.

«Wenn ich Ihnen sage, was Sie wissen wollen, holen Sie dann einen Arzt?»
«Was weißt du über Vito Buoninsegna?»
«Kenne ich nicht.»
Bariello zog an dem Schieber.
«WARTEN SIE!»
«Es gab früher einen Bauunternehmer in Bari, Alberto Buoninsegna. Der hatte einen Sohn, der Vito hieß. Aber der ist schon lange weg.»
«Wo ist er hin?»
«Keine Ahnung.»
Bariello rammte den Schieber mit solcher Wucht an den Anschlag, dass sich das Sichtfenster mit einem Knall schloss. Es klang wie ein Schuss, der den ganzen Keller erzittern ließ.
«NEIN! COMMISSARIO!»
Bariello lehnte sich an die Wand und ließ den anderen sich zwei Minuten die Seele aus dem Hals schreien, dann öffnete er das kleine Fenster wieder.
«Hör mir gut zu, Antonio! Wenn ich noch einmal den Schieber zumache, hat der Nächste, den du siehst, Hörner auf der Stirn. Klar?»
«Ja, ja – ist klar. Was wollen Sie wissen?»
«Wer ist Monsignor Oberto Leone?»
«Er ist ... er war Vito Buoninsegna. Der ist schon vor Jahrzehnten weggegangen und nie mehr zurückgekommen.»
«Was hat er mit der Attori-Familie zu tun?»
«Warten Sie, Commissario ...»
Quarta stürzte wieder zum Urinal. Dann kam er langsam und ein wenig schwankend zurück.
«Sie werden mir doch helfen?»
«Hängt davon ab, was du mir erzählst!»
«Die Familie hat den Buoninsegnas geholfen.»
«Weshalb?»
«Ich weiß das nur von dem, was ich in der Familie gehört habe: Vito war weg. Er soll nach Spanien gegangen sein und seinen

Namen geändert haben. Da hat er sich Oberto Leone genannt. Es heißt, er ist 'n Monsignore geworden und irgendwas mit Wissenschaft. Und dann ist sein Vater gestorben.»

«Weshalb haben die Attoris den Buoninsegnas geholfen?»

«Giulio, der jüngere Bruder von Vito, hat das Baugeschäft übernommen. Alles lief gut, aber Anfang der Achtziger gab's Probleme. Der Marmor, den die immer aus Peru bekamen, wurde teurer – irgendwas mit Bürgerkrieg. Keine Ahnung. Giulio bekam Schwierigkeiten. Das war Stadtgespräch. Wichtige Leute in Bari, die Buoninsegnas – *pezzi grossi*! Die Firma stand vor dem Aus, und dann haben die Attoris geholfen.»

«Seit wann gehörst du zur Attori-Familie?»

«Seit ich ein Kind bin.»

«Du bringst Leute für die Familie um.»

«Ich bekomme Aufträge – alles, was die Familie braucht.»

«Die Attoris werden nicht umsonst geholfen haben.»

«Nichts ist umsonst.»

«Dann weißt du ja, dass es dich was kosten wird, diese Nacht zu überleben. Also, was hat die Familie verlangt?»

«So genau weiß ich das nicht. Ich bin nur ein Ndrinu. Ich frage nicht nach den Geschäften des Capo crimine. Ich erledige, was man mir sagt. Manchmal hör ich was, aber ich versteh auch nicht alles.»

«Was mussten die Buoninsegnas tun für das Geld?»

«Vito – oder Oberto – ist als Priester nach Peru gegangen und hat von dort aus seinem Bruder mit dem Marmorgeschäft geholfen. Aber er hat auch den Attoris geholfen. Blut ist dicker als Wasser. Man lässt nie die Familie im Stich und auch nicht die Freunde, die der Familie geholfen haben.»

«Wie hat er den Attoris geholfen?»

«Commissario, wenn ich Ihnen das sage – die bringen mich um!»

«Du kannst dich heute Nacht hier zu Tode pinkeln, oder du sagst mir jetzt, was du weißt, und ich sehe, ob ich dir helfen kann.»

Quarta schleppte sich noch einmal zum Pissoir.

«Die Attoris sind im Kokaingeschäft. Der Stoff kam aus Kolumbien. Das wurde aber immer schwieriger und teurer – Kämpfe mit anderen Familien, Anschläge auf Kokaplantagen, Stress mit den Yankee-Fahndern. Peru war besser. Als Monsignore konnte Vito in Peru gute Verbindungen machen, *sbirri* schmieren, Lieferungen organisieren, die nicht kontrolliert wurden. Das Geschäft über den peruanischen Markt lief immer glatt. Mit dem Stoff von da ist die Familie richtig groß geworden – nicht nur in Italien.»

«Was hat das mit dem Vatikan zu tun?»

«Bitte, Commissario ...!»

«Wenn du weitermachst, werde ich dir helfen. Du wirst nicht verrecken heute Nacht.»

«Aaahh!» Quarta rannte nochmals zum Urinal. Diesmal kam er zu spät. «Merda!»

«Das trocknet wieder. Red weiter!»

«Die Attoris sind mächtig geworden mit neuen mächtigen Freunden, auch im Vatikan. Sie haben Oberto oder Vito – ist ja auch egal – nicht vergessen, dass er ihnen geholfen hat. Als er aus Peru zurückkam, konnte er sogar im Vatikan was werden. Aber er musste für die Familie weitermachen.»

«Was heißt das?»

«Der Koks aus Peru kommt immer mit dem Marmor. Und weil Vito jetzt 'ne große Nummer im Vatikan ist, geht der Stoff dorthin und von da aus mit dem Stempel vom Papst überallhin, wo man dafür bezahlt.»

«Was war mit dem Mönch, den du erschossen hast?»

«Ein Säufer, der Vito immer mal wieder geholfen hat. Dann muss der durchgedreht haben und hat versucht, ihn zu vergiften. Die *sbirri* haben ihn verhaftet. Wenn er ausgepackt hätte, wär's gefährlich geworden. Der musste weg. So hat man's mir gesagt, Commissario. Sie müssen mir das glauben. Mehr weiß ich nicht!»

Der Commissario ging zum Tisch zurück und packte ein paar Flaschen und trug sie zur Zellentür. Als er eintrat, lehnte Antonio Quarta mit geschlossenen Augen an der Wand.

«Trink das, dann geht's dir besser. Wir stellen dir so viel rein, wie du willst. Du hast einfach 'ne Dröhnung Entwässerungstabletten bekommen. Egal, wie viel du noch pinkelst, es passiert dir nichts. Morgen hört das auf. Wenn du dein Geständnis unterschreibst, kommst du hier unten lebend raus und kannst noch richtig alt werden. - Und wenn du schlau bist, Antonio, und als Kronzeuge auftrittst, kommst du in ein Zeugenschutzprogramm. Dann lebst du bald unter Polizeischutz mit einer neuen Identität in Freiheit. Dafür kann man sich schon mal eine Nacht lang bepissen. Findest du nicht?»

Bariello verriegelte die Tür wieder und verabschiedete sich von Bertani und Graziano.

«Ihr beide bleibt heute Nacht hier und schaut ab und zu nach ihm. Dottore, Sie haben etwas bei mir gut! Glauben Sie, Quarta ...»

«Der übersteht das. Ich leg mich wieder ins Labor. Signori, wenn Sie mich noch brauchen, wissen Sie, wo Sie mich finden.»

Er verließ gemeinsam mit Bariello und Santoro den Keller, und während Dottor Gentile ein paar Treppen höher zu *Il Divino* stieg, brachte der Commissario seinen Kollegen zur Tür.

«Ein bemerkenswertes Verhör, Commissario - und so erfolgreich. Meinen Respekt! Wie sollen wir weiter vorgehen wegen Oberto Leone alias Vito Buoninsegna?»

«Wir beobachten ihn. Auf dem Gebiet der Vatikanstadt sollten Sie das übernehmen. So wie ich ihn einschätze, wird er alles preisgeben, wenn er merkt, dass er in der Falle sitzt - das ist jemand, der nur an den eigenen Vorteil denkt. Er wird ein wichtiger Zeuge sein, wenn wir wissen, wie er das Kokain zu verschieben hilft.»

«Ich kümmere mich persönlich darum.»

Bariello zog die beiden Fotos aus der Tasche und hielt sie Santoro hin.

«Was meinen Sie? Derselbe Mann?»

«Könnte sein - das eine ist auf jeden Fall Monsignor Leone; der andere ist ...»

«Das andere ist er auch, nur rund vierzig Jahre jünger; damals hieß er noch Vito Buoninsegna.»

Santoro betrachtete beide Bilder eine Weile.
«Ich verstehe - gute Arbeit, Commissario.»
Sie verabschiedeten sich. Es ging auf Mitternacht, doch einen Anruf musste er noch machen. Er war überrascht, dass er nur zweimal anläuten musste, bis sich jemand meldete.
«Pronto!»
«Verzeihen Sie die späte Störung, Monsignor Lisimba! Bariello hier.»
«Kein Problem, Commissario. Was gibt es?»
«Wir haben den Mörder von Padre Hospitius und kennen jetzt auch das Motiv. Außerdem weiß ich, was wir morgen in dem Gang unter dem Vatikan finden. Aber ich habe noch eine Frage an Sie: Wissen Sie, woher die Vatikanischen Museen den Marmor beziehen für die Nachbildungen der Ausstellungsstücke? Sie sagten neulich, Monsignor Leone hätte ein besonderes Gespür für die geschäftlichen Aspekte seines Amtes.»
«Sicher, Commissario. Die Rechnungen, die wir abzeichnen, stammen von Lieferungen aus Peru. Dort hat Monsignor Leone einige Jahre gewirkt. Er hat für den Vatikan seine alten Verbindungen aktiviert.»
«Das kann man wohl sagen. Danke, Monsignore!»
So fuhr Commissario Bariello durch das allmählich ruhiger werdende Rom zur Piazza Viminale 1, zeigte den Wachen vor dem Innenministerium seinen Dienstausweis und gab an der Loge einen mit seinem Absender versehenen, amtlich versiegelten Umschlag ab mit dem Vermerk:
Al Ministro dell'Interno
Dottor Marco Santini
Sue proprie mani! Riservato personale!
Urgente

Kapitel 13 – Dämonen

Rom, Tiberufer, 9. August, morgens

Es war weit nach Mitternacht, bis Bariello Schlaf gefunden hatte. So war es fast neun, als er seine Wohnung verließ. Er war an seinem Auto angekommen, als jemand ihn ansprach.

«Commissario capo Vincenzo Bariello, wenn ich nicht irre.»

Bariello drehte sich um und sah einen hohen Carabiniere-Offizier vor sich. Er nickte.

«Colonnello Ferretti. Wenn Sie so freundlich wären, mir zu folgen. Sie werden erwartet.»

«Wohin geht es?»

«Nicht sehr weit. Ihre Dienststelle weiß Bescheid, dass Sie später kommen.»

Der Polizeioffizier ging voraus und drehte sich erst wieder um, als er an einem *auto blu* angekommen war. Es war eine der typischen dunkelblauen Luxuslimousinen, die allenthalben in der Bevölkerung Häme und Verachtung hervorriefen, seit vor ein paar Jahren herausgekommen war, dass Italiens Regierung und Parlamente Jahr für Jahr achtzehn Milliarden Euro für Anschaffung und Unterhalt von rund sechshunderttausend teuren Dienstfahrzeugen zur Freude der italienischen Steuerzahler verballerten. Bariello wunderte sich, dass nicht wie üblich ein Fahrer wartete, sondern der Colonnello ihm die Wagentür öffnete und sich, nachdem er auf der Rückbank Platz genommen hatte, selbst hinters Steuer setzte.

Während der Fahrt telefonierte Bariello mit Ispettore Graziano. «Salvatore, ich bin noch unterwegs. Du hältst die Stellung in der Questura! Schick Gaspare und den Kleinen ins Gästehaus des Vatikans, wo sie mit den Leuten von Sua Eccellenza Montebello und Ispettore Santoro in die Gewölbe unter dem alten Circus steigen sollen. Nichts, was sie da unten finden, darf von irgendjemandem angefasst werden! Die Spurensicherung muss erst jedes Stück untersuchen.»

«Wird gemacht, Vincenzo!»

«Das wird nicht so einfach. Da sind zwei Archäologen dabei, die haben gestern schon Gift und Galle gespuckt, weil sie einen Tag lang nicht in die Gänge durften - die werden toben. Gaspare und Gennaro müssen das mit Ispettore Santoro von der Gendarmeria Vaticana besprechen, *bevor* sie runtergehen. Das ist ein vernünftiger Mann und wird es mit ihnen durchsetzen.»

«Alles klar.»

«Du selbst rufst jetzt Monsignor Yoris Lisimba an. Er soll dir so schnell wie möglich einen Überblick über die Kontenbewegungen des Monastero dei Pii Fratelli della Fede besorgen - wenn es geht, aus den letzten zwei, drei Jahren. Das Gleiche gilt für den Arbeitsbereich von Sua Eminenza Panettiere und von Monsignor Oberto Leone. Vor allem interessiert mich, ob es irgendwelche besonderen Einzahlungen gibt - große Spenden oder so was - und woher sie kommen.»

«Ich kümmere mich darum.»

«Dann noch was: Ich will wissen, wer auf römischer Seite die Zollstelle leitet, die mit dem Ufficio Merci im Vatikan zusammenarbeitet. Das müsste dir der Leiter unserer Zollbehörde, Colonnello Fontana, sagen können. Aber mich interessiert auch, wer auf der anderen Seite sitzt - das sollte Santoro wissen. Sobald du die Namen weißt, versuchst du herauszufinden, in welchen Verhältnissen sie leben.»

«Wird erledigt.»

«Bene - und noch ein Letztes: Ich brauche heute Mittag einen Termin bei Giudice Simone Columbo. Fontana soll dazukommen

und Santoro auch. Wir haben noch was Größeres vor heute, wofür ich die drei brauche. Kannst du das noch regeln?»
«Du kannst dich auf mich verlassen.»
«Weiß ich doch, Salvatore – grazie! A dopo!»
Bariello drückte das Gespräch weg, als der Wagen auf dem Lungotevere delle Armi kurz vor dem Ponte Matteotti bremste. Colonnello Ferretti deutete auf einen kleinen gepflasterten Weg, der unter der Brücke hindurch hinab zum Tiber führte.
«Ihr Gesprächspartner wartet dort unten. Buona giornata, Commissario capo.»
Bariello stieg aus. Niemand beachtete ihn, und so lief er in leichtem Trab den abschüssigen Weg hinunter. Auf der kleinen Uferstraße war er unschlüssig, in welche Richtung er sich wenden sollte, als er zwanzig Meter weiter am Fluss einen Mann sitzen sah, der ihm mit einer zusammengerollten Zeitung winkte. Er saß auf einer Bank oberhalb der Böschung zum Tiber und unter einem jener Bäumchen, die in einem viel zu kleinen, mit Erde aufgefüllten Rechteck ein trauriges Dasein fristeten, bis sie von einer Überdosis Hundepisse vergiftet waren, um dann herausgerissen und ersetzt zu werden. Bariello ging auf den Mann zu, der eine blaue Hose trug, ein offenes weißes Hemd und eine Sonnenbrille. Nach ein paar Metern erkannte er ihn – dass er ihm so schnell begegnen sollte, entlockte ihm ein Grinsen, das er sogleich wieder unterdrückte.
«Egregio Signor Ministro dell'Interno!»
«Caro Commissario capo Bariello, si sieda!»
Bariello ließ sich mit gebührendem Abstand neben dem Innenminister nieder. Trotz der Distanz und der frischen Luft konnte er das teure Rasierwasser des anderen riechen. Beide schauten aufs Wasser, auf dem ein Ausflugsschiff voller Touristen vorüberzog.
«Sie wissen, weshalb ich Sie sprechen möchte – hier, ohne Zeugen, ohne Aufsehen?»
«Ich kann es mir vorstellen.»
«Gibt es mehr als dieses eine Foto?»
«Eine ganze Serie.»

«Alle so ... freizügig?»
«Alle.»
«Wer kennt die Bilder außer Ihnen?»
«Der Fotograf, sonst niemand.»
«Sind Sie sicher?»
«Er hat sie in meinem Auftrag gemacht, als ich von den Vorgängen erfahren habe. Es bestehen keine wirtschaftlichen Interessen.»
Der Innenminister wandte den Kopf zu Bariello. Aus dem Augenwinkel konnte der Commissario erkennen, dass das Hemd des anderen bereits an dessen Brust klebte, obwohl es noch nicht besonders heiß war.
«Wer ist das Schwein auf dem Bild?»
«Ein Polizist.»
«WAS?!»
«Sie wollten kein Aufsehen, Signor Ministro!»
Der andere dämpfte seine Stimme.
«Sie kennen den Mann näher?»
«Gut genug, um zu wissen, dass er ein Volltrottel ist. Andererseits hat er wahrhaft hervorragende Qualitäten. Die kann man auf ein paar Fotos gut erkennen.»
«Sie wissen, was es für mich in meiner Position bedeuten würde, wenn diese Bilder an die Öffentlichkeit kämen. Der Fotograf und Sie könnten ... reich werden, wenn Sie das Material an die Presse oder meine politischen Gegner weitergeben würden.»
«Darum geht es mir nicht.»
«Worum geht es Ihnen dann?»
«Ich werde Ihnen helfen, ohne jeden Skandal aus dieser Geschichte herauszukommen.»
In der Stimme des Ministers schwang Erstaunen mit.
«Finden Sie meine Politik ...?»
«Ich bin Polizist, kein Politiker.»
«Das ist eine ehrenwerte Einstellung, dann bin ich ...»
«So, wie ich Ihnen helfe, so erwarte ich Ihre Hilfe, Signor Ministro.»
«Nun, Commissario, um Ihre Karriere brauchen ...»

«Es geht nicht um meine Karriere, es geht um das U-Bahn-Projekt des Zhao-Konzerns.»
Nun wandte Bariello seinen Blick ab vom Tiber und schaute in das schweißnasse Gesicht des Innenministers. Er bewunderte die Kunst der Maskenbildner in den Fernsehstudios – ungeschminkt war diese feiste Hämorrhoidenvisage mit gestutztem Vollbart kaum zu ertragen.
«Was meinen Sie?»
«Ich werde eine Razzia in den drei U-Bahn-Baustellen vornehmen – zwei auf römischem Grund, eine mit Hilfe eines Kollegen in der Vatikanstadt. Der Grund dafür ist, dass dort unten mindestens ein Mord begangen wurde. Und ich werde die Täter nicht ungestraft davonkommen lassen.»
«Wie stellen Sie sich das vor?! Ich verstehe Ihren professionellen Eifer, aber hier geht es um ganz große Politik. Das sind Vorgänge von ungeheurer Tragweite zwischen China, dem Vatikan und auch uns Italienern. Wir müssen äußerst vorsichtig agieren.»
«Man hat einen Geistlichen an einen Tieftemperaturtank gebunden und dort erfrieren lassen. Außerdem ist man mit großer Wahrscheinlichkeit dabei, das Grundwasser zu unseren Füßen mit Chemikalien zu vergiften. Dann sind dort unten genetisch veränderte Lebewesen im Einsatz, deren Erzeugung bereits gegen alle internationalen Übereinkünfte verstößt. Und um das alles abzusichern, arbeitet der Zhao-Konzern auch noch mit Schlägern und Mördern aus den Reihen der Triaden zusammen. Ein Verbrechen schlimmer als das andere! Und ich, Signor Ministro, werde sie stoppen.»
Im Gesicht des Ministers begann es zu zucken.
«Das geht nicht, Commissario! Mir sind in dieser Angelegenheit ... die Hände gebunden. Ich bin im Interesse unserer – man darf schon sagen – *welthistorischen* Zusammenarbeit Verpflichtungen eingegangen, die auch ein Innenminister nicht ...»
Santini konnte die Verachtung in den Zügen seines Gegenübers lesen. Er wandte sich ab, schwieg und schaute wieder auf den Tiber. Bariello atmete tief durch.

«Ich verlange nicht von Ihnen, dass Sie die Aktion aus dem Innenministerium heraus unterstützen, aber ich verlange von Ihnen, dass mir niemand in die Quere kommt - auch nicht das Innenministerium. Ich werde ein paar Hundertschaften Polizei zusammenziehen, Papiere überprüfen lassen, unter den Triaden Verhaftungen vornehmen und mit Hilfe des Zolls illegale Arbeitsverhältnisse offenlegen. Schließlich werde ich dafür sorgen, dass die Umweltverbrechen untertage sofort aufhören. Sie selbst müssen nichts tun. Aber Sie müssen sich vollständig raushalten!»

«Ich bitte Sie! Sie können nicht einfach da unten reinmarschieren. Das würde ein völliges Chaos auslösen. Vielleicht eine bewaffnete Auseinandersetzung. Es wäre ein ungeheurer innen- und, schlimmer noch, ein außenpolitischer Eklat. Darüber kann die Regierung stürzen.»

«Es wird in der Öffentlichkeit kein Zweifel bestehen, dass es gute Gründe gibt, runterzusteigen und dort für Sicherheit zu sorgen. Das ist doch genau das, was Sie Ihren Wählern dauernd über die Polizei erzählen.»

«Sicher, sicher, aber ... wie wollen Sie das hinbekommen? Garantieren Sie mir, dass Sie einen unangreifbaren Grund haben, mit dem man an die Öffentlichkeit gehen kann, wenn die Aktion anläuft?»

Bariello kam sich vor wie ein Pokerspieler mit einem Pärchen Siebenen auf der Hand, der «All in» ruft, um seine Mitspieler rauszubluffen.

«Verlassen Sie sich darauf! Je weniger Sie wissen, umso besser für Sie, wenn Sie jemand danach fragt. Nun kennen Sie meinen Preis für den Datensatz. Die Entscheidung liegt bei Ihnen.»

Der Minister schwieg eine Weile.

«Ich werde diesem Mistkerl die Eier abreißen.»

«Nein, Sie werden ihn befördern.»

«Sind Sie wahnsinnig?»

«So vermeiden Sie Gerüchte und Skandal, egregio Signor Ministro. Entsorgen Sie ihn als Rache auf irgendeinen Idiotenposten in

der Verwaltung – vielleicht in Mestre. Fünfhundert Kilometer Entfernung von Ihrer Frau sollten reichen. Er ist so dumm, dass er den Weg nach Rom nicht mehr finden wird.»
«Wer ist es?»
«Sie bekommen Namen und Material, wenn der Einsatz vorüber ist – spätestens morgen Abend.»
Santini erschrak.
«Sie wollen heute noch ...?»
«Non rimandare a domani quello che puoi fare oggi.»

Rom, Questura, Via di San Vitale, 9. August, vormittags

«NICHTS?! Sag das nochmal!»
Bariello saß zusammen mit Ispettore Graziano in seinem Büro und hörte sich den Bericht von Di Lauro an.
«Nichts, Commissario. Ich habe noch nie so enttäuschte und fassungslose Gesichter gesehen wie dort unten, als wir im Schein der Lampen in diesem leeren Gewölbe standen. Sua Eccellenza Montebello war es schrecklich peinlich. Er bat uns alle, die Aufregung und den Aufwand zu entschuldigen, die Padre Luis und Dottoressa Napoletano verursacht hätten.»
Bertani wiegte den Kopf.
«Übertreib nicht, Gennaro, nicht alle waren enttäuscht. Die beiden Archäologen waren zwar überrascht, dass keine Skulpturen zu sehen waren, wie es die Dottoressa und der Padre angekündigt hatten. Aber sie waren begeistert, wie weitläufig die Gänge da unten sind. Monsignor Mattei sagte außerdem, das bringe sie bei ihrer eigentlichen Suche ganz nahe ans Ziel. Weißt du, Vincenzo, was er damit gemeint hat?»
«Ach, so eine innerkirchliche Geschichte – für uns nicht weiter wichtig.»
«Wie auch immer – mit einem hat der Kleine recht: Von irgendwelchen Kunstwerken, ob antik oder nachgemacht, gab es keine Spur. Ispettore Santoro war sehr diplomatisch und hat versucht, die Situation zu überspielen. Er meinte, in dieser furchtbaren Luft

könnten einem die Sinne schon einen Streich spielen. Die Hauptsache sei doch, dass niemandem etwas passiert ist.»

«Wie haben der Padre und Signora Napoletano reagiert?»

«Die sind immer wieder wie zwei Tiger durch das Gewölbe: *Hier standen überall Skulpturen, Dutzende davon. Ihr müsst uns das glauben! Wir haben sie gesehen.* Die beiden Archäologen waren in dem Punkt aber ganz klar: Da es keine Durchgänge gibt, gibt es auch keine Möglichkeit, irgendetwas aus dem Gang verschwinden zu lassen. Also müssen die beiden sich das alles eingebildet haben. Dann sind wir alle wieder raus.»

Bariello starrte aus dem Fenster auf den Straßenverkehr und brummte vor sich hin.

«Ich hätte geschworen, dass die Skulpturen, von denen die zwei erzählt haben, uns ein gewaltiges Stück weiterbringen. – Und egal, wie die Luft da unten ist: Es kann doch nicht sein, dass die beiden im selben Moment *die gleiche* Halluzination gehabt haben sollen.»

Bertani grinste.

«Die Luft war gar nicht so schlecht, und ich bin ziemlich sicher, dass die beiden auch keine Halluzinationen hatten.»

Alle Augen richteten sich auf den Ispettore.

«Wie kommst du darauf?»

«Deswegen!»

Er griff in die Tasche seines Uniformhemds und zog ein Cellophantütchen hervor, in dem irgendetwas Kleines steckte.

«Was ist das?»

«Da drin hatte ich heute Morgen ein paar Papiertaschentücher. Aber als ich das hier im Staub da unten gesehen habe ...», dabei wackelte er ein wenig mit dem Inhalt, «... hab ich sie rausgetan und es damit aufgehoben, ohne dass es einer gemerkt hat.»

Bariello kam um seinen Schreibtisch herum.

«Was hast du da?»

«Wenn ich nicht wüsste, dass in einem seit zweitausend Jahren verschlossenen Gang keine Zigarettenkippe liegen kann, würde ich sagen, das hier ist ein ganz ordinärer *mozzicone di sigaretta.*

Aber das kann nicht erst heute dahin gekommen sein, weil während unseres Besuchs da unten niemand geraucht hat. Also ...»

Jetzt standen alle drei um Gaspare Bertani herum und starrten auf den Stummel, der zwar angestaubt, aber ohne Zweifel eine Kippe war.

«Ich denke, Vincenzo, dieser Gang ist ausgeräumt worden, nachdem die Dottoressa und der Padre reingeschaut haben - und entweder ist das hier bei dieser Gelegenheit oder schon vorher mal auf den Boden gefallen und ausgetreten worden, so dass es im Staub kaum noch zu sehen war.»

«Und als ihr unten wart, hat keiner geraucht?»

Bertani verdrehte die Augen.

«Verstehe, also die Kippe war schon da - sehr gut! Das gefällt mir ... Aber hast du eine Erklärung dafür, wie die ganzen Skulpturen abtransportiert worden sein sollen, wenn da kein Ausgang ist? Im Haus war Polizei, da konnte jedenfalls keiner durch.»

«Wir haben bloß ein paar Stablampen dabeigehabt, aber nichts, womit man wirklich gründlich Wände und Decken hätte untersuchen können. Der Boden war ziemlich gleichmäßig mit so einer Art pulvrigem Sandstaub bedeckt. Und wenn da keine Spuren zu sehen waren, als wir rein sind, dann wahrscheinlich deshalb, weil man sie vorher mit irgendwas verwischt hat, ehe die anderen da unten raus sind.»

«WIE, Gaspare! Wie sind *die anderen* da unten raus?»

«Wir müssen nochmals nachschauen. Ich bin sicher, dass sich irgendwo ein Durchlass findet - wahrscheinlich als Attrappe vermauert, so dass er nicht so einfach zu erkennen ist. Vielleicht sogar an der Decke. Der Gang war viel höher als die anderen, durch die wir durch sind.»

Bariello nickte anerkennend.

«Könnte sein ... Gut gemacht, Gaspare! Bring die Kippe nachher zu Dottor Gentile. Er soll alle Register ziehen, wenn er sie untersucht. Aber pass auf, dass er sie sich nicht selbst ansteckt. Dem Alten traue ich das zu.»

Di Lauro wandte sich an Bariello.

«Wer wusste davon, dass wir heute in den Gang einsteigen würden?»

«Das, Gennaro, ist die richtige Frage – auf jeden Fall einer zu viel. Aber der weiß nicht, dass wir jetzt wissen, dass es ihn gibt. Gar nicht so schlecht … euer Misserfolg. Mal sehen … Salvatore, hast du in Erfahrung gebracht, wer im Ufficio Merci und wer auf römischer Seite sich um die Zollangelegenheiten des Vatikans kümmert?»

«Bei der römischen Guardia di Finanza ist es ein Capitano Geraldo Nobili und im Ufficio Merci ein gewisser Valeriano Innocenti, der früher bei der Gendarmeria Vaticana gearbeitet hat. Ich war heute Morgen dort und habe mich erkundigt, ob sie durch die U-Bahn-Baustelle in der Vatikanstadt mehr Verstöße mit nicht deklarierten Waren aus China haben. Wir hätten bei Zufallskontrollen auf stadtrömischem Gebiet das Gefühl bekommen, dass es in Verbindung mit dem U-Bahn-Bau häufiger zu illegaler Einfuhr zollpflichtiger Waren käme. Unter diesem Vorwand bin ich mit den beiden ins Gespräch gekommen. Ich sage euch: Das ist das schönste Büro, das ich je gesehen habe; liegt in dem Gebäude zusammen mit der Vatikanischen Post im vierten Stock. Ein Eckfenster mit Blick von der Front des Petersdoms bis zum Ende des Petersplatzes – du siehst alles! Allein schon wegen dieser Traumaussicht werde ich mich dort bewerben. Aber ernsthaft: Mir ist die Uhr am Handgelenk von Signor Innocenti aufgefallen. Ich habe um ein Glas Wasser gebeten, und als er es mir brachte, konnte ich mich davon überzeugen, dass er eine Patek Philippe trägt.»

Bariello pfiff durch die Zähne.

«Die Kollegen müssen eine bessere Gewerkschaft im Vatikan haben als wir, wenn die solche Tarife aushandeln. An dem bleibst du dran. Hast du schon was erfahren von Monsignor Lisimba wegen der Spenden?»

«Das ging overnight, Vincenzo – als ich eben an meinen Computer ging, hatte mir Monsignor Lisimba die Aufstellungen per E-Mail bereits geschickt. Das sind die Segnungen einer zentralen digitalen Kontenverwaltung.»

«Zeig mal her!»
Der Commissario nahm den Ausdruck und ließ seinen Blick über die langen Zahlenreihen wandern, die die Einnahmen und Ausgaben des Monastero dei Pii Fratelli della Fede zeigten.
«Abgesehen von den regelmäßigen Zuweisungen des Ordens und des Vatikans gibt es Spenden von Privatpersonen. Keine auffälligen Beträge für Kerzen und Blumenschmuck ... ab und zu auch mal ein paar hundert Euro für Seelenmessen für Verstorbene – und hier: für das Wohlbefinden des emeritierten Papstes.»
Gennaro schaute dem Commissario über die Schulter.
«Schauen Sie mal – da wird's interessant: fünfstellige und da sogar sechsstellige Summen! ... Ein paarmal ... über das Jahr verteilt, und immer derselbe Spendenzweck: SEMPER Deo gratias. Auch der Spender dieser Beträge ist immer der gleiche – Giulio-Buoninsegna-Edificio S. r. l.»
«Was soll das?» Bariello zog die Stirn kraus. «Der Bruder von Monsignor Leone spendet über seine Baufirma regelmäßig an ein Kloster in Rom? Will der damit sein Karma verbessern, weil er mit der 'Ndrangheta zusammenarbeitet?»
«Wenn er keine anderen Gründe hat ... Aber das ist auch interessant: Immer wenn solche Spenden eintreffen, steigt in den folgenden Tagen die Zahl der Überweisungen, die von dem Klosterkonto ausgehen. Die Empfänger ... sind Konten von Geistlichen und kirchlichen Institutionen in Italien ... und anderswo in Europa ... aber auch in Afrika, Südamerika ... hier sogar Neuseeland.»
Bertani hatte die Summen im Kopf überschlagen.
«Die Auszahlungen erreichen nicht ganz die Höhe der eingegangenen Spenden. Ein Teil der Großspenden scheint beim Empfänger bleiben zu können.»
Bariello schaute in die Runde.
«Fällt euch was bei der Angabe des Spendenzwecks auf? Diese Schreibweise ist doch seltsam – das SEMPER ist immer in Großbuchstaben geschrieben. Weshalb?»
Di Lauro rieb sich die Stirn.

«Keine Ahnung. Aber das ist eine typische Formel, die man in jeder katholischen Messe hört: Gott sei ewig Dank!»
Bariello zog die Spendenaufstellung für den Arbeitsbereich von Monsignor Oberto Leone hervor. Auch die Päpstliche Kommission für Christliche Archäologie bekam innerhalb weniger Tage solche Überweisungen aus dem Kloster – wenn dort Beträge mit dem Spendenzweck ‹SEMPER deo gratias› eingegangen waren. Spender war auch in diesen Fällen Giulio-Buoninsegna-Edificio S. r. l. Dann wurden die Beträge gestückelt weitergereicht ... Mit einem Mal stockte der Commissario und zog die Liste näher heran.
«Salvatore, wie, hast du gerade gesagt, heißen die Männer im Ufficio Merci?»
«Geraldo Nobili und Valeriano Innocenti.»
«Schau einer an! Die Christlichen Archäologen im Vatikan lassen einem römischen Zollbeamten fünfzehntausend Euro zukommen.»
Graziano war neben Bariello getreten.
«Was der wohl für die ausgräbt?»
«Oder verbuddelt ...»
«Und wie ist es mit Innocenti?»
«Der fehlt hier – steht vielleicht auf einer anderen Soldliste ... Aber schaut her! Bei Sua Eminenza Ludovico Panettiere ist es genau dasselbe Bild – kleinere Spenden, wohl von Gläubigen und Musikbegeisterten, dann aber immer wieder übers Jahr verteilt hohe Beträge. Und wer outet sich als besonderer Fan des Chors der Sixtinischen Kapelle?»
Nun standen alle zusammen und schauten auf die Zeilen, auf die Bariello von oben nach unten tippte. In allen Fällen erschien der Name des chinesischen Zhao-Konzerns. Auch bei diesem exquisiten Förderer aus dem kommunistischen Reich der Mitte lautete der Eintrag des überaus christlichen Spendenzwecks stets SEMPER deo gratias. Und wie bei den beiden anderen Konten wurden die Beträge mit einem Abschlag innerhalb weniger Tage weitergereicht. – Der Commissario war zufrieden.
«Ich denke, auf diesen Blättern wächst zusammen, was zusam-

mengehört. – Bloß wissen wir noch nicht, wie es zusammenpasst. Es würde mich nicht wundern, wenn noch mehr Konten dieser Art im Vatikan existieren, die Einzahlungen unter demselben Stichwort aufweisen.»

Bertani schüttelte den Kopf.

«Und alle Konteninhaber wissen dann, wen sie mit dem Geldsegen zu beglücken haben? Wenn ihr mich fragt, dann ist dieser Spendenzweck eine unmissverständliche Botschaft, die alle, die solche Einzahlungen bekommen, sofort erkennen lässt, was damit zu geschehen hat. Ich wette, das läuft koordiniert ab.»

Graziano schaute auf seine Uhr.

«Vincenzo, du musst zu Giudice Columbo!»

«Bene! Salvatore, du bleibst in der Questura und arbeitest weiter an den Spenden. Gaspare – du und Gennaro, ihr fahrt zu Sua Eminenza Montebello und seinen Leuten. Die stecken ihre Köpfe dauernd in antike Kirchenakten und alte Bücher. Vielleicht erkennen sie noch mehr in diesem lateinischen Spruch als wir.»

Gästehaus des Vatikans, 9. August, mittags

Als Di Lauro und Bertani in der Domus Sanctae Marthae eintrafen, war die Stimmung auf dem Nullpunkt. Jackey und Padre Luis saßen im Aufenthaltsraum mit Montebello, der sie bat, doch zur Vernunft zu kommen. Es mache ihnen doch niemand einen Vorwurf, aber sie sollten sich mit den Realitäten abfinden – die seit Jahrtausenden abgestandene Luft dort unten sei offenbar nicht ungefährlich. Sie hätten sich einfach mit vernebelten Sinnen in eine Halluzination gesteigert.

Den beiden Polizisten, die hinzukamen, tat es leid, die niedergeschlagene Gruppe nicht mit ihrem Wissen aufmuntern zu können. Aber sie mussten Bertanis Entdeckung der Zigarettenkippe vorläufig noch für sich behalten.

«Vergessen wir vielleicht mal für ein paar Minuten die Enttäuschung von heute Vormittag. Wir sind auf etwas gestoßen, bei dem wir Ihre Hilfe als Spezialisten für alte Kirchentexte brauchen.

Wir haben auf Spendeneinzahlungen verschiedener Konten, die uns Monsignor Lisimba hat zukommen lassen, festgestellt, dass besonders hohe Beträge stets mit demselben Spendenzweck versehen sind.»

Der Ispettore reichte ihnen den Zettel, auf dem der kleine lateinische Ausdruck stand. Montebello warf einen kurzen Blick darauf.

«Wo ist das Problem? Gott sei ewig Dank! Das ist eine ganz gebräuchliche Formel der Verehrung und Anbetung Gottes. Aber warum haben Sie das SEMPER in Großbuchstaben geschrieben?»

«Ah!» Gennaro lachte. «Wir dachten uns ebenfalls, dass das doch ziemlich seltsam ist. Es war aber in allen Fällen exakt so angegeben. Deshalb sind wir zu Ihnen gekommen. Was hat es mit dieser Schreibweise auf sich?»

Sua Eccellenza hatte als Erster nach dem Blatt gegriffen und hielt es jetzt Jackey und Padre Luis hin, während er mit dem Sovrintendente sprach.

«Auf welchen Konten erscheint diese Angabe?»

«Auf dem Konto des Monastero dei Pii Fratelli della Fede, auf dem Konto der Archäologischen Kommission des Vatikans, für das Monsignor Leone das Hauptverfügungsrecht hat, sowie auf dem für den Chor der Sixtinischen Kapelle, für das Eminenza Panettiere zeichnungsberechtigt ist. Überall ist diese Schreibweise bei hohen Zuwendungen identisch.»

«Ich weiß zwar nicht, ob wir Ihnen da helfen können. Aber wenn mehrere Leute tatsächlich alle genau diese Schreibweise wählen, ist das sicher kein Zufall.»

Jackey rutschte auf ihrem Stuhl nach vorn.

«Warten Sie mal, Eccellenza! Als Sie uns gerade den Zettel gezeigt haben, haben Sie mit dem Finger die ersten beiden Buchstaben des Wortes abgedeckt.»

«Und?»

«Für einen Moment war nur MPER zu lesen.»

«Worauf wollen Sie hinaus?»

«Ich hatte vor kurzem in unserem Archiv in Neapel ein Schriftstück in der Hand, das von Papst Leo X. vom Beginn des sechzehnten Jahrhunderts stammt. Darin wird er als Maximus Pontifex Ecclesiae Romanae bezeichnet. Als ich mir Notizen über das Dokument gemacht habe, habe ich aus Bequemlichkeit diese lange Bezeichnung gleichfalls MPER abgekürzt.»

«Verstehe. Aber auf unseren Unterlagen heißt es doch SEMPER und nicht nur MPER.»

«Und wenn auf den Überweisungen durch dieses Kürzel gleichfalls eine Beziehung zu einem Papst angedeutet wäre? – *M*aximus *P*ontifex *E*cclesiae *R*omanae ist keine ungewöhnliche Bezeichnung für einen Papst, auch wenn es öfter Summus Pontifex heißt. Also, vielleicht lässt sich auch noch das SE auflösen.»

Padre Luis schaltete sich ein und wandte sich an Bertani.

«Sie haben gesagt, Ispettore, dass ein Empfänger der Überweisungen das Monastero dei Pii Fratelli della Fede sei?»

«Stimmt.»

«Das ist das Kloster, in dem der alte Papst Clemens XV. lebt. Er wird dort wie überall in der katholischen Kirche als *Emeritus* geführt. Wenn es hier eine Beziehung geben sollte, dann könnten wir das E auch noch auflösen – und hätten damit einen *E*meritus *M*aximus *P*ontifex *E*cclesiae *R*omanae – EMPER, fehlt nur noch das S.»

Montebello wurde ungeduldig.

«Ich bitte Sie, Dottoressa, Padre Luis! Das ist doch völlig spekulativ! Wenn Sie so herumfantasieren, dann könnte auch das *S* alles Mögliche bedeuten. Es gibt Leute, die sehen in Clemens XV. schon heute einen Heiligen. Also könnte man das *S* für *S*anctus lesen. Angeblich hat er sogar schon einen Kranken geheilt – also könnte man das *S* auch als Kürzel für *S*alutifer, den Heilbringer, deuten. Sie sehen also, dass Ihre Vorgehensweise ins Beliebige führt. So werden wir der Polizei nicht weiterhelfen. Ich fürchte ...»

Bertani schüttelte den Kopf.

«Bitte, Eccellenza, genau deswegen sind wir hier. Wir wissen uns keinen Rat und kommen an diesem Punkt ohne Hilfe überhaupt nicht weiter. Aber Sie, die Dottoressa und Padre Luis kennen sich mit den Begriffen aus, die in Frage kommen, und können zumin-

dest plausible Vermutungen anstellen. Ich bitte Sie also, fahren Sie fort!»
Montebello zuckte die Schultern.
«Ispettore, bitte verstehen Sie mich richtig! Natürlich will ich Ihnen ..., wollen wir Ihnen helfen. Aber all diese Deutungen sind willkürlich. Wenn wir auch nur einen Fehler darin haben, dann gehen alle Schlussfolgerungen, die Sie daraus ziehen, in die falsche Richtung. *Ex falso quodlibet.*»
«Was heißt das?»
«Aus Falschem folgt Beliebiges. Es ist ein Grundprinzip der Logik seit den Tagen der Scholastik. Man muss nichts von deren Philosophie halten, aber darin hatten die Alten recht: Wenn eine Grundannahme nicht stimmt, dann kann jede Schlussfolgerung, die man auf so einer falschen Basis trifft, in die Irre gehen. Ich möchte Sie einfach davor bewahren, dass Sie durch uns zu unsinnigen Ermittlungen veranlasst werden und wertvolle Zeit verlieren.»
Gennaro deutete eine respektvolle Verneigung an.
«Das wissen wir zu schätzen, Eccellenza.»
Die Polizisten erhoben sich, und als sie bereits an der Tür waren, drehte sich Bertani noch einmal um.
«Ach, und – Dottoressa, Padre Luis – wer weiß, vielleicht birgt der Tunnel unter dem Vatikan noch ganz andere Geheimnisse. Wenn wir die kennen, könnte sich auch das Rätsel Ihrer Beobachtung dort unten klären! Buona giornata!»
Die beiden quittierten die gut gemeinte Ermutigung mit einem traurigen Lächeln und zogen sich dann zurück. Montebello blieb noch eine Weile allein im Aufenthaltsraum, bis er merkte, dass dessen Stille seine Niedergeschlagenheit nur vergrößerte. So stieg er hinauf in sein Zimmer. Er setzte sich auf das Bett und vergrub sein Gesicht in den Händen. Die Suche nach dem Grab der Frau des Petrus wurde immer mehr zu einem Fiasko. Sie kamen keinen Schritt weiter. Stattdessen öffneten sich überall Abgründe, je tiefer sie in die Welt des Vatikans eintauchten.
Er schaute auf, und sein Blick fiel auf die kleine Aktentasche Marianis, die ungeöffnet, so wie man sie ihm im Krankenhaus

übergeben hatte, auf dem Tisch am Fenster lag. Er griff danach und leerte ihren Inhalt neben sich aus. Das also würde im traurigsten Fall von einem Gelehrtenleben bleiben: ein paar vollgeschriebene Notizblätter, eine Tüte Eukalyptusbonbons, ein lateinisches Brevier, mit dem Mariani seinen täglichen Gebetspflichten nachgekommen war, ein Päckchen Papiertaschentücher, Bleistifte, Radiergummi, Spitzer und ein Brillenetui. Montebello steckte resigniert seine Hand in die Mappe, um sicherzugehen, dass nichts darin verblieben war, als er eine dünne glatte Oberfläche spürte. Er schaute hinein und sah, dass in einer Plastikhülle noch ein Blatt steckte, und zog es heraus. Er hatte lange genug mit Handschriften gearbeitet, um zu erkennen, dass das ein altes Dokument war. Er stand auf, trat ans Fenster und begann zu lesen.

Des Fischers Spur die Taube folgt getreu,
und Land und Meer sie überwindet.
Und ewig wird die wahre Liebe neu,
die Cinthias Buhle nimmer findet.

Sooft der Fischer fehlt und zagt,
verleiht ihm seine Taube Mut,
und wenn am End' sie auch sein Kreuz beklagt,
war doch bei ihr der Fels in guter Hut.

Nun ruht sie tiefer noch am selben würd'gen Ort,
wo ihm nach seinem Tod das Grab bereitet ward.
Dort lebt ihr heiliges Geschlecht im Bilde fort,
und preist mit Pilgern Gottes Gnad' und Macht.

P II PONT. MAX. olim Aeneas appellabatur scripsit

Montebello fuhr sich über die Stirn, so mächtig ihre Feinde auch sein mochten – dieses Dokument aus der Hand Pius' II., dem Flavius Blondus gedient hatte, war ihnen nicht in die Hände gefallen! Mariani musste es schon eine Weile gekannt haben, als er kürzlich im Gespräch die ersten Verse rezitierte. Aber wo hatte er dieses Gedicht gefunden, und wann hatte er es an sich gebracht? Montebello sandte ein Stoßgebet zum Himmel, dass er ihn eines Tages selbst würde fragen können. Doch für heute dankte er ihm im Stillen, dass er ihm mit diesem Blatt neuen Mut machte. Nun war er ganz sicher, dass sie auf der richtigen Spur waren.

Rom, Questura, Via di San Vitale,
9. August, mittags zur selben Zeit

Bariello brauchte nur den Hof der Questura zu überqueren, um zu Giudice Simone Columbo zu gelangen, der im Rückgebäude sein Büro hatte. Tenente Colonnello Fontana, der die römische Zollbehörde der Guardia di Finanza leitete und Vice Ispettore generale Santoro von der Gendarmeria Vaticana waren bereits bei dem Untersuchungsrichter eingetroffen.

«Die Ermittlungslage hat sich verändert, Giudice, seit wir das letzte Mal über die U-Bahn gesprochen haben.»

«Ich bin ganz Ohr, Commissario.»

«Es hat dort unten noch mehr Tote gegeben und auch Verletzte. Außerdem steht jetzt fest, dass es dort ... Kreaturen gibt, die offenbar Resultate verbotener Gentechnik sind. Auch der Verdacht der Umweltverseuchung durch Giftstoffe hat sich erhärtet. Außerdem sind mit Sicherheit dort Leute beschäftigt, deren Aufenthaltsstatus ebenso wenig in Ordnung ist wie ihre Arbeitspapiere. Das Ganze wird abgesichert durch Männer aus den Reihen der Triaden.»

«Interessant – Sie werden mir sicher jetzt die Beweise vorlegen.»

«Es hat einen Versuch von ein paar Mafiosi gegeben, dort unten einzudringen, der für einige von ihnen tödlich endete. Ich habe durch einen V-Mann Informationen aus deren Organisation erhalten; den kann ich Ihnen jederzeit als Zeugen stellen.»

Columbo verzog das Gesicht.

«Hm – also eine Information, die bereits Ihr V-Mann nur vom Hörensagen hat. Das ist nicht viel besser als das, was Sie mir schon

das letzte Mal präsentiert haben. Da war es ... warten Sie ... ein Stadtstreicher, der ein seltsames Fauchen gehört hatte.»
Fontana schaltete sich ein.
«Ich kann bestätigen, dass in den Fahrzeugen, mit denen Lieferungen für die Großbaustellen des Zhao-Konzerns am Flughafen Ciampino abgeholt wurden, Leute der Triaden saßen. Wir sind einigen von ihnen bei früheren Ermittlungen begegnet. Natürlich können das inzwischen ehrbare Werkschutzleute geworden sein, aber daran habe ich meine Zweifel. Ich teile den Verdacht des Commissario, dass es um kriminelle Handlungen geht.»
Giudice Columbo nickte.
«Zwei ehrbare Kollegen haben einen Verdacht, und ich soll daraufhin einen Durchsuchungsbefehl ausstellen, der ...»
«*Drei* ehrbare Kollegen, Giudice Columbo, wenn Sie mich dazurechnen wollen. Ich war dabei, als auf dem Gelände des Vatikans diese seltsame Spur entdeckt wurde und uns wenige Tage später einer Ihrer Kriminaltechniker die Analyse vorgetragen hat, die nur durch eine unerlaubte Genmanipulation erklärbar ist.»
Columbo machte eine verbindliche Geste gegenüber Santoro.
«Also gut – drei ehrbare Kollegen, die mich in Verlegenheit bringen. Sie alle wissen, welche politische Brisanz dieses Vorhaben hat. Der Innenminister könnte mit Spezialeinheiten der Carabinieri an Ort und Stelle jede Polizeiaktion unterbinden. Wenn das passieren sollte, wäre es eine vergleichsweise milde Strafe, wenn man uns nur vierteilen sollte.»
«Da können Sie unbesorgt sein, Giudice. Der Innenminister wird nichts dergleichen tun – ich habe heute Morgen mit ihm gesprochen. Er hat mir seine völlige Zurückhaltung zugesichert, weil er höhere Interessen berücksichtigen muss.»
Columbo zog die Augenbrauen hoch.
«Höhere Interessen?! Die würde ich gern kennen.»
«Ich werde sie Ihnen anvertrauen, wenn wir beide in Rente sind. Vorläufig aber haben Sie mein Wort darauf, dass wir nicht vom Innenministerium behelligt werden. Allerdings müssen wir einen glaubhaften Grund vorweisen können, wenn die Durchsuchung

anläuft, damit der Innenminister nicht in Verlegenheit kommt. Doch wenn wir alles richtig machen, können wir dem internationalen organisierten Verbrechen einen dicken Strich durch seine Rechnung machen.»

Columbo nickte.

«Lassen Sie mich nachdenken!» Er schloss die Augen und trommelte sacht auf den Armlehnen seines Sessels. Nach einer Weile schaltete er sein Notebook ein und rief einen Plan Roms auf, der das Gebiet um den Vatikan zeigte. «So könnte es vielleicht gehen ... Signori, ich glaube Ihnen allen, dass da unten etwas faul ist, und will Ihnen helfen. Aber wir müssen diese Aktion anders aufziehen. Verdacht, Vermutungen und ein windelweicher Durchsuchungsbefehl können nicht der Ausgangspunkt dieses Einsatzes sein. Wann wollen Sie überhaupt da einsteigen?»

Bariello beugte sich vor.

«Am liebsten noch heute! Wir können sie alle hochnehmen, die Baustellenleitung einschließlich des Konzernchefs, der zurzeit ebenfalls in Rom ist, wie ich heute Nacht erfahren habe, und eine ganze Reihe Triaden.»

«Hm – wie lange braucht jeder von Ihnen für die Vorbereitung? Sie müssten aus Ihren Zuständigkeitsbereichen mindestens je eine Hundertschaft zusammenziehen? Eine an der Baustelle Baldo degli Ubaldi, eine an der in der Vatikanstadt und eine an der Spanischen Treppe.»

Bariello und Fontana hätten es bis sechzehn Uhr geschafft, Santoro meinte, er brauche bis siebzehn Uhr; dann aber sei auch er spätestens bereit. Die beiden anderen nickten. So würde alles koordiniert ablaufen können. Giudice Columbo war zufrieden.

«Bene – aber Sie werden als Freund und Helfer kommen und vor Ort improvisieren müssen. Es funktioniert nur als Rettungsaktion, aus der Sie dann nach und nach eine Polizeiaktion machen können. Ich werde für Sie jederzeit erreichbar sein und halte ein paar Durchsuchungsbefehle und Haftbefehle mit unterschiedlichen Begründungen bereit – je nachdem, welche Entwicklung sich abzeichnet. Ispettore Santoro, Sie können doch in – sagen

wir – einem Ausnahmezustand Hilfe der römischen Kollegen anfordern?»
«Sicher, Giudice. Wenn ich das Gefühl habe, dass mir der päpstliche Gruppo Intervento Rapido nicht reicht, habe ich freie Hand.»
«Sehr gut!»
Und während sich die drei fragend anschauten, wählte Giudice Columbo die Nummer seines Vorzimmers.
«Ich brauche jetzt sofort eine Verbindung mit dem Chef der Stadtwerke Roma Capitale. – Machen Sie's dringend!»
Giudice Columbo lehnte sich in seinem Sessel zurück und genoss die Ratlosigkeit, die sich auf den Gesichtern seiner Besucher abzeichnete.

Vatikanstadt, Päpstliche Privatbibliothek,
9. August, früher Nachmittag

Yoris Lisimba hatte die Sessel in der Privatbibliothek Seiner Heiligkeit in zwei ovalen Reihen aufstellen lassen. Jener des Papstes stand unter dem Auferstehungsbild Pietro Peruginos. Ein Christus im Kontrapost, makellos schön bis auf die Wundmale, deutete mit lässiger Geste nach oben und schwebte, von Engeln umgeben, aus dem Grab; dabei blickte er mit einem Gesichtsausdruck herab auf die teils noch entsetzten, teils schon ohnmächtigen Wächter seiner Gruft, als wollte er ihnen bedeuten: Hab ich's euch nicht gesagt!
Die heutige Versammlung, die Papst Laurentius für seine Kurienkardinäle anberaumt hatte, diente einem ähnlichen Zweck. Während er durch den Raum schritt und bei dem einen und anderen für einen kleinen Plausch stehen blieb, wurde es immer ruhiger, je näher er seinem Platz kam. Dort entbot er seinen Mitbrüdern den Friedensgruß und setzte sich. Die anderen taten es ihm gleich und warteten freundlich interessiert zu erfahren, was es mit diesem außerplanmäßigen Treffen auf sich hatte.
«Liebe Brüder, ich habe nicht vor, euch ungebührlich lange von euren Pflichten fernzuhalten. Doch morgen ist der Tag des heili-

gen Laurentius. Ich werde meinen Schutzpatron wie in jedem Jahr in einem feierlichen Pontifikalamt um seinen Beistand für die vor uns liegenden Aufgaben bitten. Die Herausforderungen lasten schwer auf meinen Schultern, und ich bitte euch alle, meine Gebete morgen durch die euren zu verstärken, indem ihr mit mir die Eucharistie feiert.

Diese gemeinsame Feier soll uns helfen, Zwist und Misstrauen zu überwinden, die unheilvoll unsere kleine Gemeinschaft im Vatikan durchziehen. Lasst uns im Geiste wahrer Brüderlichkeit fortan wieder gemeinsam alle Anstrengungen unternehmen, das Leben der uns anvertrauten Herde auf Erden zu erleichtern und ihr den Weg in die ewige Freude des HERRN zu weisen. Dabei soll uns künftig ein neuer Helfer in diesem Kreis beistehen.»

Bei diesen Worten griff der Papst in seine Soutane und zog ein eingerolltes Schriftstück hervor, das von einer gelben und einer weißen Kordel zusammengehalten wurde, deren Enden durch das päpstliche Siegel mit den gekreuzten Schlüsseln unter der dreistufigen Tiara verbunden waren.

«Schon geraume Zeit trage ich einen Kardinal *in pectore*, dessen Name in diesem Dokument niedergelegt ist und den ich morgen am Ende der Feier bekanntgeben werde. Er wird mir als Oberhaupt der Kongregation für die Glaubenslehre eine starke Stütze bei der Neuorganisation der Kurie sein. Ich bedarf ihrer, denn die Kurie ist mehr und mehr zum Schauplatz eines unchristlichen Ringens geworden. Es gibt im Vatikan Zwietracht zwischen Einzelnen, Rivalitäten zwischen Fraktionen und Feindschaften selbst mir gegenüber, deren Vorkämpfer in ihrem Streben nach verderblichem Eigennutz alle Grenzen zu überschreiten bereit sind. Sie verhindern mit ihrer Haltung jeden Fortschritt der Kirche, treiben damit überall in der Welt die Gläubigen aus den Gotteshäusern, beschädigen das Ansehen des Christentums und entehren den Namen Gottes. Gemeinsam mit dem neuen Vorsitzenden der *Congregatio pro doctrina fidei* und den treuen Amtsträgern der Kirche unseres HERRN will ich dafür sorgen, dass fortan alle, die das Schiff unserer Gemeinde durch den aufgewühlten Strom der Zeit bringen müssen, wieder in dieselbe Richtung rudern.»

Ein Raunen ging durch den Saal.

«Um dieses Ziel zu erreichen, werde ich nicht länger dulden, was einige Führer unserer Kirche geheiligte Grundsätze nennen. Sie propagieren sie nur deshalb, um sich dahinter zu verschanzen und ihre persönliche Macht zu sichern und auszubauen. Mich erinnert das, was sie vertreten, fatal an die Worte des Propheten Ezechiel: *So spricht der HERR: Wehe den Hirten Israels, die sich selbst weiden! Sollen die Hirten nicht die Herde weiden? Die Milch genießt ihr, und mit der Wolle kleidet ihr euch, das fette Vieh schlachtet ihr – die Herde weidet ihr nicht. Die Schwachen habt ihr nicht gestärkt und das Kranke nicht geheilt und das Gebrochene nicht verbunden und das Versprengte nicht zurückgebracht und das Verlorene nicht gesucht, sondern mit Härte habt ihr über sie geherrscht und mit Gewalt.*»

Einigen schien der Heilige Vater aus dem Herzen zu sprechen, andere senkten mit hochrotem Kopf den Blick.

«Liebe Brüder, lasst uns einander vergeben, was in der Vergangenheit Anlass für Missverständnisse und Hader geworden ist, und am Patronatstag des heiligen Laurentius den Staub von unseren Schuhen schütteln und mit Geduld und gutem Willen gemeinsam und im Vertrauen auf den HERRN und Seine Heiligen die Kirche führen. Jeder auf seinem Platz, jeder nach seinen Fähigkeiten, jeder nach bestem Gewissen – aber auch jeder ohne Vorbehalte, ohne Hintergedanken, ohne Arg. Niemand sollte die Geschichte Luzifers vergessen – jenes mit Edelsteinen geschmückten, schönsten und mächtigsten aller Engel, von denen Ezechiel weiß. Niemand sollte vergessen, wie jener Cherub seine Hybris hat büßen müssen, so wie Jesaja es schildert: *Hinabgeschleudert zur Unterwelt ist deine Pracht samt deinen klingenden Harfen. Auf Würmer bist du gebettet, Maden sind deine Decke. Ach, du bist vom Himmel gefallen, du strahlender Sohn der Morgenröte. Zu Boden bist du geschmettert, du Bezwinger der Völker. Du aber hattest in deinem Herzen gedacht: Ich ersteige den Himmel; dort oben stelle ich meinen Thron auf, über den Sternen Gottes, auf den Berg der Versammlung setze ich mich im äußersten Norden. Ich steige weit über die Wolken hinauf, um dem Höchsten zu gleichen. Doch in die Unterwelt wirst du hinabgeworfen, in die äußerste Tiefe.»*

Nun war die Stille in der Bibliothek vollkommen, so dass ein Knacksen in einem der Bücherregale die Kardinäle zusammenfahren ließ. Papst Laurentius ließ seine Worte ein paar Sekunden auf die Versammlung wirken.

«Um ihn – den Widersacher, den alten Feind und ewigen Versucher – aus unseren Reihen zu verbannen, lade ich euch ein, morgen mit mir das Patronatsfest zu begehen und gemeinsam neue Kraft zu schöpfen am Tisch des HERRN, um Seine Kirche unter allen Völkern der Erde in eine leuchtende Zukunft zu führen!»

Er schloss die Versammlung mit einem kurzen Gebet und verließ den Saal, in dem seine Worte nachhallten. Auch Sua Eminenza Panettiere hielt sich nicht im Gespräch über das Gehörte mit seinen Amtsbrüdern auf, von denen einige verstohlen zu ihm hinüberschauten; er verließ, nach links und rechts grüßend, sogleich die päpstlichen Gemächer. Noch während er die Treppe hinuntereilte, wählte er eine Nummer, und als am anderen Ende der Leitung ein «Pronto» ertönte, sagte er: «Sie haben es gehört! Das war eine Kriegserklärung! Er wird einen neuen Kardinal kreieren, den er zum Oberhaupt der Glaubenskongregation machen will. Wer auch immer das ist – er wird zum Kreis der Eiferer und Reformer gehören, die die heiligsten Grundlagen unserer Kirche zerstören wollen. Wenn wir einem Putsch von oben in der Kurie zuvorkommen wollen, haben wir keine Zeit mehr zu verlieren.»

Vatikanstadt, U-Bahn-Baustelle,
9. August, zur selben Zeit

«Wir müssen sie heute noch verschwinden lassen – alle, ausnahmslos!»

Der leitende Ingenieur Wang schaute fassungslos auf den Konzernchef, der vor einer Viertelstunde auf der Baustelle erschienen war.

«Zhao tongzhi, ich verstehe nicht ... wieso ... und wie sollen wir dann weiterarbeiten ohne sie?»

«Die Hauptarbeiten der Tunneldurchstiche sind geleistet. Den Rest schaffen wir konventionell. Die Probleme von morgen werden wir auch erst morgen lösen. Aber heute werden wir hier unten noch Besuch bekommen – unangenehmen Besuch.»

«Eine Razzia? Ich dachte, so etwas sei ausgeschlossen.»

«Es ist etwas schiefgegangen. Ich habe sichere Informationen, dass eine Durchsuchung bevorsteht, die wir nicht abwenden können. Wir dürfen uns hier vieles erlauben, Wang tongzhi, ohne dass es größere Folgen hat, weil alle Rücksicht nehmen müssen auf die diplomatische Situation und die politischen Konsequenzen. Aber niemand darf die *Nezha* hier unten finden.»

Wang Bao hasste diesen Begriff. Als guter Kommunist war er atheistisch sozialisiert worden. Aber seine Großmutter hatte ihm *Nezha* als taoistische Schutzgottheit der chinesischen Mythologie nahegebracht. Und versteckt in einem Winkel seines Herzens hatte er sich aus seinen Kindertagen einen nostalgischen Rest von Respekt und Hoffnung bewahrt, die er mit dieser Gestalt als einem Helfer in der Not verband. Dass der Konzernchef Zhao Ling gerade diesen Namen für jene Kreaturen verwendete, die in seinen Laboren verbotenerweise geschaffen worden waren, hatte den Ingenieur immer abgestoßen. Sowenig er ihren Nutzwert leugnete, so sehr widerten ihn die von Kopf bis Fuß mit kurzem, dunkel-struppigem Fell behaarten Wesen an. Sie waren kleiner als ein erwachsener Mensch; mit ihren Händen und Füßen konnten sie zwar differenzierte Greifbewegungen ausführen, und doch waren es letztlich krallenbewehrte Klauen. Ihre Köpfe erinnerten zwar an einen Menschen, liefen aber in hundeartige Schnauzen aus. Aber das Entsetzlichste waren ihre Augen, die verstörend intelligent wirkten.

Keinem *Nezha* war ein hohes Alter beschieden. Doch wie ihr mythischer Namenspatron erreichten sie bereits nach wenigen Jahren das Maximum ihrer beachtlichen körperlichen Leistungsfähigkeit. Bevor das der Fall war, hatte man sie, intelligenten Hunden vergleichbar, so trainiert, dass sie auf dem Höhepunkt ihrer kurzen Lebensspanne für einige Zeit zur Müllbeseitigung in schwer verseuchten Zonen eingesetzt werden konnten, in die man keine Menschen mehr schicken konnte. So hatte während der letzten Jahre stets ein Trupp von dreißig *Nezha* bei diesem U-Bahn-Bau das kontaminierte Geröll aus den Schächten in die Container geschafft, sobald die ebenso eisige wie giftige Lösung das Gestein hatte platzen lassen. Wenn einige von ihnen dabei verendet waren, hatte man sie verbrannt und in entsprechender Zahl neue aus dem geheimen Trainingszentrum der Zhao Future Unlimited kommen lassen. Um sie zu kontrollieren, wurden sie von ihren Wärtern mit Elektroimpulsgeräten traktiert und zur Arbeit getrieben, sobald sie ihre Käfige verlassen hatten. Damit niemand auf sie aufmerksam wurde, wenn sie ihre kläffenden Laute ausstießen, wurden ihnen bald nach der Geburt die Stimmbänder operativ durchtrennt, so dass nur Fauchen und Zischen aus ihren Rachen kam.

«Wie sollen wir sie verschwinden lassen? Wir können sie so schnell nicht einfach hier raustransportieren.»

«Die werden nicht weggebracht. Der kleinere der beiden neuen Schächte ...»

«Da drin werden sie sich nicht ruhig verhalten. Der ist zu eng und zu kurz für sie alle. Sie würden durchdrehen – das gäbe ein Massaker. Wenn wirklich jemand hier runterkommt ...»

«Bereiten Sie einfach alles vor, wie ich es Ihnen sage, Wang tongzhi. Sofort! Auch die Betonpumpe, um den Schacht zu verfüllen! Außerdem brauchen wir die Chefs des Werkschutzes.»

«Was wollen Sie mit diesen Typen?»

«Was geht Sie das an?»

«Ich leite dieses Bauvorhaben. Mit diesen Männern wollte ich nie zusammenarbeiten – sie wurden mir aufgezwungen.»

«Heute werden wir sie wieder einmal brauchen. Seien Sie froh, dass sie da sind ...»

«Was haben Sie vor?»

«Das hat Sie nicht zu kümmern. Bereiten Sie einfach alles so vor, wie ich es anordne – und dann verschwinden Sie aus diesem Bauabschnitt! Spätestens in zwanzig Minuten muss alles bereit sein.»

Der Ingenieur wusste, was ihnen drohte, wenn herauskam, auf

welche Weise sie seit Jahren unter schwierigsten Verhältnissen den U-Bahn-Bau so zügig hatten vorantreiben können. Er forderte die Capos des Werkschutzes an, wie es der Bauherr verlangt hatte. Zhao Ling fuhr mit einem Bauaufzug an die Oberfläche, um Monsignor Oberto Leone in Empfang zu nehmen. Eine Viertelstunde später sah er eine dunkel gekleidete, hagere Gestalt durch die Baustelle kommen, geführt von einem Arbeiter, den er entsprechend instruiert hatte. Er winkte ihm zu und ging ihm entgegen.
«Gut, dass Sie kommen konnten, Monsignor Leone. Wir sind zu der Grabkammer vorgestoßen, und ehe morgen alles verschwindet, dachte ich mir, dass es für Sie als Archäologen interessant sein müsste, einen Blick hineinzuwerfen.»
Der Monsignore war sichtlich überrascht und verneigte sich ein wenig.
«Sehr entgegenkommend! Ich weiß das zu schätzen. Es interessiert mich brennend, was Sie entdeckt haben. Wenn wir nicht höhere Interessen berücksichtigen müssten, wäre das für mich ein reizvolles Forschungsprojekt gewesen. Umso schöner, das Grab wenigstens einmal in Augenschein nehmen zu können.»
«Kommen Sie! Sie werden staunen.»
Sie fuhren in die Baugrube hinunter und gingen ein Stück durch das weite und hohe Gewölbe, durch das in nicht allzu ferner Zukunft Tausende von Touristen und Pilgern täglich in das Herz der katholischen Welt gelangen sollten. Leone bemerkte einen unangenehmen Geruch und hielt sich ein Taschentuch vor die Nase.
«Ich möchte nicht den ganzen Tag hier unten arbeiten müssen.»
«Ich auch nicht. Der Geruch ist nicht schön, aber unschädlich. Die Männer werden gut bezahlt und nehmen dafür diese kleine Unannehmlichkeit in Kauf.»
«Verstehe. Wo ist der Eingang?»
«Wir sind gleich da.»
Sie gingen an metallenen Spundwänden vorbei, die das Erdreich der Tunnelwände stabilisierten. Dann gelangten sie an eine Stelle, wo eine Lücke in der Metallarmierung war, weil dort eine Spunddiele herausgezogen worden war. Daneben lag der Auslassstutzen

einer gewaltigen Betonpumpe, an der ein paar Männer hantierten. Als sie die Öffnung passierten, sah Leone, dass hinter der eisernen Wand ein schmaler Quergang verlief, aus dem der üble Geruch besonders stechend hervordrang. Doch unmittelbar vor ihm öffnete sich ein gut mannshoher Schacht – gerade so breit, dass man bequem aufrecht hindurchgehen konnte.

«Wir sind fast am Ziel.»

Zhao Ling lächelte seinem Besucher zu und reichte ihm einen Helm, wie ihn die Bauarbeiter trugen.

«So groß, wie Sie sind, sollten Sie das tragen, damit Sie sich nicht den Kopf stoßen.»

Oberto Leone nickte dem anderen zu. Dann griff Zhao eine der Leuchten, die neben dem Tunneleingang an einem Metallgestell hingen. Als er sie einschaltete, flammte ein helles Licht auf; so gab er sie Oberto Leone.

«Gehen Sie nur schon vor! Ich muss noch kurz etwas mit den Männern besprechen und komme sofort nach.»

Der Monsignore nahm die Lampe und leuchtete ins Dunkel. Er würde einer der wenigen Menschen sein, die eines der größten Geheimnisse der Kirchengeschichte zu sehen bekommen würden, ehe es für immer verschwand. Und sicher würde er der Einzige sein, der verstand, was es dort zu sehen gab. Solch ein Privileg war nach seinem Geschmack. Er nickte Zhao Ling zu.

«Nun bin ich gespannt.»

Dann drehte er sich um und ging in den Tunnel. Die Wände waren grob, aber sauber abgearbeitet, so dass er nirgendwo anstieß oder auf vorspringende Steine hätte achten müssen. Er kam in dem von der Sohle des großen Gewölbes stetig ansteigenden Gang gut voran – nur der Geruch störte ihn auch hier. Allzu lange würde er sich jedenfalls nicht in der Grabkammer aufhalten. Egal, wie interessant ihr Inhalt sein sollte. Er war vielleicht dreißig Meter weit gegangen, als er hinter sich etwas hörte. Offenbar war Zhao Ling nun auch im Schacht und würde gleich zu ihm aufschließen. Er beschleunigte seine Schritte; gleich musste das Grab zu sehen sein. So leuchtete er nach vorn in die Dunkelheit und strebte sei-

nem Ziel entgegen. Nach weiteren zehn Metern hielt er inne; er sah zu seiner Überraschung in einiger Entfernung vor sich eine braune Wand, aber keine Öffnung, wie er sie am Eingang des Grabes erwartet hätte. Er leuchtete nach links und rechts, ob er eine Abzweigung erkennen könnte. Aber da war nichts. Was sollte das? Ein letzter Blick nach oben, aber auch dort war nichts zu erkennen. Er drehte sich um – und schrie im selben Moment auf. Ein paar Meter hinter ihm schoben sich Gestalten heran, die nicht von dieser Erde sein konnten. Der Gestank, der von ihnen ausging, überflutete ihn zugleich mit einer Welle aus Ekel und Entsetzen.
«WEG! WEG! FORT MIT EUCH! HILFE!»
Er schlug mit seiner Lampe nach der vordersten Kreatur, die ihr Maul öffnete und dabei ein Gebiss wie ein Kampfhund entblößte, während aus ihrem Rachen ein heiseres Fauchen kam. Im nächsten Moment schlug sie ihre Zähne in den Arm, den Leone ihr abwehrend entgegenstreckte. Seine Angstschreie wurden immer schriller und erfüllten den Gang. Er fühlte sich weitergeschoben, bis sein Peiniger ihn an die Wand gepresst hatte. Das Letzte, was er sah, bevor ihm die Lampe aus der Hand fiel und verlosch, waren diese entsetzlich menschlichen Augen im Gesicht der Bestie, die nun ihre Krallen in seinen Leib schlug. Ein infernalischer Schmerz jagte durch seinen Körper, als ihm die Eingeweide herausgerissen wurden. Sein Gebrüll war bis an den Eingang des Schachts zu hören, wo die Triaden, die mit ihren Elektroschockern alle *Nezha* in den Gang getrieben hatten, nun mit Hochdruck Beton durch die Mündung der gewaltigen Pumpe pressten. So begruben sie für alle Ewigkeit in der Finsternis, was nie das Licht der Welt hätte erblicken dürfen, und Oberto Leone starb in der verzweifelten Gewissheit, dass ihn der Teufel geholt hatte.

Gästehaus des Vatikans, 9. August, nachmittags

An der Tür von Jackey und Savio klopfte es. Als sie öffneten, stand Padre Luis vor ihnen. Seine Augen blitzten.
«Die Fahrstühle für die Tiere im Circus!»

«Was? Savio und ich wollten gerade einen Spaziergang durch die Vatikanischen Gärten machen, damit ich mich von der Enttäuschung ...»

«Verstehen Sie denn nicht, Dottoressa? Es gibt keinen Grund zur Enttäuschung! Wir hatten recht – die Skulpturen sind weggebracht worden! Genau wie wir es gesagt haben. Aber keiner hat uns zugehört, weil sich keiner vorstellen konnte, auf welche Weise.»

«Und? Wie?»

«Nach oben! Erinnern Sie sich, als wir zum ersten Mal in die Gewölbe unter dem Circus hinuntergestiegen sind, hat Monsignor Mattei von diesen Hebebühnen gesprochen, auf denen die Tiere nach oben in den Circus geschafft worden sind. Als wir jetzt da unten standen und völlig durcheinander waren, sind wir einfach nur immer wieder diesen langen Gang rauf- und runtergelaufen. Wir haben nach abgehenden Gängen gesucht. Aber wir haben nicht die Decke abgeleuchtet, ob sich da oben vielleicht ein verdeckter Zugang befindet. Wir müssen noch einmal hinunter und nachschauen.»

«Padre Luis, bitte – wohin da oben sollte man sie denn geschafft haben? Unser Gang hatte auf über einhundert Metern ziemlich genau Ost-West-Orientierung. Wo sollen denn da oben Gebäude sein, in denen man Skulpturen verstecken würde? Und zu welchem Zweck? Über uns lagen der Palazzo del Tribunale, das Gerichtsgebäude und die Sakristei. Ich denke, wir haben uns ...»

Savio tippte seiner Frau auf die Schulter.

«Cara mia, in der Sakristei werden Skulpturen aus den Vatikanischen Museen aufbewahrt. Keine echten, sondern nachgemachte.»

Jackey schaute ihren Mann entgeistert an.

«Was sagst du da? Woher ...»

«Als Luca und ich vor ein paar Tagen mit Monsignor Leone abends durch den Dom gegangen sind, haben wir uns in der Sakristei verabredet. Wir waren ziemlich überrascht, dass er nicht durch den

Eingang kam, sondern aus einem Teil der Sakristei, der schon länger für die Öffentlichkeit gesperrt ist. Ein Museum. Luca hat ihn danach gefragt, aber irgendwie hat ihm die Frage nicht gepasst. Jedenfalls hat er gesagt, dass da so eine Art Außenlager für Figuren aus den Vatikanischen Museen ist.»
«Das ist es, Dottoressa! Ich wette, dahin sind die Figuren gebracht worden.»
«Aber weshalb?»
Padre Luis war nicht mehr zu bremsen.
«Das werden wir rausfinden. Aber jetzt müssen wir erst noch einmal runter in den Gang, dann sollten wir ...»
«Nein, Padre, wennschon, dennschon: Wenn Savio recht hat, dann gehen wir in die Sakristei und sehen dort nach, ob es einen Weg nach unten gibt! Kommt!»
Und während die beiden Männer einander verblüfft anschauten, war Jackey bereits an ihnen vorbei.
«Aber wie willst du da reinkommen? Der Teil ist doch geschlossen.»
Sie drehte sich nicht einmal zu ihrem Mann um.
«Da fällt mir schon was ein!»
Der Eingang der Sakristei lag keine fünfzig Meter entfernt vom Gästehaus – gerade einmal schräg über den Platz der heiligen Martha.
Als sie die Rotunde betraten, verloren sich darin drei Touristen, die den Caravaggio betrachteten und sich anschickten, in den Petersdom hinüberzugehen. Jackey ließ kurz ihren Blick schweifen und hatte sofort den verschlossenen Eingang entdeckt. Vor der roten Kordel stand ein Sagrestano, der Aufsicht führte, und musterte die neuen Besucher. Sie ging eilig auf ihn zu und sprach ihn mit breitem amerikanischem Akzent an:
«Wo sind hier die Toiletten, bitte?»
«Es gibt hier keine Toiletten, Signora. Sie müssen ...»
«Erzählen Sie mir nichts. Ich brauche sofort eine Toilette!»
«Signora, ich bitte Sie, hier ...»
Jackeys Stimme wurde scharf.

«Ich bin Vorsitzende des National Council of Catholic Women in den USA, und ich verlange, dass Sie mir sofort eine Toilette zeigen. Andernfalls ...»
«Andernfalls was?»
«... suche ich mir hier eine Nische ...»
«Um Gottes willen, Signora!»
«Ich lasse mich nicht von einem sexistischen Türsteher im Vatikan um meine Rechte als Frau bringen und mich öffentlich demütigen! Hinter Ihnen ist die Tür zum Museo del tesoro di San Pietro. In diesem Museum muss es eine Toilette geben.»
«Das Museum ist geschlossen. Außerdem sehen Sie, ich bin allein als Aufsicht. Ich kann hier nicht weg.»
Jetzt wurde ihre Stimme schrill und laut. Sie strebte einer Nische zu.
«Ich werde Ihnen einen Skandal machen, dass man Sie zum Tempel hinausjagen wird! Das verspreche ich Ihnen!»
Damit war der Widerstand des Türhüters gebrochen. Er drehte sich fluchend um, zog einen Schlüssel aus der Tasche, schloss auf und ging voraus in die Räume des Museums. Bevor sie zufiel, war Savio mit ein paar langen Schritten an der Tür und spähte hinter den beiden her, bis sie um eine Ecke verschwunden waren. Er verständigte sich mit einem Blick mit Padre Luis. Dann schoben sie sich in denselben Gang, liefen aber auf Zehenspitzen in die entgegengesetzte Richtung. Dort versteckten sie sich hinter einem Pfeiler und warteten, bis sie hörten, wie eine keifende Jackey und ein schimpfender Aufpasser zurückkamen und durch dieselbe Tür wieder in der Sakristei verschwanden. Das Letzte, was sie von ihnen mitbekamen, war, wie der Sagrestano den Schlüssel im Schloss umdrehte. Padre Luis zwinkerte Savio zu.
«Allmächtiger! Sie werden es auch nicht immer leicht haben mit der Dottoressa.»
Dann bewegten sie sich vorsichtig durch die hohen Räume, bis sich ihre Augen mehr und mehr an das Halbdunkel gewöhnten. Sie schlichen vorbei an dem mit reichem Figurenschmuck gestalteten römischen Sarkophag des Junius Bassus, an Tiaren von Päps-

ten, byzantinischen Kreuzen, zahllosen Reliquiaren, Monstranzen und Gewändern. Schließlich gelangten sie an den bronzenen Katafalk des Papstes Sixtus IV.; der Grabherr war sanft auf zwei Kissen gebettet und schaute ihnen vom Deckel seines Sargs indigniert hinterher, während er von Renaissanceschönheiten gerahmt wurde, die zwar die Kardinaltugenden verkörperten, aber nicht mit ihren leiblichen Reizen geizten. Doch die beiden geheimen Besucher hatten für all die sie umgebende Schönheit kaum einen Blick übrig – sie suchten etwas anderes.

«Da sind sie!»

Padre Luis deutete nach vorn. Man musste kein Kunsthistoriker sein, um zu erkennen, dass diese seltsame Sammlung kleinerer und größerer Skulpturen aus Marmor, die auf Holzbänken abgestellt waren, nicht unter die Ausstellungsstücke aus der Kirchengeschichte gehörten – Abformungen heidnisch-antiker Kunstwerke wie des Diskuswerfers von Myron, des Aias-Torsos vom Belvedere, des Silens Marsyas, eines etruskischen Mars und zahlreiche kleine Nachbildungen der Laokoon-Gruppe. Unter und hinter den Figuren stapelten sich Pappkartons, auf denen groß das päpstliche Siegel prangte; sie waren alle mit Holzwolle und Noppenfolie ausgelegt und warteten offenbar nur noch auf ihren Inhalt, um versandt zu werden. Savio hielt mit einem Mal inne. Er legte seinem Begleiter die Hand auf den Arm und lauschte in die Stille. Von irgendwo vor ihnen war das leise Klackern einer Tastatur zu hören. Padre Luis nickte ihm zu, als er verstanden hatte, und blieb zurück, während Savio sich vortastete. Nach ein paar Metern gelangte er an eine Bank, auf der Skulpturen nebeneinander auf dem Rücken lagen, so dass man an jeder ihrer Basen einen Hohlraum erkennen konnte; jeweils davor war ein Stück Marmor abgelegt, das offenbar dazu diente, genau diese Öffnung zu schließen. Ein paar Schritte später erstarrte Savio in der Bewegung. Was er sah, ließ keinen Zweifel mehr daran zu, was hier gespielt wurde: Auf einer weiteren Bank lagen Plastikbeutel, die alle ein weißes Pulver enthielten. Dahinter stand auf einem höheren Tisch ein Alubehälter, daneben eine elektronische Waage, eine

Schachtel mit Plastikhandschuhen, Löffel und noch nicht befüllte Tüten. Savio beugte sich vor und griff nach einem vollen Beutel.

«Leg's wieder hin und dreh dich um!»

Diese Stimme gehörte nicht Padre Luis. Es war jemand, der sich keine Mühe gab, leise zu sein. Savio tat, wie ihm geheißen, und machte eine langsame Bewegung. Er blickte in einen Pistolenlauf, und der Mann, der die Waffe auf ihn gerichtet hielt, sah weder aus wie ein Geistlicher noch wie ein Museumswärter.

«Wie bist du hereingekommen?»

«Die Tür in der Sakristei stand offen.»

Er zog den Lauf höher und zielte jetzt auf Savios Stirn.

«Red kein Blech! Diese Tür steht nicht auf. Was hast du hier zu suchen?»

«Wenn ich es Ihnen sage: Meine Frau musste auf die Toilette, und ein Wächter hat sie hereingelassen. Da bin ich hinterhergegangen, hab sie aber aus den Augen verloren. Ich wollte nichts stehlen; ich geh sofort wieder.»

«Bist du allein?»

«Signore, bitte, so glauben Sie mir doch! Ich habe mich verlaufen. Bitte, lassen Sie mich gehen!»

«Du gehst nirgendwohin. Los, da rüber! Beweg dich!»

Er dirigierte Savio mit dem Pistolenlauf in die Richtung, aus der das Klappern der Computertastatur zu hören war.

«Nicht dass Sie noch Scherereien bekommen. Meine Frau ist Amerikanerin. Wir haben einflussreiche Freunde.»

«Stronzo! Du wirst dir noch wünschen, du hättest *hier* starke Freunde.»

Im nächsten Moment krachte ein verkleinertes Abbild von Canovas Perseus mit dem Haupt der Medusa auf den Schädel des Gangsters, der die Augen verdrehte und zu Boden ging. Padre Luis hatte mit solcher Wucht zugeschlagen, dass die Skulptur dabei zu Bruch gegangen war und ihren pulvrigen Inhalt über dem Mann freigegeben hatte. Der rührte sich nicht mehr.

«Er wollte mir nicht glauben, dass wir starke Freunde haben, Padre!»
«*Errare humanum est.* Was ist das für ein weißes Zeug auf ihm?»
«Ein Grund zu töten – selbst im Vatikan.»
«GIULIO?! IST WAS?!»
Der Lärm hatte den Mann aufmerksam werden lassen, der bis dahin am Computer gearbeitet hatte. Sie hörten, wie ein Stuhl verschoben wurde.
Savio bedeutete Padre Luis, ihm zu folgen.
«Vorn kommen wir nicht durch; die Tür ist abgeschlossen. Wir müssen schauen, ob wir woanders rauskommen.»
Die Pistole des Gangsters lag in der Richtung, aus der sie Schritte kommen hörten – zu spät, sie zu holen. So bewegten sie sich, so leise es ging, in die entgegengesetzte Richtung und kamen in einen anderen Saal, in dessen Fenstern vergoldete Bronzestatuen von Petrus und Paulus standen.
«Dannazione! Weshalb liegt deine Knarre hier? GIULIO! WAS IST PASSIERT? GIULIO!»
Nun wusste der andere, dass noch jemand im Gebäude war – und ihr Verfolger war mit Sicherheit bewaffnet. Also zogen sie sich weiter zurück. Dann standen sie in einem Raum, dessen zentrales Ausstellungsstück eine gedrehte Säule war – die Colonna Santa aus dem Tempel in Jerusalem, an die Jesus sich gelehnt haben soll, während er predigte. Dahinter gab es nur noch einen Raum, in den eine angelehnte Tür führte.
«Wenn wir da reingehen, sitzen wir in der Falle.»
Savio war blass, aber entschieden.
«Und hier stehen wir mitten auf dem Präsentierteller.»
Sie schoben die Tür auf und standen vor einem Gestell, dessen Funktion sie nicht verstanden. Unter einer Konstruktion von vier Holzpfeilern hing das Förderrad eines Flaschenzugs, und darunter befand sich eine Art Förderkorb – rechts daneben ein Stellhebel.
«Das ist es! Hier geht es runter zum Gang. Los! Rein da! Er kann jeden Moment hier sein.»
Im nächsten Moment enterten sie den Förderkorb, und Savio riss

den Hebel herum. Der Fahrstuhl setzte sich quietschend in Bewegung und wurde dann mit jedem Meter schneller. Wäre die Strecke länger gewesen, hätten sie sich alles brechen können, so aber landeten sie nur mit einem heftigen Stoß auf dem Boden, so dass es sie aus dem Gefährt warf. Während ihnen die Knochen wehtaten, waren sie im nächsten Moment froh, dass es sie herausgeschleudert hatte, denn von oben fielen Schüsse, die aber im Dunkeln ihr Ziel verfehlten. Der Dominikaner rappelte sich auf und zerrte Savio hinter sich her. Sie hörten, wie der Aufzugkorb wieder nach oben gezogen wurde. Padre Luis hatte noch eine ungefähre Vorstellung, wo der Durchgang lag, durch den Sie tags zuvor gekommen waren, und tastete sich mit fliegenden Händen an der Wand entlang, bis er ins Leere griff.

«Hier sind wir richtig!»

Das quietschende Geräusch hinter ihnen verhieß nichts Gutes. Dann fielen erneut Schüsse, aber sie kamen noch nicht aus dem Gang, in den sie gerade eingebogen waren. Doch bei einem Blick über die Schulter konnten sie erkennen, wie ein Lichtfinger die Dunkelheit in dem Nachbargewölbe durchschnitt, das sie gerade verlassen hatten. Padre Luis stürzte und schlug sich das Knie auf. Savio zog ihn hoch und riss den humpelnden Geistlichen hinter sich her. Die Abzweigung in den letzten Abschnitt zum Keller des Gästehauses fand er mit dem Kopf voran an der Kante des kleinen Bogens. Er stöhnte auf, merkte, dass ihm Blut die Stirn herunterlief, rannte aber weiter. Sie waren kaum in den kurzen Gang abgebogen, als durch die Öffnung hinter ihnen eine Kugel in das Mauerwerk einschlug, vor dem sie eine halbe Sekunde zuvor noch gestanden hatten. Dann erreichten sie die Metalltür. Am Vortag hatten sie sie in ihrer Enttäuschung vergessen abzuschließen. Aufreißen, Durchspringen und Zuwerfen waren nun eins. Und im selben Moment hörten sie drei hämmernde Geräusche unmittelbar hinter sich und sahen, wie die Geschosse spitze Beulen ins Eisenblech schlugen. Die Tür hielt stand. Padre Luis drehte den Schlüssel zweimal um. Dann ging er zitternd und schweißnass in die Knie und lehnte atemlos an der Wand des Kellers. Savio rannte die

Treppe hinauf und stürmte aus dem Haus. Nach ein paar Schritten aber bremste er ab, als er sah, dass Jackey den Platz der heiligen Martha überquerte und unversehrt auf ihn zulief.

U-Bahn-Baustellen Baldo degli Ubaldi, Vatikanstadt, Spagna,
9. August, später Nachmittag

«Siehst du, Schatz, wie dieser italienische Katastrophenschutz auf Zack ist? Keine zwei Minuten seit dem Alarm – und ruckzuck sind Rettungswagen, Feuerwehr und Polizei da. Und guck mal, wie viele da kommen. Ob wir das in Deutschland auch so hinbekämen, da wär' ich gar nicht so sicher.»

«Der Italiener an sich ist ja schnell.»

Vor einer Trattoria auf der Via Baldo degli Ubaldi verfolgte ein Tourist mit einem Glas Spezi in der Hand fasziniert die Szene, während seine Frau aus ihrer Hälfte der gemeinsamen Pizza Margherita ein Stück herausschnitt und ihrem Ehemann beifällig zunickte.

Um kurz vor fünf Uhr nachmittags hatten im Umkreis von einem Kilometer rund um die Vatikanstadt die Sirenen geheult und Katastrophenalarm gegeben. Nun trafen weitere Fahrzeuge ein, auf denen ein blauer Schriftzug prangte: *Società romana per il gas.* Der Kellner, der vor dem Lokal bediente, kam von einem kurzen Erkundungsgang zurück.

«Cameriere, scusi, cosa e successo?»

«Un buco in un tubo del gas. Qualcosa del genere.»

«Was hat er gesagt?»

«Ich hab's nicht so richtig verstanden; der spricht Dialekt.»

Die Einsatzkräfte der Polizei verteilten sich rund um die U-Bahn-Baustelle und entrollten rot-weißes Absperrband. Aus den Fahrzeugen der *Servizi di pubblica utilità* stiegen Männer in Overalls und streiften sich Schutzmasken über, bevor sie in die Baugrube hinunterstiegen. Durchsagen waren weit über das abgesperrte Gelände hinaus zu hören. Ein paar Männer, die nicht zu den Stadtwerken gehörten, hatten gleichfalls Megaphone dabei. Die Arbeiter wurden aufgefordert, sofort an die Oberfläche zu kommen. Es sei ein Gasleck im Untergrund aufgetreten, und es bestehe Explosionsgefahr.

«Das klingt irgendwie gar nicht italienisch, was die da durchsagen.»

«Natürlich ist das Italienisch, Schatz. Was soll das denn sonst sein?»

Giudice Columbo hatte dafür gesorgt, dass man ein paar Dolmetscher für Durchsagen an die chinesischen Arbeiter mitgenommen hatte; andernfalls drohte die ganze Aktion ins Leere zu laufen, wenn niemand die Schächte verlassen würde, weil man die Warnung nicht verstand. So aber dauerte es nicht lange, bis die Arbeiter nach draußen gelaufen kamen und von Feuerwehr und Polizei in Empfang genommen und zu den Rettungswagen gelotst wurden, um sie gegebenenfalls medizinisch zu versorgen. Das war allerdings bei keinem Einzigen erforderlich …

Es dauerte nicht lange, bis klar war, wer die Vorarbeiter waren. Sie wurden aufgefordert, aus dem Büro der Bauleitung Listen mit den Namen aller Arbeiter dieser Schicht zu holen. Durch einen Abgleich sollte sichergestellt werden, dass niemand noch untertage sei und vielleicht geborgen werden müsse. Solche Listen existierten jedoch nicht. Ispettore Graziano zuckte mit den Schultern und ließ seinen Übersetzer dem Vorarbeiter mitteilen, dass er in dem Fall gezwungen sei, die Kollegen vom Zoll zu rufen. Es bestehe der Verdacht, dass hier ungesetzliche Beschäftigungsverhältnisse mit ausländischen Arbeitnehmern vorlägen.

Tenente Colonnello Fontana von der Guardia di Finanza hatte seine Leute immer nur ein paar Straßen weit von den drei Einsatzorten postiert, so dass sie im Handumdrehen eintrafen. Wegen der fehlenden Listen konnte eine Gefährdung von nicht registrierten Arbeitern, die noch im Schacht sein mochten, nicht ausgeschlossen werden, und so rückten Feuerwehr und Polizei in die Baustellen vor. Dabei stießen sie auf ein paar Angehörige der Triaden, die als Werkschutz arbeiteten, aber nicht die erforderliche Lizenz für ihre Waffen vorweisen konnten. So ungemütlich diese Typen aussahen, so offensichtlich war, dass sie völlig überrumpelt waren. Bei Tageslicht und unter den Augen von Hunderten von Zeugen schreckten sie vor Gewalt zurück und ließen sich widerstandslos entwaffnen. Da sich bei der Feststellung ihrer Personalien herausstellte, dass gegen einige ermittelt wurde und andere zur Fahndung ausgeschrieben waren, weil sie Haftstrafen nicht angetreten hatten, wurden viele noch an Ort und Stelle verhaftet.

Das Gleiche wiederholte sich auf der Baustelle an der Piazza di Spagna, wo Bertani und Di Lauro die Stellung hielten, und auf dem Vatikangelände. Dort hatten Santoro und Bariello ihren alten Bekannten Wang Bao in Empfang genommen. Nun saßen sie zu dritt in einem Mannschaftswagen, und Santoro begann das Verhör.

«Ingegner Wang, auf Ihrer Großbaustelle geht nicht alles mit rechten Dingen zu. Hier scheint in großem Stil Schwarzarbeit stattzufinden. Außerdem beschäftigen Sie bewaffnete Kriminelle als Werkschutz – Männer aus dem organisierten Verbrechen; gegen einige liegen Haftbefehle vor. Können Sie uns das erklären?»

«Dieses Bauvorhaben ist riesig. Es musste alles immer schnell gehen. Es kann sein, dass es zu Fehlern bei Einstellungen gekommen ist. Ich werde das überprüfen und selbstverständlich sofort abstellen. Wenn Bußgelder fällig sind, werden sie bezahlt.»

Bariello beugte sich vor.

«... falls Sie dazu noch Gelegenheit haben sollten. Angesichts der großen Zahl der Fälle, von denen wir inzwischen wissen, gehen wir von systematischer Hinterziehung von Sozialabgaben aus. Das ist keine Ordnungswidrigkeit, sondern eine Straftat. Wer dafür die Verantwortung trägt, geht ins Gefängnis. Und die tragen nun mal Sie als Bauleiter.»

«Was wollen Sie von mir?»

«Ich habe einen Haftbefehl gegen Sie, Ingegnere. Mein Kollege Santoro wird Sie auf das Gebiet des italienischen Staates überstellen.»

Wang Bao lächelte müde.

«Das bricht Ihnen das Genick, Commissario. Ihre Regierung kann sich so einen Streit mit China nicht leisten.»
Bariello lehnte sich zurück.
«Na, mit dieser Einstellung werden die Jahre wie im Flug vergehen, die Sie bei uns im Gefängnis sitzen. Vielleicht ist Ihnen aber schon aufgefallen, dass hier niemand aus unserer Regierung herumläuft und versucht, unsere Aktion zu unterbinden. Ich habe nicht mal einen bösen Anruf von meinem Vorgesetzten bekommen, obwohl sich inzwischen herumgesprochen hat, was wir machen. Aber das ist noch nicht alles: Wenn wir da unten Hinweise auf noch weitere Straftaten finden, dann wird man Sie einfach fallen lassen wie eine heiße Kartoffel – auf wen auch immer Sie in Ihrer oder in unserer Regierung hoffen.»
In dem Moment wurde die Tür des Wagens geöffnet und Dottor Gentile schaute herein.
«Ich habe über den ganzen Tunnelabschnitt verteilt Bodenproben nehmen lassen, die noch analysiert werden. Aber ich kann jetzt schon sagen, dass an etlichen Stellen eine Kontamination des Erdreichs mit giftigen Chemikalien stattgefunden hat. Es besteht die Gefahr, dass sie ins Grundwasser gelangt sind. Wir werden rundherum Wasserproben entnehmen. Doch da ist noch etwas anderes. Ich denke, Ispettore, Commissario, das sollten Sie sich ansehen.»
Als sie zurückkamen, veränderte sich die Atmosphäre des Verhörs.
«Signor Wang, haben Sie auf Ihrer Baustelle Lebewesen eingesetzt, die aus Laborversuchen stammen? Gentechnisch veränderte Lebensformen?»
«Ich weiß nicht, wovon Sie reden.»
«Als der Ispettore und ich vor ein paar Tagen einen Blick in Ihre Baustelle werfen wollten, haben Sie uns das verweigert. Wir hatten damals eine Spur gefunden, wegen der wir uns Sorgen machten. Wir haben sie analysieren lassen – die stammte von keinem Tier, das in der Natur vorkommt. Nun haben wir hinter einer Spundwand auf Ihrer Baustelle eine Vielzahl dieser Spuren gefunden. Davor war zwar alles schön glatt gestampft, aber Sie haben Pech,

dass selbst noch einem Kettenraucher wie unserem Chemiker der Gestank aufgefallen ist, der an einer Stelle im Untergrund geradezu bestialisch ist. Er hat ein paar Feuerwehrleute gebeten, eines der Metallelemente aus der Spundwand herauszuhebeln. Und siehe da, dahinter gab es jede Menge Spuren, die genauso aussehen wie die, die wir seinerzeit in den Vatikanischen Gärten gefunden haben. Können Sie uns dazu etwas sagen?»

«Keine Ahnung.»

«Dort, wo die Spuren besonders dicht sind, ist offenbar erst vor ein paar Stunden ein Gang mit Beton verschlossen worden. Möchten Sie, dass wir diesen Schacht wieder aufmachen?»

«Ich möchte einen Anwalt sprechen.»

«Das können Sie, selbstverständlich. Aber wenn ich Ihnen einen guten Rat geben darf, dann überlegen Sie jetzt genau, ob Sie vielleicht gerade die letzte Chance verspielen, mit uns zusammenzuarbeiten und noch halbwegs glimpflich aus dieser Geschichte herauszukommen.»

«Ein Anwalt genügt mir.»

Bariello schüttelte den Kopf.

«Signor Wang, seien Sie vernünftig! Sie sind sicher ein exzellenter Ingenieur, sonst hätte man Ihnen nicht dieses Mammutprojekt anvertraut. Wahrscheinlich sind Sie überhaupt der beste in Ihrer Heimat, den man für dieses Vorhaben hat finden können. Weder Ispettore Santoro noch ich glauben, dass das, was hier passiert ist, auf Ihre Initiative zurückgeht. Helfen Sie uns aufzuklären, was hier geschehen ist und wer wirklich dafür verantwortlich ist!»

Wang Bao starrte auf den Boden, während Santoro nachfasste.

«Sie werden als Fachmann schnell erkannt haben, dass diese Aufgabe unter den üblichen Bedingungen nicht zu lösen sein würde. Wahrscheinlich haben Sie Ihre Bedenken an den entsprechenden Stellen vorgebracht. Dort hat man Ihnen nicht nur modernste technische Lösungen für alle Herausforderungen in Aussicht gestellt, sondern auch politische Rückendeckung von ganz oben. War es nicht so?»

Der Ingenieur schwieg. Bariello soufflierte weiter.

«Aber hier vor Ort haben Sie erkannt, dass der Einsatz dieser Mittel mit großen Risiken verbunden ist. Sie sind kein skrupelloser Mann, Ingegner Wang. Sie haben protestiert, stimmt's? Aber da war es schon zu spät; Sie hingen schon drin. Man hat Sie unter Druck gesetzt. Womit – das wissen nur Sie; Sie können es uns später noch erzählen. Sie haben längst durchschaut, dass Sie nur ein Spielball auf dem politischen Parkett sind – aber die Regeln dieses Spiels bestimmen andere. Und denen macht es nichts aus, wenn dabei um Ihren Kopf gespielt wird.»

Der Ingenieur knetete seine Hände, und Santoro übernahm wieder.

«Man hat Sie belogen, Ingegner Wang, und Ihnen gesagt, es könne gar nichts passieren, weil alle Welt auf dem Bauch liegt vor der Wirtschaftsmacht Ihres Heimatlandes. Und jetzt sehen Sie, dass es so einfach nicht ist. Sie müssen niemanden mehr decken – denken Sie jetzt an sich selbst und seien Sie vernünftig! Sagen Sie uns, wer Ihnen dieses Spiel diktiert hat?»

Wang Bao war bleich, schwieg aber weiterhin.

«Wir reden hier von mindestens zehn Jahren Gefängnis. Doch wenn Sie mit uns kooperieren, werden wir in dem Verfahren aussagen, dass Sie bei der Aufklärung geholfen haben. Dann wird es die Mindeststrafe – und bei guter Führung sind Sie bald wieder draußen.»

Dem Ingenieur lief der Schweiß über das Gesicht, als er stockend begann.

«Ich habe das nicht gewollt … so habe ich nie gearbeitet … Als ich die Bodenbeschaffenheit gesehen habe, wusste ich, dass das nicht gehen wird – nicht in dem Zeitrahmen, nicht mit diesem Kostenplan. Dann kam Zhao tongzhi persönlich und hat mir ein Verfahren vorgeschlagen, das noch nie in großem Maßstab erprobt worden war.»

Bariello nickte ihm ermutigend zu.

«Sprechen Sie weiter, Ingegnere!»

«Zuerst klang das gut, und es funktionierte. Aber dann habe ich erfahren, dass die Lösung für die Sprengung des Gesteins hoch-

toxisch ist. Es ist völlig unmöglich, alles aufzufangen und ordnungsgemäß zu entsorgen. Es ... es läuft in den Boden. Menschen können nur in Schutzkleidung in der Nähe arbeiten. Das ist aber völlig unpraktikabel bei der Beseitigung des Abraums.»
«Gibt es auf jeder Baustelle einen Tank für die Lösung?»
Wang Bao schüttelte den Kopf.
«*Jetzt* nicht mehr.»
«Was heißt das?»
«Zhao tongzhi ist vor ein paar Stunden überraschend auf der Baustelle erschienen und hat gesagt, er habe Informationen erhalten, dass heute Nachmittag eine Razzia stattfinden würde, gegen die man nichts machen könnte. Er hat daraufhin angeordnet, dass die *Nezha* ...»
«Die was?»
«Das sind die Kreaturen, deren Spuren Sie entdeckt haben. Sie arbeiten in den verseuchen Bereichen der Tunnels und räumen das kontaminierte Geröll weg. Zhao tongzhi hat angeordnet, dass alle *Nezha* in den kleinen Schacht getrieben werden, den Sie gefunden haben. Wenn Sie sagen, dass dieser Schacht jetzt verschlossen ist, wird er sie einbetoniert haben; er wollte sie vor der Durchsuchung verschwinden lassen.»
«Wieso waren Sie nicht dabei?»
«Ich habe mich geweigert, weil er ...»
«Weil er was?»
«Zhao Ling wollte noch jemanden verschwinden lassen. Ich weiß nicht, wen, aber jedenfalls keinen *Nezha*. Als er die Capos vom Werkschutz dabeihaben wollte – alles Verbrechergesindel –, wusste ich, dass irgendwas faul war. Vor ein paar Wochen wurden Leute aufgegriffen, die hier eingedrungen waren, um zu spionieren und Sabotage zu begehen. Der Werkschutz hat nicht die Polizei gerufen, sondern ein paar von denen einfach umgebracht, die anderen übel zugerichtet. Bei einer anderen Gelegenheit haben sie jemanden getötet, der nur aus Neugier hierhergeraten war; sie haben ihn an einen dieser schrecklichen Kühltanks gebunden.»
«Wie viele dieser Tanks gibt es?»

«Vier.»
«Der Tank, an den sie den einen gebunden haben, stand der hier auf dieser Baustelle?»
«Ja. Sie haben jedem – auch mir – mit dem gleichen Ende gedroht, wenn er etwas verraten oder versuchen würde, von der Baustelle zu fliehen. Die Gefahr ist gering, weil man den Arbeitern sowieso ihre Papiere weggenommen hat, sobald sie hier auf der Baustelle eintrafen. Aber es war völlig klar, dass die Leute vom Werkschutz jede ihrer Drohungen wahr machen würden. Heute Nachmittag habe ich gesehen, wie die Capos Tanks auf ein paar Laster haben laden lassen und damit verschwunden sind. Ich bin sicher, die sind zum Flugplatz und mit einer Frachtmaschine weg.»
Die Kiefer Bariellos mahlten, als er fragte.
«Sind Sie sicher, dass Zhao Ling heute Nachmittag noch jemanden beseitigt hat?»
Wang Bao nickte.
«Haben Sie was gesehen?»
«Wo Zhao Ling und ich den Wortwechsel hatten, lag noch mein Untertagefunksprechgerät. Als ich zurückging, sah ich, dass er mit einem Mann gesprochen hat, der sicher nichts auf der Baustelle verloren hatte. Er war gekleidet wie ein Priester – ganz schwarz, ein großer, schlanker Mann mit grauen Haaren und scharf geschnittenem Gesicht. Er hat ihm einen Helm und eine Lampe gegeben, und der Priester ist in den Schacht gegangen, der während der letzten Tage gegraben worden ist. Ich habe dann kehrtgemacht, weil ich damit nichts zu tun haben wollte.»
Bariello zog ein Foto aus der Tasche und hielt es dem Ingenieur hin.
«Das ist der Mann, wer …?»
«Hat Zhao gesagt, von *wem* die Warnung kam?»
Wang Bao schüttelte den Kopf.
«Wissen Sie, in welchem Hotel Zhao abgestiegen ist?»
«Er wohnt immer im Hassler.»
«Ich bin gleich wieder zurück.»
Bariello stieg aus dem Polizeiwagen und rief am Flughafen Ciam-

pino an. Man informierte ihn, dass vor einer Stunde eine chinesische Frachtmaschine des Zhao-Konzerns abgehoben hatte; es seien drei stark gesicherte Container verladen worden, die kurz zuvor angeliefert worden waren. Die Männer, die sie gebracht hatten, seien ebenfalls an Bord gegangen. Dem Commissario zitterten die Hände vor Wut, als er sein *cellulare* abschaltete. Er ging ein paar Schritte bis zu dem Absperrband und versuchte, seiner wieder Herr zu werden, indem er tief durchatmete, als ihn jemand in seltsamem Italienisch ansprach.

«Abbiamo attraversato mezza Roma, signor Poliziotto. C'è grande agitazione ovunque. È successo qualcosa a qualcuno?»

Bariello blickte auf und sah ein verschwitztes Touristenpaar in kurzen Hosen, gestreiften T-Shirts und mit einem leichten Sonnenbrand. Ein paar Sekunden rang Bariello um Fassung, dann erschien auf seinem Gesicht ein maskenhaftes Lächeln.

«No, signore! Non ancora! Ma se guardate la televisione stasera, potrete vedermi sparare al ministro dell'interno.»

Damit wandte er sich wieder ab und ging zu dem Polizeiwagen zurück.

«Zeig mir einen einzigen Polizisten bei uns, der so freundlich ist bei so einem Großeinsatz, Schatz.»

«Der Italiener an sich ist ja nett. Aber was hat er denn gesagt?»

«Irgendwas mit Fernsehen. Aber auch wenn sein Dialekt schwer zu verstehen ist, spürt man doch die Warmherzigkeit bei diesem Mann. Ich sag dir, von diesen Leuten können wir Deutsche noch viel lernen.»

Rom, Hotel Hassler, 9. August, früher Abend

«Signor Zhao, verzeihen Sie bitte, da ist ein Commissario capo Vincenzo Bariello von der Polizia di Stato, der Sie zu sprechen wünscht.»

Der distinguierte Ober, der auf der Terrasse in der siebten Etage des Nobelhotels am Tisch des chinesischen Industriellen bediente, sprach leise und hatte sich so gestellt, dass sein Gast an ihm vorbei den Polizisten sehen konnte. Zhao hatte sich, um die Abendstimmung zu genießen, einen Tisch gewählt, von dem er einen ungestörten Blick über die Spanische Treppe hinweg bis zum Petersdom hatte.

«Bringen Sie den Herrn zu mir!»

Als Bariello an seinen Tisch trat, nickte ihm Zhao zu.

«Nehmen Sie Platz, Commissario Bariello. Ich wollte gerade zu Abend essen. Leisten Sie mir Gesellschaft!»

«Ich bin im Dienst.»

«Sie werden es mir nachsehen, dass ich dennoch essen werde. Es war ein anstrengender Tag.»

«Kann ich mir vorstellen. Wir haben die Spuren Ihrer heutigen Arbeit gerade auf der Baustelle in der Vatikanstadt gesichert.»

«Wir kommen gut voran; ich denke, in zwei, drei Monaten können die Gleise verlegt werden. Dann wird die Elektronik eingebaut, und in einem halben Jahr, vielleicht noch etwas mehr, wird der erste Zug fahren.»

«Es wird zu Verzögerungen kommen, Signor Zhao. Die Entsorgung der Umweltgifte im Erdreich wird einige Zeit in Anspruch nehmen.»

«Umweltgifte? Wovon sprechen Sie?»

«Sparen wir uns das Drumherumgerede – Bauleiter Wang ist verhaftet worden und hat gestanden. Sie haben mit hochgiftigen Stoffen den Stollen vorangetrieben und mit genmanipulierten Lebewesen den Abraum beseitigt. Ich habe einen Haftbefehl dabei.»

Der andere griff nach seinem Glas, ließ den Rotwein ein wenig darin kreisen und inhalierte genießerisch das Aroma, bevor er einen Schluck nahm. Dann griff er in sein Jackett, zog einen Diplomatenpass hervor und legte ihn auf den Tisch. Bariello warf einen Blick hinein – das Dokument war gültig.

«Wenn Ingenieur Wang unerlaubte Substanzen eingesetzt hat, missbillige ich das schärfstens. Man wird ihn dafür zur Rechenschaft ziehen, wenn er nach China zurückkehrt. Und wenn Schäden aufgetreten sein sollten, dann wird mein Konzern dafür sorgen, dass sie beseitigt werden. Sonst noch etwas?»

«Ingegner Wang wird bei uns vor Gericht gestellt. Aber da er in den Ermittlungen gegen international organisiertes Verbrechen kooperiert, wird man gnädig mit ihm sein. Ich glaube nicht, dass er danach noch einmal Interesse hat, nach China zu reisen. Sie hingegen sollten nicht glauben, dass Ihr Ansehen unbeschädigt bleiben wird: Wir haben hinter einer Spundwand den Tunnel gefunden, in dem Sie Ihre *Nezha* – so haben Sie sie offenbar genannt – einbetoniert haben. Doch Sie haben dort auch noch einen katholischen Geistlichen entsorgt.»

«Ich weiß nicht, wovon Sie reden.»

«Wir werden diesen Gang aufstemmen, ganz behutsam Meter für Meter – egal, wie lange das dauert. Und neben all dem Schrecklichen, was uns dort erwartet, werden wir einen toten Mann finden, und der wird einen Helm und eine Lampe bei sich haben, die Sie ihm gegeben haben. Man hat Sie dabei beobachtet. Wenn wir auch nur eine Spur Ihrer DNA finden – und ich habe keinen Zweifel daran –, dann wird die Welt erfahren, dass Genosse Zhao Ling, Mitglied des Zentralkomitees der chinesischen KP und einer der Berater des chinesischen Generalsekretärs, in ein Mordkomplott in Italien an einem hohen Geistlichen des Vatikans verwickelt ist. Soviel ich weiß, sollte dieser U-Bahn-Bau dazu dienen, Ihre Staatsführung mit dem Vatikan auszusöhnen. Ich denke, dieses Ziel hat sich damit erledigt. Was das für Sie in Ihrer Heimat bedeutet, wissen Sie besser als ich.»

«Es klingt, als würde es Ihnen Genugtuung bereiten, einen internationalen Konflikt wieder anzufachen, während die Welt auf Entspannung hofft.»

«Ich bin kein Politiker, sondern Polizist – ich kümmere mich hier um die Aufklärung von Verbrechen, nicht um die Welt.»

Zhao schob seinen Teller zur Seite.

«Interessant! Ihr Tonfall ist der gleiche wie der von allen Westlern. Und das Erstaunliche ist, dass alle offenbar von der hohen Bedeutung dieses Unsinns überzeugt sind, den sie daherreden. Glauben Sie wirklich, das interessiert die Welt? Nach all den Verbrechen, die Ihre Leute begangen haben, seit sie sich ganze Kontinente unterworfen haben – und fortwährend weiter begehen? Darunter die globale Klimakatastrophe, die vor allem westliche Industriestaaten verursacht haben und für die nun die ganze Welt die Zeche zahlen darf? Und dann stört Sie hier ein bisschen Umweltverschmutzung? Ihre verlogenen Diplomaten wagen es, andere in Den Haag oder in Straßburg anzuklagen. Meinen Sie wirklich, dass Ihre abgewirtschaftete Moral irgendjemanden in Indien, in Nigeria oder in Indonesien interessiert? Denken Sie, in irgendeinem Eckchen dieser Welt wäre noch jemand beeindruckt von diesem doppelzüngigen Gefasel? Und haben Sie nicht so eine Art Sprichwort: Wer von euch ohne Sünde ist, der werfe den ersten Stein?»

«Das steht hier nicht zur Debatte. Ich ...»

«Lassen Sie mich ausreden! Nichts ärgert Ihr Bonzenpack in Politik und Industrie mehr, als wenn ein neuer Anbieter wie China auf der Bildfläche erscheint und deren Gewinnmargen deswegen kleiner werden. Dann schreien Sie auf, beschwören Demokratie und Menschenrechte. Sie langweilen mich, Commissario. Die Welt hat die Heuchelei von Ihresgleichen längst durchschaut. Ihre eigenen Richter tragen wahrscheinlich deswegen so lange Roben in ihren internationalen Gerichtshöfen, damit man nicht sieht, wie ihnen die Bäuche vor Lachen wackeln, wenn sie ihre moraltriefenden Urteile verkünden. Reden wir also nicht von Moral und nicht von Gerechtigkeit – reden wir vom Geschäft! Wenn ich mein Geschäft zu einem ordentlichen Abschluss bringe, ist ein bisschen mehr Ruhe in der Welt; dafür nehme ich ein paar Opfer in Kauf. Ihr Geschäft bringt ein bisschen Ruhe in Ihr Polizistengewissen, aber dafür nehmen Sie zahllose Opfer weltweit in Kauf.»

«Welche Opfer ...?»

«Sie fragen nicht nach der Eskalation, die Sie mit Ihren Ermittlungsergebnissen auslösen. Aber ich sage Ihnen, wenn China wieder ins Abseits gerät, werden Sie persönlich für die blutige Unterdrückung von Oppositionellen verantwortlich sein. Jeder Ansatz von Freiheit wird gekappt werden, wenn sich bei uns neuerlich Wirtschaftskrisen einstellen. Unsere Regierung wird sich womöglich auf militärische Abenteuer einlassen, um das Volk auf einen äußeren Gegner einzuschwören, damit es von den Nöten im Innern abgelenkt wird. Aber die Hauptsache für Commissario Bariello ist es, dass sein Schreibtisch aufgeräumt ist.»

«Genauso reden Sie wahrscheinlich mit unserem Innenminister. Er wird Ihnen bei allem sofort zustimmen – umso mehr, als Sie ihm sein gutes Politikergewissen wahrscheinlich reichlich mit Dollars auf irgendeinem Auslandskonto vergolden. Und im Gegenzug hat er als Gleichgesinnter Sie heute gewarnt, dass eine Razzia auf Ihren Baustellen bevorsteht.»

Zhao Ling runzelte die Stirn.

«Ihr Innenminister? Ein Realpolitiker, ein brauchbarer Mann. Aber mit ihm habe ich heute nicht gesprochen.»

«Erzählen Sie mir doch nichts! Wer sollte Sie denn sonst gewarnt haben, wenn nicht er?»

«Das ist die erste interessante Frage, die Sie stellen. Ich weiß es nicht. Heute Vormittag hat mich hier im Hotel ein Anruf erreicht. Jemand, der exzellent informiert war.»

«Er hat Sie hier angerufen?»

«Commissario, dass ich im Hassler logiere, steht seit Beginn des Bauvorhabens in jeder Zeitung. Das meine ich nicht, wenn ich sage, er war gut informiert. Aber er kannte auch die – sagen wir – Schwachpunkte des Bauvorhabens. Er wusste erstaunlicherweise über ein paar Vorgänge Bescheid, die meinen Leuten und mir in den letzten Wochen ziemlich zu schaffen gemacht haben. Ich musste diesen Mann ernst nehmen, als er mir eine, wie er sich ausdrückte, wichtige Information anbot.»

«Einer Ihrer politisch weitblickenden Menschenfreunde?»

«Nein. Er hatte überhaupt keinen politischen Hintergrund. Das war sehr angenehm. Er kam gleich zum Geschäft. Er verlangte nur, dass jemand für immer verschwinden müsse. Es sei kein Problem, ihn auf die Baustelle zu lotsen; alles Weitere sei meine Sache. Wenn ich zusagte, das zu übernehmen, würde er mich über eine Gefahr informieren, und er würde von seinem Wissen weiter keinen Gebrauch machen. Wenn nicht, werde dieser Tag der schwärzeste in meinem Leben. Sehen Sie, Commissario – auch das nur ein Geschäft. Ich bin darauf eingegangen. Und da Sie so sehr die moralische Seite Ihres Berufs betonen, wird es Sie freuen, dass der Mann, der nun weg ist, niemand ist, den Ihre Welt als Wohltäter vermissen wird. Da habe ich Ihnen sogar die Arbeit abgenommen. Sie sollten mir dankbar sein.»

«Sie wissen, wen Sie haben verschwinden lassen?»

«Einen Monsignor Oberto Leone.»

«Sie kannten ihn?»

«Er wurde mir von einem gemeinsamen Geschäftspartner vorgestellt.»

«Wer war das?»

«Commissario, Sie mögen ein ehrenwerter Mann sein - so sehr, dass Sie dafür in Kauf nehmen, dass der Himmel über dieser Welt noch dunkler wird, als er schon ist, wenn Sie nur Ihre Genugtuung als Polizist haben. Aber wenn Sie diesen Namen wissen wollen, müssen Sie meinen Preis zahlen.»

«Der wäre?»

«Ich werde morgen Nachmittag Rom verlassen - unbehelligt. Sie werden nicht den Gang aufgraben und nicht der Welt meine Beteiligung am Verschwinden von Monsignor Leone mitteilen.»

«So wichtig kann der Name Ihres Geschäftspartners nicht sein.»

Die Miene von Zhao Ling versteinerte.

«Dann machen Sie, was Sie wollen! Was immer Sie gegen mich vorbringen werden, wird in meiner Heimat als eine weitere Facette böswilliger westlicher Propaganda verbucht werden. Sie sind unter den vielen Gegnern, denen ich in meinem Leben begegnet bin, nicht mehr als irgendein Leichtgewicht, Commissario.»

«Wo beginnt denn bei Ihnen ein Schwergewicht?»

Mit einem abschätzigen Blick maß Zhao Ling Bariello von Kopf bis Fuß.

«Mindestens neunzig Tonnen. Und jetzt lassen Sie mich in Frieden! Mit den Konsequenzen Ihrer Borniertheit werden Sie leben müssen - nicht ich. Guten Abend!»

Vatikanstadt, Petersplatz, 9. August, abends

Bariello war mit seinem Wagen unterwegs in die Questura. Er versuchte, die Tragweite dessen zu begreifen, was ihm Zhao gerade eröffnet hatte. Außerdem spürte er, dass er vergessen hatte, Wang Bao etwas Wichtiges zu fragen – etwas stimmte mit dessen Aussage nicht. Er zermarterte sein Gehirn, aber er kam nicht darauf. Dann läutete sein *cellulare*. Es war Santoro.

«Commissario, wie schnell können Sie auf dem Petersplatz sein?»

«In ein paar Minuten. Was ist los?»

«Eine Geiselnahme.»

«Wieso gibt mir niemand Bescheid?»

«Ihre Leute haben versucht, Sie zu erreichen, als Sie nach unserem Verhör von Wang Bao gegangen waren. Sie kamen aber nie durch.»

«Dannazione! Ich hatte das Ding abgeschaltet, weil ich mit Zhao im Hassler gesprochen habe.»

«Savio Napoletano und Padre Luis ...»

«Sind sie die Geiseln?»

«Nein, sie haben sich heute Nachmittag Zutritt zum Museo del tesoro di San Pietro verschafft. Sie sind wohl gerade noch lebend rausgekommen. Es muss ziemlich knapp gewesen sein, nachdem sie mitbekommen hatten, dass da drin offenbar Kokain in Nachbildungen aus den Vatikanischen Museen versteckt wird.»

Bariello schlug auf das Lenkrad.

«Also doch keine Halluzinationen! Ich wusste, dass der Stoff irgendwo aus dem Vatikan kommt!»

«Napoletano hat Ihre Leute informiert, und die haben mir Bescheid gegeben, als sie Sie nicht erreicht haben.»

«Was ist mit der Geiselnahme?»

«Zwei Frauen sind die Geiseln. Die Zahl der Geiselnehmer ist nicht bekannt. Einer von ihnen hat sich kurz nach Ihren Leuten in der Gendarmeria gemeldet. Es geht offenbar um das Kokain im Museum. Er hat verlangt, dass ein Lieferwagen an die Sakristei heranfahren, beladen werden und wegfahren kann, ohne dass die Polizei etwas unternimmt. Keine Verfolgung, kein Hubschrauber, keine Zivilfahrzeuge. Wenn irgendwo Scharfschützen auf den

Dächern der Kolonnaden oder sonst wo zu sehen sein sollten, wird er eine Geisel töten. Wenn dann immer noch kein Rückzug erfolgt, die zweite. Ich habe das Fahrzeug passieren lassen und alles zugestanden, um das Leben der Geiseln nicht zu gefährden. Auch Ihre Leute halten sich zurück. Nirgends ist Polizei zu sehen, nicht auf dem Petersplatz, nicht an der Piazza Pio XII, soweit ich sie von hier aus einsehen kann. Ich hoffe, die römischen Kollegen bleiben so vernünftig und versuchen auch nachher nicht, den Wagen aufzuhalten, wenn er wegfährt.»

«Halten Sie einen Zugriff für möglich?»

«Undenkbar! Wir wissen nicht einmal, wo der oder die Geiselnehmer stehen.»

«Was heißt das?»

«Das sollten Sie sich selbst ansehen. Wie weit sind Sie noch weg?»

«Ich stelle gerade den Wagen ab. Wo sind Sie?»

«Am Obelisk.»

«Okay, Ich sehe Sie – bin gleich bei Ihnen.»

Kurz darauf stand Bariello neben Santoro, der sich auf einem der Steinpoller niedergelassen hatte, die den Obelisken in zwei konzentrischen Kreisen umstanden.

«Wo sind die Geiseln?»

Santoro hielt ein Fernglas in der Hand und deutete nach oben.

«Zwischen der Christus- und der Andreasstatue auf der Galerie über dem Hauptportal. Wenn ich das richtig sehe, sind sie mit ein paar Handschellen um eine der Balustradenstützen herum aneinandergekettet. Die können nicht weg und stehen da wie lebende Zielscheiben.»

Dann reichte er Bariello das Glas; der hob es an die Augen und stellte es scharf. Santoro hörte, wie der andere mit einem Mal heftig die Luft einzog.

«Was ist, Commissario?»

Seine Stimme war belegt, als Bariello antwortete.

«Das sind Chiara Donato und Suor Gabriella.»

«Sie kennen die Geiseln?»

«Mit Signora Donato bin ich befreundet. Sie hat die Nonne aufgenommen, die den Vatikan verlassen hat. Ich habe Suor Gabriella in ihr Lokal gebracht – das MANGIA E ZITTO!.»
«Um Gottes willen! Sie hatten davon gesprochen. Jetzt verstehe ich, weshalb die Verbrecher diese beiden ausgesucht haben. Können Sie die kleinen Boxen sehen mit dem roten Lichtpunkt, die beide um den Bauch tragen? Sehen aus wie Sprengkapseln.»
«Nicht sehr groß – aber direkt am Körper auf jeden Fall tödlich.»
«Der Geiselnehmer hat den Platz gut gewählt. Niemand geht hier oder da oben vorbei, der nicht sofort gesehen wird. Von keiner Seite Deckung, um sich unbemerkt anzuschleichen.»
«Heißt aber auch, dass er selbst sie gut sehen muss, um sie zu überwachen und die Sprengladung zu zünden. Wo könnte er sein? Ich habe das Gefühl, er ist nicht weit weg. Außerdem muss er mit der Dunkelheit rechnen.»
«Wer mit so einer Ausrüstung arbeitet, Commissario, hat auch ein Nachtsichtgerät. Die wissen genau, was sie tun.»
«Wo haben Sie Ihre Leute vom Gruppo d'Intervento Rapido?»
«Die habe ich in ihren Quartieren gelassen. Ich will hier kein Gemetzel. Wenn die Geiselnehmer etwas merken würden, hätten wir am Ende zwei große Portionen *bollito misto* vor dem Petersdom.»
«Haben Ihre anderen Leute die Kolonnaden und die Fenster abgesucht?»
«Mit Ferngläsern, so gut es bei der gebotenen Vorsicht ging. Kein Ergebnis – und ich traue mir keine Durchsuchung der Gebäude zu. Das Risiko ist zu hoch. Wir können nur warten und hoffen, dass die Geiselnehmer, wenn sie sich auf ihrer Flucht sicher fühlen, die beiden Frauen am Leben lassen.»
Bariello wusste, wie unwahrscheinlich das war – sie hatten mit Sicherheit ihre Entführer gesehen und würden sie im Falle einer Gegenüberstellung identifizieren können. Wer so eiskalt vorging wie die Geiselnehmer, um eine Ladung Kokain unter den Augen der gesamten römischen Polizei in Sicherheit zu bringen, würde keine Zeugen zurücklassen. Das war die Handschrift der 'Ndran-

gheta. Verzweifelt suchte er den Petersplatz und die Fassade der Päpstlichen Residenz nach Plätzen ab, wo ihr Gegner sich versteckt haben könnte. Als er dem Petersdom den Rücken zuwandte, sah er, dass von der Piazza Pio XII jemand auf sie zukam – Salvatore Graziano. Der Ispettore nickte den beiden zu.

«Wir haben noch nicht herausgefunden, wer die Geiselnehmer sind oder wo die Person mit der Fernzündung stecken könnte. Gennaro ist bei den Männern, die den Transporter beobachten. Der ist mit der Hecktür so nah an den Eingang der Sakristei herangefahren, dass nicht zu erkennen ist, wie viele da drin sind und wie weit sie mit dem Beladen sind. Wie sieht es da oben aus? Ich würde panisch werden mit so einem Ding vor dem Bauch.»

Als Santoro und Bariello sich auf die Frage von Graziano wieder zu den Geiseln umdrehten, merkte der Commissario, dass ihm sein Kollege etwas in die Hand schob. Er schaute ihn fragend an, aber der andere schüttelte kurz den Kopf und legte den Finger an den Mund. Bariello fühlte ein kleines gefaltetes Papier. Er wandte sich ein wenig ab und las aus dem Augenwinkel: DNA ZIGARETTENKIPPE. Dann faltete er es unbemerkt auf. Als er den Namen las, spürte er, wie seine Knie nachgaben; er musste sich gegen den Steinpoller vor seinen Füßen lehnen. Er versuchte, seine Gedanken zu ordnen.

In der aufziehenden Dämmerung fiel sein Blick auf den Vatikanpalast. Bald würde es endgültig zu dunkel sein, um noch irgendetwas zu erkennen – dann hätten die Drogenverbrecher gewonnen. Sie konnten sie nur noch ziehen lassen, um das Leben von Chiara und Gabriella nicht sofort zu gefährden. Die Kuppel des Petersdoms lag im letzten Abendschein – ein Postkartenmotiv und zugleich ein Vexierbild: Gab man sich der Stimmung über dem Petersplatz hin, war es ein Traum, blickte man hinter die Fassaden päpstlicher Herrlichkeit, ein Albtraum. Was hatte Salvatore heute Morgen gesagt? – Er drehte sich zu Ispettore Graziano um und bohrte seinen Blick in die Augen des anderen, während er hoffte, dass seine Stimme ruhig blieb.

«Manchmal hat man von dem schönsten Standpunkt aus den

schrecklichsten Ausblick, selbst wenn du von der Front des Doms bis zum Ende des Petersplatzes alles siehst.»
Grazianos Gesicht blieb unbewegt, als er den Blick Bariellos erwiderte.
«Ich gehe wieder zurück zu den anderen.»
Bariello schaute seinem Ispettore nach, bis er hinter den Kolonnaden verschwand, und wusste nicht, ob seine Botschaft verstanden worden war.

*

Sobald Graziano die Città del Vaticano verlassen hatte, lief er zu einem Einsatzfahrzeug, in dem eine Einheit der römischen Gruppo di *I*ntervento *S*peciale wartete. Er besprach sich kurz mit dem Zugführer, und keine Minute später hielt der Wagen am Tor der Via Sant'Anna, wo Graziano zwei Schweizer, die den Zugang zur Vatikanstadt bewachten, überzeugte, dass sie wegen der Geiselnahme zu einem Sondereinsatz gerufen worden seien. Die beiden waren zum Glück über die Ereignisse informiert. Aber als sie die Kollegen der Gendarmeria benachrichtigen wollten, hielt der Ispettore sie zurück. Mit Sicherheit würde diese Nachricht abgefangen. Sie sollten einfach selbst mitkommen und die GIS begleiten. Die beiden begannen zu diskutieren, bis Graziano dazwischenging.
«Worauf wartet ihr? Auf dem Petersdom stehen zwei Frauen mit Sprengsätzen vor dem Leib. Sie werden auf jeden Fall umgebracht, weil sie die Geiselnehmer gesehen haben, sobald die erst mal den Platz verlassen haben. Wollt ihr noch schriftliche Anträge bei eurer Hausverwaltung stellen?»
Der Wortgewaltigere der beiden Schweizer schüttelte den Kopf.
«Wüsset, Ischpettore, 's isch alles s'chli andersch im Vatikchan als z' Rom, normalerwies.»
«Normalerweise habt ihr auch keine Geiselnahme.»
«Stümmet au' wied'r! Also – chummet nur!»
Die Schweizer setzten sich in Trab und liefen der Eingreiftruppe

voran. Es war ein Glück, dass der Ostflügel des fast quadratischen Gebäudes, in dem sich das Ziel befand, ihnen am nächsten lag. Als sie auf dem Treppenabsatz im vierten Stock angelangt waren, deutete Graziano auf die Tür, durch die er am Morgen gegangen war. Dieses Büro beherbergte das Ufficio Merci. Es war der Amtsraum von Valeriano Innocenti und Giulio Nobili. Normalerweise müssten sie längst zu Hause sein. Sollten sie sich jetzt noch drinnen aufhalten, wäre schon das verdächtig genug. Die Männer der Sondereinsatzkommandos würden auf jeden Fall im Bruchteil einer Sekunde beurteilen müssen, ob sie jemanden ausschalten müssten, ehe er vielleicht den Auslöser einer Sprengladung drückte. Doch Graziano vertraute ihnen. Sie waren jahrelang trainiert worden für Einsätze gegen Terroristen und Geiselnehmer und dabei auch vertraut gemacht worden mit Sprengstoffen. Für diesen Einsatz trugen heute Abend alle das Scharfschützengewehr HKPSG 1. Der Zugführer wandte sich flüsternd an den Ispettore.
«Von hier an können Sie uns nicht mehr helfen.»
Graziano nickte ihnen zu und blieb mit den beiden Schweizern zurück, während die fünf Leute der GIS auf Zehenspitzen vorrückten. Inzwischen war es so dunkel geworden, dass sie Nachtsichtgeräte trugen. Der Zugführer horchte mit einer Art Stethoskop an der doppelflügligen Tür. Er bedeutete seinen Leuten, dass der angrenzende Raum besetzt war. An sechs Punkten an den Angeln und der Mittelfuge befestigte er lautlos kleine Sprengladungen, die das Portal aus den Angeln reißen und sofort das Schussfeld freigeben würden. Dann traten alle zurück.

*

Santoros *cellulare* meldete sich; er nickte Bariello zu, während er die Meldung entgegennahm.
«Ho capito. Sono partiti. Ci stiamo ritirando. Nessuno verrà fermato.»
Er drückte das Gespräch weg und machte eine ratlose Geste.

«Sie fahren los, Commissario. Ich hoffe, Sie verstehen mich, aber ich riskiere keinen Zugriff in der Vatikanstadt. Wir müssen sie passieren lassen, wenn die beiden Frauen nicht sterben sollen. Was Sie Ihren Männern ...»
Weiter kam der Vice Ispettore der Gendarmeria Vaticana nicht, weil es im nächsten Moment irgendwo oberhalb des Petersplatzes einen lauten Knall gab. Beide wirbelten herum und schauten auf die Galerie. Bariello presste das Glas an die Augen – aber die Frauen standen noch immer zwischen Christus und Andreas. Doch rechts von ihnen waren Schüsse zu hören – Einzelfeuer zwar, aber häufig und kurz hintereinander. In Bariello zog sich alles zusammen. Er rechnete jeden Moment damit, dass auf der Galerie eine, zwei Explosionen erfolgen würden. Der Gedanke schnürte ihm die Kehle zu; Übelkeit stieg in ihm auf. Santoro starrte unverwandt nach oben. Von links der Kathedrale kam ihnen mit hoher Geschwindigkeit ein weißer Fiat Ducato Maxi quer über den Petersplatz entgegen und hielt auf die Piazza Pio XII zu. Im nächsten Moment hörte Bariello von fern die verwehte Stimme von Salvatore Graziano.
«Vincenzo, wir haben sie! Haltet den Wagen auf!»
Santoro drehte sich zu Bariello um. Doch er war zu langsam, um noch reagieren zu können. Denn im nächsten Moment krachte die Faust des Commissario in das Gesicht des anderen und zertrümmerte ihm die Nase. Santoro ging zu Boden. Wie ein Raubtier war Bariello über ihm und drosch auf sein Opfer ein, bis jemand ihn zurückriss.
«Vincenzo! Hör auf! Vincenzo! VINCENZO!!»
Bertani gelang es kaum, seinen Chef von dem Vice Ispettore herunterzuziehen, dem Blut aus Mund und Nase lief und der schmerzverkrümmt auf dem Pflaster des Petersplatzes lag. Vor seinem Kopf ein paar abgebrochene Zähne. Während Bertani versuchte, den Commissario wegzuführen, trat der noch einmal zu und traf mit der Schuhspitze Santoro zwischen den Beinen, so dass er aufstöhnte. In dem Moment quietschten irgendwo hinter ihnen Bremsen, Schüsse waren zu hören. Schreie. Aber Bertani

hatte immer noch alle Hände voll zu tun, Bariello zu bändigen, den er von hinten unter den Armen gepackt hielt.

«Hör auf, Vincenzo! Wir wissen, dass er es war. Aber er soll lebend vor Gericht kommen.»

«DIESES SCHWEIN! Er hätte Chiara und die Suora da oben genauso sterben lassen, wie er die anderen auf dem Gewissen hat.»

«Sicher, Vincenzo! Und von uns wurden er und seine Leute dauernd bestens informiert. Ohne seine Kippe im Gewölbe unten ... Dottor Gentile hat heute den ganzen Tag an der Analyse gearbeitet. Aber jetzt beruhig dich wieder!»

Immer noch bebte Bariello vor Zorn.

«Gentile! Keine Sekunde zu früh. Pack diesen Mistkerl und bring ihn in die Questura. Ich will zu Chiara. Dann komme ich nach.»

Es dauerte eine Weile, bis er den Weg gefunden hatte. Als er auf der Galerie eintraf, hatten die Männer der GIS die Frauen bereits befreit und ihnen die Sprengkapseln abgenommen. Bariello erkannte Chiara, lief auf sie zu, und noch ehe sie ein Wort sagen konnte, schloss er sie in die Arme und küsste sie. Salvatore Graziano grinste schief.

«Wurde auch Zeit.»

Dann legte er sacht die Hand auf die Schulter von Gabriella.

«Suora, bitte, Sie haben Furchtbares durchgemacht. Ich möchte, dass eine Ärztin nach Ihnen schaut.»

Er führte sie den Weg, den die Schweizer ihnen wiesen. Ehe sie die Galerie verließen, drehte sich Gabriella noch einmal um und schaute zu den beiden anderen zurück, die noch immer so standen wie zuvor. Dann lächelte sie Graziano an.

«Das wird dem lieben Gott gefallen.»

«Da bin ich ganz sicher, Suora! Bitte, kommen Sie!»

Rom, Questura, Via di San Vitale, 9. August, nachts

Sie hatten Santoro im Gefängniskrankenhaus verarztet und dann in die Questura gebracht. Es ging auf Mitternacht, als Bariello eintraf. Als er die Zelle des Vice Ispettore der Gendarmeria Vaticana betrat, schickte er alle anderen hinaus.

«Santoro, ich habe die Möglichkeit, Sie hier in der Einzelzelle zu lassen oder Sie bei ein paar von den Junkies aus Tor Bella Monaca unterzubringen. Dazu hätte ich gute Lust; und bevor ich die Tür abschließe, sage ich denen, wer für diese Nacht ihr Zellengenosse ist. Ich gebe Ihnen aber eine Chance – anders als Sie Ihren Opfern. Sie antworten mir jetzt auf jede einzelne Frage. Und wenn ich zufrieden bin, dürfen Sie heute Nacht hierbleiben. Wenn ich auch nur einmal das Gefühl habe, dass Sie mich belügen, war's das. Haben Sie mich verstanden?»

Der andere nickte.

«Was hatte Padre Hospitius mit alldem zu tun?»

«Er hatte für Wein und Blumen überall in der Vatikanstadt zu sorgen. Niemand war unauffälliger als er. Er hatte zu praktisch allen Orten Zugang. Niemand wunderte sich, wenn er auftauchte mit seinen Sachen. Also war er der sicherste Verbindungsmann, wenn es darum ging, etwas von einem Ort zum andern zu bringen.»

«Was hat er transportiert?»

«Darum habe ich mich nicht gekümmert.»

«Ich warne Sie zum letzten Mal, Santoro! Dass Sie von irgendetwas nicht gewusst oder sich nicht darum gekümmert haben, können Sie mir nicht erzählen. Wenn diese Nacht für Sie nicht zu einem unvergesslichen Erlebnis werden soll, sagen Sie mir augenblicklich, was Hospitius transportiert hat.»

Santoro schloss die Augen, als er zu reden begann.

«Statuetten – Sie wissen schon –, diese Nachbildungen aus den Vatikanischen Museen. Sie sind befüllt worden im Tesoro di San Pietro, und er hat sie in den Versand gebracht. Manchmal hat er auch unter den Säcken mit Blumenerde und Dünger Beutel mit Koks quer durch die Vatikanstadt transportiert.»

«Wie ist er in all das reingeraten?»

«Wie ein alter Säufer eben in so etwas reingerät. Irgendwann hatte er mal wieder einen über den Durst getrunken. Da hat er nachts in die Fontana dell'Aquilone, gleich neben dem Kloster Mater Ecclesiae, gepinkelt und herumgegrölt. Ein paar Nonnen hatten es gehört; die Oberin war außer sich und rief die Gendarmerie. Ich bin hingefahren und fand ihn sturzbetrunken am Adler-Brunnen. Er war gerade dabei hineinzusteigen, um sich zu erfrischen. Ich habe ihn mitgenommen und ihm am anderen Morgen gesagt, dass ich wegen der Meldung der Schwestern dafür sorgen müsse, dass er die Vatikanstadt verlässt. So einen Lebenswandel könne man nicht dulden; er sei ein Sicherheitsrisiko. Er bat mich unter Tränen, nicht gehen zu müssen; er würde alles tun, was ich wollte – nur bitte nicht aus dem Vatikan wegschicken. Da ich wusste, dass Oberto Leone einen unauffälligen Mann für Botengänge suchte, habe ich die beiden zusammengebracht. Leone hat ihn verpflichtet, fortan für ihn zu arbeiten, ohne irgendwelche Fragen zu stellen. Beim kleinsten Verstoß würde er rausfliegen. Im Grunde genommen habe ich Hospitius mit diesem Kontakt einen Gefallen getan. Er war disziplinierter als je zuvor.»

«Warum musste er sterben?»

«Er hatte Leone mit diesem stümperhaften Giftanschlag angegriffen. Der war völlig außer sich. Ich habe ihn zu Hospitius in die Zelle gelassen, damit er herausfinden könnte, was los war. Aber der weigerte sich, irgendetwas zu sagen. Was dann geschehen ist, weiß ich nicht; das müssen Sie mir glauben! Leone fragte mich nach dem Zeitpunkt, wann Sie ihn abholen würden. Den habe ich ihm gesagt. Wir haben das Gespräch wie ein Schauspiel im Beisein von Brigadiere Lugosi geführt; Sie können ihn fragen. Sonst hatte ich nichts damit zu tun.»

«Wie war Ihre Verbindung zu Leone?»

«Er hat mich ... angeworben. Und ich habe dafür gesorgt, dass er überall und jederzeit ungestört arbeiten konnte. Habe ihm Leute vom Hals gehalten, Areale abgesperrt, Beschwerden mit Hinweis auf Sicherheitsbedenken abgewehrt – solche Sachen eben.»

«Warum haben Sie sich darauf eingelassen?»

«Warum? Warum? Ich leite eine Truppe von einhundertfünfzig Mann. *Die Schutzengel des Heiligen Vaters*. Dass ich nicht lache! Hochherzigkeit und Treue zum Papst, die Bereitschaft, seine Sicherheit an dreihundertfünfundsechzig Tagen im Jahr vierundzwanzig Stunden täglich zu gewährleisten, Frieden und Ordnung in der Vatikanstadt aufrechtzuerhalten, auch wenn jährlich zig Millionen Touristen in der Vatikanstadt sind und davon etliche Millionen Besucher im Petersdom – das ist mein Job. Und wie werde ich bezahlt? Am Ende meiner Dienstzeit werde ich mit nicht mal tausend Euro Rente dastehen. So sieht's aus. Nennen Sie es, wie Sie wollen. Ich habe einfach was für meine Altersversorgung getan.»
«Und da dachten Sie sich, dann mache ich eben die Security für den Kokainvertrieb.»
«Ich habe nie jemanden umgebracht. Im Gegenteil, ich habe dafür gesorgt, dass alles reibungslos und gefahrlos für alle Beteiligten abläuft. Als beispielsweise Monsignor Montebello mit seinen Leuten in den Gang unterm Petersdom wollte, hätte das tödlich für sie enden können. Also habe ich dafür gesorgt, dass die andere Seite einen Tag Zeit hatte, alles wegzuräumen. Nichts ist passiert. Ihre Freunde sollten mir dankbar sein. Durch mich wurde die Sicherheit im Vatikan nie gefährdet, sondern konsequent verbessert. Auch als Sie die Todesursache von Monsignor Paolo Veneziano untersucht und nach diesem Monstrum geforscht haben, war ich auf Ihrer Seite.»
«Sehr verbunden! Sie verstehen die Kunst der Tarnung. Pech nur, dass ausgerechnet Sie als mein Freund und Helfer da unten im Gewölbe des alten Circus eine Zigarettenkippe verloren haben. Anhand der DNA daran und der DNA, die Sie auf der Spur im Vatikanpark hinterlassen haben, haben wir durchschaut, was für ein Spiel Sie spielen.»
«Ernsthaft? Durch das Rauchen?»
«Warum musste Leone sterben?»
«Ihretwegen!»
«Was heißt das?»

«Nach allem, was Sie während der letzten Tage gesagt hatten, wusste ich, dass Sie hart an ihm dran waren. Ich habe ihn gewarnt, er müsse verschwinden. Er hat nur gelacht. Mit dem, was er auf die Seite gebracht habe, könne er überall auf der Welt ein bequemes Leben führen. Seine Familie würde ihn nie im Stich lassen. Als ich ihm zusetzte, dass er abhauen soll, hat er gesagt, wenn er tatsächlich verhaftet werde, würde er sich als Kronzeuge gegen ein paar hochrangige Leute wie Eminenza Panettiere im Vatikan zur Verfügung stellen und dann in einem Zeugenschutzprogramm untertauchen. Und wenn ich ihn nicht in Ruhe lassen würde, müsste ich die Konsequenzen tragen. – Seine Drohung gegen die *pezzi grossi* im Vatikan habe ich nach unserer Sitzung bei Giudice Columbo dem Chinesen erzählt, weil dabei auch sein Name auf jeden Fall in die Öffentlichkeit geraten würde. Er war sehr besorgt, als er dann noch von der bevorstehenden Razzia erfuhr. Er muss von allein auf die Idee gekommen sein, dass es besser ist, wenn Leone von der Bildfläche verschwindet. Er sagte mir, ich solle ihn vorbeischicken. Das habe ich getan; ich dachte, er wollte ihm den Kopf zurechtrücken. Was dann tatsächlich passiert ist, weiß ich nicht und hatte auch nichts damit zu tun.»

«Wer wen auf die Idee gebracht hat, Leone auszuschalten, klang bei Signor Zhao etwas anders.»

«Dann verhaften Sie ihn doch und verhören ihn.»

«Würde ich gern, Santoro. Aber der hat einen Diplomatenpass. Nein, diese Suppe werden Sie allein auslöffeln müssen. Aus dieser Sache kommen Sie nicht mehr raus. Leone ist tot, Zhao wird weg sein, und Sie gehen in die Rebibbia. Sie können diesem übelsten aller Knäste nicht mehr entgehen. Aber Sie können noch Ihre Chancen vor Gericht verbessern, wenn Sie mit mir zusammenarbeiten. Was wissen Sie über SEMPER?»

Santoro lachte leise.

«Niemand von den Laien kennt SEMPER. Ich weiß nicht mal, ob es ein Mensch ist – vielleicht ist es ein Gespenst, vielleicht aber auch eine Art Netzwerk. Von SEMPER wird immer getuschelt, wenn es um Konflikte in der Kurie, um Unzufriedenheit mit der

Kirchenpolitik des Papstes geht. Ich weiß nur, dass SEMPER immer eine Rolle gespielt hat, wenn es darum ging, dass die Firma im Vatikan ungestört arbeiten konnte und dafür einen Anteil vom Geschäftsgewinn überwiesen wurde.»

«Die Firma?»

«Der Attori-Clan, der seine Geschäfte über die Baufirma Buoninsegna aus Bari abwickelt.»

«Finanziert sich die Opposition gegen den Papst mit Drogengeldern?»

«Es hat mich nie interessiert, aus welchen Quellen die sich finanziert. Aber ich habe den Eindruck, dass sich in SEMPER alle Macht konzentriert, die gegen den Papst gerichtet ist. Mehr weiß ich nicht darüber.»

Bariello erhob sich.

«Sie können heute Nacht hierbleiben.»

Kapitel 14 – Der Tag des Märtyrers

Bari, 10. August, morgens

Dottor Massimo Gentile verfügte über eine seltene Gabe: Er konnte sofort und in jeder Lage einschlafen. Diese Fähigkeit hatte er sich während seiner Zeit beim Militär erworben, als die Ruhezeiten kurz waren und Wachdienste oft in den ersten Tagesstunden lagen. Sie war ihm in der vergangenen Nacht einmal mehr zugutegekommen. Um Viertel nach zwölf hatte er in Rom an der Autostazione Tiburtina den Bus bestiegen und war frühmorgens um Viertel nach sechs in Bari an der Via Giuseppe Capruzzi vom Fahrer geweckt worden. Gentile hatte sein Jackett aus der Hutablage genommen und war in die nächste Bar gegangen, wo er sich ein *cornetto* und einen *caffè lungo* gegönnt hatte. Im Spiegel des großen Flaschenregals prüfte er sein Aussehen. Der schwarze Anzug aus steifem Stoff saß ebenso wie das Hemd aus gestärktem Leinen mit den goldenen Manschettenknöpfen und der schwarze Schlips. Wem seine gepflegten Hände entgingen, der mochte ihn für eine dieser zähen Gestalten halten, die jahrein, jahraus ihren Lebensunterhalt als Bauern in den Dörfern rund um Bari verdienten und manchmal zu einer Beerdigung in die Stadt kamen. Da Gentile aus der Gegend stammte, wäre dieser Gedanke der Wirklichkeit ziemlich nahe gekommen.

Er schlenderte ins Zentrum, kaufte sich an einer Tabaccheria, die gerade öffnete, eine Schachtel MS und genoss seine erste Zigarette. Bald stand er vor dem Firmenschild, das er gesucht hatte:

Giulio-Buoninsegna-Edificio S. r. l. Er nahm einen letzten Zug und warf die Kippe in den Rinnstein. Es dauerte nicht lange, bis jemand auf sein Klingeln die Treppe herunterkam. Die Frau, die ihm öffnete, mochte Mitte dreißig sein. Auch wenn er sie noch nie gesehen hatte, erkannte er die Familienähnlichkeit, die ihn an seinen einstigen Kommilitonen erinnerte.

«Ich bringe eine Nachricht von Vito Buoninsegna.»

Mit diesen Worten reichte er ihr seine Karte. Er sah, wie sein Gegenüber die Augen aufriss und blass wurde. Ohne ein Wort zu sagen, ließ sie ihn stehen und eilte in dem schmalen Hausgang wieder die Treppe hinauf. Kurz darauf trat ihm ein Mann gegenüber, der dem Aussehen nach vermutlich ihr Vater war.

«Dottor Gentile? Meine Tochter hat nicht verstanden, worum es geht.»

«Darf ich hereinkommen?»

Der andere trat beiseite und wies mit der Rechten in ein Büro, in dem sich Werbematerial für Badfliesen und Terrassengestaltungen türmte und ein paar Ordner laufender Projekte auf dem Schreibtisch standen.

«Permesso.»

Gentile zog einen Besucherstuhl heran, wartete, bis der Hausherr Platz genommen hatte und ihm bedeutete, sich zu setzen.

«Was wissen Sie von Vito?»

«Ihrem Bruder?»

«Er war mein Bruder. Die Familie hat seit über dreißig Jahren nichts von ihm gehört. Wir wissen nicht, wo er sich aufhält.»

«Dann sind Sie Giulio Buoninsegna?»

«Was wollen Sie?»

«Signor Buoninsegna, ich muss Ihnen leider die Nachricht überbringen, dass Ihr Bruder Vito gestern in Rom ermordet worden ist.»

Auch wenn sein Gegenüber versuchte, sich nichts anmerken zu lassen, sah Gentile, wie sich die Hände des anderen um die schwarzen Lehnen seines Bürostuhls spannten.

«Wenn Vito noch leben würde – noch dazu so nahe –, hätte er uns in den letzten Jahrzehnten besucht. Sie müssen sich irren. Vielleicht ist er tot, dann aber schon lange. Wieso erzählen Sie mir so eine Geschichte?»

Gentile deutete auf die Karte, die Buoninsegna zwischen seinen Händen drehte.

«Ich leite das Labor der Gerichtsmedizin in Rom. Aber studiert habe ich vor vierzig Jahren hier in Bari, wo ich auch Ihren Bruder kennengelernt habe. Wir waren Kommilitonen, bis er nach dem Anschlag auf das Studentenpärchen nach Spanien gegangen ist.»

«Das ist alles Unsinn!»

«Er hat sich fortan Oberto Leone genannt und ist vor fünfundzwanzig Jahren nach Italien zurückgekommen – als Monsignore und als Wissenschaftler. Seit dieser Zeit hat er im Vatikan gearbeitet. Aber das alles wissen Sie selbst. Ich habe ihn erst vor wenigen Tagen auf einem Foto wiedererkannt, nachdem Kollegen von der römischen Polizia di Stato auf ihn aufmerksam geworden waren.»

«Ich kenne keinen Oberto Leone.»

«Ihr Vater hat es Vito ermöglicht, in Spanien ein neues Leben anzufangen. Die Familie vergisst man nie. Ich weiß, dass Vito das auch nicht getan hat. Als Ihre Firma Probleme hatte, hat er Ihnen geholfen – aber auf eine Weise, die ihn mit dem Gesetz in Konflikt gebracht hat. Die Polizei in Rom hat ihn bereits beobachtet. Sie hätte ihn überführt und vor Gericht gestellt, aber vorher hat ihn jemand umgebracht.»

«Ich weiß nicht, von wem Sie sprechen. Wenn da in Rom ein Mord passiert ist, dann soll die Polizei den Mörder verhaften und ihn einsperren! Was geht mich das an?»

«Man hatte den Haftbefehl schon dabei, wie ich erfahren habe. Aber der Mörder genießt Diplomatenstatus. Er kann in Italien nicht verhaftet werden – das heißt, dass man ihn niemals zur Rechenschaft ziehen wird. Deshalb habe ich mich heute Nacht in den Bus gesetzt und bin gekommen, um Ihnen das zu sagen. Sie werden wissen, wie Sie mit Ihrem Bruder jederzeit in Kontakt treten können, wenn es nötig ist. Versuchen Sie es jetzt! Es wird nicht gelingen. Ich setze mich inzwischen auf der anderen Straßenseite in eine Bar und trinke noch einen *caffè*. Wenn ich ihn ausgetrunken habe, fahre ich zurück nach Rom. Es sei denn, Sie kommen vorher zu mir, um mit mir zu reden. Buona giornata, Signor Buoninsegna!»

Gentile erhob sich und ging zur Tür, ohne sich noch einmal umzusehen. Auf der anderen Straßenseite wischte der Barista die kleinen Marmortische vor seinem Lokal und stellte ihm einen *caffè* und einen Aschenbecher hin. Der Chemiker blinzelte in die Sonne und sog den Geruch des Meeres ein, der bis in die Innenstadt zog – hinter seinen geschlossenen Augen stiegen Bilder längst vergangener Tage auf. Dann hörte er, wie ein Stuhl an seinen Tisch herangezogen wurde. Vor ihm saß Buoninsegna.

«Wo ist Vito jetzt?»

«Er ist begraben unter fünfzig Metern Beton. Man wird ihn niemals dort herausholen können.»

Der andere ließ den Kopf sinken und fuhr sich mit beiden Händen durch die Haare.

«Wo ...?»

«Direkt unter dem Petersdom.»

«Das verstehe ich nicht.»

«Dort wird eine neue U-Bahn gebaut. Der Chef des Bauunternehmens hat Ihren Bruder in einem Schacht einbetoniert.»

«Weshalb?»

«Er wurde verkauft – für eine Information, die für den Mörder wertvoll war.»

«Wer hat ihn verraten?»

«Wie ich heute Nacht erfahren habe, jemand aus Ihrer Organisation – Vice Ispettore Santoro von der Gendarmeria Vaticana; er wurde gestern Abend verhaftet.»

«Wer ist sein Mörder?»

«Der Mann heißt Zhao Ling. Er leitet einen großen Konzern und wohnt im Hotel Hassler in Rom. Nach allem, was ich weiß, wird er heute am frühen Nachmittag mit seiner Privatmaschine vom Flughafen Ciampino aus starten – vermutlich Richtung China.»

«Weshalb sind Sie zu mir gekommen? Wenn die Polizei ermittelt, dann auch gegen mich ...»
«Niemand bei der Polizei hatte die Absicht, Ihren Bruder zu töten. Die Untersuchungen hatten erst begonnen; wir konnten bis jetzt nur erkennen, dass er in kriminelle Geschäfte verwickelt war. Aber Sie und Ihre Familie haben ein Recht darauf zu wissen, dass er getötet worden ist und von wem.»
Buoninsegna schwieg eine Weile.
«Vito kam einmal im Jahr nach Bari. Er kam jedes Jahr, um unsere Mutter zu besuchen. Sie hat nie verwunden, dass er weggegangen ist. Er war ihr Augenstern. Niemand in unserer Familie hat studiert. Aber sie hat seine Begabung erkannt und ihn immer unterstützt, wo sie nur konnte. Er wurde ein sehr guter Schüler. Unsere Mutter hat meinen Vater gedrängt, ihn studieren zu lassen. Er wollte erst nichts davon wissen. Vito sollte das Geschäft übernehmen. Aber schließlich hat er nachgegeben. Dann ist die Sache mit dem Mädchen passiert. Das hat alles verändert ... die Familie und auch Vito selbst. Meine Mutter hat meinem Vater so lange zugesetzt, bis er Vito auch noch half, als er von hier wegmusste. Doch seit er in Spanien lebte, hat meine Mutter nicht mehr gelacht – bis er wiederkam ... nach Jahren das erste Mal wiederkam. Es bedeutet ihr viel, dass Vito ein Monsignore geworden war. Jetzt ist sie über neunzig. Sie lebt nur noch für diesen einen Tag im Jahr – den ersten Weihnachtstag, wenn nachmittags Vito kommt. Dann lächelt sie. Er ist immer nur für ein paar Stunden geblieben und abends schon wieder zurück nach Rom gefahren. Dann hat sie die ganze Nacht geweint.»
«Werden Sie es ihr sagen?»
Buoninsegna schüttelte den Kopf.
«Wenn er nicht mehr kommt ... Es zerreißt ihr das Herz. Dann wird sie sterben. Diese Männer haben meinen Bruder ermordet, und sie töten meine Mutter.»
Gentile erhob sich.
«Kann ich Sie irgendwo hinbringen?»
«Nein, ich laufe ein wenig durch die Stadt – der Erinnerungen wegen. Sie haben jetzt anderes zu erledigen.»

Vatikanstadt, Sakristei des Petersdoms, 10. August, morgens

Montebello war eine Stunde vor Beginn der Papstmesse zusammen mit Padre Luis in der Sakristei der Petersbasilika eingetroffen. Er hatte sich mit Yoris Lisimba verabredet, um sich noch einmal über die Sicherheit des Heiligen Vaters zu verständigen. Aber trotz der Ereignisse am Vorabend hatte sich keine Veränderung ergeben – Sua Santità war nicht bereit, noch einmal über den Ablauf der Messe und die Vorsichtsmaßnahmen zu sprechen.

Padre Luis half seinem Chef beim Ankleiden für den Gottesdienst, denn dem Weihbischof von Neapel war am Vorabend überraschend eine Nachricht des Papstes zugegangen, dass er eingeladen sei, mit ihm und anderen geistlichen Würdenträgern das Pontifikalamt zu Ehren des heiligen Laurentius zu feiern. Nun ließ Montebello seinen Blick durch die Sakristei schweifen und sah, wie Sua Eminenza Panettiere hereinkam, sogleich auf den Heiligen Vater zusteuerte und kurz mit ihm sprach. Sua Santità lächelte ihm verbindlich zu. Danach wandte er sich kurz an seinen Sekretär, ehe er mit der Vorbereitung des Gottesdienstes fortfuhr. Nachdem Padre Luis an der Garderobe seines Chefs nichts mehr auszusetzen hatte, ging Montebello zu Lisimba hinüber.

«Was wollte Kardinal Panettiere von Seiner Heiligkeit?»

«Er hat ihm mitgeteilt, dass Sua Eminenza Frelaqua ausrichten lässt, er sei heute Morgen unpässlich und werde nicht an dem Hochamt teilnehmen.»

Montebello ging zurück zu Padre Luis.

«Nichts Besonderes. Der Sekretär von Sua Santità emerita Clemens XV., Kardinal Frelaqua, wird heute Morgen nicht mit einziehen. Er ist wohl krank geworden.»

«Ach so.»

Padre Luis ließ noch einen allerletzten Blick über sein Werk wandern; immerhin würde Sua Eccellenza gleich in den Petersdom einziehen. Ein Zupfer an der Mozetta, dem violetten Schulterumhang des Weihbischofs, um ihr den richtigen Sitz zu geben – dann stockte er in der Bewegung. Montebello runzelte die Stirn.

«Stimmt was nicht mit meinem Ornat?»

«Frelaqua!»
«Was ist los?»
«Verstehen Sie nicht? Er ist der Sekretär des emeritierten Papstes!»
«Ja, und? Er fühlt sich nicht wohl.»
«Frelaqua ist *S*ecretarius *E*meriti *M*aximi *E*piscopi *E*cclesiae *R*omanorum. – SEMPER!»
Montebello schaute seinen Sekretär ungläubig an.
«Sie meinen ...?»
«Überlegen Sie doch, Eccellenza! Niemand hat länger versucht zu verhindern, dass Clemens XV. zurücktritt, als sein Sekretär. Damals war Frelaqua noch Titularbischof an einer der stadtrömischen Kirchen. Als eine seiner letzten Amtshandlungen hat der scheidende Papst ihn zum Kurienkardinal erhoben. Trotzdem ging mit seinem Rücktritt für Frelaqua eine Welt unter – er gehörte immer zu den streng Konservativen im Vatikan. Er wusste, dass er mit seiner Einstellung unter Seiner Heiligkeit Laurentius ins Abseits geraten würde.»
Nach allem, was Montebello wusste, unterstützte Frelaqua zwar in keinem Punkt die Reformpläne von Papst Laurentius, hatte sich aber auch nie offen gegen ihn positioniert; er lebte zurückgezogen und in ungebrochener Treue in Frascati, vor den Toren Roms, an der Seite des emeritierten Papstes im Monastero dei Pii Fratelli della Fede. Zu diesem engsten Mitarbeiter seines Vorgängers hatte der neue Papst von vornherein ein distanziertes Verhältnis und ihm deswegen auch nur einen Geschäftsbereich überlassen, mit dem wenig Renommee verbunden war – die Organisation der Vatikanischen Post.
«Glauben Sie wirklich, Padre Luis?»
«Das ist nie und nimmer ein Zufall, Eccellenza! Wenn der Kardinal heute Morgen hätte mit einziehen sollen und sich kurzfristig entschuldigt, verheißt das nichts Gutes.»
Montebello schaute seinen Sekretär an. Selbst wenn Padre Luis mal wieder das Gras wachsen hören sollte, war, nach allem, was sie erlebt und erfahren hatten, das Risiko zu groß, um diesen Gedanken einfach beiseitezuschieben.

«Gehen Sie in den Dom! Suchen Sie Commissario Bariello oder einen seiner Mitarbeiter und sagen ihnen, sie sollen überprüfen, ob Frelaqua zu Hause ist.»
Im nächsten Moment eilte der Dominikaner aus der Sakristei.

Vatikanstadt, 10. August, vormittags

Als die Glocken um Viertel vor neun zu läuten begannen und die Gläubigen am Patronatstag des Heiligen Vaters zur Papstmesse riefen, waren die Bankreihen des Petersdoms längst bis auf den letzten Platz besetzt. Sua Santità selbst hatte den Tag früh mit einer Andacht in der römischen Kirche San Lorenzo in Lucina begonnen. Dort bewahrte man den Rost auf, auf dem der Heilige in der Feuersglut das Martyrium erlitten hatte. Er war einer der vielen gewesen, die während der Christenverfolgungen im römischen Imperium für ihren Glauben in den Tod gegangen waren. Sie alle hatten mit der Ausschließlichkeit ihrer Gottesvorstellung und der Ablehnung der Opfer für den Kaiser die Obrigkeit provoziert und deshalb als Unruhestifter gegolten. Auch wenn die Überlieferung manche ihrer Geschichten mit Legenden verbrämt haben mochte, war es in jedem Falle todesmutig gewesen, der römischen Verwaltung den Gehorsam zu versagen, wie der heilige Laurentius es getan hatte: Der Armenpfleger im antiken Rom hatte sich geweigert, den Vertretern des Staates den Kirchenschatz auszuliefern, nachdem Papst Sixtus II. hingerichtet worden war. Stattdessen hatte er das Vermögen an die Gemeinde verteilt. Als er nach dessen Verbleib gefragt wurde, hatte er seinen Häschern Arme, Kranke und Schwache gezeigt und diese als den wahren Schatz der Kirche gepriesen. Das kostete ihn am zehnten August des Jahres zweihundertachtundfünfzig das Leben.
Papst Laurentius hatte entschieden, das feierliche Pontifikalamt zu Ehren des Märtyrers im Petersdom zu feiern. Wollte er doch an diesem Tag die Erinnerung an den großen Heiligen, der mit letzter Konsequenz dem Vorbild seines Papstes in den Tod gefolgt war, nutzen, um öffentlich die Einheit auch mit jenen Kräften der

Kurie wiederherzustellen, die sich bislang seinen Reformbemühungen widersetzt hatten. Zudem wollte er vor allen Gläubigen einen neuen Kardinal präsentieren, der künftig das machtvolle Amt des Leiters der Glaubenskongregation übernehmen sollte. Auf diesen Mann setzte er seine Hoffnungen bei der unabweislich notwendigen Reform der Kurie. Sie war seit Jahren in Fraktionen zersplittert, deren jede mit allen erdenklichen Methoden und weltweit schädlichen Folgen für ihre Einzelinteressen kämpfte, worüber die Einheit der Kirche zu zerfallen drohte. Dafür schien Laurentius der große Rahmen des feierlichen Gottesdienstes angemessen.

Während der Altardienst einzog, wehten die mächtigen Orgelklänge der Sonate *Ad Maiorem Dei Gloriam* des belgischen Komponisten Edgar Tinel durch den Petersdom, die das Leitmotiv des Tages vorgab: Alles geschehe zum höheren Ruhme Gottes. Das Kreuz wurde vorausgetragen, gefolgt von weißen Kerzen und dem Weihrauchgefäß. Den Abschluss dieser ersten Gruppe bildete das Missale – das Messbuch, das gut sichtbar für alle Gläubigen hoch erhoben hereingetragen wurde. Dann folgte die große Schar der Bischöfe und Kurienkardinäle als Konzelebranten des Heiligen Vaters. Er selbst bildete den Abschluss des langen Zuges und hielt in seiner Linken den Bischofsstab, der in einem Kreuz auslief. An diesem Tag trug der Heilige Vater das rote Messgewand zu Ehren des Märtyrers, unter dessen Schutz er sich gestellt hatte, als er «Laurentius» als Papstnamen angenommen hatte. Doch heute folgte ihm noch ein Mann, den man bislang nicht im schwarzen Gewand eines Seminaristen unter einem spitzenbesetzten Rochett gesehen hatte – Savio Napoletano.

Vor dem mächtigen Bernini-Baldachin, der auf vier gewundenen Säulen ruhte und in achtundzwanzig Metern Höhe den Hauptaltar der Peterskirche überwölbte, teilte sich der Strom der Bischöfe und Kardinäle. Sie nahmen auf den Stühlen Platz, die man in einem Halbkreis um das Zentrum des Doms aufgestellt hatte. Nachdem ein Vorsänger den Introitus des Festtages gesungen hatte, nahmen zwei Altardiener dem Heiligen Vater das Kreuz und die Mitra ab, und er setzte sich mit Blick auf die Gemeinde auf den Thron vor dem Altar. So war er nun für alle Kirchenbesucher gut zu sehen, die dem unbekannten Geistlichen, der hinter dem Heiligen Vater Aufstellung genommen hatte, weiter keine Beachtung schenkten.

Bariello war kein großer Kirchgänger, doch an diesem Tag saß er in Begleitung von Chiara und Suor Gabriella auf einer Bank im hinteren Teil des Doms. Anscheinend waren nicht wenige Polizisten des Vatikans, aber auch der stadtrömischen Polizei an diesem Tag von dem Wunsch beseelt worden, diesen Gottesdienst mitzufeiern; jedenfalls gab es nicht wenige Bänke, in denen mindestens ein Beamter aufmerksam dem Geschehen folgte. Welche Gründe sie dafür auch haben mochten – Chiara und Gabriella hatten sich nach den Schrecken des vorangegangenen Tages, den sie nur knapp überlebt hatten, gewünscht, die Papstmesse zu besuchen. Auf der anderen Seite des Commissario hatten Padre Luis, Jackey und die anderen Gefährten Montebellos Platz genommen. Die Freunde des Weihbischofs von Neapel waren ebenso überrascht gewesen wie Montebello und wollten sehen, wie er heute gemeinsam mit Sua Santità einzog.

Tatsächlich hatte Padre Luis noch eine halbe Stunde vor Beginn des Pontifikalamts Sovrintendente Gennaro Di Lauro im Kirchenraum erkannt und zu sich gewinkt. Als er ihm berichtet hatte, was er gerade über Kardinal Frelaqua und die mögliche Bedeutung des Wortes SEMPER erfahren hatte, versprach Di Lauro ihm, um ihn zu beruhigen, sofort Kollegen zu der angegebenen Adresse zu schicken.

Während der Chor der Sixtinischen Kapelle das Kyrie aus der *Missa in honorem Sancti Laurentii* des elsässischen Komponisten François-Auguste Goehlinger anstimmte, beugte sich Chiara zu Bariello hinüber.

«Was für ein unglaublicher Altar, Vincenzo! Diese Säulen! Woraus ist der gemacht?»

Ratlos schaute Bariello zu Padre Luis, der sich neben ihm niedergelassen und die Frage ebenfalls gehört hatte.

«Bronze, Signora Donato! Bernini hat das Material aus dem Pantheon heranschaffen lassen und neun Jahre daran gebaut – ein unglaubliches Kunstwerk. Neunzig Tonnen schwer.»

Bariello zuckte zusammen.

«Wie schwer ist das Ding?»

«Neunzig Tonnen Bronze.»

Mit einem Mal spürte der Commissario, wie sich sein Puls beschleunigte – und plötzlich wusste er auch wieder, was er Wang Bao noch hatte fragen wollen. Dann hatte er es ziemlich eilig, aus der Kirche rauszukommen.

«Chiara, sei mir nicht böse! Etwas Wichtiges ...»

Sie schaute ihn missbilligend an.

«Hat man mal wieder eine Leiche gefunden?»

«Noch nicht – aber ich möchte, dass es dabei bleibt.»

«Nun geh schon!»

Unter geflüsterten Entschuldigungen zwängte sich der Commissario aus der Bank. Es hagelte bissige Kommentare von allen Seiten, als er den Dom schon wieder verließ, kaum dass die Messe begonnen hatte. Eine Minute später stand er auf den Treppenstufen und wählte die Nummer der Questura, wo einzig Salvatore Graziano als Stallwache zurückgeblieben war.

«Salvatore, ich brauche dich sofort an der U-Bahn-Baustelle hinterm Petersdom. Und bring Wang Bao mit! – Was? – Völlig egal, was die im Untersuchungsgefängnis sagen! Es geht um jede Minute! – Ich glaube, ich weiß, was hier gespielt wird. Ohne den Ingegnere haben wir keine Chance. Du findest mich am Eingang der Baustelle. Beeil dich!»

Er hatte kaum das Gespräch weggedrückt, als Di Lauro ihn anklingelte.

«Commissario, ich denke, wir wissen, wer SEMPER ist – Eminenza Carino Frelaqua, der Sekretär des letzten Papstes.»

«Darum kümmern wir uns später, Gennaro. Ich habe das Gefühl, dass während des Gottesdienstes ein Anschlag auf den Papst verübt werden soll.»

«Wenn das stimmt, könnte es mit unserem Kardinal zusammenhängen. Er hätte mit den anderen Kurienkardinälen zusammen

mit dem Papst einziehen sollen, hat sich aber kurz vor Beginn des Gottesdienstes krankgemeldet.»
«Wo ist das Problem?»
«Ich habe im Monastero dei Pii Fratelli della Fede nachfragen lassen, ob Sua Eminenza zu sprechen sei. Der Kranke ist aber nicht zu Hause.»
Der Commissario blieb stehen.
«Der Kardinal lebt ebenfalls im Kloster – und er ist SEMPER? ... Das große Ganze ...»
«Was haben Sie gesagt, Commissario?»
«Vergiss es! Komm so schnell wie möglich zur U-Bahn-Baustelle hinter dem Petersdom. Ich sage der Gendarmeria Bescheid.»
Während Bariello schon um die Kirche herumlief, erreichte er Brigadiere Lugosi, der gleichfalls im Dom saß. Der war immer noch ziemlich mitgenommen durch die Verhaftung seines Vorgesetzten Santoro. Als Bariello ihm jetzt auseinandersetzte, dass er den Petersdom räumen lassen müsse, weil die Gefahr eines Attentats während der Messe sich immer mehr konkretisierte, hielt der Beamte der Gendarmeria nach den Ereignissen der letzten Tage nichts mehr für unmöglich.
«Ich muss für eine Evakuierung mit Monsignor Lisimba sprechen – das kann ich nicht ohne seine Zustimmung machen.»
«Dann reden Sie mit ihm! Aber beeilen Sie sich!»
Montebello hatte von seinem Platz im Halbrund vor dem Altar in der Ferne sehen können, wie Bariello durch den Mittelgang eilig die Kirche verlassen hatte. Was war geschehen? Er ahnte die Gefahr – aber aus welcher Richtung drohte sie? Wegen seiner Anspannung und dem Gefühl der Ohnmacht konnte er sich kaum auf die Liturgie konzentrieren. Immer wieder schweifte sein Blick zwischen den Kardinälen und Bischöfen umher. Dass Savio hinter dem Thron des Heiligen Vaters stand, beruhigte ihn nur wenig. Mehr Schutz hatte der Papst für diesen Tag abgelehnt, auch wenn er seit vorgestern Nacht, seit dem Gespräch mit Capellano Brambilla, endgültig wusste, dass es in der Kurie Kräfte gab, die vor nichts zurückschreckten ...

Vatikanstadt, Päpstlicher Palast, 8./9. August, Mitternacht

... Nachdem Montebello und Savio Cappellano Brambilla im Krankenhaus gestellt und mitgenommen hatten, hatten sie noch aus dem Wagen den Privatsekretär des Papstes informiert. Er wollte sie sofort alle im Päpstlichen Palast sehen, um herauszufinden, wer hinter dem Verbrechen steckte, und zu versuchen, noch irgendwie Herr der Lage zu bleiben.

Montebello hatte es den Atem verschlagen, als sie das Arbeitszimmer von Yoris Lisimba betraten. Es ging auf Mitternacht. Aber offenbar hatte der Privatsekretär nach Montebellos Anruf den Papst informiert; der hatte darauf bestanden, an dem Gespräch teilzunehmen. Wie der Heilige Vater in einem schlichten Talar aus weißem Leinen in dem schwarzen Bürostuhl saß, wirkte er auf Montebello noch zarter, als er ihn von Fotos und von den wenigen persönlichen Begegnungen kannte. Der Weihbischof von Neapel, der vorausgegangen war, konnte nicht sehen, wie hinter ihm Brambilla beim Anblick von Sua Santità erstarrte, als Savio ihn am Ellenbogen hereinführte. Lisimba schloss hinter der kleinen Gruppe die Tür, während Montebello auf Seine Heiligkeit zuging und den Fischerring küsste. Savio tat es ihm gleich und ließ in diesem Moment seinen Gefangenen los. Dann stand Brambilla allein vor Laurentius. Der junge Geistliche starrte schwer atmend und mit hochrotem Kopf auf den Boden, unfähig, einen Schritt zu machen oder ein Wort zu sagen. Da erhob sich der Papst, ging auf ihn zu, schloss ihn in die Arme und küsste ihn.

«Ich bin froh, mein Sohn, dass du zu mir zurückgekehrt bist. Die Liebe Gottes, die größer ist als alle menschliche Vernunft, sei mit dir.»

Die andern drei schauten einander ungläubig an, während Laurentius Brambillas Kopf an seine Schulter zog. Dann sahen sie, wie ein Zucken durch den Körper des Kaplans lief; sie hörten, wie er stöhnte, und dann löste sich seine Erstarrung in heftigem Schluchzen. Keiner war fähig, ein Wort zu sagen. Montebello wusste nicht mehr, wie lange die Szene gedauert hatte, bis Sua Santità Brambilla zu dem Stuhl neben seinem eigenen führte.

«Ich ... ich habe so schreckliche Schuld ... ich ...»

Während der nächsten halben Stunde gestand der Privatsekretär Panettieres, wie er sich tiefer und tiefer in die Machenschaften des Kardinals verstrickt hatte – wie dieser ihn für sich gewonnen und ihn zum Werkzeug seiner Pläne gemacht hatte. Seine Beichte wurde immer wieder von Tränen, erstickten Seufzern und hilflosen Gesten unterbrochen. Aber nach und nach fügte sich ein Bild zusammen. Montebello verstand es, das Gespräch in die richtigen Bahnen zu lenken.

«Sua Eminenza Panettiere hat Sie beauftragt, Frater Hospitius zum Anschlag auf Monsignor Leone anzustiften. Das habe ich verstanden – aber wie ist Ihnen das gelungen?»

«Ich wusste von dem Kardinal, dass Hospitius Wein aus Beständen des Vatikans an Trattorien in der Stadt verkaufte, um damit sein Hobby, das Briefmarkensammeln, zu finanzieren. Er hat Sua Eminenza blind vertraut, der sich immer wieder für ihn eingesetzt hatte. Der Kardinal besitzt die Gabe, Menschen, die Probleme haben, fest an sich zu binden. Aber irgendwann wird immer die Rechnung präsentiert und dann ...»

«Womit hat er Sie in der Hand?»

«Meine Prüfungsleistungen waren nie besonders. Bei einer Visitation durch Sua Eminenza – als er noch Vorsitzender der Glaubenskongregation war – in meinem Priesterseminar gab es auch Einzelgespräche. Dabei habe ich mich ihm anvertraut. Ich habe ihm alles erzählt: von meiner Familie und ihren hohen Erwartungen, denen ich nie würde gerecht werden, von meinen schlechten Noten. Er war sehr verständnisvoll, und dann versprach er plötzlich, mir zu helfen ... Ich wusste nicht, wie mir geschah, aber auf einmal wurden meine Ergebnisse besser ... die Prüfungen – alles kein Problem mehr. Und schließlich hat er mir die Stelle als Privatsekretär angeboten. Es war für mich völlig klar, dass ich zu ihm gehen und alles tun würde, um ihm seine Unterstützung zu vergelten.»

Montebello schaute Sua Santità in die Augen.

«Eure Heiligkeit möge mir meine offenen Worte vergeben, aber wenn ich das hier höre, dann erscheint mir so manche Ähnlichkeit unserer Kirche mit der Mafia beängstigend: das Männerbündische, die strikte Hierarchie, die Gehorsamsverpflichtung, die Gelübde, das Schweigegebot. So konzentriert wie in diesem Falle wird es einem allerdings selten vor Augen geführt!»

Laurentius nickte.

«Mein lieber Bruder, wenn es einfach wäre, hätte der HERR uns nicht zu seinem Dienst berufen. Aber Sie haben recht! Wir werden künftig sehr viel konsequenter darauf achten müssen, die Herde vor den Wölfen im Schafspelz zu schützen. Ich zähle dabei auf Sie.»

Dann wandte sich der Papst an Brambilla.

«Danke Gott auf Knien, mein Sohn, dass an Sua Eccellenza Montebello ein Kriminalist verloren gegangen ist. Er hat durchschaut, was wirklich mit Monsignor Mariani geschehen ist. Wenn es die Vorsehung gut mit dir meint – besser, als du es nach menschlichem Maß verdient hättest –, dann bleibt dir dadurch erspart, dass sich dein Verbrechen an ihm zum Mord vollendet. Ich werde für dein Opfer, aber auch für dich beten. Doch kannst du uns irgendetwas sagen, das uns hilft, diese Kette von Grausamkeiten, die den Vatikan erschüttern, zu unterbrechen?»

Brambilla rang die Hände.

«Während meines Dienstes bei Sua Eccellenza Panettiere habe ich mitbekommen, dass es einen Kreis von Kurienkardinälen gibt, die Euren Reformplänen ganz und gar ablehnend gegenüberstehen. In seinem Palazzo treffen sie sich. Als sie von der Suche nach dem Grab der Frau des Petrus erfahren haben, waren sie außer sich. Sie sagen, Ihr seid ein Ketzer und es müsse ein neuer Papst her. Eminenza Panettiere hat einen Kandidaten, der beim nächsten Konklave gewählt werden soll. Es muss ein Vertreter ihrer Positionen sein, der dann Sua Eminenza auch wieder zum Haupt der Glaubenskongregation machen wird. Die Gefolgsleute von Cardinale Panettiere haben ihm zugesagt, all seine Pläne zu unterstützen.»

Lisimba beugte sich vor.

«Wer ist dieser Favorit des Kardinals?»

«Nur Sua Eminenza kennt ihn persönlich. Aber dieser Mann sorgt dafür, dass alle Gegner Seiner Heiligkeit auf jede nur denkbare Weise unterstützt werden – nicht zuletzt finanziell. Daran, dass er es war, der das ermöglicht hat, wird man ihn später erkennen. Das Codewort ist SEMPER. Aber ich weiß nicht, wer sich dahinter verbirgt.»

«Wissen Sie, was der Kardinal vorhat? Kennen Sie seine Pläne?»

«Nein, ich habe bei den Treffen aufgewartet, aber bei vielen Beratungen wurde ich dann irgendwann hinausgeschickt.»

«Das ist auch egal – was Sie berichtet haben, reicht völlig!» Den Privatsekretär des Papstes hielt es nicht länger auf seinem Stuhl. «Heiliger Vater, Ihr braucht Schutz – und zwar professionellen Schutz rund um die Uhr. Hier läuft eine Verschwörung, und Ihr wärt nicht der erste Papst, der unter ungeklärten Umständen ...»

«Yoris, ich weiß deine Sorge um mein Wohl zu schätzen. Aber ich glaube nicht, dass sie so weit gehen würden.»

«Das Risiko ist einfach zu groß, Santità! Ihr dürft es nicht darauf ankommen lassen. Das nächste Mal, wenn Ihr in der Öffentlichkeit ein Ziel abgebt, ist das Pontifikalamt zu Ehren Eures Namenspatrons. Wir müssen ...»

Der Heilige Vater lächelte und machte eine abwehrende Geste. «Nein, ich möchte nicht, dass diese Messe von Sicherheitsmaßnahmen beeinträchtigt wird. Ich werde alle in der Kurie zu einer Versöhnungsfeier einladen. Dieser Eindruck wäre nicht sehr glaubwürdig, wenn ich dazu Sicherheitskräfte aufziehen ließe.»

«Dann erlaubt mir wenigstens, dass Männer in Zivil im Kirchenraum verteilt werden. Außerdem möchte ich, dass jemand in Eurer unmittelbaren Nähe ist und eingreifen kann, wenn Gefahr droht.»

«Wenn es dich beruhigt, soll es so sein.» Dann fiel der Blick des Papstes auf Savio. «Signor Napoletano, ich glaube mich zu erinnern,* dass Sie bereits ganz unmittelbare Erfahrungen mit außergewöhnlichen Lebenssituationen hatten. Was halten Sie davon, wenn Sie, um Monsignor Lisimbas Sorgen zu verringern, während des Gottesdienstes hinter dem Thron des Fischers stün-

* Nachzulesen in: *Das Grab der Jungfrau* (2020)

den? Jedenfalls will ich nicht in irgendeinem Blatt lesen, dass ich dem Polizeischutz mehr vertraut habe als dem Schutz des heiligen Laurentius.»

«Es wäre eine Ehre für mich, Heiliger Vater.»

«Gut, dann wäre das geklärt.»

Lisimba wirkte nicht zufrieden.

«Was geschieht nun mit Cappellano Brambilla? Der weltliche Arm der Gerechtigkeit? Ich habe eben noch mit Commissario Bariello telefoniert; er würde sicher noch ...»

«Nicht heute, Yoris! – Ich werde darüber im Gebet zurate gehen, was nun das Beste ist, nachdem Davide sich uns offenbart und geholfen hat.» Als Laurentius sah, dass sein Privatsekretär Einwände vorbringen wollte, fuhr er fort. «Es ist lange her, da habe ich eine mittelalterliche Darstellung des Jüngsten Gerichts gesehen. Es waren steinerne Skulpturen: Der Weltenrichter stand in der Mitte, und auf der einen Seite waren ein Ritter und dahinter sein Knappe, ein Abt und dahinter ein Mönch, ein Bischof und dahinter ein Priester, ein König und dahinter ein Ministeriale und so weiter und so weiter. Auf der einen Seite standen lächelnd die Erlösten, auf der anderen Seite die Verdammten, deren Gesichter von Angst und Verzweiflung verzerrt waren. So habe ich heute Abend auch meinen Sohn Davide Brambilla gesehen und vor ihm Sua Eminenza Panettiere. Ich habe einst lange darüber nachgedacht, was mir der Künstler über die Kluft von bald tausend Jahren mit seinem Werk hat sagen wollen. Heute bin ich dankbar für dieses Erlebnis – der unbekannte Meister hat mir die Verantwortung der Mächtigen besser vor Augen geführt, als ich es jemals durch Wort oder Schrift erfahren hätte: Die Großen, die ihren Dienerinnen und Dienern Beispiel geben, weisen ihnen den Weg in die Welt. Das gilt auch für meinen Bruder Panettiere. Wenn Menschen wie er durch ihre Handlungen freveln, lehren sie ihre Untergebenen das Böse und vervielfachen dadurch ihre eigene Schuld, weil sie jene mit sich ins Dunkel der Sünde führen. Das gilt heute wie vor tausend Jahren und seit Anbeginn der Geschichte – gleichgültig, ob es nun skrupellose Unternehmer, korrupte Politiker, eitle Wissenschaftler, verantwortungslose Militärs oder verlogene Priester sind. Auch für sie gilt das Wort, das bei Matthäus steht – dass es besser wäre, ihnen würde ein Mühlstein um den Hals gehängt und sie würden ersäuft im Meer, wo es am tiefsten ist.»

Dann wandte er sich an den Privatsekretär des Kardinals.

«Davide, es würde niemandem nützen, wenn Sua Eminenza Panettiere wüsste, dass seine Umtriebe durchschaut sind. Wir würden nicht zuletzt ihm selbst dadurch die Möglichkeit nehmen, sich noch eines Besseren zu besinnen und seine Pläne aufzugeben, worin auch immer sie bestehen mögen. Dass er aus freien Stücken zu mir zurückkehrt, wäre mir das Liebste. Wenn er durch dich erführe, was wir nun über ihn wissen, würde er sich mir gegenüber vielleicht fortan nur verstellen. Aber er soll die Möglichkeit haben, wahrhaft umzukehren. Geh zu ihm zurück! Doch was dir heute widerfahren ist und was hier besprochen wurde, darf diesen Raum nicht verlassen. Sag ihm, dass du in der Gemelli-Klinik warst und alles so ausgeführt hast, wie er es dir aufgetragen hat, und der Mann tot war, als du das Zimmer verlassen hast. Das alles entspricht der Wahrheit. Und das soll für ihn genügen. Du bereust, was du getan hast; jetzt gilt es, deinen Worten Taten folgen zu lassen. Bist du dazu bereit?»

Als Brambilla nickte, entließ Laurentius den Kreis mit seinem Segen. ...

Vatikanstadt, Petersdom, 10. August, vormittags

... Montebello war nicht der Einzige, dem es an diesem Morgen schwerfiel, sich auf den Gottesdienst zu konzentrieren. Sua Eminenza Panettiere griff nach seinem Gesang- und Gebetbuch *Preghiere & Canti Liturgici*, das er neben sich auf den Sitz gelegt hatte. Er tat es allerdings weniger, um darin geeignete Texte und Lieder zu suchen, die ihn spirituell in Einklang mit dem Papst und dem Anlass dieses Pontifikalamts hätten versetzen können. Vielmehr öffnete er den Band nur einen Fingerbreit, um in der Aussparung darin sein *cellulare* zu ertasten. Als er dessen kantigen

Umriss fühlte, ging sein Atem ruhiger. Ein heimlicher Tastendruck auf dieses kleine digitale Wunderwerk würde heute genügen.

Zhao Ling hatte ihnen die Technik für das zur Verfügung gestellt, was noch zu tun blieb. Aber die Tat selbst müsse bis zum Schluss ihre alleinige Entscheidung bleiben. Panettiere hatte überlegt, ob er die Befreiung vom Joch dieses Papstes von Monsignor Leone oder von Davide Brambilla vollziehen lassen sollte. Aber als er sich mit SEMPER darüber beraten hatte, waren beide zu der Auffassung gelangt, dass allein sie selbst diese Tat gemeinsam vollbringen mussten, um danach auch gemeinsam das Ruder im Vatikan zu übernehmen. Dieser Schritt würde sie für immer zusammenschweißen. So hatten sie sich noch spät am Abend mit Zhao getroffen, der ihnen den allerletzten, einfachen Handgriff zeigte, der am folgenden Tag noch zu erledigen war.

Aber noch war es nicht so weit. Der Chor hatte das Gloria gesungen, die Lesung war gehalten, das Evangelium, das heute von der Rettung des Petrus durch Jesus aus einem Sturm auf dem See Genezareth erzählte, war verkündet. Gleich würde der Papst hinter den Ambo treten, um seine Predigt zu halten – doch es kam zu einer Verzögerung. Ein groß gewachsener, dunkelhäutiger Geistlicher, in dem jene, die ein wenig vertraut waren mit dem Innenleben des Vatikans, den Privatsekretär Seiner Heiligkeit erkannten, trat in schwarzer Soutane und weißem Chorhemd an Sua Santità heran und sagte etwas zu ihm. Als er geendet hatte, schüttelte Laurentius nur kurz den Kopf. Dann erhob er sich und bestieg die Kanzel, an deren Stirnseite die in Gold gefasste Verkündigungsszene den Beginn der christlichen Heilsgeschichte zeigte, wenn der Engel der Jungfrau Maria gegenübertritt, ihr die Geburt eines Sohnes verheißt und der Heilige Geist in Gestalt einer Taube über der Szene schwebt. Der Papst aber rief die geistlichen Würdenträger und das Gottesvolk zu Frieden, Versöhnung und Zusammenarbeit auf.

«*Fratelli e sorelle – buongiorno! Oggi celebriamo la Santa Messa in memoria della vita e della morte di San Lorenzo. Ha dato la sua vita in uno zelo costante per i poveri e i deboli della giovane Chiesa* ... Brüder und Schwestern – guten Tag! Heute feiern wir die heilige Messe in Erinnerung an das Leben und Sterben des heiligen Laurentius. Er hat sein Leben in stetem Eifer für die Armen und Schwachen der jungen Kirche gegeben. Heute aber scheinen die Kirche in ihrer Pracht und der hohe Klerus in seiner Macht vielen Menschen lebensfern und unnahbar, so dass sie sich enttäuscht abwenden. Dabei hat Jesu Botschaft der Liebe, des Friedens und der Mitmenschlichkeit seit zweitausend Jahren nichts von ihrer Bedeutung, nichts von ihrer revolutionären Kraft und erst recht nichts von ihrer Aktualität verloren ...»

Dieses Thema interessierte den Kardinal nicht besonders, so dass seine Gedanken abschweiften und ihm wieder jenen Abend in Erinnerung riefen, als Zhao Ling und Monsignor Leone seine Gäste waren ...

Rom, Via Luigi Bellotti Bon, 6. August, später Abend

«... Warten Sie bitte einen Moment, Zhao Jingli!»

Nachdem der Ingenieur sich nach der genauen Lage des Grabes erkundigt und Leone ihm eröffnet hatte, dass er spezielle Pläne des Untergrunds der Petersbasilika besaß, verließ der Monsignore den Raum. Als er kurz darauf zurückkehrte, hielt er eine schwarze Aktentasche in der Hand.

«Bei ... privaten Forschungen bin ich dort unten auf antike Gänge gestoßen, von denen bislang nur ein sehr kleiner Kreis meiner Mitarbeiter etwas weiß. Einer dieser Gänge zieht sich ganz nahe bis unter diesen Punkt.»

«Was ist dort?»

Leone tippte auf den großen Faltplan, den er auf dem Rauchtisch des Kardinals ausgebreitet hatte. Er zeigte einen Aufriss des Petersdoms, seiner Fundamente einschließlich des Petrusgrabs sowie die Umgebung der Kathedrale. Das Besondere aber war, dass er in der Tiefe noch eine weitere Ebene erkennen ließ, die auch den Untergrund der antiken Circusanlage unter dem Petersdom darbot – und die Gewölbegänge, die davon ausgingen.

«Das hier ist der zentrale Altar des Petersdoms. Der Baumeister Bernini hat für diese Konstruktion über neunzig Tonnen Bronze aus dem Pantheon einschmelzen lassen. Sie können sich ausrechnen, welcher Druck hier auf einer vergleichsweise kleinen Fläche lastet. Darunter befindet sich das Grab des Petrus. Und genau unterhalb davon muss das Grabgewölbe sein, von dem wir erst vor kurzem erfahren haben. Von diesem antiken Gang unter dem Circus aus müsste es zu erreichen sein.»

«Wenn ich Sie richtig verstehe, möchten Sie, dass wir von unserem U-Bahn-Schacht aus in diesen Gang eindringen, von dort aus in das Grabgewölbe und dann seine Umgebung so bearbeiten, dass die Schichten darüber kollabieren?»

Leone nickte.

Zhao Ling zuckte mit den Schultern.

«Technisch kein Problem. Als ich heute Nachmittag in Rom eingetroffen bin, habe ich mir auf der Baustelle ein Bild vom Fortschritt der Arbeiten gemacht. Es verläuft alles nach Plan. Sehen Sie ...», er deutete auf eine Stelle auf Leones Plan, «... zwischen der Apsis des Petersdoms und der Piazza Santa Marta soll die U-Bahn-Station des Vatikans einen Notausstieg bekommen. Wir haben im Hinblick auf die Touristenmassen, die dort im Katastrophenfall evakuiert werden müssten, alles sehr großzügig ausgelegt. Der Gang zum Notausstieg ist nicht mehr weit entfernt von den Fundamenten der Kathedrale. Wir müssen also jetzt schon in der Nähe dieses Gangs unter dem Circus sein. Ich würde von zwei verschiedenen Stellen aus – vielleicht in einem Abstand von fünfzig Metern – und in verschiedenen Winkeln zwei kleine Stollen vortreiben, so dass wir sicher sein können, auf den Gang zu treffen. Mit unseren Möglichkeiten eine Kleinigkeit; wir brauchen ein, zwei Tage – nicht mehr. Die Stollen müssen ja nicht besonders geräumig sein.»

Das Gesicht von Monsignor Leone war gleichermaßen entspannt und interessiert.

«Wie würden Sie dann weiter vorgehen?»

«Wenn wir das Gewölbe gefunden haben, bohren wir rundherum

Löcher in die Wände und die Decke, die zwar nur wenige Zentimeter Durchmesser haben, aber weit in den Stein reichen. Dort füllen wir eine Lösung ein, die die gesamte Umgebung mit extrem tiefen Temperaturen vereist – und auf diese Weise auch noch eine ganze Weile stabil hält. Doch wenn der entscheidende Moment gekommen ist, pumpen wir mit Hochdruck kochend heißen Dampf in das Gewölbe. Die Temperaturschwankung zwischen Minus siebzig und plus einhundert Grad lässt die Fundamente in Sekundenbruchteilen platzen. Stellen Sie sich vor, Sie würden eine Champagnerflasche aus dem Eisfach nehmen und mit kochendem Wasser übergießen. Der Effekt ist der gleiche – es zerreißt die Wände bis in die Tiefe. Wenn dann alles kollabiert, bleiben davon keine Spuren zurück – auch nicht von unseren kleinen Stollen. Hohlräume wie diese alten Gänge auf Ihrem Plan – von denen niemand etwas weiß und vor den damit verbundenen Gefahren sich also auch niemand schützen kann – können ohne weiteres so einen spontanen Kollaps erklären. Auch wenn sie vorher jahrtausendelang hohen Belastungen standgehalten haben. So etwas hat es schon öfter gegeben.»

«Wie lange würde es dauern? Von dem Moment, da Sie ein Signal erhalten, den Dampf einströmen zu lassen, bis zum Zusammenbruch? Der Zeitraum ist wichtig für unsere Planung.»

«Bei einer Belastung von neunzig Tonnen auf so kleiner Fläche? Keine Minute.»

«Gut. Wie groß wird die Zerstörung ausfallen?»

«Das hängt von der Größe des Gewölbes ab, auf das wir stoßen werden, aber im Dom selbst wird der Durchmesser des Kraters nicht mehr als zwanzig Meter betragen.»

Leone schaute zu Panettiere. Der Kardinal nickte bedächtig.

«Die Höllenfahrt des Laurentius.»

Vatikanstadt, U-Bahn-Baustelle, 10. August, vormittags

Während der Gottesdienst in aller Feierlichkeit seinen Fortgang nahm, wartete Bariello ungeduldig auf das Eintreffen von Ispettore Graziano und Ingegner Wang. Monsignor Lisimba hatte den Commissario bereits am Vortag informiert, dass er Sorge habe, der Heilige Vater könne bei dem Gottesdienst Ziel eines Attentats werden. Und als selbst die glücklich beendete Geiselnahme den Papst nicht von seinem Vorhaben hatte abbringen können, das Pontifikalamt zu Ehren des Laurentius zu feiern, hatte Bariello in Abstimmung mit Brigadiere Lugosi versucht, mögliche Gefahrenquellen zu identifizieren. Doch da ganz unklar war, von wo aus Gefahr drohte, ließ sich kaum mehr tun, als Spezialkräfte in Zivil im Dom zu postieren.

Endlich sah Bariello, wie Graziano und Wang Bao aus Richtung der Sakristei auf ihn zuliefen; knapp dahinter folgte Di Lauro. Der Commissario stürzte sich gleich auf den Bauleiter.

«Ingegnere, wie viele Kühlcontainer gab es auf den Baustellen?»

«Vier.»

Bariello drehte fluchend ab!

«Ich hätte es merken müssen! Die Leute am Flughafen haben mir gesagt, es seien drei verladen worden. Wo könnte der vierte sein?»

«Vor drei Tagen hat Zhao Ling zwei kleine Schächte in der Nähe des geplanten Notausgangs anlegen lassen. Als ich ihn fragte, wofür die gut sein sollen, sagte er mir, ich solle mich um den Baufortgang kümmern und ihn nicht stören. Er hat sie von ein paar Arbeitern hinter der Spundwand vortreiben lassen. Den einen, der dann zubetoniert worden ist, haben Sie gefunden. Der andere ist fünfzig Meter weiter vorn gebrochen worden. Wenn Sie den nicht gesehen haben, dann weil er durch ein paar Eisenlamellen, die quer dazu in die Schachtwand getrieben wurden, für Sie verdeckt war.»

«Was wissen Sie über den zweiten Stollen?»

«So gut wie nichts, weil Zhao Ling mich nicht dabeihaben wollte. Aber ich habe einen der Arbeiter gefragt. Er hat mir gesagt, sie seien schon nach ein paar Metern auf einen alten gemauerten

Gang gestoßen. Doch irgendetwas scheint nicht nach Plan gelaufen zu sein. Der Chef hat in diesem Gang wohl noch etwas Bestimmtes gesucht, aber nicht gefunden. Der Mann hat mir gesagt, sie hätten daraufhin an einer Stelle mit den Drillbohrern eine Menge Löcher tief ins Gestein getrieben, als ob sie einen neuen Tunnel brechen wollten; die haben sie aber nur mit dem Kühlmittel vollgepumpt. Keine Ahnung, was das sollte!»
«Bringen Sie uns auf dem schnellsten Weg dorthin!»
«Durch den Notausgang; der steht noch im Rohbau. Kommen Sie!»
Sie liefen hinter den Dom, wo ein kleineres Baustellenareal mit einem Bretterzaun abgegrenzt war. Als sie an der Holztür ankamen, sahen sie, dass das Vorhängeschloss offen war. Graziano schaute seinen Chef an.
«Da scheint jemand dasselbe Ziel zu haben.»
Bariello lief an ihm vorbei und fand gleich darauf eine Metallleiter, die in die Tiefe führte. Eine Minute später standen sie auf der Sohle des Schachts, der einmal im Katastrophenfall zur Rettung der U-Bahn-Fahrgäste dienen sollte.
«Hier entlang!» Wang Bao lief voran. Auch wenn die Baustelle nach der Razzia des Vortags heute nicht in Betrieb war, brannte doch die Notbeleuchtung. Von irgendwo vor sich hörten sie ein Rauschen. «Es gibt einen Zugang hinter die Spundwand. Kommen Sie!» Kurz darauf sahen sie eine Metalltür offen stehen, durch die ein breiter roter Schlauch führte. «Das ist merkwürdig. Diese speziellen Hochdruckschläuche braucht man nur, wenn man kochend heißen Dampf über tiefvereiste Stellen führen will, um einen groben Umriss herauszusprengen. Das ist nichts für unsere üblichen Präzisionsarbeiten beim Tunnelbau.»
Sie traten hinter die Spundwand und fanden gleich darauf den kleinen Schacht, an dessen Eingang die Mündung des roten Schlauchs lag. Sie gingen durch den Tunnel und standen nach wenigen Metern in einem antiken Gewölbe, das aufs Haar jenem glich, das Gennaro bereits unter dem Gästehaus des Vatikans gesehen hatte. Nun wurde es mit jedem Schritt kälter, und nach

dreißig Metern erblickten sie die Wand, deren Mauerwerk bis weit in den Gang hinein mit einem seltsam stahlfarbenen Raureif überzogen war. Ihr Atem kondensierte sofort in der Luft. Wang Bao sah die Polizisten ratlos an.

«Ich habe keine Ahnung, was das hier bedeutet.»

Bariello ließ seinen Blick über die flachen römischen Ziegel wandern, aus denen die Anlage gebaut war.

«Was würde passieren, wenn der heiße Dampf über diese Wand ziehen würde?»

«Dann sollten wir besser nicht hier sein: Alles würde platzen! Solange der Dampfstrom anhält, mindestens bis zur Tiefe der Bohrungen und meistens noch einige Meter darüber hinaus. Der Effekt ist der gleiche wie bei Dynamit, nur ohne Explosion.»

«Und wenn das hier das Fundament unter einer Last von neunzig Tonnen wäre?»

«Dann bricht garantiert alles zusammen, weil nach der Schockbehandlung das alte Mauerwerk das Gewicht nicht mehr trägt.»

Bariello wurde blass.

«Raus hier! Wir müssen den Anfang von diesem Schlauch finden – und den, der dort wartet, um den Bernini-Altar samt dem Papst in den Abgrund zu reißen.»

Vatikanstadt, Petersdom, 10. August, vormittags, Papstmesse

Der Wortgottesdienst war mit den Fürbitten zu Ende gegangen, die diesmal der Einheit der Kirche, der Versöhnungsbereitschaft und der Vergebung gewidmet waren. Die Eucharistiefeier war bereits fortgeschritten, und der Chor intonierte das Sanctus. Der Papst war hinter den Altar getreten, um durch die Wandlungsbitte Gottes Wohlgefallen für die Opfergabe von Brot und Wein zu erlangen. Kardinal Panettiere umfasste entschlossen sein Gesangbuch. Er wartete nur noch auf den Moment, da Laurentius mit der Konsekration des Brotes den feierlichsten und weihevollsten Teil des Gottesdienstes beginnen würde. Als er sah, wie der Heilige Vater das Brot und den Kelch nahm, die Augen erhob und das

Haupt neigte, um dann die Opfergaben zu segnen, schob er seinen Zeigefinger in den Spalt des *Preghiere & Canti Liturgici.* In diesem Moment war er ganz ruhig. Er, Ludovico Panettiere, einst entmachtet und aus seinem Amt gejagt von einem unwürdigen Papst, würde dessen Pontifikat und allen ketzerischen Ideen, die sich damit verbanden, ein Ende bereiten – ein Ende, das der ganzen Welt vor Augen führen würde, dass auf diesem Nachfolger Petri kein Segen lag. Er drückte den Knopf. Jetzt musste er sich nur noch ein klein wenig gedulden.

Zur gleichen Zeit, U-Bahn-Baustelle Vatikanstadt

Bariello und seine Leute folgten Wang Bao, der ihnen mit raschen Schritten vorausging. Sie alle bemühten sich, möglichst leise zu gehen, obwohl auf der Baustelle selbst jetzt, da niemand dort arbeitete, noch ein Rauschen zu hören war, das aus den Abluftanlagen und Generatoren kam, die das Grundwasser absaugten. Sie hielten sich nah an der Wand des Schachts, durch den der rote Schlauch führte. Im nächsten Moment hob Wang Bao seine Rechte. Die Männer hinter ihm erstarrten in der Bewegung. Bariellos Blick folgte dem Finger des Ingenieurs, der ins Halbdunkel nach vorn wies. Vielleicht dreißig Meter von ihnen entfernt sahen sie eine dunkel gekleidete Gestalt, die vor einem rotlackierten Kessel stand, der sie um das Doppelte überragte. Ein paar Meter weiter erblickten sie einen schwarzen Container, dessen Außenhülle eine Reifschicht bedeckte – ähnlich jener, die sie gerade in dem Gewölbe gesehen hatten.

Bariello beugte sich zu Wang Bao vor.

«Was macht er da?»

«Sehen Sie das Rad vor ihm an dem roten Kessel? Wenn er das nach rechts bewegt, schießt der brühend heiße Dampf durch den Schlauch in den Gang. Dann bricht dort das Chaos aus.»

Bariello bedeutete Gennaro zu versuchen, auf die andere Seite des Stollens zu kommen. Dort standen Gerüste, Loren und Eisenträger, hinter denen er sich nach vorn schleichen könnte, ohne von dem Mann vor ihnen bemerkt zu werden. Der Sovrintendente hatte sofort verstanden, was sein Chef von ihm wollte. Er war von ihnen allen der Sportlichste; wenn einer eine Chance haben würde, schnell genug zu sein und den anderen noch rechtzeitig zu überwältigen, dann er. Er duckte sich und lief quer durch den Schacht. Sobald er hinter den Armierungseisen verschwunden war, würde er seine Kollegen nicht mehr sehen können. Dann war er auf sich allein gestellt und würde tun müssen, was der Augenblick verlangte.

Die Lage für den Commissario war schwieriger. Ein paar Meter würden sie noch vorankommen, aber danach gab es keine Deckung mehr für sie. Sie würden sich auf Gennaro verlassen müssen. Als sie hinter einer Lore angekommen waren, in der normalerweise der Abraum aus der Grube gefahren wurde, hörten sie ein Geräusch, das nicht hierhergehörte. Es klang wie das Klingeln eines *cellulare*. Bariello schaute über den Rand der Lore und sah, wie der Mann in seine Jackentasche griff und das Gerät hervorzog, das sofort noch einmal läutete – diesmal besser zu hören. Doch der andere nahm das Gespräch nicht entgegen. Er drückte eine Taste, mit der er offenbar die Verbindung unterbrach. Dann war wieder nur das Rauschen zu hören. Der andere legte seine Hand auf die Kurbel. Wenn er sie bewegte, würde der kochende Dampf unter Hochdruck durch den Schlauch jagen und dann ... Bariellos Hand fuhr zum Holster. Im nächsten Moment zog er seine Pistole. Zielen und Schießen waren eins. Er feuerte zweimal. Im selben Augenblick glaubte er, ganz nahe das Echo seiner Schüsse zu hören. Doch noch ehe er erkennen konnte, woher sie kamen, folgten unmittelbar aufeinander zwei Explosionen, in deren Dröhnen sich ein Schrei mischte, der sofort wieder erstarb. Bariello hatte nicht auf den Mann geschossen, sondern auf den Dampfgenerator. Er hatte den anderen nicht töten wollen, und die Entfernung war zu groß, um ihn mit einem präzisen Schuss außer Gefecht zu setzen. Also hatte er versucht, die Folgen des Anschlags zu vereiteln, indem er den Druck aus dem Kessel ließ. Aber die anderen Schüsse? Nach den Explosionen waberte ein undurchdringlicher Nebel

durch den Stollen. Die schwache Notbeleuchtung vermochte ihn nicht zu durchdringen. Sirenen heulten, so dass man sein eigenes Wort nicht verstehen konnte. Dann hörte Bariello durch den Lärm die Stimme Grazianos.
«Vincenzo – dieser Dunst ist kalt. Was ist hier los? Ich dachte, in dem Kessel sei kochend heißer Dampf?»
«Keine Ahnung – wir müssen näher ran.»
«Hier entlang, Commissario!»
Wang Bao hatte wieder die Führung übernommen, aber über mehr als Armeslänge hinaus konnte man nichts erkennen. So stolperten sie mehr nach vorn, als dass sie gingen. Nun mussten sie gleich an der Stelle sein, wo sie den Mann zuletzt gesehen hatten. Aber was war das da vor ihnen? Bariello streckte die Hand aus und berührte eine eiskalte Fläche. Er tastete daran entlang und war überrascht von den Dimensionen. Es war, als wäre untertage ein Eisberg entstanden – riesig, bizarr geformt, ohne jede Struktur. Mit einem Mal stand Gennaro vor ihm.
«Commissario, haben Sie geschossen?»
«Ja. Du auch?»
«Ja, aber ich wollte ihn nicht töten, nur stoppen und habe deshalb auf den Kühlcontainer neben ihm geschossen. Was ist das hier?»
Allmählich merkten sie, wie die Absauganlagen ihre Wirkung taten. Der Dunst lichtete sich, und sie erkannten die Ausmaße des Eiskolosses.
«Schau doch, Vincenzo! Schau hinein!!»
Grazianos Stimme überschlug sich. Und als Bariello versuchte zu erfassen, was der Ispettore meinte, prallte er zurück: Vor ihnen im Eis gefangen war ein Mensch – seine Augen vor Entsetzen weit aufgerissen, ebenso der Mund. Er hatte noch versucht zu fliehen. Ein Bein am Boden, das andere angehoben im Lauf, die Arme wild rudernd vom Körper abgespreizt. – So war er gestorben, als sich bei der Explosion Abertausende Liter Dampf und Frostlösung in Sekundenbruchteilen unter Hochdruck vermischt hatten und sofort erstarrt waren.
Eine Weile standen die vier Männer sprachlos vor dem Toten. Es

würde Stunden dauern, bis der Eisblock aufgetaut sein würde, selbst wenn man ihm mit Sägen zu Leibe rückte.

«Wir sollten nachschauen, ob in dem Gewölbe unter dem Petersdom etwas passiert ist.»

Wang Bao war der Erste, der wieder einen klaren Gedanken fasste. Sie hatten die Strecke rasch zurückgelegt, aber schon unterwegs gemerkt, dass kein Dampf bis dorthin vorgedrungen war. Alles war an Ort und Stelle kondensiert.

«Ich muss den Stollen stabilisieren, ehe die Kältewirkung nachlässt. Das heißt, ich muss Beton einfüllen. Auf die Sirenen hin werden sicher Rettungskräfte kommen. Aber Sie können mir jetzt schon helfen. Ich weiß nicht, wie lange das alles hier noch stabil bleibt.»

Sie alle waren froh, etwas zu tun zu haben, was sie von dem gespenstischen Toten im Eis ablenkte. So brachten sie die wenigen Minuten zu, bis die ersten Männer von Rettungsdiensten und Feuerwehren eintrafen, indem sie Wang Bao bei der Sicherung des Gewölbes halfen.

Zur gleichen Zeit, Vatikanstadt, Petersdom, Papstmesse

Panettiere zählte die Sekunden. Eine Minute sollte es dauern, hatte Zhao Ling gesagt, bis die Fundamente unter dem Bernini-Baldachin nachgeben und den Papst samt dem verfluchten Grab der Frau des Petrus in die Tiefe reißen würden. Ein Gottesurteil! Niemand konnte es anders deuten, wenn das Oberhaupt der katholischen Kirche auf diese Weise bei der Wandlung am Altar im Petersdom zu Tode kommen würde. In dem Chaos, das dann ausbrechen würde, brauchte man einen Mann mit Erfahrung – einen Kardinal, den alle kannten und der alle kannte –, um die Zügel in die Hand zu nehmen. Niemand verfügte über mehr Wissen über die innerkirchlichen Zusammenhänge als er. Er würde bescheiden und souverän die Geschicke der Kirche lenken, bis es zu einer neuen Wahl kommen würde. Er selbst würde diese Wahl leiten; seine Gefolgsleute würden dafür sorgen. Und dann würden

sie den Mann an die Spitze der Kirche stellen, mit dem ihn für alle Zeiten ein unauflösliches Band einte. Niemand würde sich ihnen in den Weg stellen, wenn sich verbreitete, dass Kardinal Carino Frelaqua über Jahre hinweg dafür gesorgt hatte, dass in aller Welt Projekte verlässlicher und konservativer Kirchenmänner hochherzig gefördert worden waren. Wer würde schon danach fragen, woher die Gelder dafür gekommen waren? – So viel Geld war schon durch Männer des Vatikans gewaschen worden ...
Panettiere schaute auf seine Uhr. Die Minute war verstrichen – vielleicht würde es doch ein wenig länger dauern. Obwohl ... Zhao Ling war sich absolut sicher gewesen, als er ihnen die Zusammenhänge und den Ablauf erklärt hatte. Dieser unterirdischen Gewalt würde nichts standhalten. – Langsam wurde der Kardinal unruhig. Sollte Frelaqua das Signal nicht erhalten haben? Noch einmal drückte er den Knopf seines *cellulare*. Die Wandlung war vorüber. Panettieres Stirnader war geschwollen; er presste die Kiefer aufeinander. Jetzt musste es passieren; jetzt, jetzt, jetzt ... Das Vaterunser wurde gesprochen. Das Friedensgebet. Noch immer stand der Baldachin. Panettiere brach der Schweiß aus allen Poren. Laurentius forderte die Gläubigen auf, einander ein Zeichen des Friedens zu geben. VORBEI! Der Papst verließ den Altarraum und ging auf die Kardinäle und Bischöfe zu, die miteinander den rituellen Friedenskuss tauschten. Er schritt langsam den Halbkreis ab, um selbst mit dieser Geste einem jeden unübersehbar seinen Friedenswillen zu demonstrieren. Als er vor Sua Eminenza Panettiere stand, streckte dieser ihm mechanisch seine eiskalte Hand entgegen; Laurentius aber beugte sich vor und küsste auch ihn. Der Kardinal war leichenblass, seine Miene erstarrt. So setzte der Papst seine Runde fort, bis er auch dem Letzten im Kreis der Konzelebranten den Friedensgruß entboten hatte.
Dann trat er wieder hinter den Altar, während der Chor den vierstimmigen Satz des Agnus Dei anstimmte und mit der Anrufung des Gotteslamms die Eucharistie ihrem Höhepunkt entgegenstrebte.
«*Ecce Agnus Dei, ecce qui tollis peccata mundi!* Seht das Lamm Gottes, das hinwegnimmt die Sünden der Welt!»

Sogleich folgte die Antwort der Gemeinde.
«*Domine, non sum dignus, ut intres sub tectum meum, sed tantum dic verbo et sanabitur anima mea!* Herr, ich bin nicht würdig, dass du eingehst unter mein Dach, aber sprich nur ein Wort, so wird meine Seele gesund.»
Dann bat der Papst mit einer Geste seine Konzelebranten, dass jeder mit einem Hostienkelch in verschiedene Teile des Doms gehen und die Kommunion austeilen sollte. Alle machten sich auf zum Altar, nur Panettiere blieb an seinem Stuhl stehen, bis er neben sich eine Stimme hörte.
«Eminenza, wollen Sie nicht der Einladung des Heiligen Vaters folgen?»
Panettiere drehte sich um. Vor ihm stand Montebello, der eine Patene in Händen hielt, auf der ein kleiner Berg Hostien lag.
«Was? Äh, nein – ich habe ... Probleme beim Gehen. Heute nicht. Ich denke, ich sitze lieber.»
Montebello trat noch einen Schritt näher, beugte sich vor und flüsterte.
«Ich sehe Sie auch lieber sitzen, Eminenza. Laudetur Jesus Christus!»
Panettiere lief rot an, doch ehe er etwas erwidern konnte, ließ Montebello ihn einfach stehen und ging in Richtung des Seitenschiffs mit der Pietà Michelangelos, um dort die Kommunion zu spenden. Panettiere merkte, dass man langsam im Umkreis des Altars auf ihn aufmerksam wurde. Dann erschrak er, als er sah, wie eine Frau zielstrebig durch das Mittelschiff des Petersdoms auf ihn zusteuerte. Er machte ein paar unsichere Schritte, aber die Menschenschlangen, die zum Empfang der Kommunion nach vorn strömten, machten es ihm unmöglich auszuweichen. Und ehe er sich im Klaren war, wohin er sich wenden sollte, stand Suor Gabriella vor ihm und sprach so laut, dass alle Umstehenden es hören konnten:
«Ich werde gegen Sie aussagen, Eminenza Panettiere, wie Sie das Bußsakrament in der Beichte missbraucht haben, um durch mich den Heiligen Vater auszuspionieren. Ich werde dafür sorgen, dass

niemand mehr aus Ihren unreinen Händen ein Sakrament empfangen muss!»
Die Geistlichen, die in der Umgebung des Kardinals mit den Hostien bei den Gläubigen standen, hielten inne und starrten die beiden entgeistert an. Panettiere spürte, wie sich nun endgültig alle Blicke auf ihn richteten. Er schaute sich um und stammelte:
«Ich ... ich kenne diese Frau überhaupt nicht ... Eine Verrückte! Das sieht man doch – sie ist verrückt. Sie ist ...»
Weiter kam er nicht, denn wie aus dem Boden gewachsen stand mit einem Mal auch sein Sekretär Davide Brambilla neben ihm, und er sprach ebenso laut und vernehmlich wie Suor Gabriella.
«Nein, Eminenza, diese Frau ist nicht verrückt. Sie kennen sie sehr wohl. Ich weiß es. Ich war als Ihr Sekretär oft genug dabei, wie Sie abends in Ihrem Palazzo über diese Frau gelacht und über ihre Tränen in der Beichte gespottet haben und wie Sie gegenüber Ihren Freunden geprahlt haben, dass Sie dank Suor Gabriella zu jeder Zeit über jeden Schritt des Heiligen Vaters unterrichtet seien. Ich habe mich ihm offenbart und ihm gesagt, dass Sie Ihre Macht und Ihren Einfluss auf so viele Menschen missbraucht und auch mich zum Werkzeug Ihrer Verschwörung gemacht haben!»
Der Kardinal machte zwei Schritte rückwärts.
«Brambilla! Sind Sie wahnsinnig geworden?! Sie ... Sie Judas! Sie Verbrecher! Sie ...»
Doch als Brambilla seinem Blick standhielt, wandte sich der Kardinal brüsk ab, um sich allen Vorwürfen zu entziehen.
«Das ist doch alles lächer...»
Das Wort erstarb ihm auf den Lippen, als er sah, dass auch hier ein Geistlicher unmittelbar vor ihm stand und ihm den Weg versperrte. Panettiere fuhr ihn scharf an.
«Gehen Sie mir aus dem ...»
Dann erkannte er den Privatsekretär Seiner Heiligkeit. Dessen Gesicht war völlig ausdruckslos, ließ aber keinen Zweifel daran, dass Lisimba weder vor dem Kardinal weichen noch ihn vorbeilassen würde. Panettiere taumelte rückwärts. Der Geruch des Weihrauchs, das Brausen der Orgel, der Bernini-Altar, die Gesichter von

Hunderten von Gläubigen, die kopfschüttelnd Zeugen dieser Szene wurden – alles begann, sich vor seinen Augen zu drehen. Er hielt sich an einer Kirchenbank fest, um nicht zu stürzen. Dann wandte er sich um und stolperte auf den Mittelgang zu. Der letzte Rest seiner Würde blieb auf der Strecke, als er immer schneller wurde, zu laufen begann und «Weg da! Weg da!» rief, ehe er schließlich aus dem Petersdom stürzte.

In anderen Teilen der Basilika war die Flucht des Kardinals unbemerkt geblieben, und so ging der Gottesdienst ohne weitere Störung zu Ende. Doch bevor Sua Santità mit seinem Segen die Gemeinde entließ, trat er noch einmal an den Ambo.

«*Fratelli e sorelle! Negli ultimi anni, abbiamo avuto molte conversazioni e abbiamo ripetutamente cercato il consiglio dello Spirito Santo nella preghiera per trovare l'uomo che avrebbe dovuto prendere la guida del Dicastero per la Dottrina della Fede.* Brüder und Schwestern in Christus! Während der vergangenen Jahre habe ich viele Gespräche geführt und immer wieder im Gebet den Rat des Heiligen Geistes gesucht, um den Mann zu finden, der an die Spitze der Glaubenskongregation treten soll. Die katholische Kirche bedarf eines starken und fähigen Beraters, der hilft, die Glaubens- und Sittenlehre zu fördern und zu schützen. Heute habe ich die große Freude, euch den Mann zu nennen, dem ich dieses Amt übertragen werde und dessen Namen ich schon seit geraumer Zeit als den eines neuen Kardinals *in pectore* trage.»

Montebello war ebenso gespannt wie alle anderen Kirchenbesucher und insbesondere wie die Geistlichkeit, die an diesem Tag in noch größerer Zahl als sonst im Petersdom versammelt war. Jeder wusste, dass die Entscheidung, die Laurentius heute traf, zukunftsweisend sein würde. Und dann hörte Montebello wie aus weiter Ferne mit einem Mal seinen eigenen Namen. Er sah, wie sich die Köpfe aller Konzelebranten staunend zu ihm umwandten – und er erwiderte deren Blicke in hoffnungsloser Verwirrung.

«... ein Mann, der mir bereits in der Vergangenheit in so mancher schweren Situation beigestanden und der mit Glaubensstärke, tiefer Weisheit und großer Menschlichkeit auch schwierigste Herausforderungen gemeistert hat. Ich fordere alle auf, die zum Dienst an der Kirche berufen sind, ihm ebenso zu vertrauen, wie ich es tue, und ihn in seinem schweren Amt zu unterstützen.»

Applaus brandete auf; der Einzige, der nicht applaudierte, war ein blasser Montebello. Dann entließ der Papst die Gemeinde mit seinem Segen, und bald darauf setzte sich der Zug des Altardienstes in Richtung Sakristei in Bewegung. Montebello fiel es schwer, seine Füße so voreinander zu setzen, dass er nicht darüber stolperte. Während des Auszugs kam er an Yoris Lisimba vorüber, der ihm mit einem Lächeln hinter seinen goldgefassten Brillengläsern zuzwinkerte. Montebello ahnte, dass er einer der wenigen gewesen sein dürfte, die Laurentius eingeweiht hatte. Viele Menschen winkten ihm zu, und er nickte seinerseits, unsicher und immer noch verwirrt, zurück. Als er sich dem Ausgang näherte, erkannte er Jackey, Padre Luis, Chiara Donato, Suor Gabriella, aber auch Luca Berliner, Monsignor Mattei und Achim Zangenberg in ihren Bänken, die ihn anstrahlten.

Rom, Flughafen Ciampino, militärischer Teil, 10. August, mittags

Der Taxifahrer freute sich – nach dieser Tour konnte er Feierabend machen und mit dem, was er einnehmen würde, morgen mit der Familie einen Tag ans Meer fahren. Ferragosto stand unmittelbar bevor. Die Kinder hatten noch Ferien; sie könnten ein wenig baden gehen – das täte ihnen gut. Er würde sie in sein Taxi packen und nach Maccarese fahren. Er und seine Frau würden sie vom Restaurant aus im Auge behalten, während sie am Strand spielten. Vielleicht würde sein Fahrgast auch noch ein ordentliches Trinkgeld drauflegen; bei dieser Fahrt kam es darauf nun auch schon nicht mehr an. Er war zufällig an der Piazza Pio XII vorbeigefahren, als er einen Geistlichen am Straßenrand hatte wild winken sehen. Als er zustieg, erkannte er, dass Käppi, Knöpfe und Zingulum das unverwechselbare Kardinalsrot hatten. Eminenza ließ ihn zuerst nach Parioli fahren, wo er vor einer Villa eine ganze Weile warten musste, während die Uhr weiterlief. Als sein Fahrgast wie-

der herauskam, hatte er einen Koffer dabei, und der *tassista* traute seinen Ohren kaum, als er hörte, dass er seine Fahrt nun auch gleich noch zum Flughafen Ciampino fortsetzen durfte.
Es hätte ganz nett werden können – eine angeregte Plauderei mit einem hohen Geistlichen auf der langen Tour. Aber sein Fahrgast war angespannt. Irgendetwas stimmte nicht mit dem Mann. Er hatte immer wieder versucht, jemanden zu erreichen, und stöhnte jedes Mal, wenn die Verbindung nicht zustande kam. Da der Lautsprecher des *cellulare* weit aufgedreht war, hörte der Fahrer, dass dauernd besetzt war. Sie waren bereits auf der Superstrada no. 7, die direkt auf den Flughafen zulief, als endlich ein Freizeichen zu hören war.
«Zhao Ling – Gott sei Dank, dass ich Sie erreiche! Ich hatte Angst, Sie wären bereits gestartet! – Was passiert ist? Nichts! Gar nichts! Irgendetwas ist schiefgegangen. – Keine Ahnung! Jedenfalls ist es ... Ich erkläre es Ihnen später. Ich sitze in einem Taxi und kann nicht frei sprechen. – Ich muss weg. Jetzt sofort. Ich brauche Ihre Hilfe. – Nein, diesmal bitte ich Sie um eine andere Hilfe: Ich flehe Sie an, nehmen Sie mich mit! – Es haben sich Leute gegen mich gewandt, von denen ich es niemals erwartet hätte. Mir drohen jetzt unangenehme Fragen ...»
Zwar versuchte der Kardinal zu flüstern, aber trotz des Motorengeräuschs und der nun leiseren Stimme, hörte der Fahrer in den Satzfetzen die Wörter *Verhaftung*, *Gerichtsverfahren*, *Gefängnis*.
«Bitte lassen Sie mich hier nicht zurück! Ich muss abwarten, bis sich hier alles beruhigt hat, vielleicht kann ich dann ... – Nein! Natürlich ist das nur auf Zeit. Es gibt mächtige Männer in der Kurie, die sich für mich einsetzen und vermitteln werden. Aber wenn es jetzt öffentlich ... – In Erinnerung an unsere gemeinsamen großen Tage bitte ich Sie, Zhao Ling, lassen Sie mich nicht zurück! – Wie lange? Eine Viertelstunde werde ich vielleicht noch brauchen. – Oh, Gott, Sie sind ein Engel! – Doch, Sie sind mein rettender Engel in der Stunde der Bedrängnis! – Wo soll das Taxi hinkommen? – Um den Flughafen herum und dann in den Viale di Marino. –2° Reparto Genio Aeronautica Militare. – Sicher, das

finden wir! – Ich habe alles dabei, was ich brauche. Ein wenig Gepäck, Pass, Papiere, Kreditkarten, alles. Ich danke Ihnen! Von ganzem Herzen meinen Dank! Bis gleich!»

Mit schweißnassen Fingern drückte der Kardinal schließlich das Gespräch weg, während der *tassista* bereits den Blinker setzte, um die Schnellstraße zu verlassen.

Rom, Flughafen Ciampino, Reparto Genio Aeronautica Militare, 10. August, früher Nachmittag

Der Pilot des Learjets 45 XR hatte den Tankwagen angefordert. In längstens einer halben Stunde wollte der chinesische Großindustrielle starten. Er hatte bereits die erste ihm zugewiesene Startzeit versäumt, weil er überraschend noch einen Gast mit an Bord genommen hatte. Die Militärpolizei am Flughafen war nicht erbaut davon, als auf einmal ein Kardinal vor den Wachposten aus einem Taxi stieg und mitteilte, er würde von Zhao Ling erwartet. Tatsächlich hatte es damit seine Richtigkeit. Auch hatte der Mann einen Reisepass dabei, und der Chinese bestätigte, was der Geistliche sagte. Aber trotzdem gefiel dem diensthabenden Sergente maggiore capo die ganze Situation nicht. Hätte er nicht um den besonderen Status gerade dieses Industriellen gewusst, der seit einigen Jahren immer wieder über Ciampino nach Italien einreiste, hätte er Sua Eminenza Panettiere mit dem Hinweis abgewiesen, dass er nicht zu dem namentlich festgelegten Personenkreis gehörte, der über diesen Teil des Flughafens Zugang zu den Maschinen hatte. Aber er wollte sich keinen Ärger mit seinen Vorgesetzten einhandeln und beließ es daher bei dem Hinweis, dass es sich um eine einmalige Ausnahme handelte, die er mit Rücksicht auf den Diplomatenstatus von Zhao Ling machte.

Es war nicht das Einzige, was bei der Abfertigung dieses Fluges ungewöhnlich war, an diesem heißen Augusttag aber der Aufmerksamkeit des Wachpersonals entging. In dem Tankwagen saßen heute nämlich zwei Männer, von denen allerdings nur der eine ein Mechaniker im Range eines Aviere capo war. Er hatte dem ande-

ren Zutritt zum Gelände verschafft, und zwar an der Stelle, wo er sonst von ihm am Wochenende ein Tütchen Charlie für ein paar hundert Euro in Empfang nahm. Diesmal war es andersherum. Er hatte nicht gezahlt, sondern in einem braunen Papierbeutel zehntausend Euro und ein paar Tütchen als Bonus für seine Gefälligkeit erhalten. Dem Stabsgefreiten war es ein wenig blümerant, als sie auf die Maschine zurollten, aber er hatte dem Mann, der ihn seit gut einem Jahr belieferte, seine zweite Uniform gegeben. So fiel er nicht weiter auf, und nur wer genau hinsah, konnte erkennen, dass sein Haarschnitt unter der Uniformmütze nicht vorschriftsmäßig kurz war.
Der Fahrer hatte ihn instruiert, was er zu tun und zu lassen hatte, wenn sie den Learjet betankten. Die Kraftstofftanks waren bei diesem Modell nicht länger an den Flügelspitzen wie bei den älteren Versionen des hochmodernen Geschäftsflugzeugs, sondern an den breiteren Teilen der Tragflächen. Deshalb konnte sich der neue Mann so stellen, dass man vom Cockpit aus nicht genau sehen konnte, was er eigentlich machte. Es geschah auch weiter nichts Besonderes. Nur als die Maschine fertig betankt war und der Mechaniker den Stutzen an der rechten Tragfläche wieder verschrauben wollte, sah er, wie der andere eine flache Metallscheibe aus der Hosentasche zog und sie vor ihm in die Vertiefung des Flügels versenkte. Ihre Blicke trafen sich in dem Moment, als die Magnethalterung des Gegenstands mit einem leisen Klacken ihren Platz gefunden hatte.
«È l'assassino di un amico.»
Der Aviere capo nickte zögernd, und seine Hände zitterten ein wenig, als er den Tank verschraubte. Dann bedeutete er dem Piloten mit hochgereckten Daumen, dass der Vorgang abgeschlossen war. Eine halbe Minute später saßen die beiden Männer wieder im Führerhaus und verließen die Parkposition des Flugzeugs.

Vatikanstadt, Päpstlicher Palast,
10. August, früher Abend

Montebello hatte nach dem Ende des Pontifikalamts keine ruhige Minute mehr. Nach einem kurzen Gespräch mit Seiner Heiligkeit in dessen Privatbibliothek hatte Lisimba ihm sein Büro überlassen, wo er den ganzen Nachmittag über Amtsbrüder aus dem Vatikan, aber auch eine Reihe von Medienvertretern empfing. So waren Stunden vergangen, als Padre Luis eine dampfende Moca und ein Schälchen mit Cantuccini hereintrug.

«Geschafft, Eminenza! Alle weiteren Terminanfragen konnte ich abbiegen und auf die kommenden Tage verteilen.»

«Halleluja! – Es wird dauern, bis ich mich an diesen Titel gewöhnt habe ... von dem Amt ganz zu schweigen. Sie werden noch mehr zu tun haben als in Neapel, Padre Luis.»

«Das werde ich ... das werden wir schon schaffen, Eminenza. Ah, ich vergaß: Sua Eminenza Fabbri gratuliert Ihnen herzlich; er hat aus Neapel angerufen und freut sich, dass seinem Weihbischof diese hohe Würde zuteilwird.»

«Danke, aber – Neapel fehlt mir jetzt schon. Meine alte Heimat, an die ich mich gerade wieder gewöhnt hatte. Und jetzt der Vatikan auf wer weiß wie viele Jahre ...»

Montebello nahm gerade einen Schluck *caffè*, als Padre Luis antwortete:

«Ich denke: lebenslänglich.»

Sua Eminenza verschluckte sich, und sein Privatsekretär musste ihm auf den Rücken klopfen, bis er wieder aufhörte zu husten.

«Danke verbindlichst, Padre Luis. Wenn Sie so weitermachen, wird das für mich eine ziemlich kurze Frist.»

In diesem Moment klopfte es. Padre Luis erhob sich und öffnete die Tür, vor der Bariello in Begleitung eines Schweizers stand. Montebello ging ihm entgegen.

«Sie sehen nicht so aus, als seien Sie gekommen, um mir zu gratulieren, Commissario.»

«Jedenfalls wäre ich froh, wenn ich Ihnen am ersten Tag Ihrer neuen Würde bessere Nachrichten bringen könnte.»

Er schilderte Montebello, was sich am späten Vormittag unter dem Petersdom zugetragen hatte. Der konnte kaum glauben, was er über den vereitelten Anschlag erfuhr.

«Und der Tote im Eis ...?»

«... ist offenbar Sua Eminenza Frelaqua. Die Identifikation ist noch nicht vollständig abgeschlossen, aber es gibt keine vernünftigen Zweifel daran. Von Ihnen selbst kam der entscheidende Hinweis.»

«Nein – die richtige Schlussfolgerung hat Padre Luis gezogen. Und Sie sagen, man hat den Gang nun zubetoniert, um die Fundamente unter dem Petrusgrab und dem Bernini-Altar zu stabilisieren? Dann ist das Grab der Frau des Petrus also verloren.»

«So kann man das nicht sagen, Eminenza. Es gibt dort unten offenbar gar kein weiteres Grab.»

«Das verstehe ich nicht. Wir haben doch ...»

«Wie auch immer: Ich selbst habe vor dieser Wand gestanden – da gab es nichts, was auch nur entfernt nach einem Grab oder dem Eingang eines Grabes aussah. Und wir wissen von dem leitenden Ingenieur, der uns gestern und heute geholfen hat, dass Zhao Ling offenbar selbst irritiert war: Als er den Anschlag vorbereitete, hat er dort nicht das gefunden, womit er gerechnet hat. Dabei kann es sich nach Lage der Dinge nur um das Grab gehandelt haben, das Sie suchen, das aber dort nicht ist. So gesehen ist da unten nichts verloren – aber eben auch nichts zu finden.»

Montebello schüttelte den Kopf.

«Die Hinweise sind eindeutig, Commissario. Selbst Pius II. hat das Grab in einem Gedicht erwähnt. Wo sollten wir einen Fehler gemacht haben auf unserer Suche? Oder etwas übersehen haben? Und wenn – dann wäre alles, was geschehen ist ...»

«... dafür gut gewesen, dass Sie eine veritable Verschwörung aufgedeckt haben. Vergeblich war das also sicher nicht. Aber tödlich für die Verschwörer.»

«Tödlich für *die* Verschwörer?»

«Nicht nur Sua Eminenza Frelaqua ist tot, sondern auch Monsignor Leone, alias Vito Buoninsegna, der ein Doppelleben ge-

führt hat – einerseits als Kirchenmann und Wissenschaftler, andererseits als Mittelsmann für einen Ring von Kokainschmugglern aus Bari.»
Montebello legte beide Hände vors Gesicht.
«Aber das ist noch nicht alles, Eminenza. Mich hat vor einer halben Stunde die Nachricht erreicht, dass am Nachmittag über der Adria zwischen Bari und Durrës ein Flugzeug abgestürzt ist. Dabei handelte es sich offenbar um die Maschine des Industriellen Zhao Ling. Sie ist vom militärischen Teil des Flughafens Ciampino gestartet. Dort hat am frühen Nachmittag auch Sua Eminenza Panettiere eingecheckt, wie wir erfahren haben. Der Kardinal ist an Bord des Flugzeugs gegangen. Sollten sich die Informationen bestätigen – und da es auf einem Tanker Augenzeugen für einen Absturz gibt und zur gleichen Zeit das Flugzeug des Chinesen vom Radar der Luftüberwachung verschwunden ist, sieht es sehr danach aus –, dann ist Sua Eminenza ebenfalls unter den Opfern. Es scheint in der Luft zu einer Explosion gekommen zu sein; beim Absturz ist die Maschine auseinandergebrochen. Dementsprechend groß ist das Areal, das man absuchen muss. Bis zum Einbruch der Dunkelheit hat man keine Überlebenden gefunden.»
Montebello schaute fassungslos zu Padre Luis hinüber, der sich bekreuzigte.

Fünf Monate später

Kapitel 15 – Das Grab

Vatikanstadt, Päpstlicher Palast, Vorzimmer von Sua Eminenza Montebello

«Eminenza, die Pforte meldet, dass Monsignor Mariani und Cappellano Brambilla eingetroffen sind.»

«Danke, Padre Luis, bringen Sie die beiden dann gleich herein. Die anderen werden sicher auch bald kommen.»

Montebello freute sich auf den Besuch. Er erhob sich vom Schreibtisch und schaute auf den winterlichen Petersplatz. Wo sich im Sommer lange Schlangen von Touristen Meter für Meter voranschoben, waren an diesem frostklaren Januartag nur ein paar Unentwegte zu sehen, die sich auch von dem kalten Wind nicht abschrecken ließen, die heiligen Stätten Roms zu besuchen. Drei Monate waren nun seit seinem offiziellen Amtsantritt als Vorsitzender der Glaubenskongregation vergangen, und seine Tage waren vollgestopft mit Terminen mit Vertretern von Kommissionen, Dikasterien, Päpstlichen Räten, Komitees und Vertretern der päpstlichen Universität Gregoriana. Aber an diesem Nachmittag hatte er sich von allen Verpflichtungen freigemacht, weil er seinem alten Kollegen Adelmo Mariani versprochen hatte, ihn mit den anderen auf eine kleine Exkursion zu begleiten.

Der Forscher war auf wunderbare Weise von seinem furchtbaren Sturz genesen und hatte sich erstaunlich gut erholt. Er brauchte noch einen Stock, wenn er ging – aber vor allem hatte er in Cappellano Brambilla eine lebendige Stütze. Der Heilige Vater hatte in

einer Privataudienz, an der nur Bariello, Lisimba und Montebello teilgenommen hatten, vorgeschlagen, dass der ehemalige Privatsekretär von Sua Eminenza Panettiere fortan ausschließlich zur Unterstützung seines Opfers arbeiten sollte. Es sollte eine besondere Form der Buße und der Bewährung sein. Bariello war strikt dagegen und brachte alles vor, was gegen solch eine Lösung sprach. Sua Santità hörte ihm aufmerksam zu.
«Danke, Commissario capo! Alles, was Sie gesagt haben, ist richtig. Ich möchte Ihren Überlegungen nur noch einen einzigen Gedanken hinzufügen: Am Ende bleibt für jeden Menschen - für Sie, für mich und für Davide Brambilla - allein die Hoffnung auf SEINE Gnade, die wir uns nicht verdienen, sondern derer wir nur teilhaftig werden können. Das muss Sie aber jetzt nicht kümmern. Heute lege ich die Entscheidung über das Schicksal des Cappellano allein in Ihre Hände.»
Minuten vergingen, ohne dass einer etwas sagte. Immer wenn Bariello aufblickte, schaute er in das freundlich interessierte Gesicht des Papstes. Schließlich schüttelte der Commissario den Kopf.
«Also gut - versuchen wir's!»
«Danke, Signor Bariello! Dann wäre das geklärt.»
Auch Monsignor Mariani konnte sich diesen Weg der Rehabilitation vorstellen; Montebello und Lisimba hatten ihm den Vorschlag Seiner Heiligkeit unterbreitet, nachdem er so weit wiederhergestellt war; ein langes Gespräch zwischen Mariani und Brambilla hatte dann den Ausschlag gegeben. Der Cappellano war überglücklich und gelobte, den Monsignore in allen Lebens- und Arbeitsbereichen nach Kräften zu unterstützen. Außerdem war Mariani sehr angetan von der Aussicht, die ihm Lisimba bei einer Visite eröffnet hatte: Der Papst hatte den unentwegten Forscher zum Bibliothekar zur besonderen Verwendung befördert. Dieses Privileg schien seine Heilung nochmals zu beschleunigen - bedeutete es doch für ihn, dass er sich fortan seine Studienfelder frei wählen konnte und ihm jederzeit uneingeschränkter Zugang zu allen Teilen der Vaticana zu gewähren war.
Die Flucht Panettieres, die so plötzlich im Luftraum über dem

Adriatischen Meer geendet hatte, blieb unaufgeklärt. Die wenigen Teile des Learjets, die man hatte bergen können, reichten nicht aus, um die Absturzursache zu ermitteln; und die Blackbox war an einer Stelle gesunken, wo das Meer über eintausendzweihundert Meter tief ist und keine Möglichkeit bestand, das Gerät zu bergen. Etwas aber wurde doch geborgen: Ein albanischer Fischer zog ein paar Tage nach dem Absturz ein kleines scharlachrotes Seidenkäppi aus dem Wasser, das die Glatze des Alten für den Rest seiner Tage vor den Strahlen der Sonne schützen sollte. Das war alles, was von Sua Eminenza Panettiere übrigblieb, während Zhao Ling spurlos verschwand. Unabhängig davon wurden die Verdienste der beiden im Vatikan und in der Volksrepublik China ausgiebig gewürdigt. Diplomaten beider Staaten verständigten sich darauf, die Erinnerungspflege für diese Helden der Völkerverständigung dadurch zu verstetigen, dass man den einen U-Bahn-Zug, der die Vatikan-Station anfuhr, *Linea Zhao* und den anderen *Linea Panettiere* taufte.

Ingegner Wang führte die Bauarbeiten zu Ende. Commissario Bariello hatte dem Bauleiter einen vorbildlichen Einsatz bei den Bemühungen attestiert, jene Unregelmäßigkeiten aufzuklären, die bei der Kontrolle der Baustellen aufgefallen waren. Der Innenminister persönlich verwandte sich dafür, dass die Angelegenheit als Ordnungswidrigkeit behandelt und mit einem maßvollen Bußgeld geahndet wurde. Die Umweltprobleme, die untertage entdeckt worden waren, wurden unter Einsatz modernster Technologie aus der Welt geschafft – eine Glanzleistung an Knowhow aus dem Reich der Mitte; die damit verbundenen Kosten wurden als Bestandteil der Schenkung der U-Bahn-Station an den Vatikan verbucht.

Den Ausfall an Arbeit und die Zerstörung von einigem technischen Gerät durch die Explosion untertage wurde durch Mitarbeiter und Material des lokalen Baukonzerns von Don Basilio Arcuri ausgeglichen. Er hatte sich, als er von den aufgetretenen Schwierigkeiten erfahren hatte, sofort bereiterklärt, der guten Sache wegen zu helfen. Allerdings musste er wegen Umfang und

Kurzfristigkeit der Anforderungen sowie wegen der Terminknappheit eine höhere als die handelsübliche Vergütung berechnen, wofür jedoch alle Seiten volles Verständnis hatten. Da sein Konzern auch die Sicherheitskräfte stellte, verlief der weitere Baufortschritt reibungslos.

Eine päpstliche Kommission wurde eigens zur Untersuchung des Schicksals von Sua Eminenza Carino Frelaqua eingesetzt und von Vertretern der römischen Polizia di Stato und der Gendarmeria Vaticana unterstützt. Man kam zu dem Ergebnis, dass es sich bei dem Vorgang um ein besonders tragisches Unglück gehandelt hatte. Weder ließ sich eruieren, weshalb der Kardinal die an diesem Tag stillgelegte Baustelle hatte besichtigen wollen, noch, wie es zu der Verkettung schwerer technischer Defekte an beiden Containern hatte kommen können. Es konnte nicht ausgeschlossen werden, dass Sua Eminenza versehentlich Schaltelemente eines der beiden Aggregate berührt und damit sein eigenes Schicksal besiegelt hatte. Fremdverschulden wurde ausgeschlossen. Da mit dem Verscheiden des Kardinals Frelaqua auch seine Finanzverwaltung im Monastero dei Pii Fratelli della Fede zum Erliegen kam, wurde diese fürs erste Sua Eminenza Montebello unterstellt, der ihre Strukturen umgehend neu ordnete und das zuständige Personal austauschte. Leider ging damit allerdings auch der Zufluss der vormals so eindrucksvollen Großspenden zurück. Soweit noch Zuwendungen eintrafen, die nicht unmittelbar dem emeritierten Papst zugutekommen sollten, wurden sie in Reformprojekte von Papst Laurentius gesteckt.

Schließlich befand die Fabbrica di San Pietro nach Rücksprache mit dem Heiligen Stuhl und den örtlichen Polizeibehörden in einem Gutachten, als dessen Autor Monsignor Mattei zeichnete, dass aus Sicherheitsgründen keiner der beiden Schächte, die unter dem Petersdom mit Beton verfüllt worden waren, noch einmal geöffnet werden durfte. Die damit verbundene Stabilisierung der Fundamente der Schichten unter dem Bernini-Altar schien allen Beteiligten das Beste, um Folgen etwaiger künftiger Erschütterungen beim U-Bahn-Bau und -Betrieb vorzubeugen. In Anerken-

nung seiner Bemühungen um die Sicherung der Fundamente des Petersdoms erhielt Dottor Mattei die päpstliche Erlaubnis, die weitere archäologische Erforschung der Fundamente und der Umgebung des Petersdoms auf dem Gelände der vormaligen Circusanlagen in eigener Regie zu leiten. Als erste Amtshandlung gewährte er dem Chef des DAI in Rom alle Sondagen, die dieser ursprünglich beantragt und von denen bislang nur eine von Oberto Leone bewilligt worden war. Und als jener nicht mehr zurückkehrte, wurde Dottor Mattei auch zu dessen Nachfolger und damit zum neuen Leiter der Pontificia Commissione di Archeologia Sacra ernannt.
Niemand wusste, wie das Gerücht im Vatikan aufgekommen war, aber es wurde auch nie dementiert, dass Oberto Leone, geleitet von seinem missionarischen Bestreben, das ihn schon früher nach Peru geführt hatte, mit einer Sondererlaubnis von höchster Stelle wieder an seine alte Wirkungsstätte zurückgekehrt sei. Sein Projekt der Renovierung des Tesoro di San Pietro wurde unter Dottor Mattei zügig abgeschlossen. Herstellung und Vertrieb von Replikaten antiker Kunstwerke in den Vatikanischen Museen wurden hingegen zurückgefahren. Als Werkstoff setzte man auch nicht länger den weißglänzenden Staub aus Peru ein (entsprechende Verträge ließen sich einvernehmlich auflösen), sondern – wie in früheren Zeiten – schlichten Gips. Das verringerte zwar für manche internationale Interessenten den Charme der Kopien, schien aber unter Würdigung aller Umstände den zuständigen Stellen innerhalb und außerhalb des Vatikans das Beste zu sein.
Vice Ispettore Santoro erlitt, noch bevor Anklage erhoben werden konnte, einen tragischen Unfall in der Dusche des Untersuchungsgefängnisses. Als man ihn fand, war er offenbar auf einem Stück Seife ausgerutscht und so unglücklich gestürzt, dass jede Hilfe zu spät kam. Mit Angehörigen des vatikanischen Ufficio Merci und der römischen Zollbehörden, bei denen es zu Dienstvergehen gekommen war, vereinbarte die Staatsanwaltschaft einen Deal, in dem sie sich vorab in allen Punkten schuldig bekannten und als Gegenleistung moderate Haftstrafen erhielten. So konnte die Ver-

handlungsdauer auf einen Tag begrenzt werden, und da auf diese Weise der Prozess schon vorbei war, kaum dass er begonnen hatte, blieb die öffentliche Wahrnehmung begrenzt.

Soweit es Veränderungen bei der römischen Polizei gab, beschränkten sie sich darauf, dass Ispettore Achille Rossi ein weiterer Karriereschritt gelang. Er wurde zur Freude seiner Kollegen in Rom vom Innenminister zum Vice Questore in Mestre befördert; damit endete auch die hohe Fluktuation auf dieser Stelle in einer wenig reizvollen Stadt. Commissario Bariello zog andere Konsequenzen und verkürzte dauerhaft den Weg in sein Lieblingslokal MANGIA E ZITTO!, indem er als Untermieter bei Chiara Donato einzog. Da die Trattoria gut lief, brauchte man eine zusätzliche Kraft – und Suor Gabriella beschloss zu versuchen, unter der Obhut der resoluten Wirtin erste Schritte in ein neues Leben zu wagen, während sie Wohnung bei Jackey und Savio nahm. Die Dottoressa hingegen hatte als gelernte Papyrologin die Nachfolge des verstorbenen Monsignor Lorenzo Angelosanto angetreten und leitete fortan als erste Frau die Handschriftenabteilung der Vatikanischen Bibliothek. Savio blieb als Fahrer bei Sua Eminenza Montebello.

Damit endeten die Schrecken, die die Suche nach dem Grab der Frau des Petrus ausgelöst hatten. Doch im Kreis um den neuen Kardinal bedauerte man, dass es infolge der Verbrechen und der damit verbundenen Zerstörungen nicht gelungen war, das Geheimnis des Grabes der Taube zu lüften. Nachdem Monsignor Mariani wieder zu Kräften gekommen war, hatte er sich gelegentlich danach erkundigt, als Montebello ihn am Krankenbett besuchte. Er war überrascht, dass die anderen in diesem Punkt nicht weitergekommen waren. Das Gespräch hatte er mit einem Lächeln beendet.

«Dann werdet ihr warten müssen, bis ich wieder auf den Beinen bin und euch zeigen werde, was ihr übersehen habt.»

Dieser Tag war nun gekommen, als Mariani nach seiner Genesung Montebellos Büro betrat. Er strahlte seinen Gastgeber an, und Sua Eminenza umarmte ihn. Dann folgte Montebello, als Brambilla

verlegen am Eingang stehen geblieben war, dem Beispiel, das Sua Santità in jener denkwürdigen Nacht gegeben hatte; er ging auf den Cappellano zu und reichte ihm die Hand, die der andere dankbar ergriff. Die übrigen Gäste trafen nach und nach ein.
«Nun spann uns nicht länger auf die Folter, Adelmo! Was haben wir übersehen, und weshalb muss Signor Napoletano uns gleich alle mit einem kleinen Bus zu den Katakomben des heiligen Sebastian fahren?»
«Hat es geklappt mit der Sonderöffnung?»
«Signor Mancini, der alte Pförtner, macht exklusiv für uns auf, auch wenn die Anlage während der Wintermonate eigentlich geschlossen ist.»
Mariani rieb sich die Hände und schaute sich im ganzen Kreis um.
«Wunderbar! Wir haben drei Archäologen unter uns: unseren Mitbruder Monsignor Mattei, Dottor Berliner und Professor Zangenberg. Kennt einer von Ihnen den Aufsatz von Paul Styger, *Das erste Grab der Apostelfürsten Petrus und Paulus*?»
Als die drei den Kopf schüttelten, nickte Mariani.
«Ehrlich gesagt wundert mich das nicht. Er ist vor über einhundert Jahren in der *Zeitschrift für katholische Theologie* erschienen. Der Band ist allerdings aus unserer Bibliothek verschwunden, seit ich ihn für dich, Gian Carlo, bestellt habe. Nach allem, was wir erlebt haben, brauchen wir nicht lange zu rätseln, wessen langer Arm verhindert hat, dass er bis zu dir gelangt ist. Aber ich bin sicher, dass auch jene, die ihn aus dem Verkehr gezogen haben, den Artikel nie gelesen haben, auf den es darin ankommt. Andernfalls wären sie wahrscheinlich nicht in diese Hysterie verfallen, die sie zu ihren Verbrechen getrieben hat.»
«Wie kommst du darauf?»
«Was der Autor darin ausführt, hätte die Forschungen auf der Suche nach dem Grab des Petrus während der letzten einhundert Jahre in einem anderen Licht erscheinen lassen. Aber dieses Wissen wurde durch die Öffentlichkeitsarbeit des Vatikans zu den Ausgrabungen unter dem Petersdom in den Hintergrund gedrängt. Man wollte das Petrusgrab *dort* finden und der Welt zei-

gen. Und darüber hat man die Frage verdrängt, wann eigentlich die Reliquien des ersten Papstes dorthin gebracht worden sind.»
«Und du ...?»
«Du weißt – und alle anderen in der Vaticana wissen es auch –, ich vertändele oft meine Zeit, indem ich überall hineinlese, wo ich gerade auf etwas stoße, das mich fesselt. So ging es mir auch mit diesem Text. Aber wenn du und Padre Luis nicht zu mir gekommen wärt, hätte ich vielleicht nie mehr an diese Zufallslektüre gedacht. Doch ihr erinnert euch! Zuerst fielen mir die Zeilen des Cinthia-Gedichtes aus der Feder des Papstes Pius II. ein.»
Luca Berliner beugte sich vor.
«Sua Eminenza hat uns davon berichtet. Bitte, könnten Sie es noch einmal vortragen?»

«Des Fischers Spur die Taube folgt getreu,
und Land und Meer sie überwindet.
Und ewig wird die wahre Liebe neu,
die Cinthias Buhle nimmer findet.

Sooft der Fischer fehlt und zagt,
verleiht ihm seine Taube Mut,
und wenn am End' sie auch sein Kreuz beklagt,
war doch bei ihr der Fels in guter Hut.

Nun ruht sie tiefer noch am selben würd'gen Ort,
wo ihm nach seinem Tod das Grab bereitet ward.
Dort lebt ihr heiliges Geschlecht im Bilde fort,
und preist mit Pilgern Gottes Gnad' und Macht.

P II PONT. MAX. olim Aeneas appellabatur scripsit

Gezeichnet hat dieses Gedicht der Verfasser: Papst Pius II.»
«Und wie hängt das nun mit unserer Suche zusammen?»
«Als Gian Carlo und Padre Luis mir ihre Geschichte von der Taube und dem Grab erzählt haben, bin ich am nächsten Tag in die Bi-

bliothek. Vor Jahren habe ich mal eine Zeit lang in den Akten aus den letzten Lebensmonaten Pius' II. gestöbert und war dabei auf diese Verse gestoßen. Offenbar wollte sich der Papst, in seinen späten Tagen moralisch gereift, noch einmal den Unterschied zwischen wahrer Liebe und den eigenen erotischen Abenteuern mit seiner einstigen Geliebten Cinthia vor Augen führen, als er noch Aeneas Piccolomini hieß. Ich fand seinen literarischen Versuch anrührend, dies ausgerechnet am Beispiel der Frau des Petrus – der Taube – zu tun, von der wir doch kaum mehr wissen, als dass sie gelebt hat. Doch in Verbindung mit Petrus schien es mir eine würdige und eindrucksvolle Fiktion. Versteht mich recht: Fiktion! Denn natürlich habe ich nicht im Traum daran gedacht, dass diese Zeilen ein Fundament in der historischen Realität hätten.»

«Das dämmerte Ihnen erst im Gespräch mit Sua Eminenza Montebello und Padre Luis.»

«So ist es. Und ich hatte Glück! Ich wusste, dass die Cinthia-Gedichte alle ausgesondert worden waren, weil jemand eine neue Ausgabe davon vorbereitete. Aber wegen des Personalmangels in der Bibliothek war das Gedicht noch nicht wieder an Ort und Stelle in die Unterlagen Pius' II. zurücksortiert worden. Deshalb konnten es die Leute von Sua Eminenza Panettiere und Monsignor Angelosanto auch nicht stehlen. Und da dachte ich mir: Sicher ist sicher in diesem Fall – und habe es an mich genommen, um es später zurückzulegen.»

«Und dann ...?»

«Als ich dann das Gedicht nochmals las, stand mir auch sofort wieder vor Augen, was Paul Styger in seinem Aufsatz beschrieben hat. Anderntags wollte ich mich in den Katakomben von San Sebastiano eigentlich nur noch vor Ort der Fakten vergewissern, um euch dann dorthin zu führen. – Und genau das mache ich jetzt!»

Rom, Catacombe di San Sebastiano

Sie brauchten fast eine Stunde durch den Nachmittagsverkehr und konnten kaum die Grünphasen abwarten, die sie noch von der Via Appia trennten. Schließlich parkte Savio vor der Basilica di San Sebastiano. Sie gingen über den kleinen Vorplatz der Kirche. Rechts davon lag die Pforte, durch die man zu der unterirdischen Anlage gelangte. Als Adelmo Mariani, dem sie die Führung überließen, sacht dagegendrückte, sprang sie auf. Signor Mancini hatte sie erwartet. Er erkannte Davide Brambilla, auf dessen Arm sich Mariani stützte, weil er sich auf dem unebenen Belag mit seinem Stock noch unsicher fühlte.

«Sie sind das? Wir haben uns doch im letzten Sommer gesehen – im Krankenhaus, oder?»

Brambilla schaute zu Boden, und Mariani reagierte am schnellsten.

«Ah, dann sind Sie der Mann, der damals so rasch die Ambulanz gerufen hat. Wie schön, das gibt mir heute Gelegenheit, Ihnen zu danken. Wer weiß, ob ich hier stünde, wenn Sie nicht sofort reagiert hätten!»

Er reichte dem Pförtner die Hand, der sie verlegen schüttelte.

«Und da wollen Sie heute schon wieder darunter? Na, das wäre nichts für mich.»

«Seien Sie unbesorgt. Sie sehen ja, ich habe in meinem Mitbruder eine zuverlässige Stütze an meiner Seite und noch einige Begleitung dazu – da wird mir nichts passieren.»

Schließlich stiegen sie die Treppe hinab, die zu den alten Bestattungsplätzen führte. Die Beleuchtung war kräftig genug, um die Columbarien und Körpergräber zu erhellen, die in den kilometerlangen Gängen, die bis zu zehn Meter unter der Erde verliefen, rechts und links in den weichen grauen Tuffstein geschlagen worden waren. Vor Mariani gingen Savio und Luca Berliner, damit sie zur Not den Monsignore auffangen könnten, falls er irgendwo stolpern sollte.

«Gleich haben wir's geschafft!»

Die Stimme des Monsignore klang tatenfroh, als sie noch ein paar

Stufen hinunterstiegen. Dann standen sie tief unter der alten Basilika in einem großen Raum mit einem Boden aus gebrannten Ziegeln. Man erkannte ein Columbarium, das einst Aschenurnen und nach einem Umbau die Sarkophage der Toten aufgenommen hatte, und in der Mitte einen kleinen Marmorbrunnen. Über die gemauerten Bänke zog sich ein roter Sockel und bildete mit einer leichten Wölbung deren Rückenlehne. Oberhalb davon aber war ein Fresko, bei dessen Anblick Montebello erstarrte.
«Tauben!»
Mariani nickte.

«Nun ruht sie tiefer noch am selben würd'gen Ort,
wo ihm nach seinem Tod das Grab bereitet ward.
Dort lebt ihr heiliges Geschlecht im Bilde fort,
und preist mit Pilgern Gottes Gnad' und Macht.

Ich dachte mir schon, dass dich dieser Raum besonders interessieren würde. Ihr seht - in diesem Bild lebt das heilige Geschlecht der treuen Ehefrauen als Witwen fort in der Gestalt der Tauben.»
«Hier also ...?»
«Immer hübsch langsam! Wenn ich den Fremdenführer geben darf: Dies hier ist ein Versammlungssaal. Schaut euch die Wände an - vor allem die Graffiti!»
Überall sah man Anrufungen antiker Pilger in den Stein gekritzelt, die einst diese Gedenkstätte besucht hatten: *Petrus und Paulus, denkt an uns – Petrus und Paulus, bittet für uns alle – Petrus und Paulus, eilt dem Sünder Primus zu Hilfe – Petrus und Paulus, denkt an den Sozomenus, und auch du, der du das liest – Petrus und Paulus, gedenket unser in euren Fürbitten – Petrus und Paulus, rettet den Vincentius*. Aus anderen Graffiti ging hervor, dass die Pilger am Grab der Apostel, wie es Brauch und Sitte war, eine kleine Mahlzeit eingenommen, sich erfrischt und damit ein Gelübde erfüllt hatten: *Ich, Tomius Coelius, habe hier dem Petrus und Paulus Vesper gehalten. – Zu Petrus und Paulus habe ich mich gestärkt.*
Luca Berliner ließ seinen Blick schweifen.

«Dies hier war also eine Andachtsstätte für die Erzapostel Petrus und Paulus. Aber das Grab des Petrus ...?»
Der Monsignore schüttelte den Kopf.
«Nein, Dottore, dies hier war nicht *eine* Andachtsstätte! Die Pilger kamen bereits in der Antike hierher, weil dies hier die *erste* Grablege der Erzapostel Petrus und Paulus war. Beide starben als Märtyrer am 29. Juni – Paulus durch das Schwert, Petrus kopfüber am Kreuz, und der eine wie der andere wurden hier unmittelbar nach ihrer Hinrichtung außerhalb der Stadt beigesetzt, wie das Gesetz es befahl. Wo die Reliquien des Petrus heute sind – im Petersdom –, dorthin wurden sie erst im Laufe des zweiten Jahrhunderts überführt. Die Reliquien des Paulus hingegen gelangten an die Via Ostiense, wo sie in der Basilika San Paolo fuori le Mura ruhen – bzw. sein Haupt in der Papstbasilika San Giovanni in Laterano.»
Berliner nickte.
«Als Monsignor Oberto Leone Savio und mich unter den Petersdom geführt hat, sagte er, dass der gebildete Priester Gaius im zweiten Jahrhundert an der Stelle, wo dann später das Zentrum der Peterskirche entstand, die Siegesmale der Märtyrer hat sehen können.»
«Ganz richtig! Im zweiten Jahrhundert müssen also die Reliquien dort beigesetzt worden sein. Aber wie kommt es, dass es, wie der Kirchenvater Ambrosius weiß, im vierten Jahrhundert ein offizieller und öffentlicher Brauch war, an *drei* Stellen das Gedächtnis der Erzapostel Petrus und Paulus zu feiern? Nicht nur am Vatikanhügel, wo dann der Petersdom entstand, sondern auch hier an diesem Platz und an der Straße nach Ostia? An der Straße nach Ostia hatte nämlich eine fromme Matrone den toten Paulus beigesetzt – wie es heißt, nahe an dem Platz, wo er einst enthauptet worden war. Aber wo hat sie dessen Leichnam zur Beisetzung in Empfang genommen? Das sagt uns das Papstbuch, der Liber Pontificalis, so wie ihn uns Felicianus in einer Zusammenfassung bewahrt hat – und zwar an diesem Ort HIER, in diesen Katakomben.»

«Und Petrus?»
«Papst Damasus hat Ende des vierten Jahrhunderts Petrus und Paulus eine Tafel mit einer Inschrift gesetzt. Darüber heißt es in der Lebensbeschreibung des Damasus, er habe sie hier in diesen Katakomben errichtet, wo jene einst zur letzten Ruhe gebettet worden waren.»
«Mag schon sein, dass die beiden hier auch einmal beigesetzt worden waren – vielleicht weil man ihre Reliquien anderswo vor heidnischen Nachstellungen hat schützen wollen. Sie könnten also ebenso gut zuerst dort beigesetzt worden sein, wo später der Petersdom entstand, und danach erst hierhergebracht worden sein.»
«Das könnte man vielleicht meinen – aber zum einen weiß *keine* Überlieferung von so einer Überführung von dem Platz am Vatikan hierher und dann wieder zurück. Und zum anderen wissen wir, was in der Inschrift stand. Darin heißt es ausdrücklich, dass Damasus die Inschrift *hier* gesetzt hat; und in dieser Inschrift heißt es, dass die Apostel hier *VORHER* geruht haben – und das bedeutet *vorher*, *bevor* sie dorthin gebracht wurden, wo sie bis auf den heutigen Tag immer noch ruhen. Für Petrus heißt das: an den Vatikanhügel. Und es bedeutet für Petrus, dass hier sein erstes Grab war.»
Luca Berliner wollte noch nicht aufgeben.
«Aber die rote Mauer! Wir haben doch auf den Zeichnungen die rote Mauer und die Aedicula gesehen!»
«Sie haben *geglaubt*, sie zu sehen, Dottore! Schauen Sie hier die rote vorgewölbte Rückenlehne der Bank für die Gastmähler der Pilger! Das ist die rote Fläche, die Flavius Blondus in seiner Skizze angedeutet hat – und daraus und aus dem, was er an Fugen und an einem Riss im Putz darüber andeutet, daraus ist dann für Sie und die anderen vor Ihrem geistigen Auge die Aedicula am Petersgrab und die berühmte rote Mauer geworden, wie sie in den Gewölben unter dem Petersdom zu finden ist. Nein, meine Freunde – es hat alles gestimmt, was Flavius gezeichnet hat: die Frau des Fischers, die selbst dann treu zu Petrus stand, als er versagte und den HERRN verraten hatte, und die ihm treu geblieben ist bis in

den Tod und die schließlich dort, wo der Menschenfischer sein erstes Grab fand, gleichfalls begraben wurde. Vielleicht erst Jahre später, irgendwo noch unter ihm in der Tiefe hier zu unseren Füßen, in einem jener namenlosen Gräber.

Nun ruht sie tiefer noch am selben würd'gen Ort,
wo ihm nach seinem Tod das Grab bereitet ward.»

Stille senkte sich über die Runde. Nach einer Weile schüttelte der Archäologe resigniert den Kopf.
«Dann habe ich ... dann habe ich das ganze Chaos ausgelöst? Indem ich voreilig ...»
Montebello legte ihm die Hand auf die Schulter.
«Nein, Dottor Berliner! Wir alle waren dabei, und wir alle glaubten, genau das zu sehen, was Sie sehr überzeugend hergeleitet haben.»
Lisimba pflichtete ihm bei.
«Seien wir ehrlich: Wir alle *wollten* es sehen, und wir alle *wollten* es glauben. Diese Entdeckung war einfach zu schön, die Zusammenhänge zu großartig, die Schlussfolgerungen bahnbrechend. Nein, Dottor Berliner, Sie sind nicht schuld – nicht an unserer vergeblichen Suche und erst recht nicht an dem, was daraus geworden ist! Irren ist menschlich – selbst für Archäologen.»
Jackey fuhr dazwischen.
«Was soll das denn heißen: Wir haben uns geirrt?! Nichts da! Wir sind am Ziel! Hier ist das Grab der Taube unter dem Grab ihres Ehemanns Petrus – auch wenn wir es nicht mehr genau lokalisieren können. Was uns umgibt, ist eine wunderbare Bestätigung der Bilder des Flavius Blondus. Die Schriftquellen stützen die Bilder ebenso wie die archäologischen Befunde! Wir können uns gratulieren und Monsignor Mariani und Dottor Berliner nur danken! Was zu beweisen war, bleibt doch, dass die Frau des Petrus von Anfang bis Ende und noch darüber hinaus bei ihrem Mann geblieben ist. Sie WAR die Frau des Petrus, auch als er das erste Oberhaupt der Kirche war und in Rom bis zu seinem Tod gewirkt hat.

Das kann nie mehr beiseitegewischt werden – und das muss Konsequenzen haben für die Stellung der Frauen in der Kirche!»
Montebello kannte das Temperament seiner Mitarbeiterin.
«Sie haben recht, Jackey. In diesem Sinne konnten wir, dank Adelmo, die Suche nach dem Grab der Frau des Petrus erfolgreich zu Ende bringen … Nur tut es mir leid, dass all diese Grablegen heute leer sind und anonym. Allein darauf gestützt und auf die Skizzen des Flavius Blondus, die wir nur aus den Buchstaben auf den Seiten meines Geschenks hergeleitet haben, würde es ein ziemlich wackeliges Unterfangen, eine berechtigte Kirchenreform in die Wege zu leiten. Das ist nun mal nicht so etwas Sinnfälliges und Symbolträchtiges, wie es das unversehrte Grab der Frau des Petrus unter dem Petersdom gewesen wäre. Das hätten wir leichter gegen die Benachteiligung der Frauen in der Kirche, gegen den Zölibat und gegen noch so manches in Stellung bringen können, was den Betonköpfen in der Kurie in Stein gemeißelt scheint.»
Jackey sah ihn entgeistert an.
«Dann war wirklich alles vergebens?»
Lisimba schüttelte den Kopf.
«Nichts war vergebens, Dottoressa! Wir haben eine Verschwörung jener Kräfte vereitelt, die jeden Fortschritt in der Kirche verhindert haben. Und wir sind der historischen Wahrheit um die Anfänge unserer Kirche einen großen Schritt näher gekommen. Das wird uns ermutigen, das zu tun, was seit zweitausend Jahren überfällig ist – die Konsequenzen daraus zu ziehen, dass am Anfang unserer Kirchengeschichte nicht ein Mann allein, sondern gemeinsam ein Paar stand.»

Epilog

Vatikanstadt, Päpstlicher Palast,
Vorzimmer von Sua Eminenza Montebello

Eine Woche später saßen Montebello und Lisimba zusammen und berieten über die Tagesordnung für eine Sitzung des Finanzausschusses, als es im Vorzimmer von Sua Eminenza mit einem Mal laut wurde. Nach einer Weile steckte Montebello den Kopf durch die Tür.

«Padre Luis, ich muss doch sehr bitten ...»

Weiter kam er nicht. Verblüfft schaute er auf einen sehr zufrieden dreinblickenden Monsignor Mariani und eine heftig mit dem Zeigefinger auf ein Dokument trommelnde Jackey, während Padre Luis versuchte, jene Stelle zu lesen, auf die sie so eifrig deutete.

«Da steht es, Padre Luis, da steht es! Ah, Eminenza, Sie kommen genau richtig. Schauen Sie nur, was Adelmo gefunden hat!»

Jackey war nicht mehr zu bremsen. Und so trat Montebello hinter seinen Privatsekretär und versuchte, über dessen Schulter hinweg zu erkennen, um was für ein Schriftstück es sich handelte, das solche Begeisterung auslöste. Aber das brauchte er gar nicht, weil die neue Leiterin der Handschriftenabteilung es lautstark verkündete.

«Es ist der Beschluss einer Synode in Rom aus dem Jahr 743 unter Papst Zacharias, den Adelmo ausgegraben hat. Und hier steht unter *V.: Wer Priesterinnen, Diakoninnen usw. usw.*! Verstehen Sie, Eminenza?! PRIESTERINNEN! DIAKONINNEN! Verstehen Sie?

IN DER KIRCHE GAB ES BEREITS IM 8. JAHRHUNDERT PRIESTERINNEN UND DIAKONINNEN!»

«Noch verstehe ich Sie, Jackey, weil ich seit gestern nicht mein Gehör verloren habe, als wir uns zuletzt gesprochen haben. Und bevor ich es heute wegen Ihrer Lautstärke sicher verlieren werde, würde ich doch gern selbst lesen, was dort steht.»

«Verzeihen Sie, Eminenza!»

«... V.: Ut presbyteram, diaconam, monacham vel etiam spiritualem commatrem ...»

Mittlerweile war auch Monsignor Lisimba hinzugekommen und schaute mit ihm auf den Synodalbeschluss. Der Text war eindeutig. Es handelte sich zwar um ein Eheverbot, aber dessen Wortlaut war unmissverständlich – es ging tatsächlich um Priesterinnen, Diakoninnen und andere Frauen geistlichen Standes, die nicht heiraten sollten.

Montebello schaute zuerst auf Jackey, dann auf Mariani und Padre Luis, die mittlerweile alle drei über das ganze Gesicht strahlten. Daraufhin ließ er sich in den Bürostuhl von Padre Luis fallen, schloss die Augen und brummte vernehmlich.

«Von wem stammt eigentlich diese Wahnsinnsidee, Adelmo zu erlauben, fortan uneingeschränkt in der Bibliothek forschen zu dürfen?»

Und Jackeys Antwort kam ohne Zögern.

«Zweifellos vom Heiligen Geist.»

Anhang

Begriffserklärungen und Übersetzungen

S. 7 *Hongqi E:* eine viertürige, in China für VIPs gebaute Luxuslimousine mit V12-Zylindermotor

S. 7 *Tongzhi:* Genosse

S. 8 *Zongshuji:* Generalsekretär

S. 9 *Qin Shihuangdi:* Als der Reichseiniger und Begründer des chinesischen Kaiserreiches starb, wurde er im Jahr 210 v. Chr. in seinem Mausoleum beigesetzt. Damit seine Ruhe im Jenseits nicht gestört würde, wurde ihm eine Armee von rund 8000 lebensgroßen, bunt bemalten Terrakottakriegern mitgegeben. Die ersten von ihnen wurden 1974 wiederentdeckt. Die Anlage liegt nahe Xi'an, der Hauptstadt der Provinz Shaanxi.

S. 15 *MANGIA E ZITTO!:* Iss und halt die Klappe!

S. 16 *Sbirro:* Bulle

S. 19 *Cellulare:* Handy

S. 19 *Questura:* Polizeihauptquartier

S. 23 *Sua Eccellenza Reverendissima:* offizielle Anrede eines katholischen Bischofs

S. 23 *Vescovo ausiliare:* Weihbischof

S. 25 *Dies natalis:* Geburtstag

S. 26 *Legenda Aurea:* wörtlich «Goldene Legende», Sammlung der Lebensgeschichten vieler Heiliger aus der Feder des Dominikanermönchs Jacobus de Voragine, des späteren Erzbischofs von Genua; sie entstand zwischen 1263 und 1273 und fand große Verbreitung in weiten Schichten der Bevölkerung. Sie bot am Beispiel der Lebensbeschreibungen von Heiligen eine Art Orientierungswissen, wie ein Christenmensch dermaleinst die ewige Seligkeit erlangen könnte.

S. 26 *De sancto Petro apostolo:* Lebensbeschreibung des heiligen Apostels Petrus, Kapitel in der *Legenda Aurea*

S. 32 *Roma instaurata:* Der Humanist Flavius Blondus (1392–1463) hat diese erste umfassende und systematische, auf drei Bände angelegte Darstellung der Topografie und Altertümer des antiken Rom in der Frühen Neuzeit verfasst (1444–1446). Der Titel besagt, dass es dem Autor um die «Wiederherstellung» des (antiken) Rom zu tun war.

S. 32 *Italia illustrata:* Gleichfalls ein Werk des Humanisten Flavius Blondus über die Geografie Italiens, das erstmals 1474 erschien; die Darstellung setzt in der Epoche der römischen Republik ein und wird bis in die Zeit des Heiligen Römischen Reiches fortgeführt. Die Ausführungen beruhen auf den Reisen des Autors durch die achtzehn italienischen Provinzen – mithin im Wesentlichen auf eigenen Beobachtungen des Gelehrten.

S. 38 *Domus Sanctae Marthae:* «Haus der heiligen Martha», das Gästehaus des Vatikans. Bei der Heiligen handelt es sich um die Schwester Marias von Bethanien (Lk. 10,38 ff.) und des Lazarus (Joh. 11), den Jesus von den Toten auferweckt hat. Jesus kehrte öfter in das Haus der Geschwister ein. Im Heiligenkalender ist der 29. Juli Marthas Patronatstag. Das Gästehaus des Vatikans nach jener Frau zu benennen, die sich um den Haushalt kümmerte und als Schutzheilige der Hausfrauen gilt, war naheliegend. Aus heutiger Sicht scheint diese Bezeichnung des Gästehauses, mit der man die dienende Haltung der Martha «würdigt», bedenklich, zumindest unglücklich – soweit es die Einstellung weiter Teile des katholischen Klerus zur Stellung der Frauen in der Kirche betrifft.

S. 45 *Barboni:* Stadtstreicher

S. 46 *Dormitorio:* Obdachlosenasyl

S. 47 *Aiuto! Il diavolo!:* Zu Hilfe! Der Teufel!

S. 48 *Pontificia Commissione di Archeologia Sacra:* Päpstliche Kommission für die Sakrale Archäologie

S. 51 *Laudetur Jesus Christus! – In aeternum! Amen!:* Gelobt sei Jesus Christus! - In Ewigkeit! Amen! -- Immer noch gebräuchliche lateinische Grußformel unter katholischen Geistlichen.

S. 55 *Hexenbulle Innozenz' VIII.:* Eine «Bulle» bezeichnet zunächst einfach nur ein gesiegeltes Dokument (*Bulla* / Siegel). Im konkreten Fall handelt es sich um eine Urkunde des Papstes Innozenz VIII. vom 5. Dezember 1484. Erwirkt hatten dieses Dokument, wodurch sie zur Hexenverfolgung in Deutschland bevollmächtigt wurden, die beiden Dominikaner Heinrich Institoris (Krämer/Kramer) und vermutlich Jacob Sprenger. Die Bulle beginnt mit den lateinischen Worten: *Summis desiderantes …: «Mit sehnlichstem Verlangen wünschen wir, wie es die Pflicht pastoraler Obhut erfordert, daß der katholische Glaube zumal in unseren Zeiten wachse und blühe und daß alle ketzerische Verworfenheit weit von den Grenzen der Kirche vertrieben werde. Daher erklären und gewähren wir gern alles das, wodurch dieser unser frommer Wunsch verwirklicht werden kann.»* Innozenz VIII. erläutert im Weiteren, dass und in welcher Weise und mit welchen verderblichen Zielen sich Teufelsbündnisse in Oberdeutschland ausbreiteten und zu bekämpfen seien.

S. 55 *Hexenhammer:* Da die Hexenbulle in einem bestimmten Strafverfahren in Innsbruck nicht den gewünschten Erfolg brachte, verfasste Kramer den «Hexenhammer», in dem er die Hexenbulle erläuterte; in dessen drittem Teil befürwortet er die uneingeschränkte Folter und schreibt Vergehen der Zauberei in der Hauptsache Mädchen und Frauen zu. Dieser Text entfaltete bis ins 17. Jahrhundert fatale Wirkmacht, er erlebte zwischen 1487 und 1669 nicht weniger als 29 Auflagen.

S. 60 *Immanuel Kant:* Sämtliche Werke, herausgegeben von Karl Rosenkranz und Friedrich Wilhelm Schubert, Sechster Theil, Leipzig 1839, Schriften zur physischen Geographie, herausgegeben von Friedrich Wilhelm Schubert, Leipzig 1839, *IV. Geschichte und Naturbeschreibung der merkwürdigsten Vorfälle des Erdbebens, welches am Ende des MDCCLV Jahres einen großen Theil der Erde erschüttert hat, 1756, S. 230 ff., Vorbereitung. Von der Beschaffenheit des Erdbodens in seinem Inwendigen*

S. 65 *Contumacia:* Widerspenstigkeit, Eigensinn, Halsstarrigkeit, Verstocktheit, Verhärtung. Aus dieser Haltung entsteht Hochmut, Selbstüberhebung, welche Menschen veranlasst, den ihnen Höhergestellten nicht zu folgen. Die aus dem freien Willen eines Menschen hervorgehende Verstocktheit im Sinne der Gehorsamsverweigerung ist folglich für jede streng hierarchisch strukturierte Organisation – wie sie auch die katholische Kirche darstellt – stets eine Provokation. Wer so handelt, muss entweder wieder «auf den rechten Pfad gebracht» oder gebrochen werden, soll er nicht für sich, vor allem aber durch sein schlechtes Beispiel für andere zu einer Gefahr werden, die den ganzen Aufbau der Kirche gefährdet.

S. 66 *Ego te absolvo a peccatis tuis in nomine Patris et Filii et Spiritus Sancti! Amen!:* Ich spreche dich los von deinen Sünden im Namen des Vaters und des Sohnes und des Heiligen Geistes! Amen! – Die alte Absolutionsformel in der Beichte, die ein katholischer Geistlicher hört, um anschließend damit dem reuigen Sünder die Vergebung zuzusprechen.

S. 68 *Saputello:* Klugscheißer

S. 98 *Archivio Apostolico:* Das Apostolische Archiv hieß bis zum Jahr 2019 *Archivio Segreto Vaticano* – lateinisch: Archivium secretum apostolicum vaticanum – und wurde dann umbenannt. Es enthält Akten aus den letzten 1200 Jahren; darin befinden sich beispielsweise die Gerichtsprotokolle der Prozesse gegen die Tempelritter, das Protokoll des Prozesses gegen Galileo Galilei und die Päpstliche Bulle, mit der Luther exkommuniziert wurde.

S. 71 *Manoscritti:* Handschriften

S. 72 *Ad decorem militantis Ecclesiae et fidei augmentum:* So beginnt die Päpstliche Bulle, mit der durch Papst Sixtus IV. die juristischen Grundlagen für die Schaffung der Vatikanischen Bibliothek im Jahr 1475 gelegt wurden – auf Deutsch: «Zum Schmuck der streitenden Kirche und zur Verbreitung des Glaubens».
Sixtus ernannte damals Bartolomeo Sacchi, genannt Platina, zum ersten Bibliothekar seiner Bibliothek.

S. 73 *Regesten:* Sie bieten eine kurze Zusammenfassung des Inhalts von Urkunden. Neben anderen Bestandteilen enthalten sie stets Ort, Datum, die Namen der an der Entstehung des Dokuments beteiligten Personen.

S. 80 *Cenetta:* kleines Abendessen

S. 81 *Sagrestani:* Sakristane, Küster

S. 81 *Vietato l'ingresso ai visitatori e alle persone non autorizzate!:* Kein Zutritt für Besucher und Unbefugte!

S. 84 *Nekropole:* antiker Friedhof

S. 84 *Aedicula:* antikes Kapellchen

S. 90 *Achim Zangenberg:* An dieser Stelle sei nach bald zehn Jahren erstmals ein kleines Geheimnis gelüftet. Bei dem *Professor Achim Zangenberg*, der in diesem wie auch schon in meinen beiden Vorgängerkrimis – *Das Grab der Jungfrau* und *Hochamt in Neapel* – auftritt, handelt es sich um eine reine «Kunstfigur», deren Name sich allerdings aus Bestandteilen der Namen von drei bedeutenden DAI-Wissenschaftlern zusammensetzt, deren einer Präsident des DAI in der Berliner Zentrale war (Hans-Joachim – vulgo: *Achim* – Gehrke), während die beiden anderen (Paul Zanker / Henner von Hesberg) Direktoren des römischen DAI waren (→ *Achim Zan*[-gen-]*berg*). Alle drei sind meine Autoren, denen ich seit Jahrzehnten beruflich wie persönlich als Lektor (und im Falle von Achim Gehrke zudem als Freund) herzlich verbunden bin; so habe ich, als ich meinen ersten Krimi vor zehn Jahren schrieb, diesen Namen erfunden bzw. amalgamiert. Da es aber *ganz real* den renommierten Forscher Professor Dr. Jürgen K. Zangenberg gibt (Universität Erfurt, Max Weber Kolleg // Universiteit Leiden), der einschlägig zur Situation unter dem Petersdom und insbesondere zu den Gebeinen des Apostelfürsten publiziert hat (vgl. in diesem Anhang, Recherchen, s. v. *Petrusgrab*), könnte in diesem Krimi nun erstmals die Gefahr einer Verwechslung der «Kunstfigur» mit der realen Forscherpersönlichkeit eintreten, die unbedingt vermieden sein soll! Daher möchte ich hier unmissverständlich klarstellen, dass «mein» Achim Zangenberg im Krimi zu keiner Zeit und in keiner Weise – und ganz sicher nicht mit den von ihm in diesem Roman vorgebrachten altertumskundlichen Äußerungen – mit dem Gelehrten Jürgen K. Zangenberg zu verwechseln ist oder in irgendeiner sachlich-thematischen Beziehung zu ihm und dessen realen Forschungspositionen steht!

Zur Vita des realen Jürgen K. Zangenberg siehe beispielsweise: https://www.uni-erfurt.de/max-weber-kolleg/personen/alumni/ehemalige-mitglieder-seit-2018/prof-dr-juergen-zangenberg

S. 95 *Thron des Fischers:* andere Bezeichnung für den Thron des Papstes – hergeleitet von dem ursprünglichen Beruf Petri, des ersten Hauptes der Kirche, der Fischer am See Genezareth war (vgl. Lukas 5,1–11)

S. 105 *Velum:* ein Tuch, mit dem liturgische Gefäße verhüllt bzw. abgedeckt werden

S. 105 *Presbyterium:* Altarraum, zu dem der Priester in der Regel über einige Stufen hinaufsteigt und der von Laien nicht betreten wird

S. 105 *Patene:* flache Schale für liturgische Zwecke, insbesondere zur Aufnahme von Hostien

S. 110 *Hades:* Beherrscher der Unterwelt in der griechischen Mythologie, bezeichnet aber auch in der Vorstellungswelt der Antike die Unterwelt insgesamt

S. 111 *Affogato al caffè:* ein Espresso, in dem eine Kugel Eis «ertränkt» wird

S. 114 *Ranunculaceae:* Hahnenfußgewächse

S. 114 *Tribus:* eine Rangstufe in den Unterteilungen der Botanik

S. 117 *Corpus delicti:* Beweisstück

S. 121 *Trouvaillen:* besondere Funde

S. 122 *Zingulum:* ein Band zum Gürten der Soutane, bei Kardinälen rot, bei Päpsten weiß; bei Kutten von Klosterangehörigen ist es ein schmales weißes Band bzw. eine Kordel

S. 126 *Intoxikation:* Vergiftung

S. 127 *Semper deo gratias:* Gott sei ewig Dank!

S. 131 *Guanxi:* im Chinesischen wirkmächtig verpflichtendes Geflecht persönlicher und geschäftlicher Beziehungen

S. 131 *Zhao Jingli:* Manager Zhao (in korrekter Hanyu Pinyin-Umschrift: jīnglǐ)

S. 131 *Renqing:* Verbindlichkeiten

S. 144 *Elemosineria Apostolica:* Päpstlicher Wohltätigkeitsdienst

S. 146 *Fuori servizio:* Außer Betrieb

S. 164 *Kollar:* ringförmiger weißer Stehkragen christlicher Kleriker

S. 170 *Genschere:* Die CRISPR-cas9-Technologie bezeichnet den Einsatz einer sogenannten «Genschere» oder eines «molekularen Skalpells», mit dessen Hilfe das Erbgutmolekül der DNA durchtrennt werden und wo anderes Erbgut eingesetzt werden kann. Vgl. die Website des Max-Planck-Instituts zu dieser Technik mit näherer Erläuterung: CRISPR-Cas9 | Max-Planck-Gesellschaft (mpg.de)

S. 181 *«Requiem aeternam dona ei, Domine!» – «Et lux perpetua luceat ei!» – «Amen!»:* Herr, gib ihm die ewige Ruhe! – Und das ewige Licht leuchte ihm! – Amen!

S. 192 *Merda!:* Verdammte Sch...

S. 192 *Triaden:* kriminelle Vereinigung, die zumeist als «chinesische Mafia» bezeichnet wird, inzwischen aber auch in den USA und in Europa operiert

S. 193 *Ingegnere:* Ingenieur

S. 194 *Oliva verde:* grüne Olive

S. 195 *Il Bello:* der Schöne

S. 196 *Managgia!:* Vedammt!

S. 197 *Porca miseria!:* Verdammt nochmal!

S. 198 *Consigliere:* Berater eines Mafiabosses

S. 208 *Ambulanza, presto! Un incidente!:* Einen Krankenwagen, schnell! Ein Unfall!

S. 210 *Graffiti:* Hier: Kritzeleien, wie sie sich an vielen Stellen der antiken Welt finden. Da sie nie für die Überlieferung an die Nachwelt gedacht waren, als ihre Urheber sie in Stein gekratzt haben, sind sie als spontane Lebensäußerungen der Zeitgenossen für uns besonders interessante Quellen.

S. 229 *Diana:* römische Göttin der Jagd / *Julia Domna:* zweite Frau des römischen Kaisers Septimius Severus, Mutter der späteren römischen Kaiser Caracalla und Geta / *Artemis von Ephesos:* monumentale kleinasiatische, vielbrüstige Statue der Artemis, die eine bedeutende Naturgottheit verkörperte und unter anderem als Herrin der Tiere und der Jagd verehrt wurde –

von ihren Ursprüngen in der griechischen Mythologie leitet sich die Entsprechung der römischen Diana ab / *Sulla:* Lucius Cornelius Sulla Felix – römischer Politiker und Diktator, 138–78 v. Chr. / *Marcus Antonius:* römischer Politiker und Feldherr, 86–30 v. Chr., Gemahl der ägyptischen Königin Kleopatra und Gegenspieler Octavians, des nachmaligen Augustus / *Isis:* bedeutende altägyptische weibliche Gottheit, deren Kult weite Verbreitung im Imperium Romanum fand / *Julius Caesar:* römischer Politiker und Feldherr, 100–44 v. Chr., ermordet am 15. März, Partner der ägyptischen Herrscherin Kleopatra.

S. 241 *Satan / Exorzismus:* Für meine Darstellung des Exorzismus an Suor Gabriella habe ich in Ausschnitten – und zwar in teils wörtlicher Übernahme, teils in einer für meine Zwecke einer fiktiven und dramatisierten Handlung abgewandelten bzw. verkürzten oder erweiterten Gestaltung – einen Text zugrunde gelegt, dessen *Originalfassung* von Prof. Dr. Winfried Haunerland im Internet verfügbar gemacht wurde und mit der von mir zu Unterhaltungszwecken eingesetzten zu vergleichen ist: *Deutung von Krankheit, Sterben und Tod. Christliche Riten im Kontext der heutigen Gesellschaft (WS '07/08) Exorzismusformel Rituale 1999, Folie Nr. 4.* Die genaue Internetfundstelle des Originals ist im Anhang dieses Buches unter den Recherchen zu ersehen, s. v.: *Exorzismus.*

S. 246 *Miles Christi*: ein Streiter (Soldat) Gottes

S. 250 *Diskuswerfer des Myron:* Diskobolos, römische Bronzekopie aus dem 2. Jahrhundert des griechischen Marmororiginals, das der Bildhauer Myron aus Eleutherai im Norden Attikas im 5. Jahrhundert geschaffen hat.

S. 254 *Ecco!:* So!

S. 255 *Cornuto:* Ein «Gehörnter», von seiner Frau Betrogener

S. 256 *Jeder hält die Grenzen des eigenen Gesichtsfelds für die Grenzen der Welt.:* Arthur Schopenhauer, *Die Welt als Wille und Vorstellung,* Leipzig 1818

S. 258 *Konkordat:* Übereinkunft zur Klärung aller Sachverhalte, die sowohl für weltliche Staaten als auch für den Vatikan von Bedeutung sind; darunter fallen beispielsweise Fragen des Schulwesens, aber auch der Stellung kirchlicher Einrichtungen in einem Staatswesen sowie finanzieller Regelungen – und im Verhältnis zwischen dem Vatikan als Staat und Italien in besonderer Weise eben auch zollrechtliche Themen.

S. 258 *Monastero dei Pii Fratelli della Fede:* Dieses Kloster existiert nicht – weder in Frascati noch sonst wo! Es ist für diesen Roman frei erfunden worden. Übersetzt heißt der Name dieses fiktiven Klosters: Kloster der frommen Brüder vom Glauben.

S. 261 *Mi scusi, venerabile fratello!:* Verzeihen Sie mir, verehrungswürdiger Bruder!

S. 268 *«Certo! Buona serata!» – «Buona serata a tutti voi!»:* Sicher! Einen schönen Abend noch! – Ihnen allen einen schönen Abend!

S. 270 *Vaffanculo:* Fick dich!

S. 271 *Cu è surdu, orbu e taci, campa cent'anni 'mpaci!:* Wer taub, blind und stumm ist, wird in Frieden hundert Jahre alt.

S. 273 *Furosemid:* Ein harntreibendes, entwässerndes Medikament, das bei Erkrankungen eingesetzt wird, bei denen eine Flüssigkeitsreduktion im Körper therapeutisch angezeigt ist.

S. 275 *Pezzi grossi:* große Tiere

S. 278 *Ministro dell'Interno:* Innenminister

S. 281 *«Egregio Signor Ministro dell'Interno!» – «Caro Commissario capo Bariello, si sieda!»:* Sehr geehrter Herr Innenminister! – Lieber Hauptkommissar Bariello, setzen Sie sich!

S. 285 *Non rimandare a domani quello che puoi fare oggi.:* Was du heute kannst besorgen, das verschiebe nicht auf morgen.

S. 286 *Mozzicone di sigaretta:* Zigarettenkippe

S. 289 *Semper deo gratias!:* Gott sei ewig Dank!

S. 294 *Ex falso quodlibet:* Aus Falschem folgt Beliebiges.

S. 299 *Gruppo d'Intervento Rapido:* Schnelle Eingreiftruppe im Vatikan

S. 300 *In pectore:* Der Papst trägt den Namen eines künftigen Würdenträgers im Herzen, hält ihn also bis zu einem bestimmten Zeitpunkt geheim, wenn dies beispielsweise aus politischen Gründen wünschenswert scheint – etwa wenn dem Betreffenden in seinem Heimatland Nachteile erwachsen könnten, wenn bekannt wird, dass er für ein herausgehobenes Amt vorgesehen ist.

S. 311 *Aias-Torso vom Belvedere:* Kunsthistorisch hochbedeutendes Fragment einer marmornen Sitzstatue aus dem 1. Jahrhundert v. Chr., das Aias – einen der großen Helden der griechischen Mythologie aus dem Krieg gegen Troia – zeigt, kurz bevor er sich in sein Schwert stürzt / *Silen Marsyas:* ebenfalls eine Schöpfung des Bildhauers Myron, ausgeführt in Bronze, eine Kopie davon findet sich im Lateran-Museum in Rom; die Naturgottheit hatte im Mythos ein trauriges Schicksal – als Marsyas den Gott Apollon im Flötenspiel herausforderte und ihm im Wettkampf unterlag, zog der ihm die Haut ab.

S. 311 *Laokoon-Gruppe:* Im Mythos warnt der Priester Laokoon die Troianer davor, das hölzerne Pferd der Griechen in die Stadt zu ziehen, das diese zurückgelassen hatten, nachdem sie scheinbar den Kampf aufgegeben hatten. Um die Bemühungen des Laokoon zu vereiteln, steigen Schlangen aus dem Meer und töten den Priester und seine beiden Söhne. Die berühmteste Darstellung der dramatischen Szene findet sich als Skulptur in den Vatikanischen Museen; sie stammt aus Rhodos und entstand im 1. Jahrhundert v. Chr. als Werk der Bildhauer Hagesandros, Polydoros und Athanodoros.

S. 312 *Perseus des Canova:* Der italienische Bildhauer Antonio Canova schuf zu Beginn des 19. Jahrhunderts die Darstellung des Perseus, der in seiner Linken das abgeschlagene Haupt der Gorgo Medusa hält. Der mythische Held hatte mit einer List das Ungeheuer überwältigt, dessen Anblick so grauenvoll war, dass jeder, der ihm ins Gesicht schaute, zu Stein erstarrte.

S. 315 *Società romana per il gas:* fiktive römische Gasversorgungsgesellschaft

S. 315 *«Cameriere, cosa è successo?» – «Un buco in un tubo del gas. Qualcosa del genere.»:* Kellner, was ist passiert, bitte? – Ein Loch in einer Gasleitung. Irgendetwas in dieser Art.

S. 315 *Servizi di pubblica utilità:* Versorgungsbetriebe

S. 323 *«Abbiamo attraversato mezza Roma, signor Poliziotto. C'è grande agitazione ovunque. È successo qualcosa a qualcuno?» – «No, signore! Non ancora! Ma se guardate la televisione stasera, potrete vedermi sparare al ministro dell'Interno.»:* Wir haben halb Rom durchquert, Herr Polizist. Überall ist große Aufregung. Ist irgendetwas passiert, bitte? – Nein, mein Herr! Noch nicht! Aber wenn Sie heute Abend fernsehen, können Sie mich sehen, wie ich den Innenminister erschieße.

S. 331 *Bollito misto:* Italienisches Fleischgericht

S. 333 *Gruppo d'Intervento speciale:* Spezielle Eingreiftruppe der Carabinieri zur Terrorbekämpfung

S. 334 *«Ho capito. Sono partiti. Ci stiamo ritirando. Nessuno verrà fermato.»:* Ich habe verstanden. Sie sind losgefahren. Wir halten uns zurück. Niemand wird aufgehalten.

S. 350 *Ad Maiorem Dei Gloriam:* Zum höheren Ruhme Gottes

S. 351 *Missa in honorem Sancti Laurentii:* Messe zu Ehren des heiligen Laurentius

S. 354 *Talar:* Amtstracht eines Geistlichen

S. 359 *Preghiere & Canti Liturgici:* Gebete & Liturgische Gesänge

S. 378 *È l'assassino di un amico.:* Er ist der Mörder eines Freundes.

Recherchen und Materialien

Aconitum napellus, Das Gift und seine Geschichte

https://www.doctors.today/home/a/giftpflanze-mit-krimineller-vergangenheit-1726955

Aconitum napellus, siehe dazu ausführlich in: Louis Lewin, Die Gifte in der Weltgeschichte. Toxikologische, allgemeinverständliche Untersuchungen der historischen Quellen, Berlin 1920 (darin auch zur Todesursache Pius' II.)

https://books.google.de/books?id=X56fBgAAQBAJ&pg=PA86&lpg=PA86&dq=Pius+II.+Todesursache&source=bl&ots=bRR3zHvfrL&sig=ACfU3U2H_fP9Zfv6dzQfitOsjoCidbuxcg&hl=de&sa=X&ved=2ahUKEwiA7Zvu6brkAhUM3KQKHcI2Ag04ChDoATAIegQIChAB#v=onepage&q=Pius%20II.%20Todesursache&f=false

Blondus, Flavius

Zu *Roma instaurata* siehe: Die Roma instaurata des Biondo Flavio – Universität Bonn (uni-bonn.de)
Der Text: https://www.digitale-sammlungen.de/de/view/bsb10151922?page=8

Zu *Italia illustrata* siehe: https://www.topoi.org/project/c-5-9/
Ferner: Tanja Michalsky, Mentale Karten der Frühen Neuzeit. Die Bewältigung des historischen Raumes in der Italia illustrata von Flavio Biondo, in: Dietrich Boschung und Alfred Schäfer (Hgg.), Monumenta illustrata. Raumwissen und antiquarische Gelehrsamkeit, Paderborn 2019, S. 45–69

China, Engagement in Afrika

Germany Trade and Invest / Gesellschaft für Außenwirtschaft und Standortmarketing mbH (Hrsg.), STUDIE: China in Afrika. Perspektiven, Strategien und Kooperationspotenziale für deutsche Unternehmen, AUSGABE 2018 (Bestellnummer: 21054)

China, Genetikskandal

https://www.dw.com/de/china-erl%C3%A4sst-nach-gentechnik-skandal-strenge-regeln/a-47709997

China, Genetikskandal, Crispr: Chinesische Forscher wegen Genmanipulation zu Haftstrafen verurteilt

https://www.zeit.de/wissen/gesundheit/2019-12/crispr-forscher-urteil-haft-china-genmanipulation-embryos

China, Ingenieure

Vgl.: M. Nagl / M. Hoffmann / H.-J. Bargstädt / N. Müller (Hgg.), Zukunft Ingenieurwissenschaft – Zukunft Deutschland, Berlin – Heidelberg 2009, S. 87 ff.

https://books.google.de/books?id=qCAsNBVmRcMC&pg=PA87&lpg=PA87&dq=Anzahl+der+Ingenieurabschl%C3%BCsse+China&source=bl&ots=BEhfmQlSPP&sig=ACfU3U3OYW6aMHD_PIfmdCOx2bdcwQTQiw&hl=de&sa=X&ved=2ahUKEwji-u2Bq4jjAhUQwqYKHfD_Bng4FBDoATAGegQICRAB#v=onepage&q=Anzahl%20der%20Ingenieurabschl%C3%BCsse%20China&f=false

China, verschiedene Informationen über Anredeformen, über Harmoniedenken, Verbotene Stadt, Tor der größten Harmonie etc.: St. Baron / G. Yin-Baron, Die Chinesen. Psychogramm einer Weltmacht, Berlin 2018

https://books.google.cz/books?id=2ys_DwAAQBAJ&pg=PT115&lpg=PT115&dq=offizielle+Anrede+in+der+chinesischen+KP+Genosse&

source=bl&ots=xTqDWjCprS&sig=ACfU3Uo6ArJcPwHRBxKdtJol8yRXHy15oA&hl=de&sa=X&ved=2ahUKEwidguafoOLiAhXEAewKHUJIDWAQ6AEwBnoECAgQAQ#v=onepage&q=offizielle%20Anrede%20in%20der%20chinesischen%20KP%20Genosse&f=false

Erscheinungen und Offenbarungen, Beurteilung

Beurteilung mutmaßlicher Erscheinungen und Offenbarungen – siehe: Heilige Kongregation für die Glaubenslehre (Vatikan)

Exorzismus

https://www.kaththeol.uni-muenchen.de/lehrstuehle/liturgie_wiss/personen/1haunerland/material_vl/mecum_exorz_folien.pdf

Ferragosto

Der 15. August – in römischer Zeit der Festtag des Kaisers Augustus, heute, nicht nur, aber ganz besonders in Italien, der hohe Feiertag der Aufnahme Mariens in den Himmel.

Gänge, unterirdische

Ich bin in Trier im Bereich der Domkurie aufgewachsen, wo es mehr katholische Priester als Kinder gab. Als ich die Stadt schon Jahre zum Studium verlassen hatte und wieder einmal zu Besuch nach Hause kam, war man im Zuge einer Baumaßnahme im Kellerbereich des Hauses, wo meine Mutter noch lebte, auf einen jener Gänge gestoßen, die sich einst in größerer Zahl unter der Stadt und dem Dombereich hingezogen hatten (einige sind heute noch zu besichtigen). Auch wenn dieser Gang weitgehend eingestürzt, verschüttet und folglich nicht mehr zu begehen war, wovon ich mich überzeugen konnte, habe ich das Bild der Metalltür, mit der man diesen Gang abgesperrt hat, nicht mehr vergessen. So hat er jetzt – vierzig Jahre später – Eingang in meinen Krimi gefunden, indem ich eine vergleichbare Entdeckung unter dem Gästehaus des Vatikans, der Domus Sanctae Marthae, imaginiere.
Vgl. zu einem gut dokumentierten Gang im Bereich der Trierer Kurie beispielsweise den Artikel: *Kurie zur Eiche oder Zur (großen) Eiche auch*

Kurie Eich Mitte-Gartenfeld, Stadt Trier Sieh um Dich 2, in der Datenbank der Kulturgüter in der Region Trier: Datenbank der Kulturgüter in der Region Trier (kulturdb.de)

Gentechnische Veränderungen an Embryonen im Frühstadium

https://www.sueddeutsche.de/wissen/genetische-manipulation-eine-grenze-ist-ueberschritten-1.2452395
https://www.sueddeutsche.de/wissen/gene-editing-grossbritannien-erlaubt-genmanipulation-an-embryos-1.2843782
https://www.sueddeutsche.de/wissen/embryonenforschung-die-wissenschaft-haengt-die-menschen-ab-1.2843684

Gruppo di Intervento Speciale

Gruppo di Intervento Speciale (carabinieri.it)

Italien, teure Dienstwagen für Politiker

Italien zahlt 18 Milliarden für Politiker-Autos – WELT (19.05.2010)

Kaneda Murano

Kaneda Murano | Cigarworld.de Zigarren Costa Rica

Kokain, Preise in Deutschland, Gramm bis Kilo und mehr

Drogenpreise – Was Heroin, Kokain und Co. Deutschland kosten | Statista

Legenda Aurea, Graesse-Ausgabe

https://archive.org/details/legendaaureavulgoojacouoft/page/396

Luzifer

https://www.bibelkommentare.de/lexikon/1108/luzifer

National Council of Catholic Women in den USA

https://www.nccw.org/

Omerta
Die Mauer des Schweigens

John Dickie, Die ganze Geschichte der Mafia, Frankfurt 2015

Padua, Arenakapelle, Giotto, Dämonenvisionen

https://www.akg-images.de/CS.aspx?VP3=SearchResult&VBID=2UMESQ5XBoJN6G&SMLS=1&RW=711&RH=353#/SearchResult&VBID=2UMESQ5XBoJN6G&SMLS=1&RW=711&RH=353&PN=2&POPUPPN=64&POPUPIID=2UMDHUQDCN54

Papst Pius II., seine Einstellung zur Aufhebung des Zölibats

Christopher Speer, Luther und das Konzil. Zur Entwicklung eines zentralen Themas in der Reformationszeit, Tübingen 2010, S. 196
https://books.google.de/books?id=QlxPgItd-GEC&pg=PA196&lpg=PA196&dq=Pius+II+Z%C3%B6libat&source=bl&ots=hxo8OnRMGB&sig=ACfU3U1LJo8hy1vYyGyx-fkjdoUOXVnzCA&hl=de&sa=X&ved=2ahUKEwj4uqqui7jkAhWTiVwKHVW-Axk4ChDoATADegQICBAB#v=onepage&q=Pius%20II%20Z%C3%B6libat&f=false

Papst Pius II., Todesursache

https://books.google.de/books?id=X56fBgAAQBAJ&pg=PA86&lpg=PA86&dq=Pius+II.+Todesursache&source=bl&ots=bRR3zHvfrL&sig=ACfU3U2H_fP9Zfv6dzQfitOsjoCidbuxcg&hl=de&sa=X&ved=2ahUKEwiA7Zvu6brkAhUM3KQKHcI2Ago4ChDoATAIegQIChAB#v=onepage&q=Pius%20II.%20Todesursache&f=false

Pantheon

Imposanter römischer Rundbau, ursprünglich errichtet von Agrippa, dem Weggefährten Octavians, des nachmaligen Augustus, fertiggestellt im Jahr 27 v. Chr.; nach einer Beschädigung im ersten und zu Beginn des zweiten Jahrhunderts restauriert unter Kaiser Hadrian; seit Beginn des siebten Jahrhunderts als Kirche genutzt (Sancta Maria ad Martyres). Pantheon von Agrippa in Rom – Nützliche Informationen (rome-museum.com)

Petersdom, Altar der Mutter von der immerwährenden Hilfe, Bild

https://upload.wikimedia.org/wikipedia/commons/d/d3/Altar_of_Our_Lady_of_Succour.jpg

Petersdom, Baugeschichte

https://www.iui.uni-stuttgart.de/fileadmin/downloads/bachelor/vorlesung/SS2010-dedi/studienleistung/02_Vatikan_Ausarbeitung.pdf

Petersdom, Plan der Grotten selbst
inkl. Confessio und Clementinischer Kapelle

stpetersbasilica.info/grottoes.htm

Petersdom, Plan mit Übergang von der Sakristei in den Dom (G) und Andreas-Pfeiler (30), hinter dem man in die Grotten des Vatikans steigt

https://www.alamy.com/stock-photo-plan-of-the-papal-basilica-of-st-peter-vatican-city-rome-italy-19th-173227873.html

Petersdom, Plan der Sakristei

https://www.alamy.de/stockfoto-st-peter-rom-basilica-di-san-pietro-in-vaticano-pianta-grundriss-1909-karte-114304146.html

Petersdom, zur Sakristei des Petersdoms, Informationen mit Bildern

https://www.voxmundi.eu/die-sakristei-des-petersdoms/?lang=de

Petrus, biografische Grundsteine

https://www.bibelwissenschaft.de/wibilex/das-bibellexikon/lexikon/sachwort/anzeigen/details/petrus-2/ch/3967cdebd28f56357cf7769461f38963/#h3

Petrus, Beiname – statt Fels auch aramäisch Kephas

https://www.bibelwissenschaft.de/wibilex/das-bibellexikon/lexikon/sachwort/anzeigen/details/petrus-2/ch/3967cdebd28f56357cf7769461f38963/#h3

Petrus, Quellenstellen

https://www.bibelwissenschaft.de/wibilex/das-bibellexikon/lexikon/sachwort/anzeigen/details/petrus-2/ch/3967cdebd28f56357cf7769461f38963/#h3

Petrus, Kritik an der Feststellung, dass er in Rom war und unter der Peterskirche beigesetzt wurde

Otto Zwierlein, Petrus in Rom. Die literarischen Zeugnisse. Mit einer kritischen Edition der Martyrien des Petrus und Paulus auf neuer handschriftlicher Grundlage, Untersuchungen zur antiken Literatur und Geschichte 96, Berlin 2009: de Gruyter
https://www.hsozkult.de/publicationreview/id/reb-13145

Petrusgrab

https://www.jstor.org/stable/24184765?read-now=1&refreqid=excelsior%3A9fb329d7d05be3a2ce6af995762755 1a&seq=23#page_scan_tab_contents

Petrusgrab, Aedicula und Graffitimauer
zur Zeit Konstantins in 3D-Rekonstruktion

https://www.welt.de/geschichte/article164748289/Auf-ein-Grab-gruen
deten-die-Nachfolger-Petri-ihre-Macht.html#cs-lazy-picture-place
holder-01c4eedaca.png

Petrusgrab, Auffindungssituation der Petrusreliquien

https://www.focus.de/wissen/mensch/geschichte/in-den-katakomben-
des-vatikans-vom-petrusgrab-zum-ersten-petersdom_id_10065854.
html

Petrusgrab, wissenschaftliche Analyse der aufgefundenen Petrus-Reliquien
durch Professor Venerando Correnti

http://stpetersbasilica.info/Necropolis/JW/TheBonesofStPeter-8.
htm#examined

Petrusgrab, Petrusreliquien, siehe: Jürgen Zangenberg,
Gebeine des Apostelfürsten? Zu den angeblichen frühchristlichen
Gräbern unter der Peterskirche in Rom, in: Christians as a Religious
Minority in a Multicultural City. Modes of Interaction and Identity
Formation in Early Imperial Rome, Jürgen Zangenberg und Michael
Labahn (Hgg.), London – New York 2004, S. 108–138

https://books.google.de/books?id=BYnzICG5aDkC&pg=PA117&lpg=
PA117&dq=GRaffitimauer+g&source=bl&ots=_F2NB1yghR&sig=
ACfU3U1Rpj_dCFpHc1TvDj1EDfKopEI1cw&hl=de&sa=X&ved=2a
hUKEwiV48ybq8zkAhUSs4sKHaMmC8AQ6AEwDHoECAkQAQ#
v=onepage&q=GRaffitimauer%20g&f=false

Petrusgrab, Erläuterung zur archäologischen Überlieferungssituation
mit Hinweis darauf, dass unter dem Gästehaus (Domus Sanctae Marthae)
weitere Reste der Circusanlage vermutet werden

https://www.blickpunktrom.de/posts/geheimnis-um-das-petrusgrab-
unter-der-basilika

Petrusgrab, genauer Detailplan der Grotten des Vatikans, der unter den Nummern 12, 11, 8 den Weg zu den Treppen in die römische Nekropole zeigt

http://stpetersbasilica.info/grottoes.htm

Petrusgrab, differenzierte Einzelerläuterung der Grotten unter St. Peter und ihrer einzelnen Gräber

http://stpetersbasilica.info/Necropolis/Scavi-map.htm

Petrusgrab, Führung zum Grab des heiligen Petrus, Video

http://www.vatican.va/various/basiliche/necropoli/scavi_english.html

Petrusgrab, Führung in Einzelbildern mit sehr guten Detailerklärungen

http://www.culturaltravelguide.com/real-tomb-saint-peter-under-saint-peters-basilica#lightbox[auto_group1]/32/

Petrusgrab, Palliennische, rote Mauer und Graffitimauer

http://kath.net/news/43822

Petrusgrab, SPIEGEL-Bericht von 1955 über die Auffindung und die rote Mauer

https://www.spiegel.de/spiegel/print/d-41960818.html

Petrusgrab, ZEIT-Bericht über die Auffindung des Petrusgrabes mit Zusatzinformation zum Jahr 258

https://www.zeit.de/1951/02/wie-das-petrus-grab-gefunden-wurde

Pesce San Pietro

Der (St.) Petersfisch – ein sehr leckerer Speisefisch!
Petersfisch mit Rosenkohlmousse von Towly | Chefkoch.de

Platina, Bartolomeo (Bartolomeo Sacchi, 1421–1481, genannt Platina), Haupt der Vaticana

http://scihi.org/bartolomeo-platina/

Platina, zur Papstgeschichte des Autors

Päpstliche Chronica, anno 1604: B. Platina/Sacchi
http://www.antiquariedel.com/product_info.php?cPath=244&products_id=5848

Priester, katholische, Sprüche und Zitate

https://www.gutzitiert.de/zitate_sprueche-priester.html

Rom, Gasversorgung

https://www.agenzia.roma.it/it-settori-1-gas

Rom, Mafia heute

«Mafia capitale» oder: Die Unterwanderung Roms (schwarzaufweiss.de)

Rom, U-Bahn-Bau, Bodenvereisung

Metro Linie C Rom – Künstliche Bodenvereisung | TREVI Geotechnik und TREVI Spezialtiefbau Projekte (treviaustria.eu)

Rom und Vatikanstadt

https://www.heiligenlexikon.de/Orte/Rom.htm

Rom, Synode im Jahr 743

Monumenta Germaniae Historica, Legum Sectio III. Concilia. Tomus II. Pars I. Concilia Aevi Karolini I., Hannoverae et Lipsiae MDCCCCVI, S. 10 (3. Concilium Romanum A. 743)
https://www.dmgh.de/mgh_conc_2_1/index.htm#page/(8)/mode/1up

San Sebastiano Catacombe, Taube

https://www.youtube.com/watch?v=tPL1geGRTbo
Minute: 4.15

Taube

Eine Kulturgeschichte der Taube zu schreiben, wäre ein lohnendes Buchprojekt. Wer sich auch nur ansatzweise davon überzeugen möchte, dem sei als Einstieg die Lektüre des Eintrags «Tauben» in der guten alten *Brockhaus Enzyklopädie* in zwanzig Bänden, Bd. 18, STAM – TRIE, Wiesbaden 1973, S. 494–497, näherhin S. 496–497 empfohlen.
Zur Taube als Symbol für die treue und trauernde Witwe in der Transformationszeit der römischen Welt hat jüngst Bernhard Jussen ein ungemein inspirierendes, unbedingt lesenswertes Kapitel in seinem spannenden Werk «Das Geschenk des Orest», S. 52–62, München 2023, veröffentlicht.
Ders., Der Name der Witwe. Erkunden zur Semantik der mittelalterlichen Bußkultur, Göttingen 2000

Vatikan, Bahnhof

Zum letzten Mal fuhr dort am 24.1.2002 ein Personenzug ab, als Johannes Paul II. zum Gebetstreffen für den Weltfrieden nach Assisi fuhr. Der Bahnhof, gebaut 1934, ist mit der italienischen Station Roma San Pietro verbunden.

Vatikan, Museen, Besucherzahlen

https://de.statista.com/statistik/daten/studie/217825/umfrage/besucherstaerkste-kunstmuseen-weltweit/

Vatikan, Bibliothek, Rechtsgrundlage aus der Zeit Sixtus' IV.: Bulle «Ad decorem militantis eccelsiae»

https://de.wikipedia.org/wiki/Ad_decorem_militantis_Ecclesiae

Vatikan, Chor der Sixtinischen Kapelle, Organisation und Verantwortung

https://www.vaticannews.va/de/vatikan/news/2019-01/vatikan-chor-sixtinische-kapelle-motu-proprio-zeremonienmeister.html

Vatikan, Finanzsituation und Gehälter

https://www.sueddeutsche.de/politik/vatikan-papst-franziskus-defizit-haushalt-kardinal-gehalt-1.5246857#:~:text=Ein%20Kardinal%20erh%C3%A4lt%20zwischen%204500,feudal%20ist%20das%20also%20
https://www.katholisch.de/artikel/16510-woher-bekommt-der-vatikan-sein-geld

Vatikan, Geldgeschäfte

Tobias Oelmaier, Dubiose Geschäfte bei der Vatikanbank?, DW, 26.05.12
https://p.dw.com/p/152q0
AFP und dpa, Die dubiosen Geldgeschäfte des Monsignore Scarano, ZEIT ONLINE, 29.06.2013
https://www.zeit.de/wirtschaft/2013-06/monsignore-scarano-schwarz-geld
Francesco Collini, Kardinal Beccius dubiose Geldgeschäfte mit dem Geld der Gläubigen, SPIEGEL, 08.07.2021
https://www.spiegel.de/ausland/vatikan-kardinal-angelo-beccius-dubiose-geschaefte-mit-dem-geld-der-glaeubigen-a-c7707e3f-ba79-4ec5-87bb-c489a413dc81

Vatikan, Gendarmeria Vaticana

https://it.wikipedia.org/wiki/Corpo_della_gendarmeria_dello_Stato_della_Citt%C3%A0_del_Vaticano#Dotazione

Vatikan, Gräberfeld

Johannes Schidelko, Die Rätsel unter dem Petersdom. Neue Forschungsergebnisse zum vatikanischen Gräber Geld, katholisch.de, 17.10.2016

https://www.katholisch.de/artikel/10877-die-raetsel-unter-dem-petersdom

Vatikanische Nekropole – Petersdom darin: Plan der Ausgrabungen der Nekropole Petersdom: st-peters-basilica-tickets.com/de/vatican-necropolis/

Vatikan, Kardinäle, Kreation

https://www.katholisch.de/artikel/17976-was-ist-ein-kardinal

Vatikan, Päpstliche Kommission für christliche Archäologie

http://www.vatican.va/roman_curia/pontifical_commissions/archeo/inglese/documents/rc_com_archeo_pro_20011010_pcas_en.html

Vatikan, Protektion

https://religion.orf.at/v3/stories/2740175/

https://religion.orf.at/v3/stories/2742024/

https://www.spiegel.de/politik/die-schatten-des-abends-a-ceedaf91-0002-0001-0000-000022078484

Vatikan, Weinkonsum

Den höchsten Weinkonsum weltweit pflegt man im Vatikan (74 l) weit vor Portugal (58,8 l), Frankreich (50,7 l) und Italien (48,2 l) pro Kopf und Jahr: Augsburger Allgemeine 29.06.21: «Höchster Pro-Kopf-Verbrauch: Im Vatikan wird am meisten Wein getrunken»

Vatikanstadt, Plan

https://de.wikipedia.org/wiki/Vatikanische_Museen#/media/Datei:Vatican_City_map_DE.png

Weltenrichter

«Der Weltenrichter stand in der Mitte, und auf der einen Seite waren ein Ritter und dahinter sein Knappe, ein Abt und dahinter ein Mönch, ein Bischof und dahinter ein Priester, ein König und dahinter ein Ministeriale und so weiter und so weiter.» Dieses mittelalterliche Kunstwerk ist im Stadtmuseum Mainz zu sehen.

Handelnde Personen

Angelosanto, Monsignor Lorenzo: Bibliothekar der Vatikanischen Bibliothek, der nicht nur die himmlische Macht anbetet.

Arcuri, Don Basilio: Unternehmer mit besten Verbindungen.

Bannon, Kardinal Raymond: kompromissloser Glaubensstreiter in der römischen Kurie, der in den USA, im Himmel und auf Erden für Ordnung sorgen will.

Bariello, Commissario capo Vincenzo: durch und durch Polizist mit Neigung zu robustem Pragmatismus, wenn's um die Wahrheitsfindung geht.

Bergomi, Monsignor Alessandro: wandlungsfähiger Geistlicher.

Berliner, Dottor Luca: Klassischer Archäologe mit speziellen Erinnerungen an die frühchristliche Archäologie.

Bertani, Ispettore Gaspare: einer der Männer des Commissario Bariello, mit einem scharfen Auge für Kleinigkeiten.

Brambilla, Cappellano Davide: ehrgeiziger Nachwuchsgeistlicher.

Buoninsegna, Alberto: Bauunternehmer und treusorgender Familienvater.

Buoninsegna, Giulio: Bauunternehmer, der nicht nur zu seinen Familienmitgliedern, sondern auch zu deren Freunden hält.

Buoninsegna, Vito: abhandengekommener Spross der Familie.

Columbo, Giudice Simone: Untersuchungsrichter, der gelegentlich an Commissario Bariello verzweifelt.

Costa, Kardinal Santiago de la: Jesuit, Professor für Dogmatik an der Päpstlichen Universität Gregoriana und glühender Verfechter der Teufelsaustreibung.

Chen zongshuji: Generalsekretär der chinesischen KP mit globalen Sorgen.

Clemens XV., Sua Santità: emeritierter Papst, in dessen Umfeld nicht nur der Glauben gediehen ist.

Daniele, genannt Il Bello: Barista mit markanten Gesichtszügen.

Donato, Chiara: Inhaberin einer Trattoria mit Vorzügen, die ganz besonders Commissario Bariello schätzt.

Fabbri, Sua Eminenza Egidio: Erzbischof von Neapel.

Fontana, Tenente Colonnello: Leiter der römischen Zollbehörde, der gern mal unter die Erdoberfläche schauen möchte.

Frelaqua, Eminenza Carino: treuer Sekretär Clemens' XV.

Gabriella, Suora: weltlicher Name Giovanna, heute Schwester im Orden der Klarissen, eines der vielen Opfer theologischer Kollateralschäden.

Gentile, Dottor Massimo: Chemiker im gerichtsmedizinischen Institut mit Interesse an Renaissancemusik, Giftpflanzen und Gerechtigkeit.

Graziano, Ispettore Salvatore: friedliebender Freund guten Essens und Commissario Bariellos.

Hospitius, Frater: wörtlich «der Gastfreundliche», schlichtes Gemüt, dem man nichts Böses zutrauen möchte.

Innocenti, Valeriano: Zöllner mit grenzüberschreitenden Interessen.

Jackey: siehe s. v. *Napoletano, Dottoressa Jacqueline.*

Kowalczyk, Kurienkardinal Szymon: polnisches Gegenstück zu Kardinal Raymond Bannon.

Laurentius, Sua Santità: erster Papst aus Afrika seit 1500 Jahren.

Lauro, Sovrintendente Gennaro Di: der schnellste Mann in der Mannschaft von Commissario Bariello.

Leone, Monsignor Oberto: weitgereister Chef der Pontificia Commissione di Archeologia Sacra, der Päpstlichen archäologischen Kommission.

Lisimba, Monsignor Yoris: Privatsekretär von Papst Laurentius und Gratulant zum 50. Geburtstag von Sua Eccellenza Montebello.

Lombardi, Avvocato: Consigliere Don Basilio Arcuris, hat einen Blick für das große Ganze.

Lugosi, Brigadiere: Mitarbeiter der Vatikanischen Gendarmerie, den allzu große Nächstenliebe verwirrt.

Luis, Padre: Dominikanermönch und Privatsekretär von Sua Eccellenza Montebello, ist von der Existenz böser Geister überzeugt und erscheint anderen selbst mitunter als der Leibhaftige.

Marcellinus, Frater: Gärtner aus Leidenschaft.

Mariani, Monsignor Adelmo: lebender Beweis dafür, wie spannend und gefährlich gute Wissenschaft sein kann.

Mattei, Monsignor Dottor Alessandro: Christlicher Archäologe, der an einem Kollegen verzweifelt.

Mazza, Ingegner Emilio: Tieftemperaturspezialist.

Montebello, Sua Eccellenza Vescovo ausiliare Gian Carlo: Weihbischof von Neapel, der eigentlich Gebäck mehr schätzt als Abenteuer und den sein Geburtstagsgeschenk um den Schlaf bringt.

Napoletano, Dottoressa Jacqueline: genannt Jackey, von Haus aus amerikanische Altertumswissenschaftlerin, seit längerem aber Mitarbeiterin von Sua Eccellenza Montebello, die als Archivarin in Neapel keinem Abenteuer aus dem Weg geht.

Napoletano, Savio: Ehemann von Jackey, seit längerem Fahrer von Sua Eccellenza Montebello, verfügt über breitgefächerte Berufserfahrungen.

Nobili, Capitano Geraldo: Partner von Signor Innocenti.

Panettiere, Sua Eminenza Ludovico: weltgewandter Kardinal mit schmerzlichem Karriereknick.

Papageno: Vogelfreund.

Quarta, Antonio: beherrscht ein Instrument, das nur einen Ton hervorbringt.

Rossi, Ispettore Achille: der schönste Polizist Roms mit hervorragenden Eigenschaften.

Santini, Ministro dell'Interno Dottor Marco: unappetitlicher Politiker.

Santini, Signora: Ehefrau eines unappetitlichen Politikers und Gönnerin eines appetitlichen Polizisten.

Santoro, Vice Ispettore Generale Giulio: Commissario Bariellos Partner bei der Vatikanischen Gendarmerie.

SEMPER: das große Ganze.

Spaziani, Dottor Alessio: Chefredakteur des *Osservatore Romano*, der beginnt, an Dämonen zu glauben.

Silvestri, Generalvikar Monsignor Eugenio: Sua Eccellenza Montebellos treuer Weggefährte in Neapel.

Veneziano, Monsignor Paolo: cooler Geistlicher.

Wang Bao: Baumeister, dem der Bau droht.

Zangenberg, Professor Achim: Helfer aller Altertumsfreunde.

Zhao Ling, tongzhi (Genosse Zhao) / Zhao Jingli (Manager Zhao): aufgehender Stern am Himmel chinesischer Politik und Ökonomie.

Persönlichkeiten aus der Ereignis-, Kunst-, Mythen- und Religionsgeschichte

Ağca, Mehmet Ali: Attentäter, der den Papst Johannes Paul den Zweiten in geheimdienstlichem Auftrag ermorden sollte (siehe auch s. v. *Johannes Paul II.*).

Alexander der Große: 356–323 v. Chr., König von Makedonien und Eroberer eines Weltreichs, das sich über drei Kontinente – Afrika, Asien und Afrika – erstreckte.

Angeviner: französisches Geschlecht der Grafen von Anjou, aus dem vom 12. bis zum 15. Jahrhundert zahlreiche englische Könige hervorgingen (Haus Plantagenet-Anjou); territorial umfasste ihr Reich England und Westfrankreich.

Aphrodite: Liebesgöttin der griechischen Mythologie.

Artemis von Ephesos: spektakulär gearbeitete Skulptur (geschmückt mit zahlreichen Brüsten oder Stierhoden) jener griechischen Göttin, der ein Tempel in Ephesos geweiht war, der als eines der sieben Weltwunder galt; einige ihrer Zuständigkeitsbereiche bilden Natur, Wald, Jagd und Fruchtbarkeit.

Bernini, Gian Lorenzo: 1598–1680, Baumeister, Bildhauer und Maler, der neben vielen anderen Kunstwerken unter anderem auch jene Kolonnaden geschaffen hat, die den Petersplatz rahmen, sowie den Bronzebaldachin über dem Hauptaltar der Peterskirche.

Caesar, Gaius Julius: 100–44 v. Chr., römischer Politiker, Militär und Diktator.

Caligula, Gaius Julius Caesar Germanicus: 37–41 römischer Kaiser, einer der vielen Widerlinge auf dem römischen Kaiserthron.

Caravaggio, Michelangelo Merisi da: 1573–1610, italienischer Maler, dessen Werke nicht zuletzt das Spiel von Licht und Schatten auszeichnen.

Chopin, Frédéric: 1809–1849, französisch-polnischer Komponist.

Cinthia: Geliebte des Aeneas Silvius Piccolomini (des nachmaligen Papstes Pius II.), der ihrer sinnenfrohen Beziehung zahlreiche Gedichte gewidmet hat (preiswert und lesenswert: Reclam-Ausgabe: *Enea Silvio Piccolomini, Cinthia, Lateinisch – Deutsch*, übersetzt und herausgegeben von Aaron Ammann).

Diokletian, Gaius Aurelius Valerius: 284–305 römischer Kaiser, bedeutender Staatsmann, Militär und Christenverfolger, der das römische Imperium nach fünfzig Jahren Bürgerkrieg wieder zur Ruhe brachte.

Domna, Julia: gestorben 217, die Frau des römischen Kaisers Septimius Severus und Mutter der Kaiser Caracalla und Geta.

Eugen IV.: 1431–1447 Papst.

Eusebius von Caesarea: ca. 263–339, Bischof von Caesarea, hat die erste erhaltene Kirchengeschichte verfasst und eine Lebensbeschreibung Kaiser Konstantins (reg. 306–337) hinterlassen.

Ezechiel (Hesekiel): israelitischer Prophet im frühen 6. Jahrhundert v. Chr.

Flavius Blondus (Biondo Biondi): 1388–1463, Historiker, Übersetzer und päpstlicher Sekretär, Renaissance-Humanist. Sein Werk *Italia illustrata* beruht auf seinen Reisen durch Italien; *Roma instaurata* hingegen ist eine Rekonstruktion der antiken römischen Topographie. Mit seinem Buch *Historiarum ab inclinatione Romanorum imperii decades* legte er die erste Geschichte Italiens vor.

Gaius: Christ und gebildeter Priester im 2. Jahrhundert, der wusste, wo das Grab des heiligen Petrus ist.

Galilei, Galileo: 1564–1642, italienischer Philosoph und Mathematiker, der durch sein Eintreten für das kopernikanische Weltbild, dem zufolge die Sonne und nicht die Erde im Zentrum der Himmelsbewegung steht, in Konflikt mit der Inquisition kam und verurteilt wurde. Da er sich aber unterwarf und zum Glaubensgehorsam gegenüber der katholischen Kirche bekannte, kam er mit Hausarrest davon.

Gentileschi, Orazio: 1563–1639, nicht zuletzt wegen seiner Altargemälde bekannter italienischer Maler.

Gerkan, Armin von: 1884–1969, Bauforscher, ab 1938 Erster Direktor des Deutschen Archäologischen Instituts in Rom, fungierte in der wissenschaftlichen Debatte, ob man wirklich das Grab Petri entdeckt hatte, als derjenige, der die Gegenargumente zur kirchlicherseits erwünschten Position vertrat, nahm also die Stellung des Advocatus Diaboli (Anwalt des Teufels) ein.

Giotto di Bondone: 1266–1337, bedeutender italienischer Maler, der unter anderem in Assisi, Florenz und Rom wirkte, darüber hinaus aber auch in Padua die Arena-Kapelle ausmalte.

Giovanni Paolo II.: siehe s. v. *Johannes Paul II.*

Goehlinger, François-Auguste: 1877–1958, französischer Priester, Organist, Komponist und Historiker.

Gong: Prinz aus der Zeit der Qing-Dynastie, der im 18. Jahrhundert eine Residenz anlegen ließ, deren feudale Pracht die (Zeit-)Genossen und Landsleute bis heute beeindruckt.

Hades: in der griechischen Mythologie Gott der Unterwelt, zugleich Bezeichnung jenes trostlosen Ortes, an dem sich die Seelen der Verstorbenen wiederfinden.

Hadrian VI.: 1522–1523 Papst.

Herkules: in der griechischen Mythologie ein bedeutender Heros, der im Auftrag des Königs Eurystheus von Argos zwölf Heldentaten zu vollbringen hatte – darunter auch jene, den Höllenhund Kerberos aus der Unterwelt heraufzuführen.

Herodes: 72–4 v. Chr., römischer Statthalter in Galiläa und später römischer Klientelkönig, der wegen seiner Kollaboration mit dem Feind einen schlechten Ruf bei den eigenen Landsleuten hatte – auf diesem ideologisch vorbereiteten Boden konnte viel später noch die Legende vom bethlehemitischen Kindermord gedeihen.

Hosea: israelitischer Prophet aus dem 8. Jahrhundert v. Chr.

Hus, Jan: 1370–1415, böhmischer Reformator, durch das Konzil von Konstanz als Ketzer verurteilt und verbrannt, obwohl man ihm freies Geleit zugesichert hatte, wenn er dort seine Positionen darlegen würde.

Innozenz VIII.: 1484–1492 Papst.

Ischtar: bedeutende babylonische Göttin, zu deren Wirkungsbereichen nicht zuletzt Liebe und Sexualität gehören.

Isis: ägyptische Göttin, die mit ihrem Bruder Osiris verheiratet war und durch dessen Wiedererweckung nach seinem gewaltsamen Tod eine besondere Rolle im Totenkult gewann.

Jacobus de Voragine: 1228–1298, italienischer Dominikanermönch, Theologe und Bischof von Genua, dessen Legendensammlung «Legenda aurea» – *Die goldene Legende* – auch in andere Sprachen übersetzt und das meistgelesene Buch des Spätmittelalters wurde.

Jesaja: israelitischer Prophet im 8. Jahrhundert v. Chr.

Johanna: legendäre Päpstin, deren Geschichte erst seit dem 13. Jahrhundert belegt ist, der zufolge sie angeblich entweder im 9. Jahrhundert oder um 1100 als Papst Johannes Angelicus - als Frau unerkannt, bis sie während einer Prozession eines Kindleins genas - für zweieinhalb Jahre Kirchenoberhaupt gewesen sein soll. Tolle Geschichte, aber nichts dran.

Johannes: einer der vier Evangelisten.

Johannes XXIII: 1958-1963 Papst, bei den einfachen Leuten sehr beliebt, entstammte einer kinderreichen Bauernfamilie, berief 1962 das Zweite Vatikanische Konzil ein.

Johannes Paul II: 1978-2005 Papst, wurde am 13. Mai 1981 Ziel eines Anschlags des sowjetischen und des bulgarischen Geheimdienstes, ausgeführt von dem türkischen Staatsbürger Mehmet Ali Ağca - so das Ergebnis eines italienischen parlamentarischen Untersuchungsausschusses.

Juvenal, Decimus Junius: 60-140, römischer Satirendichter.

Kaas, Prälat Ludwig: 1881-1952, katholischer Theologe aus Trier und Professor für Kirchenrecht. Als Wirklicher Apostolischer Protonotar und Sekretär der Kardinalskongregation von Sankt Peter lag die Verantwortung für die Ausgrabungen bei der Suche nach dem Petrusgrab unter dem Petersdom in seinen Händen.

Karl: Franke, im Jahr 800 in Rom gekrönter Kaiser (800-814), genannt der Große.

Kerberos: Höllenhund der griechischen Mythologie.

Konstantin, Flavius Valerius: 306-337 römischer Kaiser, genannt der Große, begann 324 den Bau der Peterskirche, wobei er das Grab des heiligen Petrus als zentrales Monument einbezog.

Kramer, Heinrich: Henricus Institoris, 1430-1505, Inquisitor für Oberdeutschland und Verfasser des berüchtigten «Hexenhammers», eines Grundtextes der Inquisition, der weite Verbreitung im Zuge der Verfolgung von Menschen fand, die der Hexerei verdächtigt wurden.

Laurentius: Märtyrer der frühen Kirche, der für die Armenpflege in der Gemeinde zuständig war und 258 in Rom auf einem glühenden Rost zu Tode gefoltert wurde; seine Grabeskirche ist San Lorenzo fuori le mura.

Leo X.: 1513-1521 Papst.

Linus: Nachfolger des heiligen Petrus und damit der zweite Papst der katholischen Kirche, dessen Amtszeit in den 60er und 70er Jahren des 1. Jahrhunderts lag.

Lukas: Evangelist.

Luzifer: einst der mächtigste und schönste Engel Gottes, der gegen den HERRN rebellierte und zur Strafe aus dem Himmel gestürzt wurde und dessen Name daher als einer der Namen des Teufels gilt.

Madonna del Soccorso: die allzeit hilfreiche Maria Mutter Gottes, die in allen Notlagen angerufen wird.

Marcus Antonius: 82–30 v. Chr., Gefolgsmann Caesars, zeitweilig mächtigster Mann in Rom, später Triumvir gemeinsam mit Octavian und Lepidus, schließlich Todfeind des Octavian, der ihn aber zusammen mit seinem General Agrippa in der Seeschlacht bei Actium (31 v. Chr.) besiegen und mit dessen Gemahlin Kleopatra in aussichtsloser Lage in den Selbstmord treiben konnte.

Maria Magdalena: Jüngerin Jesu, war bei seiner Kreuzigung und Beisetzung zugegen; der Auferstandene erschien zuerst ihr.

Martha (von Bethanien in Galilaea): gehörte zum Freundeskreis um Jesus, den sie bewirtet und der ihren Bruder Lazarus von den Toten auferweckt hat. Nach ihr ist das Gästehaus des Vatikans, die Domus Sanctae Marthae, benannt.

Matthäus: Evangelist.

Michelangelo, eigentlich Michelagniolo di Lodovico Buonarotti-Simoni: 1475–1564, genialer Maler, Zeichner, Bildhauer, Architekt und sogar Dichter der italienischen Renaissance, sehr einflussreich im mittleren und westlichen Europa für die gesamte Entwicklung der Kunst der folgenden Jahrhunderte; von ihm stammt neben vielem anderen auch die Ausmalung der Sixtinischen Kapelle.

Monteverdi, Claudio: 1567–1643, italienischer Komponist, dessen Marienvesper ebenso wie seine Madrigale zum Schönsten der Vokalmusik überhaupt gehören.

Nero, Lucius Domitius Ahenobarbus: 54–68 römischer Kaiser, narzisstischer Exzentriker mit seit zweitausend Jahren anhaltend schlechter Presse, zudem Christenverfolger.

Nezha: Schutzgottheit in der chinesischen Mythologie.

Noah: Gestalt des Alten Testaments, die Gnade findet vor Gott, der über die Menschen in ihrer Schlechtigkeit so erzürnt ist, dass er beschließt, sie mit einer Sintflut von der Erde zu vertilgen; er lässt aber Noah als guten Menschen eine Arche bauen, mit der jener sich selbst, seine Familie und von allen Lebewesen auf der Erde je ein Paar rettet, so dass der Fortbestand der Schöpfung auch nach dem Strafgericht gesichert ist.

Paulus: unter dem Namen Saulus zunächst Christenverfolger, dann, nach einem Bekehrungserlebnis in Damaskus, Namenswechsel in Paulus und im Weiteren wie Petrus eine zentrale Gestalt der frühen Kirche, die die Lehren Jesu im römischen Reich verbreitet; in Rom wird er zum Tode verurteilt und zur gleichen Zeit wie Petrus hingerichtet; sein Grab befindet sich in der römischen Kirche San Paolo fuori le mura.

Perugino, eigentlich Pietro Vannucci: 1448–1523, italienischer Maler.

Petrus, Simon: verheirateter Fischer aus Bethsaida in Galiläa, Jünger Jesu und als dessen engster Vertrauter von ihm zum Haupt der Apostelgemeinschaft bestimmt und mit der Führung der entstehenden Glaubensgemeinschaft betraut. Er geht nach Kreuzigung, Auferstehung und Himmelfahrt Jesu auf Missionsreise und wird im Zuge der neronischen Christenverfolgung in den sechziger Jahren des 1. Jahrhunderts in Rom hingerichtet.

Piccolomini, Aeneas Silvius: siehe s. v. *Pius II.*

Pius II.: 1405–1464, Intellektueller, Theologe und Politiker, von 1458 bis 1464 Papst.

Pius XII.: 1939–1958 Papst.

Platina, eigentlich Bartolomeo Sacchi: 1421–1481, italienischer Humanist, erster Leiter der neugegründeten päpstlichen Bibliothek und Autor einer Papstgeschichte.

Qin Shihuangdi: 259–210 v. Chr., Gründer der Qin-Dynastie (221–206), Reichseiniger Chinas nach den Jahrhunderten der streitenden Reiche (472–221) und seit 221 Kaiser. Weltberühmt ist sein Grabhügel mit tausenden lebensgroßen, im Jahr 1974 entdeckten Terrakotta-Kriegern, die als Armee den Verstorbenen schützen sollten.

Sacchi: siehe s. v. *Platina.*

Santa Maria Assunta: die in den Himmel aufgenommene Jungfrau und Gottesmutter Maria, der der Dom in Neapel geweiht ist (der ein wichtiger Schauplatz in dem Krimi «Hochamt in Neapel» ist).

Santiago de Compostela: Stadt in Spanien, die das Grab des Apostels Jacobus birgt.

Saraceni, Carlo: ca. 1579–1620, italienischer Maler, der in Rom wirkte und – von Caravaggio beeinflusst – dort Altarbilder malte.

Scrovegni, Enrico: Kaufmann in Padua, der zu Beginn des 14. Jahrhunderts in den Ruinen des römischen Amphitheaters der antiken Stadt Patavium eine Kapelle errichten ließ, die ihren Namen nach dem

Areal hat, wo sie entstand: Arena-Kapelle. Giotto hat sie mit Szenen aus der Heilsgeschichte, dem Jüngsten Gericht und Darstellungen menschlicher Tugenden und Laster ausgestaltet.

Sebastian: Märtyrer des 3. Jahrhunderts. Der Überlieferung nach sollte er als Offizier der römischen Armee, der sich zu seinem Glauben bekannt hatte, zur Zeit des Kaisers Diokletian mit Pfeilschüssen getötet werden und wurde dann – nachdem er diese überlebt hatte – mit Keulen zu Tode geprügelt; sein Grab befindet sich in den Katakomben des Heiligen an der Via Appia Antica nahe bei Rom.

Sixtus II.: 257–258 Papst.

Sixtus IV.: 1471–1484 Papst.

Staufer: mittelalterliches Herrschergeschlecht 1138–1254.

Styger, Paul: 1887–1939, Geistlicher und Professor für Christliche Archäologie und Kunstgeschichte, lehrte an der Universität Warschau.

Sulla, Lucius Cornelius Sulla Felix: 138–78 v. Chr., römischer Politiker und Diktator.

Thomas: einer der zwölf Apostel, der dadurch sprichwörtlich wurde, dass er an der Auferstehung Jesu zweifelte und erst seine Finger in dessen Wundmale legen wollte, bevor er daran glaubte.

Uiguren: innerasiatisches Turkvolk, dessen Angehörige als Minderheit auf dem Gebiet Chinas heute von staatlicher Seite unterdrückt und verfolgt werden und deren kulturelle Eigenheiten zerstört werden sollen.

Dank

Auch bei diesem Roman haben mir liebe Menschen guten Rat, Inspirationen und tatkräftige Unterstützung zuteilwerden lassen; ihnen allen gilt mein großer Dank: Jörg Alt, Konstanze Berner, Gabriele Bischoff, Agnes Brunner, Katharina Buresch, Achim Gehrke, Katja und Rolph von Goeldel, Bernhard Jussen, Giovanni Girolamo Kapsberger, Michaela Kneißl, Franz Konstanciak, Francesco da Milano, Brian McNeil, meiner unvergleichlichen Assistentin Andrea Morgan, Anne Di Nunzio, Paola Pecchioli, Alessandro Piccinini, Tanja Selder, Michael Sommer, Michael Stolleis (1941–2021), Jessy Totschnig, Ingrid Vogel, Tanja Warter, Klaus Weber, Hans-Ulrich Wiemer, Brigitte Zimmer, Christiane Zimmerl.
Ein besonderer Dank gilt dem Graphiker Lukas Wossagk, der die Ausgangsfragestellung dieses Buches mit seinen Zeichnungen verständlich gemacht und ausgeschmückt hat. Meinem Freund und Lektor Martin Hielscher danke ich herzlichst für seine nie nachlassende Ermutigung, seine kunstreiche Redaktion und nicht zuletzt für seinen wunderbaren Humor, der die Zusammenarbeit mit ihm stets zu einer Freude macht. Mein Verleger Jonathan Beck erträgt mich seit Jahren klaglos als Mitarbeiter und als Autor – für seine Geduld angesichts dieser Doppelbelastung danke ich ihm ebenso sehr wie für sein Vertrauen, ohne das dieser Krimi nicht seinen Weg in das Programm des Verlags C.H.Beck hätte finden können.
Der Mensch, ohne den mir weder die Ausarbeitung dieses Romans noch vieles andere in meinen Leben gelungen wäre, ist meine liebe Frau Angelika. Ihr gilt daher mein größter Dank – Tag für Tag.

Aus dem Verlagsprogramm

LITERATUR BEI C.H.BECK

André Hille
Jahreszeit der Steine
Roman
342 Seiten. 2023

Nico Bleutge
schlafbaum-variationen
gedichte
115 Seiten. 2023

Stefan von der Lahr
Das Grab der Jungfrau
Kriminalroman
400 Seiten. ^{2}2020

Stefan von der Lahr
Hochamt in Neapel
Kriminalroman
369 Seiten. ^{3}2019